KB111731

문학사는 어디로

조동일

서울대학교 불문과 · 국문과 졸업, 문학박사
계명대학교, 영남대학교, 한국학대학원 · 서울대학교 교수 역임
서울대학교 명예교수, 대한민국학술원 회원
《한국문학통사》 1~6, 《동아시아문학사비교론》, 《세계문학사의 전개》, 《동아
시아문명론》, 《학문론》, 《한국학의 진로》 등 저서 60여 종.

문학사는 어디로

초판 1쇄 인쇄 2015. 9. 23.
초판 2쇄 발행 2016. 9. 27.

지은이   조 동 일
펴낸이   김 경 희
펴낸곳   (주)지식산업사
　　　　　본사 ● 10881, 경기도 파주시 광인사길 53
　　　　　　　　전화 (031) 955-4226~7 팩스 (031) 955-4228
　　　　　서울사무소 ● 03044, 서울특별시 종로구 자하문로6길 18-7
　　　　　　　　전화 (02) 734-1978 팩스 (02) 720-7900
　　　　　한글문패 지식산업사
　　　　　전자우편 jsp@jisik.co.kr
　　　　　등록번호 1-363
　　　　　등록날짜 1969. 5. 8.

책값은 뒤표지에 있습니다.

ⓒ 조동일, 2015
ISBN 978-89-423-7064-1 (93800)

이 책을 읽고 저자에게 문의하고자 하는 이는
지식산업사 전자우편으로 연락바랍니다.

문학사는 어디로

조 동 일

지식산업사

머리말

이 책 이름은 《문학사는 어디로》이다. 이것은 "문학사는 무엇이며, 어디서 와서, 무엇을 하고, 어디로 가는가?"를 줄인 말이다. 문학사의 정체를 밝혀 논하고, 문학사의 과거·현재·미래에 관한 의문을 해결하는 작업을 필요한 자료를 널리 찾아 진행하고자 한다. 그 여러 과제를 다 열거할 수 없어 "어디로"를 대표로 삼아 표제에 내놓는다.

반세기 가까운 동안 학문에 종사하면서 나는 문학사를 가장 긴요한 일거리로 삼았다. 한국문학사에서 동아시아문학사로, 동아시아문학사에서 세계문학사로 나아가면서 문학사 서술의 실제 작업을 하고 이론적인 문제점을 고찰하는 데 몰두해 왔다. 그 동안 얻은 성과를 마무리하면서 못다 이룬 소망을 점검하는 이중의 작업을 여기서 하고자 한다. 세계적인 범위에서 의의를 가지는 문학사 총론이라고 할 수 있는 것을 마련하려고 한다.

이제 학문이 무엇이며 어떻게 해야 하는지 조금 알 것 같아 출발점에 서는 느낌인데, 어느덧 근력도 시간도 모자라게 된 것을 알아차린다. 너무나도 당연하므로 한탄하면 어리석다. 학문은 공동의 작업임을 확인하고 위안을 얻는 것이 마땅하다. 더 해야 할 많은 일, 진정한 토론을 거쳐 보람찬 창조를 이룩할 수 있는 허다한 과제를, 앞으로 더 나아가지 않고 걸음을 멈추어 얻는 통찰까지 보태 여러 후생에게 안겨 준다. 누구나 소유권을 가지는 공유재산을 풍부하게 하고자 한다.

책을 쓰는 방법을 적절하게 마련하려고 고심한다. 풀어 놓으면 너무 많아 감당하기 어려울 말을, 핵심을 찾아 간추려 이해하기 쉽게 하고자 한다. 엄격한 체계를 갖추지 않고 하고 싶은 말을 하려고 한다. 사전 만들 듯이 사실을 열거해 독서의 즐거움을 해치지 않도록 경계한다. 특히 긴요한 대목은 앞뒤의 균형을 맞추지 않고 조금 길게 다루는 융통성을 가지고자 한다. 용어를 정비하고 개념을 규정하는 작업을 미리 일괄해서 하지 않고 적합하다고 생각되는 곳에서 진행한다. 문학사는 무엇이며, 어떻게 써야 하는가 하는 의문의 해답을 여러 측면에서 제시하다가 이따금 총괄한다.

언어로 창조하는 문학을 고찰하는 문학론 또한 언어를 사용하므로 폐쇄성을 지니지 않을 수 없다. 세계가 한 집안이 되고 있다고 하는 오늘날에도 언어의 장벽이 계속 심각한 문제이다. 영어가 국제적인 교통어로 쓰여 소통을 담당하고 있다고 해서 과신하지 말자. 영미에서 나온 문학사론을 보면, 불·독어 필독서마저 찾아 거론하지 않은 채 가까운 데서 맴돌고 자기중심주의에서 벗어나지 못하고 있다. 그래서 생긴 자폐증을 비판하고 시정하는 것이 이 책에서 감당해야 할 과제에 포함된다.

너는 어느 정도인가 하는 반문이 예상되므로 응답하지 않을 수 없다. 한·중·일·영·불·독어 책은 직접 읽고, 월남·이탈리아·러시아어로 쓴 것들에는 아는 분들의 도움을 얻어 조금 다가간 정도의 진전을 자랑할 것은 아니다. 스페인어, 아랍어를 비롯해 다른 많은 언어로 내놓은 책은 보지 못하고 문학사에 관한 논란을 세계적인 범위에서 전개한다고 나서니 잘못 되었다. 그러나 조금 아는 것을 유식으로 활용하지 않을 수 없는 형편이다. 온 세계 어디서 어느 누구도 접근하지 못한 미답의 경지에 처음 들어선다고 생각하니 가슴 설렌다.

지식의 양을 늘리려는 것은 아니다. 알아야 할 것을 더 많이 알려고 계속 안달하면 어리석다. 무한한 사실에 이끌려 다니지 말고 적절한 지점에서 통찰로 휘어잡아야 한다. 목표를 분명하게 하고, 가능한 범위에서 반드시 해야 할 일을 가려서 해야 한다. 지금 나타나고 있는 문학사의 위기를 진단하고 해결하는 방안을 마련하기 위해 필요한 고찰을 하는 데 특히 힘쓴다.

독자를 잘못 만나면 이 책은 불행해질 수 있다. 흥미로운 읽을거리나 찾는 호사가들이 지다가 들러, 무시해도 될 궁벽한 사항까지 뒤적이고 자료 더미에 매몰되게 한다고 나무라지 않을까 염려한다. 사실의 열거와 고증이 학문이라고 여기는 분들이 세부 전공의 안목으로 미비점이나 착오를 찾는 데 이용하기나 한다면 공연한 짓을 했다고 후회할 수 있다.

그래도 희망을 가진다. 문제의식을 공유한 탐구자들이 탐독하고 열띤 토론을 벌일 것을 기대하고 기대에 찬 나날을 보내면서 지칠 줄 모르고 집필에 몰두한다. 문학사에 대해 진지하게 탐구하고 스스로 창조의 역군이 되고자 하는 최상의 독자에게 이 책을 바치면서, 나는 물러나 쉬어도 된다고 허락해 주기를 간청한다.

문학사를 다시 더 잘 써야 할 과업이 산적해 있다. 역사는 종말에 이르렀으며 문학사를 다시 쓰는 것은 부질없다는 소리에 현혹되지 말자. 문학사에 바치는 인류의 노력을 더욱 값지게 하자.

회신이 도착한 순서로 들면, 이은숙·이복규·이민희·윤동재·정소연·신연우·허남춘·강은해·오상택·임재해·김헌선·최귀묵 동학이 글을 읽고 손보아 주었다. 나를 도와주기만 했다고 하면 크나큰 고마움에 보답할 길이 없다. 내 잘못을 나무라다가 새로운 작업을 구상했기를 바라고 대강 엉성하게나마 디딤돌을 놓은 보람이 있다고 말하고 싶다.

2015년 7월 5일
조 동 일

차 례

1. 무엇을 하려는가?

'문학사'라는 말은 두 가지 뜻이 있다. 인식하지 않아도 그 자체로 존재하는 실체를 문학사라고 하고, 이것을 인식하는 작업도 문학사라고 한다. 일차적인 문학사인 앞의 것은 문학사 자체, 이차적인 문학사인 뒤의 것은 문학사서술이라고 하면 명확하게 구분된다. 문학사 자체는 문학사연구, 문학사서술은 문학사론에서 논의할 대상이다. 둘을 합친 총론은 문학사학이라고 할 수 있다.

이 책에서 하려는 작업은 문학사서술에 대한 논의인 문학사론이다. 문학사연구는 아주 풍성하게 이루어졌으나 문학사론은 많이 모자란다. 이런 불균형을 시정하고 문학사학을 더욱 풍부하고 충실하게 하는 데 기여하고자 한다. 문학사학을 출발점으로 삼아 인문학문으로, 학문 일반으로 나아가는 것도 바라는 바이다.[1]

문학은 논리를 넘어서므로 학문에서 다룰 수 없다고 할 것이 아

---

[1] 학문의 분야를 인문학문·사회학문·자연학문으로 지칭하는 용어를 《인문학문의 사명》(1997)(서울: 서울대학교출판부) 이래로 일관되게 사용하고 있다. 나의 논저를 들때에는 이처럼 저자 이름을 뺀다.

니며, 논리를 혁신해 학문이 발전하도록 요구하는 소중한 연구 대
상이다. 문학사서술을 바람직하게 하려고 노력해 얻는 성과는 인
문학문을 발전시키고, 학문 일반의 진로를 개척하는 데 적극 기여
할 수 있다.

문학사론에는 미시적인 각론과 거시적인 총론이 있다. 한정된 범
위의 문학사서술을 구체적으로 고찰하는 미시적인 각론은 헤아리
기 어려울 만큼 많지만, 여러 나라의 갖가지 문학사서술을 한데 모
아 검토하는 거시적인 총론은 지금까지 어디에도 없고 여기서 처음
시도한다. 미시적인 문학사론은 문학사연구, 거시적인 문학사론은
문학사학을 위해 더 많은 기여를 한다. "문학사는 무엇이며, 어디
서 와서, 무엇을 하고, 어디로 가는가?"라는 문제는 국경을 넘어서
서 공통적으로 제기되므로 거시적인 문학사론이 필요하고, 문학사
학을 다시 정립해야 한다.

문학사서술의 역사는 나라마다 다른 사정을 넘어서 기본적인 공
통점이 있다. 논의의 대상이 문학사서술이라고 명시했으므로, 이제
부터는 혼란의 염려가 없는 경우에는 문학사서술을 문학사라고 줄
여 말하기로 한다. 세계 어느 곳의 문학사든 크게 보면 같은 방향으
로 나아가다가 함께 위기에 이르고 있는 것을 알아차려야 한다. 이
에 관한 고찰이 너무나도 큰 일거리여서 감당할 수 없다고 물러날
수 없다. 가능한 범위 안에서 기조발표라고 할 것을 내놓고 토론과
동참을 요청하는 것이 마땅하다.

문학사는 취급 범위에 따라 구분하면, 자국문학사, 그 하위문학
사, 그 상위문학사가 있다. 하위문학사에는 지방문학사가 있고, 상
위문학사에는 광역문학사와 세계문학사가 있다. 네 가지 문학사가

모두 근대에 출현해 상보적인 관계를 가진다. 넷을 모두 다루면서 관련 양상을 살피고자 한다.

자국문학사는 영어로 'national literature'라고 하는 문학의 역사이다. 이 말을 '민족문학', '국민문학', '국가문학' 등으로 옮길 수 있다. 일본과 한국에서는 사용하는 표현이긴 해도, '국문학사'라는 용어가 더 적합하다고 할 수 있다. 그러나 '국문학사'라고 하면 한국문학사라고 이해할 염려가 있으므로, '자국문학사' 또는 '각국문학사'를 보편적인 용어로 사용한다.

어느 나라에서든지 자국문학사를 자랑스럽게 이룩하는 것을 문학사 서술의 선결 과제로 삼아 서로 경쟁했으므로 그 내력을 먼저 고찰한다. 그 다음에 지방문학사 · 광역문학사 · 세계문학사로 나아가 논의를 한 단계씩 확대한다. 광역문학사에서는 문명권문학사를 먼저 살피고, 지역적 공통점을 가진 곳들의 문학사도 다룬다. 이 전체를 책임지고 상론할 수는 없다. 탐구해 본 범위 안에서 필요한 논의를 새롭게 하기로 한다.

문학사에는 여성문학사, 아동문학사, 농민문학사, 추리문학사, 해양문학사 등도 있고, 더 찾으면 많이 늘어난다. 항목 수를 자랑하는 문학사 백과사전을 만들지 않으므로 이런 것들을 각기 고찰하지 못한다고 미리 밝힌다. 그 가운데 어느 문학사 특히 여성문학사를 무시하는 것은 편견 탓이라고 비난을 들을 수 있다. 그러나 짐은 혼자 지라고 하고 편안하게 구경이나 하는 것은 부당하다. 할 수 있는 분들이 나서서 다른 작업을 힘써 하기 바란다. 범위를 한정해도 다루어야 할 내용이 너무 많다. 지금까지 누구도 하지 않던 작업을 충실하게 하기는 무척 어렵다. 부분을 모두 메우려고 하지 않고 전체를 조망하는 데 힘쓰면서, 시도를 보람으로 삼고 완성을 기대하지는 않는다. 모든 것을 다 말하겠다는 무리한 희망을 버리고, 당연히 있게 마련인 허점이나 착오가 후속 연구자들의 분발을 촉발하기를 기대한다.

문학의 역사는 아주 오래 되었으나, 문학의 역사를 서술한 저작인 문학사가 출현한 시기는 얼마 되지 않았다. 여러 형태의 문학비평에서 특정 문학의 내력이나 변천을 거론한 것은 많이 있었어도, 문학의 역사를 통괄해 문학사라는 책을 써서 펴내자는 생각은 근대에 이르러서 하게 되었다. 변화가 일어난 이유를 알려면 다각도의 고찰이 필요하다.

중세까지의 역사서는 거의 다 정치사였다. 국가를 위해 봉사하는 지식인이, 통치자의 입맛에 따라 원하는 정치사를 제공하는 작업을 어디서나 했다. 종교의 사제자가 집필해 정치사와 종교사를 겸한 것도 적지 않았다. 그러는 동안에도 문학사는 필요하다는 인식이 부족해 출현하지 않았다. 국가의 역사인 정치사가 통치자 중심의 역사 서술을 오늘날까지 이어오는 다른 한편으로, 국민의 역사인 문학사가 나타나 누구나 공유하는 자각과 자부심을 찾은 것은 역사 자체가 크게 변한 결과이다.

국가는 오래 되었어도, 자각과 자부심을 공유하는 국민은 근대에 형성되었다. 국민은 상하의 구분을 넘어선 공동운명체이다. 상층 지식인의 전유물이던 공동문어는 버리고 일상생활의 구어를 공용어로 하고 국어로 삼아 소통을 원활하게 하고 유대를 돈독하게 한다. 국어를 소중하게 여겨 국어로 창조한 문학의 유산을 되돌아보고 평가하는 문학사를 요구한다. 이념 확립을 표방하는 정치사보다 무용할 것처럼 보이는 문학사가 더 큰 기여를 하게 되었다.

정치사와 문학사를 합치고 다른 여러 측면의 역사까지 모아들여 총체사를 이룩하자는 것은 아직 실현되지 않은 소망이다. 정치가 모든 것을 좌우한다고 주장하면서 정치사가 일반사 노릇을 해온 관습이 총체사로 나아가는 길을 막고 있다. 정치사는 일반사이고 문학사를 비롯한 다른 역사는 분류사라고 하며, 한 왕조의 정치사를 통치자의 교체를 중심으로 서술해 놓고 분류사라고 하는 것들을 부록처럼 곁들이는 방식을 아직도 흔히 볼 수 있다. 일반사라는 것은 허상이고, 총체사가 실체이다. 정치사의 횡포를 제어하고 총체사를 이룩하기 위해 분투하는 과업을, 정치사와 맞서는 역량을 축적한 문학사에서 선도하는 것이 마땅하다.

정치사는 사건 연대기를 줄곧 근간으로 삼고 있으나, 문학사는 어떻게 써야 하는지 정해져 있지 않아 고민이다. 국가에서 내놓은 방침이 없고 사회 공론을 따라야 하는 것도 아니어서, 갖가지 어려움을 저자가 스스로 알아차리고 해결해야 한다. 논리를 넘어서는 문학을 역사의 논리로 파악하려고 한다. 개인이 감당하기에는 작업량이 너무 많고, 다수가 동참하면 일관성이 없어진다. 수준 높은 연구 성과이면서 널리 환영받는 독서물이기를 바란다. 이처럼 복잡한 사정이 얽혀 있어, 문학사는 방법 탐구에 힘써야 하는 근대학문의 특징을 선두에 나서서 갖추지 않을 수 없다.

근대를 먼저 이룩한 유럽의 선진국에서 문학사 서술도 선도해 본보기를 보였다. 그 방식을 받아들이면서 다른 문명권 여러 나라에서도 대등한 작업을 하려고 하면서 성취한 바가 학문 전통과 문학

유산에 따라 상이하다. 작업 진행의 선후와 이룩한 성과의 고하는 일치하지 않을 수 있다. 그 모든 사정을 알아내기는 어렵다는 것을 인정하고, 문학사의 내력을 파악하고 진로를 설정하기 위한 거시적인 작업을 가능한 범위 안에서 시도하기로 한다.

문학사는 미해결의 과제가 아직 많은데도 이상 증후를 보이고 있다. 탐구의 의욕이 줄어들고, 성장이 답보 상태에 빠지고, 해체의 조짐이 있고, 부정론이 나타나기도 한다. 이렇게 되는 이유를 밝히고 해결책을 찾는 것이 긴요한 과제이다. 문학사는 근대의 산물이므로 근대가 끝나가니 퇴장하는 것이 마땅하다고 할 수는 없다. 다음 시대의 새로운 문학사를 어떻게 써야 하는지 진지하게 모색하고 노력해야 한다.

문학사는 근대 인문학문 발전을 선도해 왔다. 최상위 문화 영역이라고 인정되는 문학과 역사를 합쳐 사람은 어떤 마음가짐으로 무엇을 추구하면서 살아왔는가 하는 질문에 심도 있는 응답을 제공해, 학계에서 행세하고 독서계의 환영을 받았다. 근대국가라면 으레 자국문학사를 잘 쓰려고 경쟁하고, 문학사의 범위를 다시 설정하고 서술 방법을 바꾸어 더욱 새로운 작업을 하는 열의를 보이는 시대가 백여 년 동안 지속되었다.

그러다가 문학사라고 하기 어려운 변형이 나타나 해체의 조짐을 보이고, 문학사를 나무라는 시비학의 언설이 인기를 끌면서 유행한다. 이에 편승해야 뒤떨어지지 않을 수 있다고 여기는 것은 착각이다. 높아지면 내려와야 하고 앞서다가 뒤떨어져, 선진이 후진이 되는 것이 당연한 이치이다. 문학사 쓰기를 늦게 시작한 쪽에서, 미완의 작업을 더욱 훌륭하게 수행하고 새로운 과업을 찾아 완수해서 후진이 선진이 되도록 하는 것이 마땅하다.

문학사의 흥망성쇠를 여러 문명권에 걸쳐 광범위하게 고찰하는, 전에 없던 일을 여기서 하기로 한다. 앞섰다고 하는 곳들보다 모자라는 탓에 알아야 할 것이 더 많아 동분서주하는 동안에 후진이 선진이 되는 전환이 시작된다. 문학사는 출생한 시대인 근대와 더불어 생애를 마감하지 않고 다음 시대로 나아가야 한다고 밝혀 논하고, 필요한 작업을 설계하고 시공하기까지 해서 새로운 선진이 맡아야 하는 과업을 자랑스럽게 수행하고자 한다.

반세기 가까운 동안 학문에 종사하면서 나는 문학사를 특히 중요한 일거리로 삼았다고 했다. 여기서 업적 목록을 작성해 참고문헌으로 제시한다. 이들 저작에서 필요한 내용을 가져올 때 특별한 경우가 아니면 출처를 밝히지 않는다.

문학사 서술을 《한국문학통사》(제1판 1982~1988, 제4판 2005)(서울: 지식산업사) 전 6권; 《세계문학사의 전개》(2002)(서울: 지식산업사)에서 전면적으로 했다. 《하나이면서 여럿인 동아시아문학》(1999)(서울: 지식산업사); 《공동문어문학과 민족어문학》(1999)(서울: 지식산업사); 《문명권의 동질성과 이질성》(1999)(서울: 지식산업사)에서는 부분적으로 시도했다. 《동아시아문명론》(2010)(서울: 지식산업사)에도 문학사론이 있다.

문학사 서술의 문제점을 《제3세계문학연구입문》(1991)(서울: 지식산업사); 《동아시아문학사비교론》(1993)(서울: 서울대학교출판부); 《세계문학사의 허실》(1996)(서울: 지식산업사); 《지방문학사 연구의 방향과 과제》(2003)(서울: 서울대학교출판부)에서 고찰했다. 문학사와 철학사의 관계를 《한국의 문학사와 철학사》(1996)(서울: 지식산업사); 《철

학사와 문학사 둘인가 하나인가》(2000)(서울: 지식산업사)에서, 문학사
와 사회사의 관계를 《소설의 사회사 비교론》(2001)(서울: 지식산업사)
전 3권에서 논의했다. 《세계·지방화시대의 한국학》(2005~2009)(대
구: 계명대학교출판부) 전 10권에도 문학사에 관한 논란이 포함되어
있다.

사실 설명이 미흡하다고 생각되면 위에서 든 여러 선행 저작을
보아주기 바란다. 그러나 아일랜드문학사, 미국문학사, 인도 전역
의 문학사, 문명권 밖의 광역문학사 등에 관한 고찰은 새로운 작업
이다. 마지막 장에서 전개하는 논의는 여기서 처음 한다. 최근의 동
향에 관한 검토는 어느 것이든지 자료를 추가해 다시 한다. 문학사
에 대한 총괄적인 견해는 이 책에서 재정립하고 발전시킨다.

오래 생각한 끝에, 이 책 색인을 만들지 않기로 한다. 사람과 책
을 많이 다루어 자랑으로 삼는다는 오해를 경계하고, 노동량을 들
어 평가하지 않기를 바라기 때문이다. 개별적인 사실은 모두 서술
의 맥락 속에서 의미를 가지므로 독립시켜 이용하는 것은 적합하지
않다. 부분을 뜯어보려고 하지 말고 가벼운 마음으로 전체를 통독
하기를 간절하게 바라고 분량을 줄인다. 본문에 필요한 정보가 다
있으므로 참고문헌을 따로 정리하지도 않는다.

2. 문학사 출현의 내력

1) 정치사에서 문학사로

　문학사 이전의 역사서는 여기서 고찰할 대상이 아니다. 그러나 문학사의 내력을 이해하는 데 필요하므로 간략하게나마 살필 필요가 있다. 문학사에 관한 논의를 획기적으로 확대하기 위해, 사학사를 지배하고 있는 유럽중심주의를 넘어서 다변화를 이룩하는 데 먼저 힘써야 한다.[1]

　역사는 오랫동안 정치사였다. 정치사 서술의 전통이 문명권에 따라 상이해 비교론이 필요하다. 이것은 사학사 정상화를 위해 긴요한 작업이고, 문학사 서술의 차이점을 밝혀 논하기 위한 선결 과제이다. 정치사와 문학사는 다음과 같은 두 가지 이유에서 동질성을

---

1) 《문명권의 동질성과 이질성》(1999)의 〈역사서〉에서 여러 문명권의 역사서를, 《세계 · 지방화시대의 한국학 6 비교연구의 방법》(2007)의 〈삼국유사의 비교 대상을 찾아서〉에서 세계 도처의 국가사를 비교해 고찰한 성과를 간추리고, 문학사와의 관련에 관한 새로운 논의를 보탠다.

지닌다. 이에 관한 인식이 이 책에서 하는 논의의 출발점이 된다.

정치사가 문명권에 따라 달랐던 사정은 문학사에도 해당한다. 이것은 선천적인 동질성이다. 장기간에 걸쳐 정치사에서 다진 역사관이 문학사를 쓸 때에 작용해 자유로운 선택을 하기 어렵게 한다. 이것은 후천적인 동질성이다. 선천적인 동질성의 근저를 파헤치는 작업은 이 책에서 감당하기 어렵다. 후천적 동질성에 대해 어느 정도 논의하는 것을 성과로 삼기로 한다.

고대의 정치사는 문명 발전에서 앞선 곳들의 자기중심주의 표출로 서술되었다. 서쪽과 동쪽 역사의 아버지라고 하는 두 선구자가 서로 대조가 되는 시발점을 마련했다. 헤로도투스, 《역사》(기원전 5세기)(Herodotus, *Historiai*)는 그리스가 페르시아의 침입을 물리친 내력을 시간 순서에 따라 기술했다. 司馬遷, 《史記》(기원전 1세기)는 漢제국의 위세를 자랑하는 공간 구성을 하고 자기가 아는 모든 역사를 정리했다.

이 두 가지 역사는 계승 양상이 서로 다르다. 헤로도투스가 내놓은 것 같은 시간의 역사는 보편성이 인정되어 후대까지 잘 이어지고 문학사 서술에서 널리 활용된다. 사마천이 보여 준 공간의 역사는 중화제국의 대국주의를 과시하는 특수성에서 벗어나지 못해 이웃 나라들에서도 받아들이지 않았다. 원천과 관련 없이 누구나 생각해낼 수 있는 시간의 역사가 정통성을 지닌다.

그러나 결말이 난 것은 아니다. 자국문학사의 단선적인 전개에서 벗어나 여러 지방문학사의 공존을 받아들이고, 광역문학사나 세계문학사로 나아가려면 시간의 역사보다 공간의 역사가 더욱 유용하다. 세계문학사를 한 가닥 시간의 역사로 서술하는 무리한 작업이

유럽중심주의를 가중시키고 청산하기 어렵도록 해 온 내력을 정확하게 파악하고 대전환을 이룩해야 한다.

이제 동시에 공존하는 것들을 대등하게 포괄하고 고찰하는 공간의 역사 이해가 절실하게 필요하다. 그러나 사마천이 제시한 원형은 시간의 역사만 역사가 아님을 알려 주는 의의가 있을 따름이어서 그대로 활용할 수는 없다. 중심과 주변의 차등론을 시정하고 공존하는 것들을 모두 함께 중요시하는 대등론을 이룩해야 한다.

중세에는 문명사와 국가사 양쪽의 정치사가 규범화된 형태로 등장했다. 아랍세계는 문명사, 유럽은 문명사이면서 국가사, 남아시아 일부도 문명사이면서 국가사, 동아시아는 국가사를 택한 편차가 있었다. 이것은 중세문명을 만들어 낸 보편종교 이슬람·기독교·불교·유교의 결속력 차이를 반영한다. 힌두교는 역사를 필요로 하지 않은 특수성이 있었다.

중세의 역사 서술은 아랍문명권에서 선도했으므로 먼저 고찰하면서 가치를 인식할 필요가 있다. 그 곳에서는 역사서의 성격을 상당한 부분 지닌 《쿠란》의 내용을 보완하고 이슬람교가 전파된 전 영역에서 일어난 역사적 사실을 총괄하는 문명사를 거듭 이룩하며, 다른 문명권과의 비교를 통해 세계사로 나아가고자 했다. 국가사는 따로 만들지 않았다.

타바리, 《사도와 통치자들의 내력》(915)(Tabari, *Tarikh al-Rusul wa al-Muluk*)에서 문명권 전체의 역사를 서술하는 모형을 마련했다. 마수디, 《황금의 들판》(947)(Masudi, *Muruj al-dhahab*)이 그 뒤를 이어 더 많은 자료를 수집해 천지창조에서 자기 시대까지의 문명사를 방대한 분량으로 서술했다. 아랍세계 전역뿐만 아니라 인도, 중국, 그리스, 로마 등 다른 여러 곳에 관해서도 관심을 가졌으며, 이슬람 이외의 다른 여러 종교도 이해하려고 했다.

비루니, 《연대기》(1000년 경)(Biruni, al-Athar al-baqqiya)는 아랍어문명권 역사학의 국제적인 성격을 더욱 확대했다. 학문의 여러 영역을 광범위하게 탐구하고, 비교종교론이라고 할 것을 개척했다. 시리아, 그리스, 페르시아 등지의 종교적 관습, 유대교, 기독교, 조로아스터교 등 여러 종교의 교리를 이슬람교의 경우와 비교해 고찰하면서, 어느 쪽에도 치우치지 않는 대등한 이해를 시도했다. 자기 문명이 우월하다는 편견을 시정하면서 비교문명론의 관점에서 역사를 이해하려고 했다.

다음 시대의 칼둔(Ibn Khaldun)은 북아프리카에서 태어나 아랍세계 전역을 무대로 다양한 활동을 하면서, 식견을 넓히고 역사 인식을 더욱 확장했다. 《교훈의 책》(1377)(Kitab al-Ibar)이라고 약칭되는 저작에서, 역사 이해의 이론과 실제에 관한 양면의 작업을 보여 주었다. 제1부 《서설》(Muqaddamah)에서 역사가 전개되는 원인과 양상에 대한 일반이론을 정립해 역사철학으로 높이 평가된다. 제2부에서는 천지창조에서 자기 시대까지의 아랍역사, 제3부에서는 북아프리카 베르베르민족 및 그 주변 여러 민족의 내력을 다루면서, 기독교문명권과의 비교논의까지 갖추었다.

유럽은 뒤떨어져 연대기(chronicle)라는 이름의 정치사가 있었다. 국가 통치에 관한 정치적인 사건을 일어난 순서에 따라 간략하게 기록한 연대표이고, 그 이상 자세한 내용은 없는 것이 예사이다. 영국의 《앵글로−색슨 연대기》(9~12세기)(*The Anglo−Saxon Chronicle*)라고 총칭되는 여러 기록은 자기네 언어를 사용했다. 프랑스의 《프랑스 대연대기》(13~15세기)(*Grandes Chroniques de France*)는 국왕이 명해서 만든 국가 공인의 정치사인데, 라틴어 원본의 불어역이 남아 있다. 이밖에도 유럽 곳곳에 자국어의 역사를 기록한 연대기가 있으나 역사서로 평가할 만한 것은 아니다.

단순한 연대기 이상의 내용을 지닌 본격적인 역사서는 기독교사이다. 《성서》를 출발점으로 하고 자기가 사는 시대까지의 역사를 기독교의 관점에서 서술하면서 정치사도 함께 다루어, 교회사이기도 하고 국가사이기도 한 것들이 많이 이루어졌다. 역사서를 쓸 만한 능력을 가진 지식인이 조정보다 교단에 더 많았으며, 기독교가 역사 이해를 가능하게 하는 사고를 제공한 것이 그 이유이다.

《성서》는 역사서라고 할 수 있는 내용을 지니고 있다. 《구약성서》는 천지창조, 인류 조상의 내력에 관해 말하고, 이스라엘 민족의 역사를 서술했다. 《신약성서》에서는 예수와 그 제자인 사도들의 활동을 다룬 데 이어서 기독교가 전파된 내력을 알렸다. 우주사를 국가사와 연결시키다가, 국가사를 문명사로 확대했다.

에우세비우스, 《교회사》(4세기)(*Eusebius, Historia Ecclesiastica*)에서 기독교 역사서가 시작되었다. 팔레스타인의 주교가 그리스어로 쓴 책인데, 라틴어 번역본이 전한다. 기독교도들이 로마제국의 박해를 피해서 도망치던 때에, 수난의 시대가 지나면 번영의 시대가 온다고 했다. 여러 곳 기독교의 내력을 총괄해 서술하면서, 그 모든 곳의 기독교가 하나라고 했다. 같은 저자의 《연대기》(*Chronographia*)라는 것도 있는데, 《구약성서》에다 이집트, 아시리아, 그리스, 로마 등지의 자료까지 보태서 세계사의 연표를 만든 것이다.

이런 내용의 기독교사를 자기 나라의 범위 안에서 정치사와 관련시켜 구체화하면서 유럽 각국의 국가사가 이루어졌다. 기독교 사제자가 교회의 언어인 라틴어로 집필해, 신앙을 받아들인 자기 나라 군주가 커다란 권능을 가지고 높이 평가되는 업적을 이룩했다고 한 것이 어디서나 같다. 영국, 폴란드, 헝가리, 덴마크 등지의 것들이 좋은 본보기이다.

베데, 《영국교회사》(731년 경)(Bede, *Historia ecclesiastica gentis Anglorum*)는 표제에서 말한 것처럼 기독교사이면서 정치사를 포함했다. 기독교 전래 이전의 역사는 가치를 인정하지 않아 서술 대상에서 제외했다. 영국이 로마 제국의 일부가 되고 기독교를 받아들인 6세기 말에서 책을 쓴 시기인 8세기까지 신의 뜻이 자기 나라에 실현되어 진정한 역사가 이루어졌다고 했다.

시몬, 《헝가리의 위업》(13세기 말)(Simon, *Gesta Hungarorum*)에서는 헝가리는 처음부터 자랑스러운 나라였는데, 기독교를 받아들여 더욱 영광스럽게 되었다고 했다. 헝가리인의 위업과 기독교의 영광은 상반될 것 같지만 합치된다고 했다. 기독교 이전의 역사와 기독교 이후의 역사를 같은 비중으로 다루면서 둘 사이에 이질성보다 동질성이 더욱 두드러진다고 했다.

동방기독교에서는 공동문어가 그리스어였다가 몇 개로 나누어졌다. 러시아에서는 자기네 기독교의 공동문어인 교회슬라브어를 사용해 네스토르, 《원초연대기》(12세기초)(Nestor, *Povest Vremennykh Let*)를 이룩해, 천지창조와 인류의 기원에서 시작해서 당대까지의 러시아 역사를 서술했다. 키예프의 군주 블라디미르(Vladimir)가 비잔틴

까지 가서 스스로 결단을 내려 기독교를 받아들이기까지 겪은 시련
을 크게 취급했다.

에티오피아에서는《왕들의 영광》(14세기)(*Kebra Nagast*)을 에티오피
아 기독교 교회의 공동문어인 게에즈(Ge'ez)로 썼다. 자기네 여왕 세
바(Sheba)가 이스라엘에 가서 솔로몬(Solomon) 왕과 관계를 가진 것이
자기네 역사의 시발점이라고 했다. 둘 사이에서 태어난 국왕의 혈
통이 중단 없이 이어지므로 에티오피아는 신성한 나라라고 자부하
는 내용이다.

남아시아 스리랑카에서는 종교사이면서 국가사인 '밤사'(vamsa)를
상좌불교의 공동문어 팔리어 시로 쓰는 것을 관례로 삼았다. 마하
나마,《마하밤사》(5세기)(Mahanama, *Mahavamsa*)를 대표작으로 인정하
고 높이 받든다. '마하'는 크다는 뜻이어서, 책 이름을《큰 역사》라
고 번역할 수 있다. 자기 나라는 위대하다고 자부해 그런 말을 내세
웠다. 위대한 이유가 불교의 정통을 이어오는 데 있다고 하고, 상
좌불교의 본고장임을 널리 알리려고 했다. 미얀마나 타이에서도 그
전례를 받아들여 자기네 '밤사'를 이룩했다.

티베트에서도 불교의 관점에서 종교사이기도 한 국가사를 마련
했다.《王統記》(14세기)(*rGyal-rabs*)라고 약칭하는 저작이 대표작이다.
서두에서 세계가 생겨나고, 인도의 역사가 시작되고, 불타가 불법
을 편 내력을 서술했다. 그 다음에, 불교가 중국, 탕구트(Tangut, 西
夏), 몽골에 전래된 사실을 세 곳의 역사와 함께 설명하고, 티베트
사를 정리하는 것을 본론으로 삼았다.

몽골에는 독자적인 역사서《몽골비사》(13세기)(*Mongyol-un niyuca*

tobčiyan)가 있었는데, 불교가 정착된 다음에는 티베트의 전례를 따랐다. 《몽골원류》(17세기)(Qad-un ündüsün-ü erdeni-yin tobči)라는 것을 보면, 인도에서 티베트로 다시 몽골로 불교가 전래되었을 뿐만 아니라 왕통이 이어진다고 했다. 위대한 시대가 가고 몽골인이 수난을 당하고 있을 때 이런 역사서를 써서 자부심을 되찾으려고 했다.

중국에서는 《史記》의 전례가 이어졌다. 두 번째로 출현한 《漢書》 이하 중국 역대사서도 다른 민족에 관한 서술을 列傳의 일부에서 하면서, 중국인의 자기중심주의를 나타내는 관습이 고착되었다. 한문문명권 보편종교인 유교는 종교사이면서 문명사인 역사서를 마련하지 못한 것이 이슬람이나 기독교와 다르다.

司馬光, 《資治通鑑》(11세기)이라는 중국통사에서 유학의 도덕관에 입각해 중국사를 통괄하고, 朱熹, 《通鑑綱目》(12세기)에서 선악을 가려 감계의 자료로 삼는 역사관을 더욱 분명하게 했다. 이 두 저작은 동아시아 다른 나라에 수용되어 이중의 작용을 했다. 유럽이나 남아시아의 종교적 역사관에 상응하는 유교의 도덕적 역사관을 확립해 문명권 전체에서 따르도록 했다. 중국이 아닌 다른 나라도 각기 자기 역사의 전개에서 정통의 자리를 차지하고 있다는 자부심을 내세울 수 있는 사고의 틀을 제공했다.

중국 이외의 동아시아 각국의 역사서는 국가사만이다. 중국은 문명권의 중심부라는 자부심을 가지고 주변 여러 나라의 내력 및 중국과의 관계 정리를 자국사 서술의 부수적인 과제로 삼아 문명권의 역사를 어느 정도 갖추었다. 그러나 한국, 일본, 월남 등 다른 여러 나라는 중국과 구별되는 자국의 독자적 역사를 서술하는 데 힘쓰고

문명권의 동질성은 역사 서술의 단위와는 무관한 가치관의 측면에 서만 인정했다. 이런 국가사를 갖춘 것이 다른 문명권에는 없는 동 아시아 역사서의 두드러진 특징이다.

국가사를 공동문어인 한문으로 쓰는 것을 원칙으로 하고, 사관의 상이한 저술을 공통되게 한 데서 동질성이 확인된다. (가) 재래의 전승과 자료를 한문으로 정리한 초기의 국가사, (나) 유교사관에 입 각한 기존 국가사의 개작 또는 총괄, (다) 유교가 아닌 다른 종교에 서 재론한 저작을 갖추었다. (가)의 미비 단계를 지나 (나)에 이르 러서 유학에 입각한 정통사서를 이룩하고자 하고 《資治通鑑》이나 《通鑑綱目》을 모범으로 삼아 가치관을 더욱 엄격하게 가다듬었다. (다)는 정통사서가 아닌 방계사서 또는 대안사서이며 지향하는 바 에서 차이점이 크다.

한국의 경우를 먼저 들어 보자. (가)에 해당하는 고구려 · 백제 · 신라가 각기 편찬한 자국사, 처음 만든 《三國史》가 있었다. 다음 단 계에 (나) 《三國史記》·《高麗史》·《東國通鑑》 같은 것들이 이루어 졌다. (다)의 본보기를 불교사서인 《三國遺事》가 보여 주었다. 《三 國史》를 개작해 《三國史記》를 만든 것이 (가)에서 (나)로의 이행의 전형적인 본보기이다. 《삼국사기》 이후에 《삼국유사》가 이루어져 대안사서의 특성을 분명하게 했다.

일본에서는 (가) 《古事記》가 먼저 나타나고, 《日本書紀》가 뒤를 이었다. 몇 가지 시대사를 편찬하고, (나) 《本朝通鑑》, 《大日本史》 에서 총정리를 시도했다. (다) 에 해당하는 것에 불교사서 《愚管 抄》, 神道사서 《神皇正統記》 같은 것들이 있었다. 월남에서는 (가) 《大越史記》가 이루어진 다음, (나) 《大越史記全書》가 나왔으며,

(다)《嶺南摭怪》가 나타났다. 유구에서는 (가)《中山世鑑》을 썼다가, (나)《中山世譜》를 이룩하고, 더욱 정비해《球陽》을 내놓았다.

동아시아의 국가사는 아랍의 문명권사와 극과 극의 차이가 있다. 이점이 문학사에서도 그대로 나타나, 동아시아에는 자국문학사만 있고 문명권문학사는 없으며, 아랍세계에는 문명권문학사만 있고 자국문학사는 없다. 유럽은 그 중간이어서, 기독교 전체의 역사와 자국기독교의 역사를 병행시켜 서술한 전례를 이어 유럽문학사와 자국문학사를 나란히 발전시켰다.

동아시아의 국가사에서는 (가)·(나)·(다)라고 한 것들이 상이한 가치관을 지녀 논란을 벌였다. 이것 또한 다른 문명권에서는 볼 수 없던 일이다. 아랍세계의 이슬람, 유럽의 기독교, 동남아시아의 불교는 단일 이념이고, 대등한 수준의 토론자가 없었다. 동아시아에서는 유교와 불교가 맞서고 둘 다 변혁을 겪으면서 역사 서술에 관한 논쟁을 해왔다. 이런 전례를 문학사가 이어 관점 선택을 상이하게 하는 논란이 심각하다.

위에서 든 것들과 같은 정치사는 모두 사실과 허구가 혼재된 문학작품이라고 할 수 있으며 문학사에서 다루는 대상이 된다. 과거에 국한된 사실보다 미래를 향해 열려 있는 허구가 더 큰 비중을 차지하는 경우에는 문학에 의거한 역사라는 의미의 문학사에 근접했다. 문학에 의거한 역사인 문학사는 문학의 역사인 본격적인 문학사에 거의 그대로 편입될 수 있는 원천이다.

기록된 역사보다 먼저 살펴야 할 것이 구전된 역사이다. 구비서사시는 최초의 역사이고 문학이다. 여러 단계에 걸쳐 이루어진 창작을 누적시켜 문학의 형성과 변천을 말해 주는 것들이 있어 특히 주목할 만하다. 하와이의 《창세가》(*Kumulipo*)가 좋은 본보기이다.[2] 이 자료는 하와이 왕국에서 오랜 기간에 걸쳐 신성하게 여기면서 구전해오다가 마지막에서 두 번째 국왕이 로마자로 적은 것이 1889년에 출판되어 세상에 알려졌다.

우주의 기원에서 시작해서 인간 사회까지 역사가 이루어져 온 과정을 서술했다. 전반 7장에서는 밤·어둠·자연물의 세계를, 후반 9장에서는 낮·빛·사람에 관해 말하는 구성을 갖추었다. 전반은 천지와 자연물이 생겨난 과정을 말하는 창세서사시이다가, 후반에서는 신령과 사람을 겸한 존재들을 주인공으로 등장시켜 영웅서사시로 나아가고, 맨 끝 장에서 영웅의 후손이라고 자부한 국왕의 족보를 전했다.

역사의 시기라고 한 것들은 원시시대 이래로 여러 단계의 문학에서 상상하고 창조해 온 사고형태의 변천 과정이다. 그 모든 것들을 작품 한 편에 누적시켜, 이른 시기 문학사의 전개를 보여 주는 구성이고 내용이다. 외부와의 교섭이 없는 고립된 곳에서 인류 공통의 창조력을 잘 간직하고 선명하게 보여 준다.

구전을 기록한 역사서를 살피기 위해 중국 운남 지방으로 가보자. 그 곳 여러 민족은 서사시의 유산이 풍부하다.[3] 창세서사시·영웅서사시·범인서사시라고 일컬을 수 있는 여러 단계의 창조물을 자세한 내용으로 갖추어 구전하고 있다. 그 가운데 한 민족인 納

---

2) 《동아시아 구비서사시의 양상과 변천》(1997)(서울: 문학과지성사), 422~431면에서 이에 관해 고찰했다.

3) 같은 책, 194~220면에서 이에 관해 고찰했다.

西族은 구전되던 서사시를 東巴 문자라는 고유의 상형문자를 이용해서 11세기 이전에 방대한 분량으로 기록해 《東巴經》이라고 하고, 종교의 경전이고 민족의 역사인 고전으로 숭앙한다.

그 내역을 보면 이른 시기 문학사의 전개를 잘 보여 주고, 문학이 구비에서 기록으로 이행한 양상까지 말해 준다. 창세서사시 〈崇搬圖〉는 해와 달이 생기고 인류가 발생하고 대홍수를 겪고 여러 민족이 나누어진 과정을 노래한다. 영웅서사시 〈黑白之戰〉은 여러 민족이 서로 싸운 내력이다. 범인서사시 〈魯般魯饒〉는 남녀 사랑의 파탄을 다루었다. 시대에 따라 창작이 달라져온 양상을 선명하게 보여 주어 문학사의 전개를 요약했다.

일본의 太安麻呂, 《古事記》(712)는 원천이 산문설화인 것으로 생각되지만 위의 것들과 주목할 만한 공통점이 있다. 구비전승을 기록으로 옮긴 것이 동일하며, 전개 순서도 상통한다. 신을 주인공으로 등장시켜 건국신화를 말하다가 신을 사람으로 바꾸어 황족설화를 본론으로 삼고, 그 둘의 연관관계를 들어 일본의 통치자가 신령스러운 내력을 가졌다고 했다. 이러한 순서나 내용이 위의 두 본보기에서 본 것과 기본적으로 같아 문학사 전개의 보편적 과정을 다시 확인할 수 있게 한다. 하와이의 《창세가》는 로마자로, 납서족의 《동파경》은 동파문자로 기록한 것과 함께 《고사기》에서는 한자를 이용해 일본어를 표기한 방법도 그 나름대로 최상의 선택이다.

하와이인도, 납서족도, 일본인도 자기네가 숭상하는 유산이 유일하고 배타적인 가치를 가진다고 하는 것은 인식 부족에서 비롯한 착각이지만, 이런 착각의 보편성 또한 소중한 의의가 있다. 하와이인이나 납서족은 위에서 든 것들 외에 다른 유산이 더 없다. 역사를 다른 방식으로 다시 말하려고 하지 않았다. 그러나 일본에서는 역사서를 다시 썼다. 동아시아의 일원이 되어 문자 문명이 정착했으므로 위의 두 곳과 다른 길로 나아갔다. 《고사기》는 내용이나 글쓰기 양면에서 결격 사유가 있다고 여겨 격식을 갖추고자 한 《日本書紀》(720)를 마련했다. 그 때문에 《고사기》는 역사로서의 의의가 줄어들었지만 문학서로는 계속 높이 존중된다.

월남의 《嶺南摭怪》(14세기)도 《고사기》와 상통한다. "嶺南"은 월남이고 "摭怪"는 기이한 이야기를 모았다는 말이다. 14세기 후반쯤 이루어진 저자 미상 책의 후대 교정본이 전한다. 중국인의 후예인 아버지와 龍神의 혈통을 지닌 어머니 사이에서 태어난 아이가 건국의 시조가 되었다고 했다. 이 대목만 정통사서 吳士連, 《大越史記全書》(1479)에서 다듬어 인용했을 따름이고, 다른 것들은 문학의 유산으로 평가된다.

자연물의 정령, 이상한 동물, 재래의 신령들과 함께 부처가 기이한 경험을 하게 했다고 했다. 이른 시기의 제왕 雄王이 하늘에서 내려온 아기장수의 도움으로 중국의 침공을 물리치자 절을 세우고 불교를 믿기 시작했다고 했다. 전환 과정이 너무 단순하게 이해되고, 부처를 호국신령과 동일시하는 데 그쳤다. 그 뒤에 나타나는 몇몇 승려의 행적은 예사롭지 않아 기이할 따름이다. 蠻娘이라는 여인은 어렵게 지내면서 불법을 힘써 섬겨 기이한 행적을 보였다고 했다.

한국의 《삼국유사》(1281)는 역사서가 문학사이기도 한 특징을 더 잘 보여 준다. 선행 역사서 《삼국사기》가 연대기를 기술하면서 사실을 분명하게 하고 평가를 엄정하게 하려고 한 것과 지향점과 서술방법이 상이한 대안사서를 이룩하려고 했다. 믿을 수 없고 가치의 혼란을 가져온다고 여겨 제거한 자료가 소중한 의의를 가진다고 평가해 문학사가 할 일을 했다. 사고형태가 표출된 형상물을 시대적 위치에 따라 배열하고 다양한 관점에서 이해할 수 있게 한 것이 문학사에서 이어야 할 방법이다. 정치사의 주역인 통치자가 아닌 예사 사람들의 삶을 하층민까지 포함하고 내면의식으로 관심을 돌려 다룬 것도 문학사의 선행 작업이다.

서두에서 "제왕이 장차 흥하려면 부명을 받고 도록을 얻어 반드시 예사 사람들과 다름이 있어야 한다"(帝王之將興也 膺符命 受圖錄 必有以異於人者)고 하고, "그러므로 삼국의 시조가 모두 신이한 데서 나온 것이 어찌 괴이하겠는가"(然則 三國之始祖 皆發乎神異 何足怪哉)라고 했다. 이른 시기 중국 제왕이 보인 신이한 행적은 공자 이래로 유학자들도 존중했다. 그렇다면 한국에서 제왕이 일어날 때 신이함이 있는 것이 어찌 괴이하다고 할 수 있겠는가 하고 반문했다.

첫 대목 〈紀異〉에서 이런 말을 앞세워 이른 시기의 제왕이 신이한 능력을 가지고 나라를 세운 신화부터 제시했으며, 시대가 경과하면서 등장인물의 성격과 행위가 단계적으로 달라졌다. 가장 많은 부분을 차지하는 〈興法〉부터 〈避隱〉까지에서는 높은 경지에 이른 승려의 비범한 행적에 관한 전설을 다양하게 수록했다. 마지막 대목 〈孝善〉에서 제왕도 승려도 아닌 범인을 주인공으로 한 사건을 말한 데 민담이라고 할 것들도 있다.

동아시아문명권 밖은 사정이 달랐다. 몽골에서 몽골어로 쓴 《몽골비사》(13세기)(Mongyol-un niyuca tobčiyan)는 민족어 역사서이다. 신화와 역사를 함께 다루고, 전하는 말과 실제로 있었던 일을 구별하지 않았다. 역사를 말로 전하던 방식은 그대로 두고, 구전을 기록으로 옮겨 후대까지 전해지도록 했다. 기록을 사용한 것은 국가 창건 이후의 변화이지만, 역사를 이해하는 방식에서는 크게 달라진 것이 없다.

칭기즈칸이 했다는 말로, 남의 짐승을 약탈하는 것이 당연하다고 하고, 그렇게 하는 데 앞장서는 지도자가 훌륭하다고 했다. 몽골어를 아는 동족만 읽어 만족을 얻으면 그만이고, 몽골제국에 복속된 다른 민족의 독자는 읽을 필요가 없다고 여겨 그렇게 썼다. 인식이 확대되면서 격식에 맞지 않는다고 알아차려, 몽골의 내력을 국제적인 연관에서 말하고 보편적인 가치관을 갖추고자 해서 《몽골 諸汗 원류의 寶綱》(*Qad-un ündüsün-ü erdeni-yin toci*) 또는 《蒙古源流》라고 하는 새로운 역사서를 마련했다.

말레이에서 이룩한 《말레이역사》(17세기)(*Sejarah Melayu*) 또한 민족어로 쓴 독자적인 역사서이다. "系統樹"를 뜻하는 '세자라'(sejara)라는 역사서를 아무 전례가 없이 스스로 만들어 내, 역사의 전개를 개관하는 데는 힘쓰지 않고 사건 서술과 인물 묘사를 구체적으로 실감이 나고 흥미롭게 갖추어 관심을 끌었다. 사실을 찾아 고증 대신에 묘사의 능력으로 신빙성을 보장하려고 했다. 역사서보다 문학작품으로 더욱 높이 평가된다.

유럽의 역사서 가운데 문학사로의 이행을 특히 잘 보여 주는 것이 덴마크의 삭소 그라마티쿠스, 《덴마크의 위업》(13세기 초)(Saxo Gramaticus, *Gesta Danorum*)이다. 이 책에서는 다른 여러 나라의 기독

교 국사서처럼 기독교를 받아들이기 전의 역사는 인정할 수 없다고
하지 않았다. 자기 나라 역사서를 쓰는 작업을 뒤늦게 하면서 기독
교 역사서의 기존 관례에 대해 반론을 제기했다. 자기네 문화의 뿌
리를 소중하게 여기고 긴요한 자료로 삼는다고 했다. 라틴어 문장
력을 자랑하려고 하지 않고, 덴마크어 전승의 원천을 존중했다.

"모국어 노래를 통해 널리 알려진 조상들의 위업을, 바위나 돌에
독자적인 문자로 새겨 놓은 것들까지도 소중하게 여기고, 번역을
제대로 하기 위해 한 줄 한 줄 조심스럽게 다루었다"고 했다.[4]

이런 것들은 어느 나라에든지 있다. 특별하게 내세울 만한 위대
한 조상이 있어야 주체성을 가질 수 있는 것은 아니다. 주체성의 근
거로서 사실보다 의식이 더욱 중요하다고 여겼다. '조국'(patria)이라
는 말을 자주 사용하면서 덴마크 역사의 독자적이고 주체적인 전개
에 관심을 가지도록 했다.

덴마크인은 다른 데서 이주하지 않고 원래부터 덴마크 땅에서 살
면서, 기독교가 들어오기 전에 8백 년의 역사를 이룩했다고 했다.
로마의 역사와 덴마크의 역사가 함께 시작되고 나란히 전개되면서,
'로마의 평화'(Pax Romana)와 대등한 '덴마크의 평화'(Pax Danica)를 이
룩한 것이 자랑스럽다고 했다. 기독교가 덴마크에 들어온 것은 덴
마크인이 뛰어나기 때문이라고 하고, 기독교가 덴마크인의 우월감
을 더욱 높였다고 했다.

지금까지 고찰한 바와 같이, 정치적인 사건을 연대순으로 정리해

---

4) Peter Fisher tr., Saxo Gramaticus, *the History of the Danes Book I~IX*(2006)(Cambridge:
   D. S. Brewer), 5면

역사를 말할 수 있다고 하지 않고 다른 길로 나아가는 비정통의 저작이 세계 도처에 있었다. 믿을 수 없다고 여긴 자료를 수습해 사고 형태 표출의 형상을 고찰하고, 통치자가 아닌 예사 사람들의 삶을 하층민까지 포함하고 내면의식으로 관심을 돌려 다루는 작업이 이어져온 사실을 주목하고 평가해야 한다. 이것은 문학의 생성과 변천에 관한 인식이 문학사가 이루어지기 전부터 있었음을 입증한다.

그 유산을 이어받아 정리하면 문학사를 쉽게 이룩할 수 있다. 그러나 몇 가지 장애가 있어 전환이 쉽지 않았다. 역사는 정치사 연대기여야 한다는 관념에서 벗어나기 힘들었다. 문학사를 쓰려면 취급하는 자료의 신빙성에 관한 실증부터 해야 한다는 요구가 나타났다. 연대 고증에 계속 차질이 있었다. 다음에 고찰하는 문헌학과 열전의 유산은 이런 난관 극복에 많이 도움이 되어 다행이지만 문학사의 폭을 좁히는 구실을 했다.

하와이의 《창세가》, 《삼국유사》, 《덴마크의 위업》 같은 데 잘 나타나 있는 내면의식 형상화의 역사를 충분히 받아들이면서 이해 방법까지 배우면 해결책이 생기지만, 각성이 부족하고 노력이 미흡하다. 한국에서 《삼국유사》는 누구나 높이 평가하고 문학연구의 보전으로 삼는다. 그러나 자료집으로 이용하려고만 하니 가치가 훼손된다. 사고와 방법의 혁신을 위한 지침으로 삼아 새로운 학문을 위한 깨달음을 얻어야 한다.

2) 문헌학과 열전의 유산

정치사라고 한 것들은 사건 연대기만이 아니고 다른 내용을 포함하기도 했다. 다루는 시대의 문헌을 정리하기도 하고, 문화의 양상을 고찰하면서 문학에 관심을 보이기도 하고, 문학에 관한 논의를 직접 전개한 것도 있다. 그래서 문학사로 바로 이어질 수 있는 문헌학의 유산을 남겼다.

班固,《漢書》(1세기)는 문헌 정리를 한 역사서의 선두에 자리 잡고 있다. 정치사를 종적으로 서술하는 데 그치지 않고 여러 문화현상을 횡적으로 파악하는 志를 둔 것이 획기적인 의의를 지닌다. 그 가운데 하나인 〈藝文志〉에서 학문의 내력과 유파를 들고, 각 유파에서 남긴 저술목록을 정리했다. 네 번째 대목 詩賦略에서 屈原賦 · 陸賈賦 · 孫卿賦 · 雜賦 · 歌詩 · 詩賦略叢說로 분류해 제시한 것들은 모두 문학사에 그대로 이용할 수 있는 자료이다.

아이슬란드의 스노리,《에다》(13세기)(Snorri Sturluson, *Edda*)에서 한 작업도 주목할 만하다. 구전된 노래 집성이 조금 먼저 이루어져 자료로 이용했다. 두 책은 이름이 같아《詩 에다》(*Poetic Edda*)와《산문에다》(*Prose Edda*)라고 구별하는 것이 관례이다. 스노리는 세계 전체의 역사를 단일한 체계로 설명해 기독교와 그리스의 역사를 끌어오고, 그리스신화가 스칸디나비아신화로 바뀌었다고 했다. 그러면서도 자국의 언어 · 신화 · 문학에 대해서 자부심을 가지고 자세하게 고찰했다. 마지막 대목에서는 아이슬란드의 시 형식에 대해서 세밀한 논의를 폈다.

아랍세계의 이븐 칼둔,《서설》(1377)에서는 통상적인 정치사를 넘

어서서 역사를 새롭게 탐구하는 방향을 제시했다. 사건의 연속으로
이어진 표면의 역사에 머무르지 말고 내면적 의미의 역사를 발견해
야 한다고 했다. 역사 발전의 원리를 공동체의식의 창조적 지향에
서 찾아야 한다고 했다.

  그렇다면 진정한 역사는 문화사여야 하고, 문학을 소중하게 여겨
야 한다고 했다. 이런 생각을 가지고, 마지막 대목에서 학문론이라
고 할 것을 전개했다. 학문의 종류를 들고, 학문과 언어 사용의 관
계를 논하고, 언어 사용에 관한 논의를 연장시켜 산문과 시의 구분,
시 창작에 대해 고찰했다.

  《한서》 이래로 중국의 역대 사서에는 志가 있어 그 시기 문화의
여러 양상을 정리했다. 그런 것들을 총괄해서 정리하는 작업을 별
도로 해서 唐代 杜佑, 《通典》(800년 경), 宋代 鄭樵, 《通志》(1161), 元
初 馬端臨, 《文獻通考》(1319) 등이 이루어졌다. 모두 문헌이라는 말
을 넓은 의미로 사용해 백과사전적 내용을 가리켰다. 經籍이라는
항목에서 좁은 의미의 문헌을 정리했다.

  한국에서는 중국의 《文獻通考》(1319)를 그대로 이용하다가 徐命
膺 외, 《東國文獻備考》(1770)를 만들었으며, 보완 작업을 오래 한
결과 朴容大 외, 《增補文獻備考》(1908)를 방대한 규모로 이룩하는
데 이르렀다. 마지막 대목 권242에서 권250까지 藝文考에서 좁은
의미의 문헌을 분류해 수록했다. 1. 歷代著述, 2. 史記, 3. 御製, 4.
儒家類에서 釋家類까지의 15개 항목 가운데 5~8이 文集類, 9가 文
集類, 女流, 釋類, 跋文이다. 4의 文章類, 附錄 歌曲類, 5~9의 문집
류가 모두 문학 자료이다. 9. 문집류에 여류와 석류를 추가해, 가치

를 인정하지 않던 여성이나 승려의 저작까지 받아들인 것이 특기할
만한 일이다. 편찬에 참가한 사람들 가운데 金澤榮은 한문학의 마
지막 대가이고, 張志淵은 다음 시대 문학의 개척자이다.

文選 자체나 저술의 취지를 밝힌 글은 문학사 서술의 선행 작업
이라고 할 수 있다. 蕭統, 《文選》(6세기 초)에서 그 전범을 보였으
며, 한국에서는 崔瀣, 《東人之文》(1330년대), 徐居正, 《東文選》(1478)
을 편찬했다. 작품을 모아 문선을 만드는 작업을 국가에서 하고 민
간에서도 해서 문학사로 바로 이어지는 유산을 남겼다. 민족의식의
성장이 문학의 유산에 대한 평가를 가져왔다.

서거정은 《동문선》 편찬의 취지를 "우리 동방의 文은 宋元의 문
도 아니고 漢唐의 문도 아니며 바로 우리나라의 문이니. 마땅히 역
대의 문과 더불어 천지 사이에 나란히 나아가야 하거늘 어찌 없어
지고 전해지지 않을 수 있겠는가?"(我東方之文 非宋元之文 亦非漢唐之
文 而乃我國之文也 宜與歷代之文 并行於天地間 胡可泯焉而無傳也)라고 말했
다. 뛰어나다고 선정된 작가를 연대순으로 들면, 崔致遠, 金富軾,
李仁老, 李奎報, 李齊賢, 李穡, 權近 등이다.

유럽에도 문헌비고라고 할 것들이 거듭 이루어지다가 문학사로
연결되었다. 프랑스의 경우를 들어 보자.[5] 프랑스에서 이루어진 저
술 목록을 작성하고 해설해 그 성과를 자랑하려고 《프랑스의 문헌》
(Bibliothèque française)이라는 이름의 책이 16세기부터 나왔다.[6]

---

5) Clément Moisan, *Qu'est-ce que l'histoire littéraire?*(1987)(Paris: Presses Universitaires
de France), 44~64면

6) La Croix du Maine, Grudé François et Du Verdier Antoine, *Bibliothèque
française*(1584~1585); Charles Sorel, *La bibliothèque française*(1664)

18세기에 이르면 '문헌'에 '문학사'라는 말을 붙인 것들이 나타났다. 이른 시기에 이루어진 카뮈사, 《프랑스문헌 또는 프랑스문학사》(1723~1746)(François-Denis Camusat, *Bibliothèque française ou histoire littéraire de la France*, Amsterdam : Jean-Fr. Bernaed) 전 42권이 있는 것으로 확인된다. 저자는 교회 도서관 사서로 일하면서 서적 구입을 담당하고 자료를 정리해 책을 편찬하는 일에 종사한 사람이다. 문헌을 조사하고 정리하는 작업을 한 책을 여러 권 낸 것 가운데 하나에 "프랑스문학사"라는 이름을 붙였다.

그 뒤를 이어 나온 구제, 《프랑스문헌 또는 프랑스문학의 역사》(1740~1756)(Claude-Pierre Goujet, *Bibliothèque française ou histoire de la littérature française*, Paris: P. -J. Mariette)는 성직자의 저작이다. 박식을 자랑하면서 많은 저술을 하다가, 프랑스어 발전에 공헌한 모든 문헌, 특히 문학, 웅변, 철학, 신앙, 풍속에 관한 책을 18권 분량으로 출간했다. "프랑스문학의 역사"의 '문학'은 문헌을 뜻하면서 문학이 중요한 내용을 이룬다.

'문헌'을 의미하던 말이 '문학'으로 축소되고, 목록을 작성하고 해설을 하는 작업에서 문학의 변천을 고찰하는 방향으로 나아가 고유한 의미의 문학사가 출현했다. 그러나 그 뒤에도 지난날의 관습이 청산되지 않고 오늘날까지 이어진다. 문헌 정리로 이루어진 문학사가 계속 나오고 있다.

독일에도 문학사라고 한 책에 문헌 정리 방식을 사용한 것들이 있다. 코흐, 《독일문학사개요》(1790~1798)(Erduin Koch, *Compendium der deutschen Literatur-Geschichten*, Berlin: Buchhandlung der kön. Realschule)에서는 연표를 작성하고, 서적과 작품을 분류해 정리하는 방식으

로 문학사를 개관했다. 괴데커, 《독일문학사 개관》(1856~1881)(Karl Goedeke, *Grundrisz zur Geschichte der deutschen Dichtung*, Leipzig: Ehlermann) 전 3권은 문헌 정리에 힘써 독문학사의 백과사전을 만들고자 한 작업이다. 문학사가 독자적인 서술을 갖춘 다음에도 문헌 정리와의 관련이 중요시된다. 브륀티에르, 《불문학사 편람》(1898)(Ferdinand Brunetière, *Manuel de l'histoire de la littérature française*, Paris: Delagrave)의 저자는 불문학에 대한 다각적인 연구를 했다. 문학갈래의 진화로 문학사 전개를 파악하는 시도를 하고, 문학사 개요를 기본이 되는 문헌을 들어 정리했다. 그 뒤를 이어 미테랑 총편, 《프랑스의 텍스트와 문학사》(1980~1981)(Henri Mitterand dir., *Textes françaises et histoire littéraire*, Paris: Fernand Nathan)라는 것이 큰 규모로 이루어졌다.

문헌 정리에서 문학사가 유래한 것은 다른 여러 나라에서도 확인할 수 있다. 폴란드의 벤트콥스키, 《폴란드문학사》(1812)(Felix Bentkowski, *Historya Literatury Polskiej*)는 표제를 보면 일찍 나온 문학사인데, 역사 자료의 일부로 취급되던 문학 문헌을 소개하는 작업을 했다.[7] 謝无量, 《中國大文學史》(1912)(北京: 中華書局)에서는 문학은 "문장과 저술의 통칭"(文章著述之通稱)이라고 하고 문헌 소개를 내용으로 했다. 葉慶炳, 《中國文學史》(1965~1966)(臺北: 臺灣學生書局)도 자료집이다.

문헌 연구를 위한 오랜 작업이 문헌학이라는 학문으로 정립되었다. 문헌학은 문헌을 찾아내고 검증하는 작업을 전문적으로 한다.

---

7) 이민희, 〈한국과 폴란드의 자국문학사 이해 비교연구〉(1999)(서울대학교 석사논문), 21면

모르던 문헌을 찾아내 자료를 확대하는 데 그치지 않고, 어느 문헌이 어떤 과정을 거쳐서 현재에 이르게 되었는지 해명하고, 그 과정에서 생긴 오류를 바로잡아 원전을 복원하는 검증에 더욱 힘쓴다. 근대의 학문으로 정립된 문헌학은 문헌을 자료로 삼는 모든 연구 분야의 감독관 노릇을 하지만, 문학사와의 관련이 특히 긴밀하다.

문헌학은 문학사를 위해 이중으로 기여한다. 다루어야 하는 자료를 확대하고, 자료의 타당성을 검증한다. 문헌학에 의거하지 않고서는 문학사를 제대로 쓰는 것은 가능하지 않다. 문학사 서술이 호사가의 취미에 머무르는지 전문가의 업적인지 구별하는 기준이 문헌학의 작업을 거쳤는가 하는 데 있다.

19세기말 유럽에서 문학사 서술의 전범을 마련한 업적은 모두 문헌학의 방법을 사용해 객관성과 타당성을 확보하고, 문헌학과 문학사학을 동일시하기까지 했다. 문헌학의 방법을 사용해 신뢰를 얻은 결과, 문학사학이 문필가의 비평적 논의와 구별되는 학문으로 인정되고 대학에 자리를 잡은 것은 획기적인 발전이다. 그 전례를 어디서든지 받아들였다.

그러나 문학은 문헌 이상의 것이어서, 문헌학을 넘어서는 연구 방법을 요구한다. 문학을 문헌으로만 다루는 것은 생명이 없는 사체 해부에 지나지 않는다고 극언할 수 있다. 문학을 창작하고 비평하고 향유하는 이유가 문헌에 대한 관심에 있지 않다. 이 사실을 바로 알고 문학사가 문학에 관한 역사적 이해를 제대로 하는 새로운 방향을 개척해야 한다. 대학에서 문학연구를 학문으로 하는 타당성을 확인하고 확대해야 한다.

이런 생각은 누구나 할 수 있지만 실행이 쉽지 않아 진통을 겪

고 있다. 20세기 이후의 문학사 서술의 역사는 문헌학을 넘어서고
자 하는 노력의 과정이다. 다양한 시도와 논란이 있기만 하고 널리
인정되는 본보기는 없다. 그 이유가 문학이 특수하기 때문은 아니
다. 문학사학은 문학과 역사, 사상과 이론에 관한 근본적인 재검토
를 요구한다. 문학사가 학문 혁신의 중대 과업을 맡아야 하는 사명
을 감격스럽게 받아들이고 분투하는 것이 마땅하다.

정치사나 종교사에서 문학사로 이어지는 또 하나의 유산은 인물
의 전기이다. 인물의 전기는 선행 역사서의 주요 구성 요소이고, 문
학사에서도 긴요한 구실을 한다. 작가의 전기를 정리하고 서술한
유산은 문학사에 그대로 옮겨 놓을 수 있다.

중국의 역사서는 전기의 집성인 列傳을 갖추었다. 그 연원이 司
馬遷, 《史記》(기원전 1세기)에서 마련되었다. 거기 있는 屈原의 전기
는 작가론이라고 할 만하다. 서두에서 출신과 관직을 말하고, "견
문이 넓고 뜻이 굳으며, 정치의 성패에 정통하고, 글을 잘 지었
다"(博聞彊志 明於治亂 嫺於辭令)고 하는 말로 능력을 평가했다. 모함
을 받고 추방되어 원망하는 심정을 〈離騷〉로 나타냈다고 했다. 어
부를 만나 문답하고 물에 투신해 죽었다고 하는 〈漁父辭〉를 길게
인용했다. 끝으로 "太史公 曰"이라고 하고 굴원이 남긴 작품을 읽
고 "그 뜻을 슬프게 여긴다"(悲其志)고 하는 말로 시작되는 논평을
달았다. 모든 중국문학사가 이 자료를 거의 그대로 수록했다.

范曄, 《後漢書》(5세기 전반) 이래로 중국의 역대 사서에는 文苑傳,
文藝傳, 文學傳 등으로 일컬은 것이 있어 문인의 전기를 모아 놓았
다. 張昭遠 외, 《舊唐書》(945)에서 제공하는 자료가 특히 풍부하다.

韓愈, 柳宗元, 白居易 등의 전기는 독립되어 있고, 文苑傳에 崔顥, 孟浩然, 李白, 杜甫, 李商隱, 溫庭均 등 여러 문인의 전기를 수록했다. 《구당서》를 개작한 歐陽修 외, 《新唐書》(1060)에서는 문원전을 文藝傳이라고 개칭했다. 두 《당서》의 자료를 자리에 모아 연결시키면 唐代의 문학사가 이루어진다고 할 수 있다.[8]

한국에서도 중국의 전례에 따라 정치사에 열전을 수록했다. 《삼국사기》(1145) 열전의 薛聰, 崔致遠, 崔承祐, 崔彦撝, 金大問 등의 전기는 문학사를 위한 필수적인 자료이다. 최치원 전기를 본보기로 들어 보면, 생애와 행적을 자세하게 고찰하고 "열두 살에 배를 타고 바다를 건너가 문장으로 중국을 감동시켰다"(十二乘船渡海來 文章感動中華國)고 하는 시를 들어 재능을 말하고, "동쪽 고국에 돌아오니 줄곧 혼란한 세상을 만나"(東歸故國 皆遭亂世) 뜻을 펴지 못하고, 모함을 받고 밀려나 자취를 감추어야 했던 것이 개탄스럽다고 길게 말했다.

鄭麟趾 외, 《高麗史》(1451) 열전에 등장하는 문인은 훨씬 많다. 金富軾, 安軸, 崔瀣, 李奎報, 李仁老, 李濟賢, 李穡, 鄭道傳 등 문학사의 주역이라고 할 수 있는 인물이 다 들어 있다. 《삼국사기》 열전을 집필할 때보다 자료가 훨씬 많아, 사실을 자세하게 설명하고 시문을 자주 인용해 분량이 늘어났다. 이 자료와 함께 서거정, 《동문선》(1478)에 수록된 시문을 이용하면 작가론과 작품론이 함께 이루어진다.

---

8) 錢基博, 《中國文學史》(1993)(北京: 中華書局)에서는 중국 역대 사서의 문원전류가 문학사의 연원을 이루었지만, "一代文宗 往往不厠於文苑之列"여서 아쉽다면서 "班固, 蔡邕, 孔融 不入 後漢書 文苑傳" 이하 여러 예를 들었다.(上, 6면)

정치사와 겹치기도 하고 병행해서 이루어지기도 한 종교사는 성자전이라고 하는 전기를 중요한 내용으로 삼았다. 수행이나 교화에서 탁월한 행적을 보여 숭앙과 인기를 누린 성자들의 전기를 모은 성자전 집성이 여러 문명권에서 문학사의 원천 노릇을 하면서 구체적인 모습은 달랐다. 이슬람교에서는 정치사가 종교사이므로 성자전은 그 부록이라고 할 수 있다. 힌두교나 불교에서는 고승전을 종교사로 삼았다. 기독교에서는 성자전이 교회사의 주요 내용이었다가 독립되었다.

아랍세계에서는 정치사의 열전과 이슬람교의 성자전이 병행해서 존재했다. 앞의 것은 아랍어로 이루어져 공식적인 자료로 쓰이고, 뒤의 것은 페르시아어로 집성되어 대중의 인기를 누렸다. 동아시아에서는 유교의 산물인 정치사의 열전과는 별도로 불교의 성자전이 고승전이라는 이름으로 거듭 집성되었으며, 둘 다 한문을 사용했다. 동아시아 한문문명권의 고승전은 산스크리트문명권의 힌두교 및 불교 고승전과 이어지면서, 등장인물이 더 많고 집성의 범위가 한층 넓어졌다.

많은 인물의 행적을 모아 인물 전기 사전이라고 할 만한 것을 만든 것이 아랍세계의 특징이다. 아부 누아임,《동반자들의 생애》(11세기)(Abu Nuaym, *Hiyat al-awilya*)에서 종교적인 인물을 우선적으로 선택해서 689명의 전기를 10권 분량으로 서술했다. 칼리칸,《위대한 인물들의 죽음과 시대의 아들들 역사》(1274)(Ibn Kallikhan, *Wafyat al-ayan wa-anba abna al-zaman*)는 8백 명도 더 되는 아랍세계 인물의 전기를 모아 글자 순서로 배열한 인명사전이다. 이런 것들이 아랍문학사의 소중한 원천이다.

종교적인 인물 가운데 특히 높이 평가되는 '수피'(sufi)는 사제자
가 아니며 특별한 자격을 가지고 있지 않지만, 궁극적인 진리를 추
구하기 위해서 집을 버리고 사막으로 가서 신과 만나 하나가 되
는 체험을 얻으려고 했다고 한다. 칼라바디, 《수피의 교리》(10세
기)(Muhammad ibn Ibrahim Kalabadhi, *Kitab al-Ta'arruf li-madhhab ahl al-
tasawwuf*)에서 수피의 생애와 수련에 관한 자료를 집성했다. 그런 작
업을 페르시아에서 열의를 가지고 진행해, 페르시아어를 사용하고
자기 나라 성자들을 다수 등장시켰으며, 종교와 일상생활의 간격을
좁혔다. 그런 작업의 결정판이 아타르, 《성자들의 행록》(13세기 초)
(Attar, *Tadhkirat al-Awliya*)에서 이루어졌다.

유럽에는 여러 성자전이 있다가 야코부스, 《황금본 성자전》(1260
년 경)(Jacobus de Voragine, *Legenda aurea*)에서 집성되었다. 라틴어로 이
루어진 그 책이 기독교문명권 전역에서 함께 사용되면서 대단한 호
응을 얻고, 각국어로 번역·번안되었다. 독일어본 《신성한 생애》
(1400년 경)(*Der heilige Leben*)에서는 독일을 위시한 중부유럽의 성자를
다수 추가했다. 구전을 자료로 해서 추가 작업을 하고, 그 결과가
다시 구전을 통해 전파되었다. 영국, 스웨덴, 아이슬란드 등에서도
각기 자기네 성자전을 갖추었다. 주변부로 갈수록 인물 선택이나
이야기하는 내용에서 독자적인 성격이 더욱 두드러졌다.

힌두교의 성자는 시인이기도 해서 성자-시인으로 일컬어진다.
그 행적과 작품이 모두 문학사의 직접적인 원천이다. 남인도의 타
밀어로 세키자르, 《위대한 전설》(12세기)(Sekkizhar, *Periya Puranam*)에
63인의 성자-시인이 소개되어 있다. 북인도에서도 성자는 시인이
었다. 성자의 전기와 시가 민족어로 기록되어 전하며, 15세기 이

후 17세기까지의 힌디어권의 성자-시인 카비르(Kabir) 미라바이
(Mirabai), 수르다스(Surdas), 툴시다스(Tulsidas)가 특히 우뚝한 위치에
있으면서 대단한 인기를 모았다. 그런데 이들의 전기는 집성되지
않고 각기 전하면서 구전을 넘나드는 동안에 많은 변이가 이루어
졌다. 불변의 권위를 지닌다고 하지 않고, 민중과 친근한 관계를
가졌다.

불교에서는 교조 석가의 가르침을 받고 깨달은 경지에 이른 사
람들을 '아라한'(arhat, 羅漢)이라고 했다. 아라한의 전기가 여기 저기
전해 고승전이라고 일컬어지는 불교 성자전의 시초를 이루었다. 이
른 시기 남녀 고승의 행적을 팔리어 노래《비구 고승송》(*Theragatha*)
와《비구니 고승송》(*Therigatha*)에서 정리했다. 대승불교 시대에는 새
로운 고승이 등장했다. 그 가운데 나가르주나(Nagarjuna, 龍樹)가 특
히 널리 숭앙되어 산스크리트어뿐만 아니라 티베트어와 한문의 문
헌에도 뚜렷한 자취를 남겼다.

불교 고승전을 티베트에서 대단하게 여겼다. 개별 인물의 성자
전을 장편으로 완성하고, 최고의 문학작품으로 삼아 애독했다. 인
도에서 간 8세기의 승려 파드마삼바바(Padmasambhava)의 전기를 그
전범으로 삼았다. 12세기의 성자 밀라레파(Milarepa)도 크게 숭앙되
었다. 헤루카,《밀라레파의 전기와 영적인 노래》(15세기)(Tsang Nyon
Heruka, *Rnal 'byor gyi dbang phyug chen po mi la ras pa'i rnam mgur*)에서, 밀
라레파가 극도의 시련과 고행을 거쳐 바른 길을 깨달아 세상을 구
하는 성자가 된 내력을 말하고 지은 시를 자주 삽입한 전기가 널리
알려지고 애독된다.

한문문명권 불교성자전은 유교에서 마련한 列傳 서술의 방식을 채택했다. 6세기 중국 梁나라 승려 慧皎가 편찬한 14권 분량의 《高僧傳》 일명 《梁高僧傳》에서 그 모형을 정립했다. 5백 명이나 되는 국내외의 승려를 여러 항목에 나누어 수록하고, 구체적인 사실을 들어 고승은 예사 사람이 할 수 없는 수행을 하고, 상식을 넘어선 능력을 발휘한 경이로운 존재임을 말했다. 7세기 당나라 道宣이 《續高僧傳》 일명 《唐高僧傳》 전 30권을, 10세기 송나라 贊寧이 또 하나의 《高僧傳》 일명 《宋高僧傳》 전 30권에서 후속 작업을 했다. 그 뒤에도 시대마다 다시 고승전을 엮어 승려들의 행적을 정리해 세상에 알렸다. 왕조의 역사를 계속 서술하는 것과 같은 작업을 불교에서도 했다고 할 수 있다.

한국에서도 신라 시대에 金大問이 《高僧傳》을 지었다고 하는데 전하지 않는다. 13세기 覺訓, 《海東高僧傳》에서 독자적인 고승전을 이룩하는 작업을 본격적으로 추진했다. 일부만 남아 있어 전모를 파악할 수 없으나, 본문은 중국의 전례에서와 같이 자료에 입각해 사실 위주로 서술하고자 하는 데 그치지 않고, 인물마다 贊을 다는 새로운 방법을 마련해 한국 고승들의 위대한 업적들에 대한 저자의 평가를 나타냈다.

《삼국유사》도 고승전이라고 할 수 있다. 圓光, 慈藏, 義湘, 眞表 등 널리 알려진 고승의 행적을 찾아 정리하고, 그 가운데 원효를 특히 중요시해서 다양한 전승을 거듭 소개했다. 승려이든 속인이든 누구든지 불교 수행을 하면 높은 경지에 이를 수 있다고 하고, 흥미로운 일화를 다수 수록했다. 향가의 유래와 작품을 소개한 〈廣德嚴莊〉, 〈月明師兜率歌〉, 〈融天師彗星歌〉, 〈永才遇賊〉 등은 문학사에 그대로 수록될 수 있는 내용이다.

일본의 고승전은 14세기의 《元亨釋書》이다. 전반부에서는 일본 문화의 다양한 면모를 보여 주다가 傳이라고 한 후반부에 고승의 행적을 수록하면서 토착 종교 神道와 관련된 내용을 많이 넣었다. 불교가 신도와 가까운 관계를 가지고 토착화해, 주술의 기능을 수행한 것을 보여 주었다.

傳燈錄이라고 하는 것은 고승전의 변형이다. 선승들의 행적을 생애의 순서를 따르지 않고 일화 위주로 서술하는 독자적인 형태를 이루었다. 11세기에 중국의 《景德傳燈錄》에서 제시한 모형이 널리 영향을 끼쳐, 한국이나 일본에서도 자국 선승들의 언행록을 편찬했다. 그 어느 것에서나 깨달음이 무엇인지 파격적인 언동을 통해 나타냈다. 이치를 거부하는 禪詩를 이용해 한층 높은 경지로 올라갔다. 월남에서 14세기에 마련한 《禪苑集英》은 높은 경지에 이른 자랑스러운 승려가 이어져 나온 사실을 널리 알리고자 하면서, 핵심이 되는 내용은 전등록 방식으로 서술했다.

동아시아의 종교는 불교만이 아니고 도교도 있다. 도교의 성자는 神仙이다. 중국에서 기원전 1세기에 劉向, 《列仙傳》에서 18세기 한국 洪萬宗, 《海東異蹟》에 이르기까지 수많은 신선의 전기가 나와 자료가 풍부하다. 신선은 불만이 많은 이 세상에서 떠나가서 자취를 감춘 사람이다. 놀라운 이적을 행한 것이 신선이 성자일 수 있게 한 요건이다. 신선은 깨달은 다음에 세상에 다시 나와 널리 혜택을 베풀지 않았다.

지금까지 고찰한 인물전, 열전이나 성자전은 문학사와 이중의 관련을 가졌다. 그 내용이 모두 문학사에 등장시켜 고찰할 유산이다.

인물을 들고 행적을 말하면서 사리를 설명하는 방식이 작가론으로
이어지고, 작가론을 근간으로 하는 문학사가 계속 나왔다.

  인물의 전기는 오랫동안 모든 문명권의 공동 관심사였는데, 근래
에는 유럽이 특별한 열의를 가지고 전면에 나섰다. 근대화를 지향
하면서 개인주의가 성장한 것이 변화의 이유이다. 보편적인 이념에
서 벗어나 인물 개개인의 특성을 파악하는 새로운 풍조가, 중세의
유산이 적어 근대화에 앞선 영국에서 먼저 나타났다.

  윈스탠리, 《가장 유명한 영국 시인들의 생애》(1687)(William
Winstanley, *Lives of Most Famous English Poets*, London: H. Clark)를 비롯한
몇 가지 책이 일찍부터 나와 자기 나라에 훌륭한 작가들이 있다는
사실을 정리해 알리고 문학에 대한 인식을 키웠다. 이러한 유산을
받아들여 문학사를 서술했다.[9]

  유럽 대륙에서 문예사조로 문학사를 이해할 때에도 영국에서는
작가를 내세워 차이점이 확대되었다.

  영국에서는 작가론이 총괄적으로 또는 개별적으로 거듭 풍부하
게 이루어져 많은 저작이 있다. 모블리 편, 《영국작가》(1884~1905)
(John Morley ed., *English Men of Letters*, London: Macmillan)는 작가 한 사
람을 저자 한 사람씩 맡아 생애를 위주로 고찰한 총서이다. 도우든,
《사우디》(1884)(Edward Dowden, *Southey*)에서 비롯해, 처치, 《스펜서》
(1901)(R. W. Church, *Spencer*)까지 전 12권이 나오고, 1905년에 보유편

---

9) René Wellek, *The Rise of English Literary History*(1966)(New York: MacGraw-
  Hill, second edition) 서두에서 "Literary history as a distinct discipline arose only
  when biography and criticism coalesced, and when, under the influence of political
  historiography, the narrative form began to be used"라고 했다.(1면) 정치사와 열전의 결
  합으로 문학사가 탄생했다고 하고, 문헌학에 관한 말은 없다.

까지 포함해 전 19권이 재출간되었다.

작가는 어떤 사람인가에 대한 다각적인 고찰을 하는 작가 일반
론 개척도 영국에서 선도했다. 콜린스, 《1780~1832년간 문인의 직
업: 작가와 후원자 · 출판인 · 독자의 관계에 관한 연구》(1928)(Arthur
Simons Collins, *The Profession of Letters: a Study of the Relation of Author
to Patron, Publisher, and Public, 1780~1832*, London: Routledge)에서 작가
가 어떻게 생활을 할 수 있었는가 하는 문제를 역사적으로 고찰했
다. 사운더스, 《영국 문인의 직업》(1964)(J. W. Saunders, *The Profession
of English Letters*, London: Routledge)에서는 직업적인 작가가 등장한 과
정을 고찰했다. 크로스, 《문인의 상승과 하강, 1800년 이래의 영국
문학생활》(1969)(John Cross, *The Rise and Fall of the Man of Letters, English
Literary Life Since 1800*, London: Weidenfield and Nicolson)에서는 언론인, 저
술가, 비평가 등을 모두 문인에 포함시켜 함께 고찰했다.

작가뿐만 아니라 다른 여러 분야 인물의 전기를 쓰고 인물을 논
하는 것을 대단한 관심사로 삼아 셸스턴, 《전기》(1977)(Alan Shelston,
Bigraphy, London: Methuen); 롤리선, 《전기 읽기》(2004)(Carl Rollyson,
Reading Biography, London: iUniverse) 같은 것들을 내놓았다. 그런 작업
을 영국에 이어서 미국에서도 했다. 프랑스 외, 《생애의 지도 그리
기; 전기의 효용》(2002)(Peter France and William St. Clair, *Mapping Lives:
The Uses of Biography*, New York: Oxford University Press)에서는 시대나 나
라에 따라 다른 전기의 양상을 고찰한 글을 모았다. 해밀턴, 《전기:
간략한 역사》(2007)(Nigel Hamilton, *Biography: A Brief History*, Cambridge,
MA.: Harvard University Press)에서는 이름난 전기 작가가 자기가 하는
작업의 역사를 정리했다. 고대의 서사시에서 시작해 여러 유명인사

들의 전기를 거쳐 오늘날까지 책, 연극, 그림, 영화 등에서 인물의
생애를 어떻게 취급했는지 시대순으로 고찰하고 변천 과정을 논의
했다.

영문학사는 시대구분에 성의를 보이지 않고 편리한 대로 편차를
짜면서 작가를 크게 내세우는 것이 예사이다. 대작가(major authors)
와 군소작가(minor authors)를 구분하고, 대작가 위주로 문학사를 서
술한다. 대작가 이름과 국왕의 이름을 대등한 위치에 놓고 문학
사의 시대를 나타내는 것이 예사이다. 고스, 《근대영문학 약사》
(1900)(Edmund Gosse, *A Short History of Modern English Literature*, London:
A. Appleton and Company)가 좋은 예이다. 차례를 옮기면, "1.초서
(Chaucer)의 시대, 2.중세의 종말, 3.엘리자베스(Elizabeth)의 시대,
4.몰락, 5.드라이든(Dryden)의 시대, 6.앤(Anne)의 시대, 7.존슨
(Jonson)의 시대, 8.워즈워스(Wordsworth)의 시대, 9.바이런(Byron)의
시대, 10.초기 빅토리아(Victoria) 시대, 11.테니슨(Tennyson)의 시대"
라고 했다. 3·6·10에서는 국왕, 1·5·7·8·9·11에서는 대작
가를 내세웠다.

허드슨, 《영문학개요》(1913)(William Henry Hudson, *An Outline of
English Literature*, London: G. Bell and Sons)에서는 대작가 이름을 내세
워, 초서·셰익스피어(Shakespeare)·밀튼(Milton)·드라이든(Dryden)·
포프(Pope)·존슨(Johnson)·워즈워스·테니슨을 들어 시대를 구분
했다. 콘라드, 《카셀 영문학사》(1985)(Peter Conrad, *Cassell's History of
English Literature*, London: Weidenfeld and Nicolson)에서는 참신한 문학
사를 쓴다고 했으면서도, 작가 이름을 내세우는 것으로 시대구분
을 대신하는 방식이 달라지지 않았다. 42개의 항목 가운데 초서는

3 · 4, 셰익스피어는 7 · 10 · 11 · 12 · 13 · 14, 밀튼은 15 · 16 · 17 표제에 이름이 등장해 주역 노릇을 한다.

프랑스에도 작가들의 생애를 통해 문학사를 이해하고자 하는 저작이 있었다. 사바티에 드 카스트르, 《우리 문학 세 세기 또는 우리 작가 정신의 모습, 프랑수와 1세부터 1772년까지》(1772)(Sabatiers de Castres Antoine, *Les trois siècles de notre littérature ou Tableau de l'ésprit de nos écrivains, depuis François 1er jusqu'en 1772*, Amsterdam, Paris: Gueffier) 전 3권은 자모 순서로 배열한 작가 사전이다. 거듭 출판되고 축소판이 나오기도 했다. 그런데 영국의 유사한 저작보다 출현 시기가 늦고 수가 적다. 영국은 열전의 유산을, 프랑스는 문헌학의 유산을 각기 더욱 중요한 통로로 삼아 문학사를 이룩한 점이 서로 다르다.

프랑스에서는 작가 전기에서 서술자가 자기 견해를 제시하면서 비평적인 논의를 했다. 문학비평을 정착시킨 생트-뵈브(Sainte-Beuve)는 문학의 실상을 있는 그대로 이해하기 위해 작가에 대한 탐구를 가장 중요한 과제로 삼았다. 작가의 면모와 특징을 살피는 글을 많이 써서 그림에서 초상화를 그린 것과 같이 한다고 했다. 몇 차례 집성을 해서《문학초상》(1844, 1876~1878)(*Portraits littéraires*, Paris: Didier) 전 3권을 내고, 후속 작업을 《현대초상》(1846, 1869~1871)(*Portraits contemporains*, Paris: Michel-Lévy frères) 전5권에서 했다. 다른 제목으로 나온 여러 책에도 문학초상이라고 할 것들이 많이 있다.

시인 베르렌느가 지은 《저주받을 시인들》(1884)(Paul Verlaine, *Les poètes maudits*, Paris: Léon Vanier)은 전기이고 비평이고 또한 시론이다. 코르비에르(Corbière), 랭보(Rimbaud), 말라르메(Mallarmé) 등의 동시대 자기 주변 시인들이 사회에서 소외되어 저주받는 처지에서 고뇌를 겪으면서 시 창작의 새로운 경지를 개척한 내력을 고찰한 것도 소중한 작업이다. 상징주의 시의 출현 배경, 성장 과정, 작품 세계 이해를 위해 크게 이바지한다.

프랑스에서는 작가 연구를 19세기 말 이후에 본격적으로 해서 문학사의 내용을 풍부하고 정확하게 하는 데 활용했다. 좋은 본보기가 오랫동안 힘써 이룩한 브륀느티에르, 《1849~1906년 프랑스문학의 비평적 연구》(1880~1907)(Ferdinand Brunetière, *Études critiques sur l'histoire de la littérature française, 1849~1906*, Paris: Hachette) 총서 전 8권이다. 파스칼(Pascal), 몰리에르(Molière), 라신느(Racine), 볼테르(Voltaire), 위고(Hugo), 발자크(Balzac) 등의 작가론을 자세한 내용을 갖추어 내놓아 불문학의 실증적 연구에 크게 기여했다.

작가론 집성이 문학사 서술과는 별도로 이어지고 있다. 라가르드 외, 《교과 범위 안의 위대한 작가들》(1954~1962)(André Lagarde et Michard Laurent, *Les grands auteurs du programme*, Paris: Bordas) 전 6권이 인기를 얻어 증보판이 나오고 거듭 출판되었다. 쥘로, 《위대한 작가들》(2007)(Jean-Joseph Julaud, *Les grands écrivains*, Paris: First); 피콩, 《프랑스 위대한 작가들과의 만남》(2011)(Jérôme Picon, *À la rencontre des grands écrivains français*, Paris: Larousse)이라는 것들도 있고, 이름난 출판사 두 곳에서 작가 사전을 내놓았다.[10] 파르티네 외, 《작가의 역사》(2013)(Elizabeth Partinet et Isabelle Diu, *Histoire des auteurs*, Paris: Librairie Académique Perrin)라고 하는 것도 있다.

---

10) *Le Robert des grands écrivains de la langue française*(2011)(Paris: Robert); *Le Petit Larousse des grands écrivains*(2012)(Paris: Larousse)

동아시아에서도 작가에 대한 관심은 오래 전부터 있었다. 역대의
詩話에서 작가에 관한 논의를 찾을 수 있다. 그러나 작가론이라고
일컫고 여러 작가를 함께 다루는 방식은 새삼스럽게 유럽에서 받아
들였다. 유럽문학과 관련을 가진 근대 이후 작가를 작가론의 대상
으로 삼는 것이 그 때문이라고 할 수 있다.

일본이 근대 작가론을 갖추는 일에는 앞섰다. 佐藤春夫·宇野浩
二 編, 《明治文學作家論》上下; 《大正文學作家論》上下; 《昭和文
學作家論》上下(1943)(東京: 小學館)가 일관된 계획으로 진행한 큰 규
모의 작업이다. 吉田精一, 《眈美派作家論》(1981)(東京: 櫻楓社); 片岡
懋, 《近代作家論》(1983)(東京: 新典社); 与那覇惠子, 《現代女流作家
論》(1986)(東京: 審美社) 등 특정 영역의 작가론도 많이 있다.

중국에서도 고전문학의 작가는 각기 단수로 고찰하고, 근대 이후
작가는 복수로 모아서 다루어 작가론이라고 한다. 총괄 작업은 보
이지 않고, 개별적인 작가론이 다양하게 이루어졌다. 黃人影, 《當
代女流作家論》(1985)(上海: 上海書店); 姜穆, 《三十年代作家論》(1988)
(臺北: 東大圖書公司); 黃樹紅, 《嶺南作家論》(1993)(廣州: 華南理工大學
出版社)에서처럼 성별, 연대, 지역 등을 구분의 기준으로 삼고 어느
한 쪽의 작가들을 고찰한 책이 많이 있다.

한국의 작가론은 조연현, 《한국현대작가론》(1970)(서울: 문명사);
김윤식, 《한국근대작가논고》(1974)(서울: 일지사); 정한숙, 《현대한국
작가론》(1976)(서울: 고려대학교출판부) 같은 것들이 나왔다. 《작가론
총서》(서울: 문학과지성사)라고 한 것에 김현 편, 《이광수》(1977); 김
용직 편, 《이상》(1977); 김윤식 편, 《염상섭》(1977); 신동욱 편, 《김
소월》(1991)이 포함되어 있다. 김윤식, 《작가론》(1996)(서울: 솔출판사)

에서는 오늘날의 작가들에 대한 광범위한 고찰을 했다. 그래도 성과가 크다고 하기는 어렵다.

황패강 외, 《한국문학작가론》(1993)(서울: 현대문학사)에서 작가론의 영역을 확대하고 집성을 시도했다. 고전문학까지 포함한 문학사 전 시기의 대표적인 작가를 망라해, 고려까지의 작가 원효, 혜초 외 11인, 조선조의 작가 정극인, 서거정 외 41인, 근대의 작가 안국선, 이해조 외 8인, 모두 66인에 관한 논의를 66인이 분담해 집필했다. 참가 인원이나 분포에서 이 정도의 집필자가 공동작업을 한 문학사가 더 없다. 민족문학사연구소 고전문학분과, 《한국고전문학 작가론》(2003)(서울: 소명출판)에서는 최치원에서 황현까지의 고전문학 작가 19인을 시대 구분 없이 등장시켜 고찰했다. 분담해 집필한 원고를 토론하고 수정하는 과정을 거쳐 공동의 저작을 이룩했다고 했다.

작가론은 문학사의 필수 요건이다. 작가론을 풍부하게 갖추어야 내용이 충실한 문학사를 이룩할 수 있다. 그러나 문학사가 작가론 집성일 수는 없다. 작품론을 작가론에 종속시키면 문학사 이해에서 진전이 없다. 작가와 작품에 대한 미시적인 논의가 문학사의 전개를 거시적으로 파악하는 증거여야 한다.

작가의 등급 판정은 부질없는 짓이다. 위대한 작가가 문학을 지배했다고 하는 데 머무르는 문학사는, 할 일을 제대로 하지 않아 수준이 낮다고 하지 않을 수 없다. 여러 작가가 문학사의 전반적 흐름 속에서 각기 일정한 위치를 차지하고 서로 관련을 가지는 양상을 유기적으로, 총체적으로 파악해야 한다.

작가론을 풍부하게 이룩한 것은 문학사를 잘 쓰는 데 유리하기도
하고 불리하기도 하다. 자료 확보에서 유리하고, 서술의 정상화를
방해해 불리하다. 불리한 작용이라고 할 수 있는 것이 영국에서 잘
나타난다. 위대하다는 작가에 짓눌리고, 또한 이론적 탐구에 힘쓰
는 전통이 결핍되어 영국문학사 서술은 줄곧 답보 상태이다. 문학
사학의 발전이 없는 약점을 영문학은 위대하다는 주장으로 상쇄하
려고 해서 사태를 악화시킨다.

3) 문학사를 산출한 시대

문학사가 독자적인 모습을 갖추고 나타난 시기는 근대이다. 누구
나 공유할 수 있는 국민의 자각과 자부심을 갖춘 새로운 시대를 만
들고자 하는 근대의 열망이 문학사를 필요로 했다. 문명권 전체의
공동문어를 버리고 각자의 구어를 애용하다가 공용어로, 다시 국어
로 삼고, 그 가치를 선양하고 발전시키는 국문학을 소중하게 여기게
되었다. 거기까지 이른 과정을 말해 주는 전형적인 사례를 둘 든다.
이탈리아의 단테(Dante)는 이론과 실천 양면에서 자국어 글쓰기의
의도적인 선구자로 높이 평가된다. 《신곡》(*Divina commedia*)을 라틴
어가 아닌 속어 이탈리아어로 쓰는 이유를 밝힌 라틴어 논설《속어
론》(*De vulgari elogentia*)에서 "천사는 언어가 없다"고 했다.[11] 천사는
언어를 사용하지 않고 하느님과 사람을 연결시킨다고 한 말이다.

---

11) Dante, Steven Botterill ed., and tr., *De vulgari elogentia*(1996)(Cambridge: Cambridge
University Press), 3면

그렇다면 기독교 교회의 언어인 라틴어가 특별한 가치를 가져야 할 이유가 없다.

한국에서 金萬重이 한문으로 쓴 《西浦漫筆》에서 한 말이 이와 상통한다. 한국인이 자기 말과 다른 한문으로 시문을 창작하는 관습은 앵무새가 사람 말을 하는 것과 다를 바 없다고 하고, 한국어 사용의 모범을 보인 鄭澈의 가사를 "진정한 문장"이라고 평가했다. 이런 발언의 타당성을 국문소설 창작에서 입증했다. 《구운몽》은 한문본과 국문본 가운데 어느 쪽이 먼저였는지 논란이 있고, 《사씨남정기》는 국문 창작이 분명하다.

그러나 중세의 공동문어는 종교에서 오랜 생명을 누렸다. 단테의 발언을 무시하고, 개신교의 개혁을 멀리하면서, 가톨릭에서는 라틴어로 예배를 해야 종교적 효력이 있다는 관습을 최근까지 이어왔다. 이슬람의 경전 《쿠란》(Quran)은 원문 그대로 암송해야 하고 번역할 수 없다고 한다.

동아시아 불교는 한문을 경전어로 사용해 왔다. 한문 경전 국역본이 있어도 경전으로 인정되지 않았다. 지금은 한문을 전연 사용하지 않아 아는 사람이 거의 없는 월남에서 사람이 죽어 장사 지낼 때 관 위에 "西方極樂"이라고 쓴 것을 보았다. 부처님은 한문이라야 알아보므로 그렇게 써야 배달 사고가 일어나지 않는다고 여긴다.

공동문어를 대신해 민족구어를 사용하려면 종교의 구속에서 벗어나야 하고, 유무식에 따라 상하의 지체를 나누는 관습을 타파해야 했다. 민족구어는 열등하다는 사고방식을 고치는 것이 더욱 긴요한 과제였다. 공동문어와 견주어 보면 민족구어는 어법이 정비되지 않고, 어휘나 표현이 모자라는 것이 부인할 수 없는 사실이므로 각별한 노력이 필요했다.

프랑스의 경우를 들어 보자. 16세기에 뒤 벨레(Joachim Du Bellay)라는 시인이 쓴 〈프랑스어 옹호와 현양〉("Défense et illustration de la langue française")이 그런 노력의 좋은 본보기이다. 행정과 법률의 언어를 프랑스어로 바꾼다는 조처를 한 국왕을 "어버이"라고 칭송하면서, 국왕의 뜻을 받들어 야만적이고 비천하다고 하는 프랑스어를 잘 가다듬어 우아하고 품위 있는 언어로 만들어야 한다고 했다. 17세기에는 프랑스어를 가다듬는 국가기관 아카데미 프랑세즈(Académie française)를 설립하고, 표준이 되는 사전을 만들어 한 걸음 더 나아갔다.

그래도 프랑스어는 널리 쓰이지 않았으며 라틴어보다 현저히 열세였다. 뒤 벨레 자신도 라틴어 시인으로 이름이 났으며, 조국 사랑을 라틴어 시로 나타냈다. 국왕이 프랑스어를 공용어로 하고자 한 이유는 지방제후와 교회의 세력을 누르고 왕권을 강화하고 중앙집권을 확대하자는 데 있었다. 이러한 노력이 의도한 성과를 이룩하지 못했으며, 프랑스어는 18세기까지 "국왕의 언어"에 머물렀다.[12] 프랑스혁명을 겪고 사정이 달라졌다. 상하층을 아우르는 국가 구성원인 국민이 출현하자 프랑스어가 국민의 언어가 되었다. 프랑스 국민은 라틴어 대신 프랑스어를 국어로 사용해 동질성을 확보하자는 운동이 일어나 언어 사용의 양상을 바꾸어 놓았다. 변화가 여러 단계에 걸쳐 이루어져 1880년에야 대학입시 국가고사에서 라틴어 작문 대신 프랑스어 작문 시험을 실시하게 되었다.[13]

이것은 동아시아 각국에서 한문으로 실시하는 과거 시험을 폐지

---

12) Daniel Baggioni, *Langue et nation en Europe*(1997)(Paris: Édtions Payot et Rivages), 137면

13) Clément Moisan, *Qu'est-ce que l'histoire littéraire?*(1987)(Paris: PNU), 79면

한 것과 상통하는 변화이다.

　나폴레옹은 황제가 되어 루이 14세처럼 왕권을 뽐내려고 하지 않고 프랑스 혁명의 이상을 강력한 힘으로 실현하려고 분투했다. 루이 14세의 군대는 국왕의 군대였지만, 나폴레옹의 군대는 국민의 군대였다. 나폴레옹은 사회 저변에서 일어난 자발적인 변화를 집약해 정치에서나 군사에서나 전에 없던 힘을 지닐 수 있었다. 무명인 다수가 동질성을 확인하면서 단합된 관계를 가지고 공동의 목표를 추구하는 국민의 형성을 요구하고 그 일원이 되어 영광스럽다고 여기게 된 것이 커다란 변화였다.

　이러한 사실을 입증하는 많은 자료가 있지만, 나폴레옹 군대의 침공으로 피해자가 된 나라, 독일의 시인 하이네(Heinlich Heine)가 남긴 시를 특히 주목할 만하다. 나폴레옹을 따라 전선에 나섰다가 포로가 된 두 근위병이 나폴레옹이 패전하고 잡혔다는 소식을 듣고 크게 통탄하고, "나의 시체를 프랑스로 가져가, 나를 프랑스 땅에 묻어다오"라고 했다. 굶어 죽는 처자는 어쩔 수 없어 버려두고, 나폴레옹이 다시 일어날 때 부활해 함께 싸우겠다고 했다.[14]

　프랑스에서만 세상이 달라진 것은 아니다. 공동문어를 버리고 일상의 구어를 공용어로 사용하고 국어로 만드는 것은 국민 형성의 필수적인 과업이어서 어디서나 기본적으로 동일한 방식으로 추진했다. 공동문어는 국가를 넘어서는 문명권의 동질성을 이룩하면서 유식한 지배자와 무식한 피지배자의 간격을 벌여 놓았다. 국어는 유식과 무식의 간격을 좁히고 지배자와 피지배자가 서로 소통하면

---

14) Heinlich Heine, "Die Grenadiere", 인용구의 원문은 다음과 같다.
　 "So nimm meine Leiche nach Frankreich mit, Begrab mich in Frankreichs Erde."

서 동질성을 확인할 수 있게 하는 국민의 언어이고, 근대국가가 단
일체이게 했다.

프랑스뿐만 아닌 다른 여러 나라에서도 노동은 하지 않고 공동
문어 학습을 독점하던 상층의 특권을 부정하고 누구나 노동을 해야
하는 평등의 시대가 되어, 배우기 쉽고 쓰기 편한 국어로 보편적인
교육을 실시해야 했다. 누구나 대등한 자격을 가지고 참여할 수 있
는 국민의 형성은 세계 공통의 과제이다. 이러한 사실을 증명하는
데 한국의 경우가 좋은 증거가 된다. 가까이 있는 자료가 오히려 잘
알려지지 않았으므로 자세하게 말하기로 한다.

1910년에 일본에게 국권을 침탈당하자 우국지사 黃玹이 자결하
면서 남긴 한시 〈絶命詩〉에 "글 아는 사람 노릇하기 어렵다"(難作識
字人)고 한 말이 있다. 일반백성이야 나라를 잃고도 살아가지만, 한
문을 하는 선비는 참고 살기 어려워 죽음을 택한다는 말이다. 유무
식이 사람됨을 결정한다고 하면서 지체를 구분했다. 그러나 그것은
역사의 표면이며 이면은 달랐다.

영불 침략군이 중국 북경을 함락해 동아시아 전체가 위기를 감지
한 1860년에 커다란 변화가 일어났다. 시골 선비의 서자로 태어나
허송세월하고 지내던 崔濟愚가 東學의 깨달음을 얻었다면서《龍潭
遺詞》라고 총칭되는 일련의 국문가사를 지어 세상이 근본적으로 달
라져야 하는 단계에 이르렀다고 선언했다. 그 가운데 〈敎訓歌〉에서
"빈하고 천한 사람 오는 시절 부귀로세"라고 한 데서 거대한 격동
을 예고했다. 국문가사로 전하는 말을 알아듣고 받아들인 빈천자들
이 평등한 세상이 오기를 희구하고 전국에서 호응해 큰 세력을 이
루자 조정에서 최제우를 잡아 처형했다.

1866년에 프랑스군이 침공한 병인양요를 겪고 나라가 흔들릴 때 시골 아전 申在孝가 잠을 이루지 못해 밖에 나가 서성이면서 열 걸음 걸을 때마다 한 수씩 짓는다고 한 〈十步歌〉에 "우리 이천만 동포 생겨나서 이 세상에 다 죽을까"라는 말이 있다. 한 배에서 태어난 새끼를 뜻하던 "同胞"를 새롭게 사용해, 국민으로서의 유대를 가진 민족을 일컫게 되었다.

《용담유사》처럼 〈십보가〉도 한시가 아니고 국문 가사이다. 최제우가 누구나 이해할 수 있는 국문으로 노래를 지어 세상이 달라져야 한다고 한 데 이어서, 신재효는 이천만 동포의 근심을 대변한 것이 국민의식 자각의 시대에 이르는 징표였다. 사회 저변에서 태동한 변화가 외세의 침공을 받고 표면화했다.

1893년 全琫準이 주동자로 나서 동학혁명을 일으킬 때 "난망을 구가하던 민중"에게 전하는 말을 적은 通文을 한자와 국문을 병기해서 썼다.[15] 한문과 국문을 각기 선호하는 유무식층이 함께 거사하자고 이중표기를 하면서, '민중'이라는 말을 처음 사용했다. 국왕의 통치를 받는 사람들을 '백성'이나 '인민'이라고 해온 관례를 따르지 않고, 무식한 하층민이 변혁의 주체임을 밝히기 위해 '민중'이라는 말을 사용했다.[16] 이에 맞서 조정에서 동학군을 회유하고 민심을 진정시키고자 하는 榜文을 국문으로 쓰고, 한자어 일부에만 한자를 병기해야 했다. 동학혁명을 진압한 다음 조정에서 민심을 달래는 조처를 하지 않을 수 없어 1894년에 甲午更張을 이룩했다. 선

---

15) 원문을 들면 "每日亂亡을 謳歌ㅎ던 民衆드른 處處에 모여 말ㅎ되 낫네 낫네 亂離가 낫서에 이참줄 되얏지"라고 했다. (《한국문학통사》4, 2005, 서울: 지식산업사, 248면) 한자와 국문이 같은 크기인데 그대로 인쇄하기 어려워 국문이 작아졌다.

16) 〈민중·민중의식·민중예술〉, 《한국설화와 민중의식》(1985)(서울: 정음사)에서 이에 관해 밝혀 논했다.

포문 전문을 국문으로 쓰고 한문 번역을 첨부했다. 모든 법령이나 칙령은 "국문을 본"으로 삼고, "한문 부역 또는 국한문을 혼용"한 다고 했다. '국문'이라는 말을 공식적으로 사용하고, 국문을 공용의 글로 삼았다. 오랜 내력을 가진 한문 과거를 폐지하고 국문을 시험 해 관리를 등용한다고 했다. 신분제를 철폐하고 만민평등을 이룩하 는 개혁도 함께 했다.

과거제는 동아시아 세 나라 중국 · 한국 · 월남에서 일제히 시행 되고 폐지되었다. 시행과 폐지의 연도가 중국에서는 589년과 1911 년, 한국에서는 958년과 1894년, 월남에서는 1075년과 1916년이다. 중국에서는 신해혁명이 일어나 과거제를 없앴다. 월남에서는 프랑 스식민지가 되고서도 형식적으로 실시하던 과거제를 인기가 없어 지자 그만두어야 했다. 한국에서는 왕조가 지속되는 동안에 스스로 개혁해 과거제를 맨 처음 없앴다. 이러한 비교를 통해 갑오경장의 의의를 재확인할 수 있다.

중국에서는 과거제를 철폐하고 얼마 지난 1919년 이후에 한문을 버리고 북경 일대에서 사용하는 구두어를 한자로 적는 '白話'를 공 용의 글로 사용하자는 운동이 일어났다. 그러나 구두어가 다른 여 러 지방의 사람들은 이에 반대하거나 동조하지 않았다. 白話로 적 는 말을 '普通話'라고 하는 공용어로 삼고 전국에 일제히 보급하는 교육을 실시해 소수민족들까지 사용하도록 한 것은 1949년 이후의 일이다. 월남에서는 프랑스인 기독교 선교사들이 로마자를 이용해 월남어를 표기하는 방식을 20세기 초부터 민족운동 진영에서도 받 아들여 '國語'(Quoc-ngu)라고 했다.

일본은 과거제를 실시하지 않은 반면에 일본어 글쓰기에 일찍부터 힘썼다. 德川幕府에서 漢學과 함께 國學을 공인하고 육성했다. 한학에서는 '漢文'을, 국학에서는 '和文'을 관장했다. 1882년에 東京大學에 설치한 古典講習科를 1885年에는 漢文學科와 和文學科로 나눈 것이 새 시대의 시작을 알린 조처이다.[17]

'화문'을 '국문'이라고도 하다가 용어를 바꾸었으며, 지금은 '일본어'라는 말을 널리 사용한다.[18]

월남에서는 'han van'(漢文)과 'viet van'(越文)을 구분했다. 월남어를 과거에 한자로 표기한 것이 '월문'이고, 오늘날도 로마자로 표기하는 것은 '국어'이다. '국어'를 공용의 글로 삼은 것은 1945년 독립 후의 일이다. 남북이 나누어져 있던 기간 동안에도 '국어' 공용에서는 차이가 없었다.

일본에서는 언어가 다른 아이누인과 유구인에게 일본어를 국어로 사용하도록 강요했다. 중국과 월남에는 더 많은 소수민족이 있다. 중국어나 월남어 교육을 일제히 실시하는 한편 독자적인 언어 사용을 허용한다. 중국에는 지역이 광대하고 인구가 많은 소수민족도 있어 분리독립 운동이 일어난다. 한국에도 여진인 소수민족이 있었지만 언어 동화에 이어서 민족 동화가 이루어졌다. 제주인은 상당한 정도의 이질성이 있으나 독자적인 언어라고는 할 수 없는 한국어 방언을 사용한다.

한국의 갑오경장은 밑으로부터의 요구를 수용해 상하합의를 이루었다고 할 수 있고, 소수언어의 문제가 거의 없어 국어 공용에 관

17) 류준필, 《동아시아 자국학과 자국문학사 인식》(2013)(서울: 소명출판), 13~46면에서 이에 대해 고찰했다.
18) 《동아시아문학사비교론》(1993)에서 다룬 일본의 자국문학사 가운데 《和文學史》가 1종, 《國文學史》가 3종, 나머지 13종이 《日本文學史》이다.

한 조항 실시에 어려움이 없었다. 그러나 갑오경장에서 의도한 개혁은 1905년에 1차로, 1910년에 2차로 국권을 상실해 좌절되고, 식민지 통치에서 벗어나 나라를 다시 세운 1948년 이후에야 본격적으로 추진할 수 있었다.

그러나 국문 운동은 국권을 상실해 어려움을 겪는 동안에도 지속되었다. 1907년에 정부에서 국문연구소를 설치해, 국문의 기원에서 표기법에 이르기까지 여러 조목에 관한 연구를 진행했다. 1909년에 연구를 일단 마무리했으나 망국을 앞둔 시기여서 얻은 결과가 공포되지 못했다. 그래서 좌절하고 만 것은 아니다. 周時經이 선도한 민간의 국문 연구는 꾸준히 계속되어 국민국가의 정신 형성에 크게 기여하고, 국어 사용을 위한 실제 지침을 제공했다.

주시경은 1896년부터 《독립신문》 발간에 참여해 국어 문장을 다듬는 일을 맡고, 한문이나 영문보다 우수한 글인 국문을 애용하자는 논설을 썼으며, 국문연구소에도 참여했다. 여러 저작에서 국어의 의의를 밝히고 문법을 정리했다.[19] 언어는 "사회가 조직되는 근본"이고, "인민을 연락하게 하고 동작하게 하는 기관"이라고 했다. 한 나라가 독립을 이루는 세 가지 기본 요건이 영토·국민·언어라고 하고, 영토는 독립의 터전이고, 국민은 독립의 주체라면, 언어는 독립의 정신이라고 했다. 그 가운데 가장 중요한 것은 언어라고 하고, "국가의 성쇠도 언어의 성쇠에 있고, 국가의 존부도 언어 존부에" 달려 있다고 했다.[20]

---

19) 1906년에 《大韓國語文法》, 1908년에 《國語文典音學》, 1910년에 《국어문법》, 1911년에 《조선어문법》, 1914년에 《말의 소리》를 냈다.

20) 앞의 말은 《대한국어문법》에서 했다. "한 社會가 組織되는 根本"이고, "人民을 聯絡케 ᄒ고 動作케 ᄒᄂ 機關"이라고 했다. 뒤의 말은 《국어문법》에서 했다. 국가를 이루는 "其域은 獨立의 基요 其種은 獨立의 體요 其言은 獨立의 性이라"고 하고, "其國家

프랑스는 근대 국민국가를 만드는 작업을 다른 나라보다 앞서서 완수했다고 평가된다. 그러면서 프랑스어와는 다른 언어를 사용하는 소수민족이 많이 있어 국민을 형성하고 국어를 보급하는 데 어려움이 컸다. 이 두 가지 이유에서 프랑스의 전례를 널리 참고로 삼을 만하다.

프랑스의 국민 형성을 위해 적극 기여한 르낭(Ernest Renan)은 브르타뉴 사람이어서 관심의 초점으로 삼을 만하다. 르낭은 모국어가 브르타뉴 말이고 프랑스어는 외국어였다. 완성해서 발표한 글은 프랑스어만 사용했으나 중간 과정은 그렇지 않아, 브르타뉴 말로 보충설명을 많이 한 원고가 남아 있다. 프랑스어 문장에 브르타뉴 말 특유의 어법이 발견된다.[21]

41세 때 쓴 민족문화론 《켈트민족의 시》(*La poésie des races celtiques*)에서 조상이 남긴 문화의 뿌리를 찾는 작업을 적극적으로 전개했다.

르낭이 활동하던 시대에 프랑스는 번영을 자랑했다. 혁명으로 새로운 국가를 건설하고, 역사 발전을 선도하고 인류의 오랜 소망을 이룩한다고 했다. 이에 기꺼이 동참할 것인지 반발할 것인지 선택하지 않을 수 없게 되었다. 르낭은 동참을 택했다. 브르타뉴의 과거보다 프랑스의 미래가 더욱 값지다고 판단해 소속 의식을 바꾸었다. 자기가 브르타뉴 사람이라는 생각을 버리고 프랑스 사람이라고 자부했다. 1882년의 강연 원고 〈국민이란 무엇인가?〉("Qu'est-ce qu'une nation?")에서 새로운 생각을 분명하게 했다. 이 글은 르낭의 사상 변천을 말해주는 것 이상의 의의가 있다. 국민이 무엇인지 처

의 盛衰도 言語의 盛衰에 在하고 國家의 存否도 言語 存否에" 달려 있다고 했다.

21) Henriette Psichari, "Introduction", *Souvenirs d'enfance et de jeunesse*(1973)(Paris: GF Flammarion), 23면

음으로 분명하게 했다고 평가되어 계속 읽히고 널리 인용된다.

르낭이 밝혔듯이, 민족(race)이나 종족(tribu)은 항상 있어왔지만 국
민(nation)은 근대의 산물이다.[22] 과거에 있던 어떤 형태의 국가에도
국민은 없었다. 프랑스 혁명을 거치고, 혈통, 언어, 종교, 지역 등
의 차이를 넘어서서 국민이라는 공동체가 형성되었다. 르낭은 말했
다. 국민은 과거가 아닌 미래를 공유한다. 국민은 영혼이고, 도덕
의 원리이다. 국민은 희생정신으로 이루어진 거대한 유대이다. 국
민은 영원하지 않고 역사적인 형성물이지만, 사람들의 거대한 결
집, 건전한 정신, 뜨거운 심정이 국민이라는 도덕의식을 형성한다
고 했다. 이러한 도덕의식은 공동체를 위해 개인을 희생하도록 하
는 힘을 입증해야 정당하고 존재 의의가 있다고 했다.

르낭은 프랑스 국민 통합론을 이론으로 내세우면서 브르타뉴에
대한 애착의 감정을 깊이 지녔다.[23] 이런 양면성 가운데 국민 통합

22) 르낭은 'nation'과 구별되는 혈통의 공동체를 'race' 또는 'tribu'라고 했는데, 'ethnie'
   라고 하는 것이 예사이다.(Anthony D. Smith, *National Identity*, Reno: University of
   Nevada Press, 1991) 이런 말들은 '국민'과 구별해 '민족'이라고 번역하는 것이 마땅하
   다. 프랑스 사람도 'ethnie'라고 일컫는 민족의 하나인데 국가의 주역이 되고 다른 여
   러 민족을 흡수하고 동화시켜 'nation'이라고 하는 국민이 되었다. 'nation'이라는 말
   이 일관되게 사용되지는 않는다. Daniel Baggioni, *Langues et Nations en Europe*(1997)
   (Paris: Payot & Rivages) 같은 데서는 자기 언어를 지닌 집단을 모두 'nation'이라고 해
   서 이 말이 '민족'을 뜻한다. 'ethnie'라는 용어는 사용하지 않는다.

23) 브르타뉴의 강경파는 그 뒤에 독자노선을 택했다. 프랑스 국민 통합에 동의하지
   않고 프랑스의 획일적인 통치에 강하게 반발했다. 독자적인 언어와 문화를 잇고자
   하고 독립을 주장하기까지 한다. 문화 운동이 문학 창작과 학문 연구 양면에서 활
   발하게 일어나고 있다. 브르타뉴 지방 브레스트(Brest)대학에 브르타뉴 및 셀트 연
   구 센터(Centre de recherche bretonne et celtique)가 있다. 거기서 방대한 분량의《브
   르타뉴 문학 및 문화의 역사》(*Histoire littéraire et culturelle de la Bretagne*, Paris:
   Champion-Coop Breizh, 1997)를 냈다. 이 책에서 르낭을 위대한 브르타뉴 사람이
   라고 했다. 배신자라고 할 수 있는 면은 말하지 않고, 브르타뉴 사람다운 의식을 높
   이 평가했다. 〈異敎의 시조 르낭〉(J. Balcou, "Renan l'hérésiarque")이라는 대목에서
   《셀틱민족의 시》뿐만 아니라 르낭의 저작 전반에 브르타뉴인의 의식이 나타나 있는

론이 높이 평가되고 널리 수용되다가 이제 효력을 상실하게 되었
다. 르낭이 바람직하게 여긴, 소수민족의 망각이나 오해는 이루어
지지 않았다. 그러면서 르낭이 버리지 못해 간직했던 자기 민족, 자
기 고장에 대한 애착이 새삼스러운 의의를 가지고 이면의 진실을
말해 준다. 그러나 이에 대한 인식을 이론화하기 위해 르낭으로 돌
아가야 하는 것은 아니다.

프랑스를 비롯한 유럽 각국은 앞서 나가고 다른 곳들은 뒤떨어졌
다고 할 것은 아니다. 시기와 상황의 차이는 있어도 역사적 전환이
기본적으로 동일한 양상을 지니고 나타났다. 세계 어디서든지 공동
문어 고전 교육을 살아 있는 국어 교육으로 바꾸어 놓고, 정신적 가
치 구현에서 뒤지지 않기 위해 국어로 창조한 문학을 적극 활용해
야 했다. 그 유산을 정리하고 평가하는 자국문학사를 근대국가 학
문의 주역으로 삼고, 국어 교육의 내실을 다지는 작업을 일제히 했
다. 근대화에 앞선 곳과 뒤떨어진 곳, 국가를 이어온 곳과 식민지가
되는 고통을 겪은 곳이라도 국문학사의 기본 양상은 다르지 않다.

점을 재평가해야 한다고 했다.

3. 자국문학사

1) 유럽 각국 1

유럽 각국에서 중세보편주의에서 벗어나려고 자국학을 시작했다. 전환의 계기는 17세기에서 18세기로 넘어올 때 일어난 신구논쟁이었다. 옛 사람이 영원한 규범을 만들었다고 하는 구파에 맞서 시대가 달라지면 새로운 발전을 이룩할 수 있다고 신파는 주장했다. 이 논쟁에서 신파가 승리해 영원에서 변화로, 이상에서 현실로, 보편에서 특수로 관심을 돌리게 되었다.

그러면서 국왕의 나라를 국민의 나라로 개조하는 전에 없던 과업을 힘써 추진했다. 국민국가를 정치적이고 문화적인 이상으로 삼고, 국민을 형성하는 구성원들끼리의 유대를 중앙집권의 정치체제를 만드는 토대로 삼았다. 이를 위해 요구되는 정신적 구심점을 자국문학사에서 찾고자 했다. 자국문학사를 훌륭하게 서술해 국민 교

육의 기본 교재로 삼고자 하면서 애국주의 경쟁을 벌였다.[1]

프랑스는 근대 민족국가 형성에 앞서면서, 프랑스인은 문명을 새롭게 창조하는 주역이라고 자부했다. 유럽문명의 값진 유산을 가장 잘 이어 이성의 가치를 최고 수준으로 발현하는 보편적 논리를 구현하는 것을 사명으로 한다고 했다. '고전문학'(lettres classiques)이라고 하는 그리스 · 로마의 고전문학과 맞서는 새로운 문학을 프랑스에서 주도해 이룩한다고 하면서 프랑스문학을 '근대문학'(lettres modernes)이라고 일컬었다.

문헌 해제를 넘어선 문학사를 서술하면서 처음에는 이런 의미의 고전문학과 근대문학을 연속시켜 함께 다루었다.[2] 다음 단계에는 '근대문학'만 고찰의 대상으로 하는 본격적인 문학사를 만들어 프랑스문학사라고 했다. 프랑스문학은 프랑스어를 사용한 문학이라고 하고, 라틴어문학이나 프랑스어 이외의 다른 언어를 사용한 문학은 제외했다. '랑그 도크'(langue d'oc)를 사용한 문학도 돌보지 않았다.[3]

다루는 범위를 이렇게 설정하고 프랑스문학사를 쓰는 작업을 니자르, 《불문학사》(1844~1861)(Désiré Nisard, *Histoire de la littérature*

---

1) Menno Spiering ed., *Nation Building and Writing Literary History*(1999)(Amsterdam: Rodopi)에서 이에 관한 고찰을 했다.

2) Jean François La Harpe, *Cours de littérature ancienne et moderne*(1799~1805) 전 19권이 그 대표적인 예이다.

3) '랑그 도크'라고 하는 것은 프랑스 남부의 언어이다. '예'(可, yes)라는 말을 북부에서 'oïl', 남부에서는 'oc'라고 해서 '랑그 도일'(langue d'oïl)과 '랑그 도크'가 구별되었다. 중세에는 '랑그 도크'가 우세하다가, 정치적 통일을 북부에서 주도하면서 '랑그 도일'이 국가 공용의 프랑스어가 되었다.(R. Anthony Lodge, *French from Dialect to Standard*, 1993, London: Routledge, 1993) 그 과정에서 프랑스 국민이 이루어졌다. (Colette Beaune, *Naissance de la nation France*, 1985, Paris: Gallimard)

française, Paris: De Firmin-Didot) 전 4권에서 본격적으로 성취했다. 고등사범학교에서 가르치기 시작하고 파리대학 교수가 되어 학계를 주도하던 저자가 "항구적이고 본질적이고 불변인 프랑스 정신"을 젊은이들에게 알려 주려고 하는 강의 교재를 방대한 규모로 마련했다. 한 나라를 대표하는 석학이 표준이 되는 애국주의 노선의 자국문학사를 써서 국민의식 교육을 선도하는 본보기를 보여 주어 널리 영향을 끼쳤다.

애국주의를 단순한 발상을 넘어서서 차원 높게 이룩하고자 했다. 프랑스의 국민성은 남들과 달라 배타적 가치를 가진다고 하지 않고, 인류의 보편적 이상을 실현하는 데 앞서서 프랑스는 자랑스러운 나라라고 했다. 인류의 보편적 이상이 프랑스인의 재능, 프랑스어의 가치와 일체를 이루어 프랑스문학에 나타난 양상을 찾는 것이 문학사가의 임무라고 했다. 17세기 문학이 조화로운 정신으로 그 절정을 보여 주었다고 하고, 그 이전의 문학은 준비기에, 그 이후의 문학은 쇠퇴기에 해당된다고 했다.

그것은 지나친 주장이어서 반론이 바로 제기되었다. 테느, 《영문학사》(1864)(Hypolitte Taine, *Histoire de la littéraires anglaise*, Paris: Hachette) 전 5권에서는 애국주의를 거부하고, 문학이 환경에 따라 생성되고 변모하는 과정을 과학적으로 해명하는 문학사를 서술하겠다고 했다. 자기 옹호에서 벗어나 객관성과 과학성을 확보하는 실증주의 역사학의 본보기를 보이려고 자국문학사가 아닌 외국문학사를 썼으며, 장문의 서론에서 주목할 만한 이론을 전개했다. 역사학이 변모한 것은 문학사 덕분이라고 하고, 문학사에서 정립하는 과학적 연구의 방법이 역사학을 더욱 발전시킨다고 했다. "문학작품이란 상상력의 단순한 장난이나, 어느 누가 뜨거워진 머리로 혼자 변덕을 부린 것이 아니고, 작가 주변의 풍속을 반영하거나 어떤 정신 상태를 표출한다"고 했다.(1921년판 제1권, v면)

문학은 인종(race), 환경(milieu), 시대(moment)의 소산이라고 했다. 시대는 새삼스러운 설명이 필요하지 않다. 환경은 자연과의 관계, 다른 사람들과의 관계라고 했다. 인종은 민족에 따라 다른 "내면적이고 유전적인 성향"(les dispositions innées et héréditaires)이라고 했다. 문학사 연구는 "어느 민족의 심리"(psychologie d'un peuple)를 찾는 것을 목표로 한다고 했다. 이런 견해는 스스로 생각한 것만큼 객관적이지도 않고 과학적이지도 않고 문학사 서술의 실제 작업에서 효력을 충분히 보여 주지도 못했지만, 후속 작업에 커다란 영향을 끼쳤다.

랑송, 《불문학사》(1894)(Gustave Lanson, *Histoire de la littérature française*, Paris: Hachette)가 그 뒤를 이어 나와 문학사의 진로를 제시했다. 랑송은 고등학교(lycée)에서 가르친 경험을 살려 문학사를 저술했으며, 이 책이 나온 해에 대학 강단에 서고, 1904년에 교수가 되었다. 이 책은 불문학사의 교본으로 평가되어 계속 읽히고,[4] 문학사 서술의 방법에서 널리 영향을 끼쳤다. 프랑스의 고등학교는 다른 나라의 대학에 견줄 수 있는 수준 높은 강의를 하는 곳이지만, 랑송이 학문하는 자세를 가다듬고 성실하게 노력한 것이 역저를 이룩한 더 큰 이유이다.

머리말 첫 단락에서 말했다. "오늘 대중에게 내놓는 이 책이 완벽하지 못한 것을 나는 감추지 않는다. 호의를 가지고 받아들여 준

---

4) 1958년에 내가 서울대학교 불문학과에 입학해 공부하기 시작할 때 이 책 증보판이 기본 교재라고 했다. 그 시절에 구입한 책을 계속 가지고 있으면서 이용했다.

다면, 나는 수정을 하기 위해 노력할 것이다. 모든 보충이나 비판
이 내게 소중한 도움과 지침이 될 것이다." "불문학사는 한 평생을
바쳐 성취하고 결산해야 할 것이다. 아니, 한 평생으로 충분한가?
연구를 다 해놓고 문학사를 써야 한다면, 누가 감히 쓸 수 있는가?
환상은 버리고, 자기 역량에 맞게 최대한 노력하는 것이 해결책이
다." 불문학사뿐만 아니라 모든 문학사가 한 평생을 바쳐 노력해도
만족스럽게 이룩할 수 없는 과업이다. 나는 한국문학사를 쓰고 거
듭 고치면서 랑송이 한 말을 줄곧 되새겼다.

  랑송은 시대구분이 힘써 해결해야 할 중대한 과제라고 생각하지
않았다. 시대를 크게 중세·17세기·18세기·현대라고 나누었다.
19세기는 자기가 살고 있는 시대이므로 현대라고 했다. 세기의 교
체에 따라서 문학이 달라지는지 논의하지 않고 편의상의 구분을 했
다. 그 하위의 구분은 경우에 따라 각기 다르게 했다.[5] 최하위의 구
분에서는 작가 이름을 내세우는 것이 예사이다. 상하위의 시대구분
에서 일정한 원리나 체계가 있어 문학사의 흐름을 유기적으로 이해
해야 한다고 생각하지 않고, 취급 대상으로 삼은 수많은 사항이 각
기 그것대로 소중하므로 충실하고 정확하게 다루는 데 힘쓰면 할
일을 다 한다고 여겼다. 총체는 외면하고 개체만 연구 대상으로 삼
는 실증주의 문학사의 모형을 마련했다.

  랑송은 교수가 되어 오랫동안 강의하면서 이 책을 부분적으로 수
정하고 전면 개고는 하지 않았다.[6] 1934년에 세상을 떠날 때까지 문

---

5) 17세기 문학은 "1.La préparation des chefs-d'oeuvres, 2.La première génération des
  grands classiques, 3.Les grands artistes clasiques, 4.La fin de l'âge classique"로, 18세기 문
  학은 "1.Les origines du dix-huitième siècle, 2.Les formes d'art, 3~4. Les tempéraments
  et les idées, 5. Indices et germes d'un art nouveaux"로 구분했다.

6) 1920년도 11~12판 머리말에서 수정 증보를 위해 계속 힘써왔다는 말을 "Voici

학사에 관한 연구를 계속했으나, 개별적인 사항을 새로 고찰하거
나 이미 이룬 작업을 옹호하고 해설하는 데 그치고, 서술 체계나 방
법을 재론하고 혁신할 생각은 하지 않았다. 랑송이 다루지 못한 후
대의 문학도 취급해야 하는 과제가 남아 있어, 랑송 사후에 제자가
랑송, 《불문학사, 1850~1950년의 기간 튀프로 수정·증보판》(1953)
(Gustave Lanson, *Histoire de la littérature française, remaniée et complétée pour
période 1850~1950 par P. Tuffrau*, Paris: Hachette)을 내기만 했다. 교재용
축소판도 함께 나왔다.[7]

랑송은 문학사 서술의 방법을 별도로 자세하게 밝힌 글에서,[8] "민
족적인 학문은 있을 수 없으며, 학문은 인류의 것이다"고 했다. 이렇
게 말한 데서는 테느를 따랐다고 할 수 있으나, 자연과학의 방법을
받아들여 주관적 인상이나 독단적 판단을 배격하는 과학성을 확립하
려는 노력은 문학의 실상을 왜곡할 따름이라고 하면서 독자 노선을
천명했다. "문학사가 어느 정도의 과학성을 갖추기 위해서는, 어떤
것이든 다른 과학의 흉내 내기를 그만두어야 한다"고 했다.

그렇다면 문학연구 자체의 독자적인 과학성이란 무엇인가 묻지
않을 수 없다. 이에 대해 랑송은 문헌연구를 들어 대답했다. 문헌의
신빙성과 정확성을 객관적으로, 과학적으로 검증하는 것이 필요하

---

bientôt vingt ans que la première édition de cet ouvrage a paru. Pendant ce temps,
mes recherches, mon enseignement ne m'ont pas apporté seulement des connaissances
nouvelles: j'ai dû, connaissant plus et mieux ma matière, abandonner quelques-uns de
mes premiers jugements. Des corrections et des additions importantes ont été faites dans
toutes les éditions."이라고 했다.

7) G. Lanson et, P. Tuffrau, *Manuel Illustré d'Histoire de la Littérature Française*(1953)
(Paris: Hachette)라는 것이다. 이 책 번역판이 G. 랑송, P 튀프르, 정기수 역, 《불문학
사》(1990)(서울: 을유문화사)이다.

8) "La méthode de l'histoire littéraire," *Méthodes de l'histoire littéraire*(1925)(Paris: Société
d'édition "Les Belles lettres")

고 가능하다고 하면서, 문헌의 진위에서 작품의 성공에 이르기까지
세분한 연구 과제를 들었다. 그러나 문헌에 관한 고증은 문학이 문
학다운 점을 대상으로 하지 않으며, 여러 학문에서 널리 사용되고
있는 실증주의에 의거하므로 그 방법 또한 독자적이지 못하다. 문
학연구가 독자적인 대상과 방법을 갖춘 학문으로 정립되어야 한다
고 한 주장을 뒤집고 마는 결과에 이르렀다고 하지 않을 수 없다.

　문학연구는 무엇보다도 먼저 문헌학이어야 하고, 문학사는 문헌
비판의 성과를 기초로 해야 한다는 데 대해서는 반론의 여지가 없
다. 그러나 문학은 문헌 이상의 것이다. 이에 관해서 "문학은 예술
의 경우와 마찬가지로 작품을 도외시할 수 없으며, 작품은 무한히
그리고 규정할 수 없을 만큼 예민해서 그 내용을 다 이해하고 형식
을 모두 파악했다고 자부할 사람은 아무도 없다"고 했다.(viii면) 이
렇게 말하기만 하고 어려움을 어떻게 해결해야 하는지 말하지 않았
다. 문헌은 엄밀한 방법을 갖추어 연구해야 하지만 작품 이해에는
마땅한 대책이 없다고 하면서 물러섰다.

　문학사를 실제로 서술한 내용을 보면, 작품에 관해서도 대체로
적절한 판단을 내렸다. "문학은 알고 가르칠 수 없다"고 하고서 알
고 가르치는　교재를 만드는 모범을 보였다. 랑송의 논법을 따르
면, 이것은 학문 이전의 훈련이고 취미인 문학 이해 능력이 우연히
잘 갖추어져 있어 얻은 결과이다. 테느는 대단한 포부를 내세워 관
심을 끌었으나 실제로 이룬 것은 얼마 되지 않아 책이 계속 읽히지
는 않고, 랑송은 설정한 목표 이상을 달성한 내실이 있어 다시 찾
게 한다.

　문학 이해 능력은 학문 이전의 훈련이고 취미라고 한 것은 당시

비평계의 주장을 받아들여 충돌을 피하고자 한 발언이다. 문학사가 문헌연구의 의의를 내세워 학문으로 자리 잡기 위해 작전상 후퇴를 했다고 할 수 있다. 그러나 작품연구는 문헌연구에서 요구되는 것 같은 방법이 있을 수 없어 학문이 아니라고 한 것은 후퇴라기보다 투항이다. 이 점을 들어 랑송을 비판하면 논의가 끝나는 것은 아니다. 랑송이 회피한 과업을 맡아, 비판에서 대안으로 나아가야 한다.

랑송은 니자르의 전례를 재확인해 취급 범위를 제한했다. 문명사나 사상사가 아닌 문학사만, '랑그 도크'나 라틴어가 아닌 프랑스어를 사용한 문학만 취급하겠다고 했다. 이것은 국민의식을 위해 봉사하는 애국주의이다. 그러나 애국주의를 저술의 의도로 표방하지 않고, 자료를 엄밀하게 다루어 정확한 사실을 알리는 것이 문학사가의 임무라고 했다. 작품에 나타난 정신은 어느 하나로 규정될 수 없고 다양하다고 해서, 절대주의를 버리고 상대주의를 택했다. 연구와는 별도로 감상이나 비평이 있다고 인정하고 문학사가의 소관 밖이라고 했다. 문학의 역사인 문학사(histoire de la littérature)와 구별되는 문학적 역사(histoire littéraire)에서 문학적 삶(vie littéraire)을 고찰할 필요가 있으나 장래의 과제로 남겨 둔다고 했다.

랑송은 문학 창작과 관련된 사실을 최선을 다해서 밝혀내는 연구를 해야 한다는 지침을 유산으로 남겼다. 작가의 생애와 작품의 서지를 치밀하게 조사하고, 작품의 이본을 비교해 검토하고, 창작의 원천과 영향을 찾아 독창성 여부를 밝히는 작업을 철저하게 하고, 성공과 실패를 고찰해야 한다고 했다. 작가 · 작품 · 환경 · 독자가 특정 시기에 어떤 관계를 가지는지 실험실에서 실험을 하듯이 밝혀내는 것이 마땅하다고 했다.[9] 이러한 방법이 세계 여러 나라에 수용되어 교과서 노릇을 하면서 문학사가 문헌학에 머무르는 폐단을 빚어냈다. 랑송이 연구의 대상이 아니라고 한 문학의 내질을 밝히고, 장래의 과제로 남겨둔 문학적 삶의 문화사를 개척해 문학사를 혁신하기 위한 다각적인 시도를 많은 논란을 하면서 진행해야 한다.

독문학사는 게르비누스, 《독문학사》(1835~1842)(Georg Gotteried Gervinus, *Geschichte der poetische Nationalliteratur der Deutschland*, Leipzig: Wilhelm Engelmann) 전 5권에서 뚜렷한 모습을 갖추었다. 저자는 1830년부터 대학에서 가르치고, 이 책으로 평가를 얻어 정교수가 되었다. 문학사 강의와 저술이 직결된 것이 프랑스의 경우와 같다. 그러면서 사정이 달랐던 것이 직역하면 《독일 시적 민족문학의 역사》인 책 제목에 나타나 있다. '문학'(Literatur)이라는 말이 문헌을 의미하는 넓은 의미로 쓰이므로 '시적'(poetische)이라는 한정어를 붙였다. '민족문학'(Nationalliteratur)이라고 한 것은, 당시 독일이 국가가 아닌 민족을 공통점으로 하고 있었기 때문이다. 국민은 아직 형성되지 않아 'Nation'이 민족을 의미했다.

게르비누스는 여러 나라로 분리되어 있는 상태를 극복하고 독일이 통일되어 강력한 민족국가를 이루어야 한다는 염원을 문학사에서 구현했다. 문학은 역사적으로 형성되고 사회적 기능을 수행한다고 하고, 문학사에서 독일민족사의 총체적인 모습을 찾으려 했

---

9) Luc Fraisse, *Les fondements de l'histoire littéraire, de Saint-René Taillandier à Lanson*(2002), (Paris: Honoré Champion), 648면

다. 자기가 주장하는 정치적 자유주의가 문학에서 구현되어 독일 민족이 정신적으로 위대하고, 도덕적으로 건전하게 되기를 열망한다고 했다.

프랑스에서는 통일국가가 먼저 있고 국민이 형성되어 민족의 구분을 넘어서게 했는데, 독일에서는 민족이 국민으로 발전되어 통일국가를 요구했으므로 민족과 국민을 구별하지 않았다. 프랑스의 국민문학사를, 독일은 민족문학사를 자국문학사의 모형으로 했다. 세계 많은 나라 가운데 다민족국가는 프랑스, 단일민족국가이기를 바라는 곳들은 독일의 유형을 선호한다. 한국문학사도 후자의 경우이다.

19세기 말에 이르면 목적보다 방법을 더욱 중요시하는 학풍이 등장해, 애국주의 대신에 실증주의를 내세우는 문학사를 산출한 것이 프랑스와 독일에서 함께 나타난 공통된 변화였다. 랑송, 《불문학사》(1894)에 상응하는 작업을 쉐러, 《독문학사》(1883)(Wilhelm Scherer, *Geshichte der deutsche Literatur*, Berlin: Weidermann)에서 몇 해 전에 했다. 이 둘은 문학사를 쓰는 모형을 제시하는 구실을 함께 수행해 널리 영향을 끼쳤다. 그러면서 취급 범위는 달랐다. 랑송은 자국문학사는 자국어로 기록한 문학사라는 공동의 주장을 관철시켜 소수민족문학·구비문학·공동문어문학을 완전히 제외한 순수형을 내놓았다. 그런데 쉐러는 게르만민족 여러 갈래의 문학을 먼저 고찰하고, 구비문학과 라틴어문학의 유산도 받아들여 절충형 자국문학사의 모형을 마련했다.[10] 서유럽이 아닌 곳들에서 자국문학사를 마련할

---

10) 차례를 들면 "1.Die alten Germanen, 2.Goten und Franken, 3.Die althochdeutische Zeit, 4.Das Rittertum und Kirche, 5.Das mittelhochdeutische Volksepos, 6.Die höfischen Epen, 7.Gänger und Predinger, 8.Das ausgehende Mittelalter, 9.Reformation und Renaissance,

때 소수의 극단주의자만 랑송의 순수형을 따르고, 대다수는 쉐러의 절충형을 받아들였다.

사실을 충실하게 정리하는 문헌학적 방법을 사용하여 문학사를 써야 한다는 주장을 랑송과 함께 했으면서도, 쉐러가 더욱 강경했다. 이에 관한 소신을 책 본문에서 밝혀 서술했다. "형이상학의 간섭은 무익하다", "미학이나 심리학을 공연히 휘두르면서 진정한 관찰과 연구를 위축시켜 왔다", "문헌학적이고 역사적인 학문이 그런 형이상학에 대해 의도적인 항거를 하면서 그 힘을 약화시키고, 신학적 경향을 배격한다"고 했다.(627면)

형이상학 청산은 자연과학에서 모범적으로 이루어졌으므로 그 전례를 따라야 마땅하다고 할 수 있으나 자연과학의 방법을 문학사에 바로 적용하는 것을 경계해야 한다고 했다. 자연과학에서 이룩한 과업을 정신과학에서는 상이하게 실현해야 하므로, 문학연구의 과학화는 그 자체에서 시도해야 한다는 지론을 폈다. "코페르니쿠스 이래로 자연과학이 계산, 실험, 그리고 세련된 관찰의 방법으로 감각적 진리 인식의 타당성을 보장하려고 애썼듯이, 정신과학 또한 인문주의자들의 시대 이래로 원전비판을 통해 문헌전승의 타당성을 보장하려고 한다"고 했다.(같은 곳)

자연과학에서 실험의 방법을, 인문과학에서는 원전비평의 방법을 개발했다는 것은 타당한 견해이다. 그러나 실험 결과를 해석하는 이론이 있어야 하듯이, 원전비평을 거친 자료에 대한 본격적인 연구를 하는 상위의 방법이 요망된다. "문헌학적이고 역사적인 학

---

10. Die Anfänger der modernen Literatur, 11. Das Zeitalter Friedrich das Großen, 12. Weimar, 13. Romantik"이라고 했다. 1~3에서는 표준독일어와 이어지지 않는 여러 언어의 문학을, 5~8에서는 구비문학과 라틴어문학을 논의에 포함시켰다.

문"이라고 규정된 문학연구가 문헌의 변천 검증을 역사적 연구의
과업으로 여기고 그 성과를 문학사 서술의 기본 내용으로 삼는다
면, 독자성을 옹호한다는 이유로 문학사 연구의 의의를 부당하게
축소했다고 하지 않을 수 없다.

영국은 자국문학사 서술을 일찍 시도했다. 와튼, 《12세기부터 16
세기말까지의 영국시의 역사》(1774~1790)(Thomas Warton, *The History
of English Poetry from the Twelfth to the Close of the Sixteenth Century*,
London: Ward, Lock, and Tyler, Warwick House)에서 문학사에 근접한 논
의를 전개했다. 저자는 시인의 견지에서[11] 이 책을 써서 라틴어문
학에서 자국어문학으로 관심을 돌리자고 했다. 몽매한 시대에서 벗
어나 12세기 이후에 "우리 국민의 시"(our national poetry)가 대단한 발
전을 보게 된 내력을 자랑스럽게 고찰했다. "세련됨이 최고 경지에
이른 시대에서는, 과학의 성장을 자랑하고, 야만에서 문명으로의
이행을 추적하면서 사회생활의 발전을 음미하기에 바쁜, 그런 종류
의 호기심이 생겨난다"고 했다.[12]

영국의 정체성을 발견하고 신장하고자 하는 운동이 18세기 이후
에 더욱 고조되었다. 잉글랜드가 웨일스 · 스코틀랜드 · 아일랜드
를 통합해 연합왕국(United Kingdom)을 만들어 자국의 범위가 넓어

---

11) 저자는 "Oxford professor of poetry"를 역임했는데, 그것은 뛰어난 시인을 뽑아 주는
명예직 칭호이며, 대학에서 가르치는 교수는 아니다.

12) 까다로운 말이므로 원문을 들면, "In an age advanced to the highest degree of
refinement, that species of curiosity commences, which is busied in contemplating the
progress of social life, in displaying the gradations of science, and in tracing the transitions
from barbarism to civility"라고 했다.(London: John Russell Smith, 1871년 판, 제1권, 3
면)

졌다. 세계 도처에 식민지를 만들어 대영제국(British Empire)이라는 것을 이룩했다. 그러나 잉글랜드가 핵심이고 주체이다. 잉글랜드 사람이라는 뜻의 영국인(English people)이 안에서 발전하고, 밖으로 진출한 내력을 자랑하면서 애국심을 고취하고자 했다.[13]

영어와 영문학은 애국심 형성에서 역사보다 더욱 긴요한 구실을 했다. 산업혁명을 겪고 시민계급이 대두하자 라틴어 대신 영어를 사회활동의 기본 언어로 사용하는 새로운 관습이 정착되면서, 그 규범을 제공하고 품위를 보장하는 영문학이 교양의 원천으로 등장했다. "문학을 제단에 모셔 놓고 으뜸가는 신으로 삼았다"고 하고, "많은 사람에게 의회나 국왕이 아닌 문학이 영국 자체였다"고 할 수 있을 만큼 영문학이 대단한 위치를 차지했다.[14]

그런데 영문학을 대학의 교과목으로 삼은 것은 18세기에 스코틀랜드 에딘버러대학과 글래스고대학에서 비롯한 일이다. 잉글랜드의 언어를 스코틀랜드에도 보급해 그 곳 사람들이 고유한 특성을 버리고 영국인이 되게 하려는 목적에서 대학에서 영어를 교육하고 영문학을 강의했다. 영국의 식민지였던 아일랜드에서도 스코틀랜드의 전례를 따르는 교육을 하고 더블린대학에 영문학 교수 자리를 만들었다.[15]

멀리까지 나가서 식민지를 개척하고 통치하면서 영어와 영문학 교육의 의의가 확대되었다. 영국인은 문명인의 자격으로 식민지

---

13) Krishner Kumar, *The Making of English National Identity*(2003)(Cambridge: Cambridge University Press)

14) 같은 책, 220면

15) Robert Crawford ed., *The Scottish Invention of English Literature*(1998)(Cambridge: Cambridge University Press)에서 잉글랜드보다 먼저 스코틀랜드의 대학에서 영문학이 자리를 잡은 내력과 의의에 관해 다각적인 고찰을 했다.

의 미개인을 다스린다고 하고, 영문학이 문명인의 문학인 줄 알도록 하고, 영문학으로 문명을 전파해야 한다고 했다.[16] 인도에서 자기들보다 더욱 영국적인 인도인을 만들려고 했다고 인도인은 말한다.[17] 그런데도 영국 안의 제도 개선은 늦어졌으며, 스코틀랜드의 선례가 상당한 기간이 지나 잉글랜드에 이식되었다. 런던대학이 앞서서 1830년대에 영문학 강의를 시작했으며, 영문학이 대학의 정식 교과목으로 채택된 시기는 1861년이다. 1912년에 이르러서야 영문학교수 정규직 자리가 캠브리지대학에 생겼다.

대학 강의와 관련시켜 영문학을 정리하는 저작이 나타나기 시작한 것은 1860년대의 일이다. 앤거스, 《영문학 핸드북》(1865)(Joseph Angus, *Handbook of English Literature*, London: The Religious Tract Society)이 시초라고 할 수 있다. 저자는 런던대학 영어·영문학·영국사 시험관(examiner)이었고, 교수 자리는 아직 없어서 얻지 못했다. 제목에서 말한 바와 같이 영문학사라고 하기에는 미흡한 책인데, 국민의식 각성을 위해 영문학이 소중한 의의가 있다고 밝힌다고 했다. "영문학은 국민생활의 반영이고, 우리가 자유와 발전을 이룩하는 원리의 구현이며, 듣기를 원하는 사람들에게 어느 시대든지 들려주는 경험의 목소리이다"고 했다.[18]

그 뒤를 이어서 나온 아놀드, 《초서에서 워즈워스까지, 시초부터 오늘날까지의 영문학소사》(1868)(Thomas Arnold, *Chaucer to Wordsworth:*

---

16) G. N. Devy, *Of Many Heroes, An Indian Essay in Literary Historiography*(1998) (Hyderabad: Orient Longman)에서 이에 관해 고찰했다.

17) S. Radhakrishnan, *Indian Philosophy*(1923)(London: George Allen and Unwin), 권2, 779면

18) Andrew Sanders, *The Short Oxford History of English Literature*(2004)(Oxford: Oxford University Press), 8면에서 재인용

A Short History of English Literature, From the Earliest Times to the Present Day)는 문학사의 요건을 갖추었으며, 아일랜드 더블린대학 영문학 교수로 부임해 강의한 내용이다. 시대정신의 변천을 문학이 보여 준다고 하고서, 엘리자베스 여왕 시대는 즐겁고 건실하고 분방했다 고 하고, 앞으로 나아가는 운동을 하기만 하고 반동의 그림자는 아 직 나타나지 않았다고 했다. 18세기 후반에는 흐릿하고 어두운 황 혼기에 들어섰다가 낭만주의 시인들의 등장으로 새로운 희망을 가 지게 되어, 영문학이나 영문학 연구의 장래를 낙관할 수 있다고 했 다. 그런데도 영국의 명문대학에 영문학 교수 자리가 마련되지 않 아 유감이라고 했다.

1912년에 생긴 영문학 교수 자리를 차지한 사람들이 문학사를 쓰는 데 힘을 기울이지 않았다. 내용이 충실하고 방법에서도 평가 되는 문학사 교본을 독일에서는 쉐러가, 프랑스에서는 랑송이 이 미 19세기 말에 이룩했으나, 영국은 대등한 수준의 작업을 수십 년 지나고도 하려고 하지 않았다. 문학사는 무엇이며 어떻게 써야 하 는지 고심하지 않고, 문학사를 되는 대로 쓰는 것이 영국의 관습이 다. 합리주의와 경험주의가 달라 차이가 생겼다고 하고 말 것은 아 니다. 경험주의라도 심화된 논의를 갖추어야 제대로 된 학문일 수 있다.

독일이나 프랑스에서 보인 문학사 서술의 본보기를 세계 여러 곳 에서 받아들일 때, 영국은 문학사학이 아닌 문학 자체를 자랑으로 삼아 위신을 높이려고 했다. 영국은 세계를 지배하는 위대한 나라 라는 자부심을 내세워 학문의 수준은 돌보지 않고 문학의 가치를 과장했다. 문명권 주변부의 특징을 나타내 자기네 문학사의 특수성에 집착하고, 문학사의 보편성에는 관심을 가지지 않았다. 그런 데도 영어의 위세 때문에 세계 전체에서 독문과나 불문과보다 훨씬 많은 영문과가 영국의 학풍을 이식하고 영문학 예찬을 증폭시켜 혼란을 키운다.[19]

유럽의 자국문학사는 일단 이루어진 모형이 여러 가지로 변모되었다. 많은 사람이 공저해 문학사를 대형화하는 것이 하나의 경향이다. 그 본보기를 일찍 보인 드 쥘레빌 총편, 《프랑스어문학사》 (1900)(Louis Petit de Julleville dir., *Histoire de la langue et la littérature française*, Paris: Colin)는 큰 책 8권이며 언어사와 문학사를 함께 다루었다. 프랑스가 대단한 나라임을 알리고자 한 분량이다.

영국은 위신 경쟁에서 앞서려는 듯이 문학사 확대 작업을 더 크게 했다. 캠브리지대학 출판부에서 낸 워드 외 총편, 《캠브리지 영문학사》(1907~1916)(W. A. Ward and A. R. Waller eds., *Cambridge History of English Literature*, Cambridge: Cambridge University Press) 전 14권을 냈다. 다시 트렌트 외 공편(W. P. Trent, J Erskine, S. p. Sherman, and C. Van Doren eds.) 미국편 전 4권을 보태 《캠브리지 영미문학사, 백과사전 전 18권》(1907~1921)(*Cambridge History of English and American Literature, an Encyclopedia in Eighteen Volumes*)의 거질을 이룩했다. 문학의 범위를 넓게 잡고, 영어로 이루어진 문학이면 어디서 창작했든 영문학이라고 했다. 영국인이 이주한 캐나다, 오스트레일리아, 남아프리카 등지뿐만 아니라 영국이 통치하는 인도의 영어문학까지 영국문학에

---

19) 이에 대해 독일 학자가 비판했다. Angsar Nünnig, "On the Englishness of English Literary Histories as a Challenge to Transcultural Literary History", Gunilla Lindberg-Wada ed., *Studying Transcultural Literary History*(2006)(Berlin: Walter de Gruyter)에서 영문학사는 자기네의 특수성만 중요시하는 관습에 매여 있어 문화의 경계를 넘어서는 문학사를 이룩하는 데 장애가 된다고 나무랐다.

다 포함시켰다.[20] 미국문학만 독자성을 인정해 별권에서 다루었다.

이것은 대단한 물량 공세이다. 영국은 문학사 서술 방법에서 모범을 보이는 업적을 내놓지 못해 프랑스나 독일보다 뒤떨어졌으나, 문학사 대형화에서는 크게 앞서 위신을 회복하고 영향력을 키우고자 했다. 이것이 바람직하지 않은 풍조를 만들어 냈다. 영국의 전례에 자극을 받아 세계 여러 나라가 자국문학사를 최대한 대형화하려고 하고 있다. 물적 · 인적 능력 부족 때문에 뜻대로 되지 않는데도 허장성세에서 뒤지지 않으려고 한다.

크기만 하면 자랑스러운 것은 아니다. 워드 총편, 《캠브리지 영미문학사, 백과사전 18권》(1907~1921)은 문학으로 인정한 범위나 영문학의 산출 지역을 너무 넓게 잡아 대형화가 지나치다는 자체 비판이 일어났다. 영국적인 것을 명확하게 인식하고 소중하게 계승해 자부심의 근거로 삼아야 한다는 반론이 제기되었다.[21] 문학사로 대영제국의 위세를 과시하려고 한 것이 제국의 해체와 더불어 지나간

---

20) 영국편 마지막 권의 차례를 들면 "1. Philosophers, 2. Historians, Biographers and Political Orators, 3. Critical and Miscellaneous Prose: John Ruskin and Others, 4. The Growth of Journalism, 5. University Journalism, 6. Caricature and the Literature of Sport; "Punch", 7. The Literature of Travel, 1700~1900, 8. The Literature of Science, 9. Anglo-Irish Literature, 10. Anglo-Indian Literature, 11. English-Canadian Literature, 12. The Literature of Australia and New Zealand, 13. South African Poetry, 14. Education, 15. Changes in the Language since Shakespeare's Time"라고 했다. 영국편 마지막 권의 차례를 들면 "1. Philosophers, 2. Historians, Biographers and Political Orators, 3. Critical and Miscellaneous Prose: John Ruskin and Others, 4. The Growth of Journalism, 5. University Journalism, 6. Caricature and the Literature of Sport; "Punch", 7. The Literature of Travel, 1700~1900, 8. The Literature of Science, 9. Anglo-Irish Literature, 10. Anglo-Indian Literature, 11. English-Canadian Literature, 12. The Literature of Australia and New Zealand, 13. South African Poetry, 14. Education, 15. Changes in the Language since Shakespeare's Time"라고 했다.

21) Anthony Easthope, *Englishness and National Culture*(1999)(London: Routledge)에서 그런 견해를 폈다.

시대의 허영이 되었다.

제2차 세계대전 이후에는 이런 반성론에 입각해 영문학사의 범위를 잉글랜드문학사로 한정하는 새로운 풍조가 나타났다. 바우 외, 《잉글랜드의 문학사》(1948)(Albert C. Baugh et al., *Literary History of England*, London: Routledge)가 그 선두에 나서서 책 이름부터 바꾸었다. 영문학은 잉글랜드문학이라고 하고, 지리적으로 잉글랜드가 아닌 스코틀랜드나 아일랜드 작가들의 문학도 관습에 따라 포함시킨다고 했다. 순수한 문학을 취급 범위로 하고 잡문이라고 할 것들은 적게 다룬 것도 주목할 만한 변화이다. 한 사람이 한 시대씩 맡아 써서 모두 4권이다.

4권은 너무 적어 대형화를 다시 했다. 캠브리지대학 출판부와 경쟁관계인 옥스퍼드대학 출판부에서 《옥스퍼드 영문학사》(1945~1986, 1990~1991)(*Oxford History of English Literature*, Oxford: Oxford University Press)를 13권으로 내고, 15권으로 확대했다. 다루는 내용과 지역의 범위를 좁게 잡고, 한 사람이 한 시대씩 맡아 한 권씩 쓰는 방식을 택하고 시대를 세분해 전체 분량이 캠브리지대학 출판부의 업적과 맞설 수 있게 했다. 《맥밀란 영문학사》(1982~1985)(*The Macmillan History of English Literature*, London: Macmillan) 전 8권도 있는데, 개별적인 저작의 집합체이다. 이런 것들이 문학사 서술의 발전에 기여한 바는 인정하기 어렵다.

독일은 확대판 문학사의 더 좋은 본보기라고 할 만한 것을 뒤늦게 내놓았다. 보리스 외, 《독문학사》(1991~1998)(Erika Borries et al., *Deutsche Literaturgeschichte*, München: Deutsche Taschenbuch)라고 한 것이 12권이다. 전체를 관장한 총편자는 없고, 두 사람씩 짝이 되어 한

권에서 다섯 권까지 맡는 방식으로 집필했다. 짝을 이룬 두 사람 가운데 몇몇은 이름을 보아 부부인 것 같다. 시대를 열둘로 세분해 각기 한 권에서 다루었다.[22]

전체 기획을 밝힌 서론은 보이지 않고 각 권 서두에 머리말이 있다. 제1권 머리말에 책을 만든 취지를 "관심을 가지는 비전문가들을 위해 대중적인 문학사를 쓰는 것을 목표"로 한다고 밝혔다.(5면) 본문 서술에서 제목을 자주 바꾸고 단락의 길이를 짧게 해 지루하지 않게 했으며 설명을 친절하게 했다. 예문을 많이 들어 작품 선집을 겸하고 있어 분량이 늘어났다. 권말에는 용어 설명이 있다.

시대를 세분한 것이 특징이다. 첫 권에서 중세문학의 시기를 "초기중세"(Das frühe Mittelater, 800~1050), "전성기중세로의 전환기"(Die Wende zum hohen Mittelater, 1050~1170), "전성기중세"(Das hohe Mittelater, 1170~1230), "후기중세"(Das später Mittelater, 1230~1500)로 구분했다. "초기중세"는 "시대 입문", "세속(weltlichen)문학", "문학의 전승자이고 중계자인 수도원", "정신(geistlichen)문학"으로 나누어 고찰했다. "시대입문"에서는 정치적·언어사적 기반"이라는 부제를 붙이고, "카를(Karl)대제의 왕국", "프랑크왕국의 여러 언어", "독일(deutsch)이라는 개념"에 관한 고찰을 했다.

---

22) 각권 저자와 제목을 든다. 1.Erika und Ernst von Borries, Mittelalter, Humanismus, Reformationzeit, Barock: 2.Erika und Ernst von Borries, Auflärung ind Empfindsamkeit, Strum und Drang: 3.Erika und Ernst von Borries, Die Weimar Klassik, Goethes Spätwerk: 4.Erika und Ernst von Borries, Zwischen Klassik und Romantik, Hölderin, Kleist, Jean Paul: 5.Erika und Ernst von Borries, Romantik: 6.Annemarie und Wolfgang van Rinsum, Frührealismus: 7.Annemarie und Wolfgang van Rinsum, Realismus und Natralismus: 8.Ingo Leiss und Hermann Stadler, Wege in die Moderne 1890~1918: 9.Ingo Leiss und Hermann Stadler, Weimar Republik 1918~1933: 10.Paul Riegel und Wolfgang van Rinsum, Drittes Reich und Exil 1933~1945: 11.Paul Riegel, Nachkriegszeit 1945~1968: 12.Paul Riegel: Gegenwart 1968~1990

프랑크왕국의 군주 카를(Karl)이 800년에 로마 교황에 의해 황제로 책봉되어 독일의 연원이 마련되었다고 하고, 그 나라에서 사용하던 여러 언어 가운데 하나가 독일어이고, 통합 국가가 해체되어 독일이 생겨났다고 했다. 독일문학이 등장해 네 단계의 중세를 거치면서 달라진 양상을 분명하게 정리했다. 초기중세와 초기중세에서 전성기 중세로의 전환기에서는 세속문학과 정신문학; 전성기중세에서는 궁정문학, 서정시, 영웅시; 후기중세에서는 귀족문학, 도시시민문학, 세속문학을 문학의 양상을 고찰하는 표제로 내세웠다.

제2권 이하의 서술도 모두 이처럼 조직적으로 된 것은 아니다. 설명을 간략하게 하고 작품 예문을 많이 제시하는 방식은 공통되게 사용하면서, 저자에 따라 편차를 다르게 짤 수 있는 재량권을 가졌다. 제12권을 하나 더 들어 보면, 문학을 서사 · 희곡 · 서정으로 나누는 통상적인 방식으로 장을 구분했다. 절 구분은 서사와 서정에서는 하고, 희곡에서는 하지 않고, 대표적인 작가 이름을 드는 방식으로 세부 차례를 구성했다. 개별 작가와 작품에 대한 이해를 도달점으로 했다.

대형화와 함께 나타난 또 하나의 변이는 소형화이다. 문학사를 간략하게 만들어 읽고 이해하기 쉽게 하는 것이 또한 필요했다. 전문 학자가 아닌 문필가가 문장력을 자랑하면서 이런 책을 써서 인기를 얻는 것을 흔히 볼 수 있다. 널리 알려진 본보기가 허드슨, 《영문학개요》(1913)(William Henry Hudson, *An Outline of English Literature*, London: G. Bell and Sons)이다. 저자는 동식물에 관한 것까지 여러 방면에 걸쳐 백여 권의 책을 쓴 문필가이다. 문학의 범위를 좁게 잡고, 잉글랜드의 문학만 집중적으로 다루었다. 영문학은 방대하다고 자랑하지 않고 아주 뛰어나다고 찬양해 대영제국 시대 영국인의 자부심을 고취하는 작업을 반대 방향에서 했다.

"일반적인 영국사가 우리나라의 전기라면, 문학은 자서전이다"라고 하고(7면), 문학사를 통해서 여러 세대에 걸친 내면생활의 동기, 정열, 가치관 등을 직접 재인식할 수 있다고 했다. 가장 위대한 셰익스피어의 시대에는 애국심이 대단했다고 거듭 말하면서 감격했다. 영국인은 세계역사상 가장 위대한 창조력을 보여 주어 희랍이나 로마에서 이룩한 경지를 넘어섰다고 했다. 영문학의 여왕 셰익스피어를 세계문학 제국의 황제로 받드는 우상숭배를 뒷받침하려고 논리적 진술을 넘어섰다.[23)]

프랑스에서는 축소판 문학사가 여럿 나왔다. 발리바르, 《불문학사》(1991)(Renée Balibar, *Histoire de la littérature française*, Paris: Presses Universitaires de France)는 특이한 책이다. 마르크스주의 관점을 지니고 역사, 언어, 문학 등에 관한 연구를 하고 소설도 쓰는 여성이 자국문학사를 개관하면서 문학의 역사적이고 사회적인 성격을 자기 나름대로 고찰했다.

제1장 〈유럽〉("L'Europe"), 제2장 〈책과 연극〉("Les Livres et les théâtres"), 제3장 〈자유로운 소통〉("La libre communication")으로 차례를 구성해, 얼핏 보면 무슨 말인지 알기 어려우므로 본문을 읽고 판단

---

23) 그 무렵 셰익스피어는 인도보다 더 소중하므로 차라리 인도를 버리더라도 셰익스피어는 버릴 수 없다는 궤변으로 영국의 인도 지배를 당연시하게 하고, 영국인은 문학이 대단한 문명국이므로 세계의 주인 노릇을 할 자격이 있다는 착각이 생기게 했다. 영어와 영문학이 식민지 지배의 이념 조작을 위해 어떤 구실을 했는지 Bill Ashcroft, Gareth Griffiths, Helen Tiffin, *The Empire Writers Back: Theory and Practices in Post-colonial Literatures*(1989)(London : Routledge), 2~4면에서 거론했다.

하도록 한다. 제1장 〈유럽〉에서는 라틴어를 공용어로 하던 유럽에서 프랑스가 분화되고 프랑스문학이 생겨난 과정을 고찰했다. 유럽을 통괄해 다루면서 다른 여러 나라와 프랑스의 비교논의를 전개하는 방법을 그 뒤에도 계속 사용했다. 제2장 〈책과 연극〉은 생산 방식에 따라 문학을 이해해야 한다고 해서 붙인 제목이다. 책을 써서 출판하고 연극을 공연하는 방식이 15세기부터 18세기까지의 문학을 어떻게 생산했는지 고찰했다. 그런 생산 방식은 그 뒤에도 이어지지만 언어 사용이 달라졌음을 지적해, 제3장 〈자유로운 소통〉을 시대 변화를 나타내는 표제로 삼았다.

"자유로운 소통"이라고 옮긴 말이 1789년 프랑스혁명에서 발표한 인권선언에 인간 기본권의 하나로 등장한 유래를 밝히고 역사적인 의의를 다각도로 고찰했다. 자유로운 소통은 언론의 자유보다 넓은 개념이다. 언어를 사용해 소통하는 사람의 자격, 전달하는 방식, 전달하는 내용 등에 한계가 없는 자유를 의미한다. 19세기 이후에 프랑스에서는 자유로운 소통을 하는 문학이 시작되었다고 하고 그 양상을 다각도로 분석하면서 다른 나라의 경우와 비교했다.

책을 쓰는 방식에서 주목할 것이 몇 가지 더 있다. 간략하게 쓰느라고 생략할 수밖에 없는 세부적인 사항이나 예증을 이따금 활자 크기를 줄여 삽입했다. 발자크(Balzac)는 외면을, 프루스트(Proust)는 내면을 탐구했다고 한 것처럼, 시대와 성격이 다른 작가를 한 자리에 놓고 차이를 극명하게 밝히는 방법을 자주 사용했다. 특출한 작가 몇몇이 프랑스문학의 수준을 높였다고 하면서 지면을 아끼지 않고 구체적인 사례를 고찰했다.

구트, 《불문학사, 중세에서 좋은 시절까지》(1992)(Paul Guth, *Histoire*

de la littérature française, du Moyen Âge à la belle époque, Monaco: Éditions du Rocher)는 교수였다가 작가가 된 사람이 쓴 책이다. 머리말에서 교수일 때 학생을, 작가가 되어 독자를 상대한 경험을 살리고, 교수처럼 명료하게 쓰면서 작가가 아는 창작의 비밀을 공개하겠다고 했다. 본문 첫 대목에서, "로마인이 골(Gaul) 지역을 침입했다"는 말을 앞세우고, "우리가 가장 학술적이라고 하는 프랑스어라도 투박하고 땀에 젖은 병사들의 입술에서 시작되었다"고 했다.(17면) 충격을 받고 놀라 새로워진 눈으로 신기한 책을 읽게 한다.

문학 창작을 하는 수법을 자유롭게 구사해 신명 나게 글을 썼다. 경쟁 관계였던 17세기의 두 극작가 코르네유(Corneille)와 라신느(Racine)를 두고 한 말을 본보기로 들어 보자.(361~362면) 코르네유는 그려놓은 사자라면, 라신느는 사나운 호랑이라고 하고, 자세하게 이해하기 어려운 수식어를 많이 붙였다. 라신느는 군인, 외교관, 농부, 모험가, 장인 등 별별 직업인을 다 그려낸 것이 오늘날의 미국 작가들 같다고 하는 비교론까지 곁들여 더욱 흥미롭게 했다.

한 대목을 더 들어보자. 샤토브리앙(Chateaubriand)은 "여자들을 유혹하더니, 나라를 온통 유혹하려고 했다."(638면) "프랑스가 이성을 벗어서 물레방아 위에 던지고, 샤토브리앙과 함께 울고, 믿고, 느끼고, 꿈꾸려고 했다."(639면) 프랑스가 이성을 버리고 샤토브리앙을 따른 것이 유혹당한 여자들이 옷을 벗어 물레방아 위에 던진 것과 같다고 능청을 떤 말이다. 다른 여러 대목에서도 교수라면 책에 다 쓰지 못하고 강의하면서 잡담거리로나 삼을 말을 입심 좋게 늘어놓으면서 작가의 문장력을 자랑했다.

도르메송, 《별개의 프랑스문학사》(1997~1998)(Jean d'Ormesson,

Une autre histoire de la littérature française, Paris: Gallimard)는 저자가 "작가, 역사가, 시사평론가, 편집자, 배우, 철학자"라고 소개된 사람이다.(Wikipedia) 독서의 즐거움을 누리면서 문학사를 편력한 내력을 방송한 원고이다. "내 나름대로의 문학사" 또는 "문학에서 얻은 나의 즐거움"이라고 제목을 붙일 수도 있다고 했다. 작가 이름으로 차례를 삼고, 특징을 나타내는 부제를 붙였다.

루소(Rousseau)에 관해 어떻게 말했는지 본보기로 들어 보자. 〈분노한 숫보기〉("un candide enragé")라는 부제를 붙이고, "자연스러움이면서 성실함이고, 모순이고 은폐이며, 재능이고 광기"인 양면을 특징으로 한다고 했다.(제2권, 110~111면) 랭보(Rimbaud)는 〈불의 사막〉("le désert de feu")이라고 하고, "우리 시대, 자기 청춘의 전설이고 신화이며, 우리 문학이라는 불의 사막이다"고 했다.(같은 책, 237면) 짧은 말에 많은 의미를 함축해 시를 읽듯이 읽어야 한다.

브뤼넬 외, 《불문학, 기원에서 오늘날까지》(2007)(Pierre Brunel et Denis Huisman, *la littérature française, des origines à nos jours*, Paris: Vuibert)는 비교문학자와 철학자가 "생동하는 독서, 텍스트 이해 선동, 진정한 문화로의 초대"를 위해 한 공동작업이라고 했다.(5면) 이해하기 쉽게 쓴 문학사인 것 같으나, 독자적인 견해를 적극적으로 폈다. 각 시기에 관한 서술 말미에 제목을 각기 다르게 붙인 결론을 두었다.[24]

18세기 문학에 관한 결론을 들어 보자. 네 가지 특징을 번호를 붙여 정리했다. 1) 철학 및 사회 문제에 깊은 관심을 가지고, 종교

---

24) 결론의 제목을 옮기면 "Le Moyen Âge, oubli et réhabilitation, Le Temps des mutations, Les fastes du Grand Siècle, Le Siècle des Lumières et ses ombres, Poussées et excès, Engagement et dégagement, En avant, Le bon temps neuf"라고 했다.

에 대한 다양한 견해를 보여 주었다. 2) 문학의 모든 갈래가 등장했다. 3) 외국에 관심을 가져 여행을 하고 외국의 경우를 들어 자국 사회를 비판했다. 4) 생동하는 모습을 하고 새로운 탐구와 시험을 했다. 마지막에서 두 번째 대목 "열림: 21세기로"라는 데서는 "단형화, 갈래의 소멸, 無의 유혹"(brièveté, subversion des genres, la tentation du rien)을 다가올 시대의 문학이 지닐 특징으로 들었다.

브레너, 《새로운 독문학사》(1996)(Peter J. Brenner, *Neues deutsche Literatur-geschichte*, Tübingen: Neumeyer)는 관점을 분명하게 해서 독문학사를 저자 나름대로 개관한 저작이다. "시대개념"(Epochen-Begriffe)으로 한 시대 문학을 파악하면 문학의 사회적 · 역사적 특징을 국내외를 관련시켜 해명할 수 있다고 머리말에서 말했다. "초기 신시대"(frühe Neuzeit), "바로크," "초기 계몽주의", "계몽주의", "고전과 낭만", "비더마이어시대"(Biedermeierzeit), "사실주의", "근대", "바이마르 공화국", "제3제국과 망명", "전후 시대", "현대"라고 한 12개 시대의 특징을 여러 자료를 들어 밝히는 작업에 노력을 집중하고, 작가나 작품에 대해 개별적 고찰은 생략했다.

더욱 특이한 축소형 문학사가 독일에 있다. 만프레트 마이가 이야기한 《독문학사》(2004)(Manfred Mai (erzählt von), *Geschichte der deutschen Literatur*, Weinheim Basel: Beltz & Gelberg)라는 것은 대중용 독서물을 쓰는 작가가 문학사에 관해 자기 나름대로 말한 책이다. 작은 판형이고, 분량이 얼마 되지 않는다. 각 시대 문학의 단면을 원문 인용, 작가의 초상화를 곁들여서 간략하게 설명했다. 그런데도 권말에 참고문헌과 인명색인이 있다.

확대형 거질 문학사는 전체 설계를 일관되게 하기 어렵고, 설계를 잘 한다고 해도 개별 집필자들이 따르도록 하기 어렵다. 각기 그 것대로 타당성을 가진 논설을 모으는 데 그칠 염려가 있다. 분량이 늘어나면 내용이 잡다해진다. 저자가 나름대로 쓰는 축소형 문학사는 다루는 대상을 임의로 선택하고 검증되지 않은 소견을 늘어놓아 신뢰를 상실할 수 있다. 즐기려고 하지 않고 알기 위해 읽는 독자에게는 피해를 줄 수 있다. 대부분의 문학사는 이 두 극단을 피해 적절한 중간노선을 택하고 있다. 한 사람이 쓰는 것을 이상으로 하고 소수가 공저하기도 해서, 한 권 또는 두세 권의 문학사를 내놓는 것이 통상적인 방식이다. 저자는 전문학자이면서 문장력도 갖춘 사람인 것이 바람직하다.

데이쉬즈, 《영문학의 비평적 역사》(1960)(David Daiches, *A Critical History of English Literature*, New York: Ronald) 두 권은 전공학자가 단독으로 쓴 영문학사의 좋은 본보기여서 교재로 널리 이용된다.[25] 머리말에서 전문가들의 세부적인 연구가 특징을 이룬 시대에 한 사람이 문학사를 온통 쓰는 것은 무모하고 별난 짓이라고 하고서, 자기는 스스로 느끼고 생각한 바를 토로하고 주요 작가의 등급도 바꾸어 놓는 자유를 누리겠다고 했다. 제목에 "비평적"이라는 말을 넣고, "묘사, 설명, 해석"(descriptions, explanations, and interpretations)을 한다고 하는 책을 써서, 사실 확인을 위해 참고로 하지는 않으면서 흥미롭게 통독할 수 있게 한다고 했다.

문학사 서술의 이론이나 방법을 두고 고심하지 않고, 영국인다

---

25) 번역판이 데이비드 데이쉬즈 저, 김용철 · 박희진 역, 《영문학사》(1988)(서울: 종로서적)이다.

운 양식을 발휘해 읽기 쉬운 책을 썼다. 차례는 일정한 원칙 없이 편한 대로 구성했다. "중세영어"(Middle English) 같은 언어사의 용어, "중세"(Middle Ages) 같은 일반 역사의 용어, "튜더"(Tudor) 같은 왕조, "빅토리아"(Victoria) 같은 국왕, "셰익스피어"(Shakespeare) 같은 작가, "희곡"(Drama) 같은 문학갈래가 표제의 기본 용어로 등장했다. 이름이야 어쨌든 실질이 중요하다는 사고방식이다.

스코틀랜드문학을 다룬 표제가 둘 따로 있어 주목된다.("Scottish Literature to 1700", "Scottish Literature from Allan Ramsay to Water Scott") 앞의 글 서두에서 한 말을 보자.(504~507면) 스코틀랜드문학이 영문학사에 포함되는가는 논란이 있는 문제라 하고, 1603년의 국가가 통합, 1707년의 의회 통합 이전의 독립국 스코틀랜드는 독자적인 문화가 활성화되고, 영국보다 유럽대륙 특히 프랑스와 밀접한 관련을 가졌다고 했다. 스코틀랜드인은 게일어(Gaelic), 스코트어(Scots)를 영어보다 먼저 사용해 다양한 언어의 문학 유산이 있다고 했다. 그 가운데 영어문학은 연원에서부터 자세하게 고찰했다. 자기가 스코틀랜드 사람이고 에딘버러대학에서 공부하고 교수 노릇을 해서 스코틀랜드문학을 특별한 관심을 가지고 고찰했다.

파울러, 《영문학사, 형식과 제왕, 중세에서 오늘날까지》(1987) (Alastair Fowler, *A History of English Literature, Forms and Kings, From the Middle Ages to the Present*, Oxford: Basil Blackwell)는 옥스퍼드대학에서 공부하고, 그 대학을 비롯해 영국과 미국 여러 대학에서 교수를 한 국제적인 학자의 저서이다. 영문학사는 한 권 분량으로 혼자 쓰기에는 너무나도 방대하므로, 부제에서 밝힌 바와 같이 문학의 형태나 갈래의 변천을 집중적으로 고찰한다고 했다. 독자가 문학의 특성이

변천한 양상을 이해해 미래의 문학은 현재와 다를 수 있다는 생각
을 하기 바란다고 했다. 사실 서술에 치중하고 평가는 하지 않는다
고 했다. 관점을 분명하게 한 영문학사의 드문 예이다.

　제1장은 〈중세문학: 구비문학에서 기록문학으로〉(The Middle
Ages: From Oral to Written Literature)라고 했다. 구비문학부터 고찰하
는 것은 당연한 순서인데, 영문학사에서는 전에 없던 새로운 관
점이다. 여러 갈래의 구비문학이 후대까지 전승되면서 기록문학
으로 이어진 양상을 살폈다. 제2장 이후에서는 시기나 문예사조
를 나타내는 말과 함께 산문과 율문, 희곡, 시, 소설 등의 용어를
표제에다 내놓고, 문학갈래 변천의 역사를 고찰하려고 했다. "수
사적 산문"(rhetorical prose), "서정적 산문"(lyric prose), "복합구성 소
설"(multiplot novel) 같은 것들을 중간표제에 내놓고 미묘한 변이까지
밝히려고 했다.

　권말에 전체를 크게 되돌아보는 요약을 첨부한 다음, 문학의 미
래는 예상하지 못할 방향으로 나아가고, 다양하고 풍부한 변이가
무한하게 나타날 수 있다고 했다. 일관성을 유지하려고 끝까지 애
썼다. 이처럼 새로운 관점을 내세워 신선한 고찰을 한 영문학사는
더 찾아보기 어렵다. 이 책보다 먼저 나온 것들은 물론 나중에 나온
것들도 인습적인 서술을 이어나가기나 하고 반성이나 시정이 없다.

　콘래드, 《케셀 영문학사》(1985)(Peter Conrad, *Cassell's History of English
Literature*, London: Weidenfeld and Nicolson)와 샌더스, 《옥스퍼드 영문학
사 요약본》(1994, 1996, 2004)(Andrew Sanders, *The Short Oxford History of
English Literature*, Oxford: Oxford University Press)은[26] 최근에 나온 표준

---

26) *Oxford History of English Literature*의 요약본이 아니고 별도로 집필한 저서인 점에

판 영문학사의 본보기이다. 유명출판사가 기획해, 단일 저자가 한 권 7백여 면의 분량으로 영문학사의 전개를 총괄하도록 한 공통점 이 있다. 그러면서 콘래드는 대중적이고, 샌더스는 학술적인 책을 써서 문학사의 양면성을 잘 보여 주었다. 비교해 고찰하면 이해가 심화된다.

콘래드는 짧은 머리말에서, 천 년 이상의 문학사를 책 한 권으로 다루는 것은 아주 어렵지만, 과거의 문학을 현재에서 되살려 미래 를 위해 활용 하려면 문학사 서술을 세대마다 다시 시도해야 한다 고 했다. 앞으로 나아가면서 쓰다가 뒤를 돌아보기도 하고, 미래를 예견하고 과거를 회고하는 방식을 사용했다. 샌더스는 긴 서론에 서, 영문학사의 전범이 이루어지고 대학에서 영문학사를 교과목으 로 삼은 내력을 고찰했다. 영문학사의 범위가 문제인데, 자기는 앵 글로-색슨 시대부터 현재까지 영국열도(British Isles)에서 영어로 이 루어진 문학을 다룬다고 하고, 웨일즈, 스코틀랜드, 아일랜드의 작 가들이 영어로 쓴 문학을 포함시켰다. 콘래드는 편리한 대로 명명 한 42개 항목을 열거했다.[27] 외형은 고려하지 않고 내실만 소중하

서 *The Concise Cambridge History of English Literature*와 다르다.

27) 1.Epic ; 2.Romance ; 3.Chaucerian Epic and Romance ; 4.Chaucer, Langland and the Treachery of the Text ; 5.Two Version of Pastoral: Arcady and Fairyland ; 6.The Arcady of the Poem ; 7.The Sonnet: History of a Form ; 8.Spencer's Garden ; 9.Miracles, Moralities and Marlowe ; 10.Shakespeare: Tragedy, Comedy, Tragicomedy ; 11.Shakespeare's After-Life ; 12.Prospero's After-Life ; 13.The Tragedy and Comedy of Revenge ; 14.Lyrical Nothings ; 15.Milton, 'Author and the end of all things' ; 16.The Lost Paradise of Lyric ; 17.Paradise Lost and its Predestining ; 18.Acting and Being: Comedy from Wycherley to Sheridan ; 19.Swift, Pope and the Goddess of Unreason ; 20.Inventing the Novel: Dafoe ; 21.Richardson and Fielding: Tragic Pastoral and Comic Epic ; 22.Sterne: Tragedy, Comedy, Irony ; 23.Johnson's Lives and Boswell's Life ; 24.Gothic Follies ; 25.Wordsworth, Coleridge and the Failed God ; 26.Romantic Surfeit 27.Romantic Deaths ; 28.Imagination and Fiction ; 29.Dickens and Breeding of Monsters ;

게 여겼다. 다루는 대상에 대한 서술은 줄이고 전후의 사실과 후대의 관심과 논의를 자세하게 고찰했다. 그래서 사실의 역사에서 해석의 역사로 나아가고자 했다. 샌더스는 통상적으로 사용해오던 시대구분을 10개 항목으로 재정리했다.[28] 다루는 내용을 자세하게 설명해 충실한 이해가 가능하도록 애썼다. 작가와 작품 위주의 논의에다 시대의 움직임을 곁들였다. 문예사조에 관한 관심은 거의 없다. 문학갈래는 개별적인 것들을 필요한 경우에만 다루고, 일관된 고찰을 하려고 하지 않았다.

둘 가운데 샌더스의 책이 환영을 더 받고 있다. 영문학사 결정판이라고 할 수 있어 대학 교재로서 확고한 위치를 차지한다. 그 뒤에도 영문학사가 계속 나오고 있으나, 짧게 가볍게 쓴 것들이다. 영문학사는 새롭게 쓸 여지가 없는 것처럼 보인다. 미해결 과제나 결함이 망각되고, 새로운 탐구의 의욕이 없는 것 같다. 무엇이 문제인지 모르니 혁신이 가능하지 않다고 할 수 있다.

전문서적과는 다른 대중용 독본인 영문학사는 별도로 출판되었다. 로저스 편, 《옥스포드 삽도 영문학사》(1987)(Pat Rogers ed., *The Oxford Illustrated History of English Literature*, Oxford: Oxford University Press)

---

30. The Critical Epic; 31. The Novel's Natural History; 32. From Romance to Realism: Tennyson and Browning; 33. Decadence and Nonsense; 34. The Last Romantic; 35. Epic, Romance and the Novel; 36. Renewing the Novel; 37. The Waste Land and the Wastobe Land; 38. Babel Rebuilt; 39. The Stages of Drama; 40. Symbols and Secrets; 41. 'Now in England'; 42. 'Too Much History'? 'Too Many Books'?

28) 1. Old English Literature; 2. Middle English Literature 1066~1510; 3. Renaissance and Reformation: Literature 1510~1620; 4. Revolution and Restoration: Literature 1620~1690; 5. Eighteenth-Century: Literature 1690~1780; 6. The Literature of the Romantic Period 1780~1830; 7. High Victorian Literature 1830~1880; 8. Late Victorian and Edwardian Literature 1880~1920; 9. Modernism and its Alternatives: 1920~1945; 10. Post-War and Post-Modern Literature

는 교수들이 집필했으나 대중용임을 분명하게 했다. 영문학사는 이
미 많이 나왔지만, 추상적인 원리에 관한 학문적 논란을 피하고 언
어를 참신하게 활용해 문학의 모습을 생생하게 느끼도록 하겠다고
하면서 삽화를 많이 넣어 책을 장식했다.

　카터 외, 《영국과 아일랜드의 영어문학사》(1997, 2000) (Ronald
Carter and John McRae, *The Routlege History of Literature in English, Britain
and Ireland*, London: Routlege) 또한 쉽게 간추려 쓴 문학사이다. 경험
많은 작가이며 교사라고 소개된 두 저자가 광범위한 독서를 하고
문화사적 감각을 훌륭하게 갖추고 널리 환영받을 만한 영문학사 교
본을 내놓았다고 했다. 시대 배경 설명을 앞세우고, 요약 설명을 잘
하고, 작품 인용을 많이 하고, 문학 용어를 해설하는 등의 장점이
있다고 했다. "언어 노트"(language note)를 곳곳에 삽입해 언어의 양
상과 변천을 소개했다.

　알렉산더, 《영문학사》(2000)(Michael Alexander, *A History of English
Literature*, London: Macmillan)는 맥밀란재단에서 여러 분야의 교육용
입문서를 낸 것 가운데 하나이다. 항목을 많이 나누어 이해하기 쉽
게 설명했다. 큰 시기를 다섯으로, 작은 시기를 열셋으로 나누고,
작은 시기에 세 단계의 하위항목을 두었다. 서론에서 문학사 일반
론을 간략하게 전개하고, 국적 기준을 피할 수 없어 영국의 문학을
영문학이라고 한다고 했다. 1922년에 독립하기 이전 아일랜드의 문
학은 포함하고 그 뒤의 것은 제외한다고 했다. 작은 시기마다 앞에
는 개요가, 뒤에는 참고문헌이 있다. 작품 인용을 자주 하고, 삽화
를 적절하게 활용했다.

　영문학사는 거듭 나와도 혁신이 거의 없다. 고립주의에 머무르

고, 문학사의 보편적인 양상이나 의의에는 관심이 없다. 나타난 사실에 대한 경험주의적 인식을 하는 데 머무르고, 문학사 이해를 발전시키는 이론이나 방법을 갖추려고 하지 않는 것이 지배적인 학풍이다. 그 때문에 시대구분, 라틴어문학과 영문학의 관계, 영문학사와 다른 여러 나라 문학사의 공통점과 차이점, 문학사와 다른 역사의 관계 등의 커다란 문제에 대한 진지한 논의가 없다.

이러한 문제를 제기하고 해결하고자 하는 세계 학계의 노력에 영문학계는 기여하지 못하고 뒤떨어져 있으면서 오히려 방해를 한다. 영어의 위세를 타고 세계 도처에서 생겨나 대단한 영향력을 행사하는 영문학과에서 원산지의 것을 그대로 수입해 가르치는 영문학사가 부적절한 선입견을 조성해 문학사에 대한 진지한 탐구를 하지 못하게 가로막는다. 자국문학사를 그릇되게 쓰고, 문학사 일반론이 성립되기 어렵게 한다.

이론이나 방법에 관한 쟁점을 피하고 통상적인 방법으로 쓴 문학사가 교본 노릇을 하는 점에서 독일도 영국과 그리 다르지 않다. 보에쉬 편, 《독문학사 개요》(1946) Bruno Boesch her., *Deutche Literaturgeschichte in Grundzügen*, Bern: Francke)를 본보기로 들 수 있다. 전쟁의 피해를 겪지 않은 스위스에서 독일에서는 할 수 없는 작업을 해서 전후 최초의 독문학사를 낸 것이 출간의 의의이다.

편자가 쓴 머리말에서 "문학을 역사적인 형성물로, 인간의 정신과 존재의 구현체로" 이해하는 것을 목표로 한다고 한 것은 그럴듯한 말인데, 12장을 각기 다른 필자가 맡아 각자 좋을 대로 집필해 일관성이 없다. 소제목이 없는 것부터 17개나 되는 것까지 있다. 집필자가 많아 체계가 통일된 서술을 하지 못하는 폐단을 보여 준다.

독문학의 시작을 다룬 첫 장을 보면, 라틴어는 父語(Vater sprache), 민족어는 母語(Muttersprache)이라고 하는 흥미로운 표현을 사용하면서 두 가지 문학의 관계를 고찰했다. 바로크시대의 문학에 관해 고찰한 대목에는 시대 설정의 경위에 관한 논의가 있고, 사실주의의 등장을 사회변화와 관련시켜 해명했다. 이런 몇몇 대목에는 평가할 만한 내용이 있다.

로트만, 《독문학소사》(1978, 2003)(Kurt Rothmann, *Kleine Geschichte der deutschen Literatur*, Stuttgart: Philipp Reclam)는 표준이 되는 교본이라고 할 수 있으며, 유명출판사에서 냈다. 문고판의 작은 책인데도 452면이나 된다. 반 면도 되지 않은 간략한 머리말에서 대표작을 중심으로 독일문학의 흐름을 고찰해 작품을 읽도록 자극하겠다고 했다. 자료·내용·목적을 명시하고, 작가와 작품 소개를 기본과 업으로 삼았다. 문예사조로 시대구분을 하는 독일의 통상적인 방식을 택하고, 다른 말로 나타낸 시대도 있다.[29]

부커페니히, 《독문학사, 시초에서 오늘날까지》(2006)(Wolf Wucherpfennig, *Geschichte der deutschen Literatur, von Anfängen bis zur Gegenwart*, Leipzig: Ernst Klett)는 친절한 설명을 갖추어 이해하기 쉽게 쓴 책이다. 서두에서 문학사의 흐름을 보여 주는 흑백 도판 32개를 제시하고 해설했다. 서두에서 고대 그리스에서 시작해 유럽문학을 개관하고 독문학사에 들어갔다. 중세문학 대목에서 라틴어 문학을

---

29) "8.Romantik(1798~1835)"과 "10.Realismus(1850~1897)" 사이에 "9.Biedermeier, Junges Deutschland und Vormärz(1815~1950)"이 있었다고 했다. "12.Impressionismus und Symbolismus"와 "13.Expressionismus"를 독립된 시기로 고찰했다. 14에서 바이마르 및 나치 시대의 문학, 15와 16에서 동서독, 17에서 통일기, 18에서 2000년대의 문학을 다루었다.

한 면 분량으로 소개했다.(50면)

문예사조로 시대구분을 하는 통상적인 방식을 택하고, 근대문학 이후는 정치적인 시기에 따라 고찰했다. 서두와 결말 일부를 제외하고 중간 여러 시대는 모두 1) 시대상, 2) 문학생활, 3) 문학의 이론과 형태, 4) 작가로 나누어 고찰했다. 문학생활을 지역, 남녀, 유통, 독자 등의 측면에서 논의한 것은 특기할 만하다. 작가는 인명사전을 만드는 방식으로 다루었다.

분량이나 내용이 적절한 교재용 문학사는 프랑스에도 있다. 브뤼넬 외, 《불문학사》(1972)(Pierre Brunel, Y Bellimger, D. Couty, Ph. Sellier, M. Truffet, *Histoire de la littérature française*, Paris: Bordas)가 좋은 본보기이다. 소르본느대학 교수인 저자가 전문학자 4인과 함께 책을 지었다고 표지에 밝혀 놓아 학술서적 같은 인상을 주지만 입문용이기를 바랐다. 머리말도 없이 바로 본론에 들어갔으며, 항목을 자주 나누고, 도판을 많이 넣어 접근하기 쉽게 하고자 했다. 그러나 간략하게 설명하는 문장이 단순하지 않고 현란하기까지 해서 많이 생각하면서 읽게 한다.

중세 다음부터는 세기별로 시대를 구분했다. 중세는 하위 구분이 없고, 16세기는 라블래(Rabelais), 롱사르(Ronsard), 몽태뉴(Montaigne)의 시대로 나누고, 17세기는 루이 13세의 세기, 루이 14세의 세기로 구분했으며, 18세기는 더 나누지 않았다. 18세기문학까지만 취급한 고전문학사의 드문 예이다. 각주와 참고문헌을 갖추어 전문적인 연구를 안내했다.

카스텍스 외, 《불문학사》(1974)(P. -G. Castex, P. Super, G. Becker, *Histoire de la littérature française*, Paris: Hachette)는 교재용이라고 밝힌 책

이다. 저자는 소르본느 대학 교수, 부교수, 고등교육 장학관이라
고 소개되어 있다. 출판인이 알리는 말에서, 고등학생과 대학생을
위해 세 사람이 공저한 기존의 저작 전 6권의 《불문학 학습 편람》
(*Manuel des études littéraires françaises*)에서 작품 선집과 작문 주제 부분
은 빼고 문학사만 한 권으로 편집해 다시 낸다고 했다. 머리말 없
이 바로 본론에 들어가고, 항목을 많이 나누고 설명을 간략하게 하
고 도판을 넣어 흥미를 끈 것이 위의 책과 같다. 문장이 쉽고 명료
해 교재로서 적합하다.

중세는 12·13세기와 14·15세기로 나누었다. 16세기는 르네상
스의 초·중·만기로 삼분했다. 17세기는 〈I. 환상과 바로크의 시
대〉(L'age du romanesque et du baroque, 1598~1661), 〈II. 고전적 세대〉(La
génération classique, 1661~1685), 〈III. 철학정신의 각성〉(L'éveil de l'ésprit
philosophique, 1685~1715)으로 나누었다. 바로크와 고전주의를 함께
인정하고 선후관계로 설명한 것은 주목할 만하다. 고전주의만 내세
우는 프랑스 특유의 주장을 접어두고 바로크라는 개념을 받아들여
유럽문학사 공통의 시대구분에 다가갔다.

〈I. 환상과 바로크의 시대〉 서두의 개관에서 "질서를 요구하면
서 독립 취향을 깊이 지닌 대립이 이 시대의 고유한 특성을 이룬
다"(145면)고 한 말이 적절한 요약이다. 〈II. 고전적 세대〉 서두의
개관에서는 불문학 고유의 고전주의는 20여 년 동안만 지속되었다
고 하고, 고전주의가 17세기 문학 전체의 사조라는 견해를 버렸다.
18세기는 철학정신의 발전과 승리 두 시기로 나누었다. 19세기는
낭만주의, 사실주의, 상징주의 등을 표제로 내세워 하위구분을 했
다. 20세기는 전쟁 전, 전쟁 사이, 오늘날로 나누어 문학갈래의 동

향을 고찰하고 영화도 포함했다.

베르제 편, 《불문학개론》(1995)(Daniel Bergez dir., Précis de littérature française, Paris: Armand Colin)은 단권인데 공저이다. 편자 1인 외에 집필자 4인의 이름도 표지에 내놓았다. 머리말 서두에서 "이 개요는 중세에서 오늘날까지의 프랑스문학 작가, 작품, 흐름에 관한 기본적인 이해를 요약해 제공한다"고 했다. 중세 다음에는 16세기에서 20세기까지 세기별 시대구분을 한 것이 불문학사의 통상적인 방식이다. 각 시대에 관한 고찰을 총괄론과 작가론으로 나누어 진행했다. 총괄론은 역사, 사상, 문학의 형식과 갈래로 이루어져 있다. 작가론에서는 주요작가를 소개하면서 대표작을 들어 고찰했다. 편리하게 이용할 수 있는 내용을 정리해 놓았다.

가살라스프로, 《불문학, 중세에서 오늘날까지의 위대한 작가들》(2007)(Nunzio Gasalaspro, *La littérature française, les grandes auteurs du Moyen Âge à nos jours*, Paris: Hachette) 또한 이해하기 쉽게 정리한 문학사이다. 서론에서 "이 겸허한 저작은 다만 문학의 공유 자산 이름을 모두 기억하고, 우리 문학의 주요 단계나 예술적이고 인간적인 모험이 큰 걸음으로 돌아다니도록 하는 것 외에 다른 목표가 없다"고 하는 묘한 말을 했다. 세기별로 나눈 시대에 부제를 붙였다.[30] 각 시기에 하위 항목을 몇 개씩 두고 전반적인 경향을 간략하게 설명한 다음 대표적인 작가의 생애와 작품에 관한 이해를 요점을 추리는 방식으로 제시하고 본보기가 되는 작품을 인용했다.

---

30) 중세 "épique, populaire et courtois", 16세기 "un nouveau monde, l'homme", 17세기 "l'ordre classique", 18세기 "libertin et révolutionnaire", 19세기 "romatique, réaliste et symboliste", 20세기 "comment survivre à deux guerres"

문학사는 인습을 지키며 고착되어 있지 않았다. 혁신을 위한 노력이 계속되었으며, 마르크스주의에 입각한 사회사적 문학사가 나타나 충격을 주었다. 마르크스주의 문학이론 정립을 주도한 루카치(Georg Lukacs)가 문학사를 실제로 쓰는 작업도 해서《독일 근대문학사 개요》(1953)(*Skizze einer Geschichte der neueren deutschen Literatur*, Berlin: Aufbau-Verlag)를 내놓았다.[31]

저자의 명성은 대단하지만, 이 책은 소책자에 지나지 않으며 마르크스주의 문학이론을 주장하는 바와 같이 갖추지는 못했다. 사회경제적 토대와 문학의 상관관계를 고찰하는 유물사관은 버려두고, 진보를 평가하고 반동을 비난하는 당파성의 원리만 실현해 반쪽 작업을 하는 데 그쳤다.

프랑스의 마르크스주의 연구센터(Centre d'Etudes et Reserches Marxistes)의 학자들의 공동작업인 아브라앙 주편《불문학사 편람》(1965, 1971~1982)(Pierre Abraham dir., *Manuel d'histoire de la France*, Paris: Éditions sociales) 전7권이 더욱 본격적인 업적이라고 할 수 있다. 그런데 자기들은 마르크스주의자이지만 마르크스주의 문학사를 쓰지 못했다고 머리말에서 밝혔다. 프랑스 사회경제사 "연구업적이 아직도 문학의 토대를 마르크스주의로 유효하게 분석할 만큼 구체적으로 진척되지 못했기 때문"이라고 했다.(제1권, 7면)

본문으로 들어가면, 항목 구분이 어수선하고 내용이 잡다해 갈피를 잡기 어렵게 한다. 문학과 관련된 사회상을 닥치는 대로 열거한 느낌을 주고, 문학사와 사회사를 연결시켜 논하려고 하는 문학

---

31) 번역판이 반성완·임홍배 역, 루카치《독일문학사, 계몽주의에서 제1차 세계대전까지》(1987)(서울: 심설당)이다.

쪽의 노력이 오히려 엉성하다. 계급구성과 문학갈래가 어떤 관련을 가지는가 하는 문제에 관한 체계적인 검토를 시도하지 않았다. 마르크스주의에 입각해 프랑스 사회경제사를 연구하는 작업을 한 세기 동안이나 제약 없이 하고서 이런 결과를 내놓았다.

라공, 《프롤레타리아 불어문학사: 노동자문학, 농민문학, 민중표현문학》(1986)(Michel Ragon, *Histoire de la littérature proletarienne de langue française: littérature ouvrière, littérature paysanne, littérature d'expression populaire*, Paris: Albin Michel)이라는 것도 있다. 서론을 길게 써서 많은 말을 했다. '민중표현문학'을 연구한 업적이 프랑스에는 없어서 자기가 나선다고 했다. 1947년에 《민중작가》(*Les écrivain du Peuple*), 1953년에는 《노동자문학사》(*Histoire de la littérature ouvrière*)를 내고 계속 증보해 지금의 책이 되었다고 했다.

프랑스는 부르주와문학이 지배하는 나라이고, 프롤레타리아문학은 2류문학이라고 한다. 두 가지 문학을 아우르는 작가가 없는 것도 프랑스의 특징이다. 프랑스 프롤레타리아문학은 출판과 판매에 불리한 조건이 있어 알려지지 않고 독자를 만나지 못한다. 이렇게 말하고, 숨은 자료를 찾아내 정리하고 평가하는 어려운 일을 힘써 한다고 했다.

자기는 노동자의 아들로 태어나 어려서 사환, 행상, 각종 노동에 종사하면서 공부를 했다고 했다. 자기와 같은 처지에 있는 사람들이 창작한 문학을 정리하고 연구하는 것을 평생의 사명으로 삼았다고 했다. 책을 쓰면서 취급 범위를 아주 좁힌다고 했다. 노동자 옹호자는 물론, 노동자문학을 한다고 한 공산당원마저 제외하고, 노동자나 농민 출신이면서 자기네 계급의 삶을 직접 그린 작가만 다

루었다. 알려진 작가는 미쉴레(Jules Michelet)와 페기(Charles Péguy) 정
도이고, 나머지는 거의 다 무명인이다. 계급의 관점에서 취급 대상
을 선정하고 내용을 소개했을 따름이고 문학사를 서술하는 이론을
마련한 것은 아니다.

글라서 총편, 《독일문학, 하나의 사회사》(1988~1989)(Horst Albert
Glaser her., *Deutschen Literatur, eine Sozialgeschichte*, Hamburg: Rowohlt)는
10권이나 되는 분량을 많은 논자가 분담해 집필했다. 각 권에 서론
과 시대 개관이 있고, 문학의 사회사를 여러 측면에서 고찰했다. 논
의 방식은 논자에 따라 다르다. 각 권을 구분하는 표제가 단일하지
않고 여러 말이 열거되어 있다.[32] 정치·사회사와 문학사 양쪽에서
사용하는 개념을 함께 들었기 때문이다. 양자가 어떤 관련을 가지
는지 해명하는 과제를 본문 서술에서도 감당하지 못했다.

제1권 말미에 문학사회사 서술방법 총론이라고 할 것
을 짧게 써 놓았다.(Ursula Liebertz-Grün, "Aktuelle Probleme der
Literaturgeschichtsschreibung") 작품이 어떤 이해관계나 인간관계와 관
련되어 형성되었는지, "어떤 지배구조를 문학의 담론으로 나타내
고 규범화했는지, 어떤 사고·언어·글쓰기의 금지사항이 작가 또
는 작가군을 간섭했는지 알아야 한다"고 했다. 이론이라고 하기 어
려운 소박한 견해이다. 본문 서술은 여러 필자가 각기 자기 나름대

---

32) 권별 구성을 든다. 1.Aus der Müdlichkeit in Schrittlichkeit: Höfische und andere
Literatur; 2.Spätmittelalter, Reformation, Humanismus; 3.Zwischen Gegenreformation
und Früaufklärung: Späthumanismus, Barock; 4.Zwischen Absolutismus und
Aufklärung: Rationalismus, Empfindsamkeit, Strum und Drang; 5.Zwischen Revolution
und Restauration: Klassik, Romantik; 6.Vormärz: Bidermeier, junges Deutschland,
Demokraten; 7.Vom Vormärz zur Gründerzeit: Realismus; 8.Jahrhundertwende: Vom
Naturalismus zum Expressionismus; 9.Weimarer Republik-Drittes Reich: Avangardismus,
Parteilichkeit, Exil; 10.Gegenwart

로의 논의를 하면서 작가와 작품에 관한 통상적인 논의에 사회사적 고찰을 곁들인 것이 대부분이다. 체계나 일관성은 없으며, 개별적인 고찰의 집성에 가깝다.

문학의 사회사라고 표방하지 않고, 사회사를 포함해 다각적인 관점을 지닌 총체적인 문학사를 쓰고자 하는 것이 최근의 경향이다. 랑송이 구분해서 말한 '문학의 역사'와 '문학적 역사'를 합쳐서 문학 자체의 역사이면서 문학의 사회사이고 사상사인 총체적 서술을 하려고 노력한다. 이런 작업을 특히 프랑스에서 활발하게 하고 있다.

파양 외 공저, 《불문학》(1970)(Jean Charles Payen et al., *Littérature française*, Paris: Arthand) 전 16권은 총체적 문학사를 위한 주목할 만한 시도이다. 서두에서 "문학은 그 자체만이 아니다", "다양하고 무한히 미묘한 방식으로, 분명히, 사회사를 특별하게 반영한다"고 했다.(제1권, 9~10면) 각권에서 일제히 시대마다 정치 · 경제 · 사회적 상황부터 살피고, 문학의 전반적인 양상이나 주제를 논한 다음, 문학갈래, 작가, 작품 등에 관한 구체적인 고찰을 했다. 그러나 이런 것들이 각기 서술되어 있으며, 연결시켜 이해하는 이론을 갖추었다고 할 수는 없다. 사회사와 문학사를 병행시켜 다루는 데 그쳤다. 시대가 내려오면, 주요 작가와 작품을 많이 들어 고찰하는 것으로 문학사 서술을 대신하는 종래의 방식과 더욱 가까워졌다.

프라고나르, 《불문학개론》(1981)(M. M. Fragonard, *Précis de la littérature française*, Paris: Didier)이라는 것은 112면의 소책자인데, "총체성"(intégralité)을 지니고, "문학적 사실들"(faits littéraires)을 다루며 "시대구분된"(périodisée) 문학사를 이룩한다고 했다. 중세, 근대

(16~18세기), 19세기, 20세기로 시대를 크게 나누어 시대 개관을 하고, 중세는 1~6, 근대는 7~17, 19세기는 18~25, 20세기는 26~32로 항목을 세분하고 명칭을 각기 붙였다.[33] 항목 18에서 19세기의 특징은 대중교육의 확대, 새로운 독자층과 보급 방법, 작가의 새로운 지위, 감수성의 진화와 갈등이라고 했다. 시대의 특징과 문학의 상관관계를 유기적으로 파악하려고 했으나 항목 열거에 그치는 편람을 제공했다고 할 수 있다.

파브르 편, 《불문학의 역사와 전망》(1981)(Robert Favre dir., *La littérature française, histoire et perspective*, Lyon: Presses Universitaires de Lyon)은 이론적인 저작이라고 표방했다. 편자의 머리말에서 문학이 다른 문화 또는 사회현상과 어떤 관련이 있는지 다양한 연구성과를 수용해 문학사 이해의 새로운 관점을 제시한다고 했다. 편자를 포함한 여섯 사람이 중세, 16·17·18·19·20세기의 문학을 분담해 집필하면서 공동의 목표를 상이하게 달성하고자 했다.

16세기의 경우를 본보기로 들어 보자.[34] 〈문예부흥〉, 〈인문주의〉, 〈종교개혁〉, 〈종교전쟁〉의 항목에서는 시대상황을 기존의 개념에 따라 고찰하고, 다른 항목에서는 새로운 작업을 했다. 〈16세기의 목소리〉에서는 구전과 기록, 필사와 인쇄의 관계를, 〈언어 문제〉에서는

---

33) 19세기의 경우를 들어보면, "18.Tendances générales du XIXe siècle, 19.Goût pour l'antique et genèse Romantisme(1780~1820), 20.Le mouvement romantique(1820~1650), 21.Le Romantisme: diversité des tendances(1820~1850), 22.Réalisme et Naturalisme(1830~1900), 23.Idéologie bourgeoise et sécession des artistes(1850~1880), 24.La crise des valeurs morales et littéraires(1670~1914), 25.Culture populaire (1830~1920)"라고 했다.

34) Gabriel Pérouse가 집필했으며, 차례가 다음과 같다. La renaissance; L'humanisme; Les voies du XVIe siècle; La question des langues; La réforme; Les guerres de religions; Cadres de vie et de pensée; Jalons au cours de siècle

라틴어와 민족의 관계를 고찰했다. 〈삶과 생각의 틀〉이라고 한 곳에
서는 "현실", "죽음", "여성"이 당시의 긴요한 관심사였음을 여러 자
료를 들어 논했다. "세기 흐름의 이정표"를 끝으로 두고, 세분한 시
기별로 있었던 일을 다각도로 고찰했다.[35] 문학사의 총체적 서술을
위해 많은 노력을 했다.

다르코, 《불문학사》(1992)(Xavier Darcos, *Histoire de la littérature
française*, Paris: Hachette)는 간략한 머리말에서 문학작품과 사회적 배
경에 관한 고찰을 단권으로 요약하면서 일관성과 다양성을 갖추어
백과사전처럼 이용되기를 바란다고 했다. 중세 다음에는 16세기에
서 20세기까지 세기별 시대구분을 했다. 작가별 연표, 문학의 연관
관계를 나타내는 표, 개념 색인, 작가 색인, 작품 색인을 갖추었다.
항목을 세분하고 설명을 명확하게 해서 사전처럼 이용할 수 있게
했다. 각 시대 문학에 관한 서술이 일정한 순서로 시작되었다. 서두
에 시대 변화, 외국문학의 동향까지 보여 주는 일반 연표, 주요 작
가 생몰연대 비교표, 정치사와 문학사 변동의 결정적인 시기를 보
여주는 연표가 있다.

사실을 정리해 열거했지만, 이따금 특기할 만한 사항이 있다.

---

35) Dominique Descotes가 집필한 17세기문학, René Bourgeois가 집필한 19세기문학의
　　세부 항목도 든다.
　　Survol historique; La condition littéraire au XVIIe siècle; Du côté des lecteurs; Le
　　mouvement des idées; Formation de l'esthétique classique; La poésie; Roman et nouvelle;
　　Le théâtre; Conclusion
　　Les conditions de la création; Littérature et engagement; Philosophie de l'histoire et
　　genres historiques(drame, roman, épopée); Les racines esthétiques du siècle: le combat
　　romantique; Apogée du Romantisme, Poésie, romam, théâtre; Des perspectives élargies,
　　de l'Art pour l'art au symbolisme; Une autre esthétique, réalisme et naturalisme; Couleurs
　　du monde, la nature, la ville, l'exotisme; Le monde intérieur, authographie, journal
　　intime, le 《moi》 profond

중세편에 축제와 관련된 희극을 고찰한 대목이 있다.("La parodie et la fête") 라틴어를 사용한 역사서도 논의의 대상으로 삼았다.("La littérature historique du Moyen Âge") 19세기편 작가의 상황("Condition de l'écrivain: De la contestation à la sécession")에서 작가의 사회적 위치에 관한 심도 있는 고찰을 했다. 작가가 자유를 누리면서 불의에 항변하다가 고립을 초래하고 마침내 사회적 유대에서 이탈하게 되었다고 했다.

프리장 주편,《불문학사》(2006)(Michel Prigent dir., *Histoire de la France littéraire*, Paris: Quadrige/PUF) 전 3권은[36] 8백여 면에서 천여 면에 이르고, 활자가 잘아 분량이 방대하다. 주편자는 출판사 편집 책임자이다. 권별로 편자가 두 사람씩 있고, 집필자는 수십 명에 이른다. 다양한 내용을 자세하게 서술하고, 참고문헌을 충실하게 갖추었다. 프랑스문학사 서술이 어디까지 왔는지 알려 주는 업적이라고 할 수 있다.

주편자가 쓴 책 전체의 머리말에서 "향기, 색깔, 소리"인 작품, "주민"인 등장인물, "영역"인 내용을 되도록 많이 다룬다고 했다. 포괄성과 다양성을 목표로 내세웠다고 할 수 있다. 각 권 편자가 쓴 서론에는 구체적인 논의가 더 있다. 제1권 서론에서 문헌학 및 전통적인 문학사에다 "인류학, 사회학, 서적과 수사의 역사 등에서" 이룩한 최근의 연구 성과를 다양하게 받아들인다고 했다.(1권, 3면) 그래서 책 이름이 관례와 다르다고 했다.[37]

---

36) 세 권의 표제와 편자는 *Naissances, Renaissances: Moyen Âge~XVI siècle*, dirigé par Frank Lestrigrant, Michel Zink; *Classicismes: XVII~XVIII siècle*, dirigé par Jean-Charles Darmon, Michel Delon; *Modernités: XIX~XX siècle*, dirigé par Patrick Berthier, Michel Jarrety이다.

37) 책 이름이 *"Histoire de la littérature française"*가 아니고 *"Histoire de la France*

중세에서 16세기까지를 다룬 첫 권을 보자. 언어(langues, textes et voix), 사고(Dieu et le monde), 사회(la cour et l'école), 표현(formes et genres)을 상위표제로 했다. 표현이라고 한 데서 문학을 갈래에 따라 고찰했다. 상위표제 아래 하위표제가 있고,[38] 개별 논자가 쓴 글이 몇 개씩 수록되어 있다. 17~18세기에 관한 제2권, 19~20세기에 관한 제3권도 대체로 같은 방식으로 구성했다.[39] 어느 정도의 체계를 함께 갖추고 필자의 선택에 따라 다양한 서술을 했다.

언어에 관한 고찰에서 라틴어와 불어의 관계, 유럽의 언어 상황과 프랑스의 소수민족어, 구비전승과 기록의 관계에 관한 논의를 했다. 라틴어문학과 불문학, 불문학과 소수민족문학을 함께 다루면서 상호관계를 밝혀 논할 수 있는 시야를 갖추었으나, 함께 든 양쪽이 대등한 의의를 가졌다고 생각하는 데까지는 나아가지 않았다. 불어문학만 불문학사의 취급 대상으로 삼는 관습을 유지하면서 주변 상황도 고찰하는 것을 새로운 작업으로 삼았다.

제1권의 세 부분을 사고에 관한 사상사, 사회에 관한 사회사, 표현에 관한 문학사로 구성한 것은 주목할 만하지만 세 영역을 각기 고찰했으며, 제2권 이하에서는 그런 작업을 하지 않았다. 사상사·

---

littéraire"인 이유가 다른 내용이 통상적인 문학사와 다르기 때문이라고 했다. 뒤의 말은 직역하면 《문학적 프랑스의 역사》인데 번역으로는 의미 전달이 되지 않는다. 랑송이 "*Histoire de la littérature française*"와 구별하고 장래의 과제라고 한 "*Histoire littéraire de la France*"를 이름을 바꾸어 채택했다.

38) 언어의 하위표제를 "Le français et la latinité: de l'émergence à l'illustration, L'espace linguistique européen, Le livre: de part et d'autre de Gutenberg, La voix: mirages et présence de l'oralité"라고 했다.

39) 제2권의 상위표제를 든다. 1. Lieux, institutions, caégorisations; 2. Savoir et valeurs; 3. Limites et frontières;, 4. Formes et genres. 3의 하위표제를 든다. L'oral et l'écrit; Les frontières du licite, l'obscénité; Éloquence et rhétorique; Littérature et peinture; Littérature et musique; Du beau aux sublime. 문학과 다른 예술의 관계를 고찰했다.

사회사 · 문학사의 관계를 일관되게 고찰해 일반이론을 마련하고자
하는 의도는 없었다. 제2권에서 프랑스의 고전주의가 유럽문학사
이해의 보편적인 개념이 될 수 있는가 하는 문제를 길게 다룬 것도
평가할 수 있으나, 불문학사에서 유럽문학사로 나아가면서 문학사
일반론을 이룩하려고 하지는 않았다. 제3권에서 문학과 미술, 문학
과 음악의 관련을 다룬 것도 좋은 시도라고 할 수 있는데, 다른 권
에서는 하지 않았다.

보이틴 외《독문학사, 기원에서 현재까지》(1979)(Wofgang Beutin et
al., *Deutsche Literaturgeschichte, von den Angängen bis zu Gegenwart*. Stuttgart:
J. B. Metzlersche)에서도 사회적 토대와 관련시켜 문학사를 이해하려
고 했다. 새로운 관점에 입각해 연구 성과를 종합하려고 노력했다.
단권이지만 분량이 많고 내용이 충실하며 개고를 거듭해 독문학사
서술의 가장 진전된 성과로 평가되고 널리 이용된다.

"문학적 발전과 사회적 변천이 상호작용적으로 관계 맺음으로
써 사회사적 현실과 원칙적으로 구분되는 문학의 미학적 질이 기
술될 수 있고 이것이 동시에 현실 속에서 사회적 · 실천적 계기로
서 드러날 수 있는 것이다"고 초판 서문에서 밝혔다.[40] 문학사와
사회사를 근접시키려고 문예사조와 정치사의 변동을 섞어 시대구
분을 하고,[41] 양쪽의 사정을 함께 논의했다. "사실주의와 제국수

---

40) 허창운 역, 《독일문학사》(1988)(서울; 삼영사), 9면. 제4판을 번역하고, 짧게 쓴 제
    4판의 서문 외에 초판의 서문도 번역해 넣는다고 했다. 초판의 서문에서는 왜, 무엇
    을 위해 문학사를 쓰는가에 대해 길게 말했다. 내가 가지고 있는 제6판(2001, Sechste
    überarbeitete Auflage, Stuttgart: J. B. Metzler)의 서문은 제4판의 서문보다 더 줄어들
    어 일러두기에 지나지 않는다. 이론을 앞세우지 않고 문학사 서술의 실제 작업에 바
    로 들어가기로 방침을 바꾸었다고 할 수 있다.
41) 차례를 구성하는 항목을 번역본에서 옮기면, "중세의 독일문학, 인문주의와 종교
    개혁, 바로크 문학, 계몽주의, 예술시대, 3월혁명 이전 시대, 사실주의와 제국수립

립기"라는 표제에서는 두 가지 개념을 포개 놓았다.[42] "모순된 상황"(widersprüchliche Situation)이라는 말을 내세워 사회적 토대와 문예사조는 동질적이기만 하지 않고 둘 사이에 모순된 관계가 있는 것을 문제 삼으려고 했으나 논의가 산만해 이론적인 일반화를 가능하게 하는 데까지 이르지 못했다.

"계몽주의" 시대의 문학을 독자층의 변화, 문학 시장의 형성을 들어 고찰한 대목을 보자. 궁정문학이 물러나고 시민문학의 시대가 시작되자, 작가는 후원자의 구속에서 벗어난 대신에 출판업자에게 이용되는 고통을 겪어야 했던 사정을 다루었다. 그 비슷한 내용을 거론한 다른 문학사에서보다 출판업자와 작가, 출판의 조건과 작품의 관계로 더욱 밀착시켜 해명한 장점이 있다. 그러나 개별적인 사례를 각기 고찰하는 데 그치고 총괄적인 해명을 시도하지는 않았다.

작가와 출판업자의 대립을 고찰하는 데 치중하고, 작가·출판업자·독자의 상보관계에 의해 문학담당층이 형성되고 교체되는 현상으로 관심을 확대하지 않았다. 문학담당층의 교체에 따라 새로운 문학갈래가 창출되는 과정에 관해서 몇 차례 산발적인 논의를 하는 데 그쳤다. 문학담당층의 요구에 의해 새로운 문학갈래가 생성되는 과정을 총체적으로 해명하고 문학갈래의 세계관을 파헤치는 데는 소홀했다. 문학갈래의 개념이 너무 다양하고 무원칙하며, 문학갈래

기, 제국주의 시대의 문학, 바이마르공화국의 문학, 제3제국의 문학, 독일 망명문학, 1945년 이후의 독일문학, 동독의 문학, 연방공화국의 문학, 1992년의 중간결산, 독일문학의 단일성과 다양성"이다. 제6판에서는 시대 이름을 조금 바꾸고, 마지막 장을 "1989년 이후 독일어 사용 현대문학의 경향"으로 했다.

42) 제6판에서는 제목을 〈사실주의와 시대기반〉("Realismus und Gründerzeit")이라고 바꾸었다.

들 사이의 체계적인 관계를 문제 삼지 않았다.

사회사·사상사·문학사의 총체적인 관계를 다루고자 했다고 하겠으나, 그 가운데 사상사가 특히 경시되었다. 칸트나 헤겔의 저술은 문학이 아니라고 보아 논의의 대상으로 삼지 않았으며, 동시대 철학의 사고구조가 문학의 존재양상, 갈래, 주제 등의 변화와 어떻게 관련되는지 고찰하지 않았다. 문학사와 사회사의 관련을 구체적인 사례를 풍부하고 핍진하게 고찰한 성과는 인정되지만, 문학사·사상사·사회사의 얽힘을 총체적으로 해명하는 데서 진전을 보였다고 하기는 어렵다. 마르크스주의 문학론에 대한 대안 제시를 너무 근거리에서 해서 총체적인 문학사를 이룩하지는 못했다.

유럽 각국 문학사를 다른 나라에서 낸 것이 아주 많으나 대부분 소개에 그쳐 문제로 삼을 만하지 않지만, 그 가운데 특별히 거론할 것도 있다. 홀리어 편, 《새로운 불문학사》(1989)(Denis Hollier ed., *A New History of French Literature*, Cambridge, Massachusetts: Harvard University Press)는 불문학사를 본보기로 삼아 문학사 이해의 새로운 관점을 제시한다고 한 의욕적인 시도이며, 미국 학계의 역량을 기울여 이룩한 공저이다. 문학사 서술의 전범을 마련했다는 불문학사를 본고장에는 없는 관점에서 고찰해 미국의 역량을 보여 주려고 했다. 문학사 서술에서는 주변부의 열등의식을 지닌 미국이 문학사를 의심스럽게 보고 개조하는 데서는 앞서 나간다는 것을 널리 알려 주도권을 장악하려 했다고 할 수도 있다. 프랑스가 문학사의 나라인 것을 질투하고, 문학사를 위해 진지하게 노력하는 것을 헐뜯고자 했다고 하면 말은 지나치지만 진실에 가깝다.

이것은 미국에서 유행하던 문학사 부정론에 의거해 불문학사를 해체한 책이다. 편자의 서설에서 이제 모든 것이 문학사여야 한다고 했다. 음악, 미술, 대중문화, 사회, 정치, 국제관계 등에 관한 논의를 끌어들여 내용이 다채롭지만 무질서하게 만들었다. 그런 것들을 이리저리 논의한 잡다한 논설을 모아 놓고 문학사라고 했다. 〈778 연대 들어가기〉(“778 Entering the Date)에서 〈1989 불어가 어떻게 하나일 수 있는가?〉(“1989 How Can One Be French?”)에 이르기까지, 연대를 하나씩 앞에다 내놓고 배열의 순서를 정해 시대순으로 고찰한 것 같은 외형을 갖추고, 수많은 필자가 각자 하고 싶은 말을 할 수 있는 표현의 자유를 최대한 허용했다.

이 책이 미국 밖에서도 널리 읽히면서 문학사를 망치도록 하는 구실을 한다. 미국의 학문이 앞서 나가고 있어 따라야 뒤떨어지지 않는다. 해체주의는 새로운 사조이므로 힘써 받아들여야 한다. 이런 주장을 내세워, 자국문학사 서술을 위해 오랫동안 독자적으로 노력해 축적한 성과를 무너뜨리려고 하는 움직임이 세계 도처에서 나타나고 있다.

웰버리 외 공편, 《새로운 독문학사》(2004)(David Wellbery and Judith Ryan eds., *A New History of German Literature*, Cambridge, Massachusetts: Harvard University Press)는 같은 방식으로 독문학을 다루었다. 〈744 장신구의 매력〉(“744 The Charm of Charms”)에서부터 〈2001 기억의 회색지대〉(“2001 Gray Zones of Remembrance”)에 이르기까지 연대를 하나씩 내놓고 여러 필자가 각기 하고 싶은 말을 한 것이 앞의 책과 다르지 않다. 불문학사를 두고 한 일을 독문학사에서도 해서 문학사 해체 작업의 위력과 매력을 다시 보여 주었다. 문학사를 위한 진지한 노력에 거듭 타격을 가했다.

맥도날드 외 공편, 《불어 세계, 문학사에 대한 새로운 접근》 (2010)(Christie McDonald and Susan Rubin Suleiman ed., *French Global, a New Approach to Literary History*, New York: Columbia University Press)도 미국에서 나온 책인데 지향점이 상이하다. 부정론을 넘어서서 세계적인 안목을 가지고 문학사를 재건해야 한다는 새로운 주장을 따랐다. 불어가 널리 쓰여 불문학이 세계문학 노릇을 해 온 과정을 해명하는 것이 문학사에 대한 새로운 접근의 좋은 본보기가 된다고 했다. 〈공간〉(spaces), 〈이동〉(mobilities), 〈다원성〉(muliplicities)이라는 세 장을 설정해, 불문학의 내력을 국토 안에서, 해외 진출과정에서, 도처에 이식된 양상에서 고찰해 점차 논의를 확대했다.

할 일을 충실하게 한 것 같지만, 다시 살피면 적지 않은 결함이 있다. 프랑스 여러 언어의 문학은 마지막 장 서두에서 조금 살피다가 말았다. 세계의 불어문학을 균형 잡힌 시각으로 총괄해서 서술한 것은 아니다. 본바닥의 불문학이 그 자체로 세계문학일 수 있는 보편성을 찾으려고 하지 않고, 전파에 의해 세계문학이 되었다고 하는 것은 낡은 관점이다. 널리 알려지고 영향을 끼치는 책은 아니어서 크게 문제가 되지는 않는다.

2) 유럽 각국 2

아일랜드 사람들은 영국의 지배를 받고 그 일부가 되어 사용하게 된 영어로 작품을 창작해 영문학을 풍부하고 다채롭게 하는 데 기여했다. 그 내력은 오랜 동안 영문학사에 포함되어 서술되고, 별도의 문학사가 이루어지지 않았다. 워드 총편, 《캠브리지 영미문학사, 백과사전 18권》(1907~1921) 거질에서는 물론이고, 적절한 규모인 바우 외, 《잉글랜드의 문학사》(1948)나 콘래드, 《케셀 영문학사》(1985) 등의 여러 저작에서도 아일랜드의 영어문학을 영문학사에 포함시켜 다루었다. 카터 외, 《영국과 아일랜드의 영어문학사》(1997, 2000)에 이르면 영국과 아일랜드 국명을 병치하고 두 곳의 영어문학을 함께 고찰했다.

그러나 아일랜드에 영어문학만 있는 것은 아니다. 민족 고유의 아일랜드 게일어(Gaelic)가 없어지지 않고 문학도 이어져 민족의식 각성의 원천 노릇을 했다. 그 내력을 찾아내 영어로 고찰한 하이드, 《아일랜드문학사, 시초에서 오늘날까지》(1899)(Douglas Hyde, *A Literary History of Ireland, From Earliest Times to the Present*, London: T. F. Unwin)가 일찍 나왔다. 이 책에서 아일랜드문학사 서술이 시작되었다.

서두에서 취급 범위와 저술 목적을 분명하게 했다. 아일랜드적인 아일랜드문학의 오랜 내력만 고찰한다고 하고, 영국화된 아일랜드인이 영어를 사용해 창작한 문학은 영문학사의 소관이므로 취급하지 않는다고 했다. "아일랜드어를 말하는 아일랜드인이 산출한 문학을 총괄해 고찰하면서 풍부한 예증을 들어 더욱 소중한, 최소한의 특징적인 면모를 재현하고자 한다"고 했다.(iv면) 흩어져 있는 필사본 자료를 힘들게 모아 잃어버린 문학을 찾고 문학사를 서술하는 데까지 나아가는 난공사를 해내는 모범을 보여 주었다.

저자는 민족운동을 위해 계속 헌신하고, 아일랜드가 독립한 다음 1938년에 대통령으로 선출되어 1945년까지 재직했다. 이 책은 아일

랜드 민족해방을 위한 지침서로 학계와 일반 독자 양쪽에서 평가되
고 환영받아 거듭 출판되었다. 민족어인 게일어를 사용하는 문학이
다시 일어나도록 하는 데 크게 기여했다.[43]

아일랜드가 독립하지 못했으면 이런 저작은 웨일스문학사나 스
코틀랜드문학사와 함께 영국의 소수민족문학사 또는 지방문학사로
취급될 것이다. 아일랜드는 그 두 곳과 같은 처지에서 벗어나 독립
을 이룩해 자국문학사를 내놓을 수 있게 되었다. 자국문학사인 아
일랜드문학사는 민족어문학과 함께 영어문학도 취급 대상으로 삼
는다. 아일랜드가 독립할 때까지 대단한 작가들이 뛰어난 작품을
산출한 영어문학을 영국에 넘겨주고 말 수는 없다. 독립 후에도 영
어를 버리지 못하고 계속 사용한다. 배제가 아닌 포용의 원칙이 아
일랜드에 유익하다는 것을 문학사에서 확인할 수 있다.

아일랜드문학사를 이룩하고자 하는 노력이 계속되었다. 그윈,
《영어로 이루어진 아일랜드의 문학과 연극, 약사》(1936)(Stephen
Gwynn, *Irish Literature and Drama in English: A Short History*, London:
Thomas Nelson and Sons)에서는 영어문학만 간략하게 다루었다. 오코
너, 《아일랜드문학 약사: 이면의 관찰》(1967)(Frank O'Corner, *A Short
History of Irish Literature: A Backward Look*, New York: Putnam's Sons)에서
는 민족어문학의 오랜 내력을 찾고 영어문학도 함께 다루어 아일랜
드문학 천여 년의 내력을 개관한 문학사가 비로소 이루어졌다.

저자 오코너는 독립전쟁에 참여해 투옥된 투사이고, 단편소설,

---

43) Joep Leerssen, "A la recherche d'une littérature perdue, literary history, Irish identity
and Douglas Hyde", Menno Spiering ed., *Nation Building and Writing Literary
History*(1999)에서 아일랜드문학사에 관한 논의를 한 데에 이러한 사실이 자세하게 밝
혀져 있다.

희곡, 시, 자서전 등 150여 편의 작품을 남긴 작가이다. 아일랜드어로 시를 쓰기도 하고, 아일랜드어 시를 영어로 번역하기도 했다. 만년에는 미국에 가서 활동했다. 미국에서 강의할 교재로 사용한 아일랜드문학사가 세상을 떠난 다음 해에 미국에서 출판되었다. 영어창작에서 아일랜드인의 의식을 나타낸 조이스(Joyce), 그레고리부인(Lady Gregory), 오케이시(O'Casey), 싱(Synge), 예이츠(W. B. Yeats)에 큰비중을 두었다. 두 언어의 문학을 함께 다루는 아일랜드문학사의모형을 제시하는 책을 쓰면서, 작가다운 통찰력을 보여 주어 오래기억된다.

디인, 《아일랜드문학소사》(1986)(Seamus Deane, *A Short History of Irish Literature*, London: Hutchinsons)는 저자가 북아일랜드 출신의 대표적인문인이다. 아일랜드의 역사, 문화, 문학 등을 여러 저작에서 고찰하고, 아일랜드와 미국 양쪽 대학에서 교수로 활동했다. 이 책에서아일랜드의 비극적 역사와 문학이 어떤 관련을 가졌는지 예리하게관찰하고 심각하게 논의해 통상적인 문학사와는 다른 견해를 전개했다.

아일랜드문학의 특성을 명확하게 하고, 어떤 이유에서 생겨났는지 해명하고자 했다. 아일랜드문학은 아일랜드에 대한 애착을 중심에다 두고 소생하고 붕괴되는 과정을 거쳤다고 했다. 영국의 독자를 의식하고 영어로 쓴 작품은 안정되지 않은 언어로 대답하기 어려운 질문을 던지면서 기이하고 파괴적인 실험을 하는 경향이 있다고 하고, 스위프트(Swift), 조이스, 베케트(Beckett) 등을 본보기로 들었다. 충격을 주는 특이한 작품을 아일랜드 작가들이 내놓은 이유에 대한 오랜 의문을 풀어 주었다.

아일랜드가 독립을 위해 투쟁하고 목표를 달성하면서 항쟁의 영
웅주의가 문학에서도 두드러지게 나타났다가, 이에 대한 반발이 뒤
를 이었다고 했다. 그 경과를 설명하는 데 그치지 않고, 대립을 넘
어서는 것이 마땅하다는 지론을 펴기까지 했다. 예이츠는 두 경향
을 함께 지니면서 역사에 대한 각성을 신화적이거나 상징적인 표현
으로 나타내, 지역주의나 민족주의를 넘어서서 널리 공감을 얻는
보편적인 예술을 이룩하는 데 앞섰다고 했다.

밴스, 《아일랜드문학의 사회사》(1991)(Norman Vance, *Irish Literature, a
Social History*, Oxford: Blackwell)의 저자 또한 북아일랜드 출신이다. 민
족주의 정치의식과 외세에 대한 비판정신을 가지고 아일랜드문학의
독자적인 전통을 찾고 옹호하는 문학사를 썼다. 영국의 침공으로 주
권을 상실한 1690년, 영국의 통치에 항거해 봉기한 1916년을 기억하
면, "전통의식이 오랜 능력을 발휘해 아일랜드의 역사와 경험을 활
성화하고 정당화한다"고 서두에서 말했다.(1면)

민족의식이 정치적 사건으로 촉발되어 심화된 양상을, 문제가 심
각하게 제기된 17세기를 기점으로 삼아 고찰하는 데 힘썼다. 라틴
어·게일어·영어문학을 모두 다루면서, 라틴어 작품을 게일어와
영어 작품과 비교하고, 게일어와 영어를 함께 사용한 작가에 대한
고찰을 흥미롭게 했다. 18세기 말~19세기 초에 두 언어 문학을 함
께 한 작가의 좋은 본보기인 오코널(Dan O'Connell)은 게일어문학의
정수를 이었으면서, 해방자(Liberator)라는 호칭을 얻은 정치의식을
널리 알리기 위해 영어로도 글을 썼다고 했다.

아일랜드를 버리고 영국을 따른 문학을 가려내 비난하는 말은 하
지 않았다. 아일랜드인이 이룩한 문학은 무엇이든지 소중하게 여기

는 포용주의를 택한 것이 한국의 친일문학론과 아주 다르다. 조이
스가 대중적이면서 고답적인 자세를 지니고, 영어와 아일랜드어,
제국주의와 민족주의의 상반된 양면성을 빈정거리는 자세로 포괄
한 것까지도 아일랜드의 전통이라고 했다.

키버드, 《아일랜드 만들기, 근대국가의 문학》(1995)(Declan
Kiberd, *Inventing Ireland, the Literature of the Modern Nation*, Cambridge,
Massachusetts: Harvard University Press)에서도 평가를 하고 교훈을 갖춘
문학사를 이룩하고자 했다. 아일랜드는 독립운동과 동의어가 된 아
일랜드어 "Sinn Féin"(우리 자신)에 의해 역사적인 공동체를 만들었
다고 하고, 그 연원이 아일랜드어 문학의 많은 유산에 있다고 했다.
영어도 아일랜드 만들기에 기여한 것을 독일인이 프랑스의 주체성
인식을 촉구한 데다 견주어 이해할 수 있다고 했다. 1916년의 거사
를 거쳐 독립을 얻기 전후 시기 아일랜드의 정치와 문화의 상황과
관련시켜 문학을 고찰하면서, 영국과의 대립적인 복합관계가 와일
드(Oscar Wilde), 쇼우(Bernard Shaw), 예이츠 이후 오늘날까지의 주요
작가들에게서 어떻게 나타났는지 분석하는 데 힘썼다.

마지막 장에서는 아일랜드가 겪은 시련과 각성을 총괄해 논의하
고, 유사한 처지에 있는 여러 곳에서 참고로 삼기를 바란다고 했다.
"어느 민족이든 물질적인 발전을 위해 고유문화를 폄하하거나 파괴
하면, 물질적 발전은 바라는 대로 이루어지지 않고 문화적 혼란이
일어나고 성취 의욕 감퇴가 뒤따른다"고 했다. 아일랜드에서도 겪
은 이와 같은 좌절을 "무한한 변신, 복합적으로 얽힌 사고, 다양한
관점"의 기질을 살리는 문학 창작으로 극복한다고 했다.(652면)

켈러허 외 공편, 《캠브리지 아일랜드문학사》(2006)(Margaret

Kelleher, Phillip O'Leary eds., *The Cambridge History of Irish Literature*, Cambridge: Cambridge University Press) 전 2권에서 오랜 기간 동안 이루어진 다양한 연구를 집성했다. 앞에 든 편자는 아일랜드 대학 (National University of Ireland, Maynooth) 교수이고, 또 한 사람의 편자 (Philp O'Leacy)는 미국 대학(Boston College) 교수인데 성을 보면 아일랜드계이다. 아일랜드, 영국, 미국 등지의 전문학자 30인이 집필에 참여해 각자의 소견을 폈다.

금석문, 구비문학, 기록문학 등의 자료를 포괄하고, 게일어와 영어 외에 라틴어나 노르만(Norman)어를 사용한 작품까지 다루었다. 6세기부터 오늘날까지 이어지고 발전한, 세계에서 가장 풍부한 문학 유산의 하나인 아일랜드문학의 역사를 통괄해 자세하게 서술한다고 했다. 평가를 하고 교훈을 얻으려고 하지 않고 사실을 널리 알리고자 했다. 다루는 내용에서는 포용의 원칙을 택하고, 연구의 국제화를 이룩했다.

윌리암스 외, 《아일랜드문학의 전통》(2007)(J. E. Caerwyn Williams and Patrick Ford, *The Irish Literary Tradition*, Cardiff: University of Wales Press)은 웨일스문학을 연구해 많은 업적을 이룩한 웨일스 학자 둘이 [44] 집필해 웨일스대학 출판부에서 간행한 특이한 책이다. 다룬 내용은 아일랜드어를 사용한 아일랜드문학의 전통이다. 웨일스문학의 재인식을 위해 내력과 처지가 유사한 아일랜드문학에 대해서도 알아야 한다고 생각해 필요한 작업을 했다.

---

44) J. E. Caerwyn Williams, *Poets of the Welsh Princes*(1994)(Cardiff: University of Wales Press); *The Court Poets in Medieval Wales: An Essay*(1997)(Lewiston, New York: Edwin Mellen); Patrick Ford, *The Poetry of Llywarch Hen, Text and Translation*(1974) (Berkeley: University of California Press); *The Mabinogi and Other Medieval Welsh Tales*(2008)(Berkeley: University of California Press) 등의 업적이 있다.

웨일스인 저자들이 수난을 함께 겪은 형제 민족이 이룩한 아일랜드문학의 정체성을 성실하게 탐구해 깊은 감명을 준다. 아일랜드어 글쓰기의 기원을 살피고, 라틴어로 이루어진 기록에 남아 있는 아일랜드어문학의 모습을 소개하는 데 힘썼다. 교회 안팎에서 이루어진 필사본에 전하는 문학 작품이 뛰어난 예술적 가치를 지녔다고 했다. 영국의 침공과 지배로 고유언어 문학의 독자적인 전통이 훼손되다가 최근의 노력으로 되살아나는 과정을 고찰하고, 대표적인 작가와 작품을 들어 평가했다.

지금까지 고찰한 아일랜드문학사는 영국의 통치에 맞서서 주체성을 인식하고 선양하고자 하는 목적의식을 가지고 썼다. 목적의식이 문학의 가치를 훼손한 것은 아니다. 문학사를 구상하기 이전에 이미 그 대상이 되는 아일랜드문학 자체가 민족의식 각성에 깊이 관여한 사실을 찾아내 알리고 평가하는 것이 문학사가의 당연한 임무이다. 문학사 탐구가 민족의식 성장의 성과이고 촉진제인 것이 세계적인 보편성을 지닌다.

아일랜드문학사는 영문학사 공부의 일환으로 관심의 대상이 되다가, 영문학사가 대단하다고 여기고 추종해 온 잘못을 깨닫고 자기를 되돌아보는 계기를 제공했다. 민족의식 각성을 위한 자국문학사 재인식이 주권을 상실해 고통 받는 전 세계 수많은 민족의 공통된 과제여서, 아일랜드의 전례가 널리 수용되었다. 프랑스와 독일에서 먼저 정립한 사실 탐구의 문학사, 영국에서 보여 준 유산 과시의 문학사와는 다른 또 하나의 유형인 자기 발견의 문학사를 아일랜드가 앞장서서 이룩한 것을 주목하고 평가해야 한다.

아일랜드문학은 고유어인 게일어를 계속 지키지 못하고, 외래 통치자의 언어인 영어로도 창작했다. 영어 사용에 심리적 갈등을 느끼면서 아일랜드 작가들이 예사롭지 않은 구상과 뛰어난 표현을 이룩한 작품이 적지 않아 본 바닥 영문학의 단조로움을 깨는 충격을 주었다. 이런 것들이 영국에서는 영문학이 위대하다고 과시할 수 있게 한 자기네 자산이라고 하고, 아일랜드에서는 아일랜드문학이라고 하면서 게일어문학과의 관련 양상을 통해 고찰하고 평가하는 데 힘쓴다.

이러한 사실은 식민지 통치를 겪으면서 지배자의 언어로 문학을 창작해 온 세계 여러 곳에서 일제히 심각하게 생각해야 할 것이다. 지배자의 언어를 사용한 자국인의 문학도 자국문학이라는 정의는 쉽게 내릴 수 있으나, 무엇을 찾아내 고유어문학과의 동질성 또는 연관성을 밝힐 것인가 하는 문제는 쉽게 해결되지 않는다. 이에 관해 아일랜드에서 탐구한 성과는 아직 만족스럽지 않아 더 노력해야 한다. 세계 여러 곳의 경우를 한데 모아 서로 견주어 살피면 연구의 진전이 더 잘 이루어지고, 세계문학사로 나아가는 보편적인 성과를 확보할 수 있을 것이다.

미국문학은 영어를 사용하므로 영문학이라고 하고, 미국문학사는 영문학사에 포함된다고 한다. 영문학사에 미국문학사를 첨부해 영미문학사라고 하는 소책자가 계속 나온다. 영어를 제대로 공부하려면 영문학사를 알아야 한다고 해서 학습용 교재를 만들면서 미국문학사를 곁들인다. 미국문학사는 영문학사의 부차적인 영역이라고 보아 대단하게 여기지 않고 자세한 내력을 알지 않아도 된다고 생각해 간략하게 다루는 것이 예사이다.[45]

---

45) William Smith, Henry T. Tuckerman eds., *A Smaller History of English and American*

　미국문학이 영문학에 부수되어 미국은 문학사의 변방이다. 나라가 크고 강성해도 자기 나라 문학사를 제대로 갖추지 않아 문화적 정체성이 분명하지 않다. 미국문학과는 미국 어느 대학에도 독립되어 있지 않다. 영문학과에서 미국문학을 다루면서 미국문학의 비중을 높이고자 한다.[46] 영국문학에서 미국문학이 독립되어야 할 것인가 하는 문제를 미해결로 둔 채 미국문학사를 따로 쓰려고 하니 어려움이 많다. 영문학사를 쓰는 관습에서 벗어나 미국문학사 서술의 독자노선을 개척하지 못한다. 영국은 문명권 주변부여서 자기네 문학사의 특수성에 집착하고 문학사의 보편성에는 관심을 가지지 않는다고 했다. 미국은 주변부의 주변부여서 특수성에 집착하는 편향성을 더욱 두드러지게 지닌다. 영국·프랑스·독일을 모두 월등하게 능가하는 국력을 지닌 큰 나라가 문학사에서는 왜소한 처지에서 벗어나지 못하고 있다. 미국문학의 독자성을 인식하고 필요한 내용을 갖추어 미국문학사를 자세하게 쓰고자 하는 노력이 이어졌으나, 이룩한 성과가 미국의 국제적인 위상에 견주어 보면 아주 모자란다. 그 때문에 열등의식을 지니고 갈등을 겪을 수 있다.

　미국문학의 특성에 관한 논의는 회의론에서 시작되었다. 로치

Literature for the Use of Schools(1870)(New York: Sheldon); Joseph Henry Gilmore, *Outlines of English and American Literature*(1905)(New York: Scranton Wetmore); Peter Wagner, *A Short History of English and American Literature*(1988)(Leipzig: Klett Ernst/Schulbuch); Eugene V. Moran, *A People's History of English and American Literature*(2002)(New York: Nova Science); Charles Frederick Johnson, *Outline History of English and American Literature*(2008)(Charleston, North Carolina: BiblioBazaar); Henry A. Beers, *Brief History of English and American Literature*(2010)(Memphis: General Books) 같은 것들이다.

46) 그 경과를 Kermit Vanderbilt, *American Literature and the Academy, the Roots, Growth, and Maturity of a Profession*(1986)(Philadelphia: University of Pennsylvania Press)에서 고찰했다.

에티, 《왜 자국문학이 미국에서는 피어날 수 없는가?》(1845)(Joseph Rocchietti, *Why a National Literature Cannot Flourish in the United States of North America?*, New York: J. W. Kelley)라는 것이 그런 책이다. 이탈리아에서 이주해 영어로 소설을 쓴 작가가 이 책에서 미국인은 정신문화의 수준이 낮고 동질성이 모자라 자국문학이 피어나는 것이 당시에는 가능하지 않고 장래의 과제라고 했다.

이런 견해에 맞서서 미국문학을 옹호하고, 자료를 정리하고, 문학사를 쓰려는 노력이 없었던 것은 아니다. 두이킨크, 《미국문학 백과사전》(1855)(Evert A. and George L. Duyckinck, *Cyclopaedia of American Literature*, New York: C. Scribner) 전 2권 큰 책에서 미국문학의 자료를 집성해 문학사 서술을 준비했다. 그 뒤를 이어 리차드슨, 《미국문학 1607~1885》(1886~1888)(Charles F. Richardson, *American Literature 1607~1885*, New York: G. P. Putman's Sons) 전 2권은 문학사라고 할 수 있는 저작이다. 학계의 노력이 미흡해도 교육은 해야 하므로 간략하게 쓴 교재용 미국문학사가 여럿 나왔다.[47]

그러다가 마침내 본격적인 저작이 출현했다. 타일러, 《미국문학사, 식민지 시기 1607~1765》(1878)(Moses Coit Tyler, *History of American Literature during the Colonial Time*, 1607~1765, New York: G. P. Putnam's Sons) 전 2권; 《미국문학사, 미국혁명기 1763~1783》(1897)(*Literary History of American Revolution, 1763~1783*, New York: G. P. Putnam's Sons)

---

47) John H. Hart, *A Manual of American Literature, a Text-book for Schools and Colleges*(1872)(Philadelphia: Eldredge & Brother); Fred Lewis Pattee, *A History of American Literature: with a View to the Fundamental Principles Underlying its Development: a Text Book for Schools and Colleges*(1896)(Upper Sadle River, NJ: Silver Burdett); Edwards Simmonds, *A Student's History of American Literature*(1902)(Boston: Houghton Mifflin) 같은 교재용 문학사도 있었다.

전 2권이 나와, 미국문학사를 위해 적극적인 기여를 했다고 평가된
다. 타일러는 역사학자였지만 미국문학이 무시되고 있는 관습 시정
을 긴요한 과제로 삼았다. 사실을 정리하고 인식을 높이려고 진지
하게 노력한 공적이 있어, 미국문학 연구의 창시자로 숭앙된다.[48]

 그 뒤에 미국문학사 서술이 거듭 이루어졌다. 웬델, 《미국문
학사》(1901)(Barnett Wendell, *A Literary History of America*, New York: C.
Scribner's Sons)는 하버드대학에서 한 강의를 정리한 저작이다. 19세
기 뉴잉글랜드에서 미국문학이 크게 발전한 것이 자랑스럽다고 여
겨 중점적으로 다루었다. 트렌트, 《미국문학사》(1903)(W. P. Trent, *A
History of American Literature*, New York: D. Appleton)는 컬럼비아대학에
서 미국문학을 강의하고 얻은 성과이다. 1607년에서 1865년까지의
미국문학사의 전개를 충실하게 고찰했다. 할렉, 《미국문학사》(1911)
(Reuben Post Halleck, *History of American Literature*, New York: American
Book)는 저자가 미국의 역사, 교육, 문학 등 다방면에 걸쳐 많은 책
을 쓰고 영국문학사도 내놓은 저술가이다. 미국문학사의 전개를 지
역으로 구분해서 고찰했다.

 이런 책이 모두 미국문학에만 관심을 가지고, 문학사 서술 방법
을 정립하려고 하지는 않아, 쉐러, 《독문학사》(1883); 랑송, 《불문학
사》(1894)와 맞설 수 있는 업적이 이루어지지 못했다. 영국에도 없
는 것을 미국에서 기대하는 것은 무리이다. 미국문학사를 더 자세
하게 써서 위상을 높이는 것이 절실한 과제라고 여기고 문학사를
위한 방법이나 이론의 탐구에는 관심을 가지지 않았다. 자국문학사
서술이 한 나라 학문을 대표하는 업적이라는 관점에서 평가하면,

---

48) Kermit Vaderbilt, 위의 책, 81면

미국은 뒤떨어진 나라로 머물렀다.

미국문학사를 바라는 바와 같이 자세하게 쓴 책이 《캠브리지 영
미문학사, 백과사전 전 18권》(1907~1921) 후반부의 미국편, 트렌트
외 공편, 《캠브리지 미국문학사》(1917~1921)(W. P. Trent, J Erskine, S.
p. Sherman, and C. Van Doren eds., *Cambridge History of American Literature*,
Cambridge: Cambridge University Press) 전4권이다. 미국 학자들이 기획·
편집·집필했으면서 독자적인 출판물로 내놓지 않고 영국문학사에
서 곁방살이를 했으며, 문패를 따로 내걸지도 않았다. 제15권에서
제18권까지가 전 4권을 이루었다. 영국과의 관계에 따라서, 식민지
문학과 독립국 문학을 구분해 고찰했다.[49]

제1권 머리말에 열등의식을 청산하고 자기 길을 찾고자 하는 의
지가 나타나 있다. "누가 미국 책을 읽는가?" 하고 말하는 편견에
맞서기 위해 미국문학을 알리고자 하는 노력이 계속되었다고 하고,
위에서 든 세 저작 웬델, 《미국문학사》(1901); 트렌트, 《미국문학
사》(1903); 할렉, 《미국문학사》(1911)를 소중한 선행 업적으로 평가
했다. 책을 만드는 방침은 《캠브리지 영문학사》의 전반적인 계획을
따르면서 두이킨크, 《미국문학 백과사전》(1855)에서 한 작업을 이어
서, "우리 국가 과거"(our national past)의 모든 시기 유산을 지면이 허
락하는 대로 자세하게 알리고, 망각된 작가들을 되살리고자 한다고
했다.

지난 2백 년 동안 미국이 탐험과 정착에 열정을 바치고, 생존·
종교·국정을 위해 노력한 자취와 그 정신을 모두 다루어야 하므로

---

49) 권수와 제목을 옮긴다. 15.Colonial and Revolutionary Literature, Early National
Literature: Part I: 16.Early National Literature: Part II, Later National Literature: Part I:
17.Later National Literature: Part II 18.Later National Literature: Part III

문학을 협의로 이해하는 관점은 부적당하다고 했다. 많은 것을 열거하고 서술해 미국이 대단한 나라임을 알리고자 했다. 나라의 크기에 상응하는 다채로운 문학의 유산이 있다고 하고자 했다. 그러나 미국문학이 미국인에게 소중하다고 했을 따름이고, 보편적인 기준에서 평가해 훌륭한 문학이라고 하지는 않았다. 열등의식을 시정해 미국문학사의 독자성을 확인하고 독립을 이룩하고자 하는 노력이 그 뒤에도 계속되었다. 패링턴, 《미국 사상의 주요 흐름: 시초에서 1920년까지의 미국문학 해석》(1927)(Veron Louis Parrington, *Main Currents in American Thought: an Interpretation of American Literature from the Beginning to 1920*, New York: Harcourt Brace) 전 3권은 역사학자가 문학에 나타난 미국 사상사의 흐름을 밝힌 저작인데, 미국학을 개척한 공적이 있다고 평가된다. 포레스터, 《미국문학 재해석, 역사적 발전 이해를 위한 기여》(1929)(Norman Forester, *The Reinterpretation of American Literature, Some Contributions Towards the Understanding of its Historical Development*, New York: Russell & Russell)에서는 미국문학사의 독자적인 특징이 무엇인가 하는 의문을 제기하고, 청교도 전통, 개척 정신, 낭만주의, 사실주의 등을 들었다.

트렌트 외 공편, 《캠브리지 미국문학사》(1917~1921) 전 4권이 이루어진 다음 27년 동안의 모색과 노력을 집결해 스필러 외 공편, 《미국문학사》(1948)(Robert E. Seidel Spiller, Willard Thorp, Thomas H. Johnson, Henry Canby eds., *Literary History of United States*, New York: Macmillan) 전 2권이 나왔다. 그 뒤 40년이 지나 엘리어트 총편, 《컬럼비아 미국문학사》(1988)(Emory Elliott General Editor, *Columbia Literary History of United States*, New York: Columbia University Press)에서 같은 일

을 새롭게 했다. 총체적인 내용의 자국문학사를 학계의 역량을 집결한 거대 규모의 공저로 내놓는 작업을 이처럼 세 차례 했다.

이 세 책은 시대 변화를 잘 보여 준다. "미국"이라고 번역한 말이 서로 다르다. 이제부터는 편자 이름은 빼고 책 이름과 출간연대만 들고 거론하기로 한다. 영국문학사에 부속된 형태로 영국에서 함께 출판된 《캠브리지 미국문학사》(1917~1921)에서 사용한 'America'라는 통칭은 지역을 의미한다고 할 수 있다. 《미국문학사》(1948)에 이어서 《컬럼비아 미국문학사》(1988)에서도 'United States'라는 정식 국명을 사용해 영국과의 관련을 넘어섰다. 《미국문학사》(1948)는 영국 출판사(Macmillan)의 미국 지사에서 출판해 과도기적인 위치에 있었고, 《컬럼비아 미국문학사》(1988)는 문학사의 독립을 온전하게 이룩했다. 《캠브리지 미국문학사》(1917~1921)의 영국대학 캠브리지를 미국대학 컬럼비아로 바꾸고, 캠브리지대학출판부가 한 일을 컬럼비아대학출판부가 맡았다.

《컬럼비아 미국문학사》(1988) 서두에서 문학사를 다시 내놓아야 하는 이유를 밝혔다. 《미국문학사》(1948)에서 각 세대는 과거를 독자적인 관점에서 재해석해야 하므로 미국문학사를 다시 내놓아야 한다는 말을 들어, 미국문학사의 세대교체가 필연적인 과제라고 했다. 새로운 대통령이 나서서 시대 변화에 상응하는 통치를 해야 하는 것 같은 일을 문학사에서도 했다. 정부를 조직하듯이 책을 만들어, 총편자(general editor) 1인이 전체를 총괄하고, 보조편자(associated editor) 5인이 연대별로 구분된 한 장씩을 관장하고,[50] 조언

---

50) 차례에 나와 있는 명단을 소개한다. Part One Beginnings to 1810 Associate Editor, Daniel Shea; Part Two 1810~1865 Associate Editor, Terence Martin; Part Three 1865~1910 Associate Editor, Marta Banta; Part Four 1910−1945 Associate Editor,

편자(advisory editor) 5인이 검토를 맡았다. 집필자는 70여 명인데, 항목 말미에 이름이 나와 있다. 모든 참여자의 인적 사항을 권말에서 소개했다.

문학사를 다시 쓰는 이유를 명시하고, 담당자를 이렇게까지 체계를 갖추어 조직하는 것은 별난 일이다. 다른 나라에서는 문학사가 개인작이다가 규모 확대를 위해 공저가 되기도 하고, 여기저기서 나와 출간 주기가 일정하지 않다. 다만 일본에서도 정통본임을 자처하는 공저 자국문학사가 일정한 기간마다 다시 등장하지만, 편자 조직이 미국만한 짜임새를 갖추지 않고, 다른 것들과 공존해 독점적인 지위를 차지하지 못한다. 사회주의 국가에서나 볼 수 있는 계획적이고 집단적인 방식으로 미국에서 미국문학사를 쓰면서, 교체되어 다시 구성되는 작업 집단이 사회과학원 문학연구소 같은 상설 기관 이상의 위세를 자랑한다. 자유롭고 다양하기만 할 것 같은 미국이 문학사 만들기에서 전체주의의 성향을 가장 많이 보여 준다.

《컬럼비아 미국문학사》(1988)에서 작업의 방향을 제시했다. 서론 말미에서 "우리 사회 통합의 구심력, 개인적인 창조와 비판적 상상의 원심력, 이 두 가지 힘의 긴장된 관계, 국민문화(national culture)의 결속과 내부의 긴장·갈등을 함께 보여 주는 것이 책을 쓰는 목표이다"고 한 것이 가장 중요한 발언이다.(xxiii면) 문학사는 단일체이면서 다원체인 양면을 갖추어야 한다고 했다는 말로 간추려 이해할 수 있다.

《미국문학사》(1948)는 단일체였는데, 자기들이 다시 내는 책은 다원체인 것이 기본적인 차이점이라고 했다. 날씬하게 다듬어진

David Minter; Part Five 1945 to the Present, Associate Editor, Marjorie Perloff

외형을 갖추어 목표 수행을 신뢰할 수 있게 하던 단일체를 재현하지 못하고 다양하고 복잡하고 상반된 것의 얽힘을 구조의 특징으로 하는 다원체를 만들어, 기본 성향이 '모던'(modern)에서 '포스트모던'(postmodern)으로 나아간다고 했다.(xiii면) 문학사에서 수행해야 하는 목표인 국민정체성(national identity)에 관한 통일된 견해가 없어졌기 때문이라고 하고, 사정이 달라진 것을 길게 설명했다.

1960·70년대에 냉전 이념 해체 요구와 월남전 반대가 출발점이 되어 미국 사회가 전반적으로 개편되는 변화가 일어났다고 했다. 민권 운동과 여성 운동이 일어나고, 여러 소수인종 집단이 정당한 권리를 주장하는 항변을 계속해 미국이 단일체일 수 없게 한다고 했다. 이러한 요구를 수용해 원주민문학, 흑인문학, 멕시코계 문학, 아시아계 문학 등을 다루고, 여성문학 서술의 비중을 높였다고 했다.

《미국문학사》(1948) 시대의 합의가 무너져 문학을 이해하고 문학사를 쓰는 관점이 통일되지 못하고, 상반된 주장을 하는 여러 유파가 대립되고 문학사 부정론이 대두한 것이 문학사가 다원체일 수밖에 없게 된 또 하나의 이유라고 했다. 어느 한쪽에 치우치지 않게 선발된 개별 항목 집필자들이 각기 자기 견해를 상이하게 나타내도 편자가 통제할 수 없어 그대로 내놓고, 동일 사안을 두고 서로 다른 말을 한 것을 색인을 이용해 검증할 수 있게 한다고 했다. 단일체일 수 없는 책을 내놓는 것이 시대 변화를 받아들인 당연한 결과라고 했다.

문학사는 단일체이면서 다원체인 것이 당연하다. 양면을 함께 보여 주면서 상관관계를 해명하는 것이 문학사가의 임무이다. 그런데 단일체는 사회 통합의 구심력이라고 하고 다원체는 개개인이 각기 빚어내는 원심력이라고 한 것은 부당한 양분법이다. 단일체냐 다원체냐 하는 것이 가로축이라면 사회냐 개인이냐 하는 것은 세로축이다. 사회적 대립에서 다원체가 생기고, 개인의 노력으로 단일체의 이념이 정립되기도 한다. 사회적 소수자들의 집단적 항변으로 다원체가 만들어진 것을 말하고도, 다원체는 개인의 소관이라는 원론을 고수했다.

단일체는 사회 통합의 구심력이고 다원체는 개개인이 빚어내는 원심력이라고 하는 것은, 관점을 바꾸어 다시 논하면 다른 말로 하면 하나가 여럿이고 여럿이 하나인 줄 모르고 하나와 여럿을 분리시키는 관념론이다. 그 자체로 부당하고, 문학사 서술에서 차질을 빚어낸다. 단일체를 높이고 다원체를 낮추는 편향성을 지니며, 단일체로 다원체를 통괄하려고 하다가 차질을 빚어낸다. 사회 통합을 위한 단일체 문학사를 이룩하는 목표를 설정하고 필요한 조직을 정비해 집필에 착수했는데, 참여자 개개인이 각기 자기 견해를 나타내 문학사가 다원체가 되고 만다고 투덜대는 것은 발상의 근본이 잘못 된 줄 모르고 하는 불평이다.

사회 통합의 지침인 단일체 문학사가 있어야 한다는 것은 전체주의의 발상이다. 정상에서 말단까지 상하 관계가 분명한 조직을 정비해 일관된 작업을 하면 문학사 서술에서도 최상의 결과를 얻을 수 있다고 하는 것은 관료주의의 과신이다. 한 시대를 통치하는 거대한 문학사가 있어야 한다는 것은 패권주의의 과오이다.

자유의 나라라고 널리 자랑해 선망의 대상이 되는 미국의 전체주의 · 관료주의 · 패권주의를 문학사에서 분명하게 확인할 수 있다.

문학사는 미국에서도 제대로 이룩하지 못하니 다른 나라는 아예 포기해야 할 것인가? 전혀 그렇지 않다. 강대국의 위세를 자랑하는 대단한 문학사를 내놓으려고 하는 허세나 억지가 없는 곳에서는 할 일을 착실하게 할 수 있고, 미국에서는 알지 못하는 정답을 내놓을 수 있다.

견해가 상이한 사람들이 개인이나 공동으로 문학사를 쓰면 된다. 문학사가 단일체이면서 다원체인 양면을 자기 나름대로 갖추면 된다. 각기 달라 다원체인 문학사들끼리 토론을 벌이면 귀결점이 일치하지 않더라도 그 자체가 단일체이다. 문학사의 취급 범위와 토론도 확대되어 국제적이고 세계적인 문학사학의 단일체가 포괄하는 단원체의 규모만큼 크게 이루어지는 것이 바람직하다. 전환에 기여하기 위해 이 책을 쓴다.

영국문학사와 미국문학사의 관계는 지속적인 의문 사항이다. 이에 관해 새로운 고찰을 룰랜드 외, 《퓨리터니즘에서 포스트모더니즘까지: 미국문학사》(1991)(Richard Ruland and Malcom Bradbury, *From Puritanism to Postmodernism: A History of American Literature*, New York: Penguin USA)에서 했다. 미국과 영국 두 나라 비평가가 안팎의 관점에서 대화하는 방식으로 집필하는 것을 이점으로 삼는다고 머리말에서 밝히고, 문제점에 관해 자유롭게 논란하는 비평문을 쓴 것이 특기할 사실이다. 가장 긴요한 문제점은 미국문학사의 기본적인 흐름이 무엇인가 하는 것이다. 미국문학은 영국에 뿌리를 두고 유럽문학의 전통을 이으면서, 미국의 문화적 독립을 실현하고 문화민족주의를 이룩하는 데 줄곧 기여했다고 했다. 미국문학을 단일체로 이해하려 하고, 원주민문학이나 소수민족문학의 의의를 평가하지 않는 보수적인 관점으로 되돌아가 그런 견해를 전개했다.

자세한 내용을 갖춘 개인작 미국문학사는 보이지 않다가, 그래이, 《미국문학사》(2004)(Richard Gray, *A History of American Literature*, Malden and London: Blackwell)가 나타났는데, 저자가 미국인이 아니고 영국인이다. 뒤표지의 설명에서 저자가 "에섹스(Essex)대학 교수이고, 유럽학자들의 미국문학 연구를 선도하는 위치에 있다고 평가되며, 영국학술원 회원으로 처음 선발된 미국문학 전공자이다"라고 했다. 책 앞의 판권란에서 영국의 법률에 의해 저작권을 확인한다고 했다. 머리말을 간략하게 써서 미국문학사 서술의 새로운 방향을 명확하게 했다. 비판적인 논의는 전개하지 않으면서 《컬럼비아 미국문학사》(1988)에서 보여 준 차질을 해결하고자 했다. 모든 문학, 모든 문학사가 다 그렇듯이, 미국문학사는 다원체이고 갈등 구조를 지녔다고 한 것이 기본 요지이다. 세 가지 기본 명제로 이런 착상을 정리한 것을 요약해 보자. 첫째 사회의 안정이란 환상이다. 둘째 여러 집단 사이의 다원적이고 다층적인 관련 양상을 파악해야 한다. 셋째 문화의 다원성과 갈등을 말해 주는 것이 작가의 임무이고 문학사가 할 일이다. 문학사 일반론을 훌륭하게 정립해 미국문학사를 곤경에서 구출하는 방향을 제시했다.

미국문학사는 갈등이 확대되는 방향으로 나아가 역동성이 더 커진다는 것을 기본 줄거리로 삼은 것은 타당하다. 그러나 사회 현상 논의에 큰 비중을 두고 문학에 대한 고찰이 뒤따르게 한 것이 부적절하다. 여러 소수민족의 문학을 의식 각성의 변화와 함께 힘써 고찰하면서 원주민문학에 특히 큰 의의를 부여해 비중의 객관성보다 주장의 타당성을 앞세웠다. 서두에서 미국 원주민의 구비전승을 고찰한 것은 당연하다. 원주민의 문학이 사라지지 않고 영어를 사용하면서 재창조된 내력을 밝힌 노력도 평가할 만하다. 그러나 논리를 넘어선 감상으로 설득력을 높이려고 했다.

마지막 대목에서 최근에 나온 원주민의 소설을 고찰하고 덧붙인 말을 보자. "최초의 미국인들은 사라지지 않았다. 슬픔을 노래로 삼고 여행길에 나서서, '죽은 인디언들'을 기념하고 살아 있는 것을 축하한다. 콜럼버스가 오기 수천 년 전에 이미 살고 있던 미국인들처럼, 이 사람들도 미국의 세계를 자기네 미국의 말로 바꾸어 놓는다. 이것은 새로운 노래이지만, 옛 것으로 메아리친다."(817면)

감동적이라고 할 수 있는 이런 말로 서술을 끝내, 미국문학이 다원체이게 하는 갈등에 편들기 방식의 해결책을 제시했다. 억울하게 피해를 받아 멸종의 위기에까지 이른 쪽 편을 드는 것은 훌륭하다고 할 수 있으나, 연구가 심판의 기능을 공정하게 수행하지 못하게 한다. 모든 역사서에 요구되는 엄정한 서술 방법을 저버리고, 문학 창작에서 하듯이 격정을 토로해 감동을 주는 문체를 사용했다. 투쟁은 투쟁으로 해결해야 한다는 변증법을 당파성의 시각에서 사용하기나 하고, 투쟁이 화합이고 화합이 투쟁이어서 새로운 창조가 이루어지는 것을 파악하고 평가하는 생극론의 사고는 하지 못했다.

영국인의 저작인 이런 책을 미국에서는 쓰지 못한 것은 우연이 아니다. 미국은 최강대국의 위세와 전혀 어울리지 않게 문학사에서 변방의 변방이어서 깊은 열등의식을 지녔다. 자국문학사를 거대하게 이룩하려고 하다가 파탄에 이르고, 문학사학의 발전에 기여한 바 없어 열등의식에서 벗어날 수 없다. 미국에서 문학사를 두고 목청을 높여 자신 있게 할 수 있는 말은 문학사 부정론을 부르짖는 것이다.

문학사는 낡은 시대의 유물이므로 부정하고 해체해야 한다는 주장을 포스트모더니즘의 발상으로 펴서 일거에 앞서나가려고 한다. 문학사가 잘 나가 질투심이 생기게 하는 쪽을 걸고넘어지려고, 홀리어 편, 《새로운 불문학사》(1989); 웰버리 외 공편, 《새로운 독문학사》(2004)를 내서 문학사 해체의 본보기를 보였다. 문학을 잡다한 사실과 섞어 놓고, 특정 연대 이것저것 들고 그 때 일어난 일을 무엇이든 열거하는 방식으로 책을 써서, 문학뿐만 아니라 역사까지 무용하게 만들었다.

경쟁 상대를 넘어뜨리려고 하면 자기파괴도 함께 한다. 《컬럼비아 미국문학사》(1988) 다음의 작업을 한 것처럼 보이는 마커스 외 공편, 《새로운 미국문학사》(2009)(Greil Marcus and Werner Sollors eds., *A New Literary History of American*, Cambridge, Massachusetts: Harvard University Press)는 선행하는 여러 미국문학사에 관해서 말하지 않고 홀리어 편, 《새로운 불문학사》(1989)에서 한 작업을 다시 한다고 했다. 이것 또한 하버드대학 교수진이 주동이 되어 만들고 그 대학 출판부에서 냈다. 《컬럼비아 미국문학사》(1988)를 무시하고 딴살림을 차리면서 하버드대학이 컬럼비아대학보다 위세가 높다고 자랑하려고 했다. 파괴를 강력한 무기로 삼아 세계를 제패하겠다고 나섰다.

아일랜드문학과 미국문학은 영국문학에 소속되어 있다가 독립한 다음에도 영어를 사용하는 공통점이 있다. 두 나라 다 영국의 지배에서 벗어난 역사적 전환을 문학의 성장을 통해 해명해 독립국가의 정신적 지주를 마련하고자 한 점도 다르지 않다. 그러면서 아일랜드문학사와 미국문학사는 성향이나 작용이 전혀 상반된다. 작은 나라 아일랜드는 주체성 회복을 위한 문학사의 전범을 보이고, 최강

대국 미국은 자기 과시의 문학사가 파탄에 이르자 문학사 부정론을
부르짖으면서 앞서 나가려고 한다.

  유럽 여러 나라는 19세기에 이미 자국문학사를 이룩하고, 보태고
다듬어 다시 쓰기 위해 계속 노력한다. 그 경과를 널리 파악해 서술
하기에는 역부족임을 고백하고, 이해 가능한 언어로 쓴 책을 이용
해 최소한의 논의를 조금 하는 데 그친다. 이탈리아, 스페인, 러시
아 등을 빼놓아 면목이 없다. 잘 아는 분들이 나서서 무식의 과오를
시정해 주기를 바라면서 용서를 구한다.

  네덜란드문학사는 취급 범위가 국가인가 언어인가에 따라서 둘
로 나누어져 있다. 네덜란드어로 쓴 문학사는 국가문학사이다. 네
덜란드 국가의 네덜란드어문학만 다룬 것은 《네덜란드문학사》
(Geschidenis der Nederlandse Letterkunde)라고 한다. 영어로 나온 문학사
는 언어문학사이다. 네덜란드와 같은 언어인 벨기에 북반부 플라망
어(Flemish)의 문학까지 포괄하고, 특정 국명은 피해 《低地국가들의
문학사》(Literary History of Low Countries)라고 한다. 앞의 것들이 1908
년 이래로 몇 차례 여러 권으로 나온 사실을 뒤의 것들에서 확인할
수 있으나 구하지 못하고 읽을 능력이 없다.[51] 뒤의 것들 둘을 고찰
하기로 한다.

  메이어, 《저지국가들의 문학: 네덜란드와 벨기에, 네덜란드어문
학 간사》(1971)(Reinder P. Meijer, Literatures of the Low Countries, a Short

---

51) 주요 저작의 명단만 옮긴다. J. te Winkel, De Ontwikkelingsgang der Nederlandsche
  Letterkunde(1908); F. de Baur, Geschiedenis van de Letterkunde der Nederlanden(1939);
  G. Knuvelder, Hanboek tot de Nederlandse Letterkunde(1968); Anne Marie Musschoot,
  Geschiedenis van de Nederlandse Literatuur(2006~) 모두 공저이고, 4권에서 9권까지의
  거작이다.

History of Dutch Literature in the Netherlands and Belgium, New York: Twayne)
는 저자가 영국 런던대학 네덜란드어문학 교수이다. 허만스 편,
《저지국가들의 문학사》(2009)(Theo Hermans ed., *Literary History of the
Low Countries*, New York: Camden House)의 편자는 런던대학 네덜란드
어문학 및 비교문학 교수이다. 앞의 책은 저자 혼자 쓰고, 네덜란드
학자들의 연구에 힘입었다고 밝혔다. 뒤의 책은 편자의 구상에 맞
는 글을 네덜란드 학자들에게 부탁해 쓰고, 여러 사람이 영어로 번
역하게 했다. 뒤의 책은 네덜란드와 벨기에의 네덜란드어문학을 고
찰하는 데 주력하면서, 네덜란드 도서지방 프리시안(Frisian)문학과
벨기에 남부의 프랑스어문학도 논의의 대상으로 삼았다. 네덜란드
의 해외 식민지 인도네시아와 수리남(Surinam)의 네덜란드어문학까
지 소개했다.

앞의 책에서는 네덜란드어문학사의 시대구분을 세기에 따라 여
덟으로 하고, 각 세기 문학의 특징을 나타내는 표제를 일관되게 붙
였다. 뒤의 책은 세기의 전환과 일치하지 않을 수 있는 시대 일곱을
구분했다. 앞의 책에서는 여덟째 시대가 "근대, 20세기"(The Modern
Period, Twentieth Century)이고, 뒤의 책에서는 여섯째 시대가 "재생과
반항, 1880~1940"(Renewal and Reaction, 1880~1940)이다.

국가의 경계와 언어의 경계가 다를 때 문학사 서술의 범위를 어
떻게 정해야 하는가? 외국문학사를 잘 쓰려면 어떻게 해야 하는
가? 세기별 시대구분을 사용해야 하는가, 버려야 하는가? 문학사
서술에서 흔히 제기되는 이런 문제를 해결하는 데 네덜란드문학사
는 널리 참고가 될 만한 본보기를 제공한다.

덴마크문학은 독자적인 내력이 뚜렷하다. 스칸디나비아 영웅서

사시를 원천으로 하고, 1400년 무렵에 독자적인 모습을 갖추었다
고 한다. 그 뒤에 전개된 덴마크문학사를 서술하는 작업을 일찍부
터 모범이 되게 수행했다.[52] 코펜하겐대학 미학교수로 1790년에 취
임한 라벡(Rahbek)과 1790년에 그 후임이 된 니에루프(Rasmus Nyerup)
가 덴마크 시를 강의하기 시작하고, 니에루프, 《덴마크 시 예술
의 역사를 위하여》(1812)(Rasmus Nyerup, *Bidrag til den danske Digtekunsts
Historie*)라는 최초의 문학사가 출간되었다.

1849년에 헌법이 제정되고 독일과의 국경 분쟁이 해결되어 국민
국가를 만드는 과정에 들어서자, 덴마크문학사를 이룩해 국민정신
의 구심점으로 삼아야 한다는 요구가 더욱 강력하게 대두했다. 코
펜하겐대학 스칸디나비아어 교수 페테르센(N. M. Petersen)은 《덴마
크문학사를 위하여》(1854~1861)(*Bidrag til den danske Literaturs Historie*,
Copenhagen: Trykt hos Brødrene Berling) 전 4권을 내놓아 시대의 요구에
부응했다. 민중이나 국민의 문학사를 쓰겠다고 하고, 덴마크의 언
어와 문학이 한편으로는 스칸디나비아 다른 나라, 또 한편으로는
독일과 얽혀 있는 양상을 정리해 덴마크문학사의 독자적인 영역을
분명하게 하려고 했다.

북구의 신화와 삭소 그라마티쿠스(Saxo Gramaticus), 《덴마크의 위
업》(Gesta Danorum)에서 덴마크문학의 원천을 찾았다. 독일에서는 게
르만민족의 유산이라고 하면서 자기네 문학사와 연결시키는 북구
의 신화가 스칸디나비아 여러 나라의 공유물이며 덴마크문학의 시
발점이라고 했다. 《덴마크의 위업》은 라틴어로 쓴 것이 유감이지

---

52) Annelies van Hees, "N. M. Petersen and the Case of Denmark", Menno Spiering ed.,
Nation Building and Writing Literary History(1999)에 의거해 그 경과를 알 수 있다.

만, 덴마크문학의 전통을 잘 보여 준다고 했다. 스칸디나비아 다른 나라에는 없는 서사민요의 풍부한 유산을 중세문학편 말미에서 고찰했다.

후속 작업이 이어져 한센, 《삽도 덴마크문학사》(1902)(P. Hansen, *Illustreret dansk Literaturhistorie*, Copenhagen: Det nordiske forlag) 전 3권; 페테르센 외 《삽도 덴마크문학사》(1924~1934)(Carl S. Petersen, Vilhelm Andersen, Richard Paulli, *Illustreret dansk Literaturhistorie*, Copenhagen: Gyldendal) 전 4권이 나왔다. 미국인의 저작을 덴마크에서 출판한 미첼, 《덴마크문학사》(1957)(P. M. Mitchel, *A History of Danish Literature*, Copenhagen: Gyldendal)에서 그런 내력까지 파악할 수 있다. 이 책에서는 덴마크문학사를 뿌리가 같고 말이 통하는 스칸디나비아 여러 나라는 물론, 유럽 각국과의 관련을 중요시하면서 썼다. 라틴어문학이 지속된 양상을 18세기에 이르기까지 고찰했다.

스칸디나비아 여러 나라의 문학사는 통괄해서 서술하기도 한다. 뒤랑, 《스칸디나비아문학》(1974)(Frédéric Durand, *Les littératures scandinaves*, Paris: Presses Universitaires de France); 봐예, 《스칸디나비아문학사》(1996)(Régis Boyer, *Histoire des littératures scandinaves*, Paris: Fayard)에서 그런 작업을 했다. 앞의 책은 표제에서 복수를 사용했으나 스칸디나비아문학을 단일체로 파악해야 한다고 했다. [53] 뒤의 책은 공통된 내용을 다루다가 각국의 상황을 하나씩 설명하는 방식을 사용했다. [54] 《스칸디나비아문학사》(*A History of Scandinavian Literatures*)라는

---

53) 본문 차례가 "I. Communes origines; II. Le Moyen Age; III. L'aube des temps modermes; IV. De rêve et d'humus, le romantisme scandinave; VII. La fin du XIXe siècle, la confrontation de l'individu et de la société; VIII. Notre siècle et ses trois générations"이다.

54) 차례가 "I. Des origines à environ 1500; II. La Réforme et ses conséquences (1500~1700); III. Le XVIIIe siècle: les Lumières; IV. Le Romantisme(1800~ à environ 1870); V. Le

이름의 총서가 미국에서 나왔는데, 덴마크·노르웨이·스웨덴·핀
란드·아이슬란드문학사가 한 권씩 모두 다섯 권이다. 로셀(Sven H.
Rossel)이 총편자가 되어 덴마크문학사도 편집했으며, 다른 네 권은
별도의 편자가 있다.[55] 한 시대씩 맡아 여러 필자가 쓴 글을 모아
책을 구성했다.

동유럽 다른 여러 나라는 제2차 세계대전 이후 과학원을 창설하
자 자국문학사를 자세하게 쓰는 작업을 본격적으로 시작했다. 개인
이 감당하기는 어려운 작업을 다수의 인원이 참여해 일거에 수행하
고자 했다. 헝가리에서는 과학원 산하의 문학연구소가 문학사 서술
을 긴요한 임무로 삼는다. 《헝가리문학사》 전 6권(1964~1966)을 내
놓고, 후속 연구를 위해 계속 노력하고 있다고 한다.

클라니짜이 편, 《헝가리문학사》(1964)(Tibor Klaniczay ed., A History
of Hungarian Literature, Budapest: Corina)가 헝가리에서 영어로 출판되
어 헝가리문학사에 대해서 알 수 있게 한다. 편자의 머리말에서 그
책이 선행 작업과 어떤 관련을 가졌는지 말했다. 헝가리문학을 외
국인에게 알리기 위한 클라니짜이, 《헝가리문학약사》 (1962)(Tibor
Klaniczay, Histoire abrégée da la littérature hongroise, Budapest: Corvina)가 불

Genombrott(1870 à 1890 env.); VI. Passage de Symbolisme(de 1890 à 1914); VII.
Visage du modernisme: de la première à la deuxième guerre mondiale; VIII. Le combat de
Jacob(1940~1965); IX. Vers 1965, l'engagement à tout prix"로 구성되어 개별 국가 이름
은 나오지 않는다.

55) Sven H. Rossel ed., A History of Danish Literature(1993)(Lincoln and London:
The University of Nebraska Press); Herald S. Naessl ed., A History of Norwegian
Literature(1993)(Lincoln and London: The University of Nebraska Press); Lars G.
Warmel ed., A History of Swedish Literature (1996)(Lincoln and London: The
University of Nebraska Press); George C. Schoolfield ed., A History of Finish
Literature(1998)(Lincoln and London: The University of Nebraska Press); Daisy
Neijmann ed., A History of Islandic Literature(2007)(Lincoln and London: The
University of Nebraska Press)

어 외에 러시아와 독일어로도 출판되고, 영어, 폴란드어, 불가리아 어 등으로 번역되었다. 그런데 미비점이 많아《헝가리문학사》전 6 권에 의해 수정하고 보완해야 한다고 했다.

시대구분을 보면, 클라니짜이 편,《헝가리문학사》(1982)는 중세, 문예부흥, 바로크, 계몽주의와 고전주의, 낭만주의, 사실주의로 문학사가 전개되었다고 한 것이 유럽의 다른 여러 나라와 상통한 다.[56] 그러면서 사실주의 전후에 대중문학의 시기, '뉴가트'(Nyugat) 시기가 있었다고 한 것이 특이하다. '뉴가트'는 서쪽을 의미하는 말 이다. 서부유럽문학과 관련을 가지고 헝가리문학을 새롭게 하려는 작가들이 그런 이름의 잡지를 낸 것을 한 시대로 잡는다.

헝가리인이 현재의 국토로 이주하자 문학사도 시작되었다고 하 고 구비문학의 유산부터 들었다. 기독교를 받아들여 이룩한 라틴어 문학이 헝가리어문학과 병행해 발전한 내력을 17세기 초까지 서술 했다. 사회사와 관련된 시대배경은 간략하게 설명하고 주요작가는 자세하게 고찰하고, 군소작가도 되도록 많이 드는 방식을 사용해 사실을 알리는 데 힘쓰다가 사회주의 국가 성립 이후의 서술에서는 경향성을 드러냈다. 권말에서 참고문헌을 여러 방식으로 분류해 많 이 들었다.

폴란드에는 자국문학사의 모형을 이룩했다고 평가되는 브뤼크

---

56) 차례 원문을 옮기면 "The Middle Ages(From the Beginnings to the Early 10th Century); Renaissance Literature(From the Late 15th to the Early 17th Century); Baroque Literature(From the Early 17th to c. 1770); The Hungarian Enlightenment and the Classicist Movement(c. 1770~c. 1820); The Romantic Literature of the Reform Era (1820 to 1840); Populist Literature(c. 1840~1870); The Emergence of Realism(c. 1870~1905); Year of the Nyuat(1908~1941); Socialist Ideas and the Development of Modern Trends(The Period Between the Two World Wars); Contemporary Literature, an Outline"라고 했다.

네르, 《폴란드문학사개론》(1907)(Aleksander Brückner, *Dzieje Literarury Polskije w zarysie*, Warszawa: Nakład Gebethnera i Wolffa kraków)이 있다. 폴란드인의 정체성을 밝히고 단결을 촉구하고자 한 애국주의 문학사이다.[57] 그런 의의를 가진 작품이 폴란드어문학뿐만 아니라 라틴어문학에도 있으므로 함께 고찰해야 한다고 했다. 그 뒤에 나온 업적 가운데 크쉬자놉스키, 《폴란드문학사》(1970)(Julian Kryżanowski, *Historia Literatury Polskije*, Warszawa: PWN)는 문학작품에 대한 심미적인 고찰을 중요시하면서도 라틴어문학을 배제하지 않은 전통을 이었다. 문학사를 잘 쓰는 것이 국가의 과제라고 여기고, 폴란드과학원 문학사연구소에서 방대한 규모의 폴란드문학사(1972~)를 내는 것을 으뜸가는 사업으로 삼고 있다.

불가리아는 문학사를 대단하게 여기는 나라이다. 아르나우도브 편, 《불가리아 작가, 생애, 작품, 사상》(1929~1930)(M. Arnaudov ed., *Bulgarski Pisateli-Jivot, Tvorchestvo, Ideit*) 전 6권; 페네브, 《불가리아 근대문학사》(1930~1936)(Royan Penev, *Istoriya na novata bulgarska literatura*) 전 4권이 나온 이래로 문학사 서술이 활발하게 이루어졌다고 한다. 이런 사실을 마닉 외, 《불가리아 근대문학사》(1960)(Clarence A. Mannig and Roman Smal-Stocki, *The History of Modern Bulgarian Literature*, New York: Bookman Associates); 모저, 《불가리아문학사 865~1944》(1972) (Charles A. Moser, *A History of Bulgarian Literature 865~1944*, The Hague: Mouton)를 이용해 알 수 있다. 뒤의 책에서는 문학사의 등장을 문학사의 사건으로 고찰했다.

---

57) 폴란드문학사는 이민희, 〈한국과 폴란드의 자국문학사 이해 비교연구〉(1999)(서울대학교 석사논문)에 의거해 고찰한다.

불가리아의 1920 · 30년대는 사상의 모색과 논란이 문학비평에서
활발하게 이루어진 시기이며, 민족문화에 대한 탐구의 의욕이 문
학사를 통해서 표출되었다. 위에서 든 책의 두 저자 아르나우도브
와 페네브는 소피아대학에서 공부하고 그 대학 교수가 되어 불가리
아문학 연구에 힘을 기울여 많은 업적을 이룩했다. 아르나우도브는
구비문학, 창작심리학 등 광범위한 분야의 탐구와 연관시켜 작가론
을 집성했다. 페네브는 불가리아 문예부흥기 문학 연구에 힘쓴 성
과를 정리해《불가리아 근대문학사》를 이룩했다. 영문 저작 두 권
은 그런 성과의 요약 전달이라고 생각된다.

모저,《불가리아문학사 865~1944》의 시대구분을 보자.[58] 불가리
아문학사의 첫 시기는 키릴(Cyril)과 메토디우스(Methodius)라는 기독
교 사제 두 사람이 자국어를 표기하는 문자를 마련했을 때 시작되
었다. 키릴문자라고 일컬어지는 그 문자로 표기된 그 당시의 불가
리아어가 교회슬라브어로 이어져 동방기독교 전역에서 사용된 것
을 자랑스럽게 여긴다. 불가리아 제국이 위세를 떨칠 때 기독교문
학이 크게 발전해 황금시대를 이루었다고 한다. 14세기부터는 정치
적으로는 터키의 지배를 받고, 문화적으로는 그리스의 영향이 강해
졌으나, 농민의 구비문학에서 문학의 전통이 이어지고 고유한 정신
이 살아 있었다. 파이시(Paisi)라는 승려가 구전을 포함한 여러 자료
를 모아 불가리아 역사서를 쓴 1762년을 계기로 불가리아 문예부흥
이라고 일컫는 새로운 시대가 시작되었다.

터키의 지배에서 벗어나지 못했지만, 민족정신을 되찾고 민족어

---

58) I. Old Bulgarian Literature(Ninth~Eighteenth Centuries); II. The Bulgarian
Renaissance(1762~1878); III. The Post-Liberation Epoch(1878~1896); IV. The Age of
Modernism and Individualism(1896~1917); V. From War to War(1917~1944)

를 존중하는 새로운 시대에 들어서서 문예부흥기를 맞이한 것이 획기적인 전환이다. 농민의 구비문학에서 이어 온 민족문학의 전통을 살리고 외국의 영향을 다양하게 받아들여 불가리아문학이 자랑스럽게 회생해 전성기를 이룩한 성과를 높이 평가한다. 문예부흥기 문학을 근대문학이라고 일컫고 파네브, 《불가리아 근대문학사》(1930~1936) ; 매니그 외, 《불가리아 근대문학사》(1960)에서 집중해 고찰했다. 모저, 《불가리아문학사 865~1944》(1972)에서는 터키의 지배에서 벗어난 1878년 이후의 문학도 자세하게 살피고, 정치적인 자유나 문학을 하는 여건에 문제가 계속 생기고 작품 창작에서 보여준 성과가 전성기에는 미치지 못했다고 했다.

매니그 외, 《불가리아 근대문학사》(1960)에서 불가리아문학의 특질을 요약했다. 불가리아문학은 농민의 구비문학을 바탕으로 하고, 농민이 스스로 교육하고 훈련해 얻은 능력으로 거듭된 장애를 물리치고 독립을 이룩한 정신을 이어받았다. 역사의식을 강하게 지니고 민족사를 되돌아보는 창작을 하는 데 힘쓰고, 민주적 세계관을 지향하고 인권을 존중해왔다. 농촌 마을의 범위를 넘어서서 현대적인 생활을 다루는 문학을 하게 된 20세기에 이르러서도 소박한 사실주의 기풍을 유지하고 있다고 했다. 그리 크지 않은 나라가 민족문학사 전개의 전형적인 모습을 보여 주는 사례로 불가리아문학사를 들 수 있다.

3) 아시아 각국 1

인도문학사 서술은 아시아 여러 나라 가운데 가장 먼저 19세기 중엽에 시작되었다. 일찍 나온 것들은 모두 유럽인의 저작이고, 산스크리트문학사를 인도문학사라고 했다. 산스크리트문학사에 후대의 여러 구어문학사를 보태 고금을 총괄하는 문학사를 집필하는 것은 유럽 학자들의 능력 밖이어서 인도인이 맡아야 했으며 최근에 본격적으로 추진되고 있다.

'인도'라는 말은 이중의 의미를 지닌다. 넓게는 파키스탄, 방글라데시, 네팔, 스리랑카 등지까지 포함한 인도아대륙 또는 남아시아 전체를 총칭하기도 하고, 좁게는 인도공화국(Bhārat Gaṇarājya, Republic of India)만 지칭하기도 한다. 과거의 역사를 논의할 때에는 넓은 뜻의 인도와 좁은 뜻의 인도를 구분할 수 없다.

그래서 인도문학사는 광역문학사이기도 하고 자국문학사이기도 하다. 그 둘을 이 책에서는 각기 다른 곳에서 고찰해야 하므로 편의상의 구분을 하지 않을 수 없다. 책 표제를 보아 산스크리트문학사라고 한 것은 광역권문학사로 돌리고 인도문학사라고 한 것은 자국문학사로 간주해 여기서 다룬다.

인도문학사는 인도공화국의 자국문학사인 경우에도 구성이 복잡하다. 여러 언어를 사용하는 각기 다른 문학사를 모두 합친 것이 인도문학사이다. 어느 누구도 그 전체를 알지 못하므로 인도문학사를 제대로 쓰기 어렵다.[59] 이름과 실상이 일치하는 인도문학사는 아직

---

59) Sujit Mukrherjee, "Towards a Literary History of India", *New Literary History* vol. 8, no. 2 Winter 1977(Baltimore: The Johns Hopkins University Press)에서 인도문학사를 통괄해 서술하려면 세 가지 난관이 있다고 했다. 여러 언어의 문학을 원전으로 이해

이루어지지 않았다.

인도에서는 먼저 여러 언어의 문학사를 각기 쓰는 데 힘쓰고 그 성과를 모아 총체적인 인도문학사를 마련하려고 한다. 여러 개별 언어의 문학사는 지방문학사의 좋은 본보기로 고찰할 예정이다. 자국문학사를 이룩한 성과는 빈약하고 지방문학사는 아주 풍성한 것이 인도의 특징이다.

인도문학사라는 표제를 처음 내세운 책은 베버, 《인도문학사에 관한 대학 강의》(1852)(Albrecht Weber, *Akademische Vorlesungen über Indische Literaturgeschichte*, Berlin: Fred. Dümmer's)인 것 같다. 산스크리트 연구를 선도한 독일 학자가 베를린대학 강의 원고를 출판한 책이다. 머리말에 저술의 의도나 방법에 관한 말은 없고, 최초의 시도여서 온전하지 못하고 다듬어지지 않았다고 했다. 언어를 기준으로 시대구분을 하고, 제1부에서는 베다문학(Vedische Literarur), 제2부에서는 산스크리트문학(Sanskrit-Literature)을 다루었다. 《베다》(*Veda*)가 가장 중요한 유산인 이른 시기에는 구어만 있다가 문어가 생겨나 산스크리트문학의 시대로 들어섰다고 했다.

제1부에서는 각종 《베다》와 《우파니샤드》(*Upanishad*)를 시대순으로 고찰하고, 제2부에서는 논의의 대상을 시대가 아닌 영역으로 나누어 여러 종류의 시, 희곡에 이어서, 역사, 지리, 철학, 자연과학, 의학, 예술, 법률에 관한 책을 광범위하게 거론하고, 불교문학까지 살폈다. 문학이라는 말은 문헌을 의미한다. 고대 인도의 문헌을 무

할 수 없다. 언어 사용과 발전 과정이 상이한 문학을 함께 다룰 이론적 모형이 없다. 언어 분리 운동이 격화되고 있다. 이런 난관을 극복하려면 여러 언어를 해득하고 공통된 문학관을 지닌 집단이 공동작업을 해야 한다고 했다.

엇이든지 아는 대로 논의의 대상으로 삼았다. 인도문학사라고 했지
만 실제로는 산스크리트문학사이다. 산스크리트 이후에 생겨난 인
도 여러 언어의 문학은 다루지 못했다.

프레이저, 《인도의 문학사》(1898)(Robert Watson Frazer, *A Literary
History of India*, New York: Haskell)의 저자는 영국인이며, 책 표지에
남인도의 언어를 가르치는 대학강사라고 소개되어 있다. 《영국의
인도》(1898)(*British India*, London: Fisher Unwin)라는 다른 저작에서 인
도에 대한 영국의 식민지 통치를 찬양했다. 문학사에서도 동인도회
사에 "명예로운"이라는 수식어를 붙이고, 영국 통치를 받고 인도는
"도덕적이고 물질적인 발전"을 성취했다고 했다.

인도의 역사를 종교의 변천을 중심으로 개관하면서 산스크리트
서사시와 연극에 대한 고찰을 곁들였다. 구두어문학은 자기가 아는
남인도의 문학만 일부 언급했다. 〈신구의 융합점〉("The Fusing Point
of Old and New")이라고 한 마지막 장에서 영국 통치 시기 문학을 다
루어 인도문학사일 수 있는 요건을 가까스로 충족시키고, 신구가
융합되고 동서가 교류하는 바람직한 변화가 일어나고 있다고 했다.

인도문학사를 존중하면서 본격적인 내용을 갖추어 성실하게 정
리하는 작업을 빈터니츠, 《인도문학사》(1905~1922)(Moriz Winternitz,
Geschichte der indischen Literatur, Leipzig: C. F. Amelang) 전 3권에서 했
다. 저자는 오스트리아 출신이고, 산스크리트학의 개척자 뮐러(Max
Müller)와 영국에서 공동연구를 하고, 프라하의 독일어대학 교수가
되었다. 산스크리트문학을 길게 다루고 후대 여러 언어의 문학에
대한 고찰을 보태 인도문학사라고 했다. 이 책 영역본이 널리 알려
지고 많이 이용된다.

　서론에서 인도문학은 예술 여부를 구별할 수 없는 것이 전반적인 특징이며, 3천 년이나 되는 오랜 기간 동안 광대한 지역에서 다양하고 풍부한 창조를 이룩해 뛰어난 가치를 지닌다고 했다. 이어서 유럽인이 인도문학을 연구한 경과를 정리하고, 인도문학사는 연대가 불분명하다는 사실을 말하고, 인도에서 이루어진 언어의 변천을 고찰했다. 고대어가 산스크리트로 정립되고, 산스크리트가 분화되어 여러 새로운 언어가 나타나는 과정에서 인도문학의 변천이 이루어졌다고 했다.

　제1권은 《서론, 베다, 대중 인기 서사시와 푸라나》(*Einleitung, Der Veda, Die volkstümlichen Epen und Puranas*)라고 하고, 《베다》를 비롯한 이른 시기의 종교문학을 다루었다. "대중 인기 서사시"라고 일컬은 《마하바라타》(*Mahabharata*)는 자기가 힘써 연구한 바 있어 여러 측면에 관한 자세한 내용을 갖추었다. 《라마야나》(*Ramayana*)에 관한 고찰은 비중이 적다.

　제2권은 《불교문학과 자이나교 성전》(*Die buddhistische Literatur und die heilige Text des Jains*)이라고 했다. 팔리어 경전, 경전 이외의 팔리어문학, 순수 또는 혼합 산스크리트를 사용한 불교문학, 불교문학과 세계문학이라는 장으로 구성되어 있다. 팔리어 문헌을 자세하게 고찰하고 산스크리트로 들어갔다. 경전 이외의 팔리어문학을 다루는 장에서 문학 작품을 여럿 들었다. 이렇게 구성된 제2권의 내용이 특히 충실해 이 책이 오랜 생명을 누린다.

　제3권은 《예술문학, 학문문학, 새로운 인도어의 문학》(*Die Kunstdichtung, Die wissenschaftliche Literatur, Neuindische Literatur*)라고 했다. 예술문학과 학문문학을 구분하는 용어를 사용하면서 양쪽을 대등한 비중을 두고 고찰했다. 후대에 생겨난 새로운 언어의 문학은, 다른 사람들의 도움을 받았다고 밝혔어도 내용이 미비해 서론 정도의 의의나 지닌다.

더욱 진전된 작업도 독일어권에서 나왔다. 글라세나프, 《인도문학, 시초에서 현재까지》(1929)(Helmuth von Glasenapp, *Die Literaturen Indiens, von ihren Anfängen bis zur Gegenwart*, Potsdam: Athenaion, 1929)는 시초부터 당대까지의 인도문학사를 통괄한 최초의 업적이다. 개정확대판 글라세나프 외, 《인도문학, 시초에서 현재까지》(1961)(Heilmut von Glasenapp mit Beiträgen von Heinz Becher und Hilko Wiardo Schomerus, *Die Literaturen Indiens, von ihren Anfängen bis zur Gegenwart*, Stuttgart: Kröner, 1961)가 오랜 시간이 지난 뒤에 다시 나와 내용이 더 충실해졌다. 인도를 통치하는 영국이 아닌 제3자 독일어권에서 인도문학사 서술을 위해 계속 진지하게 노력한 것을 주목하고 평가해야 한다. 글라세나프는 인도를 문명권으로 이해하고 문학사를 총괄하면서 근래의 여러 구어문학까지 포괄하려고 노력했다. 영국이 만든 인도연방을 인도라고 하고, 스리랑카의 싱할리문학까지 포함시켰다. 마무리 대목에서는 동남아시아 일대의 산스크리트 문학 및 인도의 영향을 받은 문학까지 조금 살폈다. 저자가 모르는 언어의 문학은 인도 학자들의 도움으로 거론한다고 했다.[60] 인도가 독립한 다음 문학이 새로워졌으므로 증보가 불가피해 개정판을 낸다고 할 때에는 도움을 받은 두 사람 이름을 표지에 내놓고, 보

---

60) Friedlich Rosen이 우르두문학, Banarsi Das Jain이 신디·펀잡·카슈미르·파하리문학, Wilhelm Geiger가 싱할리문학, Hilko Wiardo Schomerus가 드라비다 여러 언어의 문학에 관한 서술을 집필했다고 했다.

완 작업을 해준 사람 이름을 별도로 밝혔다.[61]

서장에서 집필계획과 과제를 제시하고, 인도문학 연구사를 검토하고, 인도의 언어와 문자를 개관하고, 문학사의 주요시기에 관해 예비적인 고찰을 했다. 기존의 방식에 안주하지 말고 구어를 사용하는 새로운 인도문학을 포함시켜 고금의 문학사를 연결시켜야 하고, 민족주의 운동이 일어나 문학사 이해가 달라지는 것을 알아야 한다고 했다. 본문을 〈고대 및 중세문학〉, 〈새로운 아리안어의 여러 문학〉, 〈드라비다어의 여러 문학〉으로 구성하고, 셋을 대등한 비중으로 다루었다.

〈고대 및 중세문학〉은 교리를 나타내는 종교문학과 예술작품인 고전문학으로 나누어 고찰했다. 종교문학은 브라만교 · 자이나교 · 불교 순서로 들어 고찰하고, 《라마야나》와 《마하바라타》도 브라만교 경전이라고 했다. 예술작품인 고전문학이 산스크리트문학의 본령이라고 하고 여러 갈래를 들어 고찰하고, 칼리다사(Kalidasa)를 대표적인 작가로 들어 거듭 논의했다. 산문 서사문학이 길게 이어지는 것들을 예술소설(Kunstroman)이라고 하고 소중하게 여겼다.

〈새로운 아리안어의 여러 문학〉에서는 모든 언어의 문학을 다 다루려고 했으나 뜻대로 되지 않았다. 힌디, 우르두, 벵골 등 비중이 큰 언어의 문학은 비교적 자세하게, 북부의 신디 · 펀잡 · 카슈미르 · 파하리문학, 서부의 구자라트 · 마라티문학, 동부의 오리야 · 아삼문학은 소략하게 고찰했다. 증보판에서 힌디문학을 특히 중요시해 서술을 늘이고, 프렘찬드(Premchand)를 대표적인 작가로 들고 높이 평가했다.

---

61) Wolfgang P. Schmid의 협력을 얻어 힌디문학에 관한 서술을 추가한다고 했다.

〈드라비다어의 여러 문학〉에서도 하고자 하는 일을 다 하지는 못했다. 타밀문학만은 전담 집필자가 맡아, 기원에서 당대까지의 문학사를 여러 시기로 나누어 상론했다. 증보판에서 근대문학에 대한 논의를 보충했다. 칸다나·텔레구문학에도 상당한 배려를 했다. 말라야람문학은 간략하게 언급하는 데 그쳤다.

인도 다음 순서로 일본문학사가 등장했다. 일본문학사는 三上參次·高津鍬三郎,《日本文學史》(1890)(東京: 金港堂) 전 2권에서 비롯했다.[62] 본국인의 저작부터 나타난 것이 인도문학사와 달랐다. 유럽문명권 밖의 수많은 나라 가운데 오직 일본만 근대 학문을 하는 데 유럽에 그리 뒤지지 않는다는 것을 보여 준 성과이다.[63] 첫 시도가 근대적인 문학사라고 인정할 수 있는 체제나 분량을 어느 정도 갖추었다. 18세기 國學派가 일본 고전을 연구한 유산을 잇고, 당대에 찾아 정리한 자료를 보태 일본문학사의 전개를 개관하고자 했다.

저자 두 사람은 東京大學 초기 졸업생이며, 대학에서 일본문학을 공부한 첫 학년이다. 유럽 문학사에 대해 깊은 관심을 가지고 서술 방법을 수용하려고 애썼다. 서언에서 유럽의 문학사를 보고 감탄한 바 있어 문학사가 무엇이며 어떻게 서술하는가 알게 되었다고 했다. 작가의 전기를 소개하고, 작품을 인용해 풀이하는 것이 유럽에서 하는 방식이라고 했다. 총론에서는 문학사란 무엇인가, 문학이란 어떻

---

62) 류준필, 앞의 책, 293~318면에서 이에 관해 고찰했다.

63) Robert Escarpit, "Histoire de l'histoire de la littérature", *Histoire des littérature* Ⅲ(1977) (Paris: Gallimard)에서 문학사 서술의 내력을 고찰하면서 일본문학사가 일찍 이루어진 것을 평가했다.

게 정의되는가 하는 데서 시작해서 문학의 종류에 이르기까지 자세한 논의를 펴면서 유럽에서 이룩된 문학론을 수용한다고 했다.

세계문학의 일반적 양상과는 다르게 특수화된 '國文學'은 자국의 인정, 풍속, 언어, 제도 등과 밀접한 관련을 가진다고 한 테느(Hypolitte Taine)의 이론을 들고, "其國의 心現學"을 연구하는 것이 문학사의 과제라고 했다. 그런데 실제로 한 작업은 테느와는 다른 방향으로 나아가 문학과 사회의 관계를 객관적으로 밝히려고 하지 않고, 일본문학사는 일본의 애국심을 일으키는 긴요한 구실을 한다 했다. "우리나라 문학의 광휘를 발양"하는 것이 오늘날의 일본에 아주 긴요하다 하고, "문학사는 자국을 사랑하는 관념을 깊게 한다"고 했다.(6면)

내용을 보면 자료 열거에 머물렀으며, 문학사의 전개를 유기적으로 설명했다고 하기 어렵다. 시대구분에 관해서 별다른 논의를 전개하지 않고, 일본문학의 기원을 거론하고, 柰良朝의 문학, 平安朝의 문학, 鎌倉시대 문학, 南北朝 및 室町시대의 문학, 江戸시대의 문학을 차례대로 고찰했다. 이처럼 정권교체에 따라 문학사의 시대구분을 하는 방식을 그 뒤의 여러 일본문학사에서 거의 그대로 받아들였다.

大和田建樹, 《和文學史》(1892)(東京 : 博文館)는 동경고등사범학교 교수가 중등교원이 될 학생들에게 가르치기 위한 교재로 쓴 책이다. '上古'·'中古'·'近古'·'近世'·'今代'가 '국어기원'·'귀족문학'·'僧徒문학'·'인민문학'·'보통문학'을 특징으로 했다는 시대구분을 평가할 만하게 하고서 그 의의를 스스로 축소했다. 문학사는 교육을 위해 필요하므로 나타난 사실보다 이면의 정신을 더욱 중요시해야 한다고 여기고, 시대가 바뀌어도 일본정신은 불변이라고 강조해서 말했다. 군주·나라·풍속·언어·역사가 하나로 이어져 일본인은 大强族으로 자라나 大强國을 세웠다고 했다. 《日本大文學史》(1899~1900)(東京: 博文館) 전5권을 다시 마련해 애국주의를 강화했다. 자료 선집을 겸하면서 설명을 자세하고 흥미롭게 하느라고 분량을 늘여 일본이 대단하다고 생각하게 했다.

외국인의 저작인 애스턴, 《일본문학사》(1898)(W. G. Aston, *A History of Japanese Literature*, London: William Heinemann)도 일찍 나타났다. 저자는 영국 외교관으로 일본에 머무르는 동안에 일본어를 익혀 작품을 읽고 자료를 모아 문학사를 썼다. 三上參次·高津鍬三郎, 《日本文學史》(1890)를 참고로 했다고 밝혀 놓았으나, 자기 스스로 상당한 노력을 한 성과이다. 일본문학의 주요 영역이나 작품을 거의 망라하면서 독자적인 소견을 밝혀, 독서의 범위가 넓고 이해 능력이 뛰어났음을 입증한다.

저자는 일본문학보다 일본인에 대해서 더욱 관심을 가졌다. 서두에서 한 말을 보자. 일본인은 "정열적이기보다는 감상적이고", "이해가 빠르기는 하지만 깊지는 않다", "재간 있고 창의적이지만, 수준 높은 지적 작업은 거의 하지 못한다", "깨끗하고 우아한 표현을 하는 재능이 있지만, 숭고한 경지에는 이르지는 못한다."[64] 이렇게 말했다. 정확한 통찰을 보여준 적절한 지적이어서 오래 기억하고

---

64) 전후에 한 말까지 원문을 들면 "It is the literature of a brave, courteous, light-hearted, pleasure-loving people, sentimental rather than passionate, witty and humorous, of nimble expression, but not profound; ingenious and inventive, but hardly capable of high intellectual achivement: with a turn for neatness and elegance of expression, but seldom or never rising to sublimity"(1918, London: William Heinemann, new and revised edition, 4면)라고 했다.

활용할 만하다.

　일본인의 특성이 문학에 나타난 양상도 예리하게 지적했다. 일본인의 시는 짧은 형식으로 정감을 나타내는 특징이 있고 장형은 없으며, "교술적·철학적·정치적·풍자적 시 또한 분명히 존재하지 않는다"고 했다.[65] 일본 최대의 고전소설이라고 자랑하는 曲亭馬琴의 《南総里見八犬傳》을 읽어 보니 "신체적으로나 도덕적으로나 불가능한 것들로 가득 차 있으면서, 이따금 유식한 척하는 사설을 지루하게 늘어놓는다"고 하고,[66] 그런 작품이 어째서 대단한 인기를 누리는지 의아할 따름이라고 했다.

　일본문학 특질론은 일본문학사 서술의 초창기부터 줄곧 지속적인 관심사였다. 일본인 논자들은 일본문학이 남다른 점을 이처럼 비판적으로 보지 않고 긍정적으로 평가해 자랑으로 삼고 일본인의 자부심이나 우월감을 키우려고 했다. 일본인의 특수성을 찾아 열등과 우월 두 의식 복합의 모순을 확인하는 것을 일본문학사 서술의 임무로 삼았다. 이런 작업에 힘쓰느라고 보편적 가치와는 더욱 멀어지고 일본문학사에서 문학사 일반론을 도출하려는 생각은 하지 않았다. 문학사 서술의 기본 이론은 유럽에서 도입하면 된다고 하면서 문헌학을 특히 중요시하고, 문헌 고증 이상의 작업은 주관적 인상 술회의 영역으로 삼았다.

　일본문학사는 芳賀矢一, 《國文學史十講》(1899)(東京: 富山房)에 이르러 대단한 진전을 보였다고 평가된다. 저자는 東京大學 和文學科

---

65) 원문을 들면 "Didactic, philosophical, political, and satirical poems are also conspicuously absent"(같은 책, 24면)라고 했다.

66) 원문을 들면 "It is full of physical and moral impossibilities, and worse still, is often pedantic and wearisome"(같은 책, 360면)라고 했다.

가 國文學科로 개편되고 나온 제1회 졸업생이다. 대학원에 진학해 공부를 계속하고 第一高等學校 교수를 거쳐, 東京大學 조교수가 되자 이 책을 내놓았다. 그 다음 독일 유학을 거쳐 교수가 되고, 東京大學 國文學科를 이끌면서 일본문학 연구의 학풍을 문헌학의 방법을 근간으로 해서 확립하는 데 결정적인 기여를 했다. 강의 내용 속기에 가필을 한 내용이며 분량이 얼마 되지 않지만, 안이하게 엮은 교재가 아니고 일본문학사 서술의 본보기를 보여 준 의의가 있다고 인정된다. 자료를 열거하고 독후감을 적는 수준을 넘어서서 엄밀하게 따진 일관된 논술을 처음으로 갖추려고 했다.

그런데 실제로 한 작업은 미비하고 미숙하다는 것이 서론에서부터 드러난다. 일본문학 자체나 그 주변에 대한 연구가 제대로 이루어지지 않은 상태에서 문학사를 쓰기 어렵다고만 하고 난관 타개를 위한 적극적인 방책을 찾지 않았다. 일본은 건국 후 수천 년 동안 외국의 침략을 받지 않고, "萬世一系"의 군주를 받들고, "千古不易"의 국어를 사용하는 자랑스러운 나라라는 통념을 받아들여 연구의 엄밀성을 저버렸다. 그러면서 다른 한편으로 일본문학의 특징이 "纖弱한 기풍에 기울어지기 쉽고", "深遠한 哲理思想을 나타낸 문학이 적고", "웅대한 규모가 결여되어 있다"고 했다. 그런 특질에 관해 역사적인 연구를 얼마나 근거 있게 할 수 있는지 고심하지 않았다.

芳賀矢一는 유럽에서 이룩한 문헌학적 연구방법을 받아들여 높이 평가된다. 독일에 가서 공부하면서 특히 쉐러, 《독문학사》(1883)의 서술 방법과 직접적인 연결을 가지고 적극 수입하려고 했다. 쉐러는 문학사 서술의 애국주의적 동기를 비판하고 형이상학을 불신하고, 정확한 사실의 문헌학적 고증으로 문학사를 엮었다. 그런데

芳賀矢一는 문헌학을 받아들이면서 애국주의와 병행시켰다. 크고 중요한 문제는 신비적인 애국주의로, 개별적인 사실은 문헌학의 실증주의로 다루는 기형적인 학문을 했다.

藤岡作太郎는 芳賀矢一의 동경대학 후배이자 동료였다. 일본문학연구를 새롭게 정착시키는 과업을 함께 수행하다가 먼저 세상을 떠났다. 東京大學 조교수 시절에 내놓은 《國文學史新講》(1908)(東京: 開城館)에서 애국주의와 실증주의를 함께 넘어서는 역사철학을 이룩하려고 모색했다. 총론 서두에서 단결심과 가족제도가 일본문화의 특징이며 장점이라고 하고, 장점에도 역사의 진전과 더불어 퇴보와 진보가 있었다고 했다. 계급제도가 생겨나 국민적 단결을 손상시키고 인습과 모방의 폐단을 자아내더니, 明治維新 이후 四民同等이 실현되어 역사 발전의 새 전기가 마련되었다고 했다. 일본 고유의 '積極主義'가 동양의 '消極主義' 때문에 타격을 입다가 서양의 '活動主義'가 수입되어 '中正'이라 한 이상적인 조화를 이루어 일본은 이제 크게 비약한다고 했다.

尾上八郎, 《日本文學新史》(1914)(東京: 東亞堂書房)는 동경대학에서 공부한 시인이며 학자이고 여러 대학에서 교수를 한 사람의 저작이어서 어느 정도 파격을 지녔다. 문학사의 시기를 새롭게 명명하면서 인습을 벗어나고자 하는 의욕을 보였다. 처음에 '情' 중심의 시대가 있다가, '法' 중심의 시대로 바뀌고, 다시 '道' 중심의 시대를 거쳐, 마침내 '主義' 중심의 시대에 이르렀다고 한 것이 좋은 착상이다. 그러나 이런 개념에 따라서 문학의 실상이 어떻게 달라졌는지 일관되게 해명하지 않았다. 각 시기 문학의 구체적인 양상은 운문과 산문으로 나누고, 내용과 형식을 살피는 통상적인 방식을 택

해서 고찰하는 데 머물렀다. 문학사 이해를 쇄신하는 작업을 하다
가 말고 보수적인 학풍을 이었다.

답보 상태에 빠진 일본문학사 서술에 津田左右吉, 《문학에 나타
난 우리 국민사상의 연구》(1916~1921)(《文學に現れる我が國民思想の硏
究》, 東京: 洛陽堂) 전 4권이 출현해 커다란 충격을 주었다. 저자는 早
稻田大學 역사학 교수여서 이중으로 예외였다. 문학사를 쓰고자 하
지 않고, '國民思想' 연구를 위해 문학을 자료로 이용했다. 국민사
상이란 아주 넓은 개념이어서 일본인이 자연, 인생, 정치, 사회, 종
교 등에 관해서 생각해 온 바를 총칭한다. 사상이 문학에 가장 잘
나타나 있어 문학을 고찰한다고 하면서 문학사 이해를 쇄신했다.

일본사상을 미화하고 신비화하지 않았으며 실상을 밝히는 데 주
력했다. 사상 창조의 방식과 내용이 어떻게 달라졌는지 다양한 관
점에서 분석하고 정리했다. 사상 창조의 주체가 바뀌는 데 따라서
'貴族' 문학의 시대, '武士' 문학의 시대, '平民' 문학의 시대가 교체
되었다고 한 데에 시대의 성격을 포괄적으로 설명하는 실질적인 내
용이 있다. 귀족·무사·평민은 역사의 주역이면서, 사상의 창조자
이고, 문학의 담당층이다. 그 세 가지 구실을 한꺼번에 논의하고,
총체적으로 평가한 것이 주목할 만한 성과이다.

시대를 다시 나눌 때에도 예컨대 귀족문학의 '발전시대'·'성숙시
대'·'침체시대'가 있었다고 하면서 성격변화를 중요시했다. 세분된
시기마다 문학의 양상을 개관하고 사상의 추이를 설명하고, 연애
관, 자연관, 권세관 등을 들어 살핀 구체적인 사실은 유기적으로 연
결되지 않고 잡다한 열거에 그쳤으나, 논의의 폭과 의욕은 평가해
마땅하다. 전통을 추종하고 전공을 고수하는 일본학계에 이따금 이

런 예외자가 나타나 폐쇄성을 뒤흔드는 좋은 본보기를 보여 준다.

이런 저작은 학문의 이단이다. 이단을 억제하고 정통을 확립하기 위해 표준이 되는 일본문학사를 마련해야 했다. 坂井衡平,《新撰國文學通史》(1926)(東京: 三星社) 전 3권에서 그 임무를 맡고자 했다. 문학사의 전 영역을 포괄해 '통사'라고 일컫고, 분량도 적절하다. 서문에서 제시한 포부가 그 나름대로의 논리를 잘 갖추고 있다. 문학연구는 "우선 작품에 대한 내적 감상에 의거해 그 중심이 되는 생명과 부딪치는 것이 제일의 요체이다"고 하고, "작품의 외적 형상, 형질, 유래 등도 힘써 살필 필요가 있다"고 했다. "문학사의 임무는 이와 같은 개개의 연구를 다시 발달사적으로 관련시켜, 그것들 사이의 변천사적 의미 및 법칙을 밝히는 것을 목적으로 삼는다"고 했다.(제1권, 제1면)

그런데 주장한 바를 실현하는 것이 얼마나 어려운지 진지하게 고민하지 않고, 문학의 변천을 문학갈래들 사이의 계보적인 관계를 중심으로 정리한 도표를 많이 그려 넣어 무슨 법칙이라도 밝힌 듯이 여기도록 했다. 문제에 관한 논란은 덮어 두고 설명이 잘된 교과서를 마련하는 데 머물러 문학사 서술에는 심각한 문제점이 있을 수 없다고 생각하게 했다. 대학 밖의 저자가 재능과 요령을 잘 보여주기만 한 책이어서 정통성이 인정되지 않는다.

이단의 문학사가 山元都星雄,《일본문학사: 사회학적으로 본》(1938~1941)(《日本文學史: 社會學的に見たる》, 東京: 白揚社) 전 5권으로 다시 나타났다. 사회학은 마르크스주의 학문이라는 말썽을 피하려고 온건하게 일컬은 말이다. "사회학은 사회현상을 지배하는 보편적 법칙을 인식하기 위한 학문이다"고 하고, "문예학은 (그 역사적

탐구도 포함해서) 여러 문학현상을 그 구체적인 사실에서 발견하고, 특정의 문학에 사회의 객관적 사실이 어떻게 반영되었던가를 인식하고 설명하는 학문이다"고 했다.(제1권, 3면) 그러나 실제 작업은 표방한 것처럼 하지 않았다. 노예제가 봉건제로 바뀐 커다란 시대 변화에 따라 문학이 어떻게 달라졌는지 총괄적인 고찰을 하는 작업은 버려두고 "국가주의적 이데올로기"를 선진 봉건사회에서 수입해 모방해야만 했다고 강조해 말했다. 시대의 특질이라고 한 사회경제적 배경과 문학의 양상이 어떻게 연결되는가에 관한 일관된 논의는 보이지 않는다.

문학사 전개를 거시적으로 파악할 수 있는 보편적 법칙은 사회학이라고 한 학문에서 얻어오지 못하고, 문학의 현상에서 추출하려고 하지도 않았다. 문학과 관련된 사회상에 대한 잡다한 논의를 주된 내용으로 삼다가, 제3권에 이르면 江戸시대의 몇 가지 사례를 유럽문학과 직접 비교해 유사점을 찾는 데 치중해 서술의 체계를 저버렸다. 江戸시대가 "전형적 봉건제사회"인데 "상공업자"인 町人이 두드러진 활동을 한 사실이 일본역사 및 문학사에서 어떤 의미를 가지는지 그 자체로 해명하기는 어렵다고 보아, 유럽과 비교하면서 같고 다른 점을 산만하게 열거하는 데 그쳤다. 일본과 유럽을 함께 포괄하는 일반론을 이룩하는 것은 생각할 수 없었다.

佐佐木信綱 외, 《日本文學全史》(1935~1941)(東京: 東京堂) 전 12권은 분량을 늘이고 서술을 다채롭게 한 확대판 문학사이다. 제1·2권은 佐佐木信綱, 《上代文學史》, 제3·4권은 五十嵐力, 《平安朝文學史》, 제5권은 吉澤義則, 《鎌倉文學史》, 제6권은 같은 저자의 《室町文學史》이고, 제7·8·9권은 高野辰之, 《江戸文學史》

이고, 제10·11권은 本間久雄, 《明治文學史》이고, 제12권은 총론과 연표이다. 각자 한 시대씩 맡아 자기 나름대로 집필하기로 하고, 일관된 원칙은 정하지 않았다. 되도록 자세하게 써서 크고 호화로운 책을 내자고 한 목표만 공통된다고 할 수 있다. 문학사를 서술하는 방법을 두고 고심하지는 않고, 물량주의로 국력을 과시했다고 할 수 있다.

左左木信綱, 《上代文學史》는 서문에서 문헌을 충실하게 다루는 태도를 견지하고 사회 및 사상과의 관계를 고려한 총괄적인 서술을 하겠다고 했으나, 실제 작업은 그렇지 못하다. 총론에서는 일본문학의 발생, 상대문학의 본질, 상대의 문화, 문자와 국어에 대해 고찰한다면서, 문학 주변 영역의 참고사항을 늘어놓기만 했다. 언급한 범위가 넓어 총괄적이라고 할지 모르나, 체계적인 서술은 아니며 문학사로서 당연히 요청되는 일관성은 갖추지 않았다.

五十嵐力, 《平安朝文學史》를 하나 더 들면, 서문에서 자세한 문학사를 쓰는 오랜 소원을 이루면서, 나라 사랑을 동포에게 전하겠다고 했다. 수필체의 제목을 내세워 책의 편차를 짜고, 자기 나름대로의 감상을 토로했다. 다른 책은 더 나아진 것이 아니다. 12권이나 되는 일본문학사를 다섯 저자가 맡아 각자 자기 마음대로 쓴 결과, 문학사 서술에 부적합한 방식을 잡다하게 보여 주었다.

그런 폐단을 시정하고 일관성 있게 정리된 일본문학사를 더욱 큰 규모로 마련하기 위해, 1922년에 동경대학 일본문학 교수가 된 藤村作를 감수자로 해서 19인의 학자가 16권을 분담해서 쓴다는 계획을 마련했다. 그러나 《日本文學史》(1943)(東京: 三省堂) 제3·4권만 나오고 전쟁 때문에 중단되었다. 전쟁이 끝났어도 할 일을 할 수 없는 시기가 한참 동안 지속되었다.

　표준이 되는 일본문학사를 이룩하는 과업을 다시 추진해야 했다. 저자가 재량껏 쓰지 않고 학계의 연구 성과를 집약해, 일관된 체계와 자세한 내용을 갖춘 일본문학사 결정판이 있어야 했다. 오랜 숙제를 1936년에 동경대학 일본문학 교수가 된 久松潛一가 맡아 장기간의 노력 끝에 《日本文學史》(1955~1960)(東京: 至文堂) 전 6권을 출간하는 데 이르렀다. 이에 관한 고찰은 다음 대목에서 한다.

　중국문학사는 외국인들이 쓰기 시작해 古城貞吉, 《支那文學史》(1897)(東京: 東山房); 笹川鍾郎, 《支那文學史》(1898)(東京: 博文館); 질스, 《중국문학사》(1901)(Herbert A. Giles, *A History of Chinese Literature*, New York: Grobe)가 먼저 나왔다. 모두 내용이 미비해 참고가 되지 않으나, 저술의 태도를 문제 삼기 위해 거론할 필요가 있다. 질스는 자기 나라 영국의 독자에게 미지의 중국문학을 소개하는 것을 보람으로 삼는다고 했는데, 앞의 두 책 일본인 저자들은 중국을 폄하했다. 중국의 고전문학은 알아두어야 할 필요가 있어 책을 쓰지만, 당대의 중국은 쇠퇴하고 야만스럽게 되었다고 했다.

　중국인이 스스로 쓴 중국문학사는 그 뒤 10년이 지나 林傳甲, 《中國文學史》(1910)(上海: 科學書局)라는 것으로 비로소 나타났으며, 부끄러운 내용이라 하지 않을 수 없다. 江亢虎라는 이의 序와 저자의 敍起에서 밝힌 바와 같이, 笹川鍾郎, 《支那文學史》(1898)를 본떠서 4개월도 안 되는 기간 동안에 서둘러 썼다. 중국에 처음 생긴 대학인 京師大學에서 강의하기 위한 교재가 시급히 필요했으므로 그런 편법을 사용해야만 했다.[67] 차례 구성을 다르게 하고, 문자와 음운의 변천을 고찰하는 등의 총론을 마련하는 노력을 보이기는 했지만, 문학사를 이루는 실질적인 내용은 스스로 마련한 것이 없었다.

중국문학사가 독자적인 저술로 이루어진 것은 謝无量,《中國大文學史》(1912)(北京: 中華書局)에서부터인데, 근대화가 덜 된 구식 저술이다. 구식 鉛활자본 10책 1권이며 권별로 면수가 따로 매겨져 있다. 문장이 고문체이며, 述而不作의 관습을 고수하면서 자료를 열거하는 데 머무르고 저자 나름대로의 재정리에 힘쓰지 않았다. 문학은 "文章著述之 通稱"이라는 말을 앞세우고, 역대의 문학관을 산만하게 개관하는 데 그쳤다. 자기 자신이 문학을 어떻게 규정하면서 문학사를 서술하는지 밝히지 않았다.

經史子集의 역대 문장을 해설하면서, 정통 詩文의 변천을 살피는 데 치중하고 白話 문학의 의의는 인정하지 않았으며, 소설이나 희곡에 대해서 간략하게 언급하기만 했다. 문학의 종류를 나누면서, '創造文學'과 '模擬文學'이 다르고, '國家文學'과 '平民文學'이 구별된다 한 것은 진전된 견해라고 할 수 있다. 문학은 처음에 '創造文學'으로 시작되었는데, 周秦 이래로 그것을 본뜨는 '模擬文學'이 성행했다 하고, 과거를 보는 데 소용되는 '國家文學'보다 민간의 '平民文學'이 성행한 것이 근래의 커다란 변화라고 한 데서는 중세의 문학관을 비판한 근대의 관점이 나타나 있다고 할 수 있다. 그러나 실제 서술에서는 '模擬文學'이거나 '國家文學'인 것들을 중요시해온 전례를 이어 중세문학관을 지속시켰다.

胡適,《白話文學史》(1928)(上海 : 新月書店)는 그런 관점을 정면에서

---

67) 류준필, 앞의 책, 66~70면에서 이에 관해 고찰했다.

비판하고, 중국문학사 서술 근대화의 획기적인 전환을 시도한 문제의 저술이다. 중국문학을 '古文文學'과 '白話文學'으로 나누어, 앞의 것을 버리고 뒤의 것을 평가해야 한다고 했다. "천여 년 동안의 중국문학사는 고문문학이 몰락한 역사이고, 백화문학이 발달한 역사이다"라고 했다.(5면) "중국의 문학은 두 가지 서로 다른 길을 걸었다"고 하고, "한쪽에는 모방을 일삼고 답습을 하며 생기가 없는 고문문학이 있으며, 또 한쪽에는 자연스럽고 활발하며 인생을 표현하는 백화문학이 있다"고 했다.(17면) 고문문학을 청산하고 백화문학사를 발전시키기 위해 백화문학의 내력을 밝히는 문학사를 쓴다고 했다.

그런데 실제로 한 작업을 보면 미흡하고 혼란스럽다. 고문문학이 동아시아 여러 민족에게 널리 이용된 것이 중국의 자랑이라 하고, 또한 고문문학이 너무나도 오랜 기간 동안 지속된 것이 중국의 불행이라고 했다. 고문문학이 공동문어문학이면서 또한 민족의 삶을 표현하는 민족문학이기도 한 양면성에 대한 인식이 부족해 논의가 당착되었다. 고문문학과 백화문학이 복합되다가 백화문학으로 이행한 내력을 단계적으로 살피려고 하지 않고, 고문에 백화가 섞인 작품이면 곧 백화문학이라고 하면서 언제나 높이 평가한 단순한 사고방식도 문제이다. 그래서 역사적 과정 해명을 평면적인 평가로 대신했다. 백화문학이 보이기 시작하던 唐代까지 다룬 상권만 내고, 더욱 중요한 시기에 관한 하권은 마련하지 못해 의욕에 찬 작업이 미완에 그쳤다.

譚正璧, 《中國文學進化史》(1929)(上海: 光明書店) 또한 새로운 문학사관을 적극적으로 표명했다. 문학은 '眞'이나 '善'이 아닌 '美'를 추구할 따름이라고 했다. '美'를 새롭게 추구하는 문학이 시대마다 다시 형성되어 온 과정을 밝히는 것이 문학사 서술의 가장 긴요한 과제라 했다. 고문문학과 백화문학 대신 '退化的 文學'과 '進化的 文學'이라는 용어를 사용하면서 진화적 문학의 창조적 성향이 민간문학에서 연유한다 하고, 소수민족의 기여도 평가해야 한다고 했다. 그 과정을 뜻한 바와 같이 넓게 잡아 구체화해서 논하지는 못하고, 새로운 '文學的 種類' 즉 문학갈래의 등장을 문학사 전개의 핵심적인 현상으로 보고 집중해서 고찰했다.

鄭賓于,《中國文學流變史》(1930~1933)(上海: 新北書局) 전 3권은 중국문학사 서술을 처음으로 여러 권으로 늘이고 자기 관점을 분명하게 밝힌 두 가지 점에서 커다란 진전을 보였다. 제3권 서두에 내놓은 〈前論〉에서, 문학의 범위를 과거와는 다르게 좁게 잡아야 한다 하고, "협의의 문학사라야 비로소 진정한 문학사"라고 했다.(17면) 협의의 문학사를 서술하는 구체적인 방법은 문학갈래의 지속과 변모를 살피는 데 있다 하고, '律'이나 '絶'이 망하고 '詞調'가 등장해서 唐末에서 元初까지 5백 년 동안이나 성행한 것을 예로 들었다. 그 시대의 문학을 제3권에서 다루고, 제4권 이하를 쓰는 후속 작업은 하지 못했다.

胡雲翼,《中國文學史》(1932)(上海: 新北書局)는 기존의 중국문학사 20종을 들고 평가하면서 연구사를 개관하고 저자의 관점을 밝힌 自序가 돋보인다. 초창기의 저술은 잡다한 내용을 마구 포함시켜 학술사에 머무르다가 근래에는 '純文學史'라 할 것들이 이루어져 다행이나, 틀리거나 미비한 점이 적지 않게 발견된다고 했다. 그런 가운데 譚正璧,《中國文學進化史》(1929)가 가장 진전된 성과이지만, 서술의 체제가 고르지 못한 결함이 있고 이따금 잘못이 보인다고 했다. 이 책은 문제점을 줄인 대신에 의욕적인 탐구를 멈추어 오히려 후퇴했다고 하지 않을 수 없다. 문학 자체의 변천에 따라 시대구분을 하는 어려운 작업을 피해 왕조교체에 따라 편차를 짜겠다고 했다.

이런 경향은 당시 중국에서 시민층 주도로 근대사회와 근대문화를 이룩하는 과정에서 혁신의 의욕이 사라지고, 많은 과제를 미완으로 남겨 둔 채 체제 수호를 위한 보수적인 기풍이 나타난 것과 관련이 있다. 중세에서 근대로의 이행기문학이 밑으로부터의 변혁을 추진한 활기보다 중세문학의 안정된 조화를 더욱 높이 평가해 중국문학사 서술이 후퇴했다. 사회문제와의 얽힘을 배격하는 신구의 유미주의를 연결시켜, 정치적 변혁을 거부하는 당대 시민의식의 보수적 성향을 합리화하려고 했다.

그런 안정을 깨고 중국문학사 이해의 새로운 시각을 열기 위한 적극적인 시도가 陸侃如 · 馮沅君, 《中國文學史簡編》(1932, 1957)(上海: 大江書鋪, 北京: 作家出版社)에서 나타났다. 소책자여서 내용이 미비하지만, 두 가지 점에서 참신한 제안을 한 공적이 있다. 하나는 중국문학이 여러 민족의 합작임을 밝히려 했다. 서두의 세 장에 걸쳐서 "古民族的 文學"을 논하면서, 중국의 고민족은 아주 여럿이었다 하고, 문헌을 통해 밝힐 수 있는 범위 안에서도 殷, 周, 楚, 秦 네 민족이 중국문학 형성에 대등하게 기여했다고 했다. 다른 하나는 시대구분에 관해 획기적인 제안을 한 것이다. 唐에서 宋으로 넘어가면서 중국문학사를 전후 두 시기로 나눌 만한 거대한 변화가 일어났다 하고, 詞 · 古文運動 · 소설 · 희곡의 출현을 증거로 들었다.

중국문학은 여러 민족 공동의 창조물이라고 하고, 문학의 변천을 거시적으로 파악하는 시대구분을 하는 것은 중국문학사 서술을 획기적으로 발전시키는 방안이며, 오늘날까지도 지속적인 의의가 있다. 그런데 자기가 한 제안을 감당하는 작업을 실제로 하지는 못했다. 1957년의 수정본에서 미진한 작업을 진척시키려고 하지 않고, 유물사관에 입각한 문학사를 쓰겠다고 하면서 문학의 변천이 어떤 사회경제적 배경과 관련되는가 하는 초보적인 논의를 펴다가 말았다.

鄭振鐸,《揷圖本 中國文學史》(1932, 1958)(北京: 北平朴出版社, 北京: 作家出版社) 전 4권은 기존의 문학사가 모두 내용이 빈약하고 편벽된 잘못을 시정하고, 중국문학의 전체적인 발전 과정과 전체적인 진면목을 보여 주는 온전한 문학사를 저술하겠다고 했다. 그 원리는 절충주의와 상대주의이다. 그 동안 제기된 갖가지 주장을 무리하지 않게 수용하면서 중국문학사의 영역을 되도록 넓히고 내용을 풍부하게 하려고 했다. 胡適,《白話文學史》(1928) 전후의 문학관을 함께 갖추었다. 진화하는 문학이라 한 쪽을 평가하면서 퇴화하는 문학이라 한 쪽을 배격하지 않았다.

문학사가 저절로 진화하는 추세에 의거해 시대구분을 한다고 하고서(제1권, 2면), 古代·中世·近代의 세 시기로 나누었다. 東晋에 이르러서 중세문학이 시작되고, 明 世宗代인 1522년에서 5·4운동 전의 1918년까지가 근대문학이라고 했다. 이것은 주목할 만한 진전이다. 시대구분 문제 해결이 교착상태에 빠진 오늘날의 상황을 타개하기 위해 재평가하고 이어받을 만하다. 그런데 고대·중세·근대문학을 다시 나눈 시기 세분에는 일정한 기준이 없고, 다면적인 현상을 편의상 정리했다. 각 장의 서술은 시대의 상·하위 구분에 구애되지 않게 진행하고, 개별적인 사실을 체계적인 연관 없이 제시해서 이론적인 결함이 있어도 크게 문제되지 않도록 했다.

많은 내용을 포괄해 분량을 늘리고, 174개의 도판을 넣어 이해를 도왔다. 시대, 작가, 문학갈래, 관련사건 등을 필요에 따라 고려하면서 60개의 장을 설정해 문학사의 흐름을 다각도로 인식할 수 있게 했다. 1958년의 제2판에서는 장의 수를 64개로 늘였다. 자세한 내용을 갖춘 문학사 백과사전으로 널리 이용되면서, 더 나은 체계를 갖춘 후속 업적이 나오지 않아 현역으로 복무하고 있다.

劉大傑,《中國文學發展史》(1941, 1949)(昆明: 中華書局) 전 2권; (1957)(上海: 古典文學出版社) 전 3권; (1962)(上海: 新華書店上海發行所) 전 3권은 한 걸음 더 나아간 업적이다. 선행 저작에서 이룩한 자료 집성의 성과를 받아들이고 확장해 개별적인 사실을 유기적으로 연결시켜 고찰하고자 한 점에서 한층 진전된 문학사이다. 저술의 의도를 밝히는 서론이 없고, 시대를 크게 나누는 특별한 시도도 하지 않은 채, 왕조교체, 문예사조의 변천, 문학갈래의 교체 등을 다각도로 고려해 30개의 장을 설정했다. 어떤 이론이나 방법을 갖추었는지 미리 밝혀 시비가 일어나지 않게 하고 실제 서술에서 보여 주었다.

先秦시대의 시와 산문에 대해 고찰하고, 시가 쇠퇴하고 산문이 발흥한 원인이 무엇인가 묻고, 도시생활이 시작되고, 상업이 발달하고, 지식이 광범위하게 교류된 데서 해답을 찾았다. 그런 논의가 왜 긴요한가 하는 반문을 의식하고 이렇게 말했다. "문학의 어떤 갈래가 생겨나든 반드시 사회적 기반이 있다는 것을 알아야 한다", "문학을 연구하는 사람은 반드시 그 사회적 기반을 분명하게 밝혀

내 문학의 어떤 갈래가 생겨나는 것은 필연적이고 우연적이지 않음
을 인식할 수 있어야 한다"고 했다.(상권, 40면) 이런 작업을 일관되
게 진행한 것은 아니다. 사회사와 문학사를 연결시키고 또한 문학
자체의 발전도 함께 고려해 유기적이고 입체적인 문학사를 쓰고자
하는 의도가 연구의 미비로 제대로 실현되지 않았다. 그렇지만 의
도와 노력이 전에 볼 수 없던 의의를 가진다고 인정되고, 또한 많은
자료를 포괄하는 장점이 뚜렷해 이 책은 중국문학사 서술의 대표적
인 업적으로 인정되고 오랫동안 교과서 노릇을 했다.

상하 두 권으로 나누어 상권은 1941년에, 하권은 1943년에 탈고
했다고 하고, 상권은 1941년에, 하권은 1949년에 출판했으니, 원래
중화민국 시기의 책이다. 저자는 1949년 중화인민공화국이 수립되
었을 때 대륙에 남아 상해 復旦대학 교수를 하면서, 이 책을 두 차
례 개고했다. 대만으로 옮겨 간 중화민국에서는 초판을 1956년에
재간행한 이래로 거듭 다시 찍어 내 문학사 교과서로 널리 사용했
다. 저자 이름은 낼 수 없는 조건이었지만 그보다 더 나은 문학사가
다시 나오지 않아 쓰임새가 컸다.[68]

개정 제2판은 1957년에, 제3판은 1962년에 나왔다. 그 둘 다 상
중하로 분책되어 있다. 개고의 기본 방향은 마르크스-레닌주의
를 받아들여 사회사와 문학사의 관련을 다시 논의하자는 것이었는
데 뜻대로 되지 않았으며, 부분적인 수정·증보를 하는 데 그쳤다.
5·4운동 이후 1949년까지의 문학사를 한 권 더 써서 보태고자 하

---

[68]대만의 저술인 梁容若, 《中國文學史研究》(1985)(臺北: 三民書局)에서 중국문학사 11
　　종에 대한 평가를 하였는데 이 책에 대해서는 사실 취급의 사소한 오류를 자세하게
　　지적하기만 하고 기본 관점은 시비하지 않았다. 나는 대만에서 나온 저자 이름이 없
　　는 복사판을 구해 이용했다.

는 계획도 실현되지 않았다. 초판과 1962년판을 견주어 보면, 문학의 기원을 노동생산과 결부시킨 서두의 논의가 첨가되어 있고, 사회사와 문학사를 밀착시켜 논하려 했다. 그러나 부분적인 수정에 머물러 신구의 서술이 어긋나고, 새로 보탠 내용이 문학사 전개의 사회적 토대를 납득할 수 있게 밝힌 성과라고 하기 어렵다.

錢基博, 《中國文學史》(1993)(北京: 中華書局) 전 3권은 1940년대 초에 湖南省의 國立師範學校(현재 湖南師範大學)에서 강의한 원고이다. 전문 한문으로 쓴 한문학사이다. 소설은 한문소설까지도 논의의 대상에서 제외하고, 희곡은 明曲만 간략하게 언급했다. 明代까지만 다루었으며, 淸代에 관해서는 문학 개요와 대표적인 문집 해제를 부록에 첨부했다. 백화문학운동이 일어나고 백화문학사가 나와도 전혀 동요하지 않고 전통적인 문학관을 견지한 강의가 이어졌음을 알려준다. 그 내력을 소중하게 여겨 저자가 세상을 떠나고 16년이나 지난 다음 유고를 출판했다.

대만에서는 葉慶炳, 《中國文學史》(1965~1966)(臺北: 學生書局) 전2권이 나왔다. 臺灣大學에서 강의한 내용을 다듬어 출판했다는 것인데, 백화가 아닌 한문으로 썼다. 작가와 작품에 대한 해설을 인명사전이나 도서해제처럼 열거하고, 예문도 많이 넣은 자료집을 마련했다. 문학사를 강의하거나 저술하는 사람은 사실만 알려 주면 그만이라고 여겨, 중국문학사 서술 발전에 대만의 학계가 기여할 수 있는 가능성을 스스로 부정했다.

한국은 1910년부터 1945년까지 일본의 식민지 통치를 받고 있어 민간학자들이 어려운 조건에서 힘들게 한국학을 개척해야 했다. 이른 시기의 결실이 安廓, 《朝鮮文學史》(1922)(서울: 한일서점)이다. 문학사가 일본이나 중국보다 늦게 출현했으며, 135면에 지나지 않는 초라한 분량이다. 자료와 사실에 대한 기초적인 정리가 아직 이루어지지 않은 조건에서 무리하게 서둘러 써서 내용이 제대로 갖추어지지 않았다.

그러나 이론적인 입각점은 주목하고 평가할 만하다. 서두에서 "문학사라 하는 것은 문학의 기원 · 변천 · 발달을" 질서 있게 서술해 "일국민의 심적 현상"을 추구한다고 했다. 일국민의 "심적 현상"은 정치, 미술, 종교 등에서도 나타나지만, "문학은 가장 敏活靈妙하게 심적 현상의 전부를 표명하므로", 문학사가 "人文史"의 주요 영역일 뿐만 아니라 "諸種의 역사를 다 해명할 수 있다"고 했다.(2면) 결말에서는, 당대의 정신적 혼미와 주체적 상실을 해결하는 "自覺論"의 서설로 삼기 위해 문학사를 서술한다고 했다.

민족주의를 추구했으나 국수주의는 아니다. 고유문화에 일방적인 가치를 부여하고, 민족이 우월하다는 증거로 문학의 특성을 신비화하고 옹호하는 논법은 받아들이지 않았다. 상고시대에 민족 고유의 문학이 있었고 후대까지 저류로서 이어진 것은 大倧敎 神歌 같은 자료를 통해 인정되는 사실이지만, 불교와 유학을 받아들이고 한문학을 정착시키면서 역사의 발전을 이룩하게 되었다고 했다. 한문과 불교를 수입해 자기 것으로 만들자 조선 고유의 문화도 발전의 기운을 나타냈다고 했다.(15~16면)

지배층이 횡포를 자행하면서 유교의 폐단이 커지고 한문학이 생기를 잃자, 평민의 국문문학이 대두해 사상의 혁신을 이룬 것이 당연한 발전이라고 했다. 구비문학 · 한문학 · 국문문학이 서로 자극

하면서 대립적인 작용을 하고, 상층의 문화창조와 하층의 반론이 경쟁하는 관계에 있어 민족사가 역동적으로 발전해 온 과정을 문학사를 통해서 핍진하게 확인할 수 있다고 했다. 갑오경장 이후의 근대문학도 그 기운으로 이룩했으나, 자기 당대에 이르러서는 외래사조가 마구 밀어닥쳐 정신을 혼미하게 하므로 주체적 자각의 전통을 계승해야 위기를 극복할 수 있다고 했다.

그렇게 해서 문학사에서의 대립과 발전을 인식하는 논리와 민족문화운동의 지표를 하나로 통합시켰다. 자국문학사 서술의 민족주의적 과업이 강자가 약자를 누르기 위해 펴는 민족우열론에서 벗어나 제국주의를 반대하는 민족해방의 요구와 합치될 때, 비로소 타당한 논리와 보편적인 의의를 확보할 수 있다는 것을 인식했다. 제3세계 민족문학사관이라고 할 것을 지향했다.

한국을 식민 통치하는 일본은 한국이 스스로 대학을 세우고자 하는 민립대학 운동을 막고 경성제국대학이라는 식민지 대학을 만들었다. 그 대학에서 한국문학을 강의한다는 일본인 교수는 한국문학사를 내놓을 생각을 하지 못했다. 일본인이 중국문학사를 써서 보여 준 것 같은 지식을 한국문학에 관해서는 어느 일본인도 갖추지 못했다. 경성제국대학 교수는 자기 과목인 한국문학을 강의하고 연구할 능력이 없는 사람이었다. 한국문학은 외부에서 출강하는 조선인 강사들이 맡아 한문학 위주로 강의했다. 鄭萬朝는 한문학사의 전개를 한문으로 쓴 유인물 교재를 나누어주고 강의해 조선인 학생들이 장차 크게 활용할 수 있는 자산을 제공했다.[69]

---

69) 〈朝鮮詩文變遷〉이라는 유인본 교재가 영남대학교 도서관 陶南文庫에 보존되어 있다. 이 자료를 이용해 정만조 · 이광수 · 안확 비교론 〈한문학의 전통 계승에 관한 논란〉, 《한국문학과 세계문학》(1991)(서울: 지식산업사)을 집필했다.

한국인은 대학보다 한 등급 낮은 전문학교나 설립해 교육할 수 있었다. 전문학교는 실용적인 지식을 가르치는 곳이어서 문학사 과목을 개설하기 어렵고, 신학문을 한 교수는 한국문학사에 대한 이해가 없었다. 그런데 중앙불교전문학교 교수 權相老는 한문학의 해박한 지식을 바탕으로 한국문학사를 강의하면서, 국한문으로 쓴 교재 《朝鮮文學史》를 저자도 연도도 밝히지 않은 유인본으로 내놓았다. 광복 후에는 저자 이름과 출간 연도를 밝힌 權相老, 《朝鮮文學史》(1947)(서울: 중앙불교전문학교)를 다시 내서, 중앙불교전문학교 및 그 뒤를 이은 동국대학의 교재로 사용했다. 고등교육 기관에서 강의하는 문학사 교재를 마련한 것은 획기적인 일이지만, 한문학 위주로 자료를 열거하는 데 머물렀다.

월남에서는 즈엉 꽝 함, 《越南文學史要》(1944)(Duong Quang-Ham, *Viet Nam Van Hoc Su Yeu*, Hanoi: Bo Quoc-Gia Giao-Duc)가 최초의 문학사이다. 서문은 1941년에 쓰고, 간행된 해는 1944년이니 식민지 시대의 저작이다. 월남문학사를 월남인이 쓴 것은 특기할 일이다. 프랑스인 학자들이 월남학연구를 위해 힘을 기울였지만 문학사를 저술하지는 못했다. 한문과 字喃으로 쓰인 월남문학의 작품을 읽고 이해하는 것이 너무 어려웠기 때문이다.

월남인은 이미 알고 있는 월남문학에 대한 지식을 교육을 통해 전수하기 위해서 고등학교 문학사 교재를 만들었다. 고등학교에서 문학사를 가르친 것은 프랑스의 전례를 따랐으나, 자국문학사를 프랑스에서처럼 서술하려고 하지 않고 중국고전과 관련시켜 월남문학을 이해하는 전통적인 방식을 이었다. 책 한 권을 3년 동안

가르치도록 구성해, 제1·2·3부가 1·2·3학년의 교재라고 했다. 책 제1부는 문학사 이해를 위해 기초가 되는 지식을 제공했다. 중국고전, 한문 학습, 과거제도를 설명하고, 운율, 문체, 갈래, 월남어 등에 관해 고찰했다. 제2부는 고전문학사이고, 제3부는 현대문학사이다.

제2부 고전문학사에서는 중국문학의 영향을 먼저 고찰하고, 왕조 교체에 따라 李·陳朝(11~14세기), 黎·莫朝(15~16세기), 남북분쟁기(17~18세기), 阮朝(19세기)로 시대구분을 했다. 한문학과 字喃문학을 함께 다루면서, 역사적인 변화, 주요 작가와 작품 등을 표제로 내세워 다각적인 고찰을 했다. 사상, 역사, 지리 등에 관한 저술도 논의의 대상으로 삼았다. 제3부 현대문학사에서는 언어와 문자의 변천, 외국문학의 영향을 먼저 개관하고, 산문과 시로 나누어 작가와 작품에 대한 구체적인 고찰을 했다.

월남문학의 성격과 범위를 어떻게 규정해야 하고, 문학사를 어떻게 써야 하는가 하는 원론적인 문제는 심각하게 고려하지 않았다. 학생들이 월남문학을 이해하는 데 도움이 되는 교재를 편찬하는 데 주안점을 두고, 월남문학과 관련이 깊은 중국문학에 관한 지식까지 제공하고, 월남의 어문생활에 대해서 고찰하고, 문학의 범위를 넓게 잡은 것이 특징이다. 그 당시까지 전통적 학문을 공부한 지식인들이 지닌 지식을 다음 세대로 전수하기 위해 필요한 교재를 마련했다. 한시에는 원문을 병기하고, 중요한 한자어는 한자로도 적었다.

인도문학사는 인도가 독립한 다음에도 유럽에서 많이 냈다. 곤다

편 《인도문학사》(1973~1987)(Jan Gonda ed., *A History of Indian Literature*, Wiesbaden: Otto Harrassowitz)가 모두 31권이나 된다.[70] 편자는 네덜란

70) 목록이 다음과 같다. 처음 3권이 편자의 저서이다. 그 다음 것들은 '/' 뒤에 저자 이름을 적었다. 권수 구성이 복잡한 것을 무시하고 연대순으로 정리했다.

A history of Indian literature volume I, Veda and Upanishads Fasc. 1, Vedic literature : Saṃhitās and Brāhmaṇas, 1975; *A History of Indian Literature Volume I, Veda and upanishads Fasc. 2, The ritual sūtras*, 1977; *A History of Indian literature Volume II, Epics and Sanskrit religious literature Fasc. 1, Medieval religious literature in Sanskrit*, 1977; *A history of Indian literature Vol. VIII, [Modern Indo−Aryan literatures] Fasc. 1, Islamic literatures of India* / Annemarie Schimmel, 1973; *A History of Indian literature 9. Fasc. 2, Modern Indo−Aryan literatures Part 2, Assamese literature* / Satyendra Nath Sarma, 1973; *A history of Indian literature Vol. V, Scientific and technical literature, Part II Fasc. 1, Dharmaśāstra and juridical literature* / J. Duncan M. Derrett, 1973; *A history of Indian literature Vol. VIII, Modern Indo−Aryan literatures, Part I Fasc. 2, Hindi literature of the nineteenth and early twentieth centuries* / Ronald Stuart McGregor, 1974; *A History of Indian literature 9. Fasc. 1, Modern Indo−Aryan literatures, Part II. : Sindhi literature* / Annemarie Schimmel, 1974; *A History of Indian literature 10. Fasc. 1, Dravidian literatures: Tamil literature* / Kamil Veith Zvelebil, 1974; *A history of Indian literature Vol. IV, Scientific and technical literature, Part I Fasc. 1, Subhāṣita, gnomic and didactic literature* / Ludwik Sternbach, 1974; *A history of Indian literature Vol. VIII, Modern Indo−Aryan literatures Part I, Classical Urdu literature from the beginning to Iqbāl Fasc. 3, Classical Urdu literature from the beginning to Iqbāl* / Annemarie Schimmel, 1975; *A history of Indian literature 10. Fasc. 2, Dravidian literature : The Relation between Tamil and classical Sanskrit literature* / George Luzerne Hart, 1976; *A History of Indian literature 9, Fasc. 3, Modern Indo−Aryan literatures Part II, Bengali literature* / Dušan Zbavitel, 1976; *A history of Indian literature Volume V, Scientific and technical literature Part II, Scientific and technical literature* / Hartmut Scharfe, 1977; *A history of Indian literature Vol. VI, Scientific and technical literature, Part III Fasc. 1, Musicological literature* / Emmie Te Nijenhuis, 1977; *A history of Indian literature Vol. V, Scientific and technical literature Part II, Indian poetics Fasc. 3, Indian poetics* / Edwin Gerow, 1977; *A history of Indian literature Vol. VI, Scientific and technical literature, part III Fasc. 2, Nyāya−Vaiśeṣika* / Bimal Krishna Matilal, 1977; *A history of Indian literature Vol. VI, Scientific and technical literature, Part III Fasc 3, Sāṃkhya literature* / Michel Hulin, 1978; *A history of Indian literature Vol. VIII, Modern Indo−Aryan Literatures, part I Fasc. 5, Hindi Literature in the twentieth Century* / Peter Gaeffke, 1978; *A history of Indian literature Vol. V, Scientific and technical literature Part II, Indian lexicography Fasc. 4, Indian lexicography* / Claus Vogel, 1979; *A History of Indian literature 9, Modern Indo−Aryan literatures. Part II, Fasc. 4 Classical Marāṭhī literature from the beginning to A.D. 1818* / Shankar Gopal Tulpule, 1979; *A history of Indian literature Vol. VI, Scientific and*

드 사람이다. 편자가 세 권을 썼다. 다른 저자들은 대부분 인도인이
고, 유럽인도 있다. 대단한 일을 한 것 같지만, 인도문학사를 총괄
한 책은 없고, 그 가운데 일부를 각기 자기 나름대로 고찰한 것들이
다. 문학이라는 말을 문헌으로 이해해 문학이 아닌 분야에 대한 고
찰도 있다. 자료와 사실을 고찰하는 데 치중한 것이 대부분이다. 지
방문학사로 평가할 것들 몇 개는 해당 대목에서 다룬다.

 인도가 식민지 통치를 받는 동안 유럽인들이 하던 문학사 서술
작업을 독립 인도의 학계에서 맡는 것이 당연하지만 전환이 쉽지
않았다. 국립 문학연구소(Sahitya Akademi)가 설립되어 여러 언어의
문학사를 각기 서술하는 작업에 오랫동안 힘을 기울였다. 이것 또
한 지방문학사를 다룰 때 고찰하기로 한다. 그 성과를 총괄해 인도
전체의 문학사를 방대한 분량으로 이룩하는 작업은 연구소가 후원
하고, 델리대학 벵골문학 교수인 다스(Sisir Kumar Das)가 저자로 나
서서 여러 협력자의 도움을 얻어 추진하는 방식으로 진행했다. 작

---

technical literature Part III, Jyotiḥśāstra Fasc. 4, Jyotiḥśāstra : astral and mathematical
literature / David Pingree, 1981; A History of Indian Literature Volume VII, Buddhist
and Jaina literature 1, The Literature of the Madhyamaka School of Philosophy in India /
David Seyfort Ruegg, 1981; A History of Indian literature 2, Epics and Sanskrit religious
literature Fasc. 2, Hindu tantric and Śākta literature / Teun Goudriaan and Sanjukta
Gupta, 1981; A history of Indian literature Vol, VIII, Modern Indo−Aryan literatures,
Part I Fasc. 4, Kashmiri literature / Braj B. Kachru, 1981; A history of Indian literature
Vol, VIII, Modern Indo−Aryan literatures Part I, Hindi literature from its beginnings
to the nineteenth century Fasc. 6, Hindi literature from its beginnings to the nineteenth
century / Ronald Stuart Mc Gregor, 1984; A history of Indian literature 3, Classical
sanskrit literature, A history of classical poetry : sanskrit, pali, prakrit / Siegfried
Lienhard, 1984; A History of Indian Literature Volume II, Epics and Sanskrit religious
literature Fasc. 3, The purāṇas / Ludo Rocher, 1986; A history of Indian literature 2,
Epics and Sanskrit religious literature 3, The Purāṇas / Ludo Rocher, 1986; A history of
Indian literature Vol, VI, Scientific and technical literature, Part III Fasc. 5, Mīmāṃsā
literature / Jean−Marie Verpoorten, 1987

업이 순조롭게 추진되지 않아 다룬 내용의 시대 순서와는 무관하게
세 권이 가까스로 나왔다.

출간된 세 권을 들면, 다스, 《인도문학사 500~1399, 궁정에서 민
간으로》(2005)(Sisir Kumar Das, *A History of Indian Literature 500~1399 From
the Courtly to Popular*); 다스, 《인도문학사 1800~1910, 서양의 충격과
인도의 응답》(1991)(Sisir Kumar Das, *A History of Indian Literature 1800~1910
Western Impact: Indian Response*); 다스, 《인도문학사 1911~1956, 자유
를 위한 투쟁: 승리와 비극》(1995)(Sisir Kumar Das, *A History of Indian
Literature 1911~1956 Struggle for Freedom: Triumph and Tragedy*)이다.(출판은
모두 "New Delhi: Sahitya Akademi"에서 했다.) 작업이 지연되는 동안에 총
편자 다스가 2003년에 세상을 떠나, 《인도문학사 500~1300》는 사후
출판이 되었다. 대단한 계획이 미완으로 끝났다.

저자 다스는 캘커타 · 런던 · 코널(Cornell)대학에서 공부하고, 델
리대학 벵골문학 타골교수(Tagore Professor)로 재직하고 있다고 책 뒷
날개에 소개되어 있다. 인도를 대표할 만한 석학이어서 대단한 일
을 맡았다고 할 수 있다. 저자의 작업을 도운 협력자가 다스, 《인도
문학사 1800~1910, 서양의 충격과 인도의 응답》(1991)에서는 28명,
다스, 《인도문학사 1911~1956, 자유를 위한 투쟁: 승리와 비극》
(1995)에서는 23명이라고 하고 서두에 명단을 제시했다. 개인저작이
어서 일관성을 가지면서, 공저이기도 해서 필요한 내용을 충실하게
갖추었다. 어디서도 하지 못한 작업을 인도에서 한 것을 주목하고
평가할 만하다.

다스, 《인도문학사 1800~1910, 서양의 충격과 인도의 응답》
(1991) 서두의 머리말에서 책이 이루어진 경과를 설명했다. 델리대

학에서 문학사학을 강의하면서, 언어와 지역의 경계를 넘어서서 인도문학의 총체를 파악하는 방대한 문학사가 있어야 한다고 절감했다고 했다. 최초의 구상을 몇몇 학자에게 보였더니, 너무 복잡하며 함정과 위험이 있다고 경고하더라고 했다. 그런데 문학연구소 소장은 호의적인 반응을 보이고 후원을 맡겠다고 했다고 했다.

다스가 인도문학사 전 10권을 이룩하겠다는 계획을 놓고, 1986년에 문학연구소에서 개최한 사흘 동안의 학술회의에서 거의 모든 언어의 문학을 연구하는 대표적인 석학들이 모여 검토했다. 문학연구소가 저자의 구상을 받아들이기로 하고, 첫 번째 순서로 1800~1910년의 문학사 집필을 1987년에 계약하고 2년 이내에 완료하기로 했다. 예산을 책정해 집필을 지원하고 필요한 협력자들을 동원하고 출판을 담당하는 것이 문학연구소가 하는 일이었다.

성향이 다른 여러 협력자와 함께 일하니 힘이 들고 시간이 지연되어 짜증스러웠지만 얻은 바가 많았다고 했다. 협력자들 덕분에 구상을 보충하고 사실을 점검하고, 저자가 모르는 언어의 문학을 다룰 수 있었다고 하면서 많은 도움을 준 분들을 특별히 거명하고 감사하다고 했다. 그러나 수고를 가장 많이 한 사람은 저자 자신이라고 하면서 한 말이 있어 인용하기로 한다. "나는 이 작업을 통상 임무를 수행하는 데다 덧보태어 했다. 시간 여유가 있어서 한 일은 아니다. 다른 사람들은 쉬고 있을 때 나는 일했다." 이렇게 말했다. "문학사만큼 잘못과 어리석음이 많은 저작은 없다"는 말을 덧붙이고, "비판자들이 나무라기만 하지 말고 더 훌륭한 인도문학사를 내놓기를 간절하게 바란다"고 했다. (xii~xiii면)

프랑스의 랑송이 《불문학사》(1984) 서두에서, 문학사는 한 평생을

바쳐 노력해도 만족스럽게 이룩할 수 없다고 한 말을 생각하게 한
다. 랑송이나 나는 문학사를 자세하게 쓰는 작업을 혼자서 맡아 힘
들게 완수했다. 인도의 다스는 여러 협력자와 함께 일하는 행운을
문학연구소라는 국가 기관의 지원 덕분에 얻었다. 그러나 행운이
불운이었다. 협력자들의 참여로 작업 과정이 복잡해지고 시간이 너
무 많이 소요되어 계획을 절반도 이루지 못하고, 2003년에 67세의
나이로 세상을 떠났다. 역량을 보완하려고 하다가 작업을 완성하지
못하는 비운을 맞이했다.

《인도문학사 1800~1910, 서양의 충격과 인도의 응답》(1991) 부록
에 〈통합인도문학사: 잠정적인 작업 구상〉("Integrated History of Indian
Literature: A Draft Working Paper")이라고 하는 것이 있다. 인도인이 사
용한 모든 언어의 문학을 다루면서 공통된 전통과 다양한 표현을
찾는 것이 목표라고 했다. 연표를 작성하고, 문학활동의 성격을 밝
히고, 시대구분을 하고, 민속문학의 위상을 고찰하고, 각 시기 문
학사의 개요를 작성하는 것이 해야 할 일이라고 했다. 문학활동의
성격은 작품의 전달 방식, 문학 창작 참여자, 사용한 언어를 각 시
기의 사회·종교적이고 정치적인 배경과 함께 밝히겠다고 했다. 시
대구분은 언어 사용을 1차적인 기준으로, 종교 운동과 외국어의 영
향을 2차적인 기준으로 삼는다고 하고, 제1기부터 제8기까지의 시
대구분 안을 제시했다.[71] 이만한 계획을 미리 발표한 것은 전에 다

---

71) 전문을 소개한다.

    Period I ? 1500/1200 B.C.~477 B.C. The Oral Tradition: Stability and Flux

    Period II 477 B.C. ~ A.D. 58 From Oral Tradition Towards Written Tradition

    Sub-divisions: Buddha to Ashoka(477 B.C.~232 B.C.)

    Ashoka to Kanishika (232 B.C.~A. D. 58)

    Period III A.D. 58~A.D. 450 The Age of Classical Literature: Kanishika to Kumara
Gupta

른 어디에서도 없던 일이어서 높이 평가할 만하다.

책 서두에는 장문의 서장이 있어 집필 방향을 제시하면서 두 가지를 강조해 말했다. 많은 다른 나라에서는 여러 언어의 문학 가운데 어느 하나는 국민문학이고 다른 것들은 지방문학이지만, 인도에서는 모든 언어의 문학이 문명의 총체를 이루면서 대등한 관계를 가졌다고 했다.(4면) 문학사는 내적 역사와 외적 역사를 아울러, 문학활동과 그 주변 상황의 변화를 함께 파악해야 한다고 했다.(14면) 첫째 것은 인도문학사의 특수성에 관한 해명이고, 둘째 것은 문학사 서술의 방법을 제시하는 보편적인 의의가 있다고 자부한

Sub-divisions:

Dominance of Prakrit and Tamil(A.D. 58 ~ A.D. 250)

Sanskrit Poetry and Tamil(A.D. 250~A.D. 450)

Period IV A.D. 450~A.D. 850 The Court and Temple

Sub-divisions:

Classical Sanskrit Poetry(A.D. 450~A.D. 650)

The Beginnings of Bhakti poetry (A.D. 650~A.D. 850)

Period V A.D. 850~A.D. 1250 The Confluence of Many Languages

Sub-divisions:

Late phase of Middle Indo-Aryan and emergence of Modern Indian Languages (A.D. 850~A.D. 1050)

Late phase of Sanskrit, expansion of epic poetry in Tamil and second phase of Bhakti Movement with Virasaivas (A.D. 1050~A.D. 1250)

Period VI A.D. 1250~A.D. 1604 Great Traditions and Little Traditions: Conflict and Synthesis

Sub-divisions:

Barakaris to Chaitanya(A.D. 1250~A.D. 1486)

Chaitanya to Gru Arjun(A.D. 1486~A.D. 1604)

Period VII A.D. 1604~A.D. 1800 Continuity and Change

Sub-divisions:

Continuation of the Older Traditions (A.D. 1604~A.D. 1700)

Efflorescence of Urdu(A.D. 1700~A.D. 1800)

Period VIII A.D. 1800~A.D. 1910 Western Impact and Indian Response" (352면)

이 표에 들어 있지 않은 제9기 1911~1956, 제10기 1956 이후까지 합쳐 모두 열 권을 구상했다.

견해이다.

본문 제1장은 〈변화의 요인〉("Factors of Change")이라고 하고, 언어
상황, 영어의 간섭, 인쇄와 구전에 의한 전달, 후원의 변화, 변화
의 단계에 관한 고찰을 했다. 구체적인 서술은 연도를 1800~1835,
1835~1857, 1857~1885, 1885~1910으로 나누어 하고, 시대 상황
과 관련된 전반적인 양상을 고찰한 다음 문학갈래를 들어 구체적인
고찰을 하는 방식을 택했다. 결론을 두어 앞에서 다룬 내용을 정리
했다. 그 뒤에 수록한 연표가 책 전체의 거의 절반 분량이다

다스, 《인도문학사 1911~1956, 자유를 위한 투쟁: 승리와 비극》
(1995)은 시기를 세분하지 않고 전체를 통괄해서 서술하면서 총론·
각론·총론으로 구성했다. 앞의 총론에서는 작자와 독자의 관계,
여러 언어의 상관관계, 정치운동과 작가, 과거의 재구성, 신화와
근대문학을 한 장씩 고찰했다. 희곡, 시, 산문, 소설에 대한 각론이
있고, 다시 문학에서 다룬 천민·여성·종교·분단의 문제를 정리
해 총론의 비중이 크다. 결론을 앞의 책보다 더 길게 써서 인도의
근대와 서양, 성과 도덕, 국토와 국민, 도시와 시골 등에 관한 논의
를 추가했다. 문학사라기보다 문학논집이라고 하는 것이 더 적합한
내용이다. 같은 저자가 구성이 다른 책을 써서 일관성이 없으며, 연
표가 책 전체의 거의 절반 분량인 것만 앞의 책과 같다.

다스, 《인도문학사 500~1399, 궁정에서 민간으로》(2005)는 원래
의 계획에서 제4·5시기라고 한 것을 합치고 시기를 조금 조정한
것인데 세 번째 순서로 출간되었다. 저자가 남긴 불충분한 유고를
출판한다고 문학연구소 소장이 머리말을 써서 밝혔다. 협력자 명단
도 연표도, 서론이나 결론도 없는 것이 미비 사항이다. 다른 시기를

다루는 여러 책은 초고도 마련하지 못해 의욕적으로 작성한 방대한 계획을 실현하지 못했다. 문학연구소 소장이 다른 저자에게 의뢰해 미완의 작업을 완성해야 하겠다고 말하지도 않았다.

다룬 내용을 보면 먼저 내놓은 두 권과 일관성을 가지고 연결된다고 하기 어렵다. 제1장을 〈인도 중세문학의 기초〉("The Foundation of Medieval Indian Literature")라고 해서 관심을 끌지만, 관습을 따랐을 따름이고 중세문학에 대한 견해를 편 것은 아니다. 제1절에서 시대 구분에 관해 말했는데 언어의 변천에 근거를 두었고, 제2절에서 언어의 상황을 다시 살폈다. 제3절에서 작자-독자-후원자의 관계를 고찰한 것은 이미 나온 두 책에서 한 작업과 연결되지만, 사실 기술에 치중해 중세문학의 특징을 포괄적으로 규정했다고 인정하기 어렵다. 제2장에서 제12장까지 이어지는 본론은 문학의 갈래나 양상을 각기 그것대로 고찰하는 논집의 성격을 지니고 있다.

자국문학사 서술을 위한 최상의 작업을 인도에서 하려고 하다가 실패로 끝난 것이 안타깝다. 일관된 이론과 방법을 가지고 문학사의 전 영역을 참신하게 다루면서 개별적인 사항을 유기적으로 연결시키는 것이 얼마나 어려운지 새삼스럽게 알게 한다. 자국문학사를 바람직하게 이룩하고자 한 인도의 방식이 최상인 것처럼 보였으나 비능률을 입증하고 파산에 이르러 심각하게 고려해야 할 교훈을 남겼다.

일본에서는 표준이 되는 일본문학사를 자세하게 만들고자 하는 소망을 久松潛一 主編, 《日本文學史》(1955~1960) 전 6권에서 실현했다. 전쟁 전에 시작한 작업이 오래 중단되었다가 힘들게 완성되었다. 주편자 久松潛一는 1936년에 동경대학 일본문학 교수가 되어 일본문학을 총괄하는 직분을 맡았다고 자부했다. 문헌학을 기초로 일본문학을 연구하는 학풍을 정통으로 잇고, 내용이 충실한 문학사를 이룩하기 위해 많은 노력을 했다.

久松潛一는 전쟁 동안에는 할 일을 하지 못하다가 전쟁이 끝나자 단독저작 《日本文學史考》(1948)(東京: 玄理社);《日本文學史》(1952~1954)(東京: 弘文堂); 大久保正와의 공저인《要說日本文學史》(1952)(東京: 塙書房)를 내놓았다. 그 정도로 만족하지 않고, 여러 전문가가 힘을 모아 자세한 내용을 갖춘 문학사를 이룩하기 위해 오랜 기간 애써 정년퇴임을 하던 1955년부터 책을 내기 시작했다. 주편자가 책 전체를 설계하고, 권마다 전담 편집자가 있어서 세부적인 사항을 결정하고, 수많은 필자를 각기 전공에 따라 집필을 분담하게 하는 방식으로 거대한 공사를 했다.

주편자가 쓴 총설에서 역대 문학의 미의식이 어떻게 변천해 왔는지 고찰했다. 이것은 문학사 전개를 가능한 범위 안에서 개관하고, 미세한 고증의 방법을 제시하는 이중의 목표를 달성하기 위한 적절한 선택이다. "아와레"(あわれ), "幽玄", "滑稽" 등의 미의식이 어떤 개념으로 이해되고 어떻게 구현되었는지 그 자체로 면밀하게 살피고, 민족성 예찬이나 이론적 일반화는 배제했다. 문학을 사회나 사상의 변천과 관련시켜 논하는 포괄적인 시도도 하지 않았다.

각권의 제목과 편자를 든다. 제1권 《上代》는 五味智英, 제2권 《中古》는 池田亀鑑(개정판은 秋山虔), 제3권 《中世》는 市古貞次, 제4권 《近世》는 麻生磯次, 제5권 《近代》는 吉田精一가 맡아서 편자 노릇을 했다. 제6권에는 총설과 연표를 수록했다. 각 권의 편자가 세부항목을 정하고 적임자를 필자로 동원하면서, 자료와 사실을 망라하고 가장 앞선 연구 성과를 보여 주는 데 힘썼다. 계획을 치밀하게 짜서, 수많은 사람이 하나같이 움직이는 일본인 특유의 능력을 아주 잘 보여 주었다.

특별한 주견은 내세우지 않고, 백과사전적 정리를 착실하고 치밀하게 하는 것을 성과로 삼았다. 새로 밝혀진 사실을 보충하기 위해서 여러 차례 증보했다. 개별적이고 구체적인 정확성이 학문의 기본요건으로서 가장 긴요하다는 것을 명확하게 했다. 이렇게 평가할 수 있는 장점이 단점이기도 했다. 문학사는 일반 독자들의 광범위한 관심과는 무관한 전문학계의 업적이게 하고, 일본문학연구가 문학작품에 대한 미세한 고증에 머무르도록 하는 폐쇄적이고 보수적인 학풍을 고착시켰다.

위에서 든 각권 편자 가운데 셋은 자기 문학사를 냈다. 제4권 편자 麻生磯次의 《日本文學史》(1949, 1951)(東京: 至文堂), 제5권 편자 吉田精一의 《日本文學史》(1960)(東京: 光文社)는 소책자이다. 제3권 주편자 市古貞次는 《日本文學全史》(1978)(東京: 學燈社) 전6권을 다시 내는 큰일을 했다. 세 사람은 모두 久松潛一의 제자이고, 동경대학 국문과 교수가 되었다. 앞의 두 사람은 스승과 나이 차이가 많지 않아 전국의 통치자 將軍은 되지 못하고 한 지방을 다스리는 大名 노릇이나 하면서, 자기 나름대로의 문학사를 작은 규모로 쓰는 데 만족해야 했다. 市古貞次는 1957년에 교수가 되고 久松潛一가 1976년에 세상을 떠나자 스승의 지위를 물려받아, 선행 문학사를 대신하는 새로운 문학사 전6권을 만드는 대과업을 주관했다.

麻生磯次, 《日本文學史》(1949, 1951)는 머리말에서 전쟁을 겪고 소

생하는 일본은 문화국가가 되어 세계 평화에 적극적으로 공헌해야 하는데, 소중한 자산인 일본문학에 대한 관심이 줄어드는 것이 유감이라고 했다. 그 책임이 미세한 논의나 하는 학자들에게 있는 것을 반성하고, 현대인의 취향에 맞는 새로운 문학사를 내놓는다고 했다. 기존의 시대구분을 그대로 사용하고 각 시대 문학의 개요를 적절하게 설명하면서, 근대의 소설에 큰 비중을 두고 재판에서 더 늘였다고 했다.

吉田精一, 《日本文學史》(1960)는 제목에 "初步"라는 말을 얹고, "풍토와 역사의 흐름에서 생동한다"(風土と歷史の流れに生きる)는 부제를 붙였다. 본문으로 바로 들어가 민족문학 · 고전문학 · 중세문학 · 근세문학 · 근대문학으로 시대구분을 하고, 시대와 사상에 관한 것들까지 작은 항목을 많이 나누어 지면을 아끼면서 모두 충실하게 설명하려고 했다. 근세는 町人, 근대는 市民의 시대라고 하는 통설을 한 사람이 고찰하는 드문 기회에 양자의 관련을 해명해야 하는 임무를 자각하지 않았다.

市古貞次 主編, 《日本文學全史》(1978) 전 6권이 등장해 芳賀矢一 主編, 《日本文學史》(1955~1960) 전 6권의 자리를 물려받은 것은 전국 통치자 將軍의 교체라고 할 수 있다. 한 지방의 大名은 혁신을 해도, 將軍은 정통을 고수해야 전국의 학계를 다스릴 수 있었다. 동경대학 일본문학 교수가 주편자가 되고, 신뢰할 수 있는 후배나 제자 가운데 각 권의 편자를 발탁해 서술의 세부사항을 설계하고, 착실하다고 평가된 필자를 필요한 만큼 동원해 시공을 맡기는 방식을 이어 일본문학사를 다시 만드는 작업을 했다. 책 수를 여섯 권으로 하는 규모는 그대로 유지하고 편차를 조금만 바꾸었다. 시대를 여

섯으로 나누어 여섯 권 모두 문학사로 하고, 총설 같은 것은 따로 두지 않았으며, 연표는 부피가 작은 별권에다 수록했다.

제1권 《上代》는 大久保正, 제2권 《中古》는 秋山虔, 제3권 《中世》는 久保田淳, 제4권 《近世》는 堤精二, 제5권 《近代》는 三好行雄, 제6권 《現代》도 三好行雄가 맡아서 편자 노릇을 했다. 久松潛一 주도의 선행 업적 제2권 中古 개정판 편자로 등장했던 秋山虔은 《中古》편을 계속 맡고, 다른 사람들은 다음 세대로 교체되었다. 전편에 걸쳐 새로운 연구성과를 받아들여 재정리하면서, 이미 확립한 학풍과 편찬·저술 방식은 그대로 이었다. 문헌 고증 위주의 사실 해명의 성과를 수백 명이 분담해서 집필해도 한 사람의 솜씨인 듯이, 차질이나 파탄이 생기지 않게 하는 일본인 특유의 재간을 다시금 유감없이 발휘했다.

주편자가 쓴 머리말의 첫 문장에서 "1천 수백 년에 걸친 일본문학의 유동·전개의 자취를 명쾌·적확하게 파악하려면, 어떻게 해야 하는가"하고 묻고, "일본문학사 기술에 있어서 우선 문제가 된 것은 조직·편성이며, 그 사적 구분이다"라고 대답했다.(제1권, 1면) 선행하는 여러 문학사에서 시대 구분을 어떻게 했는지 살핀 다음, 久松潛一 주도의 선행 업적은 언급하지 않은 채 이어받고 現代를 보태 시대를 上代·中古·中世·近世·近代·現代로 구분하는 것이 새로운 시대의 일반적인 관례라고 했다. 머리말 말미에서는 學燈社라는 출판사가 창업 30주년 기념출판으로 삼겠다고 편찬을 위촉했기 때문에 책이 이루어졌다고 했다. 이 말은 새로운 작업을 자발적으로 하지는 않았다는 해명이면서, 출판사가 학계를 이끄는 것을 확인할 수 있게 한다.

久松潛一가 총설을 써서 미의식의 변천에 따라 일본문학사 전개를 총괄했던 것과 같은 작업은 다시 하지 않았다. 그 견해가 얼마나 타당하고 어떤 의의가 있는지 다시 논하려 하지 않았다. 대안이 될 만한 새로운 착상을 전개하는 의욕은 기대하기 어렵게 되었다. 학계를 지도하는 대가는 수동적인 자세로 편집이나 하고, 한창 연구하는 현역 학자들은 각자의 세부적인 전공 영역만 천착하며, 크고 중요한 문제는 누구의 소관도 아니므로 다루지 못하는 풍조가 재확인되었다.

안이한 절충에 머무르고 새로운 탐구의 의욕은 보이지 않아, 문학사의 전개를 명쾌·적확하게 파악하겠다고 한 서두의 말이 무색하게 되었다. 각권의 서장에서도 시대구분의 문제점을 논의하거나 문학사 서술 방법 때문에 고민하지 않았다. 일본문학사 서술에는 새삼스럽게 해결해야 할 큰 문제가 남아 있지 않고, 부분적인 수정과 보충이나 필요하다고 여겼다. 학계의 전문가들은 이미 알고 있는 사실을 사전을 만들듯이 정리하는 데 힘쓰기만 했다.

일본문학사의 취급 범위는 논의를 거치지 않고 고착되었다. 구비문학은 기록된 것만 받아들였다. 한문학은 배제하지 않지만 비중을 낮추어 다루었다. 일본어문학만 일본문학이라고 하고, 아이누문학이나 유구어문학은 언급조차 하지 않았다. 일본문학이 중국이나 한국의 문학과 교류한 내력은 관심 밖에 두고, 특질 비교도 하지 않았다. 동아시아문학이나 세계문학은 생각하지 않고 일본문학을 그 자체로 고찰하기만 했다.

동경대학 인맥의 문헌학파가 이런 방식으로 정형화한 일본문학사가 학계를 지배해 천하가 안정되고 분란이 끝난 것은 아니었다.

이에 대한 불만이 나타나지 않을 수 없었다.[72] 일본은 출판이 큰 힘을 가진 나라이고, 출판 통괄은 가능하지 않다. 대중용 읽을거리 문학사가 필요하다고 여긴 출판사에서 小林行雄 外, 《일본문학의 역사》(1967~1968)(《日本文學の歷史》, 東京: 角川書店) 전 12권을 내놓은 것이[73] 예상할 수 있던 변화이다.

책의 크기를 줄였으므로 전체의 분량이 늘어난 것은 아니다. 동경대학 일본문학과 인맥의 범위를 넘어서서, 참여자들의 출신대학이나 전공이 널리 개방되었다. 문학작품으로 논의를 국한하지 않고, 문학과 역사, 문학과 생활의 관계에서도 흥밋거리를 찾았다. 사실을 정확하게 전달하려고 고심하지 않고, 수필체의 문체를 사용하면서 표현을 다채롭게 하고자 했다. 여러 모로 참신한 책이지만, 문학사학을 발전시킨 업적은 아니다. 반역이 장외경기로 끝났다고 할 수 있다.

加藤周一, 《日本文學史序説》(1975)(東京: 筑摩書房) 전 2권도 반역서라고 할 수 있다. 저자는 원래 의사 출신인 작가이고 문학평론가

---

72) 近藤潤一, 〈近代國文學の方法と批判〉, 日本文學協會 編, 《日本文學講座 2 文學史の諸問題》(1987)(東京: 大修館書店)에서는 문헌학적 실증주의 위주의 이른바 아카데미즘의 학풍이 官學을 주도하다가 1970년대 이후 서양의 새로운 이론을 적극적으로 도입하는 젊은 세대의 비판을 받고 무력하게 되고, 아카데미즘이라는 말도 거의 사어가 되었다고 했다.

73) 高木市之助・久松潛一・高崎正秀・竹內理三이 감수자라고 하고, 각 권의 제목과 편자는 다음과 같다. 1.《神と神を察る者》小林行雄, 池田彌三郎, 角川源義; 2.《萬葉びとの世界》高木市之助, 竹內理三; 3.《宮廷サロンと才女》秋山虔, 山中裕; 4.《復古と革新》佐藤謙三, 竹內理, 5.《愛と無常の文藝》・角川源義, 衫山博; 6.《文學の下剋上》・岡見正雄, 林屋辰三郎; 7.《人間開眼》井本農一, 西山松之助; 8.《文化繚亂》中村幸彦, ・西山松之助; 9.《近代の目ざめ》伊藤整, 下村富士男; 10.《和魂洋才》吉田精一, 下村富士男, 11.《人間賛歌》稻垣達郎, 下村富士男; 12.《現代の旗手たち》吉田精一, 稻垣達郎. 제1권의 세부목차를 보면, 번호는 없이 "序章, 大倭の夜明け", "原始のこころと造型", "古代人のイメヅ" 등 21개 항목으로 이루어져 있다.

이다. 독자가 많은 인기 문필가이다. "序説"이라는 말을 넣어 본격적인 문학사는 아니라고 한 책을 일본문학 전공자들의 폐쇄적이고 보수적인 학풍에서 일거에 벗어나는 대안서이게 했다. 일본문학사를 사상사 및 사회사와 연결시키는 논의를 자기 나름대로 과감하게 전개해 판매망을 넓혔다. 영역본이 외국에서 많이 읽히고, 일본문화 전반의 이해를 위한 입문서 노릇을 하고 있다.[74]

일본역사나 문학사에는 신·구가 교체되지 않고 새 것이 낡은 것에 덧붙여져서 변화가 누적된다고 했다. 외래문화 수용으로 새 것이 등장한 네 차례의 전환을 시대구분의 기준점으로 삼았다. 일본사회는 신분의 차별이 고착화되어 있어 어느 작가든지 자기 신분층의 생활상만 집중적으로 다루는 경향이 있다고 하고, 그런 특징을 시대마다 고찰했다. 대단한 반역으로 학풍을 크게 쇄신한 것 같지만, 오랜 언설을 새로 수식해 관심을 끌었다. 사회 내부의 변화에 의해 신분이 개편되고 사상이 달라지며 문학의 전환이 이루어지는 보편적인 과정에는 관심을 두지 않고 일본의 특수성을 다시 찾기나 했다.

小西甚一,《日本文藝史》(1985~2009)(東京: 講談社) 전 5권(별권 포함 전 7권)은 전문학자 개인이 충실한 내용과 일관된 관점을 갖추어 쓴 문학사이다.[75] 표준형 공저 문학사의 결함을 시정하는 대안을, 동경대학과 경쟁하는 관계인 東京教育大學－筑波大學 쪽의 석학이 개인 노작으로 이룩했다. 문학사는 방대한 분량이라도 혼자 맡아야

---

74) 영역, Suichi Kato, David Chibett tr., *A History of Japanese Literature*(1986)(Tokyo: Kodansha International); 한국어역 加藤周一, 김태준·노영희 역,《日本文學史序說》(1996)(서울: 시사일본어사)이 있다.

75) 영역본이 Jin'ich Konishi, Aileen Gatten and Mark Harbison tr., *A History of Japanese Literature*(1984~1991)(Princeton: Princeton University Press)이다.

일관된 시각과 체계적인 서술을 갖출 수 있다는 것을 일본에서도 입증하려고 했다.

서술 대상과 방법을, 책 표제를 이루는 기본 단어 몇 개에 대해 자기 견해를 제시하면서 논의했다. 먼저 '日本'의 의미부터 재론했다. '日本'에는 좁은 의미의 일본인 즉 야마토민족 외에 琉球人과 아이누인도 포함되므로 일본문학사의 범위를 넓혀야 한다고 했다. 이런 주장을 처음 제기한 것은 주목하고 평가할 일이다. 그런데 본문에서는 아이누문학과 유구문학을 본격적으로 다루지 않고, 〈유구문학의 야마토化〉(琉球文學のヤマト化)"를 두 차례 거론하기만 했다.

'文藝'는 '文學'이 문학작품 아닌 것까지 지칭하고 학문을 뜻하기도 하므로, 다루는 범위를 좁히기 위해 사용한다고 했다. 문학과 사상, 문학과 사회의 관계에 대해서는 관심을 가지지 않겠다고 했다. 문예의 '史'는 일반적인 원리에 관심을 가지지 않고 개별적인 사실을 다루어야 한다고 했다. "내가 구상하는 일본문예사는, 지금의 시점에서 가능한 만큼 문예현상의 사실을 집적하고, 그것에서 얻어지는 정보에 근거를 두고 일본문예의 특질을 체계적으로 파악하는 것이 종착점이다"고 했다.(제1권 30면)

본문 서술을 보면 중국의 문화 이념 또는 미의식을 받아들여 어떻게 일본의 것으로 바꾸었는지 고찰하는 작업을 힘써 했다. 風流, 道, 情理 같은 개념을 특히 중요시했다. 일본문학의 특질을 세 가지로 들었다. 짧은 형식을 좋아하는 短章的 경향이 있고, 대립이 첨예하지 않고, 主情性과 內向性이 두드러진다고 했다. 過去的·細視的·切斷的·深層的이라는 말도 했는데, 문학사 서술에도 같은 특징이 보인다. 시대 구분에 관해서는 일본문학사의 특질을 밝힌 견해가 없고, 고대는 일본 고유의 시대이고, 중세는 중국화된 시대이고, 근대는 서양화된 시대였다고 했다.[76]

일본문학사를 다시 쓰면서 더 나은 방법을 찾기 위해 한 세기 동안 노력했으나 성과가 기대에 미치지 못한다. 의욕에 찬 저자가 자기 견해를 힘써 편다는 노작이 일본문학의 특질 인식을 목표로 하는 오랜 관습에서 벗어나지 못하고, 문학사 전개의 보편적 과정과 그 원리에 대한 탐구와는 거리가 멀다. 미세하고 정밀한 작업을 잘 할 수 있는 능력으로 부분품 조립이 아닌 총괄 서술 방식의 문학사를 쓰는 시도를 하면 어떤 파탄이 생기는지 보여 주었다.

여러 사람이 공저로 쓴 문학사도 다시 나와, 표준화된 공저 문학사의 엄숙주의에 대한 반발을 보여 주었다. 高橋信孝 外, 《일본문예사: 표현의 흐름》(1986)(《日本文藝史: 表現の流れ》, 東京: 河出書房新社) 전6권; 中西進 外, 《日本文學新史》(1990~1991)(東京: 至文堂) 전6권이 출판사의 기획물로 나와 문학사 장사가 성업임을 말해 준다. 둘 다 도판을 많이 넣고 편집을 화려하게 하고, 수필체의 문장을 화려하게 구사해 관심을 끌 따름이고 학문적인 업적으로 인정하기 어렵

---

76) 나는 1994년 1월 京都 국제일본문화연구센터의 초청을 받고, 小西甚一와 함께 문학사에 관한 발표를 했다. 발표 후에 누가 질문을 했다. 小西甚一는 일본의 고대는 일본 고유문화의 시대, 중세는 중국화한 시대, 근대는 서양화한 시대라고 하는데, 한국의 경우는 그렇지 않은지 묻고, 내가 다른 소리를 하는 것이 무슨 까닭인지 궁금해했다. 내가 답했다. 그렇다면 중국의 중세도 중국화된 시대이고, 서양의 근대도 서양화된 시대인가? 小西甚一는 일본문학의 특수성을 설명하는 시대구분을 하지만, 나는 한국, 일본, 중국, 서양 등 그 어느 곳에서든지 함께 통용되는 시대구분을 한다. 고대는 공동문어 이전의 시대, 중세는 공동문어의 시대, 근대는 공동문어 대신 민족구어를 공용어로 삼은 시대라고 하는 것이 한국, 일본, 중국, 서양 등 그 어느 곳에서든지 타당한 보편적인 시대구분이라고 했다. 발표를 한 다음 회식을 할 때 《日本文藝史》가 언제 완간되느냐고 물으니 색인 작업을 다른 사람의 도움을 받을 수 없어 모든 일을 스스로 하느라고 시간이 많이 소요된다고 했다. 小西甚一는 2007년에 세상을 떠나고, 색인을 수록한 별권이 2009년에서야 나왔다.

다. 문학에 대해 무슨 말을 한 글이든지 어느 정도 시대순으로 모아
내면 된다고 여겨 문학사를 해체하는 구실을 했다.

久保田淳 主編,《岩波講座 日本文學史》(1995～1997)(東京: 岩波書店)
전18권은 주편자의 계보를 보면 久松潛一·市古貞次의 정통을 이
었다. 久保田淳은 市古貞次 主編,《日本文學全史》(1978) 제3권《中
世》의 편자로 참여한 제자이고, 동경대학 일본문학 수장의 자리를
1984년에 이은 후계자이다. 앞의 두 사람은 6권으로 만든 책을 18
권으로 늘인 것을 보면 손자 대에 이르러 가업이 크게 번창한 것 같
다. 그러나 이미 여러 책이 산만하게 나와 있는《岩波講座 日本文
學史》라는 이름을 그대로 사용하고, 일정한 체계 없이 잡다하게 늘
어놓는 방식도 이었다.[77] 久松潛一·市古貞次 두 대에 걸쳐 공들여
이룩한 체계가 이 책에서 무너졌다.

머리말이나 서론이 없어 무엇을 어떻게 할 것인지 밝히지 않았
다. 제1권 서두에 〈본 강좌의 구성〉이라는 짤막한 글 여섯 항목에
서 최소한의 안내만 했다. 고대·중세·근세·근현대로 시대를 구
분하고, 시대와 시대 사이에 '변혁기'를 둔다고 했다. "琉球·오키
나와문학, 口承文學, 아이누문학"도 포함한다고 했다. 중요한 사실
은 이 둘이다. 시대 구분을 다시 해야 하는 이유는 어디서도 설명하
지 않았다.

제1권의 〈고대문학사론〉, 제5권의 〈중세문학사론〉에서 전반적

---

77) 岩波書店에서《岩波講座 日本文學史》라는 것이 1931년부터 계속 간행했는데, 각기
다른 책에 같은 이름을 붙여 넓은 의미의 총서를 이룰 따름이다. 출판사에서 만들기
도 하고, 저자 이름을 내놓기도 하고, 부피와 내용도 일정하지 않으며, 순차를 밝히는
번호를 부여하는 방식에 일관성이 없어 제15권이 보이지만 모두 몇 권인지 헤아리기
어렵다. 《岩波講座 日本文學》이라고 하는 유사품도 제19권, 제19회라는 것들까지 있
어 더욱 혼란스럽다. 자기네 출판사 이름을 명시하면 독자가 믿고 따라 다른 것들은
문제되지 않는다고 생각한 것 같다.

인 논의는 하지 않고 관심을 가지는 구체적인 사실만 거론했다. 제 8권의 〈근세문학사론〉, 제12권의 〈근대문학사론〉에서는 근세나 근 대니 하는 시대의 명칭을 거론하기만 하고 근세문학이나 근대문학 의 특징은 말하지 않았다. 변혁기문학에 대한 서론이나 총론은 항 목조차 없다. 각권을 나누는 명칭은 세기이다.[78]

각권 내부에서는 여러 필자가 각기 쓴 글을 번호도 붙이지 않고 열거했다. 자세한 내용을 갖추고 다채로움을 자랑하는 것을 긍정적 으로 평가할 것은 아니다. 각론이 모두 독립되어 중복이나 결락이 있다. 각기 다룬 내용이 어떤 관련을 가지는지 고찰하는 것은 누구 의 소관도 아니다. 어떻게 쓰는가는 필자가 알아서 할 일이라고 맡 겨 두어 통일된 규범이 없다. 서론과 결론이 더러 있으나 서로 연관 되지는 않는다.

시대가 변했으므로 하는 수 없다고 할 것은 아니다. 시대변화나 학문발전에 상응하는 이론이나 방법을 마련할 생각을 하지 않고 새 로 유행하는 해체주의 경향을 따랐다. 이런 방식으로 문학사를 만 들면 어느 나라에서든지 얼마든지 길게 늘일 수 있다. 글을 다시 써 야 할 이유도 없다. 이미 있는 글을 모아 몇 백 권이라도 만들어 낼 수 있다.

제1권을 본보기로 들어 실상을 검토하기로 한다.[79] 원문에는 없

---

78) 《第1卷 文學の誕生より8世紀まで》; 《第2卷 9·10世紀の文學》; 《第3卷 11·12世紀の 文學》; 《第4卷 變革期の文學 I》; 《第5卷 13·14世紀の文學》; 《第6卷 15·16世紀の文 學》; 《第7卷 變革期の文學 II》; 《第8卷 17·18世紀の文學》; 《第9卷 18世紀の文學》; 《第 10卷 19世紀の文學》; 《第11卷 變革期の文學 III》; 《第12卷 20世紀の文學 1》; 《第13卷 20世紀の文學 2》; 《第14卷 20世紀の文學 3》; 《第15卷 琉球文學, 沖繩の文學》; 《第16券 口承文學 1》; 《第17卷 口承文學 2 アイヌ文學》; 《別卷 月報 總目次》

79) (1) 〈古代文学史論〉 (藤井貞和) 一 言語と文学, 二 歌謠の年代, 三 史歌の行われる 場所, 四 〈詩〉の時代, 五 叙事文学の展開; (2) 〈短歌·長歌の成立〉 (內田賢德) 一 和

는 (1) · (2) · (3) 이하의 번호를 앞에다 붙여 논의하기 쉽게 한다. 각 항목 안의 一, 二, 三 등의 번호는 원래 있는 것들이다. (1)은 제목에서 내세운 총설 구실을 했다고 인정하기 어렵다. 특히 관심을 가지는 몇 가지 사항에 대한 미시적인 논의에 머무르고 거시적인 조망은 없어, 현미경만 있고 망원경은 없는 일본의 학풍을 보여 준다. 고대문학의 전반적인 특징, 원시문학 또는 중세 이후 문학과의 차이에 관한 말이 없다. 구비문학에서 기록문학으로의 이행은 고찰하지 않았다. 신화에 관한 논의가 없고, 서사시의 행방을 문제 삼지도 않았다. 서정시를 다루는 데 치우치고 다른 분야는 개관하지 못했으며, 시가 아니면 敍事라고 했다.

(2) · (3)에서 전개한 시에 관한 논의가 다른 것들을 여럿 뛰어넘

歌の律, 二 歌謡の終結法, 三 短歌形式の成立, 四 長歌と反歌; (3)〈万葉集の構成の展開〉(森 朝男) はじめに, 一 宮廷風雅の記録 — 冒頭六卷の展開, 二 類聚歌卷10卷の位置— 卷七から卷 一六まで, 三 家の歌へ—末四卷の意味; (4)〈語りと神話叙述 — 古事記・古語拾遺・祝詞〉(神野志隆光) 一 祭式と言語, 二〈語り〉のなかの神話と神話のテキスト, 三 神話叙述=神話の成立, 四 新たな神話叙述—神話化の繰り返し; (5)〈歴史叙述の展開〉(三浦佑之) はじめに, 一 史書の成立, 二《日本書紀》の方法, 三 管理される歴史, 四 物語としての歴史叙述; (6)〈漢詩・漢文を作る〉(後藤昭雄) 一 集団のなかの表現, 二 共通言語としての漢詩文, 三 個の表出, 四〈花鳥風月〉の濫觴《懐風藻》の文学意識; (7)〈中央と地方との関係 — 地誌〉(秋本吉徳) はじめに, 一 "中央"と"地方"と, 二《風土記》のあり様 1, 三《風土記》のあり様 2, 四《風土記》の神話むすび; (8)〈文学のなかの女性,女性による文学 はじめに〉(荻原千鶴) 一《古事記》と女性, 二 歌と女性, 三 古代文学のおける女性の造形, 四 古代文学のおける女性の表現むすび; (9)〈万葉の歌人たち〉(古橋信孝) 一 歌人論とは, 二 身分不明の歌人たち, 三 宮廷歌人, 四 大宰府の歌人たち, 五 大伴氏とその周辺の歌人たち; (10)〈歌における古代要素〉(猪股ときわ) 一《うたふという行爲, 二 万葉歌の現場, 三 都市と双六, 四 歌垣のゆくえ, 五 遊行女婦の登場; (11)〈和歌の技法〉(近藤信義) はじめに, 一 技法の發生 1, 二 技法の發生 2, 三 序詞の場合, 四 技法の展開, おわりに; (12)〈和歌を論じる〉(長谷川政春) はじめに, 一 時代状況 —その政治的・文学的 状況, 二 《歌経標式》— はじめての歌の詩学, 三《歌経標式》の批評性, 四 後代への影響; (13)〈宗教説話の初期〉(多田一臣) はじめに, 一 仏教説話が発生するまで, 二 私度僧の信仰と行基, 三 個体の不安の広がりと仏教, 四 説話集としての《霊異記》, おわりに

어 (10)·(11)·(12)에 다시 나온다. (5)에서 역사서, (6)에서 한문학, (13)에서 불교문학을 살핀 것은 적절한 선택인데, 그 전체를 포괄하는 논의가 (1)에 있었어야 한다. (13)에서 불교설화를 다루기만 하고, 설화 전반에 관한 논의가 없다. (7)과 (8)에서는 여성문학을, (9)에서는 歌人을 거론해 문학담당층에 관심을 보인 것 같은데, 농민문학, 귀족문학, 승려문학 등은 고찰하지 않았다. 이런 논의도 (1)에서 해야 했다.

줄곧 일본문학을 그 자체로 고립시켜 다루기만 하다가 제5권 13·14세기편에 高橋公明, 〈동아시아와 중세문학〉(東アジアと中世文學), 제13권 20세기문학 제2편에 川村湊, 〈동아시아에서의 일본문학〉(東アジアのなかのと日本文學)이 있어 관심을 확대한 것처럼 보인다. 그러나 동아시아문학과 일본문학의 관계에 대한 총괄적인 논의는 하지 않고, 영향과 수용에 관한 일관된 고찰도 없다. 앞의 글은 중국을 동아시아라고 하고, 자기가 다루는 시기에 있었던 중국고전과의 관계에 관해 미시적인 논의를 산발적으로 했을 따름이다. 뒤의 글에서는 일본의 동아시아 침략과 지배로 생겨난 각국의 일본어문학을 다루었다. 小西甚一, 《日本文藝史》(1985~2009)에서 일본문학을 동아시아문학이나 세계문학과 관련시켜 고찰하면서 특징을 밝히려고 한 노력을 받아들여 보완하고 수정하려고 하지 않고 고립주의로 되돌아갔다. 일본문학 연구는 비교문학이나 문학일반론과는 관련을 가질 필요가 없고 방법과 이론은 긴요하지 않으며, 개별적인 사실에 대한 미시적인 고증 이외에는 할 일이 없다는 보수주의가 고착화되었다.

15권에서 유구문학, 16권에서 口承文學이라고 한 구비문학, 17권

에서 아이누문학을 다루었다. 세 권 모두 개론적인 서술이고 문학
사적 고찰을 갖추지 않아, 추가한 영역이 일본문학사를 새롭게 고
찰하는 데 기여하지 못했다. 유구·아이누문학과 함께 일본의 구비
문학도 차별의 대상이라는 관념을 청산하려고 하지 않았다. 그 모
두를 포함해 넓은 의미의 일본문학사를 다시 써야 한다고 생각하지
않았다. 유구문학과 아이누문학에는 총론이 있으나 그 자체에 관한
것이기만 하다. 구비문학에는 각론만 있고 전반적인 논의는 보이지
않는다.

  유구문학, 아이누문학, 일본의 구비문학에 문학의 원초형태가 남
아 있는 것들을 찾아 제1권에서 기록되어 남아 있는 자료와 관련시
켜 고찰하면 새로운 문학사를 이룩하는 시발점을 마련할 수 있다.
유구·아이누문학과 특징이나 양상을 비교하면서 일본문학사의 전
개를 재론하면 여러 의문이 풀릴 수 있다. 현대문학은 유구문학을
포함시켜 고찰하면서 다양성을 밝히는 데 힘써야 한다. 이런 작업
을 하나도 하지 않고 협소한 안목으로 낡은 문학사를 만들었다.

  이 책은 방대한 분량으로 일본문학사 서술에서 이룩한 대단한 성
취를 자랑하는 것 같지만, 위에서 지적한 결함이 있을 뿐만 아니라,
판매에도 성공하지 못했다.[80] 거대한 체구로 진로를 막아 일본문학
사를 다시 쓰기 어렵게 한다. 경쟁이 될 만한 작업을 하겠다고 나서
는 출판사나 학자 집단이 없고, 해체된 문학사를 살리는 방안을 찾

---

80) 책이 나온 것을 알고 일본에 간 기회에 사려고 여러 차례 노력해도 서점에 나와 있
   지 않아 뜻을 이루지 못했다. 출판사 직영서점에도 없었다. 출간 부수가 적고 다시 찍
   지 않아 사라지고 만 것이다. 2009년 4월에는 東京 고서점가의 모든 점포를 다 뒤지
   기로 단단히 각오하고 찾아 나섰다가 전질을 묶어 놓은 것을 발견하는 행운을 얻고
   즉시 구입했다. 놀랍게도 값이 정가의 3분의 1 정도였다. 찾는 사람이 없고 팔리지 않
   아 헐값에 내놓았다고 생각된다.

을 수 없어 뒤를 이을 만한 일본문학사가 나오지 않고 있다.

최근의 상황을 보면 일본문학사의 위축이 놀라울 정도이다. 외국인 저작의 번역을 재간행하고,[81] 대중용 소책자가 몇 가지 보일 따름이다.[82]

출판대국 일본이 자기네 문학사를 자랑스럽게 다시 내놓지 못하고 있는 비정상적인 사태가 지속되고 있으며, 타개책이 있을지 의문이다.

중국에서는 1949년에 사회주의 국가 중화인민공화국을 건국한다고 선포했다. 마르크스-레닌주의와 모택동사상을 이념으로 해서 사회주의의 사회와 문화를 이룩한다고 하고, 문학사 서술도 그 노선을 따르도록 했다. 과학적인 이론과 인민에게 봉사하는 당파성으로 무장된 문학사를 써서 지난 시기 문학사에서 보이는 과오를 일거에 시정할 듯한 기세를 보였다.

그러나 문학사는 혁명을 할 수 없었다. 무리한 작업을 성급하게 하기만 하면서 시행착오를 겪다가,[83] 社會科學院 文學硏究所, 《中

---

81) ドナルド・キーン, 《日本文學史》(東京: 中央公論社, 1984~1992, 1994~1997, 2011~2012) 전 8권, 전 18권, 전 9권

82) 中松竹雄 編, 《要說日本文學史》(2007)(那覇: 沖繩言語文化硏究所); 岡村文雄, 《弱視者のために日本文學史》(2008)(東京: 東京點子出版社); 清水義範, 《身もフタもない日本文學史》(2009)(東京: PHP硏究所); 高橋源一郎, 《大人にはからない日本文學史》(2009)(東京: 岩波書店); 《ものがたり日本文學史DVD版》(2012)(東京: ゆまに書房); 小峯和明 編著, 《日本文學史 古代・中世編》(2013)(京都: ミネルヴァ書房) 같은 것들이다.

83) 1949년부터 1962년까지의 기간 동안에 나온 문학사가 李樹蘭, 《中國文學古籍博覽》(大原: 山西人民出版社, 1988)에 따르면 여럿 있다. (가) 楊蔭深, 《中國文學史大綱》(1950); (나) 李長之, 《中國文學史略稿》(1954~1955) 전3권; (다) 譚丕模, 《中國文學史綱》(1957); (라) 吉林大學 中文系, 《中國文學史稿》(1950) 전4권; (마) 北京大學 中文系, 《中國文學史》(1960) 전4권. 이런 책은 하나도 구할 수 없다. 위에서 든 책의 해

國文學史》(1962)(北京: 人民文學出版社) 전 3권을 가까스로 내놓았다. 책 서두에서 입각점과 함께 미비점을 밝혔다. "마르크스-레닌주의의 관점에 따라서 중국 고전문학의 발전과정을 비교적 체계 있게 소개하려고 애썼으나"(力圖遵循馬克思列寧主義的觀點, 比較系統地介紹中國古代文學的發展過程), "다만 집필자의 능력과 수준이 모자라는 탓에"(但由于執筆者能力和水平的限制) "결점이나 착오가 상당히 많다"(缺點和錯誤一定很多)고 하고, 독자가 많은 의견을 내주리라고 기대하고 재판에서 고치겠다고 했다.(제1권 1면) 마르크스-레닌주의의 관점에 서면 문학사 서술이 일거에 바르게 될 수 있다고 하지 않고 신중한 태도를 보이면서 한 발 물러섰다. 마르크스-레닌주의가 문학사 서술을 위해 어느 정도의 타당성이나 유용성을 지니는지 의문이라고 말할 수는 없어, 집필자의 능력과 수준이 모자라 목표 달성이 어렵다고 했다.

마르크스-레닌주의의 관점에 따라 중국문학의 발전과정을 해명한 내용이 없는 것은 아니다. 春秋시대에서 戰國시대로 넘어올 때 "新興 封建制度"가 생겨나 "腐朽的 奴隷制度"를 밀어낸 것이 역사의 대전환이어서, "封建社會 以前 文學"이 끝나고 "封建社會 文學"이 시작되었다고 했다. 그런데 사회가 크게 달라져 문학은 어떤 변

제에 따르면, (가)는 중학생용 간략한 교과서이다. (나)는 기존의 연구성과를 종합하면서 "現實主義的 優良傳統"을 찾는 데 치중했다 하며, 宋代까지만 다루어 미완성이다. (다)는 유물론의 관점을 택해 "奴隷制時代(殷商)的文學, 他方分權的 封建時代(西周, 東周, 春秋, 戰國)的 文學, 中央集權的 封建制創始時代(西漢)的 文學, 中央集權的 封建制度 衰弱 時代(三國南北朝)的 文學, 中央集權封建 再建立 與再衰弱 時代(隋唐五代)的 文學"으로 시대구분했다고 하는데, 역시 미완성이다. (라)는 "58年 教學改革中 由學生和敎師 共同組成"의 산물이라고 했다. (마)는 "大躍進"의 산물이며 "左" 편향이 뚜렷하다고 했다. 모두 미완성으로 끝난 실패작이거나 유물론의 관점을 성급하고 무리하게 내세운 결함이 있어 재간행하지 않는 것 같다.

화를 겪었는지 납득할 만한 내용을 들어 말하지 않았다. "封建社會"와 "封建社會 文學"이 그 때부터 淸末 19세기 전반까지 지속되었다고 하고, 시대를 다시 나누어 고찰할 때에는 왕조교체를 기준으로 해서 종래의 문학사와 달라지지 않았다.

그러면서. 唐代의 傳奇는 "城市經濟的 繁榮" 덕분에 생겨난 "市人小說"이라든가, 明代의 중엽 이후에 "資本主義 生産關係的 萌芽"가 나타나 소설이나 희곡의 성행을 가져왔다든가 하는 등의 사회경제사적 설명을 산발적으로 했다. 사회경제사가 사회의 변화를 단계적으로 해명하지 못하고, 사회와 문학이 어떻게 맞물리는지 말하지 않았다. 마르크스-레닌주의의 관점을 따른다는 편향성을 보이기나 하고 문학사 이해에 적용한 성과는 없으며, 노력하고 고민한 자취를 찾기 어렵다.

개정판에서 결함을 시정하겠다는 약속은 오랫동안 실현되지 않았다. 28년이나 지난 1990년의 제6쇄본에서, 사회적 수요가 있어 다시 내야 한다는 출판사의 연락을 받고 시간이 없어 개별적인 부분의 사소한 수정밖에 하지 못했다고 하고, 중국문학사를 더 자세하게 쓰기 위한 연구를 하고 있어 이미 낸 책을 제대로 손보지 못한다고 해명했다. 그러면서 독자의 비판적인 의견을 계속 보내달라고 했다. 7년이 지난 1997년에 대규모의 개정판이 나왔으나 숙제를 해결한 것은 아니다. 사회경제사와 문학사를 유기적으로 관련시켜 시대구분을 하고 문학사의 전개를 해명하는 데 이르지 못했다. 이에 관한 고찰은 장차 하기로 하고, 중화인민공화국에서 학문을 하고 문학사를 쓰는 방식에 관한 논의를 여기서 하기로 한다.

비교 논의를 위해 아브라앙 주편, 《프랑스문학사 편람》(1965,

1971~1982) 전 7권을 기억할 필요가 있다. 그 책 집필자들은 자기네가 마르크스주의자라고 공언하면서 마르크스주의 문학사를 이룩하지는 못했다고 하고, 프랑스 사회경제사 연구가 미흡하기 때문이라고 했다. 프랑스에서는 아직 가능하지 않다고 한 마르크스주의 문학사를 중국에서 앞질러 써내는 것은 무리이다. 프랑스 공산당처럼 여러 정당 가운데 하나가 아닌, 단독으로 집권한 공산당의 강력한 요구는 실현 가능하지 않아도 따르는 척할 수밖에 없다. 성과가 미흡한 이유는 연구자들의 능력 부족이라고 변명할 수밖에 없다. 사정이 이와 같은 곳이 적지 않고, 장차 살필 북한도 그 가운데 하나이다.

사회경제사 연구가 바라는 수준으로 진척되면 문학사 이해에 바로 적용되리라고 낙관할 수는 없다. 사회경제사와 문학사의 얽힘을 개별적인 사례 열거 수준을 넘어서서 심도 있게 밝혀 일관된 논의를 전개하는 것은 아주 어려운 일이다. 유럽 각국의 여러 문학사가 이에 관해 그 나름대로 노력했어도 아직 많이 모자란다고 했다. 유럽에만 맡겨두지 않고 다른 곳들이 분발해 앞서 나가는 것이 마땅하다고 하겠으나, 대약진운동을 하겠다고 하는 것 같은 환상은 버려야 한다. 다각적인 탐구를 정치적인 강제 없이 학자의 성실성을 걸고 스스로 할 수 있어야 진전을 기대할 수 있다. 관료적인 조직의 통제에서 벗어나 성과 있는 토론을 하면서 중지를 모아야 한다.

사회과학원뿐만 아니라 대학에서도 문학사 집필을 맡아 독점의 폐해는 시정되는 것 같다. 游國恩 外, 《中國文學史》(1963)(北京: 人民文學出版社) 전 4권이 일찍 나왔다. 遊國恩과 함께 王起 · 蕭滌非 · 季鎭淮 · 費振剛이 편자가 되고, 그보다 훨씬 많은 필자가 참여해 이룬 업적이라고 밝혀 놓았는데, 대부분 북경대학 소속이다. 이념적 전제를 내세우지 않고 "系統的 文學知識"과 "正確的 歷史 觀念"을 제공하는 데 충실한, 대학 중문과의 교과서이기를 희망한 다고 했다. 좋은 말로 겉치레를 삼고, 구태의연한 문학사를 내놓았 다. 시대구분은 사학계의 논쟁이 계속된다는 이유를 들어 왕조교 체에 의거했다. 문학사와 사회사의 관계에 대해 이따금 언급하기 나 했다. 문언문학을 중요시하고, 漢族문학만 특히 부각시키면서, 중요한 작가나 작품에 치중해 문학사를 서술하는 관습을 이었다. 대학은 사회과학원만큼 압력을 받지 않는다는 사실을 확인할 수 있다.

중국문학사는 그 뒤에도 계속 나와 거론하기 어려울 정도로 많 다.[84] 그러나 연구를 새롭게 한 성과가 아니고 교재로 쓰기 위해 기 존 지식을 정리한 것들이다. 그 가운데 周雙利 · 陶濤 主編, 《新中 國文學史》(1991)(深圳: 海天出版社)는 전 3권이며 수십 명이 집필해 비 중이 크다. 서두에서 마르크스주의 문학사관에 입각해 "經濟基礎" 와 "上層建築" 사이의 필연적 연계를 밝힌다고 했으나, 본문에서는 작가와 작품을 해설하는 종래의 방식을 이었다. 元代 이후의 문학 은 희곡과 소설 위주로 고찰하고 전통적인 시문은 소략하게 취급했 다. 1840년 이후의 문학은 근대문학이라고 하고 간략하게 개관하기

---

84) 王文生 主編, 《中國文學史》(1989)(北京: 高等敎育出版社); 孫靜 外 編, 《簡明中國 文學史》(2001)(北京: 北京大學出版社); 張廷銀 主編, 《中國文學史》(2003)(濟南: 山東 美術出版社); 李小龍 外, 《中國文學史》(2004)(北京: 中國文史出版社); 駱玉明, 《簡明 中國文學史》(2004)(上海: 復旦大學出版社); 遠行霈 主編, 《中國文學史》(2005)(北京: 高等敎育出版社); 遠世碩 外 主編, 《中國文學史》(2006)(北京: 中國人民大學出版社); 范穎 外 編, 《簡明中國文學史》(2004)(上海: 復旦大學出版社); 龔鵬程, 《中國文學史》 (2009)(北京: 世界圖書出版公司北京公司); 林庚, 《中國文學史》(2009)(北京: 淸華大學 出版社); 盛廣智, 《簡明中國文學史》(2004)(長春: 吉林文史出版社) 등이 있다.

만 했다. 소수민족문학을 무시했음은 물론이다.

오랜 준비 기간을 거쳐 사회과학원의 새로운 문학사가 張炯 外 主編, 《中華文學通史》(1997)(北京: 華藝出版社) 전 10권으로 출간되었다. 문학연구소와 소수민족문학연구소의 합작으로 한족의 문학과 소수민족의 문학을 함께 다루어 '중국'보다 더 큰 범위인 '중화'문학사를 만들었다고 했다. "中國社會科學院 文學研究所 少數民族文學研究所 張炯 鄭紹基 樊駿 主編"이라고 표지에 밝히고, 책 전체 편집위원 20여 명, 시대별 편집위원 20여 명 내외의 명단을 책 안에다 제시했다. 집필 참여자는 훨씬 많으며 각권 말미에 명단을 제시했다. 제1권 서두에 張炯이 집필했다고 밝힌 〈導言〉이 있다. 집필자 이름이 없는 〈古代文學編: 緒論〉이 제1권, 〈近現代文學編: 緒論〉이 제5권, 〈當代文學編: 緒論〉이 제8권 서두에 있다. 위계질서가 분명한 조직을 하고 완벽한 구성을 갖춘 문학사를 만든 것 같다.

張炯, 〈導言〉에서 전체 설계를 8개 조항으로 제시했다. 제1항에서 중국은 문명이 일찍부터 발전하고 문학이 대단한 나라임을 자랑하는 애국주의 언사를 늘어놓고서, "역대 우리나라 문학의 특색이 뛰어난 것은 모두 중화민족의 각 형제민족 공동창조 때문이다"(歷代 我國文學的 出色 成就, 都是 中華民族的 各兄弟民族 所共同創造的)라고 했다.(제1권 1면) "중화민족의 각 형제민족"이라는 말은 "중화민족을 이루는 각 형제민족"이기도 하고, "중화민족과는 형제인 각 민족"이기도 하다. 공식적으로는 앞의 뜻이지만, 뒤의 뜻이라고 해야 말이 된다. 각 형제민족의 집합체가 '中華民族'이라는 상위개념의 민족을 이룬다고 하면 민족의 개념을 부당하게 확대하는 잘못이 있다. 민족에는 상하위의 개념이 있을 수 없다. '中華民族'이라고 하는 것은 漢族과 여러 소수민족으로 구성된 '中國人' 이외의 다른 무엇이 아니다.

"兄弟民族"이라고 한 소수민족의 문학은 "각기 민족적 특색이 있는 문학 창작을 풍부하게 발전시켜 우리나라 문학을 참신하게 하는 데 공헌했다"(以各具 民族風采的 文學創作, 爲豊富 和發展 我國文學 作出新的 貢獻)고 했다.(제1권, 3면) 소수민족의 문학을 중요시해서 문학사에 등장시키는 이유를 이렇게 설명했다. 어느 민족의 문학이든 그것대로 소중하다고 하지 않고 "我國文學"을 위해 기여한 바를 평가한다고 했다. 제2항 이하 다른 여러 항목에서도 소수민족문학의 의의를 거듭 말했다. 민족의 분열을 막고 단합을 이룩하는 것을 최대의 국가 시책으로 내세우는 데 호응하는 문학사를 만들고자 했다.

다수민족인 漢族이 다른 여러 민족을 침탈하고 지배해 온 것이 역사의 실상이다. 중국문학사를 한족문학사로 쓰고 다른 민족의 문학도 평가할 만한 것들은 모두 한족문학이라고 해 온 잘못을 재론하지는 않고, 소수민족 예찬론을 늘어놓기만 했다. 한족문학사와 소수민족문학사를 통합하는 서술 체계를 마련하지 못하고, 소수민족문학을 곁들인 한족문학사를 중화문학사라고 했다. 제1권에 〈隋唐 以前的 少數民族文學〉이라는 항목을 넣어 소수민족문학을 그것대로 다루는 자리를 마련하고, 제2권 이하에는 그런 것도 없다. 소수민족문학은 그 자체의 시대구분이 없으며, 한족문학과 공통된 시대구분도 하지 않고, 중국 어느 왕조시대에 이루어졌는지 가려 소속을 정했을 따름이다.

서술 내용에서는 중국의 역대 왕조가 소수민족에게 끼친 작용은 중요시하면서 상호간의 친선을 부각시키고, 소수민족문학이 반작용을 하면서 민족의 주체성을 옹호하려고 한 노력은 무시했다. 소수민족문학에 관한 고찰 서두에서 신화에 이어서 '創世史詩'라고 한 창세서사시의 자료를 여럿 소개한 자료는 소수민족문학사에서 각기 다른 것을 한 데 모아 놓았을 따름이다.(제1권 557~657면) 그런 것들이 중국문학 인식의 공백이나 단절을 보충해 주는 의의가 있다 하고 한족문학사에 대한 종래의 견해를 시정하는 데 이용하지 않았다. 한족에게는 거의 없는 서사시가 소수민족의 문학에는 풍부하게 전승되는 이유를 밝혀 논하려고 하지 않았다.

突厥의 〈闕特勒碑〉에 관한 서술을 보자.[85] 두 가지 언어로 쓴 비문인데, 서로 무관하다는 이유를 들어 돌궐어 비문은 무시하고, 한문 비문만 들어 중국과의 친선관계를 말했다고 했다.(제2권 305면) 이것은 실상을 무시한 잘못된 견해이다.[86] 南詔의 〈德化碑〉는 당나라의 침공을 물리친 전공을 격식을 잘 갖추어 쓴 序와 銘에서 길게 자랑한 명문인데, 당나라를 부득이해서 모반한 고충을 말했다고 왜곡해 설명했다.(제2권 362면) 국가의 위업을 나타낸 그런 금석문이 중국에는 거의 없고, 다른 민족들은 크게 중요시한 차이점에 대해 관심을 가지지 않았다.

'吐藩'이라고 한 티베트의 문학을 다루면서, 티베트는 오늘날처럼 언제나 중국이 통치하는 범위 안에 들어 있었다고 알게 하려고

---

85) 비 이름을 〈闕特勤碑〉라고 오기했다.

86) 《문명권의 동질성과 이질성》(1999), 173~183면에서 고찰한 사실을 간추려 소개한다. 그 비 한 면에는 한문으로, 다른 세 면 및 면과 면 사이의 공간에는 돌궐어로 글을 써 넣었다. 한문 비문에서는 돌궐이 중국의 당나라와 책봉관계를 가진 자주국가라고 하고, 돌궐어 비문에서는 돌궐이 하늘과 직접 연결되는 주체성 높은 나라라고 하며 중국이 침공하고 간섭하는 데 반감을 가지고 싸워서 물리친 것을 자랑했다.

실상과는 거리가 먼 설명을 했다. 독자적인 내력과 주체적인 전통을 지닌 티베트문학의 방대한 유산을 돌보지 않고, 당나라와 밀접한 관계를 가진 티베트에 중국의 고전이 전해져 영향을 끼쳤다고 했다.(제2권, 283면) 티베트가 인도에서 불교를 받아들이면서 산스크리트를 익혀 그 문자로 자기네 언어를 표기하고, 산스크리트 경전을 번역하면서 민족어 글쓰기를 확립한 과정에 대해서는 말하지 않았다. 티베트가 산스크리트문명권이 아닌 한문문명권에 속했다고 오인하도록 했다.

티베트의 《게사르》(格薩爾王傳), 몽골의 《장가르》(江格爾), 키르기스의 《마나스》(瑪納斯) 같은 민족서사시의 웅편을 다룬 대목을 보자. 이런 작품들의 공통된 특징을 문학갈래론의 관점에서 고찰하지 않고, 언어 사용과 문자 기록에 관한 해명도 하지 않고, 실상을 왜곡해 설명하기나 했다. 중국의 압력에 맞서서 힘써 가꾼 민족서사시로 주체성을 선양해 온 사실을 무시하고, 모두 중국과의 우호적인 관계를 나타냈다고 하는 거짓된 진술을 했다.

漢族이 이룩한 중국문학에 대해서는 평가할 만한 고찰을 했는가? 먼저 시대구분을 보자. 張炯, 〈導言〉에서 "우리나라문학은 원시공산사회, 노예사회, 봉건사회, 자본주의 소유가 발전한 반봉건반식민지 사회, 그리고 사회주의 사회 등 다섯 가지 사회형태를 거쳐 발전했다고 말할 수 있다"(我國文學的 發展 可以說 經歷了 原始共産社會, 奴隷社會, 封建社會, 資本主義所有發展的半封建半植民地社會 和 社會主義社會 等 五種 社會形態的 段階)고 했다.(제1권 7면) 문학사의 시대를 셋으로 구분한다고 했다. "고대문학사가 원시사회·노예사회에서 유래해, 2천 년 동안의 봉건사회문학에 이르렀다"(古代文學史, 卽從原始社

會, 奴隷社會 到兩千年 封建社會文學), "근현대문학사가 1840년대 아편전쟁 이후 이른바 반봉건·반식민사회에서 시작되었다"(近現代文學史, 卽中國從十九世紀四十年代 阿片戰爭後 論爲半封建半植民地社會), "당대문학사는 즉 인민공화국문학사이고, 또한 우리나라가 사회주의에 진입한 역사 시기의 문학이다"(當代文學史, 卽中華人民共和國文學史, 也卽我國進入社會主義的歷史時期文學史)고 했다.(제1권 30~31면)

사회형태의 변천을 기존의 견해에 따라 열거하기만 하고, 사회형태와 그 시기 문학 특징의 상관관계에 관한 오랜 논란에 참여해 진전된 성과를 보여 주려고 하지 않았다. 사회경제사 이해, 사회경제사와 문학사의 관련 해명 등에 있는 많은 난점을 시인하고 고민하면 소득은 없고 견책을 자초하기나 하는 줄 알고 피해나갔다고 보는 것이 타당하다. 35년 전에 사회과학원, 《中國文學史》(1962)를 내면서 마르크스–레닌주의의 관점에 의거한 문학사를 서술하려고 했으나 능력 부족으로 결점과 착오가 많아 개정판에서 바로잡겠다고 한 것이 어떻게 되었는지 해명하지 않았다. 마르크스–레닌주의와 모택동사상은 공인된 노선이어서 재론이 필요하지 않으며 언제나 하는 말이라 새삼스러운 의미가 없다고 여기고 넘어가도록 했다.

사회형태의 변천에 근거를 두고 고대문학·근현대문학·당대문학의 시대를 구분했다는 것은 외형일 따름이고 실제로는 왕조교체에 따라 시대구분을 하는 방식을 그대로 사용했다.[87] 고대를 다시

---

87) 각권의 제목을 든다.《第1卷 古代文學編(先秦漢文學, 魏晋南北朝文學, 隋唐 以前的少數民族文學)》;《第2卷 古代文學編(唐五代時期文學, 宋遼金文學)》;《第3卷 古代文學編(元代文學, 明代文學)》;《第4卷 古代文學編(淸代文學)》;《第5卷 近現代文學編(近代文學)》;《第6卷 近現代文學編(現代文學 上)》;《第7卷 近現代文學編(現代文學 下)》;《第8卷 當代文學編(兒童文學, 詩歌)》;《第9卷 當代文學編(小說, 戱劇)》;《第10卷 當代文學編(電影文學, 散文, 理論批評)》

나누는 시대 명칭은 없다. 중세라는 말을 사용하지 않는 관례를 이었으며, 중세를 近古라고 하는 대안을 받아들이지도 않았다. 왕조교체에 따라 魏·晉·南北朝까지, 唐부터 宋·遼·金까지, 元·明, 淸을 각기 한 시기로 구분해 제1권에서 제4권까지 다루었다. 宋代라고만 하지 않고 宋·遼·金을 열거한 것은 정통성을 주장하지 않고 소수민족 국가도 함께 인정한다는 배려이다. 그러나 어느 시기든 문학사를 한족문학사로 서술해 온 종래의 관습을 이으면서 다른 여러 민족의 문학에 대한 배려를 조금 곁들였다. 근현대문학을 근대문학과 현대문학으로 나누고 당대문학을 보태 정치사의 변동을 시간의 원근에 따라 지칭하는 용어를 사용하기만 했다. 시대 성격의 변화와 함께 문학의 기본 특성이 달라진 것을 밝히는 총괄적인 논의는 없고 잡다한 사실을 열거하기만 했다. 사회경제사까지 힘이 미치지 못해 정치사가 문학사를 지배한 과정의 표층을 설명하는 데 그쳤다. 당대문학을 많은 비중을 두고 제8·9·10권에서 자세하게 다루고 아동문학이나 영화까지 포함시켜 중화인민공화국 시대의 풍요와 번영을 자랑하는 데 힘썼다.

각 왕조 문학에 관한 고찰 서두에 시대 개관이 있는데 정치적인 변동을 설명하는 데 치우치고 사회경제사라고 할 것이 정리되어 있지 않다. 유물사관에 입각한 문학사 서술을 논란이나 검토를 하지 않은 채 슬그머니 폐기했다. 많은 시간을 허비하고 미흡하기 이를 데 없는 결과를 내놓아 이중으로 직무유기를 했다고 하지 않을 수 없다. 문학과 사회의 관계에 관한 총괄적인 논의를 하지 않을 수 없을 때에는 "당대문학의 번영이 당시의 구체적이고 복잡한 역사적 조건에 따라 결정되었다"(唐代文學的 繁榮, 旣決定于當時 具體而複雜的

歷史條件)고 했다.(제2권 4면) 사회의 역사적 조건이 문학의 특징을 결정한다는 언술의 외형만 있고 실질적인 내용은 없다. 번영은 문학의 특징이 아니고, 구체적이고 복잡하다는 것은 역사적 조건이 아니다.

張炯, 〈導言〉에서 "漢賦, 唐詩, 元曲, 明淸小說"을 들어 唐詩가 한 시대의 지배적인 문학이라고 했다. 이것은 오랫동안 말해 오고, 누구나 알고 있는 사실이다. 그 시대의 어떤 역사적 조건이 唐詩를 산출했는가? 이 의문에 대답하는 의무를 문학사는 회피할 수 없는데, 唐詩에 관한 총론조차 없다. 선행하는 여러 문학사가 이 의무를 저버리고 시인과 작품에 대한 논의로 지면을 메운 전례를 되풀이하는 데 그쳤다.[88]

소설의 등장은 역사적 조건과 관련시켜 설명하기가 당시의 경우보다 훨씬 쉽다. 이미 있는 많은 논의를 모아 정리하기만 해도 그럴 듯하게 보일 수 있다. 그런데 〈導言〉에서 "소설이 흥기한 것은 도시의 발전과 시민계층의 등장과 상당한 관계가 있다"(小說的 興期 城市的 發展 和市民階層的 産生 有相當關係)고 하는 상투적인 말을 모호하게 하

---

88) 唐詩의 기본성격에 관한 의문을 한문문명권뿐만 아니라 산스크리트어·아랍어·라틴어문명권에서도 일제히 공동문어시의 규범을 확립한 공통점을 들어 해결하는 견해를 《하나이면서 여럿인 동아시아문학》(1999)에서 제시했다. 길게 이어진 논의의 핵심 부분을 인용한다. "근체시를 확립해서 공동문어문학의 품격을 높인 것은 문학의 사회적 기능에서 두 가지 목표를 달성하기 위해 필요한 조처였다. 안으로는 피지배층에 대한 지배층의 위신을, 밖으로는 문명권의 주변부에 대한 중심부의 우위를 확립하려고 한 것이다. 피지배민중에 속한 사람이 지배층으로 상승하기 위해서, 문명권의 주변부가 중심부와 대등하게 되기 위해서는 반드시 넘어야 할 장벽을 만들어, 한편으로는 계급모순, 다른 한편으로는 민족모순이 분출되지 않고 잠재되어 있도록 했다고 할 수 있다. … 중세의 공동문어시는 당면한 이해관계에 매인 협소한 시야에서 벗어나 누구나 인정할 수 있는 보편주의의 이상을 구현하면서 중세문명의 우월성을 입증해 반발을 잠재웠다. 어느 시대의 문학이든 모두 그 시대의 산물이고, 그 시대의 이념을 구현하며, 그 시대를 옹호하는 구실을 하지만, 중세의 공동문어시가 그 점에서 가장 모범을 보였다."(319~320면)

기나 하고(제1권 14면), 구체화된 논의가 없다. 〈明代文學槪況〉에서
는 "우리나라 고대소설은 明代에 출현해 가장 높은 수준에 이르렀
다"(我國 古代小說 創作 在明代出現 第一個 高潮)고 하고, 바로 다음 문장
에서 四大奇書가 "명대소설의 최고 예술적 성취"(明代小說的 最高 藝
術的 成就)라고 했다.(제3권 364면) 소설이 무엇인가 하는 논란은 외면
하고 수준의 고하를 가리는 데만 관심을 가졌다. 〈明初的 戲劇 與
小說〉이라는 구체적인 항목에서는 작가와 작품을 소개하기만 했
다. 소설이 무엇이며 언제 왜 생겼는가 하는 문제를 감당하려고 하
지 않고 문학사를 써냈다.[89]

《中華文學通史》(1997) 전10권은 널리 보급되지 않았다.[90] 결함이
많다는 이유에서 평가가 절하되어 외면당하는 것은 아니다. 중국
에는 학술서적을 스스로 구입하는 독자층이 없는 것 같다. 이 책은
너무 방대해 대학교재로 사용하기에는 적합하지 않아 적절한 분량
의 교재가 별도로 필요하다. 鄭振鐸, 《揷圖本 中國文學史》(1958) 전
4권; 劉大傑, 《中國文學發展史》(1962) 전3권; 游國恩 外, 《中國文學
史》(1963) 전4권이 계속 간행되는 것이 그 때문이다.

과거에 머무르지 말고 교재를 새롭게 만들어야 한다는 국가 시책
에 호응한다고 하면서 문학사를 거듭 집필한다. 袁行霈 · 攝石樵 ·
李炳海 共編, 《中國文學史》(1999, 2005)(北京: 高等敎育出版社) 전 4권;

---

89) 《한국문학통사》(1982~1988)에서 전개한 소설론, 그 근거가 되는 이론을 상론하면
서 중국소설에 관한 의문까지 해결하려고 시도한 《소설의 사회사 비교론》(2001)을 읽
고 토론할 날이 오기를 고대한다.

90) 책이 나온 다음 해인 1998년 10월 東亞比較文化國際學術會議 기조발표자로 초청받
아 북경에 가서 북경대학 구내 숙소에 머무르고 있는 동안 구입하고자 했으나 어느
서점에도 나와 있지 않았다. 중국에 유학해 중국문학 박사과정을 이수하는 학생에게
부탁했더니 가능한 방법을 찾아보겠다고 하고 여러 날 애써 어렵게 구한 것을 가져
왔다.

駱玉明·章培恒 共編,《中國文學史》(2005)(上海: 復旦大學出版社) 전 3권; 韓兆琦,《中國文學史》(2007)(北京: 北京師範大學出版社) 전 4권; 郭預衡,《中國古代文學史》(2009)(上海: 古籍出版社) 전 3권 같은 것들이 나왔다. 근래에는 분량이 줄어드는 경향이 있어, 柳存仁 外,《中國大文學史》(2010)(上海: 上海書店出版社) 전 2권; 郭英德,《中國古代文學史》(2012)(北京: 中國人民大學出版社) 전 2책; 台靜農,《中國文學史》(2012)(上海: 古籍出版社) 전 2책 같은 것들이 나왔다.[91]

이런 책은 모두《中華文學通史》(1997)에서 노력한 성과를 인정해 받아들이지 않고, 그 전 단계로 되돌아갔다. 駱玉明·章培恒 共編,《中國文學史》(2005) 전 3권을 전형적인 본보기로 들 수 있다. 서두의 〈前言〉에서 중국문학사는 훌륭한 저작이 많이 나와 있으나 자료가 추가되고 이해가 더욱 심화된 성과를 반영해 더 좋은 교재가 필요하다고 했다. 국가의 지원을 받아 새로운 책을 만들어 낸다고 하고, 편자와 필자가 유기적인 관계를 가지고 공동작업을 잘 했다고 자랑했다. 그럴듯한 말을 해서 기대를 가지고 읽게 한다.

그러나 읽어 보면 기대가 실망으로 급전된다. 수준 향상이라고 할 것은 없으며, 발전이 아닌 복고를 특징으로 한다. 고대니 중고

---

91) 단권으로 간추려 쓴 중국문학사는 더 많다. 2010년 이후에 나온 것들만 들어도 수가 놀랄 만하다. 郭丹等,《簡明中國文學史》(2010)(北京: 高等敎育出版社); 盛廣智,《簡明中國文學史》(2010)(長春: 吉林北出版社); 王飛鴻,《中國文學簡史》(2010)(長春: 吉林大學大學出版社); 劉勇派,《中國文學史》(2010)(北京: 紙裝書局); 周成華 主編,《圖說中國文學史》(2011)(鄭州: 中州古籍出版社); 駱玉明,《簡明中國文學史》(2011)(上海: 復旦大學出版社); 章培恒 外,《中國文學史新著》(2011)(上海: 復旦大學出版社); 傅宏星 外《中國文學史》(2011)(武漢: 華中師範大學出版社); 劉大白,《中國文學史》(2011)(長沙: 岳麓書社); 肖瑞峰,《中國文學史》(2012)(杭州: 浙江大學出版社); 郭丹 外,《簡編中國古代文學史》(2012)(杭州: 浙江大學出版社); 胡環琛,《中國文學史概要》(2012)(北京: 首都經濟貿易大學出版社) 명단을 다 작성하지 못했어도 이렇게 많다. 같은 곳에서 한 해에 중국문학사가 둘 출판되기까지 하는 기이한 일도 있다.

니 하는 말은 사용하지 않고 왕조 교체에 시대구분을 하기만 하고, 〈宋代文學〉에 〈遼金文學〉을 포함시켰으며, 소수민족문학에 관한 논의는 전혀 없다.[92] 漢賦, 唐詩, 元曲, 明淸小說 등으로 열거되는 문학갈래의 등퇴장을 문제로 삼으려고 하지 않고, 작가와 작품을 고찰하는 방식을 이었다. 처음 나온 중국문학사를 다시 보는 것 같다. 중국은 문학사를 가장 많이 산출하고 가장 적게 혁신하는 나라이다.

일본에서는 《岩波講座 日本文學史》(1995~1997) 전 18권 이후에 제대로 된 일본문학사를 찾아보기 어렵게 되었지만, 중국은 《中華文學通史》(1997) 전 10권 때문에 위축되지 않고 중국문학사가 거듭해 많이도 나오는 것이 아주 다르다. 이런 차이가 생긴 이유를 몇 가지 들 수 있다. 문학사가 일본에서는 출판사가 주도해 기획하는 상품이고, 중국에서는 공공기관의 공익사업으로 제작된다. 일본의 대학에서는 일본문학을 미세하게 고찰하는 강의나 하고 문학사라는 교과목은 없는데, 중국은 중국문학사를 필수과목으로 한다. 대학마다 중국문학사 교재를 따로 만들려고 해서 종수가 늘어나고 내용은 그리 다르지 않다. 어느 책이든지 관례를 존중하고 혁신은 하지 않으며, 저작권을 존중하지 않는다.

일본에서는 일본문학사를 구성하는 세 요소, 일본이라는 나라, 문학이라는 내용, 역사라는 관점이 인기를 잃어 일본문학사가 사양길에 들어섰다. 이것은 일본이 하강하고 있는 증후이다. 유럽문명권의 하강을 따르고 있어 어쩔 수 없다고 할 것은 아니다. 일본에서

---

92) 차례가 第1編 先秦文學, 第2編 秦漢文學, 第3編 魏晉南北朝文學, 第4編 隨唐五代文學, 第5編 宋代文學, 第6編 元代文學, 第7編 明代文學, 第8編 淸代文學으로 이루어져 변화가 전연 없다.

하강의 정도가 더 심하고, 극복을 위한 노력이 보이지 않는다. 중국에서는 중국문학사가 인기와 무관하고 상품 노릇을 하지 않는다. 중국·문학·역사를 중요시하는 사고방식이 지속되고, 국가의 지도와 지원을 받는다. 그래서 중국은 건재하다고 할 것은 아니다. 사회는 크게 달라지는데, 이념 통제 때문에 학문은 고착되어 있다.

4) 아시아 각국 2

일본문학사와 중국문학사의 차이에 관해, 앞에서 말한 사실이 한국문학사에서는 어떻게 나타나는가? 이 물음에 한국문학사 서술을 오늘날의 상황까지 고찰하고 대답하는 것이 적절한 순서이다. 그러나 비교의 항목이나 척도가 이미 밝혀졌으며, 일본과 중국 두 나라 문학사 비교를 다시 하는 것이 바람직하지 않으므로 논의를 앞당기기로 한다. 결론으로 삼아야 할 것을 먼저 논의한다.

한국에도 중국처럼 공공기관의 공익사업으로 제작되는 문학사가 없는 것은 아니지만 무시해도 좋은 예외이다. 한국은 출판사의 영업으로 문학사를 출판하는 점에서 일본과 다르지 않으면서, 자국문학사를 대학의 필수과목으로 하는 것이 중국과 같다. 일본에서는 출판사가, 중국에서는 공공기관이 지니는 주도권을 한국에서는 저자가 행사한다. 공공 자금의 지원 없이 저자가 스스로 문학사를 집필하고 출판사를 선택한다. 문학사가 한국에서는 일본이나 중국의 경우보다 더 잘 팔린다.[93)]

---

93) 〈岩波講座 日本文學史〉와 《中華文學通史》의 판매에 관해서는 이미 말했으므로 다른

중국처럼 한국에서도 한국·문학·역사가 중요시되어 문학사가 계속 의의를 가질 수 있게 하면서 지향점이 다르다. 관례가 아닌 토론, 지속이 아닌 혁신을 하면서 내용을 바꾸고 진로를 다시 설정한다. 그 내역에 대해 널리 관심을 가져 문학사의 의의를 확대한다. 한국의 학문은 감당하기 어려울 정도로 많은 문제를 심각하게 껴안고, 중국의 고착과는 다른 격동을 보이면서, 일본처럼 하강하지 않고 상승하려고 한다. 그래서 위험성과 가능성이 공존한다.

한국은 1945년에 광복을 이룩하자 국어 교육을 전국에서 일제히 실시하기 위해 필요한 교사를 양성하려고 대학마다 국어국문학과를 설치하고 문학사를 기본 교과목으로 삼았다. 경성제국대학을 경성대학으로, 다시 서울대학교로 개편하고, 전문학교였던 곳들을 대학으로 승격하여 여러 대학을 신설해도 대학이 모자라고, 교수 부족은 더욱 심각했다. 문학사를 강의하고 저술까지 할 수 있는 능력을 갖춘 사람은 경성제국대학 졸업생 극소수에 지나지 않아 분발해야 했다. 문학사를 쓸 시간도 준비도 없는 상태에서 서둘러 내놓아야 했다.

예를 든다. 小西甚一, 《日本文藝史》 제4권이 나왔다는 말을 듣고 서울 교보문고에 가서 주문을 했더니, 사전 예약 주문만 받았고 추가 주문이 불가능하다는 연락이 왔다. 일본에 간 기회에 여러 서점을 뒤져 그 책을 몇 서점에서 조금씩 어렵게 샀다. 1994년 1월 일본 京都의 국제일본문화연구센터에 초청받아, 小西甚一 교수와 함께 문학사에 관한 발표를 했다. 저녁 식사를 함께 할 때 《日本文藝史》가 얼마나 팔렸느냐고 물으니, 출간 부수를 확인하고 인세를 받는 것은 아내의 소관사이어서 자기는 모른다고 했다. 사실을 알리고 싶지 않아 한 말로 이해된다. 여러 권으로 이루어진 자국문학사가 일본이나 중국에서는 특수하고 희귀한 학술서적이어서 구하기 어려우니 많이 팔렸을 수 없다. 《한국문학통사》는 취급하는 서점이 많으며, 2015년 7월 현재 5만 질 이상 팔렸다. 인구비례를 계산하지 않고 부수 자체만 들어도 일본의 《日本文藝史》, 《岩波講座 日本文學史》, 중국의 《中華文學通史》보다 많이 팔렸으리라고 생각한다.

李明善,《朝鮮文學史》(1948)(서울: 조선문학사)와 金思燁,《朝鮮文學史》(1948)(서울: 정음사)가 먼저 나온 성과이다. 이 둘은 같은 해에 나온 소책자라는 공통점이 있으면서 지향하는 바가 상반되었다. 앞의 것은 시대를 〈고대의 원시문학〉, 〈중세기의 봉건문학〉으로만 나누어 좌익의 계급투쟁 사관으로 문학사를 서술하려고 하고, 뒤의 것은 왕조 교체에 의한 시대구분을 하고 사실 자체만 소중하다고 하면서 자료를 열거하는 우익 성향의 실증적 학풍을 지녔다. 이명선은 1950년에 전쟁이 나자 행방불명이 되어 후속 작업을 하지 못했다. 김사엽은 경북대학교 교수로 자리를 잡고《改稿國文學史》(1954)(서울: 정음사)를 다시 내서 자료를 추가하고 부피를 늘였다.

우리어문학회,《國文學史》(1948)(서울: 수로사)도 위의 두 책과 같은 해에 나왔는데, 경성제국대학 조선어문학과 졸업생들이 학회를 결성하고 공저로 만든 강의 교재이다. 여섯 시기를 구분하고, 鄭亨容, 〈上古文學〉(국문학의 발생-삼국문학), 金亨奎, 〈中古文學〉(향가문학시대), 孫洛範, 〈中世文學〉(고려초~조선초), 鄭鶴謨, 〈近世文學〉, (훈민정음 제정~신문학 직전), 具滋均, 〈現代文學〉(신문학~현대)을 분담해 집필했다. 의욕적인 시도였으나 내용이 미비한 소책자이다.

문학사를 개론으로 바꾸어 다시 낸 우리어문학회,《국문학개론》(1949)(서울: 일성당서점)에서는 진전이 확인된다. 高晶玉, 〈국문학의 형태〉에서 갈래 변천 총괄론을 제시한 것을 주목할 만하다. 김형규, 〈국어학과 국문학〉; 정학모, 〈한문학과 국문학〉에서도 긴요한 작업을 했다. 그 다음의 각론은 손낙범, 〈향가〉; 정형용, 〈가사〉; 정형용, 〈시조〉; 구자균, 〈연극〉; 고정옥, 〈민요〉; 구자균, 〈신문학〉으로 구성했다.

우리어문학회를 만들어 공동작업을 하던 이들 회원이 국토 분단 과 더불어 남북으로 나누어졌다. 남쪽에 남은 김형규는 국어학자가 되었고, 손낙범과 구자균은 고전문학 교수로 자리 잡았으나 문학사 저술은 다시 하지 않았다. 고정옥·정형용·정학모는 북쪽으로 가서 그쪽에서 문학사를 이룩하는 데 기여한 것으로 보인다. 고정옥 은 김일성종합대학 교수가 되어 한 동안 학계를 주도하는 위치에서 많은 논저를 낸 것으로 알려져 있다.

趙潤濟, 《國文學史》(1949)(서울: 동국문화사)는 경성제국대학 제1 회 졸업생이고, 경성대학에 이어 서울대학교에 국어국문학과를 만 들고 한국문학사 강의를 담당한 주역의 업적이다. 《朝鮮詩歌史綱》 (1927)(서울: 東光堂書店)이라는 대저를 이미 내고, 민족사관이라는 관점을 갖추고 있어 충실한 내용을 갖춘 문학사를 5백 면에 이르 는 분량으로 써내 한 해 전에 나온 몇몇 소책자를 압도했다. 《韓國 文學史》(1963)(서울: 동국문화사)라는 증보판에서 내용을 보완하고 서 술의 하한선을 낮추었다. 고등학교 교재 趙潤濟, 《敎育國文學史》 (1954)(서울: 동국문화사), 대학 교재 趙潤濟, 《國文學史槪說》(1965)(서 울: 동국문화사)이라는 축소판도 둘 냈다.[94]

조윤제는 좌우의 편향성을 함께 시정하는 제3의 노선을 정립해 문학사 이해의 기본 이론으로 삼고자 했다. 계급투쟁을 넘어선 민 족의 단합을 이룩하고 민족의 독립과 통일을 지향하는 학문을 해 야 한다고 하면서, 이념 논란을 배제하고 자료 열거에 머무르는 실 증주의도 문학 이해를 해친다고 비판했다. 문학은 생명의 구현이고

---

94) 나는 1957년 고등학교 3학년 때 조윤제, 《교육국문학사》를 교재로 국문학사를 배우 다가 《국문학사》 전권을 읽는 데까지 나아가 문학사와의 오랜 인연을 맺게 되었다.

사상의 표현으로 이해해야 한다고 했다. 두 가지 대안을 합쳐 민족사관을 구성하고, 민족정신이 분열했다가 단합하고, 침체했다가 소생한 과정을 밝히는 작업을 문학사에서 가장 잘 할 수 있어 문학사가 곧 민족사라고 했다.

문학이 무엇이며 어떻게 연구해야 하는가 하는 의문을 힘써 풀었다. "하나하나의 文學事象은 片片이 떨어져 있는 한 개의 고립적 事象이 아니고 기실은 한 생명체의 부분이며, 거기는 전체의 생명이 부분적으로 잠재하고 있어, 밖으로 아무 관련성이 없어 보이는 듯한 모든 부분적인 문학적 事象도 그것을 세로 또 가로 한데 編錄하면 완전한 생명체를 구성할 수 있을 것이다"라고 하고, "그러므로 문학사는 실로 이러한 상호간의 관계를 밝혀서 그 모든 문학적 事象이 한 생명체임을 잊지 말고, 그 생명을 살려 나가지 않으면 안 될 것이다"라고 했다.(2면) 고립을 넘어선 상호관련, 부분을 넘어선 총체성을 발견하는 것이 문학사의 임무이고, 학문하는 방법이라고 했다.

문학에서 "전체의 생명"을 찾자고 한 주장은 유럽 生哲學의 문학관과 상통하고 영향관계가 있었다. 문학을 자료나 사실로 해체하는 실증주의의 말폐를 극복하고, 자연학문과 다른 인문학문의 방법을 정립하고자 하는 생철학의 노력에 동참했다. 그러나 조윤제는 생명을 신비화하지 않고, 체계적이고 논리적인 인식을 존중했다. 막연한 의미의 생명이 아닌 민족의 삶을 역사적으로 해명하는 데 힘써 비합리주의를 넘어서고자 했다.

조윤제의 문학사는 이론적 지향에서뿐만 아니라, 문학사의 실상을 소상하게 밝히고 많은 사실을 포괄하고 있다는 점에서 또한 커

다란 의의가 있는데, 그 두 가지가 긴밀하게 연결되었다고 하기는
어렵다. 태동시대·형성시대·위축시대·소생시대·육성시대·발
전시대·반성시대·운동시대·복귀시대로 시대를 구분해 문학사는
생명체의 성장처럼 전개되어 왔다고 했다. 이런 거시적인 관점이
각 시대 문학의 특성과 밀착되지는 않아 세부로 들어갈 때에는 부
차적인 설명을 갖가지로 해야 했다.

한문학은 문학사의 방계 영역이라고 보고, 국문문학의 결핍을 보
충하는 자료로 활용했다. 한문학이 발달하고 국문학이 밀려난 탓에
위축시대에 들어섰다가 한글 창제와 더불어 소생시대가 시작되었
다고 했다. 한글 창제 이후에도 한문학이 풍부한 창조력을 다채롭
게 보여 시대변화에 앞선 과정은 파악하려고 하지 않았다. 구비문
학·한문학·국문문학의 대립적 총체가 민족문학이라고 하지 않고
국문문학만 일방적으로 선호해 민족정신 이해의 폭을 좁혔으며, 문
학사 전개를 역동적으로 파악하기 어렵게 했다. 전체는 부분을 넘
어선다고 하고, 부분의 대립적 총체가 전체라고 하지 않았다. 이런
생각은 원리에서 문제가 있고, 문학사의 다면적 복합성을 이해하기
어렵게 했다.

민족정신의 단합이 깨어지고 분열이 생기는 것은 일시적인 불행
임을 문학사에서 입증하고자 했다. 민족의 단합을 구현한 국민문학
향가의 시대가 가고, 고려 長歌와 景幾體歌의 대립으로 분열의 위
기에 이르렀다가 시조의 등장으로 단합의 국민문학이 재현되었다
고 한 것이 문학사 서술의 근간을 이루는 내용이다. 이런 견해는 실
상의 일면을 단순화한 결함이 있다고 하지 않을 수 없다. 같은 관
점을 가지고 가사니 소설이니 하는 새로운 문학의 갈래가 생겨나는

이유는 설명할 수 없어, 생활이 점차 복잡해진 과정이 문학에도 나타났다고 했다. 그 뒤의 변화는 외래문학이 영향을 끼친 결과라고 했다.

가장 큰 난관은 신문학의 성립을 논하는 것이었다. 갑오경장 이후에 운동시대, 3·1운동 이후에 복귀시대가 시작되었다고 했는데, 신문학 운동을 거쳐서 완전히 기생적인 외래문학인 한문학을 구축하고 본연의 형태인 국문문학에 복귀했다고 보았기 때문이다. 이것은 언어만 고려하고 정신은 도외시한 견해이다. 서양 전래의 문예사조를 대폭 받아들이고 일제 식민지 통치를 받는 처지에서 민족정신으로의 복귀가 이루어졌다고 해서 민족사관의 의의를 스스로 지나치게 축소했다.

1963년의 개고본에서는 복귀시대를 유신시대로 다시 명명하고, 서술을 대폭 늘였다. 그래서 민족사관의 일관된 주장이 무력해지고, 신문학은 서양에서 이식된 문학이라는 견해가 대폭 수용되었다. 민족의 독립과 통일을 위해 정신적 지침을 제공하겠다고 한 문학사가 당대 문학 이해에서 이식문학론을 바로잡지 못해 무력하게 되었다. 외래 사조 이식으로 민족문학이 혼미해지지 않고 오랜 전통을 비판적으로 재창조하는 발전을 밝혀 논하는 작업은 감당하지 못해 후진에게 넘겼다.

조윤제는 한국문학사를 쓰는 모범답안을 보여 주면서 미비점이나 파탄을 시정해야 하는 숙제를 남겼다. 그런데 다음 저자들은 모범답안을 자기 나름대로 다시 만들고자 하면서 숙제에는 관심이 없었다. 의욕을 줄여 말썽을 피하고 교재용으로 적합한 문학사를 적절한 수준으로 써내 논란거리를 남기지 않으려고 했다. 고전문학사에 머무르고 현대문학은 논외로 해서 둘을 연결시키는 난공사를 피했다. 그렇게 된 이유는 남북 분단이 고착화된 것과 깊은 관련이 있다. 이념 논쟁이 학문의 소관을 벗어나 극단화되고 이론 개척에 위험이 따르자, 주어진 틀을 받아들이고 사실 정리나 다시 하는 데 힘쓰자는 소극적인 자세가 정착되었다.

조윤제의 문학사가 위세를 자랑해 반론을 제기하거나 대안을 제시하기 어렵다고 여겨 모두 물러나 있던 시기에 李秉岐 · 白鐵, 《國文學全史》(1957)(서울: 신구문화사)가 나와 조윤제가 보여 준 것과 다른 길도 있다고 했다. 이병기는 국권을 상실하기 전에 漢城師範을 졸업하고 초등학교 교사를 하면서 시조를 쓰고 논하고 서지 연구와 작품 주해에도 힘쓴 학자이고, 조윤제와 함께 초창기 서울대학교 국문학 교수로 재직했다. 백철은 일본에서 영문학을 공부하고 돌아와 비평가로 크게 활동하고, 《朝鮮新文學思潮史》(1948)(서울: 수선사); 《朝鮮新文學思潮史 現代篇》(1949)(서울: 백양당)을 내놓아 신문학사 정리를 선도했다. 이 두 사람이 힘을 합치면 조윤제를 넘어서는 문학사를 이룩할 수 있다고 기대할 만했다.

책을 보면, 〈제1부 고전문학사〉, 〈제2부 신문학사〉로 구성되고, 〈부록 國漢文學史〉가 첨부되어 있다. 〈고전문학사〉와 〈국한문학사〉는 이병기가, 〈신문학사〉는 백철이 맡았다. 이병기 담당분은 "원고의 정리 · 교정을 맡아 수고했다"고 한 鄭炳昱이 완성했다. 백철은 기존 저서를 요약했다. 한문학사 · 고전문학사 · 신문학사를 모두 갖추어 국문학전사를 만든 것은 평가할 수 있다. 그러나 너무나도 이질적인 저자 두 사람이 아무런 협의 없이 각기 집필해 통일성이 전혀 없다.

 이병기가 자료에 대한 심미적인 이해를 하고, 백철은 문학사를 사조사로 정리하고자 한 노력이 연결되고 합쳐지면 높이 평가할 진전을 이룩할 수 있었을 것인데, 두 사람은 전혀 서로 관심이 없고 자기 할 일만 했다. 출판사에서 두 사람에게 각기 부탁한 원고를 받아다가 공저라고 하기도 어려운 책을 냈다. 조윤제가 합치려고 노력한 고전문학사와 현대문학사가 이 책 때문에 결정적으로 분단되었다.

 〈서론〉에서 〈국문학의 개념〉, 〈국문학사의 연구방법〉, 〈국문학사의 시대구분〉은 고전문학사와 신문학사에 모두 해당되는 것으로 편집되어 있으나, 실제로는 신문학사와는 무관하다. 〈고전문학의 사조적 변천〉이라는 것이 있어 주목되는데 〈고전문학사〉의 마무리로 삼고, 한문학은 고찰의 대상에서 제외되어 있다. 문예사조의 이식 양상을 고찰해 집필한 〈신문학사〉까지 재론해 한국문학사의 전 영역을 사조사로 이해하는 관점을 갖추려고 하지 않았다.

 〈국문학의 개념〉에서 "우리말과 우리 민족의 글자에 의한 표현이어야" 국문학이어서 한문학은 제외해야 한다고 했다. 한문학은 폐기해야 하지만 "국문학적 내용을 가진 자료"는 정리할 필요가 있어 〈국한문학사〉를 부록으로 수록한다고 했다. 한문학사 · 고전문학사 · 신문학사를 모두 갖춘 책을 마련하고서, 한문학사는 의의를 약화시키고 서두가 아닌 결말에 두는 이중의 차별을 해서 새로운 시도의 의의를 스스로 축소했다. 〈고전문학사〉는 왕조교체에 의한 시대구분을 하고, 역대의 시가는 자세하게, 소설은 소략하게 다룬 것이 특징이다. 그러면서 "劇歌"라고 일컬은 판소리에 대해서 깊은 관심을 가지고 申在孝를 크게 부각시켰다. 한문학사에서는 樂府를 자세하게 다룬 것도 평가할 만한 시도이다.

얼마 동안의 공백기가 있다가 고려대학교 민족문화연구소에서 《韓國文化史大系》라는 총서 제5권 《言語·文學史》(1967)(서울: 고려대학교민족문화연구소)를 냈다. 언어사와 문학사를 한 책에서 다룬 것은 특기할 만하다.[95] 문학사는 張籌根, 〈한국구비문학사 상〉, 任東權, 〈한국구비문학사 하〉, 鄭炳昱, 〈한국시가문학사 상〉, 朴晟義, 〈한국시가문학사 중〉, 宋敏鎬, 〈한국시가문학사 하〉, 閔丙秀, 〈한국소설발달사 상〉, 金起東, 〈한국소설발달사 중〉, 全光鏞, 〈한국소설발달사 하〉, 李家源, 〈한국한문학사〉로 이루어졌다. 구비문학과 한문학까지 포함해 문학사의 전 영역을 포괄하는 새로운 작업을 한 것은 평가할 만하다. 그러나 각 항목이 독립되어 있고 서술 방법이 각기 달라 일관성이 없다.

'한국구비문학사'라는 용어를 사용하고 서술을 시도한 것은 높이 평가할 만하지만 너무 간략하고 미흡하다. 〈한국구비문학사 상〉은 설화·무가를, 〈한국구비문학사 하〉는 동요·민요·속요를 다룬 것도 문제이다. 설화와 무가의 상관관계를 문제 삼지 않고, 신화는 설화에 넣어 무속신화와는 별개의 것으로 다루었다. 민요를 총칭으로 삼지 않고, 동요·민요·속요를 구분한 것도 적절하지 못하다. 기록에 올라 있는 자료와 오늘날의 구전을 연결시켜 구비문학사를 서술하려는 노력이 연구 부족으로 시도에 머물렀다.

다른 분야에서는 이미 이루어진 업적을 요약하거나 재정리했다. 그러면서 협의나 조정이 없어 각기 다른 논의를 폈다. 시가사에서

---

95) 언어사는 李基文, 〈한국어형성사〉, 金完鎭, 〈한국어발달사 상〉, 安秉禧, 〈한국어발달사 중〉, 金敏洙, 〈한국어발달사 하〉, 李崇寧, 〈한국어방언사〉, 朴炳采, 〈한국문자발달사〉, 姜信沆, 〈한국어학사 상〉, 金敏洙, 〈한국어학사 하〉로 이루어졌다.

변천이 일어난 이유는 어디서도 문제 삼지 않았다. 소설사는 유형을 분류하고 고찰하는 방식을 사용한 것이 어느 정도 공통되면서 유형을 함께 논의하는 자리를 마련하지는 않았다. 한문학사는 집필자의 기존 저서 李家源, 《韓國漢文學史》(1961)(서울: 민중서관)의 요약인데, 이에 관해 전연 말하지 않았다.

조윤제, 《국문학사》(1949)나 이병기 · 백철, 《국문학전사》(1957)가 나온 지 한참 되어 연구의 진행을 반영하고 적절한 서술을 갖춘 새로운 교재가 필요했다. 金俊榮, 《韓國古典文學史》(1971)(서울: 금강출판사); 金錫夏, 《韓國文學史》(1975)(서울: 신아사); 張德順, 《韓國文學史》(1975)(서울: 동화문화사); 金東旭, 《國文學史》(1976)(서울: 일신사)가 나와, 각기 그 나름대로의 특성을 보여 주었다. 김준영은 고대문학의 특성, 시가 형식의 발생 등에 관해 독자적인 견해를 폈다. 김석하는 연구방법, 외래사상과의 관계, 시대구분 등에 관한 서론을 길게 펴고 고전비평을 등장시켰다. 장덕순은 구비문학을 문학사에 포함시켜 다루는 새로운 관점을 마련하고, 구비문학 전반, 설화 · 민요 · 무가의 양상부터 고찰했다. 김동욱은 동아시아 비교문학의 관점을 갖추고 한문학을 중요시해야 한다고 역설하고 판소리를 중요시했다.

김동욱, 《국문학사》(1976)[96]는 주목할 만한 점이 있어 더 고찰할 필요가 있다. 〈민족서사시〉라는 항목을 서두에 내놓고, "한국의 서사시는 애초에 巫歌로서 연출되었다", 李奎報의 〈東明王篇〉 배후에 "거대한 서사시 문학이 존재했다"고 보아야 한다고 했다.(29면) 〈

---

96) 일본어본 金東旭, 《朝鮮文學史》(1974)(東京: NHK Press)를 먼저, 영역본 Kim Dong-uk, *History of Korean Literature*, translated by Leon Hurwitz(1980)(Tokyo: Center for East Asian Studies)를 나중에 냈다.

국문소설과 방각본소설〉에서 고전소설 坊刻本을 중요시해 목록을
제시하고 작품 해설을 했다. 〈국문학의 특색〉에서 문학사의 전반
적인 모습과 시대별 특성을 거시적으로 고찰하고, 마지막 대목 〈二
重組織 내지 三敎習合〉에서 "모든 것을 포용하는 汎神的인 세계관
이 있었기에 우리 사회는 하나에 치우치지 않고 평형을 유지"해 왔
다고 하고, 이것이 "중국문화에 대한 저항도 되고, 또한 민족적 구
심력의 根源力"이었다고 했다.(275면) 이것들은 모두 자세한 연구를
필요로 하는 시도이다.

김준영 · 김석하 · 장덕순 · 김동욱의 문학사처럼 사실을 알리는
데 힘쓰는 정격의 교재만 있었던 것은 아니다. 사실보다 해석을
더욱 중요시하는 독자적인 관점을 보여 주는 문학사도 몇 가지 나
왔다. 정격의 고정된 틀에서 벗어난 변격을 각기 상이하게 개발해
문학사는 누구나 쓸 수 있다는 것을 보여 주는 것이 한 동안의 풍
조였다.

金允植 · 김현, 《韓國文學史》(서울: 민음사, 1973)는 비평가 둘이 장
을 나누어 썼다. 김현은 불문학 전공자이다. 18세기 이후의 문학에
서 근대문학의 성립과 발전을 고찰하는 것을 공통된 관심사로 삼
고, 작가나 작품에 대한 해석을 논자 취향에 따라 자유롭게 했다.
전에 볼 수 없던 말을 많이 했는데, 모두 타당성이 의심된다. 연구
에서 해결해야 할 과제를 비평으로 감당하기는 어렵다는 것을 반증
했다.

呂增東, 《韓國文學史》(1973)(대구: 형설출판사);《韓國文學歷史》
(1983)(대구: 형설출판사);《배달문학통사》 1(1990)(대구: 형설출판사);
《배달문학통사》 2(1992)(대구: 형설출판사)는 몇 가지 점에서 특이하

다. 존댓말을 사용하면서, 높이 받들어야 할 교리를 엄숙하게 설파하려고 했다. 처음에는 유가의 명분론을 내세우다가, 나중에는 《桓檀古記》를 신봉하는 민족사 예찬을 교리로 삼아 책 이름을 바꾸었다.

金烈圭, 《韓國文學史: 그 形象과 解釋》(1983)(서울: 탐구당)은 시대순의 서술을 버리고, 자료와 사실을 정리하려고 하지 않았다. 이른 시기에 나타나 되풀이되어 온 문학적 형상에 대한 저자 나름대로의 해석을 하는 착상과 시도로 책을 구성했다. 탐구의 의의가 있다고, 문학사를 썼다고 인정하기 어렵다.

위에서 든 세 문학사는 각기 근대·역사·원형을 중핵으로 삼았다. 근대를 스스로 이룩하는 문학 창작을 한 것을 자랑스럽게 여기고, 근대문학에 관한 이식문학론을 청산해야 한다. 역사는 가치관의 근거이고 신성하게 받들어야 할 교훈이며, 일본의 식민지 통치가 남긴 유산에서 벗어나 역사관을 바로잡는 것이 민족의 사명이다. 원형은 지속되고 반복되어 시대를 넘어서므로, 원형을 발견하면 한국문학의 핵심을 파악할 수 있어, 사실이 모두 다르다고 말하는 실증주의를 넘어서야 한다.

이렇게 말한 것이 서로 다르지만, 세 책은 중핵으로 선택한 것에 의해 논의를 단일화한 공통점이 있다. 중핵에 의한 단일화는 자료 열거를 일삼는 풍조를 넘어서서 주제 중심의 문학사를 쓸 수 있다는 것을 보여 준 의의가 있으나, 사태의 일면을 자의적으로 해석하는 데 그쳐 비판의 대상이 되지 않을 수 없다. 중핵을 다원화하고 상관관계를 다양하게 파악하는 방향으로 나아가 의의를 살리는 것이 마땅하다.

다른 한편으로 종합적인 서술을 지향하는 분량의 큰 문학사도 나왔다. 大韓民國藝術院, 《韓國文學史》(1984)(서울: 예술원)는 많은 집필자가 참여해 이룩한 공저이다. 金東旭·金泰俊이 이른 시기부터 〈통일신라 시대의 문학〉까지의 문학사를 총괄한 다음, 〈고려시대의 문학〉에는 張德順이 참여하고, 〈조선 전기의 문학〉은 崔正如가 시가, 徐首生이 산문을 맡고, 〈조선 후기의 문학〉은 崔珍源이 시가, 李相澤이 산문, 徐鍾文이 희곡을 분담했다. 〈현대문학〉은 전기와 후기로 나누어, 전기는 鄭漢模가 시가, 申東旭이 산문, 金元重이 희곡, 金允植이 비평을, 후기는 鄭漢模가 시가, 申東旭이 산문, 吳學榮이 희곡, 金容稷이 비평을 맡아 집필했다.

출신과 성향, 그리고 연령까지 상이한 이상 14인이 각기 자기 전공분야에 속한 사항을 맡아 서술해 다양성과 정확성을 평가할 만하다. 그러나 체제가 일정하지 않고 통일성이 결여되어 있다. 서술의 분량도 필자에 따라 많이 다르다. 필요 이상 자세하게 다루기도 하고, 너무 소략하기도 하다. 결락이 있는 것은 더욱 심각한 잘못이다. 각기 다른 사실을 무원칙하게 열거하는 데 그치고 복합적 관계를 파악하지 못해 종합적 서술이 이루어지지 않았다. 전체를 계획하고 이루어진 원고를 검토해 수정을 요구하는 총편자가 없어 많은 예산을 써서 한 일이 헛되게 되었다. 서문을 쓴 예술원원장 郭鍾元은 주문자일 따름이고 설계자는 아니다.

개별적인 서술을 몇 가지 보자. 김동욱·김태준은 고조선과 고구려의 건국신화, 한족의 제천대회를 힘써 고찰하면서 탐라국의 유산은 빼놓았다. 희곡문학을 중요시해 통일신라, 조선후기, 현대문학 전기와 후기의 상황을 서술한 것은 평가할 만한 진전인데, 고려와

조선전기의 경우는 말하지 않았다. 한문학에 대한 배려가 부족하고, 조선후기 한문학을 다루지 않은 것은 잘못이다. 비평문학을 현대문학 전후기의 것만 다루고, 고전비평은 논의하지 않은 것도 미흡한 점이다.

조동일, 《한국문학통사》(1982~1988 제1판, 1989 제2판, 1994 제3판, 2005 제4판)(서울: 지식산업사) 전 5권(별책부록 포함 전 6권)은 어떤 지원도 받지 않고 개인이 썼으나 가장 방대하다. 표제에서 말한 바와 같이 통사를 써서, 전공에 따라 세분된 한국문학의 전 영역을 통괄하고, 연구가 이루어지지 않은 자료까지 포괄하고자 했다. 다양성을 최대한 확보하면서 통일성을 갖추어 둘이 맞물리도록 했다. 문학사 집필과 문학사학 이론 정립을 함께 했다. 자료와 연구 성과를 계속 수용하고 관점을 가다듬어, 제2 · 3판에서는 부분 개고를, 제4판에서는 거의 전면 개고를 했다.[97]

전체 구성이 《제1권 원시~중세전기문학(고려 전기까지)》, 《제2권 중세후기문학(고려 후기~조선 전기)》, 《제3권 중세에서 근대로의 이행기문학 제1기(조선 후기)》, 《제4권 중세에서 근대로의 이행기문학 제2기(1860년~1918년)》, 《제5권 근대문학(1919년~1945년)》, 《제6권 별책부록 내용 · 사항 색인》으로 이루어져 있다. 1945년 이후의 문학을 다루는 제6권도 쓰고자 했으나, 분단 이후 남북문학 통합 서술이 자료와 관점 양면에서 가능하지 않아 부득이 포기한다고 제4판 머리말에서 밝혔다.

문학사를 자세하게 쓰는 일은 한 평생을 바쳐도 제대로 할 수 없

---

97) 불문판 축약 재집필본이 Cho Dong-il et Daniel Bouchez, *Histoire de la littérature coréenne des origines à 1919*(2002)(Paris: Fayard)이다. 영문 축약 번역본 Cho Dong-il, Charles La Shure tr., *History of Korean literature* (London: Saffron)이 출간 예정이다.

다고들 한다. 연구기관에서 공동작업을 하면 더 잘 할 수 있는 것은 아니다. 문학사를 위한 연구기관이 없고, 있다 해도 운영자가 될 수 있는 것도 아니다. 책임과 권한이 분명한 개인 저작의 장점을 살려 비능률이나 혼란을 멀리 하는 것이 마땅하다는 생각을 하면서 집필에 몰두했다. 많은 사람이 오랜 기간 동안 자료를 찾고 연구를 진행한 성과가 축적되어 있어 출처를 밝혀 집약하고, 새로운 관점에서 재론했다. 문학사 서술의 오랜 고민을 해결해 다양성과 통일성을 함께 갖추려고 했다. 한국학대학원에서 한국문학을 혼자 강의하는 동안에 대부분 집필하고, 조윤제의 과업을 한 대 건너 물려받아 문학사를 담당하는 서울대학교 교수가 되어 완성하고 거듭 개고했다.

조윤제가 확립한 공식 견해, 국문문학은 문학사의 본령이고 한문학은 방계라고 하는 것을 시정하고, 취급 범위를 확대해 균형을 다시 잡았다. 구비문학·한문학·국문문학을 대등하게 포괄하면서 상관관계를 고찰하고, 고전문학이 현대문학으로 이어지는 과정을 해명하고자 했다. 문학사는 단일체인 것을 이상으로 한다는 견해를 버리고 다원체인 것이 당연하고, 이질적인 것들의 관련양상을 밝히는 작업이 문학사 서술의 근본을 이룬다고 했다. 제4판에 이르러 기본 관점이 生克論임을 서론에서 밝히고 다원체의 양상을 더욱 중요시해 고찰했다. 생극론은 다양한 현상의 복합적인 관계를 파악해 문학사를 다원체로 이해하는 데 다른 어떤 방법보다 유력하고 유리하다.[98]

문학사와 사회사의 관계에 관한 오랜 논란을 인과의 선후와는 반

---

98) 변증법이냐 생극론이냐 하는 논란을 〈생극론의 역사철학 정립을 위한 기본구상〉, 《한국의 문학사와 철학사》(1996) 이래로 계속해서 하고, 생극론은 변증법에서 말하는 相克을 포괄하고 넘어선다는 것을 밝혔다.

대가 되는 인식의 선후에 따라 해결하고자 했다. 확실한 표면에서 불확실한 이면으로, 명백하게 드러난 사실에서 숨은 내막으로 나아가는 방법을 제시했다. 언어 사용이 달라진 명백한 사실에서 출발해 문학갈래 개편을 이해하고, 문학갈래 개편의 주역을 찾아 문학담당층의 교체를 해명하고, 그 저변의 사회경제사적 변화에까지 가능한 대로 도달하는 인식의 선후에 따라 인과의 선후를 밝히는 난제를 하나씩 해결했다. 사회경제사 연구가 미흡해 문학사를 쓸 수 없다고 하지 않고, 문학사의 위상을 높이는 착상으로 시대구분을 하고, 문학사의 전개를 파헤치는 작업을 한 단계씩 진행하는 과정에서 사상사와의 관련도 함께 해명했다.

언어 사용이 가장 명백하게 드러나 있는 표층이어서, 구비문학만 있던 시대, 기록문학으로 나아가 한문학이 등장한 시대, 국문문학이 이루어진 시대, 한문학이 퇴출되고 국문문학이 국민문학으로 승격된 시대가 명백한 증거에 의거해 쉽게 구분된다. 다음 층위인 문학갈래 개편에서 두드러지게 나타난 사실은 건국서사시 또는 건국신화, 서정시 한시와 향가, 가사, 소설의 등장이다. 이것은 문학담당층의 교체로 이루어진 변화이므로 양쪽을 연결시켜 시대구분을 구체화할 수 있다. 그 저변의 사회경제사의 변화에까지 이르는 것은 가능한 대로 하면 되고, 다 하지 않아도 문학사 서술의 임무는 수행한다.

언어 사용의 변화, 문학갈래의 개편, 문학담당층의 교체를 총괄하면, 말썽 많은 고대·중세·근대의 구분을 명확하게 해서 사회경제사에 지침을 제공할 수 있다. 고대의 지배자는 건국서사시를 만들어 자기중심주의라고 할 사고를 나타냈다. 중세의 귀족은 한문학

을 받아들여 한시를 짓고 향가를 만들어 서정시를 통해 주관적 관
념론을 구현하면서 보편주의의 이상을 추구했다. 다음 시대를 주도
한 사대부는 이상과 현실을 함께 중요시하는 객관적 관념론을 갖추
어 서정시 시조와 교술시 가사를 공존시켜 중세후기로의 전환이 일
어났다.[99] 시민이 등장해 사대부의 지배를 흔들면서 양자의 경쟁적
합작품인 소설을 발전시킨 것이 중세에서 근대로의 이행기의 변화
이다. 시민이 주도하고 노동자가 비판세력으로 등장하는 근대에는
한문학과 함께 교술시 가사를 퇴장시키고, 서정시 · 소설 · 희곡으
로 축소된 문학을 국문으로 창작하면서 민족주의를 새로운 지표로
삼았다.

문학사는 거시와 미시 양면을 갖추어야 한다. 이런 거시적인 조
망을 필요에 따라 다각적으로 구체화해서 문학사 전개의 양상을 세
밀하게 살피는 데까지 이르렀다. 전후의 연관을 파악하는 작업과
작가나 작품에 대한 개별적인 논의가 함께 이루어지도록 했다. 그
래서 한편으로는 이론적 취향이 너무 강하다는 비판을 받고, 다른
한편으로는 백과사전을 만들었다는 핀잔을 듣는다.

얻은 성과가 만족스러운 것은 아니고 미비점이 허다하다. 문학
담당층 교체의 근저에는 사회경제사 변화가 있다고 인정되지만, 연
구가 미비해 연결공사를 제대로 하지 못했으므로 분발이 요망된다.
사상사와의 관련을 밝히는 작업도 더욱 힘써 해야 한다. 문학사가

---

99) 가사는 언제나 문학사 서술을 어렵게 하는 문제의 갈래였다. 시가이면서 문필인 가
  사가 한국문학에만 있는 특수한 갈래라고 하고, 자연미의 발견을 계기로 출현했다고
  조윤제, 《국문학사》(1949)에서 말했다. 《문명권의 동질성과 이질성》(1999)에서, 가사
  와 같은 장형 교술시는 세계문학의 보편적 갈래의 하나임을 밝히고, 여러 문명권 중
  간부 중세후기 지식인이 사상적 논란을 문명권 중심부의 전유물로 남겨 두지 않고 민
  족구어를 사용해 새롭게 전개해 많은 작품이 산출되었다고 했다.

아니고서는 할 수 없는 일을 충실하게 하고 문학사를 넘어서서 총체사를 이룩하는 과제를 제기하고 감당하려고 노력했다. 《철학사와 문학사, 둘인가 하나인가》(2000)에서 문학사와 철학사를, 《소설의 사회사 비교론》(2001)에서 문학사와 사회사를 통합하려고 했다.

여기까지 이른 모든 작업을 한국문학사에서 동아시아문학사로, 다시 세계문학사로 나아가면서 진행해왔다. 한국문학사 서술에서 얻은 이론적인 성과가 동아시아문학사를 마련하고 세계문학사를 다시 쓰는 지침이 될 수 있다고 《동아시아문학사비교론》(1993)에서 《세계문학사의 전개》(2002)에 이르기까지 여러 저작에서 밝혀 논했다. 이에 관해서는 다시 고찰하기로 한다.

조동일, 《한국문학통사》(1982~1988)와 같거나 더 큰 분량의 한국문학사는 나오지 않았다. 후속 작업을 방해한 책임이 있는지 심각하게 생각해볼 일이다. 공동작업을 해서 거질의 문학사를 이룩하려고 하다가 이룬 성과가 없다. 성격이 각기 다른 문학사가 몇 가지 나와 타개책을 찾았으므로 양상을 구체적으로 살피기로 하지만, 다음 시대의 작업을 하고 있는가는 의문이다.

張德順 외, 《韓國文學史의 爭點》(1986)(서울: 집문당)은 많은 논자가 공동으로 집필한 쟁점 위주의 문학사론이다. 64명의 필자가 (1) 총론 5, (2) 고대문학 5, (3) 향가시대 문학 9, (4) 고려시대 문학 8, (5) 조선전기 문학 8, (6) 조선후기 문학 20, (7) 현대문학 9, 모두 7개 항목의 서술을 했다. 문학사를 통사로 서술할 때에는 비중을 고려해 자세하게 다룰 수 없는 쟁점을 적출해 대립되는 견해를 시비하면서 해결책을 찾고자 했다.

총론에 포함된 김명호, 〈국문학연구 방법〉, 김재홍, 〈국문학의 전통〉에서 원론적인 차원에서 특히 긴요한 논의를 간추리고 펼쳤다. 김화경, 〈건국신화의 전승 경위〉, 조희웅, 〈삼국유사 불교설화의 형성과정〉은 자료의 출처에 관한 의문을 다각도로 고찰했다. 최래옥, 〈薯童의 정체〉; 김진영, 〈處容의 정체〉에서는 불분명한 정체를 해명하기 위해서 제기된 갖가지 견해를 시비했다. 양태순, 〈井邑詞는 백제노래인가〉; 김병국, 〈시조의 발생 시기〉; 최웅, 〈가사의 기원〉; 이규호, 〈잡가의 정체〉; 정병헌, 〈판소리의 발생〉 등은 성격 규명과 시기 판정을 관련시켜 논란을 벌였다. 조태영, 〈사설시조의 작자층〉이나 박일용, 〈군담소설의 작자층〉에서는 작자층의 문제를 논의했다. 윤영천, 〈신소설의 전통 계승 여부〉; 조남현, 〈저항시 시비의 곡절〉 또한 긴요한 쟁점을 고찰했다. 어느 경우에든 견해 대립의 내력을 고찰하고 온당한 결론을 내리고자 했다. 그 결과가 조동일, 《한국문학통사》(1982~1988)에서 논의한 것과 대체로 합치되어 타당성을 입증해준다고 할 수 있다. 李家源, 《朝鮮文學史》(1995~1997)(서울: 태학사) 전 3권은 저자의 선행저작 《한국한문학사》(1961)를 확대하고 새로운 내용을 추가해 한문학 위주로 쓴 책이다. 한자를 많이 사용하고, 한문학 작품 원문을 자주 인용하면서 번역하지 않은 점이 달라지지 않았다. 오늘날의 독자는 읽기 힘들어 주석본이 필요하다고 저자도 시인했다. 서두에서 사관의 문제를 거론하고, 민족사관이나 민중사관에 치우쳐 한문학을 무시하고 "鴻儒·碩學들의 작품"을 푸대접하는 잘못을 바로잡아야 한다고 했다. 정통한문학을 중심에다 두고, 비정통의 한문학과 국문문학을 곁들여 문학사를 쓰는 것이 마땅하다고 했다.

앞에 總敍가 있고 뒤에 後敍가 있어 서술의 관점을 거듭 밝혔다. 총서에서는 "孔丘의 《春秋》와 司馬遷의 《史記》 체재를 參用하여 우리나라 역사를 총정리하는 것을 커다란 소망"으로 삼고 이 책을 썼다고 했다.(3면) 후서에서는 "安鼎福의 《東史綱目》 類의 民族正史가 계속 편찬되어야 한다"고 했다.(1719면) 시대를 통괄하는 국호는 '朝鮮'임을 명시해 책 이름을 《朝鮮文學史》라고 한다고 했다. 각 시대의 국호를 밝혀 그 시대의 문학을 논하고, 조선왕조는 '李氏朝鮮'이라고 했으며, 일제강점기는 '大韓民國臨時政府' 시대라고 했다.

이름을 분명하게 하는 正名으로 正史를 이룩해야 한다는 정통 유학의 이념을 견지하면서, 민족정사를 문학사에서 이룩해야 하겠다고 했다. 오늘날에도 정사가 있어야 하는가, 나라 이름을 분명하게 하면 정사가 이루어지는가, 문학사가 민족정사라고 하는 이유는 무엇인가? 이런 의문이 제기되리라고 예상하고도 해명하지 않았다. 왕조교체에 따라 시대구분을 하고 문학의 시대적 특징을 왕조와 결부시켜 정치사가 문학사를 지배했다고 한 것이 실제로 한 작업이다.

그러면서 다른 한편으로 각 시대 문학의 기본 특징을 문학사조사에 입각해 서술하겠다고 했다. "북방의 저항의식"과 맞서는 "낭만적 사조"가 신라와 백제에 있다가, 남북사조의 합류가 이루어진 다음, 조선시대에 이르면 "낭만적 문예사조"가 재현하고, "사실적 문학"이 출현했다고 했다. 이런 발상을 선행저작 이가원, 《한국한문학사》(1961)에서 제시하고, 그보다 먼저 이가원, 《中國文學思潮史》(1959)(서울: 일조각)에서 갖추었다. 이 책은 朱維之, 《中國文藝思

潮史略》(1939)(上海: 合作出版社)의 번역본이라고 할 만큼 내용이 흡사하다.

유럽에서 낭만주의, 사실주의 등의 문예사조를 받아들여 중국문학사를 정리한 선례를 한국문학사에 적용했다. 왕조의 성격에서 그 시대의 사조가 생겨났다고 하는 당연히 요청되는 작업을 하지 않고 외래의 개념을 가져와 사용했다. 문예사조의 개념에 관한 심각한 논란을 "낭만적", "사실적"이라는 용어를 사용해 완화했다. 왕조교체에 의한 시대구분을 하고 문학의 전개를 고찰한 작업에 문예사조의 변천을 곁들이는 이중의 서술을 하고, 둘의 관련을 밝히지 않았다.

문학사를 쓰기 어려운 첫째 이유가 "자료의 선택이 엄격"해야 하는 데 있다 하고, "학식과 안목"을 제대로 갖춘 사람이라야 제대로 할 수 있다고 했다. 기존 연구를 매개로 하지 않고 저자가 직접 원전에서 찾아낸 작품을 다수 수록한 것이 소중한 성과이다. 엄선보다는 집성에 더욱 힘써 《新東文選》이라고 할 것을 만들면서, 저자 자신의 작품을 많이 수록했다. 문학사를 계속해 서술하려면 오늘날의 한문학을 외면하지 말아야 하고, 이가원을 오늘날의 한문학 작가로 등장시켜야 하는 것은 당연하다. 이가원의 한시문을 제대로 알아보고 엄정하게 고를 수 있는 후진이 책의 발문을 쓴 가까운 제자들 가운데도 있을까 염려해 自選했다고 하면 이해 가능한 처사이다. 그러나 자기가 쓴 신문학 작품도 넣고, 자기 집안사람들의 시문까지 모아놓은 것은 지나치다. 이가원은 신문학의 작가로 평가할 수 없다. 문학에는 追贈이라고 할 것이 있을 수 없다.

조동일, 《한국문학통사》(1982~1988)는 이가원, 《조선문학사》

(1995~1997)의 선행업적 가운데 가장 최근의 것이고 분량이 가장 커서, 비교대상으로 삼을 수 있다. 이가원은 1917년에, 조동일은 22년 뒤인 1939년에 태어났다. 저자 출생연도의 선후와 업적 출간연도의 선후는 반대가 된다. 저자의 연령과는 상관없이 업적의 연령에서는 《한국문학통사》가 선행업적이고, 《조선문학사》가 후행업적이다. 후행업적은 선행업적을 어떻게 비판하고 극복했는지 문제 삼아야 한다.

선행업적과 후행업적의 관계는 몇 번 바뀌면서, 비판과 극복의 관계가 달라질 수 있다. 선행업적인 이가원, 《한국한문학사》에서 한문학을 정당하게 평가해야 한다고 한 주장에 동의하면서, 조동일의 후행업적에서는 구비문학이 한문학과 함께 소중하다고 하고, 구비문학·한문학·국문문학의 상관관계의 역사로 문학사를 이해해야 한다고 했다. 후행업적은 이 견해를 받아들이거나 넘어서야 진전을 이룩한다. 그런데 구비문학과 한문학이 함께 작용해서 국문문학을 탄생시킨 과정을 새롭게 파악하려고 하지 않고, 한문학사가 아닌 총체적인 문학사를 쓰면서 한문학의 일방적인 우위를 재확인하기만 했다.

조동일이 구비문학·한문학·국문문학의 상관관계, 갈래체계의 변천, 문학담당층의 교체에 의거해 고대·중세·근대문학을 크게 나누고, 중세전기문학과 중세후기문학을 구분하고, 중세에서 근대로의 이행기문학을 논한 데 대해 후행연구는 불만을 가질 수 있다. 이에 대해 토론하고 대안을 제시하는 것이 당연히 요망되는 과업이다. 그러나 왕조교체에 의거한 시대구분을 다시 하거나, 수입한 개념으로 문예사조사를 얽거나, 시대구분은 필요하지 않다고 하거나 하는 것들은 토론의 회피이고 대안으로서의 의의가 없다.

이가원이 문학사를 正名論에 입각해 써야 한다고 한 것은 심각한 토론이 필요하다. 조동일은 이 문제에 대한 소견을 이미 제시한 바 있다. 정명론이 절대적인 권위를 가질 때 任聖周 · 洪大容 · 朴趾遠으로 이어진 선각자들이, 이름에 구애되지 않고 사물의 실상을 파악해야 하고 사물은 다양하고 나날이 변한다고 해서 정명론을 多名論으로 바꾸어놓은 것을 밝혀 논했다. 그 유산을 적극적으로 계승해 새로운 학문의 지침으로 삼아야 했다. 서로 상반되기조차 한 많은 이름을 동시에 인정하고, 다각적인 관점에서 벌이는 논란을 함께 받아들여 生克論의 학문을 하자고 해왔다. 《한국의 문학사와 철학사》(1996) 이래 여러 논저에서 전개한 이런 견해가 《한국문학통사》의 서술 원리라고 제4판(2005) 서두에서 밝혔다.

민족문학연구소, 《민족문학사 강좌》(1995)(서울: 창작과비평사) 전 2권;《새 민족문학사 강좌》(2009)(파주: 창비) 전 2권은 연구소의 저작이라고 한 것이 특이하다. 민족문학연구소라는 것을 만들어 문학사를 쓴다고 알려진 기간이 오래 되어 대저를 내놓으리라는 기대를 하게 하더니, 고전문학사와 현대문학사 상하권으로 한 통상적인 저작을 내놓았다. 연구회 수준 모임을 연구소라고 하고, 각기 독립적으로 활동하는 필자들이 쓴 글을 모아 문학사라고 했다.

책 이름을 "민족문학사"라고 한 이유를 밝혀야 했다. 서두의 글 임형택,〈민족문학사의 개념과 그 사적 전개〉에서 '민족문학'은 근대에 등장한 개념이지만, '국문학', '한국문학', '조선문학', '남한문학', '북조선문학' 등으로 일컫는 것들을 포괄하는 용어로 사용하겠다고 했다. 이 문제에 관해서는 다른 주장이 적극적으로 제시되어 있으므로 토론이 필요하다. 이가원은 역대의 국호를 넘어선 통칭이 조선이므로 책 이름을 '조선문학사'로 한다고 했다. 조동일은 통일 후에는 국호를 '우리나라'로 하자고 제안하고 '한국문학사'와 '조선 문학사'가 합쳐져 '우리문학사'가 될 것을 기대하면서, '우리문학사' 에 가장 근접된 '한국문학사'를 쓰고자 한다고 했다. '민족문학사'를 내세워 이런 주장을 넘어설 수 있을지 의문이다.

'강좌'라고 한 것은 연구해서 얻은 성과가 아님을 시인하고, 교 재로 쓰기에 적합한 수준이고 내용임을 알린 말이다. 이미 해 놓은 작업을 가져와 소개하고 해설하는 것을 능사로 삼고, 문학사에 포 함시켜 재구성하려고 하면 당연히 제기되는 문제점을 발견하고 해 결하려고 하지 않았다. 이용자가 학생들이니 친절한 설명이 긴요 하다고 하는 구실로 공장이 아닌 점포를 차려, 연구소라고 하는 곳 에서 출판사가 할 일을 했다. 김시업, 〈책을 펴내며〉에서 개정판 은 다양성과 유연성을 갖추고자 한다고 했으나, 기본 성격은 그대 로 두었다.

표방한 바와 같이 연구소의 저작이 아니고 공저이기만 한 문학사 라도 전체 설계를 갖추어야 한다. 서두의 글 상권의 임형택, 〈민족 문학사의 개념과 그 사적 전개〉, 하권의 최원식, 〈민족문학사의 근 대적 전환〉은 설계도처럼 보이지만 독립된 논설이다. 임형택은 "국 문학과 한문학의 이원구조"를 통일적으로 인식해야 하며, 신문학에 서도 민족문학이 이어진다고 했다. 최원식은 근대문학 기점론을 검 토했다. "갑오경장설", "18세기설", "북의 1866년"을 거론하고, "다 시 1894년"을 결말로 삼았다. 상하권 서두의 글이 둘 다 전체 설계 도를 제시했다고 하기에는 미흡한 내용이다. 전체 설계도가 둘일 수는 없다. 고전문학사와 현대문학사를 갈라 놓는 관습 타파를 전체 설계의 우선 과제로 삼을 능력이 없어 인습을 지속시켰다.

문학사를 집필하는 전체 설계도를 분명하게 제시한 전례가 있어 토론의 대상으로 삼는 것이 마땅한데 외면했다. 구비문학·한문학·국문문학의 상관관계로 문학사가 전개되었다고 한 데 대해 어떤 불만이 있어 국문학과 한문학의 이원구조를 말했는지 밝히지 않았다. 중세에서 근대로의 이행기론은 검토의 대상으로 삼지 않았다. 근대문학의 기점을 재론하기만 하고 시대구분에 관한 다른 말은 없다. 시대구분 문제를 회피해 시대구분이 없는 문학사를 내놓았다. 시대구분이 없으면 문학사라고 할 수 없다. 개별적인 논의를 번호도 없이 열거해 문학사의 기본 요건을 갖추지 않았다. 여러 집필자가 각기 쓴 글을 모아 놓은 문학논집이다.

그런데도 여러 글에 각기 따로 놀지 않고 논지가 연결된 듯이 보이는 것은 "민족"이니 "현실"이니 하는 말을 자주 사용하는 공통점이 있기 때문이다. 진보적 시각이라고 자처한 정치적 경향성을 앞세워 작품 내용을 해설하기나 하고, 쟁점 해결과 체계 재정립을 위한 학계의 토론에는 참여하려고 하지 않았다. 그래서 논의의 수준이 낮고 피상적이고 부정확하다. 학문을 제대로 한 필자라도 대중교양을 위한 글을 써야 한다는 요구 때문에 연구 성과를 제대로 보여 주지 못한 것 같다. 대중은 정확한 지식을 필요로 하지 않고 선동의 대상으로 삼아 마땅하다는 선입견이 작용했다고 하면 지나친 말인가?

《민족문학사 강좌》(1995) 상권에 수록되어 있는 김종철, 〈민족신화의 전승과 그 의미〉; 서인석, 〈17세기 전후 민족현실과 소설의

발전〉을 보자. "민족"이라는 말이 혼란을 일으킨다. 이른 시기의
여러 신화는 개별 집단의 창조물이었다가 그 가운데 어느 것이 민
족신화로 선택되고 미화되었다. 17세기 전후의 현실에 민족이라는
말이 들어가야 할 이유는 없다. 19세기 후반에 외세의 침공이 시작
되자 비로소 민족현실이 문제되었다. 이러한 변화를 고찰하는 것이
문학사 서술의 긴요한 과제이다. 그 두 항목이《새 민족문학사 강
좌》(2009)에서는 조현설, 〈구비서사시의 전승과 민족신화의 형성〉;
장효현, 〈장편소설의 형성과 조선후기 소설의 전개〉로 대치되어 무
리가 줄어들었다.

개정판에서는 동아시아문학이나 세계문학과의 관련도 고찰하겠
다는 포부를 제시했는데 실행이 따르지 않았다. 정출헌, 〈동아시아
서사문학의 지평과 나말여초의 서사문학〉; 장경남, 〈조선후기 사
행문학과 동아시아문화 교류〉에서 최소한 필요한 작업을 했을 따
름이고, 문학사 비교의 관점은 없다. 한문학을 동아시아 공동문어
문학이라고 하고, 다른 문명권의 여러 공동문어문과 공통점을 비교
해 고찰한 성과를 외면했다. '민족문학사'가 폐쇄적인 성격을 지닌
민족주의문학사이게 하는 관습에서 벗어나는 연구를 하지 않아 소
개할 것이 없다.

분단을 넘어서서 하나인 민족의 문학사를 '민족문학사'라고 하겠
다고 한 남다른 선택이 무색하지 않게 하려면 남북의 문학사를 통
합하려고 해야 한다. 그런데 남쪽에서 분단 극복을 위해 노력하는
문학을 많이 다루고 높이 평가하면서, 북한문학은 오직 한 항목, 세
사람이 함께 쓴 유임하 · 오창은 · 김성수, 〈북한문학사의 쟁점〉에
서 그쪽에서 알려 주는 대로 받아들여 소개하는 데 그치고 분단 극

복 문제는 거론조차 하지 않아 불균형이 심하다. 남쪽은 반체제 민간인 일부가, 북쪽은 국가가 나서서 분단 극복을 위해 노력한다고 하는 일방적인 주장을 연장시켰다.

장덕순, 《이야기 국문학사》(2001)(서울: 새문사)는 《한국문학사》(1975)의 대중용 개작본이다. 내용을 재정리하고 문장을 쉽게 이해하고 즐길 수 있게 써서 누구나 친근하게 여길 만한 보급판을 만들었다. 학문을 마무리하는 최종 작업으로 이 책을 쓰는 데 힘을 기울여 1996년에 내놓으려고 하다가 저자가 작고했다. 출간이 늦어진 탓에 유작이 되고 뜻한 바와 같이 널리 알려지지 않았다.

선행 저작보다 문학사의 전개를 더욱 분명하게 해서, 잘 알면 쉽게 이야기할 수 있다는 원리를 재인식하게 한다. 시대구분을 제1부 신화문학시대, 제2부 향가문학시대, 제3부 한자문학시대, 제4부 한글문학시대, 제5부 근대문학이라고 해서 선명하게 이해할 수 있게 했다. 긴요하고 흥미로운 사안은 길게 다루어 깊은 인상을 남겼다. 기존의 것들과는 아주 다른 책을 내놓아 문학사를 다양하게 하고 영역을 넓혔다.

제1부 신화문학시대의 서술에서 창세신화를 건국신화보다 먼저 들어 순서를 바로잡았다. 창세신화에는 구전 자료에 의한 천지개벽 신화도 있고, 문헌에 전하는 연오랑·세오녀 이야기도 있다고 했다. 《삼국유사》 대목에서는 저자 一然의 생애를 아주 자세하게 다루고, 칠순의 아들이 구순의 어머니에게 바친 효성을 절실한 느낌이 들게 이야기했다. 《용비어천가》를 두고 "서정적이면서도 굳은 의지, 쉬우면서도 깊은 철학을 간직한 훌륭한 작품"을 "아직도 시험 단계에 있는 한글로" 지은 것이 "놀랄 정도다"고 했다. 작품 자

체, 시대 배경, 저자의 견해를 자연스럽게 연결시켜 말하는 본보기
이다. 근대문학사에서 일제 말기 암흑기문학을 고찰할 때에는 그
시대에 겪은 저자의 고뇌가 짙게 나타나 있다.

이명구, 《이야기 한국고전문학사》(2007)(서울: 박이정) 또한 이해하
기 쉬운 "이야기" 문학사를 만년의 노대가가 써서 남긴 유작이다.
장덕순과 이명구 두 분이 평생의 연구를 마무리하면서 학문의 대중
화를 가장 긴요한 과제로 삼은 것을 함께 주목하고 평가할 만하다.
그런데 둘 다 저자와 독자의 세대차가 너무 커서 환영 받지 못했다.
편집에도 판매에도 힘쓰지 않는 전공서적 출판사에서 낸 것도 이유
가 되어 저술한 의도가 살아나지 못했다.

두 책은 대중화의 방법에 차이가 있다. 장덕순은 쉽게 이해하고
즐길 수 있는 책을 쓰려고 했는데, 이명구는 오늘날의 독자는 모
르는 과거의 일을 자세하게 설명하는 데 힘썼다. 가끔 각주를 길
게 달기도 했다. 독자를 위해 노력을 기울이는 만큼 더 무거워져 읽
기 부담스럽게 되었다. 문학사를 다 다루어 완결한 장덕순의 저작
이 466면인데, 이명구는 고전문학사만 1,076면이나 되게 쓴 차이
점이 그 때문에 생겼다. 압도적인 분량이고 가격이 만만치 않아 가
벼운 "이야기"를 바라는 독자와 만나기 어렵게 되어 있다. 이 책은
저자가 2005년에 작고해 출간하지 못하고 남긴 유저임을 오춘택,
〈후기〉에서 알리고, 출간 경위를 밝히고 편자의 임무를 맡아 한 일
도 적었다. 전 시간의 문학사를 다루었으나 현대문학 부분은 원고
를 유실한 것으로 보인다고 하고, 남은 유고를 수습하고 정리해 책
을 낸다고 했다. 교양서적 수준의 문학사를 쓴다고 하고, 본문에서
"이야기한다"는 말을 자주 해서 책 이름을 《이야기 한국고전문학

사》라고 붙인다고 했다.

시대를 왕조교체에 따라 고조선 · 삼국정립 · 삼국통일 · 고려 · 조선시대로 나누고, 고려시대는 전후기로, 조선시대는 제1기에서 제4기까지로 갈랐다. 고조선시대를 길게 잡아 삼국 이전은 모두 포함시켰다. 정치 정세와 문학의 관련을 중요시하는 관점에서 이미 알려진 사실을 자세하게 설명하면서 이따금 독자적인 견해를 제시했다. 〈兜率歌〉는 국가와 국왕을 칭송하는 노래라고 하고, 〈翰林別曲〉은 사대부가 득의한 모습을 보여 준다고 했다. 오늘날의 독자는 모르는 과거의 일을 자세하게 설명한 본보기가 조선시대 여성이 겪은 속박과 고통을 자세하게 알려 주어 기녀시조나 艶情小說을 재평가할 수 있게 한 것이다.

문학사를 다시 새롭게 쓰기 위한 노력은 계속되었다. 논의를 하고 계획을 세우기 위해 김열규 외, 《한국문학사의 현실과 이상》(1996)(서울: 새문사); 토지문학재단 편, 《한국문학사 어떻게 쓸 것인가》(2001)(서울: 한길사) 같은 것들이 나왔다. 그런데 문학사에 대한 각자의 소견을 발표하거나 기존의 문학사에 대한 불만을 말하는 데 그치고 새로운 작업을 위한 구상을 제시하지는 않았다. 몇 곳에서 문학사를 크게 만들고자 했으나, 설계도 자금도 없어 추진이 가능하지 않았다.

문학사가 근래 관심거리로 등장했다. 송현호, 《문학사 기술 방법론》(1985)(서울: 새문사); 양영길, 《한국문학사 인식 어떻게 할 것인가》(2001)(서울: 푸른 사상); 이노형, 《자주적 문학사와 민족성 연구》(2005)(울산: 울산대학교출판부); 임성운, 《문학사의 이론》(2012)(서울: 소명) 같은 책도 있다. 모두 힘들여 해보지 않은 일을 두고 말을 쉽게 했으며, 자료를 널리 구하려고 하지도 않았다. 문학사에 대한 철저한 검토를 갖춘 것도 새로운 작업을 하는 방안을 제기한 것도 아니다.

남북이 분단되자 북쪽에 독자적인 문학사가 있어야 했다.[100] 교재용 문학사가 필요해 이응수, 《조선문학사 1~14세기》(1956)(평양: 교육도서출판사); 윤세평, 《조선문학사 15~19세기》(1956)(평양: 교육도서출판사); 안함광, 《조선문학사 1900~》(1956)(평양: 교육도서출판사)을 내놓았다. 문학사의 합법칙적 발전을 사실주의 창작방법과 관련시켜 서술하겠다는 의욕을 보였으나, 연구 부족과 무리한 논의 때문에 결함이 적지 않았다. "신화적 사실주의", "고대 사실주의" 같은 부적절한 용어를 남발했다.[101] 현대편에서는 이기영과 한설야에 지나친 비중을 두었다.

혼란을 시정하는 착실한 출발이 필요해 문학연구실, 《조선문학통사》(1959)(평양: 과학원출판사) 전 2권을 이룩했다. 사회과학원 언어문학연구소 문학연구실에서 이름을 밝히지 않은 여러 사람이 집체집필해 표준이 될 만한 문학사를 마련했다. 서두에서 "아직 여러 가지 이론적 및 사료적 문제들이 충실히 해명되지 못하고 남아 있다"고 하고서도, 올바른 원칙에 입각해 제대로 쓴 문학사임을 자랑하고, "그 시대구분에 있어서, 일부 사료의 취급 및 문학현상들의 분석·평가에 있어서 종래의 문학사적 저서들과 구별되는 자기 특

---

100) 민족문학사연구소, 《북한의 우리문학사 인식》(1991)(서울: 창작과비평사)에서 1980년대까지 북한에서 나온 우리문학사를 여러 필자가 부담해 고찰했다.

101) 김성수, 〈북한 학계의 우리문학사 연구 개관〉, 민족문학사연구소, 《북한의 우리문학사 인식》(1991), 422면

성을 가지고 있다"고 자부했다.(8~9면)

유물사관으로 문학사의 전개를 해명하려고 한 것은 아니다. 시대 구분은 사회경제사와는 무관한 세기의 교체에 따라 하고, 각 세기의 문학의 기본 성격에 관한 설명도 앞세우지 않았다. 각 세기의 문학을 시가, 산문으로 나누거나, 거기다 극문학을 하나 더 보태 고찰하기만 했다. 차례에서 문학사의 전개에 대한 거시적 이해의 단서를 전혀 제공하지 않았다. 무리한 제목을 공연히 내걸어 말썽을 일으키지 않고 필요한 논의를 본문에서 전개하는 것이 유리하다고 판단한 것 같다. 그러나 형식적 편차가 내용을 침해해 문제가 된다. 세기별 시대구분이 문학사에서 일어난 변화와 맞지 않아 차질을 빚어냈다.

서두에서부터 강조해 말한 "역사주의 원칙"이 사회경제사를 개별적인 작가와 작품 해석에 결부시키는 작업을 의미하기나 하고, 문학사가 어떻게 전개되어왔는가 총체적인 해명을 하고자 한 것은 아니다. 문학의 총체는 자료더미라고 여기기나 하고, 사회경제적 변화와 밀착되고 "열렬한 애국주의, 풍부한 인민성, 높은 인도주의의 전통"을 구현한 사례를 골라서 소개하는 것을 임무로 삼았다. 한문학에 대해서도 적극적인 관심을 가진 것은 평가할 만하지만, 한문학의 성격에 관한 논의는 없고, 마음에 드는 작품을 선별하기만 했다. 문학사는 이론 수립을 위한 토론장이 아니고, 교육의 실제적인 필요성을 감당하는 대중적인 교재여야 한다고 임무를 한정했다.

1964년에 김일성종합대학 어문학연구소 조선문학연구실에서 방대한 규모의《조선문학통사》를 낸다는 계획을 발표했다. "조선노동당의 옳은 문예정책에 의하여 달성된 문예과학의 제성과에 기초하여 집필"한다고 하고, "필자들은 민족문화 유산을 정당히 계승·발전시키고 과학적으로 서술체계화하기 위해 일정한 노력을 하였으나 아직 미비한 바가 적지 않다고 생각"한다고 했다. 모두 16권이라고 하고, 권별 취급 시기와 필자를 발표했다. 대단한 계획이다. 그런데 그 계획대로 되지 못하고 일부만 출간되었다.[102] 김하명과 안함광이 주동적인 구실을 해서 집필을 세 권씩 맡고, 출간된 것이 두 권씩이다.

안함광, 《조선문학사 19세기말~1919년》(1964)(평양: 고등교육도서출판사)을 본보기로 들어 고찰해 보자. 서두에서 "우리나라는 17세기 이래 봉건제도의 붕괴를 촉진하는 사회경제적인 요인들이 형성되기 시작했으나 19세기 후반기에 이르기까지 의연히 낙후한 봉건적 농업국가로 남아 있었다"고 했다.(7면) 레닌을 인용하기까지 하면서 유물사관을 갖추려고 했으나 실제작업과 밀착되지 않았다. 자료를 많이 열거하고 인용한 가운데 의병의 시가를 들고, 유인석과 신채호를 크게 다룬 것이 주목할 만하다. 결말에 총괄론을 두고 19세기말~1919년의 문학은 "전체 인민을 반침략 반봉건 반자산계급적 사상으로 교양"한 "문학사적 의의"와 "미발달한 경제적 조건" 때문에 "역사적 제약성"을 함께 지녔다고 했다.(365~370면) 논의가 다듬어지지 않았어도 도움이 되는 책인데 유통이 정지되었다. 1970년대에 공식 노선으로 등장한 주체사상과 맞지 않기 때문이 아닌가 한다.

---

102) (1) 1~7세기 전반 신구현, (2) 7세기 후반~9세기 이응수, (3) 10~13세기 한용옥, (4) 11세기 한용옥, (5) 15~16세기 최시락, (6) 17세기 김하명, (7), (8) 18세기~19세기 60년대 김하명, (9) 19세기말~1919년 안함광, (10) 1920년대 안함광, (11)·(12) 1930~1945년 연장열·안함광·방연승, (13) 1945~1950년 현종호, (14) 1959~1953년 연장열, (15) 1953~1958년 엄호섭, (16) 1958~1960년대 이상태가 집필한다고 했다. 이 가운데 (1)·(2)·(7)·(8)·(9)·(10)만 출간했다. 출간된 책마저 "내부자료"여서 중국 연변대학에서도 입수하지 못했다고 한다.

그 뒤에 사회과학원 문학연구소 주도로 《조선문학사》(1977~1981)
(평양: 과학 · 백과사전출판사) 전 5권을 냈다. 저자가 연구소라 한 것도
있고 개인이라 한 것도 있으며, 출간 연도가 각기 다르다. 다룬 내
용순으로 목록을 작성해 보자. 문학연구소, 《조선문학사 고대 · 중
세편》(1977); 박종원 · 류만 · 최탁호, 《조선문학사 19세기말~1925》
(1980); 김하명 · 류만 · 최탁호 · 김영필, 《조선문학사 1926~1945》
(1981); 문학연구소, 《조선문학사 1945~1958》(1978); 문학연구소,
《조선문학사 1959~1975》(1977)이다.

이 책은 주체사상을 받들어 써야 했다. 준비 부족으로 뜻을 이루
지 못한다고 하던 유물사관 적용을 변명 없이 수행해야 하는 데다
덧보태 새로운 이념에 맞추어야 하는 과제가 주어졌다. 과학이라고
하는 유물사관이 역사학의 실제 작업에서 차질을 빚어내고 문학사
에 적용하기 어렵다는 것이 사회주의 국가 안팎 여러 선례에서 확
인된다. 주체사상은 유물사관 이상의 절대적인 가치를 가진다고 하
는 것만큼이나 문학사 서술에 적용하기가 더 어려워 전례가 없는
고난을 겪었으리라고 생각되지만 내색할 수 없었다.

모두 다섯 권이지만 《고대중세편》은 한 권에 지나지 않아 《조선
문학통사》(1959)보다 그다지 늘어나지 않았다. 《19세기말~1925》,
《1926~1945》에서는 논의의 대상 선택을 엄격하게 제한하고, 특정
자료를 크게 확대하고 무한히 높이 평가하면 주체사상의 노선에 충
실할 수 있고, 1945년 이후의 문학에 관해서는 그 동안의 교시가 전
적으로 정당했다는 것을 기본 논조로 삼으면 큰 어려움이 없었다.
그러나 《고대중세편》을 주체사상에 맞게 쓰는 것은 구체적인 지침
이 없어 난감한 일이었다. 김일성의 말을 자주 인용하고 돋보이는

활자로 박으면 할 일을 할 수 있었던 것이 아니다.

사회경제사 연구에서 내린 결론을 받아들여 삼국시대의 시작과 더불어 노예제사회가 끝나고 봉건사회가 시작되어 중세문학의 시기에 들어섰다고 분명히 말할 수 있게 되었다. 그러나 일단 성립된 봉건사회가 다시 생산력과 생산관계가 달라지는 데 따라 어떤 변화를 보였는지 해명하지는 못했다. 중세문학의 오랜 주역인 이른바 봉건통치배의 성격 변화에 관한 논의는 갖추지 않고, 반인민적 작태에 대한 비난을 늘어놓기나 했다. 상부구조인 문학이 물질적 토대와 어떤 관련을 맺어 왔는지 일관되게 논증해야 하는 유물론은 버려두고, 또 하나의 원칙인 당파성은 당장 들고 나올 수 있어 일방적으로 확대하는 것을 주체사상 구현의 방법으로 삼았다.

어느 시기 문학의 총체성, 문학담당층의 역사적 성격, 문학갈래의 문학사적 위치 같은 것은 돌보지 않고 작가와 작품만 논의할 가치가 있는 실제라고 여기면서, 문학의 인민성과 함께 애국적인 내용을 평가 기준으로 삼았다. 긍정적 의의가 인정되는 작가나 작품이라야 일단 등장시키고, 그 가치와 한계를 포폄하는 방식으로 논의를 전개했다. 비난의 대상이기만 한 봉건통치배 가운데 예외적으로 훌륭한 작가가 있었다고 하면서, 인민성과 애국주의에 대한 평면적이고 자의적인 평가를 내려 교훈을 제시하려고 했다.

고려 무신란 이후에 신흥사대부가 등장해서 봉건통치배의 성격이 달라진 역사적 전환에 대한 인식은 어디에도 나타나지 않는다. 경기체가와 가사의 등장이 문학사에서 어떤 의미가 있는가 하는 문제를 의식하지 않았다. 문학담당층과 문학갈래에 관한 일관된 관심이 없으면서 문학사를 서술하겠다는 것은 어떤 이념으로든 정당화

되지 않는다. 그런데도 수령의 교시를 부지런히 인용해 질책의 대
상이 되지 않아, 주체사상을 따른다는 학문의 몰주체적 성격을 확
인할 수 있게 한다. 《조선문학통사》(1959)에서는 중요시되던 판소리
는 교시에서 배척되었기 때문에 아예 논외로 했다.[103] 교시의 정당
성을 검증해서 뒷받침할 필요조차 없다고 여겨 학문이 무엇이며 왜
필요한가 하는 의문이 생기게 한다.

사회과학원은 연구를 주도하고 김일성대학은 교육을 선도하는
임무를 맡아 양립했다. 사회과학원 문학연구소에서 내놓은 문학사
를 교재로 삼아 김일성대학 조선문학과에서 가르치면 되도록 제도
화되어 있었다. 그런데도 문학사 저작을 놓고 두 곳이 경쟁하는 관
계를 지속시켰다. 문학연구소에서 낸 문학사가 정본의 위치를 굳혔
다고 받아들이지 않고 김일성대학에서 김춘택, 《조선문학사》(1982)
(평양: 김일성종합대학출판사) 전 2권을 다시 냈다.[104] 사회과학원 문학
사가 교재로 쓰기에 부적당하다는 이유를 들어 책을 다시 쓴 것 같
은데, 전반적인 관점과 체제는 거의 그대로 두고 부분적인 개작을
했다.

경기체가 형성의 문학사적 의의는 평가하지 않고, 가사의 등장

---

103) 김일성은 1964년 11월 7일 〈혁명적 문학예술을 창작할 데 대하여〉라는 연설에서
"남도창을 민족음악의 기본으로 삼아야 한다는 일부 동지들의 주장은 잘못된 것입니
다. 남도창은 옛날 양반들의 노래 곡조인데다 듣기 싫은 탁성입니다"라고 했다.(최
철·전경욱, 《북한의 민속예술》 1990, 서울: 고려원, 213면). 음악 창작에서 남도창을
잇지 말라고 한 말 때문에 문학사 서술에서 판소리가 제외되었다.

104) 사회과학원 문학사와 김일성대학 문학사의 관계에 대해서는 자세한 고찰이 필요
하다. 김일성대학 문학사는 1973년에 처음 나와 그 내용이 사회과학원 문학사에 대폭
수용되었으며, 3년마다 수정본이 다시 나왔고, 김춘택, 이동원, 신구현 등이 저자인
데, 저자명이 표시되기도 하고 표시되지 않기도 했다고 연변대학 김병민 교수가 확인
해 주었다. 그렇다면 1982년에 나온 김일성대학 문학사는 세 번째 수정본이다. 1991
년 수정본까지 나왔으며, 이인직, 이광수, 김소월, 한설야 등을 등장시킨 변화를 보였
다고 또한 확인해 주었으나, 자료를 구하지 못해 다룰 수 없다.

이 "시가 문학 발전의 합법칙적 현상"이라고 했다. 그런데 무엇이 합법칙적 발전인지 말하지 않았다. 생활을 폭넓게 반영하고자 하는 "인민들의 미학적 요구"가 높아진 것을 들고, 그 결과 가사가 이루어졌다고 했을 따름이다.(301면) 가사가 "인민들"의 요구로 창조되었다고 막연히 추정하고, 가사라고 하는 문학갈래로 실현되어야 했던 특정의 미학적 요구를 지적하지 못했다.

다른 문학갈래에 관해서는 "민족시가" 운운하는 의의를 인정하지 않고, 출현의 합법칙성을 거론하지 않았다. 문학갈래가 문학사 서술에서 중요시되어야 한다는 인식을 부분적으로 보여 주는 데 머물렀다. 17세기 후반에서 19세기 중엽까지의 문학을 통괄해 고찰하고, "봉건사회의 점차적 분해"와 "문학에서의 근대적 요소의 강화"에 대해 정리해 논한 것은 상당한 진전이다.(310면) 그러나 문학담당층의 변화와 새로운 문학갈래의 출현을 연결시키지 않아 인식이 혼란되고 논의가 성글다.

사회과학원 주체문학연구소라는 곳에서 《조선문학사》를 1991년 이후에 다시 내놓았다. 이름이 바뀐 주체문학연구소 명의로 알리는 말을 써서, "주체성", "당성", "노동계급성", "역사주의" 등의 여러 원칙을 철저하게 구현해 "조선문학 발전의 합법칙적 과정을 보다 정확하게" 밝혀낼 수 있게 되었다고 하고 15권으로 늘린 내역을 밝혔다. 정홍교, 《조선문학사 1(원시~9세기)》(1991)(평양: 사회과학출판사) 서두에서 제시한 계획을 보자.

제1권 원시~9세기, 제2권 10~14세기, 제3권 15~16세기, 제4권 17세기, 제5권 18세기, 제6권 19세기, 제7권 19세기말~1925년, 제8권 1926년~1945년 (Ⅰ), 제9권 1926년~1945년 (Ⅱ), 제10권 평화

적 민주건설 시기, 제11권 조국해방전쟁 시기, 제12권 전후복구건설 및 사회주의 기초건설 시기, 제13권 사회주의의 전면적 건설 시기, 제14권 사회주의 완전승리를 앞당기기 위한 투쟁시기 (I), 제15권 사회주의의 완전승리를 앞당기기 위한 투쟁시기 (II)이다.

대단한 포부를 나타내고 방대한 규모를 자랑했으나, 김일성에다 김정일의 말까지 보태 자주 인용하는 것 외에 크게 달라진 것이 없다. 시대 변화를 산만하게 설명하기나 하고, 문학담당층이 교체되고 문학갈래가 개편된 과정을 밝혀 논하려고 하지 않았다. 마땅히 다루어야 할 많은 자료를 외면한 채 선호하는 작가나 작품을 자세하게 고찰하기나 하고, 1945년 이후의 문학을 여러 권에서 상론해 분량이 늘어났다.

김하명, 《조선문학사 3(15~16세기)》(1991)(평양: 사회과학출판사)를 본보기로 들어보자. 김하명은 "원사, 교수, 박사"이고, 연구소 소장이어서 집필자를 대표한다. 15~16세기는 한글이 창제되고 문학사의 획기적인 발전이 이루어진 시기이다. 이 두 가지 이유에서 이 책이 적절한 예증이다. 〈용비어천가〉와 〈월인천강지곡〉에 관한 서술을 보면 1면 반 정도로 간략하다. 〈용비어천가〉는 "역사적 사실을 왜곡하고 터무니없이 현실을 미화한 것으로 하여 사상적 내용에서는 반동적이고 별로 가치가 없지만, 국문으로 된 첫 서사시 형식의 작품이라는 점에서, 그리고 당시의 역사 및 조선어 연구의 자료로 된다는 점에서 문화사적 의의를 가진다"고 하고, "창작가들의 계급적 토대와 창작 동기, 불리어진 범위에 있어서 인민들과는 전연 인연이 없었다"고 했다.(53면)

그러면서 개별 작가와 작품은 자세하게 다루고 높이 평가한 것들이 있다. 〈서거정과 동인시화〉라는 데서 "서거정은 봉건사대부로서의 계급적 제한성은 면할 수 없었으나 학자로서 당시의 누구보다도 시대적 요구에 민감하였고, 조국에 대한 열렬한 사랑으로 저술활동을 전개하였다"는 말을 앞에서 하고, 8면 정도의 분량으로 다각적인 서술을 한 다음 "서거정은 패설 문학 발전에 이바지하였을 뿐만 아니라 15세기 양반 문인들의 시 창작에서 사실주의로의 길을 개척하는 데서 선구적인 역할을 놀았다"는 말로 결말을 맺었다.(148 · 155면)

　다루는 대상의 비중을 무시하고, 서술의 균형을 갖추지 않았다. 중국이나 일본에는 결여된 한국문학의 특징인 서사시의 의의는 주목하지 않고, 모호한 개념의 패설을 지나치게 중요시하면서 내용을 부분적으로 논의하는 데 그쳤다. 문학 작품을 사실 기록으로 평가했다. 민족적 관점은 버리고, 계급적 척도만 내세웠다. 하층과 공감하지 않은 것이 결함이라는 판정을 한쪽에서만 하고 다른 한쪽에서는 하지 않았다. 이런 미숙함이나 수준 미달을 주체사상 탓이라고 할 수는 없다. 문장이 어색하고, 단락 구분이 안정되지 않은 결함도 지적하지 않을 수 없다.

　김하명,《조선문학사 5(18세기)》(1994)(평양: 백과사전종합출판사)를 하나 더 보자. 이것 또한 김하명이 집필했으며, 18세기는 문학사의 중요한 시기이므로 검토의 대상으로 삼을 만하다. "사회정치정세"에 따라 문학의 담당 계급이 교체된 변화를 중요시하고 제2장 〈평민시인들의 진출과 시조〉, 제3장 〈평민시인들의 한자시문학〉에서 고찰했는데, 부정확하고 미흡하다. 시조를 전문 영역으로 삼은 胥吏 출신의 歌客과 中人의 위치에서 한시를 창작한 委巷詩人의 차이를 말하지 않고 평민이라고만 통칭하고, 창작의 동기와 갈래 선택이 달랐던 이유에 관심을 가지지 않았다. 판소리 광대, 탈춤을 발전시킨 하층민을 함께 고찰하지 않아 성과가 더욱 빈약하다.

한문학을 중요시해 온 것이 《조선문학통사》(1959) 이래로 북쪽 학계의 장점인데, 발전시킨 성과가 보이지 않고 혼란과 위축이 확인된다. 제3장 〈평민시인들의 한자시문학〉제8장 〈실학파문학〉에서만 한문학을 다루고, 두 부류에 속하지 않은 한문학을 취급할 자리를 마련하지 않았다. 한문학의 새로운 갈래 樂府詩나 野談을 논의의 대상으로 삼지 않았다. 제9장 〈연암 박지원〉에서 고찰한 한문학의 변모를 다른 작가들의 경우와 함께 고찰해 그 양상, 이유, 의의 등에 관한 논의를 넓히는 것을 문학사 서술의 임무로 삼지 않았다.

국문문학은 널리 받아들인 것도 아니다. 시조는 평민시조란 것들만 다루고, 가사는 등장시키지 않았다. 소설은 9장 가운데 4장에서 고찰해 중요시했으나, 다룬 작품은 얼마 되지 않는다. 《옥루몽》, 《옥련몽》, 《장화홍련전》, 《콩쥐팥쥐》, 《흥보전》, 《춘향전》만 표제를 내세워 고찰했으며, 《완월회맹연》을 비롯한 여러 대장편은 작품명 열거에도 등장하지 않는다. 《춘향전》은 15면이나 되는 분량으로 다루었으나, 이본과 원전에 대한 언급은 없이 출처가 불분명한 내용을 들었으며, 김일성과 김정일이 신분의 차이를 넘어선 사랑이 작품의 주제라고 한 말을 인용하고 풀이하는 데 힘썼다. 구전설화와 소설의 관련에 관심을 가졌을 따름이고, 구비문학을 다루고자 하는 노력이 없다. 판소리는 작품으로만 거론하고 갈래로 문제 삼지 않았다. 탈춤은 언급의 대상으로 삼지도 않았다.

기존의 저작 문학연구소, 《조선문학사 고대 · 중세편》(1977)을 여

러 권으로 나누어 다시 써서 18세기문학을 한 권으로 했으나, 더 나
아진 것이 없다. 빈약한 연구 성과를 고수하고, 남쪽에서 제공하는
자료와 업적을 참고로 하지 않았다. 다룰 수 있는 것들도 이유 없이
빼놓아 기본 요건마저 갖추지 않은 것은 더 큰 결함이다. 편향성으
로 이해할 수 없는 미비점을 허다하게 남겨둔 게으름을 지도자 교
시를 부지런히 인용해 상쇄하려고 했다. "원사, 교수, 박사"이고 연
구소 소장인 위치에 있는 것은 신임이 두터운 증거이므로 면책 특
권이 있어 책을 제대로 쓰지 않아도 무방한 것 같다.

한국문학사는 외국인 저작이 일찍 이루어지지 않은 것이 특징
이다. 한국을 통치한 일본인도 해내지 못한 일을 먼 나라 사람들
이 감당하기는 더 어려웠다. 저자가 독일인인 에카르트, 《한국문
학사》(1968)(Andre Eckardt, *Geschichte der koreanischen Literatur*, Stuttgart:
W. Kohlhammer); 중국인이 쓴 韋旭升, 《朝鮮文學史》(1986)(北京: 北
京大學 出版社) 같은 것들이 한참 뒤에 나왔다. 남북한의 선행 업적
을 제대로 참고하지 않아 내용이 미비하고, 국내에 영향을 끼치지
못했다. 한국문학사 서술에 외국인이 부담스러운 선입견을 조성하
지 않은 것이 다행이면서, 직접적인 토론 상대가 없어 서운하다고
할 수 있다.

다음 순서로 월남의 경우를 살펴보자. 월남이 독립한 뒤에 하노
이에서 반떤 외, 《初草歷史文學越南》[105](1957~1960)(Van Tan, *So Thao
Lich Su Van Hoc Viet Nam*, Hanoi: Nha xuat ban Van Su Dia) 전 5권을 내

---

105) 월남어를 한자로 바꾸어 적기만 한다. 월남어의 어순이 특이하지만 이해하는 데
　　지장이 없다.

놓았다. 책 이름에 "初草"(So Thao)라는 말을 앞세워, 제대로 된 문학사가 아니고, 문학사 초고임을 밝혔다. 자료 해제나 작품 소개로 지면을 대부분 메웠으며, 체계 있는 서술을 했다고 하기 어렵다.

제1권은 머리말, 월남 언어와 문자의 역사, 구비문학으로 이루어졌다. 제2권에서는 시초부터 15세기까지의 문학, 15세기부터 17세기까지의 문학을 고찰했다. 제3·4권은 18세기 문학사이다. 제5권에서 19세기 전반까지를 고찰해 완결된 것 같지 않다. 각 시기별 고찰은 역사 배경, 한문학, 字喃문학으로 이루어져 있다. 그 아래 단위에서는 작가와 작품을 성격에 따라 분류해서 하나씩 소개하는 방법을 택했다. 시대적인 배경을 중요시하고, 외세의 침략에 맞서 월남의 주권을 지킨 문학을 크게 부각시킨 데 새로운 관점이 나타나 있기는 하지만, 대체로 보아 자료 해제 또는 자료 선집의 성격을 크게 벗어나지 않는다.

월남이 독립하고 남북으로 분단된 뒤에 남쪽의 사이공에서 나온 문학사 가운데 가장 자세한 것이 팜 테 응우,《월남문학사》(1961) (Pham The Ngu, *Viet Nam Van Hoc Su*, Hanoi: Nha xuat ban Van hoa thong tin)이다.[106] 저자는 머리말에서, 지난 15년 동안 월남문학사 연구에서 많은 진전이 있었다 하고, 전문학자가 아닌 일반인을 위해 그 성과를 정리한다고 했다. 내용을 전달하기에 편리한 방법을 필요한 대로 강구했다. 본문 서술에는 개별적인 사실을 하나씩 소개하고 작품 인용을 많이 해서 자료 편람으로 널리 쓰일 수 있도록 한 것이 하노이에서 낸 책과 그리 다르지 않다.

---

106) 그 전에 남쪽에서 Le Van Sieu, *Lich Su Van Hoc Viet Nam*(歷史文學越南)(1956); Pham Van-Dieu, *Van Hoc Viet Nam*(文學越南)(1960) 등이 나온 것으로 확인되나 구하지 못했다.

집성의 의의를 가진 책이어서 세 권 분량으로 늘어났다. 제1권에는 '文學傳口'라 한 구비문학과 역대왕조의 한문학, 제2권에서는 역대왕조의 '越文', 즉 字喃으로 표기된 월남어문학, 제3권에서는 1862년부터 1945년까지의 현대문학을 다루었다. 1862년은 월남이 식민지가 된 해이고, 1945년은 해방된 해이다. 현대문학은 國語라고 일컬은 로마자 표기의 월남어문학이다. 현대문학사를 1862년부터 1907년까지의 제1기, 1932년까지의 제2기, 1945년까지의 제3기로 나누어 정리했다. 1945년 이후의 문학은 거론하지 않았다.

외국인이 지은 월남문학사도 있다. 불어로 쓴 뒤랑 외, 《월남문학입문》(1969)(Maurice M. Durand et Nguyen Tran-Han, *Introduction à la littérature vietnamienne*, Paris: G. P. Maisonneuve et Larose)이라는 것이 프랑스에서 출판되었다. 뒤랑은 아버지는 프랑스인이고 어머니는 월남인이며, 하노이에서 태어나 자라면서 월남학을 할 수 있는 능력을 길렀다. 자기가 고전문학을 다루고, 1862년 이후의 문학은 프랑스에서 활동하는 월남인 응우옌 쩐-후언이 맡게 해서 공저를 냈다. 두 사람의 작업은 각기 따로 이루어져 일관성이 거의 없다.

이 책은 월남인의 저작인 기존 문학사와는 다르게 한문학을 제외했다. 월남이 기원전 1세기부터 10세기까지 중국의 통치를 받는 기간 동안에 중국의 영향으로 문화 발전을 이룩했다고 강조해 말하고, 한문학은 월남문학일 수 없다고 했다. 구비문학은 문학으로 인정해 서두에서 간략하게 고찰하고, 字喃이 사용되기 시작한 15세기 이후의 문학에 대해서만 구체적인 논의를 했다. 문학사 서술의 방법을 두고 고심하거나 시대 변화와 문학의 관계를 밝히려고 애쓰지도 않고, 대표적인 작품을 소개하는 데 힘쓰면서 원문 번역을 길게

인용하곤 했다. 책의 표제에 입문이라는 말을 앞세웠듯이 월남문학
을 간략하게 소개하는 입문서이고 본격적인 문학사는 아니다. 그런
데도 서양에서는 그 이상의 업적이 다시 나오지 못했다.[107]

　1975년에 통일을 한 다음 문학사를 서술하는 작업을 어떻게 다
시 했는지 파악하지 못하고 있다. 사회과학원에서 월남사상사를 내
놓는 사업에는 열성을 기울여 내놓은 업적이 여럿 있어 구해 이용
했다.[108] 문학사는 사상사만큼 중요시하지 않은 것 같다. 근래에 나
온 문학사는 응우옌 칵 비엔, 《월남문학개관》(1976)(Nguyen Khac Vien,
Aperçu sur la littérature vietnamienne, Hanoi: Éditions en langues étrangères)만
입수했다. 불어로 내놓은 대외용 소책자여서 연구성과를 충분히 반
영했다고 할 수 없겠으나, 문학선집의 해설로도 단행본으로도 거듭
출간한 것을 보면 [109] 소중한 책임을 알 수 있다. 개인의 저술로 출
간되었지만 공인된 성과라고 인정된다. 남북 분단기에 쓴 책을 통
일 후에 다시 내놓았다. 분단기에 하노이에서 마련한 문학사 서술

---

107) An *Introduction to Vietnamese Literature*, trans. by D.M. Hawke(1985)(New York:
　　Columbia University Press)라는 영역본이 뒤늦게 나온 것은 후속 업적이 없었기 때문
　　이라고 생각된다.

108) 《월남 사상의 발전: 19세기부터 8월혁명까지》(1973)(Tran Van Giau, *Su phat trien
　　tu tuong o Viet Nam tu the ky XIX den Cach mang Thang Tam*) 전 2권에서 근대 사
　　상의 형성과 발전을 시대상황 및 민족해방투쟁과 관련시켜 자세하게 고찰했다. 《월남
　　사상사》(1993)(Nguyen Tai Thu 편, *Lich su tu tuong Viet Nam*)에서 정치, 사회, 철학,
　　종교 등에 걸친 월남사상의 전개 양상을 19세기에 이르기까지 시대별로 정리해 고찰
　　했다. 《월남 유교의 몇 가지 문제》(1998)(Phan Dai Doan, *Mot so van de ve nho giao
　　Viet Nam*)에서 15세기부터 20세기까지의 월남 유교를 역사, 사회, 교육 등과 관련시
　　켜 고찰했다.

109) *Anthologie de la littérature vietnamienne*(1972~1977) 네 권의 각 권 서두 해설로 내
　　놓고, 그 책 단권 합본 *Littérature vietnamienne, historique et textes*(1979)에 다시 싣고,
　　Aperçu de la littérature vietnamienne(1976)라는 단행본으로도 출간했다. 출판사는 모두
　　Hanoi: Éditions en langues étrangères이다. Nguyen Khac Vien이 이름이 맨 앞에 나와
　　공저자 또는 저자로 표시되어 있다.

의 방향과 방법이 통일 후까지 어떻게 이어지는지 이 책을 통해서
어느 정도는 짐작해 볼 수 있다.

한문학을 월남문학에 포함시키는 것이 당연하다고 했다. 월남이
오랫동안 중국의 지배를 받다가 독립을 쟁취한 역사가 자랑스럽다
하고, 중국에서 받아들인 한문학을 민족문학으로 발전시킨 것을 소
중하게 여겼다. 프랑스 식민지가 된 시기의 문학에 관해서도 프랑
스문학의 영향을 받아들인 것보다 침략에 항거하면서 민족의식을
고취한 것을 더욱 중요시했다. 개별적인 작가나 작품에 관해 서술
할 때에도 중국 또는 프랑스의 침략에 항거한 자취를 자세하게 다
루고 높이 평가했다. 당대문학은 남북 양쪽에서 미국과 맞서 싸운
항쟁문학 중심으로 고찰했다. 민족주의 또는 애국주의를 일관되게
견지했다.

구비문학은 따로 고찰하는 장을 마련하지 않고, 각 시기의 문학
에 관한 서술에서도 관심을 가지지 않아 무시되었다. 한문학·字喃
문학·國語문학을 차등 없이 함께 포괄해서 다루었다. 로마자로 표
기한 월남어가 국어이다. 오늘날에 가까운 시기의 문학일수록 상론
했으므로 한문학보다는 字喃문학이, 字喃문학보다는 國語문학을
크게 부각시켰다. 10세기에 중국의 지배에서 벗어나 독립국이 되
었으므로 문학사도 그때부터 시작되었다고 보았다. 역대 왕조의 성
격을 규정하는 특별한 용어는 사용하지 않고 "중앙집권화된 군주국
가"(´État monarchique centralisé)라고만 했다. '중세'니 '봉건'이니 하는
뜻을 가진 용어를 내세우지 않았다. 소박한 정치사적 시대 구분으
로 만족하고, 왕조교체에 따른 시대 변화와 결부시켜 문학의 동태
를 살폈다.

서두에서 월남의 역사를 간략하게 살피면서 시대 구분의 근거가 되는 논의를 폈다. 역사의 단계가 달라지는 데 따라서 문학사의 시대 구분을 하는 방식을 택해, 크게 네 시기로 나누고, 각 시기를 다시 몇 기간으로 세분했다. 지금까지 살핀 다른 어느 문학사에서는 찾을 수 없는 비교적 일관된 시대 구분을 처음으로 마련했다고 할 수 있다.

(Ⅰ) 10세기부터 17세기까지의 월남문학, 李·陳 시기(11~14세기), 黎 왕조 전반기(15~17세기); (Ⅱ) 풍성한 시대 18세기 및 19세기 초; (Ⅲ) 1858년부터 1945년까지의 월남문학, 애국적이기만 한 문학(1858~1900), 근대문학의 성립(1900~1930), 동요의 시기(1930~1945); (Ⅳ) 1945년부터 1975년까지의 월남문학: 진정한 문예부흥, 미국의 침략에 대한 투쟁과 사회주의의 성립(1960~1975), 시대를 이렇게 구분했다.

(Ⅰ)·(Ⅱ)의 시기가 고전문학이고, (Ⅲ)·(Ⅳ)의 시기가 현대문학인데, 앞의 것보다 뒤의 것을 더 자세하게 다루었다. (Ⅱ)의 시기를 (Ⅰ)에서 분리시킨 근거는 왕조의 지배 체제가 와해되고, 새로운 시대를 지향하는 움직임이 나타났다고 한 데 있다. "풍성한 시대"라는 표제를 내세워 그 시기 문학에 특별한 의의를 부여했다. (Ⅲ)은 프랑스 침략과 더불어 시작되고 식민지 통치가 지속된 기간이다. 독립 후인 (Ⅳ)는 투쟁의 상대가 프랑스인 시기와 미국인 시기로 나누었다. (Ⅳ)의 시대 첫 시기를 "진정한 문예부흥"이라고 하고, 독립을 이룩하자 민족 문화의 발전이 가속화하고 마르크스-레닌주의를 받아들인 것이 자랑스럽다고 했다.

민족 문화를 옹호하는 관점은 일관되게 확인되지만, 마르크스-

레닌주의는 충실하게 적용했다고 하기 어렵다. 각 시대의 성격에 대한 사회경제적인 논의는 펴지 않았다. 사회 변화와 문학을 연결시키는 논의를 대체적인 추세에 따라 무난하게 전개하는 데 그치고, 토대와 상부구조의 관계에 관한 이론적 쟁점을 해결하려고 한 것은 아니다. 통치 체제의 위기와 문화 발전 사이의 상관관계를 해명하기 위해서 거듭 노력했으나 성과가 미흡하다. 기존 체제가 위기에 이르면 새로운 체제가 모색되는 과정을 납득할 수 있게 해명하지는 못했으며, 사회 활동과 문화 창조의 담당층이 어떻게 교체되었는지 밝혀 논하는 데 힘쓰지 않았다.

이런 미비점이 월남문학사에만 있는 것은 아니다. 마르크스주의 유물사관에 입각해 사회경제사와 관련시켜 문학사를 서술하는 작업은 실행하기 어려워 과연 가능한지 의문이라는 것을 이미 여러 곳에서 확인했으며, 월남도 예외가 아니다. 그래서 마르크스주의가 설득력을 상실하니 다행이라고 할 것은 아니다. 사회경제사와 문학사의 통합은 마르크스주의의 전유물이 아니고, 역사를 총체적으로 이해하기 위해 불가결한 인류 공동의 과제이다. 이를 위해 좌우가 선의의 경쟁으로 협력하는 것이 바람직하다.

그런데 좌우 양쪽 다 차질을 빚어낸다. 자기 학문을 자유롭게 할 수 있는 쪽은 철저한 탐구를 다양하게 해서 좋은 성과를 보여 줄 만한데, 마르크스주의를 극복이 아닌 배격의 대상으로 삼아 문제의식이 축소되는 것이 예사이다. 서로 다른 소리를 하려고 치열하게 경쟁하느라고 중지를 모으지 못하는 것도 문제이다. 공산당이 집권해 마르크스주의를 따르라고 요구하는 나라에서는 문제를 근본적으로 검토할 수 있는 재량권이 없어 어려움을 겪는다. 문학사 담당자

들이 불운을 내색하지 않고 수준 미달로 변명을 삼다가 새롭게 내
건 강령 덕분에 곤경을 면한다. 중국에서는 민족화합 노선, 북한에
서는 주체사상 받들기에 열을 올려 문학사를 제대로 서술하지 못한
잘못을 알아채지 못하게 하고 책망에서 벗어난다.

월남 공산당은 통일을 이루고 다지는 애국주의를 범박하게 표방
하고 있어 이념적 강제가 적고, 프랑스와 미국에 맞서는 민족의 능
력을 전통문화의 폭 넓은 계승에서 찾으려고 해서 편협하지 않다.
학문을 하기 어려운 여건에서 미흡하나마 균형 잡힌 문학사를 갖추
고자 하는 노력이 확인된다. 크게 분발해 연구에 몰두하면 좋은 결
과를 얻으리라고 기대한다. 이 책을 읽고 토론하면 유익한 자극을
얻을 수 있을 것이다.

4. 지방문학사

1) 영국 · 프랑스 · 독일

국가는 언제나 단일체가 아닌 복합체였다. 중세까지는 통치의 주역인 민족이 다른 여러 민족을 정치적으로 직접 또는 간접 통치를 하면서도 문화적인 독자성은 침해하지 않았다. 공동문어를 공용어로 하는 것이 예사이고, 국어라는 것은 없었다. 공동문어문학이라야 제대로 된 문학이라고 해서 구두어문학끼리의 갈등이 심각하지 않았다.

근대에는 단일체를 표방하는 국민국가가 출현하면서 사정이 달라졌다. 단일체인 근대국가를 만들어낸 것이 역사의 발전이라고 자랑하지만, 그 이면에 심각한 대립과 갈등이 있다. 중앙 정치를 장악한 다수민족이 일등 국민이라고 자부하면서 자기네 언어로 국어를 만들고, 지방의 소수민족들은 이등 국민의 지위를 받아들여 독자성을 포기하라고 요구했다. 피해자들은 이에 반발해 독자적인 언어를 지키고 문학을 가꾸기 위해 노력하고 투쟁했다.

어느 나라든지 자국문학사를 이룩해 대외적인 독립과 내부적인 통합을 위한 정신적 구심점으로 삼으려고 적극적으로 노력하다가 표방한 바와는 상반되게 분열을 가져왔다. 주류를 이루는 지배민족의 문학이라야 민족문학이고 국민문학이라고 해서, 무시되거나 억압되는 소수민족문학이나 지방문학이 반발하고 나서지 않을 수 없게 되었다. 문학사는 단일체일 수 없고 다원체여야 한다는 반론을 제기하는 저작이 갖가지로 나타났다. 단일체에서 다원체로 나아가고자 하는 움직임이 나날이 확대되고 있다. 근대민족국가 형성을 선도해 오며 세계가 뒤따르게 하던 유럽이 이제 방향 전환을 먼저 하고 있다. 지방민 또는 소수민족의 오랜 투쟁이 성과를 거두고, 유럽연합이 이루어져 국민국가의 배타적 주권과 독점적 우위가 흔들려, 국가는 단일체여야 한다는 이념이 부정되고 다원체의 가치를 인정하게 되었다. 국민국가는 종말에 이르렀으므로 해체되어야 한다는 주장이 나오기까지 한다.[1]

자국문학사는 단일체여야 한다는 데 대해 반론을 제기하는 문학사는 지방문학사이기도 하고 소수민족문학사이기도 하다.[2] 둘은 분명하게 구별되지 않는다. 소수민족문학사는 지방문학사이기도 하므로 지방문학사를 일반적인 용어로 하고, 구체적인 사례에 관한

---

1) Gurutz Jauregui Bereciartu, William A. Douglass tr., *Decline of Nation-State*(원본 1986, 번역 1994)(Reno: University of Nevada Press); Jean-Marie Guehénno, Victoria Elliott tr., *The End of Nation-State*(원본 1993, 번역 1995, Minneapolis: University of Minnesota Press); Kenichi Ohmae, *The End of Nation-State, the Rise of Regional Economics*(1995)(New York: The Free Press)

2) 소수의 언어를 보호하려고 유럽연합에서 만든 "European Charter for Regional or Minority Languages"에서 "지방"을 앞세우고 "소수"라는 말을 병기했다.

각론에서 지방문학사가 소수민족문학의 성격을 어느 정도 지녔는
지 고찰하는 것이 마땅하다.

먼저 영국으로 가보자. 영국이 세계를 지배하는 대영제국으로 확
대되고, 영어가 세계를 향해 뻗어나가 위세를 자랑하는 동안에도
자기 나라에 사는 사람들이 누구나 영어를 사용해 문학을 한 것은
아니었다. 영국은 연합국가이다. 'United Kingdom'이라는 국호는
'연합왕국'이라는 뜻이다. 잉글랜드가 웨일스와 스코틀랜드를 병합
해 만든 연합국가에 한때 아일랜드까지 포함되었으나 독립하고, 북
아일랜드만 남아 있어 분쟁이 거듭된다.

영국은 자기 내부에서 식민지 통치 체제를 구축하고[3] 밖으로 나
가 세계를 제패했다. 그래서 강대국의 위신을 최대한 높였지만, 이
제 역전의 시기에 들어서서 그 후유증이 심각하게 나타나고 있다.
잉글랜드의 지배에 대한 반론이 제기되고, 또한 산업혁명의 폐해에
맞서서 지방의 소중함을 인식해 온 전통을 계승하고자 한다. 무엇
이 위협받고 있는지 바로 알고, 진실로 사람다운 가치를 지키기 위
한 노력을 이어받아야 한다고 한다.[4]

영어가 아닌 다른 언어의 문학은 영문학으로 인정하지 않고 영문
학사 서술에서 제외했다. 영어가 아닌 다른 언어를 사용하는 지방
에서는 독자적인 언어와 문학을 소중하게 지키고 자기네 문학사를

---

3) Michael Hechter, *Internal Colonialism, the Celtic Fringe in British National
Development*, 1536~1966(1975)(Berkeley: University of California Press)에서 "내부 식
민주의"라는 말을 표제에다 내놓고, 잉글랜드의 영국인이 주위의 다른 민족을 정복하
고 억압해온 과정을 고찰했다.

4) R. P. Draper ed., *The Literature of Region and Nation*(1989)(London: Macmillan)
서두에서 한 말이다.

이룩하기 위해 분투하고 있다. 국민문학사를 단일체로 형성하는 데 앞서서 널리 모범이 된 곳에서 거부 운동이 심각하게 일어나고 있다. 단일체를 다원체로 바꾸자고 하는 주장을 넘어서서 국민문학사의 해체를 요구하고, 연합왕국의 존립을 위태롭게 하기까지 한다.

웨일스와 스코틀랜드는 영어가 아닌 다른 언어를 사용하는 별개의 영역이다. 웨일스인은 게일어(Gaelic)의 하나인 웨일스어를 모국어로 한다. 스코틀랜드의 경우에는 스코틀랜드 게일어 외에 스코트(Scots)라는 언어도 사용해 사정이 복잡하다. 양쪽 다 주권을 상실하고 잉글랜드의 지배를 받은 오랜 기간 동안 영어를 공용어로 사용해왔지만, 고유한 언어와 문화를 지키기 위해 완강하게 투쟁하면서 독립을 요구하고 있다.

웨일스문학사와 스코틀랜드문학사는 소수민족문학사의 좋은 본보기를 보여 주어 널리 모범으로 삼을 만하다. 잉글랜드의 영문학사는 위세를 과시하기나 하고 이론이나 방법에는 관심을 가지지 않은 특수성 탓에 문학사학의 발전에 기여하지 못하는 것과 좋은 대조가 된다. 영문학사는 거질을 이루어 대단하다고 하는데, 웨일스문학사나 스코틀랜드문학사는 깊은 고민의 산물이어서 알차고 감동을 준다. 위세는 시기나 경쟁의 대상이 되고, 고민은 공감을 가져온다. 양과 질의 반비례를 확인할 수 있다.

웨일스인들은 잉글랜드와 가까운 곳에 있으며 잉글랜드에 복속된 지 오래지만, 웨일스어를 지키면서 문학창작을 해 왔다. 영국에 이어 미국이 세계를 제패해 영어가 나날이 세력을 확장하는 데 밀려 대다수의 언어가 사멸할 것이라는 비관론에 가장 강력한 반론을 제공한다.[5] 오랜 투쟁의 결과로 웨일스어는 공용어의 지위를 획득했으며 사용자가 늘어나고 있다. 웨일스문학사는 소수민족문학사의 모범 사례여서 널리 참고와 자극으로 삼을 만하다. 영문학사는 다른 곳에서 받아들일 만한 모형을 만들어내지 못한 것과 좋은 대조를 이룬다.

웨일스어로 쓴 웨일스문학사가 1944년에 출간되었다. 원저는 읽을 수 없으나 패리 외 번역, 《웨일스문학사》(1955)(Thomas D. Parry, Harris Bell tr., *A History of Welsh Literature*, Oxford: Clarendon)라고 하는 번역본이 있어서 다행이다. 역자의 머리말에서, 이 책은 6세기부터 1900년까지의 웨일스문학사를 처음으로 통괄해 서술했으며, 저자 자신을 비롯한 많은 학자가 수행한 엄밀한 연구 성과를 충실하게 집성해 더 큰 의의가 있다고 했다. 웨일스어문학만 고찰하고 영어문학은 제외했다.

오랜 내력을 가진 구비문학을 이어받은, 6세기 시인들의 창작물이 남아 있어 유럽의 다른 언어보다 먼저 기록문학을 산출한 사실을 밝혀 논했다. 16세기까지는 웨일스문학 본래의 모습을 문학갈래에 따라 고찰하고, 그 이후는 영국의 억압에 대응하면서 새로운 모색을 했다고 하면서, 세기별 시대구분을 했다. 17세기에는 시련을 겪고 혼미해졌다가, 18세기의 회복기를 지나고, 19세기에는 반발을 창조적인 활동으로 나타낸 양상을 다각도로 고찰했다.

웨일스의 역사를 길게 다룬 윌리암스, 《주체성을 위한 오랜 투

---

5) 영어의 위세 때문에 다른 모든 언어가 타격을 받고 대부분 사멸할 것이라는 위기를 진단하고 대응책을 찾은 David Crystal, *Language Death*(2000)(Cambridge: Cambridge University Press)의 저자는 모국어가 웨일스어이다. 영어로 쓴 책 곳곳에서 웨일스어 속담 원문을 인용하고 사고의 지침으로 삼았다. 《영어를 공용어로 하자는 망상》(2001)(서울: 나남출판)에서 이에 관해 고찰했다.

쟁, 웨일스와 웨일스 사람들 이야기》(Peter Williams, *The Long Struggle for Identity: The Story of Wales and Its People*)가 인터넷에 올라 있다.[6] 책 한 권 분량의 정보를 무료로 제공하면서, 웨일스는 영국이 아니고 영국에 억압받는 곳임을 세계에 널리 알린다. 문학에 관한 논의도 포함시켜 주체성 인식이 문학을 통해 이루어진다고 했다. 《웨일스문학 입문》(*An Introduction to Welsh Literature*)도 인터넷에서 찾을 수 있다.[7] 이것 또한 책 한 권 분량이며, 웨일스문학의 역사를 시대순으로 개괄했다. 필자는 밝히지 않았다. 웨일스문학을 전 세계에 널리 알리기 위해 책으로 출판하지 않고 무료로 제공한다고 생각된다.

책 서두에서 말했다. 영어를 사용하는 웨일스 시인 딜런 토마스(Dylan Thomas)는 전 세계에 널리 알려져 있지만, 영어와 아주 다른 말인 웨일스어를 사용하는 웨일스문학은 50만 명 정도가 이해할 수 있고, 자기 고장을 벗어나면 아는 사람이 거의 없다고 했다. 스코틀랜드문학에 대해서는 어느 정도 알고 있는 영국인이라도 웨일스문학에 관해서는 무지하다고 했다. 그러나 웨일스문학은 오래 되고 인상 깊은 역사가 있다고 하고, 연구할 가치가 충분히 있는 풍부한 문학이라고 했다.

웨일스어는 유럽의 민족어 가운데 가장 일찍 문학창작에 이용되어 6세기 작품부터 남아 있고, 그보다 먼저 있었던 구비문학도 후대로 이어진다고 했다. 그 내력을 밝혀 논하면서 웨일스어문학을 소중하게 여기고, 영어를 사용한 작품은 이따금 언급했다. 인용한

---

6) http://www.britannia.com/wales/whist.html
7) http://www.britannia.com/wales/lit/intro.html

작품 가운데 시는 웨일스어와 영어의 대역으로 제시했다. 결론에서 웨일스문학은 독자적인 문학의 역사가 없다고 하는 것은 거짓임이 입증되었다고 했다. 웨일스인은 세계적인 문학을 계속 산출한 민족이라고 했다.

스티븐스 편, 《웨일스문학 옥스퍼드 편람》(1986)(Meic Stephens ed., *The Oxford Companion to the Literature of Wales*, Oxford: Oxford University Press)은 사전이다. 많은 집필자가 참여해 작가와 작품에 관해 찾아낼 수 있는 것은 모두 모아 방대한 책을 만들었다. 스티픈스 편, 《웨일스문학 선집》(1987)(Meic Stephens ed., *A Book of Wales, an Anthology*, London: J. M. Dent and Sons)라는 것도 있다. 웨일스에는 웨일스어문학과 영어문학 두 가지 문학이 있다 하고, 두 가지 문학의 대표적인 작품을 뽑아 모았다. 영어문학이라도 웨일스가 독자적인 세계임을 말해 준다고 하고, "웨일스문학 공화국"(the Republic of Wales Letters)이라는 말을 썼다.

존스턴, 《웨일스문학 휴대본 안내서》(1994)(Dafydd Jonston, *A Pocket Guide, the Literature of Wales*, Cardiff: University of Wales Press)는 주머니에 넣고 다니는 소책자라고 했으나, 충실한 내용을 갖춘 웨일스문학사이다. 할 말이 적어서 간략하게 쓴 것은 아니다. 가까이 두고 자주 읽어 보도록 하기 위해 분량을 압축했다고 생각된다. 조용한 어조를 사용했으면서 웨일스인은 어떤 생각을 가지고 어떻게 살아가는지 알려 주고자 했다.

제1장 〈영웅시〉("Heroic Poetry")에서 시작해 제10장 〈전후의 문학〉("Post-War Literature")에 이르기까지 전 시기에 걸친 웨일스어문학과 영어문학의 내력을 설명했다. 머리말에서 사실에 관한 정보를

제공하는 데 힘쓴다고 했다. 알려지지 않고 묻혀 있던 웨일스어문학에 관해 알려 주는 것 자체가 문화운동이다. 본래의 모습을 보여주기 위해서 시는 웨일스어와 영어의 대역으로 인용하기도 했다. 본문 서두에서 웨일스 시는 역사가 오래 되고, 찬양을 중심 주제로 삼는 특징이 있다고 했다.

웨일스문학은 웨일스인이 정치적인 패배 때문에 좌절하지 않고, 과거와의 연관을 간직하면서 독자적인 민족으로 살아남고자 하는 의지를 나타내면서 언제나 주체성 구현의 긴요한 부분을 이루어 왔다고 했다. 문학을 키워온 언어공동체가 심각한 위협을 받고 있는 지금에 이르러 웨일스문학은 웨일스인뿐만 아니라 인류를 위해 더욱 소중하다고 했다. "영미문화의 무미건조한 획일주의가 밀어닥쳐 위기를 맞이한 민족의 주체성을 지키고자 하는 다른 여러 민족의 노력과 연관되어" 웨일스문학에 구현된 웨일스인의 투쟁이 더욱 광범위한 의의를 가진다고 했다.(137면)

웨일스문학 논집에도 주목할 것이 있다. 토마스, 《교감하는 문화, 웨일스의 두 문학》(1999)(M. Wynn Thomas, *Corresponding Cultures, the Two Literatures of Wales*, Cardiff: University of Wales Press)에서 두 문화라고 일컫은 웨일스어문학과 영어문학이 교감해온 내력을 고찰했다. 창조적인 협동을 의미하는 진정으로 생산적인 교감이 두 문화 사이에서 이루어지는 것은 아직 실현되지 않은 희망이라고 서론에서 말하고, 특히 문제가 되는 일곱 사례를 고찰했다.

스코틀랜드는 잉글랜드의 침공을 받고 항전하다가 패배해 주권을 상실했다. 잉글랜드에 대한 반감을 지니고 주체성을 옹호하면서 독립을 이룩해야 한다고 계속 주장한다.[8] 2014년 독립 가부를 묻는 주민투표에서 부표가 더 많이 나왔지만, 독립의 의지가 누그러진 것은 아니다. 스코틀랜드문학사는 여러 차례 거듭 나왔으며, 취급 범위와 서술방법이 다양하다.

헨더슨, 《스코틀랜드 구어문학사 개관》(1898)(T. F. Henderson, *Scottish Vernacular Literature, a Succinct History*, Edinburgh: John Grant)이라고 하는 것이 일찍 나왔다. '속어'(vernacular)라고 일컫고 "토착적인 또는 민족적인"(native or national)이라는 설명을 붙인 스코트어문학이 부당하고 가련한 운명의 시련으로 잊혀졌지만, 부정할 수 없고 놀랍기조차 한 가치를 가진다고 하고 그 역사를 서술했다. "음영시인과 환상모험담"(Minstrelsy and Romance)이 오랜 내력을 가졌다고 하고, 스코트어 시인 존 바버(John Barbour)를 자랑스럽게 여겼다.

위티그, 《스코틀랜드문학의 전통》(1958)(Kurt Wittig, *The Scottish Tradition in Literature*, Edingurgh and London: Oliver and Boyd)에서는 스코틀랜드가 몇 백 년 동안 독립국이었으며, 독자적인 문화를 견지한 것이 문학사 이해의 출발점이어야 한다고 했다. 문학사를 온통 서술하는 것은 아니고, 표제에서 밝힌 바와 같이 그 전통을 찾았다. "스코틀랜드문학의 전통 속에 있는 도덕적 · 미학적 · 지성적 가치를 상론하려고 하며, 그렇게 하기 위해서 특별히 스코틀랜드적인 것을 드러내고 다른 것들은 무시한다"고 했다.(4면)

스코틀랜드문학에서 사용한 세 언어 "스코틀랜드 게일어"(Scottish

---

8) Neil MacCormick ed., *The Scottish Debate, Essays on Scottish Nationalism*(1970) (London: Oxford University Press); Keith Webb, *The Growth of Nationalism in Scotland*(1977)(Harmondsworth, England: Penguin Books); Magnus Magnusson, *Scotland, the Story of a Nation*(2000)(London: Harper Collins)

Gaelic), "저지대 스코트어"(Lowland Scots), "남쪽의 영어"(Southern English)의 관계를 살피고, 스코트어로 이루어진 문학을 논의의 중심에다 두었다. 존 바버를 스코틀랜드문학의 창시자라고 하고, 스코틀랜드 해방의 투사를 그린 서사시 《브루스》(*The Bruce*)를 높이 평가했다. 그 작품이 영국에서 자랑하는 초서(Chaucer)의 《캔터베리 이야기》(*The Canterbury Tales*)보다 먼저 이루어져, 스코틀랜드문학의 발달이 앞선다고 했다. 책의 차례를 〈봄의 물결〉(Spring Tide), 〈가을의 물결〉(Autumn Tide), 〈또 다른 봄?〉(Another Spring?)으로 정해 스코틀랜드문학의 전통이 쇠퇴한 것을 안타깝게 여기고 되살아나기를 바라는 마음을 나타냈다. 번스(Robert Burns)도, 스코트(Walter Scott)도 퇴조기의 작가라고 했다.

스코틀랜드문학사를 다시 서술한 왓슨, 《스코틀랜드의 문학》(1984)(Roderick Watson, *The Literature of Scotland*, Edinburgh and London: Oliver and Boyd)에서도 독자적인 전통을 중요시하면서 그 이유를 더욱 분명하게 했다. "새롭게 하기와 되살아나기"(renewals and revivals)라는 부제를 단 서론에서, 문학·문화전통·주체성은 후대의 새로운 이해와 선택에 힘입어 되살아난다고 했다. 스코틀랜드는 크고 힘센 남쪽 이웃의 정치적·문화적 압력에 굴복하지 않고 주체성을 수호하기 위해 여러 세기 동안 노력을 해왔다고 했다. 이것은 자기 옹호를 위한 발언에 그치지 않으며, 소수민족문학사의 전통을 지닌 지방문학사를 위한 일반론으로 소중한 의의가 있다.

스코틀랜드문학사의 가장 중요한 시기는 14세기 초 독립운동기, 18세기에서 19세기 초까지의 "스코틀랜드 계몽"(Scottish Enlightenment), 1920년대의 "스코틀랜드 문예부흥"(Scottish Renaissance)

이라고 했다. 문학사의 전개를 세기로 구분해 차례대로 고찰하면
서, 이 세 시기에 이루어진 작품을 특히 중요시했다. 스코틀랜드 문
예부흥을 다룬 대목에서는 스코트어 · 영어 · 게일어로 이루어진 시
를 두루 고찰했다. 스코트어와 게일어의 문학이 오늘날까지 살아
있는 것을 확인할 수 있게 했다.

최근에 나온 브라운 외 공편, 《에든버러 스코틀랜드문학사》
(2007)(Ian Brown eds., *The Ediburgh History of Scottish Literature*, Edinburgh:
Edinburgh University Press)는 3권 분량이며 에든버러대학출판부의 간
행물이다. 웨일스의 카디프대학과 함께 스코틀랜드의 에든버러대
학이 지방문학사를 위해 노력하는 지방 대학의 좋은 본보기를 보여
준다. 오랜 기간 동안 연구해온 성과를 집대성한 스코틀랜드문학사
를 이룩하기로 하고, 취급 범위를 넓혀 스코틀랜드에서 이루어진
문학 창작의 광범위한 변이를 모두 포괄한다고 서론에서 강조해 말
했다.

게일어 · 라틴어 · 노르웨이어 · 웨일스어 · 불어 · 스코트어 · 영어
를 사용하기 시작한 순서로 열거해 이 여러 언어의 문학을 모두 다
룬다고 했다. 구비문학이나 공연문학도 포함한다고 했다. 자국어
기록문학만 대상으로 삼고 다른 것들은 버리는 배제의 원칙과 반대
가 되는 포용의 원칙을 천명해, 구비문학과 기록문학, 공동문어문
학과 민족어문학을 함께 등장시켜 관계를 문제 삼을 수 있게 해서
문학사 이해를 정상화했다.

영어의 본고장 잉글랜드 문학의 중심지는 런던이다. 정치의 수도
가 문학활동을 주도하기도 했다. 수도의 문학도 지방문학이다. 런
던문학에 관한 고찰이 지방문학론 가운데 가장 활발하게 이루어졌

다. 런던문학사를 총괄해서 서술한 책은 보이지 않고, 어느 시기 특정 양상을 집중해 고찰한 저작이 많다.

로버트슨, 《초서의 런던》(1968)(D. H. Robertson, jr., *Chaucer's London*, New York: John Wilsey and Sons)에서는 초서가 살고 활동하던 14세기 후반 런던의 모습을 작품과 관련시켜 고찰했다. 스미스 외, 《연극의 도시: 런던의 문화, 연극, 정치 1576~1649》(1995)(David L. Smith, Richard Strier and David Bevington ed., *The Theatrical City, Culture, Theatre and Politics in London 1576~1649*, Cambridge: Cambridge University Press)는 런던의 연극에 관한 연구이다. 고찰한 기간 동안 런던에서 공연한 연극에 관해 다각적으로 검토했다.

1666년에는 런던이 대부분 불타는 참사가 일어났다. 월, 《재건된 런던의 문학과 문화의 공간》(1998)(Cynthia Wall, *The Literary and Cultural Spaces of Restoration London*, Cambridge: Cambridge University Press)에서 그 뒤에 런던이 재건되는 모습이 문학에 어떻게 나타났는지 고찰했다. 프랑스인의 저작 나바이으, 《빅토리아 시대의 런던, 구분된 세계》(1996)(Jean-Pierre Navailles, *Londres victorien, un monde cloisonné*, Seyssel: Champ Vallon)는 산업혁명을 겪고 급격하게 성장한 19세기 런던의 여러 모습에 관한 고찰이며, 디킨스(Dickens) 작품과의 관련을 중요시했다.

프랑스에서도 주류가 아닌 여러 민족은 없어진 것이 아니다. 프랑스어를 단일 국민국가의 국어로 확립하는 과정에서 소수언어 사용자들은 견디기 힘든 시련을 겪었지만 물러나지 않고, 독자적인 삶을 지키려고 애쓰고 자기네 언어 문학 창작에 계속 힘썼다. 프랑스문학은 랑송,《불문학사》(1894)에서 보여 준 것 같은 단일한 국민문학이 결코 아니다. 여러 민족의 문학이 공존하는 다원체라는 사실을 은폐했을 따름이다.

프랑스문학은 프랑스어문학만의 단일체로 이해하는 오랜 관례를 국내외의 거의 모든 문학을 총괄해 크노 총편,《여러 문학의 역사》(1956~1958, 1968~1977)(Raimond Queneau dir., *Histoire des littératures*, Paris: Gallimard)라는 것을 낼 때 비로소 재고했다. 문학사의 전체 영역을 다 포괄하기 위해 책을 세 권 내면서, 프랑스의 지방문학사도 논의의 대상으로 삼아 존재를 인정했다. 제1권은《고대 · 동양 · 구비문학》(*Littératures anciennes, orientales et orales*); 제2권은《서양문학》(*Littératures occidentales*); 제3권은《프랑스 · 부속 · 주변문학》(*Littératures françaises, connexes et marginales*)이라고 하고, 제3권에서 프랑스 안에 있는 소수언어의 문학을 여럿 소개했다.

소수언어 사용자들이 지방문학에 대한 이해를 촉구하고자 노력하지 않은 것은 아니지만, 널리 인정될 수 있는 성과를 거두지 못했다. 샤를-브룅,《지방문학, 프랑스 문학지리 개요》(1907)(Jean Charles-Brun, *Les littératures provinciales, esquisse de géographie littéraire de la France*, Paris: Bloud)에서 선구적인 작업을 했다. 저자는 남불 옥시탕(occitan)어 사용자이며 지방을 옹호하고 자치를 주장하는 지방주의(régionalsme) 투사였다. 지방주의에 관한 지론을 다변화하기 위해 문학도 거론했다. 자기네 문학에 대한 재인식을 본보기로 삼아 프랑스 각처의 지방문학을 개관하고, 그 작업을 '문학지리'라고 일컫고 새로운 논의를 펴고자 하는 의욕을 보였으나, 다룬 내용이 너무 간략하다.

브르타뉴인의 저작 뒤푸이, 《프랑스 문학지리》(1951)(Auguste
Dupouy, *Géographie des lettres françaises*, Paris: Armand Collin)는 단행본이
될 만한 분량을 갖추고 자못 체계적 저술을 했다. 문학지리라는 용
어를 다시 사용하면서 "문학을 산출한 지방과의 상관관계에서" 고
찰하는 연구를 정립하겠다고 했다.(7면) 프랑스 혁명을 거친 다음
1815년부터 중앙집권이 강화되어 지방문학이 약화되었다고 하고,
여러 지방의 사정을 고찰했다.[9] 그러나 전반적인 상황과 관련된 사
실을 소개하는 데 그치고, 지방문학의 실상을 원문을 들어 고찰하
는 작업을 하지 않았다. 프랑스문학의 지리적 분포를 들어 문학지
리라고 하는 것을 둘러보는 데 그치고, 지방문학이 지방민의 주체
성 구현을 위해 어떤 의의를 가지는지 밝혀 논하려고 하지 않았다.

  결론에서 자기 견해를 뚜렷하게 제시했다. 지방문학을 농민의 전
통과 관련시켜 이해하려고 하지 말고 다른 많은 사람들의 기여를
평가해야 한다고 했다. 문학은 "사치스러운 것"이라고 하고, "경제
의 도약과 문학의 번성은 짝을 이룬다"고 했다.(219~220면) 경제가
발전하는 곳에서 문학이 성장한 내력을 찾아 고찰하는 것은 문학지
리학의 과제로 삼았다. 중앙집권이 강화되고 언어 통일이 이루어
져 지방문학이 퇴색되는 것은 국가의 진로를 위해 불가피한 선택이
라고 했다. "이중언어는 생산에 방해가 된다"는 말까지 했다.(221면)
그러면서 문학이 "알려지지 않거나 오해된 다수의 창작"임을 입증

---

9) 지방 이름을 든다. 로마 숫자를 아라비아 숫자로 고쳐 옮긴다. 1.Les pays et Langue
   d'Oc, 2.Marches et Sud-Est, 3.Lyon et Lyonnais, 4.Bourgogne et Franche-Conté,
   5.Marches de l'Est, 6.Marches du Nord-Est, 7.Artois et Picardie, 8.Champagne,
   9.Normandie, 10.Bretagne, 11.Poitou, Angoumois, Saintogne, 12.Pays de Loire,
   13.Outre-mer, 14.A l'étranger, 15.Paris et l'Ile de France. 13에서 해외, 14에서 외국을
   고찰하고, 15에서 파리 및 그 근교로 돌아갔다. 해외는 캐나다와 아프리카 등지이고,
   외국은 벨기에와 스위스이다.

하는 것이 지방문학의 의의라는 말을 끝으로 했다.(222면) 문학지리학은 지방문학론과 다르다는 것을 확인하게 한다.

지방문학의 행방을 찾는 작업이 그 뒤에도 조금 이루어졌다. 비외이으, 《프랑스 문학의 지방사, 기원에서 혁명까지》(1986)(Cantal Vieuille, *Histoire régionale de la littérature en France, des origines à la Révolution*, Paris: Plon)에서 프랑스 혁명 이후 표준불어가 보급되기 이전에 지방마다 독자적인 언어로 창작한 문학의 내력을 개관했다. 비에야르 편, 《프랑스의 방언문학, 언어의 다양성과 운명의 공통성》(2001)(Vielliard ed., *Littératures dialectiques de la France, diversité linguistique et convergence des destins*, Paris: Champion)에서 여러 방언문학에 대해 각기 고찰한 글을 모아 놓고, 모두 공통된 운명을 지니고 있다고 했다. 디온느, 《지방문학사, 역사와 지리의 경계에서》(1993)(René Dionne, *La littératures régionales aux confins de l'histoire et de la géographie*, Ontario: Prise de Parole)는 지방문학사에 논의를 캐나다의 사례를 들어 진전시키는 작업을 했다.

비외이으, 《프랑스문학의 지방사, 기원에서 혁명까지》(1986)는 어느 정도 일관성을 갖춘 저작이어서 대표적인 업적으로 삼을 수 있다. 머리말을 다른 사람이 써서 책의 성격과 내용을 설명했다. ("Préface d'André Bourin") 저자는 서론이나 결론은 갖추지 않고 18개로 구분한 지방문학을 각기 고찰하기만 했다.[10] 시대순 개관을 하면서 주요 작가와 작품을 집중적으로 고찰하고 작품을 인용해 살피기도

---

10) 1. Bretagne, 2. Normandie, 3. Nord-Pas-de-Calais Picardie, 4. Champagne, 5. Lorraine, 6. Alsace, 7. Bourgogne, 8. Franche-Comté, 9. Dauphiné, 10. Savoie, 11. Lyonnais, 12. Provence, 13. Languedoc-Roussillon, 14. Aquitaine, 15. Poitou-Charentes, 16. Auvergne Limousin Bourbonnais, 17. Pays de Loire, 18. Ile-de-France

했다. 각기 그것대로 작은 문학사 서술의 요건을 갖추었으며, 상호
관련은 말하지 않았다. 18개 지방문학사를 각기 써서 집성했을 따
름이고, 전국의 지방문학사를 총괄해서 서술하려고 하지 않았다.

머리말에서 한 말을 들어 책의 성격을 살펴보자. 프랑스 혁명 이
전과 이후는 지방문학사의 성격이 분명하게 구분된다고 했다. 지
방의 언어나 방언이 프랑스 혁명 이후에는 국민통합을 강화해 쇠퇴
의 길에 들어서서 문학 창작도 활기를 잃었다고 했다. 이런 이유에
서 《프랑스 지방문학사, 기원에서 혁명까지》를 먼저 내놓고, 속편
을 마련하겠다고 했다.[11] 다룬 범위를 표준 프랑스어를 사용한 작품
으로 한정하고 다른 언어나 표준 프랑스어와는 다른 방언을 사용한
문학의 내력은 별도의 작업에서 감당할 과제로 남겨 둔다고 해서,
언어의 다양성을 반영하지 않은 불구의 지방문학사를 내놓았다. 구
비문학은 문학 밖의 영역이라고 보아 제외한 것이 위에서 든 여러
지방문학사의 공통된 잘못이다.

지방문학의 작가를 셋으로 나눈 것은 볼 만하다. 태어나고 사는
자기 고장 이야기를 계속해서 하는 '토착작가', 자기 고장을 떠나서
활동하는 '출향작가', 자기 고장이 아닌 곳에 자리를 잡고 작품세계
를 마련한 '정착작가'가 모두 지방문학의 작가라고 했다. 실제 서술
에서는 이 셋째 유형에 가장 많은 비중을 두었다. 프랑스문학사를
빛낸 이름난 작가들이 특정 지방에 매혹되어 '정착작가' 노릇하면서
창작한 작품을 찾아 평가하는 데 힘썼다. 문학이 산출된 지방에 관
한 논의를 갖춘 문학사를 18개 따로 써서 한 권에 수록하는 데 그쳤

---

11) Histoire régionale de la littérature en France, de la Révolution à nos jours라는 속편을 낸
   다고 했는데, 나온 사실이 확인되지 않는다.

다. 책 이름이 《프랑스문학의 지방사》이고 《프랑스의 지방문학사》
가 아니므로 혼동하지 말라고 머리말에서 말했다. 프랑스 지방문학
사 서술의 가장 진전된 성과라고 여기고 고찰한 책이 프랑스에서는
지방문학사가 제대로 이루어지 않는 증거를 제시한다.

　문학지리나 문학지방사와는 다른 본격적인 지방문학사 총론이
프랑스에 없으므로 여기서 구상하지 않을 수 없다. 프랑스 지방문
학이 사용하는 여러 언어를 정리하는 작업부터 해야 한다. 표준 프
랑스어와 거리가 먼 것들부터 든다. (가)는 프랑스어와 계통이 다른
언어이고, (나)는 계통이 같은 다른 언어이고, (다)는 프랑스어의
방언이다. 지방의 언어를 사용한 문학을 지방문학의 본령으로 삼고
문학사를 서술하거나 연구한 성과를 찾아 고찰하기로 한다.[12]

　(가) 브르타뉴어(breton)는 켈트어(celtique, celt)에 속하며, 영국의
웨일스, 스코틀랜드, 그리고 아일랜드의 말과 상통한다. 브르타뉴
는 브레이즈(Breiz)라는 국호로 독립하자고 한다. 알사스어(alsacien)는
게르만어의 하나이다. 바스크어(basque, Bask)는 계통을 알 수 없다.
바스크어 사용자들이 스페인 쪽에 더 많고, 독립운동을 치열하게
전개한다.

　(나) 프랑스어와 함께 로만스어에 속하는 다른 언어에 코르시카
어(corse), 카탈로니아어(catalan) 등이 있다. 독자적인 언어를 사용하
는 코르시카 섬 사람들은 독립국이었던 시기로 되돌아가고자 한
다. 카탈로니아어는 스페인에서 더 많은 사람들이 사용해 넓은 지
역에 분포되어 있고 문학의 유산이 풍부하다. 독립운동이 스페인

---

12) 프랑스에서 사용하는 언어의 다양한 양상을 Geneviève Vermes et Josiane Boulet,
　　France, pays multilingue(1991)(Paris: L'Harmattan)에서 고찰했다.

쪽에서 일어나고 있다. 남부의 '랑그 도크'(langue d'oc)를 이은 언어
도 이에 해당한다. 표준화되지 않아 여럿이 공존해왔다. 남서쪽의
언어는 옥시탕(occitan)이라고 한다. 남동쪽의 프로방스어(provençal,
provençalo)를 사용한 문학 창작이 특히 활발하다. 이탈리아와 가까
운 쪽의 니스어(niçois)도 사라지지 않고 남아 있다.

(다) 프랑스 북부 지방에서 사용하던 '랑그 도일'(langue d'oïl)에서
유래한 언어가 표준 프랑스어만은 아니다. 포와투(Poitou), 노르망디
(Normandie), 부르고뉴(Bourgogne), 로렌느(Lorraine), 피카르디(Picardie),
그리고 벨기에의 발로니(Wallonie) 등이 각기 뚜렷한 특징을 보여 주
고 있다. 이들 방언을 사용한 문학이 16세기부터 18세기까지 성장하
다가 19세기 이후에 쇠퇴 과정에 들어섰지만 오늘날에도 남아 있다.

(가)에서 특히 주목할 곳이 브르타뉴이다. 브르타뉴 사람들은 프
랑스 통치에 순종하지 않고 독자적인 언어와 문화를 지키기 위한
힘든 투쟁을 계속했다. 억압에 대한 저항이 문학을 통해 계속되어,
사라져가는 언어를 살려냈다. 앙리외, 《기원에서 20세기까지의 브
르타뉴문학, 대표작가들의 작품 발췌 번역 첨부》(1943)(Loeiz Henrrieu,
*La littérature bretonne depuis origines jusqu'au XXe siècle, suivie d'extraits traduits
de meilleurs auteurs*, Hennebont: Editions de Dihunamb)가 있어 브르타뉴어
문학 작품의 내력을 정리하고 실상을 보여 주었다.

갈로 외 주편, 《브르타뉴 문학사 및 문화사》(1997)(Yves Gallo et
Yves Le Gallo dir., *Histoire littéraire et culturelle de la Bretagne*, Paris—Spezed:
Champion—Coop Breizh) 전3권은 브르타뉴의 서쪽 끝 브레스트(Brest)에
있는 서부 부르타뉴 대학(Université de Bretagne Occidentale)의 브르타뉴
와 켈트연구소(Centre de recherche bretonne et celtique)에서 연구한 성과

이다. 파리와 그 고장 양쪽에 있는 출판사에서 냈다. 지방문학의 범위를 사용한 언어와 작가의 출신을 가리지 않고 최대한 넓히고, 문학사와 문화사를 함께 고찰한 것이 본보기가 될 만하다.

총편집자가 있고, 권마다 편집자가 있으며, 많은 사람이 분담해 집필했다. 제1권은 《켈트의 유산과 프랑스의 착복》(*Héritage celtique et capitation française*)이라고 하고 1789년까지, 제2권은 《낭만주의와 민중문학》(*Romantisme et littératures populaires*)이라고 하고 1870년까지, 제3권은 《세속적인 것의 침입》(*L'invasion profane*)이라고 하고 그 이후의 시기를 다루었다. 제1권의 시기에는 브르타뉴 · 라틴 · 프랑스어가 함께 사용되었다. 제2권 시기에는 프랑스어 사용이 일반화되었지만, 브르타뉴어가 사라진 것은 아니다. 제3권 시기에도 브르타뉴어문학이 있다. 브르타뉴어문학과 프랑스어문학을 함께 고찰하는 작업이 전권에서 계속 이어졌다. 브르타뉴 출신 작가들의 활동은 모두 포괄하고, 다른 지방 출신 작가들이 브르타뉴를 여행하거나 문학의 소재로 삼은 것도 함께 다루어 고찰의 범위를 대폭 확대했다.

브르타뉴문학의 과거는 위대했다고 했다. '로망 브르통'(roman breton)이라고 하는 환상적인 이야기를 만들어내 유럽 전역에 전파했다. 12세기까지는 건재하던 브르타뉴어문학이 프랑스어문학 때문에 위축되고 밀려난 것이 안타깝다고 했다. 구비문학 자료 조사를 광범위하게 진행한 것이 특기할 만한 일이다. 민요집 간행으로 촉발된 민족문화 부흥운동이 19세기 말에 크게 고조되고 20세기까지 이어지면서, 시는 물론이고 연극이나 소설에서도 많은 작품을 창작했다고 했다.

브르타뉴가 아닌 다른 곳들에서는 지방의 대학에서 독자적인 문학사를 위한 연구와 저작에 힘쓴 내력이 파악되지 않는다. 필요한 작업을 개인이 한 것들이 발견된다. 알사스 사람들은 자기 언어만 사용하지는 못하고, 독일의 일부가 된 시기에는 독일어를, 프랑스가 된 뒤에는 프랑스어를 공용어로 했다. 알사스문학은 알사스어문학만이 아니고, 독일어나 프랑스어를 사용한 것들도 있다. 이에 관한 고찰을 팽크 편, 《20세기 알사스문학》(1990)(Andrien Finck ed., *Littérature alsacienne XXe siècle*, Strasbourg: Salde)에서 했다. 알사스문학사는 보이지 않는다. 작품 선집 팽크 외 편, 《알사스방언문학 선집》(1993~1999)(Andrien Finck et Raymond Matzen ed., *La littérature dialectale alsacienne, une anthologie*, Paris: Prat) 전 5권이 있는데, 알사스어 작품만 수록하고, 알사스어를 '알사스방언'이라고 했다.

바스크어를 사용하는 문학은 스페인과 프랑스 양쪽에 있다. 바스크어로 쓴 문학사 영역본 올라지레지, 《바스크문학사》(2013)(Mari Jose Olaziregi, Amaia Gabantxo tr., *Basque Literary History*, Reno: Center for Basque Studies, University of Nevada)가 있다. 구비문학에서 시작해서 현대문학까지 고찰하고, 바스크 작가가 다른 언어로 쓴 작품도 취급 대상으로 삼았다. 바스크 학자가 프랑스어로 써서 바스크지방 소도시에서 출판한 오르푸스탕, 《바스크문학약사 1545~1950: 바스크문학 다섯 세기》(2000)(Jean-Baptist Orpustan, *Précis d'histoire littéraire basque 1545~1950: Cinq siècles de littérature en euskara*, Saint-Etienne-Baïgorry: Izpegi)도 있다. 바스크어 서적이 처음 출판된 해인 1545년 이래로 5세기 동안 바스크문학은 중단 없는 발전을 했다고 밝혀 논했다.

(나)에 속하는 코르시카(Corsica, 불어명 Corse) 사람들은 자기 말 코르시카어(Corsu, 불어명 corse)를 사용한다. 전 인구 32만 가운데 10%

가 모국어로 사용하고 50%가 이해하는 코르시카어로 문학 창작을 계속하고 작품을 출판한다. 코르시카문학을 프랑스어로 고찰해 그 곳에서 출판한 빈시게라, 《문학연대기, 19세기와 20세기 교차점의 코르시카》(2010) (Marie-Jean Vinciguerra, *Chroniques littéraires, la Corse à la croisée de IXe et XX siècles*, Ajaccio: A Piazzola) ; 탈라모니, 《코르시카의 문학과 정치, 민족적 상상력, 사회, 정치 운동》(2013)(Jean-Guy Talamoni, *Littérature et politique en Corse, imaginaire national, société et action publique*, Ajaccio: Albiana) 같은 책이 있다.

카탈로니아어는 사용자가 1,300여 만 명인데, 대부분 스페인에, 42만 명만 프랑스에 거주한다. 스페인 쪽이 주류를 이루고 독립운동을 활발하게 한다. 오랜 내력과 풍부한 유산을 가진 문학창작을 활발하게 하면서, 작품은 물론 연구서에서도 자기네 말을 사용한다. 프랑스어로 출간된 연구서는 아탕, 《카탈로니아 현대시에 나타난 시간》(2011)(Jad Hatem, *Le temps dans la poésie catalane contemporaine*, Paris, Éd. du Cygne)이 있는 것으로 확인된다.

'랑그 도크'를 이은 남불 언어의 문학에 관한 고찰은 일찍이 마리-라퐁, 《남불문학사》(1882)(Jean Bernard Lafon Mary-Lafon, *Histoire littéraire du Midi de la France*, Paris: C. Reinwald)에서 이루어졌다. 〈골과 로마〉("Gaule et Rome")를 절로 하고 자기 시대의 〈프로방스어의 타락〉("Corruption du provençal") 이하 몇 절에 이르기까지, 남불 여러 곳의 문학을 시대순으로 논의했다. 관심사가 될 만한 것들을 열거해 문학사라고 하기는 어려우며, 이론이나 방법에 관한 서론이나 결론은 없다. 루케트, 《오크 문학》(1980)(J. Rouquette, *La litterature d'Oc*, Paris: Presss Universitaires de France)라고 하는 문고본 입문서도 있다. 가르디, 《오크 문학사와 작품 선집》(1997)(P. Gardy, *Histoire et anthologie, littérature oc*, Montpellier: Les Presses du Languedoc)이라는 방대한 저작이 1520년까지의 제1권과 1789년까지의 제2권이 나왔다.

'랑그 도크'를 이은 언어 가운데 옥시탕(occitan)을 사용하는 문학은 문학사를 마련하고자 하는 열의가 특출해 주목된다. 샹프루, 《옥시탕문학사》(1953)(Charles Champrou, *Histoire de la littérature occitane*, Paris: Payot)는 옥시탕문학의 존재를 알린 소책자이다. 라퐁 외, 《새로운 옥시탕문학사》(1970)(Robert Lafont et Christian Anatole, *Nouvelle histoire de la littérature occitane*, Paris: Presses Universitaires de France) 전 2권은 자료를 많이 수록해 방대한 분량이다. 앞의 책을 공저한 사람의 단독 저작 라퐁, 《옥시탕문학사와 작품 선집》(1996~1997)(Robert Lafont, *Histoire et anthologie de la littérature occitane*, Sète: Nouvelles Presses du Languedoc)은 문학사와 작품 선집을 겸한 책이다. 옥시탕과 불어 두 가지 언어를 사용하고, 도판을 많이 수록해 책을 화려하게 꾸몄다. 제1권 《고전시대(L'âge classique) 1000~1520년》, 제2권 《바로크시대(L'âge baroque) 1520~1789년》는 출간되고, 제3권 《19세기》, 제4권 《20세기》는 나오지 않았다. 옥시탕문학이 대단하다고 하는 데 치중하고, 문학사 또는 지방문학사 서술의 방법을 정립하려고 하지 않았다.

'랑그 도크'를 이은 언어 가운데 프로방스어는 문학 창작이 가장 활발하다. 그 내력을 베일 외, 《프로방스문학간사》(1995)(Louis Bayle et Michel Courty, *Histoire abrégée de la littérature provençale*, Berre L'Etang: L'Astrado)에서 고찰했다. 프로방스문학사를 네 시기로 나누어 주요 작가를 소개하는 방식으로 개관했다. 노벨문학상을 받은 미스트랄

(Fréderic Mistral)이 활동한 20세기 초의 문예부흥이 그 뒤에 어떻게 변천했는지 살피면서, 작품창작의 영역이 시에 국한되는 것이 전반적인 특징이라고 했다.

니스는 이탈리아에 속했다가 프랑스가 된 곳이다. 독자적인 언어를 사용해 왔으며 고유한 문학의 전통이 있다. 레보, 《니스 지방의 문학과 문화적 주체성》(1992)(Claude Raybaud, *De Nissa e de damou, Littérature et identité culturelles en pays niçois*, Paris: Serre)에서 이러한 사실을 알리고자 했다. 책 제목 앞에 쓴 말은 그 지방 언어이다.

(다) 프랑스어를 사용한 문학도 지방에 따른 특색과 전통이 있다. 파리에서 그리 멀지 않은 노르망디는 독자적인 언어문화를 지닌 고장이다. 파리, 《통합 이전 노르망디 문학, 912~1204》(1899) (Gaston Paris, *La littérature normande avant l'annexion 912~1204*, Paris: Émil Bouillon)에서 그 내력을 밝혔다. 강연 원고여서 분량이 얼마 되지 않으나, 내용이 알차고 논의가 명석하다. 프랑스 중세문학론의 대가인 저자가 자기는 다른 지방 출신이지만 연구를 통해 노르망디 사람이 되었다고 하면서 논의를 시작했다. 과거를 미화하는 허상을 걷어내고 실상을 찾아 정확하게 평가하는 것이 자기 고장을 위하는 길이라고 했다.

912년부터 1204년까지의 노르망디 왕국은 스칸디나비아에서 온 정복자 집단이 현지인과 함께 세운 나라이다. 한 때 대단한 세력을 지녀 영국을 정복하고 통치하기까지 하다가, 몰락기에 들어서자 프랑스 왕국에 통합되었다. 라틴어 글쓰기에 힘쓰지 않고 속어라고 비하되던 이른 시기 프랑스어로 문학생활을 활발하게 한 것을 특기할 만하다고 했다. 영웅시, 역사시 같은 것들을 즐겨 창작하고 질서

를 존중하는 합리적인 기풍을 보여 주어 프랑스문학의 성장에 크게
기여하고, 사실주의와 연결되는 사조의 연원을 마련했다고 했다.

이 책은 특정의 지방문학사를 전체 자국문학사의 발전에 기여한
공적을 들어 논의하고 평가하는 좋은 본보기를 마련했다. 고증과
해석을 높은 수준에서 했으나, 거시적인 논의를 보태 재론할 필요
가 있다. 노르망디에서 구두어 문학을 선호한 것은 문명권의 주변
부이기 때문이다. 문명권 중심부이고자 하면서 라틴어문학에 경도
되던 프랑스가 공동문어문학과 구두어문학을 병행시키는 중간부일
수 있게 하는 데 노르망디의 유산이 크게 기여했다고 다시 말해야
한다.

노르망디문학에 관한 고찰은 계속된다. 페레, 《현대 노르망디 작
가들》(1903)(Charles-Théophile Féret, Les Écrivains normands contemporains,
Paris: E. Dumont)은 작가론 집성이며, 노르망디 방언과 표준불어 두
가지 작품을 인용하고 거론했다. 16~17세기 불문학연구회, 《고
전주의 시대의 노르망디 작가들과 그 시대의 취향》(1982)(Groupe de
recherche sur la littérature française des XVIe et XVIIe, Les Écrivains normands de
l'âge classique et le goût de leur temps, Caen: Annales de Normandie)은 연구논
집 발표집이다. 이런 것들은 관심이 있는 영역을 각기 고찰하기나
하고 문학사라고 할 만한 내용을 갖추지는 않았다.

다른 여러 곳의 지방문학에 관해서도 다양한 작업이 이루어졌다.
특기할 만한 것을 하나 들면 레진네-볼레, 《부르고뉴 궁전의 영광,
이야기와 연대기》(1995)(Danielle Régnier-Bohler dir., Splendeurs de la cour
de Bourgogne, récits et chroniques, Paris: Robert Laffont)가 있다. 부르고뉴
지방 왕국의 궁정에서 15세기에 이루어진 문학유산의 자료를 수집

해서 정리했다. 국왕의 특별한 관심과 후원이 있어 이야기와 연대기 형태의 많은 작품이 방언으로 창작되었다. 필사본으로 전하는 그런 작품을 모아서 자료집을 만들었다.

서남부 가스코뉴 지방의 문학에 대한 연구도 활발하다. 포와 아두르 지역 대학(Université de Pau et des Pays de l'Adour)의 지역연구학과(Départment d'Etudes Régionales) 주최로서 그 지방문학에 대한 학술회의를 여러 번 열고 논문집을 내놓았다. 샤르팡티에 편, 《가스코뉴의 마을들, 지방문학 제6차 발표회》(1989)(Hélène Charpentier ed., *Villes en Gascogne, 6e Colloque de littérature régionale*, Bordeaux: Presses Universitaires de Bordeaux)를 한 본보기로 들면, 19세기까지, 제1차 세계대전까지, 그 후의 3부로 나누어, 제1부에 7편, 제2부에 7편, 제3부에 10편의 논문을 수록했다.

온천 마을에 머물다가 간 수많은 명사, 문인들의 기행문을 고찰한 것도 있다.(Anne Lasserre, "D'une ville thermale à l'autre au XIXe siècle") 그 곳이 예찬한 야성적인 기풍의 고장임을 낭만주의자들이 발견하고 시풍을 혁신하는 원천으로 삼았다고도 했다.(Michel Marchal, "Tarbes−Bagneres−de−Bigorre: Un berceau d'anti−conformiés poétiques") 지역의 배경과 관련시켜 작가의 성장과정을 살피기도 했다.(Martine Fiévet, "Pau dans les romans de Roger Grenier")

프랑스문학의 중심 도시는 파리이다. 파리의 문학에 관한 책이 많고 성격이 다양하다. 파리문학사를 개관한 책은 없고, 파리의 역사를 다각도로 서술한 책에 문학에 대한 논의가 포함되어 있는 것을 쉽사리 발견할 수 있다. 파비에, 《파리 2천년사》(1997)(Jean Favier, *Paris, deux mille d'histoire*, Paris: Fayard)에 〈문학생활〉(La vie des lettres)

이라는 장을 두고, 책, 출판, 정기간행물, 서점과 도서관, 문학하는 환경 등에 관한 논의를 하고, 작가의 수입이나 생활방도를 고찰하기까지 했다. 샤를, 《세기말 파리의 문화와 정치》(1998)(Christophe Charle, *Paris fin de siècle, culture et politique*, Paris: Seuil)에서는 19세기 말 파리에 대한 다각적인 고찰을 하면서, 문학에 큰 비중을 두었다.

클레베르, 《파리의 문학》(1999)(Jean-Paul Clébert, *La littérature à Paris*, Paris: Larousse)은 파리의 문학에 관한 지역별 고찰이다. 각 지역 전체가 주는 인상을 개괄적으로 설명하고, 개별적인 지명이나 건물을 하나씩 들고 작가가 살고 활동한 자취를 찾고 문학작품의 소재로 삼은 사실을 구체적으로 고찰했다. 지도와 사진을 많이 넣어 이해를 도왔다. 자주 등장한 저명한 작가는 발자크(Balzac), 위고(Hugo), 졸라(Zola), 보드레르(Baudelaire)이다. 라씨모브, 《파리의 문학과 마르셀 프루스트의 내면》(Henri Raczymow, *Le Paris littéraire et intime de Marcel Proust*, Paris: Parigramme)에서는 한 작가를 택해 프루스트가 살던 파리와 프루스트의 작품에 등장한 파리를 연관시켜 고찰했다.

외국인이 다수 프랑스로 이민해 새로운 소수민족이 생기고 전에 볼 수 없던 문학이 나타났다. 이런 배경을 가진 이민문학에 대한 전반적인 논의를 하는 학술회의를 1994년에 개최하고 그 결과를 정리한, 본 편 《이민문학》(2000)(de Charles Bonn ed., *Littératures des immigrations*, Paris: L'Harmattan)이 출간되었다. 북아프리카 출신자들의 작품 활동을 중심에다 두고 다양한 접근을 했다. 아프리카 출신의 작가도 많아 위스티-라봐, 《프랑스에서 프랑스어로 창작하는 아프리카 출신의 이산 작가들》(2009)(Carmen Husti-Laboye, *Les écrivains de la diaspora africaine francophone en France*, Limoges: Pulim)에서 심도 있게 고찰했다. 저자도 아프리카인이라고 생각된다.

　독일의 지방문학사를 고찰하기 전에, 프랑스와 독일의 자국문학
사를 비교하면서 한 말을 다시 적는다. 프랑스에서는 통일국가가
먼저 있고 국민이 형성되어 민족의 구분을 넘어서게 했는데, 독일
에서는 민족이 국민으로 발전되어 통일국가를 요구했으므로 민족
과 국민을 구별하지 않았다. 프랑스는 국민문학사를, 독일은 민족
문학사를 자국문학사의 모형으로 했다. 세계 많은 나라 가운데 다
민족국가는 프랑스, 단일민족국가는 독일의 유형을 선호하게 마련
이다. 한국문학사는 후자의 경우이다.

　독일이 단일민족 국가는 아니다. 늦게 이룩한 통일을 다지기 위
해 단일민족국가이기를 염원해 사실을 왜곡했다. 단일체로 위장한
독일민족이 우월하다는 허위의식이 지나치게 확대되어 다른 여러
민족을 멸시하고 유대인을 학살하는 나치의 만행이 나타나기까지
했다. 제2차 세계대전 이후의 독일은 나치의 주장을 부인하고, 만
행에 대해 사죄하고 있다. 그러나 독일이 원래부터 다언어 다민족
국가임을 인정하는 데는 여전히 소극적이고, 지방문학의 독자성을
밝혀 논하는 연구를 힘써 하지 않는다.

　독일도 소수언어가 많은 곳이다.[13] 고지게르만어가 독일어로 성

---

13) "European Charter for Regional or Minority Languages"에 "Danish (in Schleswig-
　Holstein); Upper Sorbian (in the Free State of Saxony); Lower Sorbian (in Brandenburg);
　North Frisian (in Schleswig-Holstein); Saterland Frisian (in Lower Saxony); Romani
　(across Germany); Low German (part III in Bremen, Hamburg, Mecklenburg-
　Vorpommern, Lower Saxony and Schleswig-Holstein); (part II in Brandenburg,
　Northrhine-Westphalia and Saxony-Anhalt)"이 등재되어 있다. Wikipedia에서는 독일
　에 "Low Rhenish; Limburgish; Luxembourgish; Alemannic; Bavarian; Danish; Upper
　Sorbian, Lower Sorbian; North Frisian, Saterland Frisian; Romani, Low German" 등의

장하자, 저지게르만어 계통의 언어는 모두 소수언어가 되었다. 독
문학사를 쓸 때 이른 시기 여러 게르만어의 문학을 언급하는 것이
예사이지만, 독일어가 성립된 이후 시기의 문학은 독일어문학만 다
룬다. 오늘날도 여러 언어가 공존해 각기 그 나름대로의 문학이 있
을 것인데, 이에 관한 소식을 전해 주는 저작을 찾기 어렵다.

　저지게르만어를 사용하는 문학의 행방은 미국에서 찾을 수 있다.
저지게르만어 사용자들이 미국으로 이민해 '데이츠'(Deitsch)라고 하
는 말을 사용하면서 문학 창작도 한다. 이 언어의 명칭을 영어로 일
컬을 때에는 거주지를 보태 팬실베이니아 독일어(Pennsylvania German)
라고도 하고, 팬실베이니아 네덜란드어(Pennsylvania Dutch)라고도 한
다. 사용하는 언어가 독일어와 네덜란드어 양쪽과 가까운 언어를
사용하기 때문에 두 가지 명칭이 있다. 이 언어의 문학은 독일문학
이라고 하지 않고 미국문학에 속한다고 하므로 미국의 지방문학을
다룰 때 다시 거론한다. 이와 유사한 소수언어를 사용하는 문학이
독일 안에도 있는 것이 프랑스의 경우에 비추어 보아도 당연한데
찾아서 연구하고자 하는 노력이 확인되지 않는다.

　올쪼크 외 편, 《바이에른의 문화적 욕구 핸드북》(1994)(Günther
Olzog und Manfred Purzer dir., *Handbuch der Kultur Förderung in Bayern*,
München: Günther Olzog)이라는 것이 있어 생각이 달라지는 것을 확인
할 수 있다. 바이에른 지방의 문화에 관한 책이고, 현지 출판사에
서 냈다. 그 지방의 지사, 문화부장관이 먼저 글을 쓰고, 다른 많은
논자가 참여해 그 지방의 문화적 욕구를 충족시키는 정책과 제도에
관해서 다각도로 고찰했다. 그러나 표준 독일어와는 다른 바이에른

　소수언어가 있다고 했다.

어(Bayerisch) 문학의 유산이나 오늘날의 창작에 대한 고찰은 하지 않았다.

이민문학에 관한 논의가 프랑스에 있다고 했는데 독일에서 더욱 활발하다. 프랑스에서는 식민지 통치와 연관되어 이민이 많아지고, 독일은 인력이 모자라 외국인 노동자들을 다수 받아들인 것이 다르다. 이주 노동자들이 머물러 살면서 독일어로 창작한 작품이 이어져 나와 외국노동자문학(Gastarbeiterliteratur), 외국인문학(Ausländerliteratur), 이민문학(Migrantenliteratur) 등으로 일컫고 관심의 대상으로 삼았다. 호프, 《이주 문학, 문학 이주》(2008)(Karin Hoff, *Literatur der Migration, Migration der Literatur*, Frankfurt am Main: Lang)를 비롯한 여러 논저에서 양상과 특징을 논의했다. 다른 여러 나라에도 있는 이주민문학 연구의 모형이 될 만한 것을 독일에서 마련했다.

이민자 가운데 터키인이 가장 많고, 문학 창작에서 열의를 보였다. 1960년에 이주한 첫 세대는 생소한 곳에서 겪는 갈등을 터키어 작품에 나타내고, 1970년대부터는 독일어로 창작하는 작가가 나타나고 동화 과정에서 생기는 문제를 다각적으로 고찰했다. 터키인의 혈통을 지녔지만 독일에서 자라나고 교육 받은 작가들은 이중 정체성으로 독일문학에 이질적인 성향을 부여해 1990년대에 이르면 높이 평가되는 작품을 산출했다. 이 과정을 밝혀 논하는 저작이 거듭 이루어졌다.

코누크, 《진행 과정의 정체성: 터키 안팎 독어 · 영어 · 터키어 작가들》(2001)(Kadar Konuk, Identitäten im Prozeß: *Literatur von Autorinnen aus und in der Türkei in deutscher, englischer und türkischer Sprache*, Essen: Blaue Eule)이 나오고, 데미르, 《터키-독일문학: 문학 방황의 연

대기》(2008)(Tayfun Demir, *Türkischdeutsche Literatur: Chronik Literarische Wanderungen*, Duisburg: Dialog)가 뒤를 이었다. 이 둘의 저자는 터키계 독일인이어서 양쪽을 다 알아 내용이 충실한 책을 썼다. 앞의 책에서는 국내외의 터키인 문학을 비교했다. 뒤의 책은 시대별 서술을 갖춘 문학사이다.

등장한 과제가 흥미로워 연구 참여자가 확대되었다. 아델선, 《현대 독문학의 터키적 선회: 이민에 관한 새로운 비평적 문법을 향하여》(2005)(Leslie A. Adelson, *The Turkish Turn in Contemporary German Literature: Toward a New Critical Grammar of Migration*, New York: Palgrave Macmillan)를 미국 독문학자가 써냈다. 터키인 작가들이 독문학의 변혁에 기여한 자취를 분석하고 평가한 내용이다.

2) 미국 · 인도 · 중국

미국도 다른 여러 나라처럼 단일화된 국민국가를 이룩하려고 했다. 영어를 모국어로 하고 개신교를 믿는 영국계 백인이 중심을 이루는 나라를 만들어, 언어, 신앙, 인종 등이 상이한 다른 집단은 각자의 정체성을 버리고 동화되어야 한다고 했다. 이것은 이루어질 수 없는 희망이다. 구성이 복잡한 큰 나라 미국은 단일화될 수 없다.

1918년에 미국의 디어도어 루스벨트(Theodore Roosevelt) 대통령은 미국의 언어는 영어만이어야 하고, 다른 언어 사용은 용납하지 않겠다고 선언했다. 그러나 다른 언어를 사용하는 많은 인종집단의 반대로 이 선언은 실현되지 않았다. 영국에서는 영어가 공용어이고

국어이지만, 미국에서는 영어가 국어가 아닐 뿐만 아니라 공용어
도 아니며 의사소통의 수단이라는 의미의 도구어 또는 교통어일 따
름이다. 도구어 또는 교통어는 문화전통을 공유하는 문화어가 아니
다. 어느 인종집단이든 모국어를 문화어로 삼아 정체성을 유지하는
것을 허용하고 또한 바람직하다고 하게 되었다.

네일러 편, 《미국의 문화적 다양성》(1997)(Larry L. Naylor ed.,
Cultural Diversity in the United States, Westport, Connecticut: Bergin and
Garvey)에서 여러 논자가 말했듯이, 미국을 영어만 사용하는 단일체
국가로 만들려는 노력은 실패로 돌아갔으며 합당하지 못하다는 비
판을 받고 있다. 미국은 복합체임을 인정하고 다원주의를 육성하는
것이 바람직한 방향이다. 미국문화의 다양한 모습에 대해 근래에는
진지한 관심을 가지게 되었다. 미국이 단일체가 아니고 다원체라는
사실에 대한 인식과 평가가 미국문학사는 하나라는 허상을 걷어내
고 다양한 문학사의 공존을 직시하게 했다.

미국문학은 여럿이다. (가) 원주민의 고유 언어 문학, (나) 영어
가 아닌 다른 언어를 모국어로 하는 이주민들이 각기 자기네 언어
로 이룩한 문학, (다) 위의 두 부류 소수민족이 영어로 창작한 문
학, (라) 다수민의 영어문학이 각기 있어 양상이 복잡하다. (가)는
오랜 내력이 있다. (나)는 인식과 연구의 대상으로 부각되지 않고
있으나 그 나름대로 소중하다. (다)는 소수민족문학으로서 널리 주
목할 만한 의의가 있다. (라)가 지방에 따라 다른 모습을 지닌 것을
고찰한 저작이 많이 나와 있다.

여러 인종집단이 전체 인구에서 차지하는 비중을 보자.[14] (가)의

---

14) Google의 "Demographics of the U.S."에 의거해 작성한다.

주인인 대륙 원주민(Native Americans or Alaska Native)은 0.9%, 도서 원주민(Native Hawaiian or other Pacific Islander)은 0.2%이다. (나)와 (다)를 이룩한 사람들은 히스패닉 또는 라틴아메리카인(Hispanic or Latino) 16.4%, 아프리카계(African American) 12.6%, 아시아계(Asian American) 4.8%, 기타 인종(some other race) 6.2%, 혼혈인(Two or more races) 2.9%, (라)를 이루는 히스패닉계가 아닌 백인(Non-Hispanic White) 63.7%이다. 이상에서 든 비율의 합계가 100%를 넘는 것은 구분이 엄격할 수 없기 때문이다. 이렇게 나타낸 것은 대집단일 따름이고, 그 하위에 여러 집단이 있다. 히스패닉계가 아닌 백인은 유럽 어느 나라에서 왔는가에 따라 구분된다. 아시아계에는 중국인, 일본인, 한국인, 월남인, 인도인 등이 있다.

(가) 원주민문학은 인류학의 연구 대상이었다가, 근래에는 문학으로 평가되어 문학사에 근접한 책이 나왔다. 인디언이라고 일컫는 원주민의 구비문학 (가)와 원주민이 영어로 창작한 (다)를 함께 고찰하는 것이 예사이다. 위제트, 《토착미국문학》(1985)(Andrew Wiget, *Native American Literature*, Boston: Twayne)에 이르러서 원주민문학을 구비설화, 구비시, 기록문학의 시작, 근대소설, 현대시, 소설이 아닌 산문 등의 항목을 나누어 개관했다. 애담슨, 《미국 인디언문학, 환경의 정의와 환경 비평》(2001)(Joni Adamson, *American Indian Literature, Environmental Justice, and Ecocriticism*, Tucson: The University of Arizona Press)에서는 환경 보호의 관점에서 원주민 특유의 작품세계를 평가했다.

이에 관한 연구의 진전이 활발해 후속 저작이 계속 나온다. 파커, 《토착미국문학의 창조》(2003)(Robert Dale Parker, *The Invention of*

Native American Literature, Ithaca: Cornell University Press)는 토착미국문학이라고 한 문학 창작이 어떻게 시작되고 변천했는지, 어떤 사상을 만들어냈는지 밝힌다고 하고, 구비전승과 영어창작을 함께 고찰했다. 데니스, 《토착미국문학, 공간화된 독서를 향하여》(2007)(Helen May Dennis, *Native American Literature, Towards a Spatialized Reading*, New York: Routledge)에서는 구비문학의 전통이 영어창작으로 이어진 내력을 중요시하면서 주요 작가와 작품을 고찰했다. 원주민문학의 유산에 관한 논의에서 하와이가 특히 소중한 의의를 가진다. 하와이는 미국에 합병되기 전에 하와이인의 독립국이었다. 지금은 하와이인이 소수가 되었어도 독립운동을 하고 있다. 독립운동의 정신적 근거를 더들리, 《하와이 국가 1: 사람, 신, 그리고 자연》(1990)(Michael Kioni Dudley, *A Hawaiian Nation I, Man, Gods, and Nature*, Honolulu: Na Kane O Ka Malo Press); 더들리 외, 《하와이 국가 2, 하와이의 주체성을 위한 호소》(Michael Kioni Dudley, and Keoni Kealoha Agard, *A Hawaiian Nation II, A Call for Hawaiian Sovereignty*, Honolulu: Na Kane O Ka Malo Press) 같은 책을 써서 제시하려고 했다.

앞의 책에서는 하와이 구비문학에 나타난 세계관의 특징을 밝혀 하와이인의 정신적 주체성을 찾았다. 머리말에서 하와이는 풍부한 문화유산과 매력적인 지적 전통을 지닌 곳이라고 하고, 그 핵심은 "땅에 대한 사랑"(aloha aina)이라고 했다. 그 전통을 이어받아 독립의 정신적 바탕으로 삼자고 했다. "우주와 그 작용, 거기서 사람이 차지하는 위치에 관한 철학 체계"를 밝힌다고 한 본론의 작업은 구비문학을 자료로 진행된 문학론이다. 뒤의 책에서는 하와이 망국의 역사를 회고하고 미국의 통치에서 벗어나 독립해야 한다고 주장했다.

수미다, 《그리고 해안에서의 조망: 하와이의 문학 전통》(1991)
(Stephen H. Sumida, *And the View from the Shore, Literary Traditions of
Hawai'i*, Seatle: University of Washington Press)은 문학사라고 할 만한 내
용을 갖추었다. 하와이의 목가적이고 영웅적인 문학 전통을 생생하
게 이해하도록 하려고 하와이문학을 개관한다고 했다. 하와이 원주
민뿐만 아니라 식민지 통치자, 관광객 등이 남긴 유산도 함께 다루
어 다문화적 고찰을 하겠다고 했다.

서두에서 신화를 노래하는 전승을 고찰하고, 하와이가 태평양의
낙원이라고 한 외래인의 기록을 소개했다. 춤추면서 부르는 하와이
말 노래를 전원시(pastoral), 하와이의 자연과 생활을 다룬 영문 소설
을 복합체 목가(complex idyl), "우리 동포, 우리 역사"를 찾는 작품을
영웅문학(heroic literature)이라고 일컬으면서 세 장에서 논의했다. 마
지막의 〈하와이 지방문학의 전통〉("Hawaii's Local Literary Tradition")에
서는 1970년대의 하와이 문예부흥 이래로 전통을 계승하고 현실을
인식한 영어 작품을 고찰했다. 나) 미국에 이민한 사람들이 영어가
아닌 각자의 고유어로 창작한 문학은 많지만 미국문학이라고 하지
않는다. 미국에서 쓴 스페인어 작품은 스페인문학, 독일어 작품은
독일문학이라고 하는 관습이 아시아계도 해당해 한국어 작품은 한
국문학에 포함된다고 한다.[15] 그러나 이민한 집단의 언어가 본국과
달라져 독자적인 문화권을 이룬 경우에는 창작한 문학을 미국문학
의 특이한 양상으로 인정한다.

그래서 이루어진 업적의 좋은 예가 로배커, 《펜실베이니아 독

---

15) 미국에 이주한 동포들이 1905년부터 낸 신문 《共立新報》, 1909년부터의 《新韓民報》
에 발표한 작품부터 마종기의 시까지 이런 예가 많이 있다.

일어문학: 1683년부터 1942년까지의 경향 변화》(1942)(Earl Francis Robacker, *Pennsylvania German Literature: Changing Trends from 1683 to 1942,* Philadelphia: University of Pennsylvania Press)이다. 이에 관해 독일의 지방문학사에서 고찰했으나 재론할 필요가 있다. 미국 펜실베이니아주 일대에 사는 독일인은 고지게르만어에서 유래한 표준 독일어와는 다른 저지게르만어 계통의 언어인 '데이츠'(Deitsch)라는 것을 사용한다. 이 언어의 명칭을 영어로 일컬을 때에는 펜실베이니아 독일어(Pennsylvania German)라고도 하고, 펜실베이니아 네덜란드어(Pennsylvania Dutch)라고 한다. 이 언어로 창작한 문학은 독일문학이나 네덜란드문학에 포함되지 않고 미국문학에 속한다고 한다.

(다)는 '이민문학'(immigrant literature)이라고 한다. 이에 대한 총괄론이 크니플링 편, 《미국의 새로운 이민문학, 우리의 다문화 문학유산 자료집》(1996)(Alpana Sharma Knippling ed., *New Immigrant Literatures in the United States, A Sourcebook to Our Multicultural Literary Heritage,* Westport, Connecticut: Greenwood)에 있다. "새로운"이라는 시기는 제2차세계대전 이후를 말한다고 밝혔다. 많은 필자를 동원해 새로운 시기 이민문학의 전모를 소개하고 참고문헌을 자세하게 갖추었다. 자모 순서로 배열하는 사전 방식으로 편차를 작성했다.[16] 인도계와

---

16) 차례를 옮긴다. I. Asian—American Literatures, 1. Arab—American Literature, 2. Armenian—American Literature, 3. Chinese—American Literature, 4. Filippino—American Literature, 5. Indian—American Literature, 6. Iranian—American Literature, 7. Japanese—American Literature, 8. Korean—American Literature, 9. Parkiatani—American Literature; II. Caribbean—American Literatures, 10. Anglophone Caribbean—American Literature, 11. Cuban—American Literature, 12. Dominican—American Literature, 13. Puerto Rican—American Literature; III. European—American Literatures, 14. Finnish—American Literature, 15. Greek—American Literature, 16. Irish—American Literature, 17. Italian—American Literature, 18. Jewish—American Literature, 19. Sephardic Jewish—American Literature, 20. Polish—American Literature, 21. Slovak—American and Czech —American

파키스탄계를, 유대계 일반과 이베리아반도 유대계(Sephardic Jewish)를 구분했다. 그런데 영국 · 프랑스 · 독일계는 없다. 그런 사람들은 일찍 이민해 미국인의 주류에 포함된다고 인정해 거론하지 않았다.

이민문학을 '다문화문학'(multicultural literature)라고도 한다. 이것은 적절한 용어 같으나 주류 집단의 문학은 포함하지 않으니 공정하다고 할 수 없다. 리,《미국 다문화문학: 흑인, 원주민, 라틴계, 아시아인 미국소설 비교》(2003)(A. Robert Lee, *Multicultural American Literature: Comparative Black, Native, Latino/a, and Asian American Fiction*, Edinburgh: Edinburgh University Press)에서는 네 갈래 다문화문학을 소설을 통해서 고찰했다. 미국은 유럽에서 온 백인의 나라라는 주장에 대해 여러 소수민족이 반론을 제기해 미국문학을 대립과 갈등의 다원체로 만든 여러 민족 소설의 작용을 정치적이고 사회적인 변화와 함께 고찰했다.

'인종적 문학'(ethnic literature)이라는 용어로 이민문학을 가리키기도 한다. 이것은 주류가 아닌 문학이고 인종적 특징을 지닌다는 편견을 내포한다. 프랑코,《미국의 인종적 문학, 치카노 · 유대 · 아프리카계 미국문학 비교》(2006)(Dean J. Franco, *Ethnic American Literature, Comparing Chicano, Jewish, and African American Writing*, Philadelphia: University of Virginia Press)에서는 세 갈래 인종적 문학에 대한 역사적 · 지리적 비교론을 전개하면서 정치적인 고찰을 함께 했다. 라틴계를 '치카노'(chicano)라고 했다.

여러 이민 집단의 문학을 각기 고찰하는 작업은 더욱 활발하게 이루어지고 있다. 가장 큰 비중을 차지하는 흑인문학에 관해서는

Literature; IV. Mexican-American Literatures, 22. Mexican-American Literature

위트로우, 《미국흑인문학사, 비평적 역사》(1973)(Roger Whitlow, *Black American Literature: A Critical History*, Chicago: Nelsen Hall); 잭슨, 《아프리카계 미국문학사》(1989)(Blyden Jackson, *A History of Afro-American Literature*, Baton Rouge, LA: Louisiana State University Press) 등의 본격적인 문학사가 이루어졌다. 그 다음 순서로 중요한 영역을 신리, 《멕시코계 미국문학》(Virginia Seenley, *Mexican American Literature*, Paramus, NJ: Globe); 케이언, 《미국의 라틴계문학》(2003)(Bridget Keyane, *Latino Literature in America*, Westport, CT: Greenwood) 같은 저작에서 고찰했다. 새로운 관심사에 관한 김, 《아시아계 미국문학: 작품 및 그 사회적 상황 입문》(1984)(Elaine Kim, *Asian American Literature: An Introduction to the Writings and Their Social Context*, Philadelphia: Temple University Press) 이라고 하는 총론도 있다. (라)는 다수민족 주류문학의 지역적 변이라는 의미의 지방문학이다. 논의 과정에서 (다)에 해당하는 것들도 일부 포함되었다. 총론에 해당하는 가스틸, 《미국의 지방문화》(1975)(Raymond D. Gastil, *Cultural Regions of United States*, Seattle: University of Washington Press)를 보자. 문화 권역이 뉴잉글랜드(New England), 뉴욕 중심지역(The New York Metropolitan Region), 펜실베이니아 지역(The Pennsylvanian Region), 남부(The South), 상부 중서부(The Upper Midwest), 중간 중서부(The Central Midwest), 로키산맥 지역(The Rocky Mountain Region), 모르몬교 지역(The Mormon Region), 내부 서남부(The Interior Southwest), 태평양 서남부(The Pacific Southwest), 태평양 서북부(The Pacific Northwest), 알래스카(Alaska), 하와이 군도(The Hawaiian Islands)로 나누어진다고 했다.

크로우 편, 《미국 지방문학 편람》(2008)(Charles L. Crow ed., *A*

Companion to the Regional Literatures of America, Malden, MA: Blackwell)은 지방문학론으로서 필요한 체계와 내용을 갖추었다. 제1장 〈미국 지방주의의 역사와 이론〉에서 지방주의 및 지방문학의 개념, 특성, 의의 등에 관해 고찰했다. 제2장 〈지방의 지도를 그린다〉에서 여러 지방에 관한 각론을 전개했다. 제3장 〈지방주의의 거장들〉은 두드러진 위치를 차지하는 지방문학 작가 마크 트웨인(Mark Twain)을 비롯한 5인에 관한 논의를 했다.

지방문학의 권역 가운데 뉴잉글랜드가 특히 중요하다. 뉴잉글랜드는 미국의 역사가 시작된 곳이며, 오랜 전통을 가지고 미국문학을 주도했다. 그 내력을 정리해 논한 문학사 또한 널리 모범이 된다. 뷰얼,《뉴잉글랜드의 문학문화, 혁명 이후 문예부흥을 거쳐》(1986)(Lawrence Buell, *New England Literary Culture, from Revolution through Renaissance*, New York: Cambridge University Press); 웨스트브룩,《뉴잉글랜드 문학사》(1988)(Perry D. Westbrook, *A Literary History of New England*, London and Toronto: Associated University Presses)가 충실한 내용을 갖추어 문학사 서술의 수준을 높였다.

뷰얼,《뉴잉글랜드의 문학문화, 혁명 이후 문예부흥을 거쳐》(1986)의 저자는 뉴잉글랜드문학을 전공으로 삼고 깊은 연구를 했다. 책 서두에 〈이론적 전제〉에서 문학사 서술의 일반적인 문제를 진지하게 검토했다. 문학사를 사상적이고 사회적인 논의를 아우른 문학문화사로 이해하면서, 뉴잉글랜드문학의 성장, 특징, 의의 등에 관한 다면적인 고찰을 했다. 미국에서도 이론을 제대로 갖추고 수준 높은 문학사를 쓰고자 하는 노력이 있음을 지방문학사에서 확인할 수 있다. 미국문학사 전체를 다루면 국가의 성격과 관련되어 제기되는 문제 때문에 부담스럽지만, 지방문학은 문학사에 대한 저자 나름대로의 성실한 탐구를 마음 놓고 할 수 있는 안전지대여서 수준 높은 성과를 내놓는다.

웨스트브룩, 《뉴잉글랜드 문학사》(1988)는 서두에서 결말까지 모두 다룬 문학사이다. 뉴잉글랜드문학이 미국 전체의 문학에서 지니는 위치와 의의를 밝히는 데 힘써 지방문학사 서술의 좋은 본보기를 보여 주었다. "뉴잉글랜드문학은 그 고장 출신이거나 그 고장과 친분을 맺은 사람들의 문학이다"고 했다.(9면) 뒤의 경우를 더욱 중요시하고, 뉴잉글랜드문학의 특징인 청교도 정신이 미국 전역에 전파되어 미국문학의 근간이 되었다고 했다. 뉴욕 사람인 헨리 제임스(Henry James), 샌프란시스코 출신인 로버트 프로스트(Robert Frost)를 그런 예로 들었다. 헨리 제임스의 소설 《보스턴 사람들》(Bostonians)이 뉴잉글랜드의 생활상을 가장 잘 보여 준 작품이라고 했다.

지방의 문학 가운데 남부문학이 가장 큰 비중을 차지해 거듭 연구되고 있다. 허벨, 《미국문학에 나타난 남부 1607~1900》(1954)(Jay B. Hubbell, *The South in American Literature 1607~1900*, Durham, North Carolina: Duke University Press)에서는, 남북전쟁 이후에 형성된 "북쪽 사람들이 남쪽 사람들을 대하는 태도가 영국인이 아일랜드인을 대하는 것 같다"고 했다.(869면) 이런 편견을 시정하고, 남부문학이 미국문학에서 차지하는 의의를 입증하고자 했다. 포(Edgar Allen Poe), 트웨인(Mark Twain), 포크너(William Faulkner) 등의 뛰어난 작가를 산출해 남부문학이 미국문학의 발전에 크게 기여했다고 했다.

오브리언, 《남부 다시 생각하기, 지성사 논고》(1988)(Michael

O'Brien, *Rethinking the South, Essays in Intellectual History*, Baltimore and London: The Johns Hopkins University Press)에서는 남부문학의 성격 변화를 깊이 있게 고찰했다. 옛적 남부의 반지성적이고 낭만적인 경향이 시정되어, 남부의 지성이 미국 전역에서 커다란 위치를 차지하게 되었다고 했다. 그런 증거가 1920~1930년대의 문학, 그리고 최근의 역사학에서 특히 잘 나타난다고 했다.

서부문학 또한 지방문학으로서 커다란 비중을 차지하고 있다. 서부문학협회, 《미국서부문학사》(1987)(Western Literature Association, *A Literary History of the American West*, Fort Worth: Texas Christian University Press) 및 그 속편 《서부문학 최신증보》(1997)(*Updating the Literary West*, Fort Worth: Texas Christian University Press)에서 넓은 범위의 서부문학 역사를 자세하게 고찰하는 작업을 많은 필자를 동원해서 했다. 〈서부와의 만남〉이라는 제목을 내걸고, 서부가 문학에 처음 등장한 양상을 다루었다. 서부를 여행하고 탐험한 사람들의 기행문 같은 것들을 거론하다가 〈원주민 구비전승〉과 〈미국 서부의 민속〉 두 절을 두어 원주민문학, 구비문학에도 관심을 보였다. 〈정착 : 여러 서부〉라는 장에서는 지역을 '먼 서부', '서남부', '중서부', '로키산맥'으로 나누고, 그 하위 항목에 여러 작가 이름을 열거하고 하나씩 고찰했다. 〈서부의 재발견〉에서는 멕시코계, 아시아계, 흑인, 스칸디나비아계 문학에 관해 살폈다. 그 다음 절에서는 문학의 현황을 영역별로 설명했다. 넓은 지역의 문학을 모두 다 다루고자 해서 내용이 아주 방대하다.

시몬슨, 《변경을 넘어서서, 작가들, 서부 지역주의, 그리고 공간 지각》(1989)(Harold P. Simonson, *Beyond the Frontier, Writers, Western*

Regionalism, and a Sense of Place, Fort Worth: Texas Christian University Press) 은 서부의 지역적 특징에 관한 총괄론이다. 서부는 미국인에게 희망을 주는 곳이라고 했다. 그런 생각이 "열려 있는 변경"(open frontier)이라고 했다. 그러나 희망이 이루어지지 않은 절망과 비극이 뒤를 따라 "닫혀 있는 변경"(closed frontier)의 의식이 뒤따랐다고 했다. 서부는 희망과 절망이 교체하는 곳이라고 했다. 그 둘로 본문의 장을 구성하고, 〈변경 총괄론〉(frontier synthesis)을 말하는 장을 덧붙였다.

에툴레인, 《근대 미국 서부 재인식, 소설·역사·예술의 세기》(1996)(Richard W. Etulain, *Re-imagining the Modern American West, a Century of Fiction, History, and Art*, Tuscon: The University of Arizona Press)에서는 서부문학의 특성 변천을 고찰했다. 서부문학이 처음에는 신개척지의 새로운 경험을 다루고, 1920년대부터는 자기 고장에서 살아가는 모습을 그리다가, 1960년대부터는 다민족, 다문화 사회의 문제를 취급하는 쪽으로 바뀌었다고 했다. 그 세 시기를 각기 한 장씩 다루어 제1장은 〈변경인 서부〉("The West as Frontier"), 제2장은 〈지역인 서부〉("The West as Region"), 제3장은 〈지역 이후의 서부〉("The West as Postregion")라고 했다. 오늘날의 서부는 문화나 문학의 성격이 다양해졌다고 했다.

서부문학에 관한 논의는 다양한 형태로 계속된다. 우로벌 외, 《여러 서부, 공간, 문화 그리고 지역의 정체성》(1997)(David M. Wrobel and Michael C. Steiner ed., *Many Wests, Place, Culture and Regional Identity*, Lawrence, Kansas: The University Press of Kansas)에서는 서부의 지역의식과 문화를 지역별로 주제별로 다룬 다양한 논문을 모았다. 티그, 《미국문학과 예술에서의 남서부 : 사막 미학의 등장》(1997)

(David W. Teague, *The Southwest in American Literature and Art: the Rise of a Desert Aesthetics*, Tuscon: The University of Arizona Press)은 남서부문학만 따로 고찰하면서 그 특징을 살폈다. 그 지역의 정서를 나타내는 '사막의 미학'이라는 것을 그 중심개념으로 삼았다.

래이프,《미국 서부 변경의 다민족문학》(2000)(Noreen Groover Lape, *The Multicultural Literature of the Western American Frontiers*, Athens: Ohio University Press)에서는 미국 서부 변경에서 여러 민족이 만나 생겨나는 관계를 문학을 통해 고찰했다. 유럽 각국에서 온 백인이 자유와 황금을 찾아 이주해 원주민뿐만 아니라 선주민인 멕시코계 사람들까지 핍박하고, 흑인사회가 형성되어 흑백 관계가 문제되고, 여러 아시아 사람들이 각기 자기 생각을 하면서 몰려들어 더욱 복잡해진 그 곳의 상황이 여러 민족의 문학에 어떻게 나타났는지 다각도로 살폈다. 문학은 자기 인식의 방법이면서 상대방과의 관계를 바람직하게 하려는 통과의례이고, 대립을 넘어서서 민족회통(transethnicity)을 이룩하려는 방법이기도 하다고 밝혀 논했다.

미국은 문명권 주변부의 주변부여서 자국문학사를 쓰면서 특수성에 대해 집착하는 정도가 영국보다도 심한 탓에 대국의 위신을 살릴 만한 업적을 산출하지 못했다. 그 때문에 열등의식을 지니고 문학사 부정론으로 나아간다. 그러나 소수민족문학사나 지방문학사를 보면 사정이 다르다. 단일화 지향의 대국주의를 버리고 문학의 실상을 다원체로 인식하는 다른 방향에서는 널리 도움이 될 만한 본보기를 산출하고 있다. 지방문학사를 다양하게 마련하고, 소수민족문학에 대한 새로운 논의가 풍성하게 한다. 다민족문학사가 나아가는 데 크게 도움이 되는 작업을 한다. 문학사 부정론자들이 이런 사실을 무시하는 것은 이해하기 어려운 잘못이다.

인도는 여러 언어를 사용하는 다민족국가이고 지방끼리 차이가
크다. 식민지 통치에서 벗어나 독립국을 건설해도 언어와 문화에서
의 통합은 이루어지지 않았다. 지배적인 위치에 있는 다수민족의
문학사를 자국문학사라고 하지 않고, 인도문학사를 다원체로 만들
기 위해 여러 언어의 문학사를 모두 갖추려고 하고 있다.

인도에는 언어가 많다. 2011년의 조사에서 1,635개나 된다고
한다. 그 가운데 백만 이상이 사용하는 언어는 30개, 1만 이상이
사용하는 언어는 122개이고, 나머지는 모두 사용자가 극소수이
다. 언어의 계통의 비율을 보면, 인도-유럽어 계통이 74%, 드라
비다어 계통이 24%, 오스트로-아시아 계통이 1.2%, 티베트-버
마어 계통이 0.6%이다. 개별 언어 사용자의 비율을 보면, 인도-
유럽어 계통의 힌디어(Hindi)가 41%, 벵골어(Bengali)가 8.1%, 마
라티어(Marathi)가 7%, 우르두어(Urdu)가 5%, 구자라트어(Gujarathi)
가 4.5%, 펀잡어(Pujabi)가 3.3%이고, 드라비다어 계통의 텔레구어
(Telegu)가 7.2%, 타밀어(Tamil)가 5.9%, 칸나다어(Kannada)가 3.7%,
오리야어(Orya)가 3.2%, 말라얄람어(Malayalam)가 2.8%이다.

인도가 독립하자 영국 식민 통치의 언어인 영어를 대신해 힌디어
를 공용어로 하고, 영어는 15년 동안만 공용어로 사용한다고 헌법
에 규정했다. 그러나 힌디어가 영어를 대신하지 못하고 있으며, 학
문의 언어는 영어이다. 힌디어만 공용어로 하는 정책을 강행하면
남부의 드라비다어 계통 언어를 사용하는 여러 주는 분리해 독립하
겠다고 한다. 인도 헌법에 초등학교 모국어 교육에서 사용하는 22

개 언어의 명단을 제시했다. 인도연방을 구성하는 28개 주와 7개 연방영토는 각기 공용어 외의 공적으로 인정되는 언어를 정할 수 있어 내역이 아주 복잡하다.

남인도 드라비다어 계통 언어 가운데 타밀어는 오랜 역사와 풍부한 문학을 지니고 있으며, 그 내력 자랑에 그 곳 사람들이 대단한 열의를 보인다. 카나카사바이, 《1800년 전의 타밀인》(1904) (V. Kanakasabhai, *The Tamils Eighteen Hundred Years Ago*, New Delhi: Asian Educational Services)이라는 책이 일찍 나와, 잃어버린 역사의 영광을 찾는 타밀학을 선도했다. 타밀문학은 국제적인 관심사로 등장해 체코인 학자가 영어로 쓴 즈벨레빌, 《타밀문학》(1975)(Kamil. V. Zvelebil, *Tamil Literature*, Leiden: E. J. Brill); 《타밀문학사편람》(1992)(Kamil V. Zvelebil, *Companion Studies to the History of Tamil Literature*, Leiden: E. J. Bril) 이 네덜란드에서 출판되었다. 본고장 연구의 집성인 가디가찰람 편, 《타밀인의 문학 유산》(1981)(Ghadigachalam ed., *Literary Heritage of the Tamils*, Madras: International Institute of Tamil Studies)에서 문학의 유산이 타밀인의 오랜 역사와 찬란한 문화전통을 말해 준다고 다각도로 논증했다.

텔레구도 남인도 드라비다어 계통 언어 가운데 하나이다. 첸치아 외, 《텔레구문학사》(1929)(P. Chenchiah and Raja M. Bhujanga Rao Bahadur, *A History of Telegu Literature*, Calcutta: The Association Press)에서 텔레구 문학의 전통을 찾았다. 칸나다문학에 대한 연구도 활발하게 이루어지고 있다. 나라심하차르, 《칸나다문학사》(1940) (R. Narasimhachar, *History of Kannada Literature*, Mysore: Weseley)에서 드라비다 계통 여러 언어에 대한 비교고찰을 하고, 상호간의 관련 양상 및 산스크리트

와의 관련 양상을 밝히면서 칸나다문학사를 서술했다. 라이스, 《칸
나다문학사》(1982)(Edward P. Rice, *A History of Kannada Literature*, New
Delhi: Asian Educational Service)는 칸나다문학사의 독자적인 전개에 관
한 고찰이고, 산스크리트를 사용한 칸나다작가들에 관한 논의를 첨
부했다.

　남인도 드라비다 계통의 또 하나의 언어 문학사를 서술한 차이
탄야, 《말라얄람문학사》(1971)(Krishna Chaitanya, *A History of Malayalam
Literature*, New Delhi: Orient Longman)는 주목할 만한 업적이다. 문학사
에 대해 대단한 관심을 가지고 산스크리트문학사, 아랍문학사, 세
계문학사 등을 이룩한 저자가 광범위한 논의의 구심점으로 삼은 자
기 언어의 문학사이기 때문이다. 시초에서 당대에 이르는 말라얄람
문학의 내력을 정치경제적인 배경과 관련시켜 고찰해 체계와 방법
을 잘 갖추었다.

　말라얄람은 널리 알려진 언어가 아니지만 오랜 내력을 가지고 소
중한 문학을 산출했다고 하고, 20세기의 현대문학에 이르러 활력과
수준이 돋보이게 된 것을 특히 자세하게 살폈다. 언제 이루어졌는
지 밝히기 어려운 유산은 주제와 갈래의 변천에 중점을 두고 논의
하고 자료가 확실하면 작가론을 갖추는 두 가지 방법을 겸용했다.
문학사는 의식의 각성과 논리의 정비 양면에서 소중한 구실을 한다
는 것을 보여 주었다.

　인도-유럽어 계통의 힌디어는 인도 중심부에 자리 잡고 사용자
가 가장 많다. 타밀문학은 변방의 저항을, 힌디문학은 중원의 자부
심을 나타낸다고 할 수 있다. 그런데 힌디문학은 시작이 늦었으며,
언어의 비중만큼 문학의 유산이 풍부하지 못하다. 공동문어문학의

위세가 오래 지속되어 민족어문학의 성장에 지장이 있었던 것이 문명권 중심부의 공통된 현상이다. 힌디문학사를 쓴 사람들은 이런 사실을 밝혀 논하려고 하지는 않았으면서, 자기네 문학의 위상을 높이려고 했다.

선구적인 업적인 키, 《힌디문학사》(1920)(F. E. Keay, *A History of Hindi Literature*, Calcutta: Association Press)는 힌디문학의 존재를 알리는 데 힘썼다. 정체가 모호하다고 하는 힌디어의 범위와 특성, 인접 여러 언어와의 관계에 관한 논의를 앞세우고, 언어가 정착되자 1400년 · 1550년 · 1800년 무렵에 문학이 특별한 발전을 보인 양상을 중점적으로 고찰했다. 드위베디, 《힌디문학사》(1920)(Ram Awadh Dwivedi, *A History of Hindi Literature*, Calcutta: Association Press)는 특질론으로 나아갔다. 힌디문학은 구비서사시에서 시작되어 유산이 풍부하고, 시대마다의 변천을 겪었으며, 일반 민중의 문학으로 이어지고, 국내외의 영향을 개방적으로 수용한 특징이 있다고 했다.

진다이, 《힌디문학사》(1955)(K. B. Jindai, *History of Hindi Literature*, New Delhi: Mushiram Manoharial)는 힌디문학의 매력 자랑을 중요한 내용으로 삼았다. "마법의 정원"(enchanted garden)이라고 한 힌디문학 유산의 빼어난 작품들을 힌디어를 모르는 독자들에게 알려주는 데 힘썼다. 드위베디, 《힌디문학》(1953)(Ram Awadh Dwivedi, *Hindi Literature*, Varanasi: Hindi Pracharak Pustakalaga); 드위베디, 《힌디문학의 비판적 개관》(1966)(Ram Awadh Dwivedi, *A Critical Survey of Hindi Literature*, Delhi: Motilal Banarsidass)은 같은 저자가 거듭 낸 책이다. 증보판에서 인도 독립 후의 상황까지 말했다. 힌디는 4억 인의 모국어이고, 사회적이고 경제적인 교류를 위해 인도 전역에서 사용되므

로, 힌디문학에 대한 관심이 커지는 것이 당연하다고 했다.

맥그리거, 《시초에서 19세기까지의 힌디문학》(1984)(Ronald Stuart McGregor, *Hindi Literature from its Beginnings to the Nineteenth Century*, Wiesbaden: Otto Harrassowitz)은 체계적인 서술을 갖추었다. 힌디문학사를 태동·출현·성숙·쇠퇴기로 시대구분하고,[17] 각 시대마다 대표적인 갈래를 내세워 문학의 특성을 정리했다. 성숙기와 쇠퇴기의 하위제목이 꼭 같은 것이 특이하다.[18] 문학사는 갈래의 역사라고 하는 서술 방법의 극단적인 본보기를 보여 준다. 힌디문학사는 이밖에도 여럿 나왔다.[19] 그러나 대부분 자료와 사실을 추가해 설명하는 데 머무르고, 문학사를 어떻게 써야 하는지 고심하지는 않았다.

인도-유럽어 계통 언어 가운데 힌디 다음으로 벵골어 사용자가 가장 많다. 벵골문학의 유산은 힌디문학보다 앞선다고 현지에서는 자부한다. 그러나 벵골문학의 위상을 문학사를 잘 써서 입증한 것은 아니다. 안나다산카르 외, 《벵골문학》(1942)(Annadasankar and Lila Ray, *Bengali Literature*, Bombay: International Book House)에서 오랜 내력과

---

17) 각 장의 제목을 옮기면 "I.The Emergency of New Indo-Aryan Speech in Poetry in North Indian, II.The Rise of New Traditions in Literature and Religion: 1200—c. 1450, III.The Year of Maturity: the 16th and 16th Centuries, IV.The Wanning of an Era: from 17th to 19th Centuries"라고 했다.

18) 양쪽 다 "1.Introduction, 2.Sant poetry, 3.The romances, 4.Kṛṣṇa poetry, 5.Rām poetry, 6.Court poets and poetry, 7.Other poetry, 8.Prose"로 이루어져 있다.

19) K. B. Jindai, *History of Hindi Literature*(1955)(New Delhi: Mushiram); Rajendra Lal Handa, *History of Hindi Language and Literature*(1978)(Bharatiya Vidya Handa); Ramaprasada Misra, *An Outline of the History of the Hindi Literature*(1982)(Delhi: S. S. Publishers); R. P. Mishr, *History of Hindi Literature*(1982)(Delhi: S. S. Publishers); Madan Gopal, *Origin and Development of Hindi/Urdu Literature*(1996)(New Delhi: Deep and Peep)

풍부한 유산을 자랑하고자 했는데, 분량이 부족하고 내용이 부실하다.

벵골문학사는 체코 학자의 저자인 즈바비텔, 《벵골문학》(1976)(Dusan Zbavitel, *Bengali Literature*, Wiesbaden: Otto Harrassowitz)에서 고찰했다. 벵골문학은 가치가 인정되지 않는 비공식의 문학이어서 역사에 공백기가 있고, 궁정문학이라고 할 것이 없고, 이론이 결여되어 있지만, 종교적이지 않은 시를 격식화되지 않은 표현으로 자유롭게 지어 광범위한 대중의 환영을 받았다고 했다. 이런 관점에서 신화적 기원을 먼저 고찰하고, 무슬림의 벵골 정복에서 인도 독립 후까지의 벵골문학사를 개관했다. 시대 구분에 관한 말은 없고, 번호가 붙어 있지 않은 17개 항목으로 차례를 구성했으며, 고전문학이 9개, 근대문학이 8개이다. 타고르(Tagore)에 관한 항목이 2개이다. 외형은 고려하지 않고 사실을 기술하는 데 힘썼다. 벵골문학사를 서술한 다른 책이 몇 개 더 나와 근대문학사를 보완했다.[20]

다른 여러 언어의 문학 가운데 툴풀레, 《기원에서 1818년까지의 마라티 고전문학》(1979)(Shankar Gopal Tulpule, *Classical Marathi Literature, from the Beginning to A. D. 1818*, Wiesbaden: Otto Harrassowitz)을 들어본다. 마라티는 인도 중서부 뭄바이를 중심으로 하는 주에서 사용하는 언어이다. 고어사전을 만든 현지의 학자가 언어의 유래와 고전문학사의 전개를 정리해 고찰했다. 마라티어는 8세기에 이루어진 기록이 있고 13세기부터 문학창작에 쓰였다고 했다. 14세기 중엽에는 무슬림의 침공으로 암흑기에 들어섰던 마라티문학이 17세기 초부터는

---

20) Sushil Kumar De, *Bengali Literature in the Nineteenth Century*(1962)(Calcutta: Firma K. L. Mukhopadhyay); Asit Kumar Bandyopaday, *History of Modern Bengali Literature*(1986)(Calcutta: Modern Book Agency)

다시 활기를 띠고 다양한 종교 사상을 나타냈다고 했다. 18세기에는 민족의 영웅 시바지(Sivaj)의 전기가 풍성하게 이루어졌다가, 영국의 지배를 받고 고전문학의 시대가 끝났다고 했다.

카츠루, 《카슈미르문학》(1981)(Braj B. Kachru, *Kashmir Literature*, Wiesbaden: Otto Harrassowitz)은 자세하게 검토할 만하다. 저자는 카슈미르인이며 미국에서 영어학 교수로 활동하고 있다. 자기 고장에 대한 애착을 전공이 아닌 문학사를 써서 나타냈다. 카슈미르문학의 전반적 특징을 서론을 여러 항목으로 나누어 고찰하고, 많은 시련을 겪어 온 소수자의 창조물임을 강조해서 말했다. 산스크리트화(sanskritization)하고, 페르시아화(persianization)한 이중의 변모를 토착화(nativization)하려는 노력을 여러 문자를 사용하면서, 민족 주권의 미비로 정치적인 후원을 받지 못한 채 힘겹게 진행했다고 했다. 세계 여러 곳의 문학사와 공통된 전개의 과정을 특히 불리한 조건에서 겪었다는 말이다.

시대구분을 명료하게 했다. 초기(The Beginnings, 1300~1500), 초기중세(Early Middle Period, 1500~1750), 중세(The Middle Period, 1750~1900), 근대(The Modern Period, 1900~1947), 부흥(The Renaissance, 1947~)을 나누었다. 언어 사용이 구분의 기준이다. 카슈미르어 글쓰기가 출현해 초기가 시작되었다. 이슬람교와 함께 들어온 페르시아어가 공동문어로 등장해 초기중세에 들어서고, 중세가 정착되었다고 했다. 페르시아어가 공동문어의 지위를 상실하고, 카슈미르어가 문학창작에서 널리 쓰이고, 영어, 우르두어, 힌디어 등도 함께 사용된 시기가 근대라고 했다. 1947년 독립 후에 비로소 카슈미르어를 공용어로 사용하면서 정체성을 획득하고 발전시키는 길에 들어선 것이 부

홍이라고 했다.

공동문어 사용 여부로 문학사의 시대구분을 하는 것이 내가 한 작업과 같다. 인도 안팎의 자국문학사 · 문명권문학 · 세계문학사에서 널리 적용할 수 있는 견해를 마련했다. 그런데 서론에서는 산스크리트화를 거쳤다고 하고서도 본문에서는 산스크리트를 공동문어로 사용하던 시기를 중세 전기라고 하지 않고, 공동문어가 페르시아어로 바뀌어 중세 후기라고 해야 할 시기를 중세라고 했다. 최초의 카슈미르어 시가 산스크리트 번역으로 전하는 자료를 들기만 하고, 산스크리트문학과 어떤 관련을 가지고 시작되었는지 논의하지 않았다. 공동문어의 교체가 문학사에서 어떤 의의를 가지는지 밝혀 논하려고 하지 않았다.

위에서 든 안나다산카르 외,《벵골문학》(1942)은 독립 이전 인도 펜클럽에서 인도 각 언어의 문학사를 펴낸 것 가운데 하나이다. 총서 편집자의 머리말에서 인도에는 언어가 많아 문화를 풍부하게 하는 통로 노릇을 했는데, 교육 받은 사람들조차 대부분 모국어가 아닌 다른 언어의 문학에 대해서는 알지 못하는 것이 유감이라고 했다. 그래서 각 언어로 이루어진 문학의 유래, 근대에 이룬 발전을 밝히고, 작품 선집을 내는 사업을 일제히 하겠다고 했다. 주요 언어 문학사의 본보기로 이 책을 서둘러 내놓았는데 내용이 미비한 소책자이다.

좋은 계획이지만, 식민지 시대의 펜클럽이 감당하기에는 역부족이었다. 독립을 이룩하고 1954년에 문학연구소(Sahitya Akademi)를 국립으로 설립해 소망하는 사업을 본격적으로 추진하고 있다. 주요 언어의 문학사를 충실하게 써서 영어와 현지어 두 가지 언어로 간행하고, 여러 언어로 번역한다. 지리적 위치나 사용자 수와 무관하게 작업이 가능한 순서대로 문학사를 갖추고 있다. 문학사 출간을 국가사업으로 삼고 연구기관에서 담당하는 나라는 많다. 그러나 어느 지방의 지방문학사이든 대등하다고 하면서 모두 갖추려고 힘쓰는 곳은 인도뿐이다.

문학연구소에서 낸 여러 언어의 문학사는 홈페이지의 목록을 보면 2013년 2월 현재 모두 20종이다.[21] 어느 것이든지 분량이 많고 내용이 충실하다. 문학연구소 밖에서 낸 여러 문학사와 뚜렷한 차이가 있다. 기존 문학사의 유무에 따라 수준 향상과 결핍 해결의 임무를 수행한다. 그러면서 각기 그 나름대로의 서술체계를 갖추고 있어 공통점은 찾기 어렵다. 유산 · 향유자 · 지역에서 큰 비중을 차지하는 벵골문학, 힌디문학, 마라티문학, 타밀문학 등이나, 언어 사용자가 소수이고 사회적 지위도 낮아 무시되는 문학이나 대등하다는 원칙을 분명하게 하고, 문학사 서술의 방법이나 내용은 각 언어 문학의 전문학자에게 일임한 것으로 보인다.

무시되고 있던 문학 쪽에서 구체적인 예를 들어 검토하면 문학연구소의 기여를 더 잘 확인할 수 있어, 쉬반나트, 《도그리문학사》

---

21) 나는 뉴델리에 있는 문학아카데미를 직접 찾아가기까지 해서, Sukumar Sen, *History of Bengali Literature*(1960); Mayadhar Mansinha, *History of Oriya Literature*(1963); G. V. Sitapati Shivananth, *History of Telegu Literature*(1968); L. H. Ajwani, *History of Sindhi Literature*(1970); P. K. Parameswaran, *History of Malayalam Literature*(1970); R. S. Mugali, *History of Kannada Literature*(1975); Shivananth, *History of Dogri Literature*(1976); Mansukhlal Jhaveri, *A History of Gujarati Literature*(1978); Hiralal Maheshwari, *History of Rajasthani Literature*(1980); Kumar Pradhan, *A History of Nepali Literature*(1984); M. Vardarajan, *History of Tamil Literature*(1988); Kusumawati Deshpande and M. V. Rajadhyakha, *A History of Marathi Literature*(1988); Sant Singh Skhon and Kartar Singh Duggal, *A History of Punjabi Literature*(1992); Ali Jawad Zaidi, *A History of Urdu Literature*(1993); L. H. Aiawani, *History of Sindi Literature*(1995); Manihar Singh, *History of Manipuri Literature* (1996), 이 16종을 구입했다.

(1976)(Shivananth, *History of Dogri Literature*)를 살피기로 한다. 도그리 인은 인도 북부에 거주하는 아주 소수인 민족이다. 언어 사용자 비율이 0.2%이다. 인구가 적고 문맹률이 높고 신문이나 잡지도 없어, 문학이 발달하기 어렵다고 했다. 도그리어 교과서가 구비되지 않았고, 언어통일이 이루어지지 않는 것도 문제라고 했다. 그러나 도그리문학은 공동체의 특징인 시골의 향기, 생생한 빛깔, 소박함을 나타내고 있어 소중하다고 했다. 강인한 의지를 가지고 살아가는 활력이 특히 주목할 만하다고 했다. 아름답고 감동적인 시, 사회참여를 하는 단편소설도 있어 문학의 질을 높인다고 했다. 안에서만 알고 있는 도그리문학의 가치를 널리 알리기 위해 문학사를 써낸다고 했다.문학연구소가 문학사에 대한 요구를 충족시키는 것은 아니다. 아삼문학사는 문학연구소 총서에 포함된 바루나,《아삼문학사》(1964)(Birinchi Kumar Barua, *History of Assamese Literature*)가 있고, 사르마,《아삼문학》(1976)(Satyendra Nath Sarma, *Assamese Literature*, Wiesbaden: Otto Harrassowitz)이 외국에서 출판되었다. 그러나 미흡하다고 여겨 자기 고장에서 미스라,《아삼문학과 사회, 1826~1926 아삼 문예부흥》(1987)(Tilottoma Misra, *Literature and Society in Assam, a Study of Assamese Renaissance 1826~1926*, Guwahiti: Osons); 사이키아,《근대 아삼문학의 배경》(1988)(Nagen Saikia, *Background of Modern Assamese Literature*, Guwahiti: Osons)이라는 것을 내서, 아삼문학이 무시되고 있는 데 대해 항변했다.

아삼어는 사용자 비율이 1.3%이다. 아삼은 인도 다른 곳의 아리안 인종과는 상이한 몽골인종이 사는 곳이다. 힌두교문명권에 들어가고 독자적인 문화를 지켜왔다. 독립왕국을 이어 오다가 이웃 버

마의 침공을 받았을 때 버마군을 몰아낸다는 구실로 영국군이 들어
와 아삼을 지배하기 시작했다. 영국의 식민지 통치는 주체성의 위
기를 초래했다. 벵골어를 공용어로 사용하도록 하고 아삼어는 벵골
어의 한 방언이라고 했다. 그것이 근거 없는 주장임을 밝히고 아삼
어문학을 옹호하는 것이 근대문학을 개척하는 작가들의 임무였다.
언어와 문학의 주체성 회복과 사회개혁의 과제를 함께 수행해야 했
다. 아삼어로 이룩해온 문학의 유산을 소중하게 여겨 재창조하는
데 그치지 않고, 독자적인 전통을 되살려 힌두문명의 인습을 타파
하고 사회개혁을 하는 지침으로 삼자고 한 것을 자랑스럽게 여겼
다. 그 내력을 힘써 밝히는 문학사를 썼다.

　오리야에서는 로우트, 《오리야문학 여성 개척자들》(1971)(Savitri
Rout, *Women Pioneers in Oriya Literature*, Delhi: Motilal Banarsidass)이라는
것도 나왔는데, 개별언어 여성문학사라는 점에서 주목할 만하다.
여성의 사회적 지위를 개관하고, 여성 교육의 확대를 끝으로 고찰
하면서, 여성문학에서 여성의 지위와 활동에 관한 증거를 찾았다.
오리야 여성시인들의 시를 영어 번역을 통해 소개하는 것을 보람
으로 여겼다. 신교육을 받고 시를 쓴 오리야 여권운동 선구자들의
활약상에 관해 알려 주는 데 중점을 두었다.

　중국도 민족 구성이 복잡한 다민족국가이다. 그러나 중원의 漢族
(Han)이 대다수를 차지하고, 변방의 소수민족은 인구가 많지 않다.
공식적으로 인정되는 소수민족은 55개이고, 실제로는 훨씬 많다.
인도에서는 여러 언어 사용자의 백분율을 들었지만, 중국의 경우에
는 한족이 91.5%나 되므로 백분율이 아닌 인구수를 드는 것이 소수

민족의 비중 이해에 유리하다.

인구 백만 이상의 소수민족을 들어 보자.[22] 壯族(Zhuang) 1,692만, 回族(Hui) 1,058만, 滿族(Man) 1,038만, 維吾爾族(Weiwuer) 1,006만, 苗族(Miao) 942만, 彝族(Yi) 871만, 土家族(Tujia) 835만, 藏族(Zang) 628만, 蒙古族(Menggu) 598만, 侗族(Dong) 287만, 布依族(Buyi) 287만, 瑶族(Yao) 276만, 白族(Bai) 193만, 朝鮮族(Chaoxian) 183만, 哈尼族(Hani) 166만, 黎族(Li) 146만, 哈薩克族(Hasake) 146만, 傣族(Dai) 126만이다.

중국의 헌법은 인도에서처럼 언어에 관한 규정을 두지 않고, "중화인민공화국의 각 민족은 일률적으로 평등하며, 국가가 각 민족의 합법적 권리와 이익을 보장한다"(中華人民共和國 各民族 一律 平等, 國家 保障 各民族的 合法的 權利 和 利益)(제4조)이라고 했다. "평등"은 포괄적인 선언이다. 각 민족의 권리와 이익을 국가가 보장한다는 데는 "합법적"이라는 단서가 있다. 거대민족 한족의 침해에 대한 소수민족의 항거가 합법적인 범위를 넘어선다고 판단되면 처벌한다. 藏族이라고 하는 티베트인, 維吾爾族이라고 하는 위구르인이 일으키는 독립운동을 용납할 수 없는 범죄로 규정하고 강경하게 탄압한다.

소수민족은 민족 고유어를 정체성과 자부심의 근거로 삼는다. 그렇지만 자기 민족이 거주하는 지역에 한족이 이주하고 중국어 사용이 늘어 고유어가 위축되고 있다. 蒙古族, 藏族, 維吾爾族, 哈薩克族 등은 고유어를 공용어로 사용한다. 彝族, 傣族, 壯族 등에서는 고유어는 방언 차이가 크고 표기가 통일되어 있지 않아 사생활에서나 사용하고, 공용어는 중국어로 한다. 滿族을 포함한 그밖의 대부

---

22) Google에 올라 있는 〈中國民族列表〉에 따른다.

분 민족은 고유어를 지키지 못한다. 回族처럼 중국어만 사용하는 민족도 있다.

소수민족문학사를 쓰는 언어도 문제이다. 민족어본의 중국어 번역임을 밝힌 索特那木, 謝再善 譯, 《蒙古文學發展史》(1954)(北京: 文化生活出版社)도 있다. 조성일 외, 《중국조선족문학사》(1990)(연길: 연변인민출판사)는 민족어로 출판되었다. 그러나 중국어로 쓴 것들이 대부분이다. 작품이 민족어 창작인지 중국어를 사용했는지 밝히지 않고 작품을 거론하는 것을 흔히 볼 수 있다. 표현을 섬세하게 살피려고 하지 않고 내용 소개나 한다.

소수민족문학의 고유어문학은 구비문학만인 것이 예사이고, 기록문학이 있어도 비중이 낮다. 구비문학은 제외하고 문학사를 쓰는 관례를 시정해야 소수민족문학사를 쓸 수 있다. 소수민족문학의 기록문학은 민족어문학만이 아니고 중국어문학도 있다. 정도의 차이가 있으나, 그 어느 쪽이든지 민족의 생활이나 정서를 나타내고 자아 각성에 기여한다. 소수민족 학자들이 자기네 문학사를 중국어로 써내 독자적인 내력을 알리고자 하지만 상당한 제약이 있다. 중국인 학자들은 그 성과를 종합하려고 하면서 민족의 독자성보다 중국인과의 친선을 더욱 중요시한다.

중국에서 소수민족이라고 하는 민족이 중국 안에 있기만 한 것은 아니다. 蒙古族이나 滿族은 중국을 지배하던 민족이다. 蒙古族, 傣族, 哈薩克族, 조선족 등은 중국 밖에 자기 민족의 나라가 있다. 壯族, 藏族, 白族, 維吾爾族 등은 오랜 기간 동안 독립국을 이루었다. 이들 민족의 문학사를 일률적으로 중국 소수민족문학사라고 하는 것은 무리이다. 중국이라는 테두리에 구애되지 않고 문학사의 범위

를 경우에 따라 다르게 잡는 융통성이 있어야 실상을 왜곡하지 않
는다.

雲南省民族民間文學大理調査隊, 《白族文學史》(1959), 張文勳 외,
修訂版(1983)(昆明: 雲南人民出版社)을 소수민족문학사의 본보기로 들
어보자. 白族이 南詔國과 그 뒤를 이은 大理國을 세워 독립을 누릴
때에는 독자적인 왕조교체에 따라, 중국에 복속된 다음은 중국의
왕조교체에 따라 시대구분을 하고서, 사회경제적 변화의 단계에 대
한 설명을 덧붙여 역사 이해의 틀을 마련했다. 큰 비중을 차지하는
구비문학은 "작품에 반영된 사회의 내용에 근거를 두고 생산된 시
대를 대강 판단한다"(根據 作品反映的 社會內容 判斷 其生産的 大致時代)
라고 했다.(5면) 사회를 반영한 내용에 따라 시대를 판단하려면 사
회사 연구가 정밀화되어 있어야 하는데, 과연 그런지 의문이다. 사
회상을 직접 반영하지 않는 작품은 처리하기 어렵다. 사고방식이나
의식형태의 변화를 별도로 주목하지 않았고, 문학갈래의 역사는 생
각하지 않았다.

白族 역사의 독자성이나 주체성은 무시하고 한족 중심의 관점을
택했다. 白族은 고립되어 있지 않고 "祖國內地"와 밀접한 관련을
가졌다고 했다. 남조국의 위엄을 자랑한 766년의 德化碑는 명문인
것을 보아 한족 문인의 글이 아닐 수 없다고 했다. 한문학은 漢族
文學의 확장으로 보고, 白文文學의 의의는 과소평가했다. 宋과 대
등한 주권국 大理를 두고 "大理地方政權"이라 했다. 元의 침공으로
大理國이 망하고 白族이 자주성을 상실한 것을 "封建社會的 發展"
이라고 했다.

齊木道吉 外, 《蒙古族文學簡史》(1981)(呼和浩特: 內蒙古人民出版社)

에서는 구비문학과 몽골어 기록문학을 함께 다루었다. 몽골인의 "漢文創作"은 민족적 특색을 선명하게 나타내지 않아 중국문학이라고 했다. 1840년까지의 문학은 고대문학, 1919년까지의 문학은 근대문학, 그 뒤의 문학은 현대문학이라 했다. 구비문학도 세 시기의 것으로 나누어 고찰했으며, 시대를 판별한 기준을 밝히지 않았다. 근대문학까지는 몽골민족 전체의 문학을 대상으로 하고, 현대문학에 이르러서는 독립국 외몽골의 문학은 제외하고 중국 안의 內蒙古自治區에 거주하는 소수민족 몽골민족의 문학만 분리시켜 다루었다. 몽골민족이 중국의 淸나라에 복속되자 부족의 통일이 촉진되고, 생산력의 발전이 이루어졌다고 했다. 尹湛納希(Injannasi)의 소설을 논하면서 중국문학의 영향을 특히 강조했다.

티베트에서는 산스크리트어를 공동문어로 하고 그 문자를 사용해 민족어를 표기했으며, 한문이나 중국문학과 관련이 거의 없었다. 그런데 中央民族學院, 《藏族文學史》(1988)(成都: 四川人民出版社)에서는 티베트문학사를 중국문학사의 일환으로, 중국 중심의 관점에서 서술했다. 일찍이 7세기에 송첸감포 대왕이 티베트를 통일하고 중국과 맞선 왕조를 "地方政權"이라고 했다. 淸나라의 티베트 침공은 "외국 침략자가 여러 차례 침입한 것을 물리치고, 티베트 내부의 몇 차례 큰 동란을 평정해"(打退了 外國侵略者 多次入侵 平定了 西藏內部 幾次 大的動亂) 역사적 의의가 있다고 평가했다.(5면)

19세기까지의 문학사를 서술하면서 1959년대에 중국이 티베트를 복속한 것이 정당하다고 과거까지 소급해 합리화하려고 하는 의도를 숨기지 않았다. 티베트문학은 독자적인 언어·형식·내용으로 일관하고 있어, 중국문학사에서 얻은 식견으로 이해하기 어

렵다. 그런데도 고유명사를 모두 한자로만 표기해 마치 중국말인
듯이 보이게 했다. 문학갈래 용어나 개념의 독자적인 특징을 설명
하지 않았다. 티베트문학은 중국어 번역에 힘써야 의의가 발현된
다고 했다.

黃書光 外,《瑤族文學史》(1988)(南寧: 廣西人民出版社)에서는 민족의
언어와 문자에 대한 설명이 없고, 고찰하는 작품이 구비문학만인지
민족어 기록문학인지, 한문학이 있었는지 알려 주지 않았다. 문학
의 실상에 대해서는 관심을 가지지 않고, 역사발전의 단계에 따라
요족이 어떤 세계관을 표현하고, 근래에는 중국혁명에 어떻게 동참
했는지 고찰하기만 했다. 중국에는 많은 소수민족이 있어 중국문학
이 무척 풍부하다 하고, 문학사의 전개에는 기본적인 동질성이 있
어 중국문학사 서술의 기존 관점을 재론할 필요가 없다는 두 가지
주장을 한꺼번에 입증하려고 했다.

조성일 외,《중국조선족문학사》(1990)(연길: 연변인민출판사)는 조선
족도 중국 안의 소수민족이어서 문학사를 따로 서술할 필요가 있어
나온 책이다. 조선족문학은 중화민족문학의 조성부분인 동시에 조
선민족문학의 일부분"으로서 "2중성격"을 지닌다고 했다. 실제 작
업에서는 "조선반도의 문학사와 중복을 피면하는 원칙과 국가적 관
계를 고려하는 원칙을 견지한다"고 하면서 19세기 후반기부터 20세
기 1980년대 중기까지의 조선족 작가들이 이룩한 문학만 다룬다고
했다.

소수민족문학사는 이밖에도 많이 나왔다.[23] 여러 소수민족을 모

---

23) 貴州省民間文學工作組,《苗族文學史》(1981)(貴陽: 貴州人民出版社); 張公瑾,《傣族
文化》(1986)(長春: 吉林教育出版社); 侗族文學史編寫組,《侗族文學史》(1988)(貴陽:
貴州民族出版社); 周興渤,《景頗族文化》(1991)(長春: 吉林教育出版社); 和鍾和 主編,

아 정리하는 작업도 거듭 했다. 毛星 主編,《中國少數民族文學》
(1993)(長沙: 湖南人民出版社) 전 3권에서는 소수민족문학을 지역별로
분류해 하나씩 소개했다. 楊亮才 外,《中國少數民族文學》(1985)(北
京: 人民出版社)이라는 소책자에서는 〈古老的神話〉, 〈英雄史詩〉 등
의 공통된 항목에 따라 여러 소수민족의 문학을 함께 고찰했다. 소
수민족의 문학은 대부분 구비문학이다. 中央民族學院少數民族藝術
研究所 編,《中國民族民間文學》(1987)(北京: 中央民族學院出版社) 전 2
권에서는 여러 소수민족이 지닌 '民間文學'이라고 일컬은 구비문학
의 유산을 각기 다른 필자가 맡아서 서술했다.

소수민족의 문학을 통괄한 문학사 서술의 작업은 馬學良 外 主
編,《中國少數民族文學》(1992)(北京: 中央民族學院出版社) 전 2권에서
시도했다. 여러 소수민족의 문학사를 원시사회, 노예사회, 봉건사
회, 반식민지반봉건사회로 이루어진 일관된 시대구분과, 가요, 신
화, 史詩, 書面文學 등의 공동의 개념을 내세워 일괄해서 서술했
다. 特 賽音巴雅爾 主編,《中國少數民族當代文學史》(1993)(桂林: 漓
江出版社)라는 것도 있다. 편자는 내몽골인이다. 1949년 이후의 문
학을 건국 후 17년, 문화대혁명기, 신시기로 나누고, 시가, 소설,
희곡을 하위분류로 해서 통괄해서 고찰했다.

지역적인 위치가 가까운 여러 소수민족의 문학을 고찰하는 작업
도 진행했다. 耿金聲,《西北民族文學史》(1992)(天津: 天津古籍出版社)
에서는 서북지방 여러 민족의 문학사를 공통된 시대구분과 갈래개

《納西族文學史》(1992)(成都: 四川民族出版社); 蘇維光 外,《京族文學史》(1993)(南寧:
廣西教育出版社); 龍殿寶 外,《仡佬族文學史》(1993)(南寧: 廣西教育出版社); 李力 主
編,《彝族文學史》(1994)(成都: 四川民族出版社); 李明 主編,《羌族文學史》(1994)(成
都: 四川民族出版社) 등을 구해 검토했다.

념을 사용해 통괄해서 서술했다. 雷茂奎 外 共著,《絲綢之路民族民間文學研究》(1994)(烏魯木齊: 新疆人民出版社)에서는 실크로드에 거주하는 여러 민족의 문학을 神話, 民間故事, 英雄史詩, 民間敍事詩, 民歌 등의 공통된 갈래로 정리해서 논했다.

많은 소수민족이 창작한 문학이 중국문학사를 다채롭고 풍부하게 한다는 것이 국가의 민족정책과 합치되는 관점이다. 그러나 소수민족문학을 포괄해서 중국문학사를 다시 쓰는 작업은 이루어지지 않았다. 鄭敏文,《中國多民族文學史論》(1995)(北京: 社會科學文獻出版社)에서 중국문학사 서술의 단계를 구분해 논했다. (1) '文史' 혼잡 단계, (2) '漢語' 문학사 서술의 단계, (3) 각 민족문학사 서술의 단계, (4) 각 민족문학의 관계 연구 단계, (5) '中華民族文學通史' 서술의 단계로 전개된다고 했다.

(1)은 문학의 개념이 불분명할 때이다. (2)는 한족의 문학사를 중국문학이라고 하던 시기이다. 그런 문학사에서는 소수민족 문학의 독자적인 의의를 인정하지 않았다. 소수민족의 한문학의 유산은 없애지 못하니 민족 소속을 바꾸었다. 鮮卑族 元積, 元吉, 元好問, 維吾爾族 貫云石, 몽골족 薩都剌, 蒲松齡, 回族 李贄, 만주족 曹雪芹을 모두 한족이라고 했다.[24] 구비문학은 한족의 것도 문학으로 인정하지 않아 소수민족의 구비문학을 외면하는 것이 당연하다고 여기게 했다. 소수민족은 이런 관습에 대해 일제히 반발하면서 (2)의 단계에서 (3)의 단계로 나아갈 것을 요구했다. 자기 민족문학을 조사하고 연구하는 작업을 열심히 벌이고, 그 결과를 중국어로 출판했다. (3)에 만족하지 않고 장차 (4)를 거쳐 (5)에 이르러야 한다고

---

24)《동아시아문학사비교론》(1993), 197~198면에서 이에 관해 밝혀 논했다.

주장하고 있다.

그러다가 (5) '中華民族文學通史' 서술의 단계로 들어선다고 자처하는《中華文學通史》(1997)(北京: 華藝出版社) 전 10권이 나왔다. 중국 사회과학원 문학연구소와 소수민족연구소가 합작해 오랜 기간 동안 힘써 이룩한 업적인데, 기대에 미치지 못한다. 한족문학 중심의 중국문학사 서술을 그대로 두고 소수민족문학을 곁들였을 따름이고, 소수민족의 독자적인 의의를 문학사 서술을 통해 밝혀 논한 것은 아니다. 중국왕조의 통치가 소수민족에게 끼친 작용은 중요시하면서 친선을 강조하고, 소수민족문학이 거기 맞서서 민족의 주체성을 옹호하려고 한 노력은 무시했다. 이에 관해서 이미 고찰했으므로 되풀이하지 않는다.

소수민족문학보다 중국어문학 내부에 더 많은 문제점이 있다. 중국어라고 범칭되는 것이 사실은 여러 언어이다. 그런데 그 가운데 하나인 북경 표준어로 이루어진 문학만 중국문학이라고 하고, 지방에 분포되어 있는 다른 언어의 문학은 논의의 대상에서 제외하는 것이 오랜 관습이다. 다른 언어로 이루어진 문학을 따로 연구하고 문학사를 서술하고자 하는 노력이 아직까지도 아주 미약하다.

중국에서는 그런 언어를 '방언'이라고 하지만, 그것은 중국에서만 통용되는 일방적인 용어이다. 사용자 수를 큰 것들만 몇 개 들어 보면,[25] 閩語(Min, 福建語) 7,180만, 吳語(Wu, 上海語) 7,000만, 粤語(Yue, 廣東話) 6,620만, 湘語(Xiang, 湖南語) 3,600만, 客家語(Hakka) 3,010만, 贛語(Gan, 江西語)[26] 1,700만 등이다. 이것들은 세계에서

---

25) Google의 "Chinese Language"에 의거한다.

26) 贛(Gàn)은《中韓辭典》(1989)(서울: 고려대학교민족문화연구소)에서 "江西省에 있는 강 이름", "강서성의 다른 이름"이라고 했다.(764면) 이렇게 어려운 글자는 簡字가 없

널리 통용되는 기준에서 보면 독자적인 언어이다. 유럽의 라틴 계통 언어인 이탈리아어, 프랑스어, 스페인어, 포르투갈어 등보다 거리가 더 멀다. 이들 언어를 사용한 문학은 구비문학을 들어 말하면 소수언어를 사용한 소수민족문학이다. 소수언어 기록문학은 어느 정도 있는지, 官話 또는 보통화라는 표준 중국어로 창작을 한 작품에 지방문학다운 특색이 있는지는 짐작하기도 어려우므로 문학사를 써서 알려 주어야 한다.

중국에서도 지방문학사가 나오기 시작했다. 鍾賢培·汪松濤 主編, 《廣東近代文學史》(1996)(廣州: 廣東人民出版社); 際書良 主編, 《湖南文學史》(1998)(長沙: 湖南教育出版社)등에서 특정 지방에서 배출한 역대의 작가들이 전개한 문학활동을 정리해 논했다. 그런데 지역이나 시대에 대해서만 관심을 가지고, 언어 사용에 대해서는 말하지 않았다. 연극을 공연하거나 오늘날의 문학을 창작할 때에는 당연히 문제되는 개별언어 사용 여부를 논의의 대상으로 삼지 않았다.

羅可群, 《客家文學史》(2000)(廣州: 廣東人民出版社)에서는 언어 문제를 중요시했다. 객가문학사에서 취급할 대상이 (1) 객가어를 사용한 작품, (2) 객가인이 자기네 생활을 다룬 작품, (3) 객가인이 아닌 작가가 객가인의 생활을 다룬 작품이라고 했다. 그 가운데 (3)도 포함 대상일 수 있는가는 재고의 여지가 있다. (1)에서 구비문학을 전면적으로 고찰하고자 했다. '客家謠諺'·'客家山歌'·'客語對聯'·'客地說唱' 같은 구비문학의 갈래들이 전승되면서 변모되는 과정을 파악하고, 그런 것들을 '한문'으로 창작하는 시문에서 받아들인 성과

으니 간자를 왜 만들었는지 이해할 수 없다. 《敎學大漢韓辭典》(1998)(서울: 교학사)에 수록된 贛(감)(18292번 글자)은 "노래하면서 춤출 감", "악기 이름 감"이어서 뜻이 다르다.

를 (2)의 소중한 사례로 들어 논한 것은 평가할 일이다. 太平天國의 지도자 洪秀全이 거사의 강령을 선포한 시는 구비시가의 형식을 받아들이고 이따금 객가어를 사용해 (1)에 근접한 작품의 좋은 본보기가 된다고 했다. 현대에는 객가어로 시를 쓰는 운동을 일으킨 시인들이 (1)의 새로운 모습을 보여 주는 것도 지적해서 말했다.

《客家文學史》에서 한 일을 다른 데서는 하지 않는다. 지방의 언어가 객가어처럼 이질적이지 않거나 지방어문학의 유산이 없어서가 아니고, 생각이 바뀌지 않기 때문이다. 중국의 지방문학을 언어 사용 양상까지 갖추어 실상대로 파악하는 것은 아직 요원한 일이다. 거대국가의 정치적인 통제가 지방의 문화적인 독자성을 인정하지 않는다. 한자라는 표의문자, 한자로 표기하는 공용어에 의해 국가의 통일이 유지되고 있는 이면에 어문생활이 얼마나 다양한지 드러내 보이지 않는다. 정치가 문학을, 중앙이 지방을 압도하고 있다.

중국에서는 오늘날 중국 강역에서 산출된 고금의 문학이 모두 중국문학이라고 한다. 지금 중국 안에 거주하고 있는 민족이 이룩한 구비문학 · 공동문어문학 · 민족어기록문학의 모든 유산을 중국문학이라고 국가 시책에 입각해 규정한다. 그러나 많은 것을 차지하려고만 하고 보존이나 연구는 제대로 하지 않아 대국의 허세를 보여 줄 따름이다. 漢族의 공동문어문학이 문학사의 주역 노릇을 하면서 무대를 장악하고, 다른 여러 민족의 갖가지 문학은 요청이 있으면 조역으로 등장하도록 한다. 소수민족문학만 홀대하는 것이 아니다. 한족 여러 갈래의 구비문학은 조연 노릇을 할 기회마저 없으며 생사도 확인되지 않고 있다.[27]

---

27) 대만문학사는 중국의 지방문학사이기도 하고, 독립국의 자국문학사이기도 하다.

3) 일본 · 한국 · 월남

일본 북쪽의 아이누인, 남쪽의 유구인은 일본인과 인종이나 언어가 다른 소수민족이다. 일본문학사에 아이누문학이나 유구문학은 포함시키지 않는 것이 오랜 관례이다. 高橋信孝 外,《日本文藝史》(1986); 中西進 外,《日本文學新史》(1990~1991)에 이르러 아이누문학과 유구문학에 관해 일부 언급하는 정도의 배려를 했다. 久保田 淳 주편,《岩波講座 日本文學史》(1995~1997) 전18권에서는 부록이라고 할 수 있는 제15권에서 유구문학, 제17권에서 아이누문학을 고찰했다.

아이누인은 국가를 이루지 않고 흩어져 살면서 '유카르'라고 일컬어지는 구비서사시를 풍부하게 전승했다. 金田一京助,《아이누聖典》(1923)(《アイヌ聖典》, 東京: 鄕土硏究社); 久保寺逸彦,《아이누서사시 · 신요 · 성전의 연구》(1977)(《アイヌ敍事詩 · 神謠 · 聖典の硏究, 東京: 岩波書店) 등에서 자료를 조사해 연구한 성과가 있다. 更料源藏,《아

Google에《維基百科, 自由的百科全書》의《台灣文學史》가 올라 있는 것을 보자. "1.宦流文學時代(1652~1844년), 2.傳統文學移植時代(1844~1920년), 3.日治新文學時期(1920~1945년), 4.反共與懷鄕(1945~1960년), 5.現代主義與寫實鄕土(1960~1980년), 6.元化文學(1980년 이후)"로 시대구분을 선명하게 한다고 했다. 葉石濤,《台灣文學史綱》(2000); 古繼堂 外 共著,《簡明台灣文學史》(2003); 陳芳明,《台灣新文學史》(2011) 등 많은 책이 소개되어 있다. 地方文學史라는 항목을 따로 두고, 施懿琳 · 許俊雅 · 楊翠,《台中縣文學發展史》(1995); 施懿琳 · 楊翠,《彰化縣文學發展史》(1997); 陳明台 主編,《台中市文學史初編》(1999); 莫渝 · 王幼華,《苗栗縣文學史》(2000); 龔顯宗,《台南縣文學史》(2006); 彭瑞金,《高雄市文學史》(2008); 陳靑松,《基隆古典文學史》(2010) 등의 저작이 이루어졌다고 했다. 지방문학사 서술이 대만에서 아주 활발하게 이루어지는 것을 확인할 수 있다. 대만에는 중국인이 이주하기 전부터 살고 있다가 산간의 소수민족이 된 집단이 여럿 있는데, 이들 문학에 관한 연구는 어떻게 되고 있는지 말하지 않았다. 대만문학사의 시간적 · 공간적 · 민족적 변이 양상을 충실하게 고찰해 총괄하면 문학사 일반론을 이룩하는 전범을 마련할 수 있을 것 같다. 자료를 구하지 못해 유감이며 후속 연구를 기대한다.

이누의 신화》(1991)(《アイヌの神話》, 札幌: みやま書房)라는 개설서도 있
다. 폰 후찌, 《유카르는 살아 있다》(1987)(ポン フチ, 《ユカラは甦える,
東京: 新川社)에서는 유카르는 계속 전승되어 아이누인의 민족의식
을 살려야 한다고 했다.

유카르는 모두 같은 것이 아니다. '카무이 유카르'라는 신에 관한
노래, '아이누 유카르'라는 사람에 관한 노래, '메노코 유카르'라고
하는 부녀자에 관한 노래가 구분되어 있어, 각기 원시문학 · 고대문
학 · 중세문학의 특성을 보여준다고 할 수 있다.[28] 그러나 아이누문
학의 변천을 문학사를 써서 이해하려는 시도는 보이지 않는다. 일
본의 박해에 맞서 문학의 유산을 지켜야 한다고 하는 투사들도 문
학사가 필요하다고 생각하지는 않는다.

琉球 사람들은 오랫동안 독자적인 왕국을 이룩하고 고유문화를
이어오면서 한문을 받아들여 역사를 기록하고, 외교문서를 작성하
고, 문학 창작을 했다. 일본의 침공을 받아 17세기에는 附庸國이 되
고, 19세기 말부터는 일본의 한 지방으로 편입되어 沖繩(오키나와)라
고 일컬어진다. 유구 연구를 개척한 유구인 연구자의 업적 伊波普
猷, 《古琉球》(1942)(東京: 靑磁社)에서 다방면의 자료를 찾아낸 것들
이 계속 활용되지만, 일본의 통치를 긍정적으로 평가한 탓에 비판
받는다. 유구 역사의 주체성을 재인식하고 일본의 지배에 대한 반
론을 제기하는 것이 유구에서 하는 유구학의 새로운 동향이다.

일본이 폄하하고 말살하고자 하는 유구 역사를 찾아내 재평가하
면서 문학을 함께 다룬 책이 거듭 나오고 있다. 眞榮田義, 《오키나
와, 세상이 달라진 사상》(1972)(《沖繩, 世がわりの思想, 那覇: 第一敎育圖

---

28) 《동아시아 구비서사시의 양상과 변천》(1997)(서울: 문학과지성사), 151~174면

書)에서는 유구의 한학과 한문학을 통해 전개된 사상의 역사를 되찾았다. 한문을 받아들여 재창조한 전성시대의 업적을 높이 평가하고, 일본의 침공을 받아 영광이 사라진 것을 안타까워했다. 高良倉吉, 《유구의 시대》(1980)(《琉球の時代, 那覇: ひるぎ社)에서는 유구 왕국의 역사는 일본사에 포함되지 않는 독자적인 역사라고 하면서, 궁중 무가집 《오모로사우시》(おもろさうし)를 소중한 자료로 평가하고 이용했다. 小島瓔禮, 《유구학의 시각》(1983)(《琉球學の視角, 東京: 柏書房)은 유구문화의 전통에 관한 주체적인 인식의 방법을 찾은 업적이며, 開闢神話, 외교사에 관한 전설, 《오모로사우시》, 琉歌 등에 관한 고찰이 포함되어 있다. 谷川健一, 《南島文學發生論》(1991)(東京: 新潮社)에서는 유구의 자료를 들어 문학발생 일반론을 이룩하려고 했다.

문학사라고 할 수 있는 것들도 있다. 外間守善 編, 《沖繩文化叢書, 文學·藝能編》(1971)(東京: 平凡社)에서는 유구문학의 모습을 구비문학, 琉歌, 연극 등 여러 영역에 걸쳐 고찰했으나, 한문학과 근대문학은 포함되어 있지 않다. 근대 이후에 창작한 작품을 모은 《沖繩文學全集》(1991)(東京: 國書刊行會) 전 20권의 마지막 권이 池宮正治, 〈유구문학 개관〉(〈琉球文學の槪觀〉)으로 시작되는 문학사이다. 유구문학에는 古謠·琉歌·和文學이 있다고 했다. 和文學은 일본어를 사용한 문학이다. 전집에 수록한 작품은 和文學만인데, 문학사에서는 유구문학의 전 영역을 다루었다.

그 책에 수록된 문학사 각론은 22인이 분담해서 집필했다. 다루는 영역이나 표제를 엄격하게 조절하지 않고 다소 융통성 있게 했다. 藤井貞和, 〈일본신화와 가요〉(〈日本神話と歌謠〉)에서는 일본문학

과의 비교론을 시도했다. 比嘉實, 〈오모로 歌人의 군상〉(〈おもろ歌
人の群像〉)에서는 궁중 무가를 짓고 부른 사람들에 관해 고찰했다.
上里賢一, 〈유구한시에 관해서〉(〈琉球詩について〉)가 있어 한문학도
고찰했다. 新里行昭, 〈궁고의 문학〉(〈宮古の文學〉) 외 한 편에서는
부속도서에서 별도로 전승하는 구비문학을 찾아 논의했다. 근대 이
후 일본어문학은 시기와 주제에 따라 다섯 항목으로 나누어 검토했
다. 권말에 유구문학연구사가 있다.

일본어는 東部 · 西部 · 九州方言 사이의 차이가 크고, 그 셋 하위
의 여러 방언도 뚜렷하게 구분되며 독자적인 구비문학의 유산을 지
녔다. 기록문학은 어느 정도 표준화된 일본어를 사용했으나, 지방
분권의 오랜 전통과 관련된 지방색이 강하다. 그런데 방언학 연구
는 많이 하면서 지방문학에 대한 관심은 적다.[29]

中嶋清一, 《房總의 文學散步》(1984)(《房總の文學散步》, 東京: うらべ
書房); 大岩德一, 《岡山文學風土記》(1989)(東京: 日本文敎出版) 같은 것
들이 많이 나와 있는데, 모두 여행 안내서이다. 《長野縣文學全集》
(1997)(東京: 鄕土出版社)이라고 한 전집도 보이는데, 대중용 읽을거리
이다. 일본의 여러 지방이 자기 특색을 어떻게 인식하고, 수도 또는
중앙에 대해서 어떤 반감을 가지는지 밝혀 논하는 저작은 발견되지
않는다.

지방문학사라는 말이 제목에 들어간 책도 보인다. 風穴真悦, 《地
方文學史愁愁》(1984)(弘前: 風穴真悦); 高橋明雄, 《留萌地方文學史考:
출신 작가의 활약, 연안 취재작의 주변》(2007)(《留萌地方文学史考: 出

---

29) Yahoo Japan에서 "地方文學"을 검색하니 臺灣의 대중문학에 관한 자료부터 나오고
일본 것은 없다.

身作家の活躍, 沿岸取材作の周辺》)(弘前: 高橋明雄) 같은 것들이다. 둘 다
北海道의 한 도시에서 저자가 자비로 출판한 저작이다. 출판사를
적을 자리에 저자 이름을 적은 것이 그 때문이다. 자기 고장 작가들
에 관해서 하고 싶은 말을 적은 내용이다.

문학사라고 인정할 만한 내용을 갖춘 책은 帝塚山短期大學 日本
文藝硏究室 編, 《奈良와 문학, 고대에서 현대까지》(1998)(《奈良と文學,
古代から現代まで》, 大阪: 和泉書院)라고 하는 것이 있다. 일본의 古都여
서 문학에서 다룬 내력이 오래 되고 관련 작품이 많은 奈良의 문학
유산에 관한 고찰을 모았다. 문학사에서 특히 주목할 만한 주제를
고대에서 현대까지 23개 선정해, 전문적인 연구를 한 필자들이 분
담해 다루면서 원전 자료를 많이 들었다. 그러나 연구서라고 하기는
어렵고, 흥미를 자아내는 수필체의 문장을 사용했다.

수도인 東京의 문학에 대해 특별한 관심을 가지고 고찰한 책은
여럿 있다. 志村士郎, 《東京文學百景》(1987)(東京: 有峰書店新社)에서
는 문학의 자취를 이것저것 열거하면서 흥미롭게 고찰했다. 平岡
正明, 《江戶 기풍, 일본근대문예 속의 江戶主義》(2000)(《江戶前, 日本
近代文藝なかの江戶主義, 東京: 株式會社ビレッジセンター出版局)는 '에도
꼬'(江戶っ子)라고 하는 東京 사람들의 특별한 기질이 근대문학에 나
타난 양상을 찾아 논했다.

이밖에 東京都高等學校 國語敎育硏究會 編, 《東京文學散步》
(1992)(東京: 敎育出判センター); 二松學舍大學文學部 國文學科 編, 《東
京文學散步》(2014)(東京: 新典社) 같은 것들도 있는데, 교재로 쓰기
위한 내용이다. 槌田滿文, 《東京文學地圖》(1970)(東京: 都市出版社);
小針美南, 《東京文學畵帖》(1978)(東京: 創林社) 같은 것들이 먼저 나

왔다. 동경문학사를 진지하게 써야 한다고 생각하지는 않고 흥미거리를 찾았다.

한국에도 소수민족이 있었다. 鞨鞨人과 국토 안에서 더불어 산 내력이 역사 기록에 자주 올라 있다. 그 후예가 오래 전에 백정이라는 천민을 이루고, 在家僧이라고 하는 특정 지역 거주의 천민집단은 최근까지 남아 있다가 모두 고유한 특색을 잃고 한국인으로 동화되었다.

남쪽 섬의 제주인은 耽羅國이라는 독립왕국의 후예이다. 다른 지방 사람들은 알아듣기 어려운 방언 제주어를 사용하고, 독자적인 문학을 이룩했다. 그 곳 특유의 구비문학을 풍부하게 가꾸어 오다가, 기록문학은 본토의 영향을 받고 늦게 이룩했다. 제주문학에 대한 조사와 연구는 활발하게 진행되고 있다.

'본풀이'라는 서사무가가 오랜 내력을 가지고 시대에 따라 재창조되어, 구비서사시의 다양한 모습을 보여 주는 것이 특히 자랑스럽다. 한문을 배워 본토와 행정이나 문화가 연결되었으며, 한문학 창작도 했다. 본토인이 제주에 가서 지은 한문학의 유산은 더 많다. 제주인의 한글 기록문학은 거의 없다가 근대에 본격적으로 시작되었으며, 제주어 작품은 시에서만 보이고 나머지는 모두 표준한국어를 사용한다.

민요, 무가 등의 구비문학을 조사해 자료를 보고하는 작업을 위해 거듭 노력해 높이 평가할 만한 성과를 이룩했다. 근대 이후의 문학에 대한 비평적 · 학문적 관심이 여러 논저에 나타나 있으며, 한문학도 돌보기 시작했다. 그러나 문학사를 통괄해 서술하지는 못하고 있다. 구비문학, 한문학, 근대 이후의 문학 전공자가 분리되어 경계를 넘기 어려운 장애를 극복하지 못하는 것이 가장 큰 이유이다.

제주문학 연구를 단행본으로 낸 업적은 김영화,《변방인의 세계: 제주문학론》(1998, 2000)(제주: 제주대학교출판부)에서 비롯한다. 서두에서 언어와 민속의 차이가 있어 제주문학은 고유한 특성이 있다하고, "제주문학 80년"의 경과를 개관한 데서부터는 근대 이후의 문학만 고찰했다. 〈언어, 설화, 역사〉라는 대목이 있으나, 그런 것들이 근대 이후의 문학에 어떻게 나타났는가 말하기만 했다. 〈제주시조론〉에서 근대시조를 살피면서 제주에도 고시조가 있었던가 하는 의문을 풀어 주려고 하지 않았다. 〈시인의 세계〉에서는 제주에서 산 시인을, 〈향수와 망향〉에서는 외지에 나간 시인을 다루었다. 그 둘의 관계도 제주문학 총론의 관점에서 고찰할 필요가 있다. 〈4·3문학론〉이 가장 주목할 대목이지만 논의가 자세하지 못하다. 여러 작가를 하나씩 다루는 데 그치고, 총괄적인 검토가 없다.

현길언,《제주문화론》(2001)(제주: 탐라목석원)에서는 문화 전반의 특징과 문학의 문제를 연관 지으면서 고금의 문학을 함께 다루는 포괄적인 시야를 열고자 했다. 〈제주의 자연과 사람〉, 〈제주의 문화〉, 〈제주의 문학〉, 〈제주의 미래〉 순서로 책을 구성해 다각적인 고찰을 했다. 제주문학이라는 개념이 가능한가 묻고, 제주의 역사가 특이하고, 그것을 반영하는 문학이 특이하므로 제주문학의 개념이 성립된다고 했다. "제주문학은 한국문학의 하위개념이면서, 동시에 한국문학이 추구할 수 없는 독자성을 가진다"고 했다.(190면) 제주문학의 내용은 제주민요, 무속본풀이를 비롯한 신화와 전설, 현대시와 소설 작품 일부라고 했다. 한문학은 관심의 대상으로 삼지 않았다. 제주역사의 특이성을 나타내지 않은 작품은 제주문학에 포함되지 않는다고 했다.

김병택,《제주현대문학사》(2005)(제주: 제주대학교출판부)는 상당한 분량을 갖춘 연구서이다. 서장에서 지역문학은 민족문학이면서 정체성과 특수성을 지닌다고 했다. 제주현대문학의 前史인 일제강점기와 해방시기의 문학을 거쳐, 그 뒤에 이룩한 문학을 〈제주와 제주인의 발견〉, 〈다양한 자아와 4 · 3의 존재 방식〉, 〈생활의 중시와 역사의 중시〉 등의 항목으로 나누어 많은 작가와 작품을 고찰했다. 현대문학사를 자세하게 다룬 것은 평가할 만하지만, 고전문학사와의 연관 문제에는 관심을 가지지 않았다. 제주문학사론은 다양한 형태로 계속 나오고 있다. 양영길,《지역문학과 문학사 인식》(2006)(서울: 국학자료원)은 글을 모아 낸 책인데, 〈지역문학사 서술 방법론〉, 〈제주 지역문학사 서술의 성격〉 등에서 원론적인 논의를 하고, 〈제주 4 · 3문학의 현황과 과제〉를 고찰했다. 김동윤,《제주문학론》(2008)(제주: 제주대학교출판부)은 어느 정도 일관성을 지녔다. 지역의 가치를 무시하는 한국문학의 관습을 비판하고, 지역문학 연구를 대안 · 대항의 학문으로 삼아 진정한 삶의 가치를 찾아야 한다고 했다. 제주문학 연구의 현황과 과제를 살피고 활성화 방안을 찾았다. 각론에서 든 사례는 거의 다 현대문학이다.

제주 이외의 지방문학에 대한 연구와 저술에서 고전문학을 다룬 것들이 큰 비중을 차지한다. 광역지방의 고전시가를 논한 정익섭,《호남가단연구, 俛仰亭歌壇과 星山歌壇을 중심으로》(1974)(서울: 진명문화사); 이동영,《조선조 영남시가의 연구》(1984)(서울: 형설출판사) 같은 것들이 일찍 나와 중요한 업적으로 평가된다. 심경호,

《다산과 춘천》(1996)(춘천: 강원대학교출판부)은 자세한 고찰을 갖추었다. 권태을, 《상주한문학》(2002)(대구: 문창사)에는 많은 자료가 들어 있다.

전라도와 경상도의 광역지방자치단체에서는 자기 고장의 역사와 문화를 정리하는 작업을 하면서 문학도 함께 고찰한 책을 냈다. 전라북도, 《내 고장 전북의 뿌리》(1984)(전주: 전라북도 문화담당관실)에서는 고장을 빛낸 사람들 가운데 문학인이 있다고 하면서 여러 사람을 들어 살폈다. 전라남도의 도지를 30권으로 내는 가운데 문학을 정리한 것도 포함되어 있다. 《전라남도지》 제21권(1985)(광주: 전라남도)을 현대문학편으로 하고, 시, 소설, 시조, 아동문학, 수필, 희곡, 평론으로 장을 나누어, 동향을 개관하고 많은 작가와 작품을 소개했다. 전남 출신 문인은 모두 포괄해 활동상황을 자세하게 알리려고 했다. 경상북도가 지원해서 이룩한 《경상도 7백년사, 제3권 분류사 II》(1999)(대구: 경상북도)에는 경상도의 고전문학 · 근대문학 · 한문학에 대한 고찰이 있다.

대학의 연구소에서 지방문화를 정리하고 지방문학을 고찰하는 작업은 경상도 쪽에서 많이 했다. 부산대학교 한국민족문화연구소의 《부산의 역사와 문화》(1998)(부산: 부산대학교출판부)에서는 전통문학과 현대문학을 다 다루었다. 대구대학교 인문과학예술연구소에서는 이강언 · 조두섭, 《대구 · 경북지역 근대문인 연구》(1999)(서울: 태학사)를 내놓았다. 1945년 이전에 활동을 시작한 대구와 경북 지역 근대문인에 관한 자세한 연구를 했다. 서두에 총론이 있고, 시인 · 소설가 · 평론가를 모두 들어 개개인에 관한 논의를 했다.

경남대학교 경남지역문화연구원, 《통영 · 거제지역 연구》(1999)(마

산: 경남대학교출판부)에서는 통영과 거제지역의 문학을 연구한 글을 모아 냈다. 그 가운데 하나인 박태일의 〈근대 통영지역 시문학의 전통〉은 작은 지역 문학사 서술의 좋은 본보기다. 통영이 근대문학의 산출지로서 중요한 위치에 있었음을 확인하면서, 시문학의 작품을 시대별로 개관하고 전반적인 특징을 들었다. 19세기 중엽에 이루어진 委巷人들의 한시집 《柳洋八仙集》부터 논의의 대상으로 삼아 근대 전후 문학의 연관관계를 살피려고 한 점을 평가할 수 있다. 이순신에 관한 작품이 많고, 시조 우위의 전통이 있고, 바다를 많이 다루는 것을 특징으로 들었다.

호남대학교 국어국문학과의 《호남문화》(1995)(서울: 학문사)는 호남문화를 강의하는 교재이다. 대부분을 차지한 문학론이 총설, 언어, 현대운문, 현대산문, 구비 · 고전시가로 구성되어 있다. 전남대학교 호남문화연구소의 업적인 박만규 · 나경수 편, 《호남전통문화론》(1999)(광주: 전남대학교출판부)에서 호남문화의 양상과 특질에 관한 다각적인 논의를 심화한 데 문학론이 포함되어 있다.

호남의 언어와 문학을 종합적으로 고찰하는 작업을 유영대 · 이기갑 · 이종주, 《호남의 언어와 문학》(1998)(서울: 백산서당)에서 했다. 이기갑, 〈호남 방언 문법의 이해〉, 이종주, 〈호남문학의 문화적 배경과 정신사적 제양상〉, 유영대, 〈판소리의 형성 배경 및 그 전개 양상〉으로 이루어져 있다. 이종주가 한 작업은 1. 호남문화와 인성론 검토; 2. 호남의 학문적 성향과 현실주의; 3. 역사 지리적 전통과 좌절 원망의 정서; 4. 종교적 전통과 원망의 극복; 5. 민간 영웅, 좌절과 비원과 해학; 6. 문학적 전통의 소외, 자연, 흥; 7. 육자배기, 슬픔과 흥의 변증법; 8. 맺음말, 원망과 기다림의 시학이라는 항목을 갖추었다.

맺음말에서 호남문학의 특질을 구체적으로 지적했다. "원망과 희망 그리고 성취와 비탄의 정서적 순환을 거치면서 현실적 성취에 들뜨지 않는 깊이 있는 홍겨움, 탄식과 슬픔을 다시 기대와 희망으로 감싸 안는 계면조의 홍을 담고 있다", "그것을 원망과 기다림의 시학이라고 이름하고 싶다"고 했다.(321면) 많은 자료를 들어 다각적으로 고찰한 결과 이런 결론을 얻은 것은 커다란 성과이다.

시군 단위의 지방문학사를 기초지방자치단체에서 지원해서 이룩한 것도 있다. 전라남도 순천시가 낸《순천시사 문학·예술편》(1997)(순천: 순천시)이 좋은 본보기이다. 설화, 민요, 판소리, 무가와 무경으로 나눈 구비문학, 불교문학, 시문학, 李睟光과 昇平誌, 江南樂府, 근대문학의 항목을 갖추고 있다.《昇平誌》와 〈江南樂府〉는 순천문학의 소중한 자료여서 별개의 항목에서 상론했다. 각 항목의 집필자는 대부분 순천대학교 교수이다. 한 시를 이루는 지방에 풍부한 문학 유산을 돌보는 열성적인 연구진이 있는 것을 주목하고 평가할 만하다.

강화군은 문학의 독자적인 전통과 유산을 특히 잘 간직하고 있어 연구의 대상이 된다. 정양완·심경호,《강화학파의 문학과 사상》(1994~1999)(성남: 한국정신문화연구원) 전 4권에서 광범위한 고찰을 했다. 이민희,《강화 고전문학사의 세계》(2012)(인천: 인천대학교 인천학연구소)는 지방문학사의 의의와 방법에 대한 서론을 펴고 시대구분을 분명하게 한 다음 각 시대의 문학을 차례대로 고찰했다. 구비문학·한문학·국문고전문학·근대문학을 모두 다루어 강화문학사로서 손색이 없으며, 지방문학사 서술의 모범을 보였다. 강화문학은 민족문학사에서 높이 평가되는 작가와 작품을 다수 포함하고, "강화인의 정체성과 자부심을" 나타내는 이중의 의의가 있다고 했다.(313면)

수도 서울은 문학활동의 중심지 노릇을 해온 지방이다. 서울문학은 자료와 연구 과제가 아주 많은데, 이루어진 업적은 그리 많지 않다. 수도의 문학을 연구한 다른 나라의 업적과 견주어 보면 그 점이 더욱 분명하게 확인된다.

한국고전문학연구회 편,《문학작품에 나타난 서울의 형상》(1994)(서울: 한샘출판사)은 서울 定都 6백 주년을 기념해 1994년에 개최한 학술회의에서 발표한 논문 모음이다. 서울문학을 정리해서 논하는 작업을 의도적으로 진행한 점에서 특기할 만한 의의가 있다. 조선 초 新都詩歌, 西江 시인 權韠,《許生傳》에 나타난 서울, 서울의 한시, 산대놀이,〈한양가〉와〈한양오백년가〉, 19세기말~20세기초의 문학에 나타난 시정세태, 무속 등에 관해 고찰해서 다룬 내용이 방대하다.

근대 이후 서울문학을 고찰한 저작도 계속 나온다. 윤영윤,《서울 중인작가와 근대소설의 양식 연구》(1998)(서울: 박이정)가 있어 서울 중인 출신 근대소설의 작가를 논한 것은 바람직한 시도이다. 권오만 외,《한국현대소설에 나타난 종로의 모습》(2002)(서울: 서울시립대학교 서울학연구소); 권오만,《서울을 시로 읽는다》(2004)(서울: 혜안); 권오만,《서울의 시, 서울의 시인들》(2004)(서울, 혜안)에서 논의를 확대했다.

《지방문학사 연구의 방향과 과제》(2003)에서 나는 지방문학사 총론을 전개하려고 했다. 지방문학사 서술의 국내외 전례를 고찰하

고, 구체적인 사례를 몇 개 들어 문제점을 상론하고, 새로운 작업의
방향을 제시했다. 외국의 전례에 인도, 중국, 미국, 영국, 프랑스,
독일, 일본, 그리고 비교론이 포함되어 있다. 지방문학사는 자국문
학사를 단일체로 서술하는 근대의 관습을 넘어서서 다원체의 가치
를 존중하면서 다음 시대로 나아가는 작업을 자국문학사를 넘어서
는 범위의 문학사와 함께 진행한다고 했다.

　　월남에는 소수민족 수가 중국의 경우보다 많다. 소수민족이 중국
에는 55개인데, 월남에는 63개이다. 그런데 월남문학사 서술에 소
수민족의 문학은 포함시키지 않고 있다. 소수민족의 구비문학에 대
한 조사연구를 많이 하고 있다는 말이 응우엔 칵 비엔, 《월남문학
개관》(1976)에 보일 따름이다.(157면) 그렇게 해서 얻은 자료 일부가
불어로 번역되어 있어 이용 가능하다.[30] 소수민족문학에 관한 연구
가 활발하게 진행되고 있는 것 같은데, 자료를 입수하지 못하고 자
세한 소식을 알지 못한다.[31]

---

30) Georges Condominas tr., *Chants-poèmes des monts et des eaux, anthologie des littératures des ethnies du Vietnam*(1989)(Paris: UNESCO)

31) 소수민족의 문학과 예술에 관한 학술회의가 열린다는 안내문을 인터넷 Google에
서 발견했다. 긴요한 대목을 옮긴다. "5th Congress of Literature and Art Association
of Vietnamese Ethnic Minorities to open in Hanoi Posted on November 17, 2014.
High-quality works will contribute to the development of literature and art among
Vietnam's ethnic minorities. Participants will also discuss establishing the incentive policy,
honoring outstanding compositions, and veteran writers and artists who have made great
contributions to the development of literature and art among Vietnam's ethnic minorities.
The association will continue to create more high-quality works during the 2014~2019
term."

5. 광역문학사 1

1) 라틴어문명권

자국문학사보다 넓고, 세계문학보다는 좁은 그 중간의 광역문학사는 둘로 나눌 수 있다. 문명권의 동질성을 기초로 한 것과 지역구분에 따른 것이 있다. 앞의 것 문명권문학사가 커다란 비중을 차지하므로 먼저 고찰하기로 한다. 문명권은 중세에 등장한 공동문어에 따라 구분되었다. 라틴어·아랍어·산스크리트·한문문명권이 큰 문명권을, 그리스어·팔리어문명권이 작은 문명권을 이루었다. 크고 작다는 것은 지역과 인구를 두고 하는 말이다. 보편종교 또한 문명권이 나누어지는 징표이다. 공동문어와 보편종교에다 지리적인 위치까지 보태면 구분이 더욱 분명해진다. 서유럽 서방기독교-라틴어문명권, 서아시아·북아프리카 이슬람-아랍어문명권, 남·동남아시아 힌두교·대승불교-산스크리트문명권, 동아시아 유교·대승불교-한문문명권, 동유럽·서아시아·북아프리카 동방기

독교-그리스어문명권, 남·동남아시아 상좌불교-팔리어문명권이
있다. 이렇게 말하면 이름이 너무 길고 복잡하므로 공동문어만 들
어 약칭으로 삼는다.

어느 문명권에서든지 공동문어문학과 민족어문학이 문명권문학
의 총체를 이루고, 그 내력이 문명권문학사이다. 민족어문학은 국
민문학 성립 전후의 다수·소수민족의 문학을 포괄하는 총칭이다.
공동문어문학이 등장하면서 문명권이 성립되고, 공동문어문학의
자극과 영향으로 민족어 기록문학이 나타나 자라다가, 공동문어를
버리고 민족어를 공용어로 사용해 국민문학을 만들어 낸 것이 공통
된 변화이다. 이러한 사실을 문명권마다 구체적으로 고찰하고, 같
고 다른 점을 들어 비교하면 세계문학사 이해를 위해 크게 기여할
수 있다.

문명권문학사의 공통된 변화라고 한 것이 문명권에 따라서 어느
정도 다를 수 있다. 아랍어문명권에서는 공동문어가 오래 지속되어
민족어가 성장해 국민의 공용어로 사용되는 변화가 지연되고 있다.
그리스어문명권에서는 원래의 공동문어가 일찍 위세를 잃고, 민족
어를 사용해 공동문어를 다시 만든 것들이 나타났다. 문명권문학사
를 서술한 업적에는 상당한 격차가 있다. 공동문어문학사만인 문명
권문학사, 공동문어문학에다 민족어문학을 보탠 문명권문학사, 공
동문어문학과 민족어문학을 여러 민족의 경우를 들어 총괄한 문명
권문학사가 문명권에 따라 있기도 하고 없기도 하다.

공동문어문학사만인 라틴어문명권문학사는 아주 많다.[1] 공동

---

[1] 〈한문학과 라틴어문학의 문학사 서술 비교〉,《한국문학과 세계문학》(1991)(서울:
지식산업사)에서 동아시아 한문학사를 쓰기 위해 유럽 라틴어문학사의 선례를 들어
비교고찰을 했다. 그 작업을 여기서 대폭 확대해 본격적으로 전개한다.

문어인 라틴어에 대한 교육을 유럽 각국에서 오랫동안 열심히 하
면서, 라틴어문학의 고전에 대한 이해가 반드시 필요해 교재가 있
어야 했다. '로마문학사'라고 하는 것들이 자국문학사보다 먼저 모
습을 갖추고 많이 나왔다. 쇼엘, 《로마문학간사》(1815)(R. Schoell,
Histoire abrégée de la littérature romaine, Paris: Gide fils)는 전 4권의 분
량 자료 집성이다. 던로프, 《로마문학사, 시초에서 오거스트 시
대까지》(1823)(Jorn Dunlop, *History of Roman Literature, from its Earliest
to the Augustan*, London: Longman) 전 2권; 배어, 《로마문학사》(1828)
(Johann Christian Baehr, *Geschichte der römischen Literatur*, Carlsruhe: Chr. Fr.
Müller'schen)에 이르면 문학사다운 모습을 어느 정도 갖추었다.

쇼엘, 《로마문학간사》(1815)의 책의 저자는 로마의 전쟁이나 정치
는 지속적인 관심사로 삼으면서 문학 또한 소중한 가치를 가진 것
을 무시하는 잘못을 시정하기 위해 로마문학사를 처음 써낸다고 했
다. 던로프, 《로마문학사, 시초에서 아우구스투스 시대까지》(1823)
는 문학이 풍속에 영향을 끼치고 풍속을 반영하는 양상의 해명에
힘쓴다고 하고, 시대구분 없이 작가나 문학갈래 이름을 여럿 들어
고찰했다. 배어, 《로마문학사》(1828)에서는 로마문학의 모든 영역을
체계적으로 정리하겠다고 하고, 총론·시·산문으로 차례를 구성
했다. 시는 비극, 희극, 서사시, 시적 이야기(poetische Erzählung), 교
술시(didaktische Poesie), 풍자시를 다룬 다음 서정시를 들고 몇 가지를
추가했다. 산문에는 역사, 변론, 이야기, 편지, 철학을 먼저 들고,
수학에서 법학까지 여러 실용적인 분야의 글을 망라했다.

그 뒤를 이어 배어 외, 《로마문학사 요람》(1838)(Johmann Christian
Felix Bähr et Joseph Emmanuel Ghislain, *Manuel de l'histoire de la littérature*

romaine, Louvain: Vanlinthout)이 벨기에에서 출간되었다. 피에롱, 《로마문학사》(1852)(Pierre Alexis Pierron, *Histoire de la littérature romaine*, Paris: Hachette); 알베르, 《로마문학사》(1871)(Paul Albert, *Histoire de la littérature romaine*, Paris: C. Delagrave)가 프랑스에서 이루어졌다. 브라운, 《로마고전문학사》(1853)(Robert William Browne, *A History of Roman Classical Literature*, Philadelphia: Blanchard and Lea); 커트웰, 《로마문학사: 이른 시기부터 마르쿠스 아우렐리우스의 죽음까지》(1877)(Charles Thomas Cruttwell, *A History of Roman Literature: From the Earliest Period to the Death of Marcus Aurelius*, New York: C. Scribner's Sons)는 미국에서; 더프, 《로마문학사, 기원에서 金의 시대 종말까지》(1925)(J. Wright Duff, *A History of Roman Literature, From the Origins to the Close of the Golden Age*, London: T. Fisher Unwin); 더프, 《로마문학사, 티베리우스에서 하드리아누스까지의 銀의 시대》(1927)(J. Wright Duff, *A History of Roman Literature in Silver Age from Tiberius to Hadrian*, London: T. Fisher Unwin)는 영국에서 내놓았다.

　라틴어 및 라틴어문학에 관한 지식은 줄곧 가다듬으면서 전수해 아직 교육과 연구의 대상으로 자리 잡히지 못한 자국문학보다 풍부하게 축적되어 있었다. 라틴어문학을 갈래를 중심으로 이해하면서 라틴어 및 자국어 작문의 영원한 전범을 찾는 것이 오랜 관례여서 배어, 《로마문학사》(1828)에서 한 갈래 해설은 쉽게 이루어졌다. 배어 외, 《로마문학사 요람》(1838) 이하의 저서에서 시도한 시대별 서술은 문학은 영원하다고 하지 않고 역사적으로 변천한다는 생각을 자국문학사 개척자들과 공유해서 구체화했다고 할 수 있다. 정리되어 있는 지식에서는 라틴어문학사가, 시대 변화 이해에서는 자국문학사가 앞서서 서로 자극을 주었다.

라틴어를 공용어로 사용하고 있던 시대에 쓴 책은 당대의 라틴
어문학이 아닌 과거 로마의 문학을 다룬다고 명시할 필요가 있어
'로마문학사'라고 하다가 그 시대가 끝나자 '라틴어문학사'라는 말
을 널리 사용했다.[2] 심콕스, 《라틴어문학사, 엔니우스에서 보에티
우스까지》(1883)(George Augustus Simcox, *A History of Latin Literature from
Ennius to Boethius*, New York: Harper & Brothers)는 문학사라고 할 수 있
는 내용을 충실하게 갖추었다. 서두의 연표에서 관련 사실을 자세
하게 정리했다. 라티움(Latium) 언덕이라는 좁은 지역의 언어였던
라틴어가 로마제국의 언어가 되어 문명 세계 서쪽 절반에서 사용된
경위를 문학을 들어 고찰했다. 공화국 전기의 문학, 공화국 후기의
문학, 아우구스투스(Augustus) 시대로 크게 나눈 다음 다시 두 단계
로 세분한 목차를 제시하고, 개별적 사실을 자세히 논의했다.

피쇄엥, 《라틴어문학사》(1897)(René Pichoin, *Histoire de la littérature
latine*, Paris: Hachette)에서는 머리말을 길게 써서 집필 취지를 밝혔다.
여러 작가의 개성적이고 독창적인 면모를 문학사의 전반적인 전개
에서 밝히고, 작품의 유래와 상호관련을 고찰하는 데 힘써 개별적
인 것에서 보편적인 것으로 나아가겠다고 했다. 상당한 연구 성과
를 근거로 저자 나름대로 관점을 마련해 라틴어문학사를 통괄하는
견해를 제시했다. 인종과 언어의 기원에 대해 고찰하고, 라틴어문
학의 특징을 논의했다. 라틴어문학은 독창성이 결여되어 그리스문

2) 그러나 독일에서는 로마문학사라는 말을 애용하면서 Martin von Schanz, *Geschichte
der römische Literarur*(1998)(München: C. H. Beck); Ludwig Bieler, *Geschichte der
römische Literarur*(1961)(Berlin: de Gruyter); Thomas Baier, *Geschichte der römische
Literarur*(2010)(München: C. H. Beck); Michel von Albert, *Geschichte der römische
Literarur*(2012)(Berlin: de Gruyter) 같은 것들을 내놓았다.

학에 의존해야 했다고 했으나, 그리스문학을 그대로 받아들이지 않고 자기네 방식대로 바꾼 것을 확인할 수 있다고 했다.

그 대목을 직접 들어보자. "희곡은 지속되지 않고, 서정시는 가까스로 출현하고, 哀歌 갈래(genre élégiaque)는 범속한 수준을 넘어서는 경우가 드물었다. 서사시는 보다 남성적이어서 더 성공했다. 철학에서는 형이상학이 쇠퇴하고 윤리학은 발전했다. 필요에 따라 만들어낸 실용적인 갈래인 역사와 웅변이 활기를 띠었다."(38면) 개별적인 것에서 보편적인 것으로 나아가겠다고 한 취지를 실현해서 평가할 만하지만, 보편적인 것을 판별하는 기준을 그리스문학에 두었다. 그리스문학을 으뜸으로 여기고 문학 일반론의 근거로 삼는 관습을 이었다.

시대를 1. '공화국 시대', 2. '고전 시대', 3. '제국 시대', 4. '기독교 시대'로 구분하고, 로마제국 말기까지의 라틴어문학사를 모두 다루었다. 2는 흔히 아우구스투스 시대라고 하는데, '고전 시대'라고 명명했다. 그 시대의 문학은 사회적 여건이 좋아 균형과 조화의 이상을 달성했다고 하는 데 근거를 둔 명명이다. 3. '제국 시대'에는 독자의 요구가 부정적인 영향을 끼쳐 지나치게 가다듬어 생기를 잃은 작품을 산출했다고 했다. 4. '기독교 시대'에 새로운 경향을 지니면서 라틴어문학사가 종말에 이르렀다고 했다.

라마르, 《라틴어문학사》(1901, 1906)(Clovis Lamarre, *Histoire de la littérature latine*, Paris: Delagrave)는 전 8권이나 된다. 《로마 건국에서 공화정 말기까지》(*Depuis la fondation de Rome Juqu'à la fin du gouvernement république*)라고 한 전편이 전4권이고, 《아우구스투스 시대》(*Au temps d'Auguste*)라고 한 후편이 전4권이다. 라틴어문학사는 이미 많이 나

와 있지만 자세한 내용을 갖춘 방대한 문학사가 필요하다고 하고,
다음과 같이 비장하기까지 한 언사로 결말을 맺었다.

　"진정한 의미의 인간성이라고 정당하게 규정할 수 있는 것의 근거
가 되는 그리스어와 라틴어의 학습이 중등교육에서 축소되고 단절
되는 시기에 이처럼 방대한 작업을 감히 추진하겠다는 계획을 보고
놀랄 것이다", "이처럼 개탄스러운 경향에 대해 맞서는 과제가 시급
해 내가 힘을 쓰는 것이 마땅하다", "지적 능력을 발전시키기 위해,
이 나라의 장래를 위해 교육을 바로잡아야 한다는 신념을 확고하게
지닌 늙은 교수인 내가 받은 활력을 젊은이들에게서 불러일으키고
지속시키고자 하는 희망을 가지고, 고전의 구조물을 견고하게 만드
는 데 지속적인 노력을 바치고자 한다."(xi면) 이렇게 말했다.

　라틴어문학사라는 고전의 구조물을 거대하게 만들어 많은 것
을 넣기 위해 노력을 기울이면 시대 변화를 막을 수 있다고 생각했
다. 책이 부피에 상응하는 영향력을 가지리라고 기대하고, 젊은이
들에게 많은 것을 주면 받아들이는 것이 늘어나 생각이 달라지리라
고 생각했다. 부피보다는 논리, 양보다는 질이 더욱 긴요하다고 여
기지는 않아 문학사 서술의 방법을 가다듬지는 못했다. 라틴어문학
은 진정한 의미의 인간성을 간직하게 하므로 계속 숭상해야 한다고
믿고 비판적인 논의는 배제했다. 피쇄엥, 《라틴어문학사》(1897)보다
여러 모로 후퇴했다고 하지 않을 수 없다.

　딤스데일, 《라틴어문학사》(1915)(Marcus Southewll Dimsdale, *History of
Latin Literature*, London: Heinemann)는 대중용 각국문학사 총서의 하나
이다. 나무에 해당하는 문학사의 전개뿐만 아니라 열매라고 할 수
있는 위대한 작가들의 개성과 업적을 알리는 데 힘써서 일반 독자

가 흥미롭게 읽을 수 있게 하겠다고 했다. 총서 기획자의 요구에 맞추어 라틴어문학은 로마제국의 국가문학이라고 했다. 라틴어문학은 그리스문학의 모방으로 시작되어 독자적인 특징을 지니게 되었다는 말로 서술을 시작하고, 북아프리카까지 지역을 넓히고는 고유한 성격을 잃어버렸다는 것을 결말로 삼았다. 그 사이의 문학사를 작가론 위주로 개관했다.

로스, 《라틴어문학편람. 시초부터 聖아우구스티누스의 죽음까지》(1936)(H. J. Rose, *A Handbook of Latin Literature, From the Earliest Times to the Death of St. Augustine,* London: Metheum)는 그리스 · 로마문명 연구에서 많은 업적을 남긴 스코틀랜드인 학자의 저작이다. 서장 서두에서 야만에 머물고 있던 라틴어문학이 멸시하던 외국인들의 영향을 유익하게 받아들여 문명의 단계로 상승한 것이 기이하고 매력적인 내력이라고 했다. 마지막의 장에서는 그리스어를 대신해 라틴어가 기독교의 언어가 되고 유럽뿐만 아니라 북아프리카에서도 널리 사용되면서 새로운 시대가 시작되었다고 했다. 제왕, 작가, 갈래 등을 표제에 내세워 그 중간 오랜 동안의 라틴어문학사 전개를 순차적으로 고찰하면서, 정치사나 사회사에 관한 해박한 지식을 보여 주었다. 하대스, 《라틴어문학사》(1952)(Moses Hadas, *History of Latin Literature,* New York: Columbia University Press)는 미국에서 나온 교과서이다. 머리말에서 집필 의도를 간략하게 밝혔다. 두 세대 전에 버린 라틴문학에 대한 이해가 20세기 중반에도 필요하다고 하고, 지적 호기심을 가진 지식인을 위해 라틴어문학의 전모를 적절하게 정리해 제공하겠다고 했다. 전문가들에게 제시하는 독창적인 연구서가 아닌 널리 이용할 수 있는 교재를 쓴다고 했다. 작가나 작품 이름을

영어로 들고, 작품 인용도 영역으로 했다. 누구나 쉽게 읽을 수 있
게 배려했다.

첫 장에서 라틴어문학의 특성을 그리스문학과 비교해 고찰했다.
라틴어문학은 실용을 중요시해서 독창을 추구하지 않았다고 하고,
"형식이나 주제뿐만 아니라 시의 운율이나 산문의 리듬까지도 차용"
해서, 가장 인위적이라는 의미의 "문학적" 문학이라고 했다.(12면)
그리스문학에는 관중이 즐긴 연극이 있었으나, 라틴어문학은 세련
된 독자의 고결한 취향을 만족시키는 독서물이기만 하다고 했다.

라틴어문학의 시대를 언어 사용의 관점에서 구분했다. 기원전
240년경에 일상의 구어와는 다른 문어가 생겨나고, 기원전 70년에
서 기원후 14년까지의 '金의 시대'에 뛰어난 작가들이 나타나고, 14
년부터 180년까지의 '銀의 시대'에는 인위적인 기교가 발달해 문어
와 구어의 거리가 더 벌어졌으며, 180년 이후에는 문어가 고정되고
구어는 독자적인 발전의 길에 들어서고, 로마제국이 망하고 변방의
지식인들이 사용한 라틴어의 지역적 분화에서 여러 로망스어가 생
겨났다고 했다. 그 시기 기독교 작가들에 관한 고찰로 마무리를 삼
았다.

콘테, 《라틴어문학》(1987)(Gian Biago Conte, *Letteratura latina*, Joseph
B. Solodow tr., *Latin Literature: A History*, 1994, Baltimore: Johns Hopkins
University Press)은 라틴어의 본고장 이탈리아 학자가 쓴 압도적인 분
량의 전문서적이다. 작가, 작품, 인용 등에 원어를 병기하고, 주해,
참고문헌, 각종 보충자료를 충실하게 갖춘 전문적인 연구서인데,
"객관적" 교재라고 밝혔다. 교양인 수준을 넘어선 전공자들을 위해
필요한 지식을 충실하게 제공한다는 말로 이해된다.

서두에서 문학사에 관한 소견을 길게 전개했다. 문학작품은 가변적인 의미를 지닌 독립된 실체이므로 불변의 체계를 갖춘 문학사에 넣어 고찰하는 것은 무리이다. 문학사는 진정으로 문학적이지 못하므로 가능하지 않다. 이런 주장에 대해 문학사는 절대적인 가치를 주장하지는 않고 상대적인 기여를 한다고 응답을 했다. "작가의 생애와 문학적 활동, 유파 안의 관계 맺음, 주제와 형식의 상호영향, 전통적인 수사와는 다른 새로운 수사의 출현, 개별 작품이 문학 갈래에서 차지하는 위치" 등에 관해 논의한다고 했다.(1면) "문학의 규범화와 그 변천을 고찰하는 문학사는 가능할 뿐만 아니라, 정당하고 효과적이기까지 하다"고 했다.(8면) 문학은 그 자체로 절대적이라는 주장은 그대로 두고 문학의 외적 역사에 대한 고찰이 필요하다는 실증주의자의 응답을 했다.

자기 문학사가 지니는 특징을 1에서 6까지 번호를 붙여 제시했다. 1) 중요시하지 않던 작품들까지 받아들여 다루는 범위를 넓힌다고 했다. 2) 문학사의 시대구분을 두고 말이 많지만, 정치사의 변동을 따르는 전통적인 시대구분이 나쁠 것 없다고 했다. 3) 작가의 생애를 중요시하는 방식을 잇는다고 했다. 4) 문학 연구의 새로운 방법이 많이 나왔다고 동요하지 않고, 독자에 대한 작품의 작용, 작품을 지배하고 형성하는 여러 관습 등에 관한 유효한 논의나 하겠다고 했다. 5) 문학 작품의 성공을 고찰하는 어려운 작업을 하겠다고 했다. 6) 문학갈래를 중요시하고, "관습과 혁신의 변증법"을 기본 통로로 삼겠다고 했다. 실증주의 문학사의 보수적 학풍을 이어나가겠다고 공언했다.

2)에서 말한 것처럼 정치사의 변동을 따르는 시대구분을 해서,

공화국 초기, 공화국 후기, 아우구스투스 시대, 제국 초기, 제국 후기의 문학을 차례대로 고찰했다. 이 가운데 아우구스투스 시대에 관해서는 서두의 개관을 서술의 균형을 깨고 특별히 길게 늘이고, 라틴어문학이 규범 확립의 전성기에 이르게 된 이유를 다각도로 고찰했다. 그 시대 시인들의 각별하게 진지한 자세를 지녔던 이유에 관해서는 논란이 많은데, 아우구스투스 황제의 통치 이념이 중요한 작용을 했다고 보았다. 제국 후기에는 정치적인 혼란과 함께 문학이 쇠퇴했다고 하고, 기독교의 등장과 중세로의 진입이 문학에서 어떻게 나타났는지 간략하게 고찰했다.

라틴어문학은 로마제국이 망한 뒤에도 계속 창작되었다. 라틴어는 기독교에서는 종교를 위해, 중세의 여러 나라에서는 정치를 위해 공동문어로 받아들여 새로운 쓰임새를 확립하고 19세기까지 압도적인 영향력을 행사하고 수많은 작품을 산출했다. 라틴어문학사가 유럽문명권문학사의 절반을 이룬다고 할 수 있다. 라틴어문학사를 다 쓰고 각국어문학사를 보태면 유럽문학사가 완성된다. 그러나 라틴어문학사의 전모를 서술한 문학사는 보이지 않는다.

켄니 외 공편, 《캠브리지 고전문학사 2 라틴어문학》(1982~1983)(E. J. Kenny, W. V. Clausen ed., *The Cambridge History of Classical Literature 2 Latin Literature*, Cambridge: Cambridge University Press) 전5권은 일관된 서술이 아니고 연구 집성이다. 캠브리지대학 라틴어문학 교수라고 소개된 편자 켄니가 쓴 〈로마 세계의 서적과 독자〉("Books and readers in the Roman World")가 서두에 실려 있어 이채롭다. 그 다음 항목은 〈문학비평〉("Literary Criticism")이다. 수많은 필자가 참여해, 각기 자기의 전공분야에 따라 라틴어문학의 어느 측면에 대한 전문적인 고찰을 하면서 사회사의 관점을 곁들였다.

라틴어문학사를 시대 성격에 따라 셋으로 나누어 개관한 책도 있다. 그리말, 《라틴어문학》(1965)(Pierre Grimal, *La littérature latine*, Paris: Press Universitaires de France)에서는 기독교 이전 로마 시대의 라틴어문학만 다루었다. 그 뒤의 라틴어문학을 퐁텐, 《기독교라틴어문학》(1970)(Jacques Fontaine, *La littérature latine chrétienne*, Paris: Press Universitaires de France); 푸셰, 《중세라틴어문학》(1963)(Jean-Pierre Foucher, *La littérature latine du moyen âge*, Paris: Press Universitaires de France)에서 둘로 나누어 고찰했다. 세 가지 라틴어문학을 대등한 비중으로 서술한 것이 한 걸음 나아간 방식이다.

그 가운데 기독교 라틴어문학사를 자세하게 고찰한 책이 일찍 나왔다. 라브리올, 《기독교라틴어문학사》(1920)(Pierre Champagne Labriolle, *Histoire de la littérature latine chrétienne*, Paris: Belles Lettres)라고 하는 것인데, 스위스의 대학에서 강의한 내용이라고 하고, 프랑스에는 유사한 저작이 없다고 했다. 서장에서는 고대문화와 기독교 라틴어문학의 전반적인 고찰을 하고, 성서 라틴어 번역에서 구체적인 논의를 시작해 라틴어가 기독교의 언어로 등장한 경위를 밝히고, 2세기부터 4세기까지 북아프리카가 기독교 라틴어문학의 중심지였던 것이 특기할 사실이라고 했다. 그 뒤에 유럽 각지에서 나타난 작가를 시대순으로 들어 작품과 사상을 심도 있게 고찰하면서, 참고문헌과 개요를 먼저 제시해 이해를 돕는 방법을 사용했다. 서술이 정확하고 내용이 충실해 널리 이용될 수 있는 업적을 이룩했다.

라이트 외, 《후기 라틴문학사, 4세기 중엽에서 17세기말까지》

(1931)(F. A. Wright and T. A. Sinclair, *A History of Later Latin Literature, From Middle of the Fourth to the End of Seventeenth Century*, London: Routledge)는 라틴어문학사가 고전문학에 치중하는 편향성을 시정하겠다고 했다. 기독교 라틴어문학이 비롯한 시기에서 시작해, 중세를 거쳐 문예부흥기까지의 라틴어문학사의 전개를 고찰했다. 만티우스, 《중세라틴어문학사》(1973)(Max Mantius, *Geschichte der lateinischen Literature des Mittelalters*, München: Besksche) 전 3권에서는 중세라틴어문학만 따로 자세하게 다루었다.

중세라틴어문학은 하나이면서 여럿이다. 문명은 하나이지만 국가는 여럿이어서, 《한국한문학사》나 《일본한문학사》 같은 유럽 각국의 라틴어문학사도 구비되어야 한다. 각국의 라틴어문학사를 통괄해서 서술한 저작은 리그, 《영국 라틴어문학사, 1066~1422》 (1992)(A. G. Rigg, *A History of Anglo-Latin Literature, 1066~1422*, Cambridge: Cambridge University Press)를 찾아낼 수 있을 따름이다.

저자는 캐나다 토론토대학 교수이다. 별난 책을 쓰는 이유를 서론에서 밝혔다. 영국에서 산출한 라틴어문학은 대단한 수준에 이르러 유럽 일대에서 명성을 얻었는데, 문학사를 써서 정리한 전례가 없다고 개탄했다. 영문학을 공부한다는 사람들이 라틴어 고전을 무시하는 것이 그 이유라고 하고, 문학은 발전한다는 생각이 잘못되었다고 했다. 국적 구분을 넘어서서 국제적인 시각으로 문학을 이해하고, 오늘날의 관점에 매이지 않고 문학의 범위를 넓게 잡아야 한다고 했다.

시대구분은 국왕의 재위 기간에 따라서 했다. 1066년에 노르만이 영국 통치를 시작한 것을 기점으로 했다. 그 때 라틴어 학자들이

다수 이주해 영국 라틴어문학의 수준이 크게 높아지게 되었다고 했다. 국왕 둘이 재위한 시기를 한 시대로 해서 네 시대를 구분하고, 1422년을 하한선으로 했다. 그 영어문학이 본격적으로 등장한 시기를 국왕의 재위 기간에 맞추어 구획했다. 작가와 작품을 소개하고 원문 대역으로 인용을 많이 해 자료집의 성격이 짙다. 한 시대 문학을 총괄하는 짧은 결론이 있기도 하고 없기도 하다. 박식이 학문이라고 여기고 쓴 책이다.

공동문어문학과 민족어문학을 함께 살펴 유럽문학사를 통괄하는 작업은 독일의 쉴레겔, 《고금문학사》(1815)(Friedlich Schlegel, *Geschichte der alten und neuen Literatur*, Berlin: Athenaeum)에서 비롯했다. 책 서두에서 "문학의 발전, 고금 가장 고귀한 국민들의 문학정신을 총체적으로 고찰하고", "문학이 실제의 생활, 국민들의 운명, 시대의 진보에 끼치는 영향을 보여주겠다"고 했다.(3면) 문학사에 대한 통상적인 견해를 제시하면서 "가장 고귀한"(vornehmsten)이라는 단서가 붙은 고급의 국민들 문학을 논의의 대상으로 삼겠다고 했다.

고대 그리스와 로마의 문학을 자세하게 다루고, 헤브라이·페르시아·인도의 문학을 간략하게 언급하고, 중세 유럽의 문학에 대해 전반적인 논의를 하고, 이탈리아, 스페인, 포르투갈, 영국을 거쳐, 프랑스와 독일의 문학을 자세하게 고찰했다. 그러면서 고귀한 정신을 찾아 비교하는 작업을 계속해서 했다. 혁명으로 피를 흘리지 않고 형이상학 논란을 통해 내면적 각성을 이룩하는 독일이 유럽 여러 나라 가운데 가장 뛰어난 문학을 산출한다고 마지막 제16장 말미의 결론에서 말했다. 정치나 경제에서 뒤떨어진 독일이 정신에서는 앞선다는 주장이다.

영국에서 보이드, 《문학사》(1831; 1843~1844)(William Boyd, *The History of Literature*, London: J. King; Longman; Brown, Green & Longman)라는 것도 나왔다. 1831년본은 전 3권, 1843~1844년본은 전 4권이다. 앞의 것에는 "미술에 관한 고찰과 함께, 또한 고대 최초의 시기에서 오늘날까지 문학의 출현과 발전, 언어 고찰, 작문 추적"이라고 하는 부제가 붙어 있다. 뒤의 것의 부제는 "고대 최초의 시기에서 오늘날까지의 언어·작문·문학의 발전, 학문과 미술의 상황 고찰과 함께"라고 했다. 고대 그리스에서 자기 시대까지의 문학사를 언어, 작문, 학문, 미술 등과 관련시켜 고찰한다고 했는데, 자료 열거로 분량을 늘리고 논의는 부실하다.

쉴레겔, 《고금문학사》(1815)보다 더 나아간 작업을 쿠르티우스, 《유럽문학과 라틴어중세》(1948)(Ernst Robert Curtius, *Europäische Literatur und Lateinishes Mittelalter*, Bern: Francke)에서 했다. 제1장에서 유럽문학 총론에서 고대 그리스 이래의 유럽문학이 2천 6백 년 동안이나 단일체로 이어진 사실을 무시하는 것은 잘못이라고 했다. "유럽문학에 관한 학문이 전공을 특수하게 세분한 우리 대학에서 자리를 찾지 못하고 이루어지지 못하는" 것이 1850년에 만든 철로를 그대로 사용하는 것과 같은 시대착오라고 비판했다. 유럽문학 연구를 현대화해서 유럽의 전통을 돌보아야 한다고 역설했다.(25면)

중세 라틴어문학을 일차적인 논의의 대상으로 해서 유럽문학이 국적의 구분을 넘어서서 하나임을 분명하게 하고, 전후 시기 문학과의 연관을 광범위하게 고찰해서 연속성을 입증했다. 제목에 함께 나와 있어 어떤 관계인가 하는 의문을 자아내는 두 말 가운데 '라틴

어중세'가 출발점이고, '유럽문학'이 도달점이다. 라틴어 중세문학
에서 시작해 유럽문학사를 통괄하는 데 이르는 작업을 다각도로 하
는 새로운 시도를 했다.

　서술 방법에서는 시대순을 택하지 않고, 제1장 유럽문학 총론에
이어서 제2장에서 제17장까지 개별적인 논의를 일정한 순서 없이
전개하고, 제18장에서 마무리를 했다. 제2장은 라틴어 중세론이고,
제3장은 문학과 교양에 관한 논의여서 총론의 연속이다. 제4장 수
사, 제5장 토픽(Topik), 제7장 비유, 제9장은 시와 수사에서 문학의
여러 측면을 고찰했다. 제6장에서는 자연의 여신(Göttin Natura), 제9
장에서는 영웅과 통치자, 제13장에서는 예술의 신(Musen), 제16장에
서는 상징인 책(Buch als Symbol)에 관해 거론하는 특이한 작업을 했
다. 제14장 고전주의, 제15장 매너리즘(Mannerismus)에서는 문예사조
도 고찰했다. 제17장은 제목이 단테(Dante)이다. 단테가 라틴어문학
과 민족어문학을 함께 해서 두 문학의 전형적인 관계를 보여 준 것
을 자세하게 고찰했다.

　제18장 마무리에서 "중세는 고대뿐만 아니라 근대와의 연속을 통
해 이해해야 한다는 것을 알게 되었다"고 했다.(387면) 이어서 민족
어문학의 태동, 정신과 형식, 연속성, 모방과 창조 등의 항목을 두
고, 중세 라틴어문학의 유산이 어떻게 계승되고 이용되었는지 고찰
했다. 다시 〈중세의 고대 오해〉에서 〈디드로와 호라츠〉(Diderot und
Horaz)까지 25개 조항이나 되는 보충논의를 해서 책의 3분의 1이나
된다. 많은 자료를 찾아 정밀하게 고찰하는 힘든 작업을 했다. 연대
기적인 서술에서 벗어나 문학사 이해를 쇄신하고 심화하고자 한 시
도도 주목할 만하다. 그러나 제2장에서 제16장까지 본론에서는 미

세한 사실을 너무 많이 거론하느라고 거시적인 논의가 흐려졌다. 문학사의 흐름을 크게 보는 작업을 하지 않다가 마무리에서 할 말을 다 하려고 하니 얻은 성과가 기대하게 한 것만큼 크지 않다.

저자가 거듭 강조해서 말한 연속과 변화는 양면을 이룬다. 유럽문학이 연속되면서 변화한 양상이 고대 · 중세 · 근대에서 확인된다는 것은 이미 알고 있던 사실이다. 고찰의 중심 영역으로 삼은 중세문학에서는 연속과 변화가 어떻게 이루어졌는지 밝히는 것이 더욱 긴요한 과제라고 생각하지 않아 노력한 보람이 적다. 시대구분에서 진전을 이룩하는 것을 긴요한 과제로 삼고, 고대에서 중세로, 중세 내부의 전기에서 후기로, 중세에서 근대로의 단계적인 변화를 밝히는 데 지식과 노력을 바쳤으면 더 좋은 결과를 얻었을 것이다.

프랑스에서는 고금문학사와는 다른 내외문학사라고 할 수 있는 것을 마련했다. 드모조, 《프랑스문학의 발전과 관련시켜 고찰한 외국문학사, 1. 남쪽 문학 이탈리아와 스페인, 2. 북쪽 문학 영국과 독일》(1880)(J. Demogeot, *Histoire des littératures étrangères considérées dans leurs rapports avec le développement de la littérature française, 1 Littératures méridionales Italie, Espagne; 2 Littératures sepentrionales, Angleterre, Allemagne,* Paris: Hachette)이 그런 책이다. 자국문학과 주변국문학의 관계를 고찰하면서 유럽문학사 이해로 나아가고자 했다. 프랑스문학이 이탈리아 · 스페인 · 영국 · 독일문학과 영향을 주고받은 과정을 들어 고찰하면서, 뒤떨어져서 영향을 받다가 앞서나가 영향을 주게 되어 우열관계가 바뀌는 과정에 관심을 가지고 그 이유를 밝히는 데 힘썼다.

프랑스에서 내놓은 그 다음 업적은 이미 고찰한 크노 총편, 《여

러 문학의 역사》(1956~1958, 1968~1977) 삼부작이다. 제1권《고대·
동양·구비문학》; 제2권《서양문학》; 제3권《프랑스·부속·주변문
학》가운데 제1권과 제2·3권이 고금문학사를, 제2권과 제3권은 내
외문학사를 이룬다고 할 수 있다. 제2권 첫 장 〈유럽문학〉에서 민족
문학의 형성, 중세문학의 갈래, 유럽 문예부흥의 정신, 바로크, 고
전주의, 낭만주의, 사실주의, 새로운 문학의 문체, 새로운 시의 문
체를 고찰해 유럽문학사를 개관하고, 다음 장 〈기독교 및 근대 라
틴어문학〉에서 미비사항을 보충해 3백여 면 분량의 유럽문학사를
일단 완결했다.

그 다음의 1천4백여 면에서는 〈도서문학〉, 〈반도남부문학〉, 〈반
도북부문학〉, 〈대륙북부문학〉, 〈중부유럽문학〉, 〈발칸문학〉, 〈동
부유럽문학〉으로 지역을 구분하고, 그 하위 항목에서 각국문학을
고찰했다.[3] 되도록 많은 문학을 다루려고 한 것은 평가할 만하지만

---

3) 〈도서문학〉 이하의 차례를 옮긴다. 하위 항목은 괄호 안에 적는다. Littératures
insulaires(Littérature islandaise, Littérature gaélique, Littérature galloise, Littérature
anglaise, Littérature de langue anglaise des pays d'outre-mer, Littérature anglaise
des États-unis d'Amérique), Littératures péninsulaires du sud(Littérature espagnole,
Littératures hispano-américaines, Littérature portugaise, Littérature brésilienne, Littérature
catalane, Littérature italienne, Littérature néo-hellénique), Littératures péninsulaires
du nord(Littérature danois, Littérature norvégienne, Littérature suédoise, Littérature
finnoise), Littératures continentales du nord(Littérature allemande, Littérature néelandaise,
Littérature frisonne, Littérature afrikaner, Littérature yiddish, Littérature hébraïque
moderne, Littérature romanche rétoromane), Littératures d'Europe centrale(Littérature
tchèque, Littérature slovaque, Littérature tchécoslovaque contemporaine, Littérature
polonaise, Littérature polonais contemporaine, Littérature sorabe, Littérature hongroise),
Littératures balkaniques(Littérature bulgare, Littérature bulgare contemporaine, Littérature
serbe, Littérature croate, Littérature slovène, Littérature yugoslave contemporaine,
Littérature roumaine, Littérature albanaise), Littératures d'Europe orientale(Littérature
estonienne, Littérature lettone, Littérature lituanienne, Littérature russe, Littérature russe
contemporaine, Littérature ukraienne, Littérature ukraienne contemporaine, Littérature
carpathorusse, Littérature biélorussienne, Littérature biélorussienne contemporaine,
Littérature non slaves d'U.R.S.S.)

기본 설계에 많은 무리가 있다. 지역 구분에 치우쳐 문화사적 관련
이 무시되었다. 크고 작은 것을 대등한 위치에 두었다. 현대문학을
이따금 별도로 다루어 일관성이 없다. 유럽의 언어를 사용한 다른
대륙의 문학을 유럽문학이라고 한 것은 더욱 부당하다.

공동문어문학과 민족어문학이 유럽 여러 나라에서 어떻게 이루
어져 왔는지 총괄해 유럽문학사라고 할 수 있는 저작은 많이 있다.
목록을 작성해 보자. 도르프, 《시초부터의 유럽문학 개요》(1856)(F.
Thorpe, *Outlines of European Literature, From the Earliest Times*, Grantham: S.
Ridge & Sons); 모렐, 《유럽문학사》(1874)(John Reynell Morell, *A History
of European Literature*, London: T. J. Allman); 세인츠버리 편, 《유럽문
학사의 시대》(1904~1907)(G. Saintsbury ed., *Periods of European Literature*,
New York: C. Scribner's Sons) 전12권; 매그누스, 《유럽문학사》(1934)
(Laurie Magnus, *A History of European Literature*, New York: Kennikal Press);
세귀르, 《유럽문학사》(1948~1952)(Nicolas Ségur, *Histoire de la littérature
européenne*, Paris: Victor Attinger) 전5권; 코언, 《서양문학사: 중세 서사
시에서 근대시까지》(1963)(J. M. Cohen, *A History of Western Literature:
From Medieval Epic to Modern Poetry*, Chicago: Aldine); 데이쉬즈 외 공
편, 《문학과 서양문명》(1972~1976)(David Daiches, Anthony Thorlby ed.,
Literature and Western Civilization, London: Aldus) 전6권; 크노 편, 《유럽
외국문학》(1977~1978)(Raymond Queneau dir, *Histoire des littératures tome
II littératures étrangères d'Europe*, Paris: Gallimard)[4]; 브나-도소솨 외 편,
《유럽문학》(1992)(D'Annick Benoit-Dusausoy et Guy Fontaine dir., *Lettres
européennes: Histoire de la littérature européenne*, Paris: Hachette) 등이 있다.

---

4) 개정판에서 제목을 바꾸었으므로 다시 소개한다.

도르프, 《시초부터의 유럽문학 개요》(1856)는 단권의 소책자이고,
학생들을 위한 교재라고 했다. 고대 · 기독교 · 중세 · 근대문학으
로 시대를 나누어 고찰했다. 매그누스, 《유럽문학사》(1934)나 코언,
《서양문학사: 중세서사시에서 현대시까지》(1963)도 단권이다. 모렐,
《유럽문학사》(1874)도 단권이고, 1500년을 경계로 중세와 근대를 나
누었다. 세인츠버리 편, 《유럽문학사의 시대》(1904~1907)는 각기 다
른 필자가 유럽문학사의 한 시대씩 분담해 고찰해 전12권 총서이
다.[5] 세귀르, 《유럽문학사》(1948~1952)는 전5권의 표제에서 시대를
나타냈다.[6] 데이쉬즈 외 공편, 《문학과 서양문명》(1972~1976)은 전6
권의 표제에서 시대 구분을 나타냈다.[7] 《유럽 외국문학》(1977~1978)
은 단권이며, 브뇌-도소와 외 편, 《유럽문학》(1992)도 단권이고 시
대 명칭을 번호 없이 열거했다.[8]

---

5) 저자와 책 이름을 든다. 1) W. P. Ker, *The Dark Age*; 2) G. Saintsbury, *The Flourishing of Romance and the Rising of Allegory*; 3) J. Snell, *The Fourteenth Century*; 4) G. George Smith, *The Transition Period* ; 5) G. Saintsbury, *The Earlier Renaissance*; 6) David Hannay, *The Later Renaissance*; 7) H. Grierson, *The First Half of XVIIth Century*; 8) Oliver Elton, *The Augustan Age*; 9) J. H. Milar, *The Mid-XIIIth Century*; 10) C. E. Vaugham, *The Romantic Revolt*; 11) T. S. Omond, *The Romantic Triumph* ; 12) G. Saintsbury, *The Later XIXth Century*

6) 1.Le monde antique; 2.Moyen âge et renaissance; 3.XVIIe et XVIIIe siècles; 4.L'époque romantique; 5.L'ère moderne

7) 1.The Classical World; 2.The Medieval World; 3.The Old World, Discovery and Rebirth; 4.The Modern World I Hopes; 5.The Modern World II Realties; 6. The Modern World III Reactions

8) L'héritage extra-européen, L'héritage gréco-latin, L'héritage judéo-chrétien, L'héritage byzantin, Genèse des lettres européennes, Du moyen âge à la renaissance (1300~1450), L'humanisme de la renaissance, La seconde moitié du XVIe siècle, Baroque triomphant et classisme française[1618~1715], Le premier XIIIe siècle: les lumières, La seconde moitié du XIIIe siècle, La première moitié du IXe siècle, Le second IX siècle: Réalisme et naturalisme, La "fin du siècle", Les premières décennies du XXe siècle, Le temps des idéologies(1940~1945), L'après-guerre: 1945~1968, Tendances et figures contemporaines

유럽문학의 범위에 대한 견해가 다르다. 도르프, 《시초부터의 유럽문학 개요》(1856); 세귀르, 《유럽문학사》(1948~1952); 데이쉬즈 외 공편, 《문학과 서양문명》(1972~1976)은 고대문학부터 유럽문학이라고 했다. 모렐, 《유럽문학사》(1874); 세인츠버리 편, 《유럽문학사의 시대》(1904~1907); 코언, 《서양문학사: 중세서사시에서 현대시까지》(1963); 크노 편, 《유럽 외국문학》(1977~1978); 브뇌-도소와 외 편, 《유럽문학》(1992)에서는 로마제국이 망하고 게르만 민족이 이동하자 중세가 시작되고 유럽문학이 이루어졌다고 했다.

도르프, 《시초부터의 유럽문학 개요》(1856); 모렐, 《유럽문학사》(1874); 매그누스, 《유럽문학사》(1934); 세귀르, 《유럽문학사》(1948~1952); 코언, 《서양문학사: 중세서사시에서 현대시까지》(1963)는 개인 저작이다. 자기 나름대로 써서 일관성은 있으나, 연구 성과를 충분히 반영한 것은 아니다. 매그누스와 모렐은 다방면의 저술가이다. 쉐귀르는 문인이며, 유럽문학이 우월하고 프랑스문학이 그 가운데서 으뜸이라는 지론을 나타냈다. 코언은 유럽 각국 문학을 영어로 옮긴 번역가이다.

문학사냐 문명사냐 하는 것도 책에 따라 다르다. 다른 것들은 문학사만이고, 데이쉬즈 외 공편, 《문학과 서양문명》(1972~1976)은 문학사이면서 문명사이다. 문명사의 여러 문제에 대한 포괄적인 논의를 문학을 중심으로 전개하는 작업에 많은 전문가를 참여시켜 거질을 이루었다. 언어의 변천을 고찰한 내용이 문학사 이해에 아주 유용하다. 라틴어의 변천, 로만스어의 형성을 다룬 대목이 좋은 본보기이다.(Pierre Riché, "The Survival of Culture"; J. Cremona, "Romance Languages")

취급 범위에도 차이가 있다. 다른 것들은 자국문학을 제외하지 않았는데, 크노 편, 《유럽 외국문학》(1977~1978)은 프랑스문학을 제외한 유럽 각국문학을 다루었다. 문학사를 통괄하는 작업을 기획해 삼부작을 이룩한 것 가운데 하나이다. 제1권은 유럽 밖과 유럽의 고대문학이고, 제2권이 프랑스를 제외한 유럽각국문학이며, 제3권은 프랑스문학 및 프랑스 지방문학이다.

논의의 대상에서는 차이가 크다. 도르프, 《시초부터의 유럽문학 개요》(1856)에서는 포르투갈 · 이탈리아 · 스페인 · 영국 · 프랑스 · 독일문학만 취급했다. 모렐, 《유럽문학사》(1874)는 이탈리아 · 스페인 · 프랑스 · 영국 · 독일문학을 다루고, 포르투갈, 스칸디나비아 각국, 러시아, 폴란드의 경우를 곁들여 언급했다. 코언, 《서양문학사: 중세 서사시에서 근대시까지》(1963)는 범위를 더욱 축소해 이탈리아 · 독일 · 스페인 · 프랑스 · 영국 · 스칸디나비아문학으로 한정했다.

서부유럽문학을 유럽문학이라고 하는 편향성이 이어지다가 최근에 주목할 만한 변화가 일어났다. 브냐-도소와 외 편, 《유럽문학: 유럽문학사》(1992)에서는 유럽 모든 민족, 모든 언어의 문학을 찾아 포괄하려고 했다. 유럽 각국 150개 대학의 연구진이 집필에 참여했다고 서두에서 밝혔다. 작품을 원문과 불역 이중 언어로 인용했다. 삽화를 많이 넣고, 흥미를 끌 수 있게 편집했다. 유럽연합의 출현에 맞추어 문학사 통합도 실현하려고 했다. 충실한 내용을 갖춘 최초의 저작이므로 자세하게 살필 필요가 있다.

서두 한 면에 머리말이 있다. 프랑스혁명에서 시작된 19세기 유산 국민주의에 의한 분열을 넘어서서 음악이나 미술에서는 이미 인정되고 있는 유럽문학의 총체성을 찾아야 한다고 했다. "여러 나라의 문학사를 포개 놓지 않고 하나로 합치는" 책을 내놓고자 하면서, 총체성이 상황이나 시대에 따라 나타나는 다양성을 살피겠다고 했다. 문학사의 전개를 시대별로 고찰하는 데다 덧보태 서간, 기행문 같은 갈래, 결혼, 성생활 같은 주제에 대해 고찰해 내용의 다양성도 갖추겠다고 했다.(13면)

본문 서두에 〈유럽 밖의 유산〉이라는 장을 두고, 그리스-로마의 유산, 유대-기독교의 유산, 비잔틴의 유산을 하나씩 고찰했다. 이런 것들이 유럽문학의 원천을 이루었다고 하고, 유럽문학은 8세기부터 13세기까지에서 시작되었다고 했다. "언어는 헤브라이·그리스·라틴, 이 셋만이라고 생각하고 다른 국민이나 민족은 장님이고 벙어리이기를 바란다면 얼마나 어리석은가?"라고 하는 인용구를 앞세우고, 다른 여러 언어에서 글쓰기가 시작되어 세 언어의 유산과 풍성한 대화를 하면서 공통된 주제나 화제를 주고받게 되어 유럽문학이 탄생했다고 간략하게 설명했다.(65면)

그 뒤를 이어 〈텍스트 유통〉을 살피고, 〈유럽문학의 헌법〉이라는 항목에서 각국 문화를 단일화하는 기독교 복음이 유럽문학 헌법 노릇을 했다고 했다. 종교문학·교술문학·역사·서정시·서사문학 순서로 문학의 영역을 고찰하면서 여러 언어의 많은 사례를 들었다. 여기까지를 한 사람이 집필하고, 문학갈래나 작가 등에 관한 특정 사항 여섯을 들고[9] 각기 다른 필자가 쓴 글을 수록했다. 계속 같

---

9) 그 여섯 항목이 "L'épopée, Le malheur de Abélard, Chrétien de Troyes, Saxo Grammaticus, Walther von der Vogelweide, Saint Thomas d'Aquin"이다. "L'épopée"는 서사시이다. "Le malheur de Abélard"는 프랑스인 성직자의 비극적 사랑을 말한다. "Chrétien de Troyes"는 프랑스의 시인이다. "Saxo Grammaticus"는 라틴어로 자기 나라 역사를 쓴 덴마크의 성직자이다. "Walther von der Vogelweide"는 독일의 음유시인이

은 방식을 사용했다. 한 면 정도의 시대 개관에 긴요한 말을 적었다.

시대 구분에 관해 이론이나 방법을 내세우지 않고, 유럽 각국의 관행이 서로 다른 것들을 적절하게 조절하는 것을 임무로 삼았다. 프랑스에서는 17세기가 고전주의, 18세기는 계몽주의의 시대라고 하며, 독일에서는 17세기는 바로크, 18세기가 고전주의의 시대라 고 하는 것이 두 나라 문학사 서술의 오랜 관습이다. 통합된 유럽문 학에서 이 둘을 각기 인정해 공존하게 할 수 없고, 적절하게 조절해 일관성을 갖추어야 했다. 고민을 많이 하도록 한 이 과제에 대한 새 로운 해결이 필요했다.

17세기에 관해서는 독일, 18세기에 관해서는 프랑스의 견해를 받 아들여 수습을 시도했는데 결과가 말끔하지 못하다. 17세기문학의 주류는 바로크라고 하고, 프랑스 고전주의는 이질적인 경향이지만 함께 다룬다고 했다. 18세기 전반기는 계몽주의 시대라고 하고 여 러 나라의 계몽주의를 함께 고찰하면서 독일의 경우는 별도로 논 의했다.[10] 독일에서 감수성과 재능이 새롭게 발현한 것을 주목하고, 독일에서 말한 고전주의를 계몽주의와 관련시켜 고찰했다.

다른 여러 문제에 대해서도 이론적인 쟁점을 심각하게 따지지 않 고 적절한 수준에서 절충하면서, 사실 정리에 힘써 많은 내용을 고 루 균형 있게 다루는 것을 장점으로 삼았다. 무시되고 있던 나라의 문학을 찾고, 알려지지 않고 있던 작가를 등장시킨 것을 평가할 만 하다. 마지막 대목에서 소개한 현대 작가 29인 가운데 라트비아, 루

다. "Saint Thomas d'Aquin"는 이탈리아인 신학자이다. 라틴어와 민족어 양쪽의 유산 을 함께 들고, 덴마크인까지 등장시켜 나라를 안배했다.

10) "La sensibilité et les géniese", "Le 'Klassik' allemand: au delà du classicisme", "La sensibilité et les géniese", "Le 'Klassik' allemand: au delà du classicisme"

마니아, 스웨덴, 룩셈부르크, 헝가리, 네덜란드, 그리스, 알바니아, 아이슬란드, 세르비아, 폴란드, 핀란드, 덴마크, 카탈로니아, 불가리아, 포르투갈, 노르웨이 등지의 작가가 포함되어 있다.[11]

마지막에 가까운 대목에서 "유럽문학은 하나인가?"라는 문제를 제기하고, 여러 문학이 차이점을 풍성하게 보여 주면서 또한 하나라고 했다.(980면) 유럽문학이 여럿인 이유는 사용하는 언어가 각기 다르기 때문이라고 하고, 왜 하나인가는 밝혀 논하지 못했다. 모든 문학이 하나이므로 유럽문학도 하나라고 한다면 유럽문학사를 따로 써야 할 필요가 없다. 유럽문학이 하나이게 하는 결속력이 무엇인가 하는 의문이 끝까지 남는다.

이처럼 많은 저작이 이어져 나왔어도 유럽문학사는 아직 온전하지 못하다. 필요한 내용을 제대로 갖추어 유럽문학사를 서술하는 것은 이루지 못한 소망이고 아주 힘든 작업이다. 부지런히 노력하면 좋은 결과를 얻을 수 있는 것은 아니다. 유럽문학이란 무엇이고 어떻게 이해해야 하는가 하는 문제를 깊이 있게 고찰해 문학사 서술에 필요한 이론을 마련하고 방법을 찾는 것이 선결 과제이다. 생각을 이렇게 바꾸어 새로운 접근을 하는 바케스, 《유럽문학》(1996)(Jean-Louis Backès, *La littérature européenne*, Paris: Belin); 디디에 주편, 《유럽문학개론》(1998)(Béatrice Didier dir., *Précis de littérature européenne*,

---

11) 라트비아 Vizma Belsevica, 루마니아 Emil Mihaï Cioran, 스웨덴 Per Olov Enquist, 룩셈부르크 José Ensch, 헝가리 Péter Esterházy, 네덜란드 Hans Faverey, 그리스 Réa Galanaki, 알바니아 Ismail Kadaré, 아이슬란드 Einar Kárason, 세르비아 Danilo Kis, 폴란드 Tadeusz Konwicki, 핀란드 Rosa Liksom, 덴마크 Syend Åge Madsen, 카탈로니아 Eduardo Mendoza, 불가리아 Jordan Radičkov, 포르투갈 José Saramago, 노르웨이 Dag Solstad이다.

Presses Universitaires de France) 같은 책이 나왔다.

바케스, 《유럽문학》(1996)은 비교문학 교수의 개인 저작이다. 유럽문학이 복수가 아닌 단수이게 하는 것을 목표로 한다고 명시했다. 복수를 이루는 것들이 늘어나게 하려고 하지 말고, 단수인 유럽문학사를 일관성을 갖춘 통일체로 서술하려면 어떻게 해야 하는지 밝혀 논하겠다고 했다. 유럽이 하나가 되어 문화도 단일화되는 것이 당연하니 여러 나라 문학사를 한데 모아 유사한 것들을 비교하면서 통합 서술을 하면 된다고 안이하게 생각하지 말아야 한다고 했다. 바로크, 낭만주의 같은 용어의 개념 차이 때문에 충돌이 일어나는 것이 넘어서기 어려운 장애라고 했다.

용어에서 사실로 관심을 돌려야 한다고 했다. 널리 알려지고 많은 영향을 끼쳐 이미 유럽문학이 된 유산에 근거를 두고, 이미 이루어진 유럽문학 단일화를 이어받아 확장해야 무리가 적고 성과가 크다고 했다. 유럽문학을 단일화하는 지각변동이 몇 개의 진원지에서 특정 갈래를 중심으로 순차로 일어났다고 하고, 그 내력을 밝혀 유럽문학사를 단일체가 되게 서술하는 근간으로 삼아야 한다고 한다.

유럽문학 단일화의 1차 진원지는 옥시타니(Occitanie)라고 했다. 옥시타니는 오늘날의 남부 프랑스를 말한다. 불어와는 다른 옥시탕어로 지은 유랑광대(troubadour) 무리의 노래가 널리 알려져 유럽문학 단일화가 시작되었다고 했다. 단테가 《속어론》(De vulgari eloquentia)에서 유랑광대의 작품 셋을 옥시탕어 원어로 인용해 속어시의 전범으로 삼은 것을 소중한 증거로 들었다. 제2차 진원지는 12세기 영국 노르만 왕조, 제3차 진원지는 이탈리아 문예부흥, 제4차 진원지는 스페인의 황금시대, 제5차 진원지는 루이 14세 시대의 파리라고 했다.

루이 14세 시대의 파리가 유럽문학 단일화의 진원지 노릇을 한 뒤에는 뚜렷한 중심지가 없으면서 특정 갈래의 작품군이 언어의 장벽을 넘어서서 유럽문학의 유산이 되었다고 하고, 여러 단계의 논의를 전개했다. 문학사는 이념의 역사가 아니고 문학갈래의 역사라고 하고, 개별적인 작품을 들어 특성을 검증했다. 많은 작품을 원문으로 인용하고 다른 사람들 또는 저자 자신이 한 불어 번역을 곁들였다. 책 마지막 대목에서 프랑스 시인 랭보(Rimbaud)를 예찬한 영국과 이탈리아의 시를 들고 불어로 번역했다.

한국어에서는 '유럽문학'이 단수와 복수를 구별하지 않고 쓰는 말이므로 그 어느 쪽일 수도 있고 복수일 수도 있다. 《하나이면서 여럿인 동아시아문학》(1999)에서는 '동아시아문학'을 단수로 할 것인지 복수로 할 것인지 고민하지 않았다. 동아시아문학이 하나이면서 여럿인 양상을 여러 측면에서 고찰했다. 유럽문학 또한 유럽이 통합되어 유럽문학사를 통괄해서 서술해야 한다고 하기 전에도 하나이면서 여럿이었다. 동아시아문학이나 유럽문학이 하나이면서 여럿임을 해명하는 것이 문명권문학사의 공통된 과제이다. 세계문학 또한 하나이면서 여럿인 내력을 《세계문학사의 전개》(2002)에서 밝히려고 했다.

유럽문학은 하나라고 인정한 범위 안에서 하나인 것이 아니다. 인식의 역사와 사실의 역사를 구별해야 한다. 하나는 하나라고 인식하지 않아도 하나이다. 바로크나 낭만주의에 관해 통일된 견해가 없고 논란이 심해 유럽문학사의 공통된 시대구분을 할 수 없다는 것은 인식의 역사에서 일어난 혼선 때문에 사실의 역사를 밝힐 수 없다는 말이다. 사실의 역사가 하나임을 밝히는 시대구분을 논자가 스스로 해야 문학사학의 발전이 이루어진다. 문학사는 이념의 역사가 아니고 문학갈래의 역사라고 했다. 이 말이 타당하고 유용하게 하려면 문학갈래의 교체로 시대구분을 해야 한다. 문학갈래의 역사가 크게 보아 공통되게 전개되었다는 사실을 밝혀 나는 한국문학사에서 동아시아문학사로, 다시 세계문학사로 나아갔다.

디디에 편, 《유럽문학개론》(1998)은 유럽이 통합되는 시대에 유럽문학사를 어떻게 서술할 것인지 많은 논자가 여러 측면에서 논의한 공동 저작이다. 편자의 서론에서 '유럽문학'이라는 말을 복수가 아닌 단수로 적은 이유를 밝히고 책을 만든 취지와 구성을 설명했다. 유럽이 정치와 경제에서 통합되어, 문화는 다원체인가 단일체인가 하는 의문이 제기되고, 유럽문학 '다원-단일체'(diversité-unité)에 대해 다각적으로 고찰하는 작업이 필요하다고 했다. 하나이면서 여럿임을 말하기 위해 '다원-단일체'라는 용어를 만들어냈다.

제1부 방법론, 제2부 공간론, 제3부 시간론, 제4부 형태론으로 책을 구성하고, 각기 10개에서 21개까지의 논제를 설정해 프랑스 학자 55인이 분담해 집필했다. 서술 내용에서 자국중심주의를 버리고 유럽의 모든 문학을 대등하게 취급하면서 프랑스 학계의 역량을 자랑으로 삼았다. 권말에 230여 면 분량의 유럽문학사 연표가 있으며, 작성에 참여한 각국 문학 전공자 명단을 밝혀 놓았다. 프랑스에서 유럽 각국 문학에 관해 많은 것을 알고 있다는 사실을 확인할 수 있게 한다.

제1부 방법론 서두에서 유럽문학과 유럽통합의 관계를 고찰했다.(Adrian Marino, "Histoire de l'idée de 'littérature européenne' et des études européennes") 유럽문학이라는 생각은 그 전에도 있었으나, 유럽의 정치적 통합을 예견하고 실현하면서 더욱 명확해지고 정당화되었다고 했다. 유럽문학사를 통합해 서술하는 방법을 여러 측면에서 찾으면서 학문의 경계를 넘어선 관점, 문학과 사회계층, 출판, 독자 등에 관한 논의를 했다.

제2부 공간론에서는 문학어가 분화된 과정을 설명하고, 유럽문학을 지역과 언어에 따라 고찰하는 통상적인 작업을 다시 했다. 국가를 이룬 문학만 다루지 않고, 소수민족의 지방문학에 관한 고찰도 했다. 유럽 밖의 언어로 유럽에서 창작한 문학, 유럽의 언어를 가져가 유럽 밖에서 이룩한 문학까지도 논의의 대상으로 삼아 안팎이 호응되게 했다. 아랍인이 스페인에 진출했을 때 창작한 문학을 유럽문학으로 받아들이는 포용성을 보인 것은 특기할 만하다. (Luc-Willy Deheuvels, "La littérature arab en Europe")

제3부 시간론에서는 문학사의 본령인 시대순의 고찰을 했다. 문제의 시기 매너리즘·바로크·고전주의에 관한 논의를 주목할 만하다. (Didier Souiller, "Maniérisme, baroque et classicisme") 유럽 공통의 용어가 바로크냐 고전주의냐 하는 논란을 직접 판가름하지 않고, 매너리즘을 앞에 내세워 세 용어를 병행시켰다. 문예부흥기 거장들이 보여 준 방식(manière)을 따른다는 미술 사조에서 유래한 매너리즘이 문학에도 적용된다고 했다. 세 용어는 각기 그 나름대로의 타당성을 가지고 한 시대 유럽문학의 특징을 다양하게 설명할 수 있다고 하는 절충주의를 택했다.

어느 용어를 특별히 선호하는 나라들끼리 자존심을 건 대결을 하지 말고 여러 용어의 병립을 인정해야 유럽문학사를 통괄해 서술할

수 있다고 했다. 그러면서 다른 한편으로는 국한된 의미를 지닌 용
어의 확대 사용도 필요하다고 했다. 상징주의가 프랑스뿐만 아니라
독일, 영국, 이탈리아 등의 시에서도 나타났다고 하고, 여러 나라
소설과 연극의 사조이기도 하고, 오페라에서 절정을 보여 주었다고
밝혀 논했다.(Pierre-François Kaempf, "Symbolisme") 경쟁이 되는 용어를
다른 나라에서 내세우지 않아, 상징주의의 의미를 최대한 확대해
한 시대 문학을 통괄할 수 있게 하자고 했다.

제4부 형태론 서두의 구비문학론은 질문·수집·목록·분석에
관한 서술을 갖추었다.(Jean Cuisenier, "Littératures de tradition orale en
Europe") 말미의 참고문헌을 보면 이런 총괄론이 전에 없었다. 당연
하게 해야 할 일을 뒤늦게 알아차렸다. 그런데 목록에서 말한 분
류, 분석이라고 한 연구에서 관심을 가져야 할 만한 진전이 보이
지 않는다. 유럽에서 구비문학 조사와 연구를 먼저 시작했으나 근
래에는 성과가 부진하다는 사실을 확인할 수 있다. 책 전체의 편자
가 쓴 자아에 관한 글쓰기론은 자서전, 내면일기, 편지 등을 한 자
리에 모아 고찰한 흥미로운 시도이다.(Béatrice Didier, "Les éritures du
moi") 참고문헌을 보면 각 영역에 관한 개별적인 논의는 풍성하게
이루어졌으나 총괄론은 없다. 자아에 관한 글쓰기에 힘쓴 것이 유
럽문학의 특징임을 다른 여러 문명권과의 비교에서 밝히는 작업이
당연히 요청되는데 시도하려고 하지 않았다.

자국문학사에서 유럽문학사로 나아가면 할 일을 다 했다고 여기
지 말고, 세계문학사를 다시 이룩하는 것을 다음 과업으로 삼아야
한다. 유럽문학과 다른 여러 문명권문학의 특징을 비교하는 작업은
유럽문학사를 더 잘 알 수 있게 하고, 세계문학사로 나아가는 길을

새롭게 열어 이중으로 유용하다. 이런 줄 모르고 안에 들어앉아 있
기만 하니 유럽문학이 보이지 않는다. 산속에서는 산을 볼 수 없는
것과 같다. 안에 들어앉아 있기만 하는 것은 자폐의 증상이다. 유럽
중심주의의 잘못을 시정하겠다는 목표를 세우고 노력해도, 유럽자
폐주의라고 할 것이 의식의 깊은 층위에서 장애 노릇을 해서 성과
가 부진한 줄 모른다.

국제비교문학회(International Comparative Association)에서 문학사에
관한 일련의 저작을 낸다. [12] 유럽의 언어를 사용하는 문학사 비교

---

12) 목록을 소개한다. 1.Ulrich Weisstein ed., *Expressionism as an International Phenomenon*(1973)(Budapest: Akadémiai Kiadó); 2.Anna Balkian ed., *The Symbolist Movement in the Literature of European Languages*(1984)(Budapest: Akadémiai Kiadó); 3.György M. Vajda dir., *Le tournant du siècle des lumières 1760~1820: Les Genres en vers des lumières au romamtisme*(1982)(Budapest: Akadémiai Kiadó); 4.Jean Weisgerber ed., *Les avant-gardes littéraire au XXe siècle: Histoire*(1984)(Budapest: Akadémiai Kiadó); 5.Jean Weisgerber ed., *Les avant-gardes littéraire au XXe siècle: Théorie*(1986) (Budapest: Akadémiai Kiadó); 6.Albert Gerard ed., *European Languge Writing in Sub-Saharan Africa*(1986)(Budapest: Akadémiai Kiadó); 7.Tibor Klaniczay, Eva Kushner, Andre Stegmann ed., *L'époque de la renaissance(1400~1600) I, L'avènement de l'ésprit nouveau(1400~1480)*(1987)(Budapest: Akadémiai Kiadó); 8.Frederick Garber ed., *Romantic Irony*(1988)(Budapest: Akadémiai Kiadó); 9.Gerald Gillespie ed., *Romantic Drama*(1993)(Amsterdam: Benjamins); 10.A. James Arnol ed., *A History of Literature in the Caribbean Hispanic and Francophone Regions*(1994)(Amsterdam: Benjamins); 11.Hans Bertens and Douwe Fokkema ed., *International Postmodernism: Theory and Literary Practice*(1997)(Amsterdam: Benjamins); 12.A. James Arnol ed., *A History of Literature in the Caribbean: Volume 3 Cross-Cultural Studies*(1997)(Amsterdam: Benjamins); 13.Tibor Klaniczay, Eva Kushner, Andre Stegmann ed., *L'époque de la renaissance(1400~1600) Tome IV: Crises et essort nouveaux (1560~1610)*(2000) (Amsterdam: Benjamins); 14.Horst Albert Glaser, György M. Vajda ed., *Die Wende von Aufklärung zur Romantik 1760~1820: Epoche in Überblick*(2001)(Amsterdam: Benjamins); 15.A. James Arnol ed., *A History of Literature in the Caribbean: Volume 2 English-and Dutch-speaking regions*(2001)(Amsterdam: Benjamins); 16.Perer-Eckhard Knabe, Roland Mortier, François Moureau ed., *L'Aube de la Modernité 1680~1760*(2002)(Amsterdam: Benjamins); 17.Angela Esterhammer ed., *Romantic Poetry*(2002)(Amsterdam: Benjamins); 18.Steven P. Sondrup, Virgil Nemoianu ed.,

론을 전개해 국가의 한계를 넘어서려고 하고, 그 가운데 광역문학
사라고 할 것들도 있다. 코르니-포프 외 공편, 《동·중부유럽 문학
문화사; 19세기와 20세기의 연결과 단절》(2004~2010)(Marcel Cornis-
Pope and John Neubauer eds., *History of the Literary Cultures of East-Central
Europe: Junctures and Disjunctures in the 19th and 20th Centuries*, Amsterdam:
Benjamins) 전4권을 보자.[13]

Nonfictional Romantic Prose: Expanding Borders(2004)(Amsterdam: Benjamins);
19. Marcel Cornis-Pope and John Neubauer eds., *History of the Literary Cultures of
East-Central Europe: Junctures and Disjunctures in the 19th and 20th Centuries vol
1*(2004)(Amsterdam: Benjamins); 20. Marcel Cornis-Pope and John Neubauer eds.,
*History of the Literary Cultures of East-Central Europe: Junctures and Disjunctures
in the 19th and 20th Centuries vol 2*(2006)(Amsterdam: Benjamins); 21. Ástrádur
Eysteinsson and Vivian Liska ed., *Modernism*(2007)(Amsterdam: Benjamins); 22. Marcel
Cornis-Pope and John Neubauer eds., *History of the Literary Cultures of East-
Central Europe: Junctures and Disjunctures in the 19th and 20th Centuries vol 3*(2007)
(Amsterdam: Benjamins); 23. Amsterdam: Benjamins; 24. Cabo Aseguinolaza, Fernando,
Anxo Abuin Gonzalesz, César Dominguez ed., *A Comparative History of Literarures
in the Iberian Peninsula*(2010)(Amsterdam: Benjamins); 25. Marcel Cornis-Pope and
John Neubauer eds., *History of the Literary Cultures of East-Central Europe: Junctures
and Disjunctures in the 19th and 20th Centuries vol 4*(2010)(Amsterdam: Benjamins);
26. Eva Kushner dir., *L'époque de la renaissance(1400~1600) Tome III: maturations et
mutations*(2010)(Amsterdam: Benjamins)

13) 편자 Marcel Cornis-Pope는 미국 Virginia Commonwealth University, John Neubauer
는 네덜란드 University of Amsterdam 교수이다. 두 편자 공저 Marcel Cornis-Pope
and John Neubauer, *Towards a History of the Literary Cultures in East-Central Europe:
Theoretical Reflections*(2002)(New York: American Council of Learned Society)에서 작
업 구상에 관한 전반적인 논의를 전개해 설계를 분명하게 하고 시공에 들어가는 본보
기를 보였다. 동·중부유럽이라는 지역을 설정하는 이유를 밝히고, 지배 집단 위주의
자국문학사가 조성한 선입견에서 벗어나 국가의 경계를 넘어서서 소수민족문학을 중
요시하겠다고 했다. 문학사 부정론을 넘어서고 해체주의의 폐풍을 시정하고 문학사를
재건하는 방향으로 나아가겠다고 했다. 비교 고찰을 통해 새로운 조망을 열 수 있는
사례를 우선적으로 선택해, 단일 과정의 발전과는 상이한 다원적이고 복합적인 변화
의 양상을 밝히는 것을 구체적인 방법으로 삼는다고 했다. 한편에서는 자국문학사라
야 문학사라고 하고, 다른 한편에서는 문학사는 부정해야 한다고 하는 양극단의 잘못
을 함께 시정하는 새로운 문학사를 이룩하려고 했다고 정리해 말할 수 있고, 의도한
바를 평가해 마땅하다.

동·중부유럽이라고 한 곳은, 북쪽은 발트 연안의 나라들에서 남쪽은 불가리아까지, 동쪽은 우크라이나에서 서쪽은 체코까지이다. 독일과 러시아가 패권을 다투는 사이에 끼여 무시되어 온 지역의 문학을 고찰의 대상으로 삼았다. 다루는 시기는 19세기와 20세기로 하고, 그 기간 동안 여러 언어의 문학이 서로 연결되기도 단절되기도 한 양상을 다양한 시각에서 논의했다. 집필자가 150명이나 되고, 유럽 각국, 미국, 캐나다, 오스트레일리아 등지에서 동원되었다.

서유럽중심주의를 버리고 대국패권주의를 넘어서서 유럽문학사를 새롭게 이해하려고 했다. 국가주의의 폐쇄된 관점이나 자민족 문화에 대한 일방적인 애착에서 벗어나 넓은 영역의 다양한 문학을 대등하게 고찰하는 방향으로 나아간다고 했다. 지방 단위의 생활공간과 관련시켜 문학 창작과 수용의 양상을 살피고 무시되고 소외되어 온 소수자들의 기여를 중요시한다고 했다.

제1권은 시간론이다. 《정치적 시간의 마디: 문학 형식의 역사》 (*Nodes of political time; history of literary forms*)라는 제목을 붙이고, 정치사와 관련시켜 문학 사조와 갈래의 변천을 고찰했다. 제2권은 공간론이다. 《다문화 문학을 산출한, 도시, 지방, 이산민이 택한 지역》 (*Cities, regions, and diasporic areas as sites of multicultural literary production*)을 다룬다고 하고, 여러 민족이 혼재된 곳들의 문학을 세분해 고찰했다. 제3권은 제도론이다. 《문학 제도 만들기와 다시 만들기》(*The making and remaking literary institutions*)를 대상으로 삼는다고 하고, 학교, 연구소, 극장, 민속공연, 출판 등의 기관이 문학을 위해 어떤 기여를 했는지 고찰했다. 제4권은 유형론이다. 《유형과 고정유형》 (*Types and stereotypes*)을 제시한다고 하면서, 민족시인, 가족, 여성,

타인, 무법자, 상처, 중재 등의 형상을 고찰했다. 유기적인 체계를 갖춘 것 같지만, 각기 독립되어 있는 다양한 개념의 병렬이다.

제4권을 본보기로 실상을 검토해 보자. 민족시인의 형상 논의 서두에 폴란드 민족시인론이 있다.(Roman Koropeckji, "Adam Mickiewics as Polish National Icon") 가족에 관한 고찰은 에스토니아 문학에 나타난 가족 갈등 논의로 시작된다.(Tina Kirss, "Family Trauma and Domestic Violence in Tweentieth-Century Estonian Literature") 여성의 위상에 관한 서두의 글은 루마니아 여성 작가에 대한 이해가 어떻게 변천했는지 살핀 것이다.(Marcel Conis-Pope, "Women as the Foundation of Romanian Literary Culture: From Muse to Writing Agent") 기존의 문학사에서 다루지 않은 문제를 제기하고 흥미로운 고찰을 한 것을 평가할 만하다.

그런데 어느 것이든지 사실을 그 자체로 보고하는 데 그치고 보편적 의의는 묻지 않았다. 공통된 문제의식이 없이 세부적인 사항 연구자들이 각기 하는 작업을 잡다하게 모아 문학사라고 하기 어려운 문학논집을 만들었다. 각 대목 서두에 총설이 있어 각론이 유기적으로 연결된다고 하려고 했으나, 논자의 안목이 협소하고 늘어놓은 사항이 너무 잡다해 뜻대로 되지 않았다. 민족시인의 등장, 가족 갈등의 격화, 여성 작가에 대한 이해의 변천 같은 것들이 보편적인 의의를 가지는 데 대한 이해를 갖추지 못했다.

유럽문학사로, 다시 세계문학사로 논의의 범위를 확대해야 할 주제를 특정 사례로 설명하기나 하고 비교론이나 총괄론은 없다. 편자들이 내세운 이상은 각론 구성에서 보인 파탄 때문에 실현되지 못했다. 민족이나 국가 단위의 연구나 하는 협소한 안목의 전문가들이 각기 장기로 삼는 상품을 전시하는 박람회라고 할 것을 개최하고서, 종래의 문학사가 지닌 폐쇄성을 넘어서서 광역의 비교연구를 하는 새로운 공장을 가동하는 듯이 위장하는 데 그쳤다. 갈 길이 멀다는 것을 절실하게 깨닫게 한다.[14]

시걸, 《1945년 이후 컬럼비아 동유럽문학사》(2008)(Harold B. Segal, *The Columbia Literary History of Eastern Europe Since 1945*, New York: Columbia University Press)라는 단독저서도 있다. 러시아는 제외하고, 폴란드에서 발칸반도에 이르기까지의 동유럽 각국의 문학을 같은 시기에 비슷한 운명을 겪은 동질성을 들어 정리했다. 저자는 컬럼비아대학 슬라브문학 및 비교문학 교수라고 하는데, 미국에서 태어나 성장하고 자기 나라에서만 공부하고서도 동유럽 각국의 언어를 알아 수많은 작품의 제목과 내용을 직접 번역해 알리니 놀라운 일이다.

제2차 세계대전이 일어나 폴란드가 당한 수난에 관한 문학의 증언을 추적하고, 체코슬로바키아의 경우를 들고, 유고슬라비아와 알바니아는 어땠는지 말하고, 헝가리, 크로아티아, 루마니아를 비롯한 다른 여러 곳까지 논의를 넓힌 제1장만 읽어도 대단하다고 하지 않을 수 없다. 전후 공산주의 정권의 등장, 스탈린의 죽음, 망명과 도피, 체제 변동 등으로 이어진 정치적 사건을 문학 작품, 특히 소설에서 어떻게 다루었는지 많은 나라의 사례에 관한 해박한 지식을

---

14) 편자가 쓴 John Neubauer, "Globalizing Literary History", *Interlitteraria 18*(2013) (Tartu: University of Tartu Press)에서, 자기네의 발상이 극동이나 동남아시아 문학사의 커다란 문제 해결에도 적용되어 세계문학사를 위해 함께 나아가는 것이 있기를 기대한다고 했다. 소수민족의 문학을 모두 포괄하려고 한 노력은 받아들여야 하겠으나, 극동이라고 한 동아시아나 동남아시아의 문학사는 공동문어문학을 중심으로 전개된 점이 상이하다. 공동문어문학·자국문학·소수민족문학의 상관관계를 밝혀 문학사 일반론을 이룩하는 작업을 동아시아나 동남아시아에서 선도해 동·중부유럽 문학에 적용하는 것이 적절한 순서이다.

자랑하면서 자세하게 고찰하는 작업을 제9장에 이르기까지 했다. 제10장에서 문제의 시기 동안 동유럽문학에 나타난 미국 선망을 다루어 미국인의 우월감을 나타낼 때에는 시 작품도 자료로 삼았다.

많이 알면 생각을 잘 할 수 있는 것은 아니다. 문학은 정치와 직결되어 있다는 것 이상의 문학론이 없고, 정치관은 단순하기만 해서 공산주의 시절의 동유럽은 소련의 식민지였다고 하는 데 머물렀다. 그 뒤의 문학을 다룬 마지막의 제11장은 제목이 〈1991년 이후 동유럽 탈식민지문학의 광경〉("The Postcolonial Literary Scene in East Europe Since 1991")이며, 분량이 가장 많다. 앞에서는 다루지 않던 리투아니아와 우크라이나까지 끌어들여, 세상이 달라지자 각기 좋은 대로 창작한 문학이 서로 모습을 지니게 되었다고 하면서 여러 곳을 다니면서 이것저것 어수선하게 살폈다.

정치와는 거리를 두고 문학을 논의하지 않을 수 없게 되자 문학론 부재의 혼란이 전면에 나타났다. 소수민족문학의 문제는 마지막 대목에서 꺼내다가 말았다. 식민지문학이라는 말을 정치관에 입각해 안이하게 사용하고 문학론의 근거는 갖추지 않았다. 외국어를 많이 안다는 이유에서 비교문학 교수라고 자처하고 문학사 비교론을 위한 고민을 무색하게 했다고 하지 않을 수 없다.

비교문학 연구서라고 하는 것이 미국 정보기관의 세계정세 보고서와 그리 다르지 않다. 앞에서 디디에 편, 《유럽문학개론》(1998)의 한계를 말하면서 유럽자폐주의라는 말을 썼는데, 미국자폐주의라고 할 것은 증세가 심하다. 외국문학에 관한 아주 많은 지식을 자기의 정치적 편향성에 따라 해석하는 자폐주의는 알아차리기 더 어려워 시정하기 한층 어렵다.

   라틴어문명권 유럽문학사는 오래 전부터 쓰고 많은 저작이 이루어져 높은 수준에 이르렀다고 생각할 수 있다. 선진학문의 뛰어난 능력으로 문명권문학사 서술의 모범을 보여 동아시아문학사를 뒤늦게 마련하는 데 필수적인 지침을 제공하리라고 기대할 수 있다. 사실을 확인해 보니 이런 생각이나 기대는 버려야 한다. 유럽문학사는 아직 제대로 쓰지 못한 채 진통을 겪고 있어 그 이유를 찾아내 정면의 모범이나 지침이 아닌 反面敎師로 삼는 것이 마땅하다.

   진통을 겪고 있는 이유가 무엇인가? 세 가지 이유가 있다고 말할 수 있다. 첫째 유럽 중심부의 문학이라야 유럽문학이라고 해 온 중심부우월주의를 버리지 못해 유럽문학 전모 파악에 지장이 있다. 둘째 유럽중심주의 또는 유럽자폐주의를 계속 지니고 있고 유럽문학사의 전개와 특성을 다른 여러 문학사와 비교해 고찰하려고 하지 않는다. 셋째 문학사는 무엇이며 어떻게 서술해야 하는가에 관한 이론적 탐구가 모자라, 구비문학사·공동문어문학사·자국어기록문학사의 관계, 지방문학사·자국문학사·문명권문학사·세계문학사의 관계에 관한 인식이 이루어지지 않았다.

   이 세 가지 결함을 한 말로 간추리면, 우열의 세계관을 특징으로 하는 근대학문에 머무르고 대등의 세계관을 구현하는 근대 다음 시대의 학문으로 나아가지는 못한다고 할 수 있다. 변증법의 상극으로 우열과 승패를 가르려고만 하고 상극이 상생이고 상생이 상극이라고 하는 생극론에 이르지 못한다고 할 수도 있다. 이런 작업을 유럽문명권이 아닌 곳에서 선도해 선진이 후진이고, 후진이 선진임을 입증하는 것이 근대를 넘어서서 다음 시대로 나아가는 마땅한 방안이다.

2) 아랍어문명권

아랍어문명권에는 나라마다의 자국문학사는 없고 문명권 전체의 문학사만 있다. 유럽인들이 쓴 아랍문학사가 일찍부터 나오고 널리 알려져 있다. 아랍인들 자신이 아랍어로 저술한 아랍문학사가 얼마나 있는지는 능력 부족으로 확인하지 못한다. 아는 것이 많이 모자란다고 물러나고 말 수는 없으므로, 가능한 범위 안에서 논의하기로 한다.

중세에는 아랍어문명권이 지적 능력에서 라틴어문명권보다 앞섰다. 고대 그리스의 유산을 아랍인들은 알고 유럽인들은 몰랐다. 오랜 대립 관계에서 열세에 있던 라틴어문명권이 근대화를 먼저 진행해 아랍어문명권을 누르게 되자, 상대방을 자기네 나름대로 연구해 우위를 다지고자 했다. 아랍어문명의 여러 영역 가운데 종교는 깊이 이해되지 않고, 역사는 너무 복잡해 정리하기 난감하다. 그러나 문학은 수입해 가서 즐긴 내력이 있어 생소하지 않고 실체가 분명해 접근하기 쉬우며 문학사를 쓰는 근대학문의 능력을 자랑할 수 있어 즐겨 다룰 만했다.

이른 시기에 함머-푸르그스탈, 《아랍인의 문학사》(1850~1856) (Joseph von Hammer-Purgstall, *Literaturgeschichte der Araber*, Wien: Kaiserl. Königl. Hof- und Staatsdruckerei) 전7권; 보로켈만, 《아랍문학사》 (1898~1902)(Carl Borockelmann, *Geschichte der arabischen Literatur*, Leipzig: Amelangs) 전5권 같은 거작이 나타나 열의가 대단했음을 알려 준다. 저자가 앞의 것은 오스트리아인, 뒤의 것은 독일인이어서 독일어권에서 앞장선 것도 주목할 일이다. 그런데 이런 책은 문학과 관련된

문헌을 열거하고 해설하는 서적을 문학사라고 하던 시대의 관습에 따라 유럽에 소개된 아랍문학 자료를 집성하는 데 그쳤다. 역사적인 의의만 인정하고, 오늘날은 이용하지 않는다.

위아르, 《아랍문학》(1902)(Clément Huart, *Littérature arab*, Paris: A. Colin)은 단권 소책자이지만 문학사라고 할 수 있다.[15] 프랑스 정부의 통역이고 파리 동양어대학의 교수라고 한 저자가 해박한 지식을 가지고 아랍문학의 내력을 개관했다. 차례가 "1) 풍토와 인종; 2) 아랍시의 기원, 그 원시적인 형태; 3) 《쿠란》; 4) 우마위야; 5~9) 압바시야; 10) 바그다드 함락에서 18세기말까지의 아랍문학; 11) 19세기; 12) 언론"으로 구성되어 있다. 압바시야 제국 시대 전성기의 문학에 압도적인 비중을 두었다.[16]

머리말도 서론도 없이 바로 본론에 들어갔다. 서두에서 아라비아의 자연을 묘사하고 아랍인이라는 사람을 소개하는 문장이 소설처럼 이어지고, 시적 표현도 사용했다. 선입견을 배격하고 오직 사실을 제시해 저자는 의식하지 않고 책 내용을 실감 나게, 흥미롭게 받아들이도록 했다. 학문을 문필로 삼고, 이국풍물을 제공하는 작품처럼 읽을 수 있는 책을 썼다. 그 당시 프랑스 문단에서는 이국 풍물이 큰 인기를 얻고 있어, 아랍문학의 본령을 알려 주는 책이 널리 환영받는 독서물로 인정받을 수 있었다.

압바시야 제국 시대의 문학에 관한 서두의 논의에서 "티그리스 강 언덕에서 새로운 시가 나타났으니, 제국의 영광이 가장 빛나는

---

15) 불어 원본은 보지 못하고 역자 이름이 없는 영역본 *A History of Arabic Literature*(1903)(New York: D. Appleton)를 이용한다.

16) 아랍어 용어의 국문 표기는 송경숙 외, 《아랍문학사》(1992)(서울: 송산출판사)에 의거한다.

재능을 모아들이는 그곳에서"라고 했다.(65면) 가장 높이 평가된 시인 누와스(Abu Nuwas)를 소설의 주인공처럼 묘사해 소개한 대목도 흥미롭다. "페르시아인 혈통인 어머니가 빨래 집 마당에서 빨래꾼 노릇을 했다" 스승을 만나 공부를 하다가 "괘씸한 짓을 한다는 이유로" 쫓겨나고 "한 해 동안 사막에서 헤매면서 유목민들이 하는 순수한 말을 배웠다." "바그다드에 가서도 마구잡이로 살았으나 최고 권력자가 좋아했다." 감옥에 들어가게 되자, "누와스를 죽이고, 어디서 하나 더 구하겠나?"라고 했다고 한다. 파격적인 성격이 시 혁신으로 이어져, 누구도 생각하지 못하던 대담하고 신선한 비유를 창안해 여인과 술을 노래한 작품이 높이 평가된다고 했다.(71~72면)

마지막 장에서 언론을 고찰하면서 언어 사용의 문제를 논의했다. 신문을 각국의 구어로 내면 독자가 없으므로 고전문어를 계속 사용한다고 했다. 고전문어로 새로운 삶을 말하는 용어와 표현을 마련할 수 있다고 했다. 이런 말을 하고 책이 끝났다. 서론이 없듯이 결론도 없다.

니콜슨, 《아랍인들의 문학사》(1907)(Reynold A. Nicholson, *Literary History of the Arabs*, Cambridge: Cambridge University Press)가 그 뒤를 이었다. 캠브리지대학 교수인 영국인이 아랍문학사를 다시 내놓으면서 머리말을 길게 쓴 것이 선행 저작과 달랐다. 문학을 통해 "아랍인들이 어떤 생각을 하는지 개괄적으로 고찰하는" 것을 목표로 한다고 했다. "비참할 정도로 미완성이고, 틈이나 공백이 많은" 것을 무릅쓰고, 일차적인 독자로 생각하는 젊은 아랍연구자들이 문명에 관한 배경 지식 결핍으로 작품을 읽어도 이해하지 못하는 난관을 해

결하는 데 도움이 되고자 한다고 했다.(ix~x면) 아랍인과는 무관하
게 유럽인을 위해 쓴 책임을 명시했다. 유럽인이 아랍문명을 이해
하려면 문학을 통해 접근하는 것이 유리하지만, 아랍문명에 대해
어느 정도 예비지식이 있어야 작품 독해가 가능하다고 했다.

〈사바(Saba)와 힘야르(Himyar)라는 고대국가〉;〈이슬람 이전 아랍
인들에 관한 역사와 전설〉;〈이슬람 이전의 시, 풍속, 종교; 예언
자와 쿠란〉;〈정통 칼리프와 우마위야 왕조〉;〈바그다드의 칼리
프〉;〈압바시야 시대의 시 문학 과학〉;〈정통 자유사상 신비주의;
유럽의 아랍인들; 몽골의 침공에서 오늘날까지〉로 차례가 구성되
어 있다. 시대 배경에 관한 고찰이 많으며, 문학사로 일관하지 않
았다. '아랍인들'이라는 말을 책 표제에 내세운 것이 내용과 부합
된다.

문학에 대한 이해는 어떻게 얻고, 어느 경지까지 나아갔는가? 이
런 의문을 풀 수 있는 단서도 머리말에 있다. 아랍인들이 대단하게
여기는 詩選을 들고, 그 책 편자가 말했듯이 시 뽑기는 시 짓기보다
어렵다고 했다. 자기는 취향이 다르다는 말을 덧붙여 그 자료를 그
대로 이용하지는 않았노라고 했다. 자료 추가의 증거를 제시할 필
요가 있다고 여겨, 마아리(al-Ma'arri)라는 시인을 찾아내 서양에 알
리게 된 것이 특히 중요한 성과라는 말도 했다.(x면) 이미 알려진 범
위를 넘어서 새로운 탐구를 한 성과를 자랑하고자 했다.

누와스를 살핀 대목을 보면 위아르,《아랍문학》(1902)과 아주 다
르다. "어머니는 페르시아 혈통인 증거가 충분하다"고 하고, "스
승을 만나 공부를 하고, 사막에서 방황한 다음 바그다드로 갔다"
고 설명하는 데 그쳤다.(293~296면) 높이 평가되어 온 누와스의 시

는 궁중이나 상류사회의 관심사를 반영했다고 하고, 파격적인 표현
으로 시를 혁신했다는 말은 하지 않았다. 위아르,《아랍문학》(1902)
에서는 언급하기만 한 마아리에 대한 고찰은 "너무 길어졌다"고 스
스로 말할 정도로 장황하다. "관습에서 벗어나고, 독단적인 전제에
서 자유로우며", "유럽의 독자가 보기에는 이상할 정도로 현대적이
다"고 한 것이 총평이다.(313~324면) 공인된 명작은 관습이나 독단
에 머물렀다고 하고 수준 이하라고 하던 것을 대단하게 여겼다. 그
래서 유럽의 독자에게는 환영받을 수 있는 책을 썼지만, 아랍문학
사의 본령에 대한 정상적인 이해에서 멀어졌다.

　　골드지허,《고전아랍문학약사》(1908, 1966)(Ignaz Goldziher, *A Short
History of Classical Arabic Literature, translated, revised, and enlarged by Joseph
Desomogyi,* Hindelsheim: Georg Olms)는 헝가리 학자가 후대의 유고슬라
비아 한 지방 이슬람 고등학교 교재로 집필해 1908년에 출판한 책
인데, 제자가 영어로 옮기면서 수정하고 증보했다고 머리말에서 밝
혔다. 첫째 영역본은 인도의 이슬람 문화기관에서 간행했다고 한
다. 역자가 미국에 가서 미국인이 되고, 지금 볼 수 있는 둘째 영역
증보본을 1966년에 독일에서 출판했다. 역자가 머리말에서 말했듯
이 참으로 다국적 책이다.

　　유럽 이슬람 고등학생들이 문명의 내력을 공부할 수 있는 교재를
헝가리인이 쓴 것은 주목할 만하다. 자기네 집단 내부에는 적임자
가 없어 이웃에 있으면서 깊은 관련을 가지고 축적한 지식을 이용
했다고 생각된다. 이슬람문명에 대한 유럽인의 관점을 나타낸 것이
아니고, 이슬람문명을 스스로 이해하도록 관심이 깊은 유럽인이 도
운 것이다. 타당성과 유용성이 인정되어 영역본이 인도의 이슬람교

문화기관에서 먼저 출판되었다. 두 번째 영역 증보본이 독일에 이어 미국에서도 출판되어 널리 알려져 있고 지금도 구입 가능하다.

서론에서 7세기 전반 이래로 스페인에서 중앙아시아까지, 터키에서 사하라사막 끝까지, 아프리카의 대서양변에서 인도네시아 태평양 연안에 이르는 방대한 지역에서 아랍문학이 창작되었다고 강조해서 말했다. 이슬람 독자들이 그 유산에 대해 자부심을 가지도록 했다. 아랍어로 쓴 글을 모두 문학이라고 하면서 다양성을 평가하고, 순수문학을 별도로 구분해 논했다. 시대에 따라 문학이 달라진 양상에 대한 포괄적인 논의를 잘 갖추어 전체를 한 눈으로 볼 수 있게 한다.

이슬람 이전의 문학을 중요시하고, 사막시인, 궁정시인, 기독교 및 유대교 시인, 여성시인의 등장과 활동을 각기 고찰했다. 이어서 《쿠란》을 소개하고, 우마야드 시대의 문학을 간략하게 고찰했다. 아랍 민족주의를 이슬람 전 영역에 펴려고 하다가 우마야드 제국이 망하고, 진정한 보편주의를 실현하는 압바시야 제국이 등장하자 문학도 대단한 발전을 이루게 되었다고 했다. '니크마'(nikma)라고 하던 학문문학을 신학, 과학, 인문학 등의 영역으로 나누어 고찰하고, '아다브'(adab)라고 하던 순수문학은 시, 산문, '마카마'(maqama)라는 會合記, 통속적 이야기가 있었다고 했다. 영역과 갈래에 관한 전반적 양상을 살피는 데 힘쓰고, 문인 개개인에 대한 고찰은 자세하게 하지 않았다. 1258년 몽골군의 침공으로 압바시야 제국이 망한 다음에는 아랍문학이 침체기에 들어갔으나 백과사전적 저작이 거듭 이루어졌다고 했다. 19세기에 근대문학을 지향하는 움직임이 나타난 것을 끝으로 고찰했다.

기브, 《아랍문학 입문》(1926, 1962)(H. A. R. Gibb, *Arabic Literature, an Introduction*, Oxford: Oxford University Press)의 저자는 스코틀랜드 사람인데 이집트 카이로에서 태어나 5세까지 자랐다. 영국으로 가서 런던대학 동양어학교(SOAS)에서 공부하고 그 대학의 교수로 활동하다가 미국 하버드대학으로 자리를 옮겼다. 초점을 분명하게 해서 아랍고전문학을 순수문학 위주로 고찰하는 책을 쓰고, 근대문학으로의 전환을 마무리에서 언급했다. 초판을 갑절이나 늘여 재판을 내면서 방대한 자료를 충분히 거론할 수 없다고 했다. 초판은 보지 못하고 재판을 이용한다.

아랍문학을 깊은 애정을 가지고 그 자체로 깊이 이해하는 책을 쓰고자 했다. 사실 정리에 힘쓰고 자기 나름대로 생각한 바를 길게 늘어놓지는 않은 것이 위아르, 《아랍문학》(1902)이나 니콜슨, 《아랍인들의 문학사》(1907)와 다르다. 서론에서 아랍문학은 공통의 종교와 언어를 받아들인 수많은 민족이 함께 이룩했으며, 중심지가 시대에 따라 변했다는 사실을 강조해서 말했다.

시대구분과 서술체계가 정연해 표준으로 삼을 만하다. 이슬람 이전은 '영웅시대'(500~622)라고 했다. 이슬람 시대는 초기의 '팽창시대'(622~750), 압바시야 전기의 '금의 시대'(750~1055), 후기의 '은의 시대'(1055~1258)로 구분했다. 그 뒤를 이어 '맘룩 시대'(1258~1800)에 들어섰다고 했다. '금의 시대' 이후는 세분했다. '은의 시대' 이후에서는 지역 구분을 병행했다.

'영웅시대'에는 활발하게 이루어지던 문학 창작이 '팽창시대'에는 위축되었다가, 민족과 문화를 융합한 '금의 시대'에 이르러 전성기를 맞이했다고 했다. 1055년에 터키민족이 압바시야 제국의 실권을 잡자 '은의 시대'에 들어서서 쇠퇴하던 문명을 가잘리(al-Ghazali)가 선도해 되살렸다고 했다. 바그다드가 몽골군에게 함락된 다음에는 이집트가 주도하는 '맘룩 시대'에 들어서서 다변화가 이루어졌다고 했다. 근대문학 운동은 이집트와 시리아에서 먼저 일어났다고 했다.

유럽의 아랍문학 연구는 꾸준히 계속되어 《캠브리지 아랍문학사》(2006~2010)(*Cambridge History of Arabic Literature*, Cambridge : Cambridge University Press)라는 것을 방대한 규모로 출간하기에 이르렀다.[17] 이것은 서론이나 총론을 갖추고 일관된 계획에 따라 분담해 집필한 단일 문학사가 아니고, 저자가 상이한 독립된 여러 권으로 이루어진 총서이다. 축적되고 진행된 연구를 많은 전문가가 각기 정리한 성과이며, 사실 정리에 힘쓰는 실증주의 방식을 사용했다는 것 외에 다른 공통점이 있다고 하기 어렵다.

차이탄야, 《아랍문학사》(1983)(Krishna Chaitanya, *A History of Arabic Literature*, New Delhi: Manohar)는 인도인의 저작이다. 저자는 문학사 쓰기를 직분으로 삼아, 자기 고장의 《말라얄람문학사》(1971), 인도 전역의 《새로운 산스크리트문학사》(1977), 《세계문학사》(1968)를 쓴 사람이다. 아랍어 용어는 거의 사용하지 않고 작품명을 영어로만 거론했으나 설명이 잘 되어 있다. 아랍어 원전에 대한 이해가 어느

---

17) 캠브리지대학 출판부 광고에 있는 순서대로 저자와 책 이름을 옮긴다. A. F. L. Beeston, T. M. Johnstone, R. B. Serjeant, G. R. Smith, *Arabic Literature to the End of Umayyad Period*(2010); T. M. Johnstone, J. D. Latham, R. B. Serjeant, *Abbasid Belles Lettres*(2008); M. J. L. Young, J. D. Latham, R. B. Serjeant, *Religion, Learning and Science in the Abbasid Period*(2006); M. M. Badawi, *Modern Arabic Literature*(2006); Maria Rosa Menocal, Raymond P. Scheindlin, Michael Sells, *The Literature of Al-Andalus*(2006); Roger Allen, D. S. Richards, *Arabic Literature in the Post-classical Period*(2006)

정도인지는 확인되지 않지만 시각은 훌륭하다.

이슬람은 선행 사상 없이 보편적인 인류애와 평등사상을 제시했으므로 높이 평가해야 한다고 했다. 여러 민족이 동참해 사상의 폭을 넓히고 문학을 다채롭게 하는 국제적인 활동이 전개된 것도 강조해 말했다. 이른 시기의 전설에 관한 항목에서《아라비안 나이트》(*Arabian Nights*)의 유래와 변천을 자세하게 다루었다. 전성기의 시를 누와스를 중심으로 고찰하고, 마아리에도 관심을 보여 균형을 취했다. 역사 서술에 힘쓴 것이 아랍문명의 특징이라고 하면서 이룬 성과를 자세하게 살피고, 전기, 여행기 등도 중요시해서 고찰했다.

바칼라,《언어와 문학에서 본 아랍문화》(1984)(M. H. Bakalla, *Arabic Culture, through its Language and Literature*, London: Kegan Paul International)는 아랍인 자신이 쓴 책이다. 사우디아라비아 리야드의 사우드국왕대학 교수가 아랍의 언어와 문학을 알기 쉽게 개관한 저술을 영어로 내놓았다. 권말의 주요 참고문헌 분류 목록이 69면이나 되어, 본격적인 연구를 위한 안내서임을 알려 준다. 아랍어 요약이 있어, 아랍어 원본의 번역이 아님을 알려 준다.

제1부 언어에 관한 고찰에서 아랍어에는 고전아랍어(classic Arabic), 근대표준아랍어(modern standard Arabic), 아랍구어방언(spoken Arabic dialects)이 있다고 했다. 19세기 중엽 이래로 구어방언이 상이한 각국의 지식인, 언론인, 작가 등이 고전아랍어를 계속 공동문어로 사용하면서 시대변화에 적응할 수 있게 다듬은 것이 근대표준아랍어이다. 문학작품은 대부분이 근대표준아랍어를, 일부는 근대표

준아랍어와 아랍구어방언을 적당하게 섞은 중간아랍어(middle Arabic)를 쓴다고 했다. 아랍구어방언으로만 이루어진 작품은 거의 없어 각국문학사가 성립되지 않는다는 사실을 확인할 수 있다. 문학사의 시대는 "이슬람 이전, 이슬람 초기, 우마위야 제국 시기, 압바시야 제국 시기, 맘룩 제국 시기, 근대"로 구분된다고 했다. 이슬람 이전 시기에 활발하게 창작되던 시는 구전되어 오다가 압바시야 제국 시기에 기록되어 소중하게 활용되었다. 이슬람 초기에는《쿠란》이 편찬되고 종교문학이 출현했으며 시는 쇠퇴했다. 압바시야 제국이 이루어져 여러 문화의 융합을 토대로 이슬람이 보편적 가치를 확립하자 문학도 '금의 시대'에 이르렀다. 무타납비(al-Mutanabbi)를 대표적인 시인으로 들어 상론하고, 마아리는 별도로 고찰한 시인의 하나이다. 터키민족이 제국의 주도권을 장악한 다음인 '은의 시대'에는 페르시아인이 아랍문학을 주도했다. 맘룩 제국이 중심이 되어 아랍문명을 수호한 시기에는 문학이 침체했다가 1798년부터 아랍문예부흥기가 있었고, 1920년에 근대문학이 시작되었다고 했다.

알아야 할 사실을 선명하게 정리해 입문자가 가장 먼저 읽어야 할 책을 내놓았다. 자기 문명의 전통에 대해 깊은 이해를 가지고 근대학문이 요구하는 논리도 잘 갖추고 있어 얻은 성과라고 할 수 있다. 근대표준아랍어가 계속 사용되어 문명권의 동질성이 이어지는 이유를 분명하게 한다. 무타납비는 누와스 다음으로 뛰어난 시인으로 인정되어 왔는데 위치를 바꾸었다. 무타납비는 순수한 아랍인이다. 고난을 겪고 방황하면서 이슬람 이전의 시를 깊이 이해하고 암송해 전통을 이었다. 궁정시인이 되지 못하고 자기 자신을 되돌아보면서 표현의 기교보다 내면의 진실을 더욱 중요시하는 시를 썼다. 이런 점을 높이 평가했다.

 아랍어문명권의 중심부 · 중간부 · 주변부는 사용하는 언어로 구별할 수 있다. 중심부는 아랍어를 모국어로 사용하는 곳이다. 아라비아반도의 여러 나라, 이라크, 시리아, 요르단, 이집트에서 모로코까지의 북아프리카 여러 나라가 이에 해당한다. 중간부는 아랍어를 각자의 모국어와 글과 말에서 병용하다가 지금은 모국어만 사용하는 곳이다. 페르시아, 터키, 중앙아시아 터키계 여러 나라가 이에 해당한다. 주변부는 아랍어를 받아들여 글쓰기를 조금 하고 각자의 모국어로 줄곧 말하고 글도 쓴 곳이다. 사하라 이남 아프리카 몇몇 곳, 동남아시아, 인도가 이에 해당한다. 인도에서는 페르시아어가 아랍어를 대신했다.

 아랍어문학사는 중심부와 중간부의 아랍어문학만 취급 대상으로 하고, 주변부는 돌보지 않는다. 주변부의 아랍어문학사를 마련하려면 별도의 작업이 필요하다. 인도의 페르시아문학사는 페르시아문학사에 포함시켜 고찰하기도 하고, 인도문학사의 변모를 알려고 관심의 대상으로 삼기도 한다. 동남아시아의 아랍어문학을 돌보는 작업은 아직 없는 것 같다. 사하라 이남의 아랍어문학을 정리하는 작업은 큰 규모로 진행되고 있다. 헌위크 외 공편, 《아프리카의 아랍어문학》(1993~2003), (John O. Hunwick and O'Fahey eds., *Arabic Literature of Africa*, Leiden: Brill) 전 4권이 나오고, 완간되면 전 6권이 된다고 한다. 영국인 아랍어문학 전문가 둘이 여러 사람의 도움을 얻어 사하라 이남 아프리카의 아랍어문학 자료를 집성하고 해설하는 방대한 작업을 하고 있다. 해설 부분은 문학사나 문화사로 평가될 수 있다고 한다. 전 4권의 내역은 제1권 《1900년경까지 아프리카 동부 수단의 글》(*Writings of Eastern Sudanic Africa to c. 1900*); 제2권 《아프리카 중앙 수단의 글》(*Writings of Central Sudanic Africa*); 제3권 《북동 아프리카 무슬림 민족의 글》(*Writings of the Muslim Peoples of Northeastern Africa*); 제4권 《아프리카 서부 수단의 글》(*Writings of Western Sudanic Africa*)이다.

3) 산스크리트문명권

문명권문학사는 세 가지가 있다고 한 말을 다시 하자. (가) 공동문어문학사만인 문명권문학사, (나) 공동문어문학에다 민족어문학을 보탠 문명권문학사, (다) 공동문어문학과 민족어문학을 여러 민족의 경우를 들어 총괄한 문명권문학사가 그 셋이다. 산스크리트문명권에서는 (가)를 여러 저자가 거듭 쓰고, (나)로 나아가고 있다. (다)라고 할 것은 아직 없다. 그 중심 국가 인도의 자국문학사도 변변한 것이 아직 없어, 그 하위의 많은 지방문학사를 마련해 총괄하는 방향으로 나아가고 있다는 사실을 이미 고찰했다.

(가)는 유럽 학자들이 먼저 시작해 열심히 썼다. 인도에 대한 연구보다 인도-유럽문명의 연원을 밝히고자 하는 것을 더욱 긴요한 과제로 삼아 산스크리트 연구에 힘쓴 결과이다. 그 선두에 나선 뮐러, 《산스크리트 고전문학사》(1859)(Max Müller, *A History of Ancient Sanskrit Literature*, London: William and Norgate)는 산스크리트 고전 해독

과 번역에서 많은 업적을 남긴 독일 출신의 영국 학자가 쓴 책이다. "브라만의 원시종교를 설명해 주는 범위 안에서"(so far as it illustrates the primitive religion of the Brahmans)라는 부제를 붙여 밝힌 바와 같이, 산스크리트문학을 통해 고대 인도의 종교를 알고자 했다.

서론에 해당하는 논의에서 산스크리트는 그리스어나 라틴어 못지않게 중요한 인도-유럽의 언어인데, 연구와 교육에 힘쓰지 않는 것이 잘못이라고 했다. "우리가 속한 인종의 역사"를 알고, "선조들의 언어, 종교, 신화"를 찾기 위해 산스크리트 고전까지 거슬러 올라가야 한다고 했다. 인도-유럽의 여러 언어가 계통적인 관계를 가지며 산스크리트가 고형을 유지하고 있다는 사실이 밝혀지자, 선조의 뿌리를 찾고자 하는 열정을 가지고 산스크리트 고전을 탐구하는 작업을 열심히 하면서 얻은 성과를 정리해 산스크리트 고전문학사를 썼다. 문학이란 문헌이라는 뜻이다. 이른 시기의 문헌을 찾아 고찰하는 작업을 문학사라고 했다.

맥도널, 《산스크리트문학사》(1900)(Arthur A. MacDonell, *A History of Sanskrit Literature*, New York: D. Appleton)의 저자는 독일에서도 공부하고 옥스퍼드대학 교수가 된 영국학자이다. 산스크리트 문헌을 여럿 정리하고, 사전과 문법서도 냈다. 선행 저작이 몇 가지 나왔으나 취급 범위가 한정되었고, 산스크리트문학사의 전모를 다룬 것은 이 책이 처음이라고 머리말에서 말했다.

머리말에서 저술의 의도에 관한 말도 했다. 산스크리트문학은 그 자체의 가치가 소중할 뿐만 아니라 인도제국 사람들의 생활과 사고에 비추는 빛이어서 영국과 특별한 관계를 가진다고 했다. 인도를 다스리기 위해 영국을 떠나는 젊은이들은 근대 인도의 기원을 이룬 문명에 대해 체계적인 정보가 필요하다고 우회적인 표현을 써서 말했다. 식민지 통치를 위해 학문을 하는 전형적인 자세를 보여 주었다고 하겠으나, 다른 내용에서는 사실을 그대로 전달하는 데 힘써 책의 효용을 확대하려고 노력했다.

제1장 서론에서 18세기 후반에 산스크리트를 발견한 것이 문예 부흥기 이후의 가장 큰 사건이라고 하고, 그 충격과 의의를 길게 논의했다. 산스크리트는 학문 연구에서 소중할 뿐만 아니라 영국의 인도 통치를 위해 반드시 알아야 한다고 하고, 연구의 경과를 고찰했다. 제2장에서 제7장까지에서는 《베다》에 대한 다각적인 논의를 하고, 후속 문헌을 제8·9장에서 살폈다. 제10장에서 제14장까지에서는 서사시, 서정시, 희곡, 우화 등의 문학갈래를, 제15장에서는 철학을 다루었다. 문학의 범위를 좁히고, 알려진 모든 영역을 포괄하는 작업을 처음 했다. 제16장은 〈산스크리트문학과 서양〉이라고 했다. 관련 양상을 길게 고찰하고, 산스크리트의 발견 덕분에 유럽은 새로운 학문을 시작하고 많은 영향을 받았다는 말로 결말을 삼았다.

키스, 《산스크리트문학사》(1928)(Arthur Berriedale Keith, *A History of Sanskrit Literature*, London: Oxford University Press) 또한 영국인의 저작이다. 제1장 언어, 제2장 〈순문학과 시학〉(belles-lettres and poetics), 제3장 실용문학으로 구성해 문학사라기보다 문명개론서라고 하는 것이 적합하다. 제2장에서는 문학의 특성, 작가, 갈래 등에 관한 고찰을 하고, 서양에서 인도문학을 받아들이고 이해한 내력을 정리하고, 시의 이론을 살폈다. 제3장에서는 언어, 법률, 정치, 사랑, 철학과 종교, 의학, 과학 등에 관한 저작을 해설했다.

유럽인보다 한참 늦게 인도인이 나섰다. 크리슈나마차리아르, 《산스크리트고전문학사》(1937)(Krishnamachariar, *A History of Classical Sanskrit Literature*, Delhi: Montilal Bararsidass)는 인도인의 저작이다. "인도의 성스러운 문학은 다양성과 범위에서 그 이상의 것이 없고, 생각이 고귀하고, 정신이 신성하고, 이해가 보편적이어서 다른 어느 문학보다도 우월하다"는 말로 시작되는 긴 서론이 있다. 산스크리트문학을 평가하고 이해하는 데 필요한 여러 분야의 지식을 제공하고, 본문은 작품, 작가, 용어 등을 많이 들어 차례를 구성해 사전처럼 이용할 수 있게 만들었다. 산스크리트 원문을 원래의 표기로 자주 인용한 부분이 큰 비중을 차지해 영어만 아는 독자는 접근하기 어렵다.

인도인의 저작이 아가르왈, 《산스크리트문학약사》(1939, 1963)(Hans Raj Aggarwal, *A Short History of Sanskrit Literature*, Delhi: Munshi Ram Manor Lal)에서 다시 이루어졌다. 초판 머리말에서 밝힌 집필 의도와 방법을 보자. 저자가 학생 시절에 대학 잡지에 썼다는 말부터 들었다. 산스크리트문학사를 외국인들이나 쓰게 내버려 두는 것은 인도인 전체의 수치이다. 인도인이 쓴 산스크리트문학사가 없는 것은 아니지만, 원전을 찾는 수고를 생략하고 서양인들의 저작을 의심하지 않고 따른 것들뿐이다. 이렇게 말한 데 이어서, 서양인들의 오류를 몇 가지 구체적으로 들었다.

산스크리트문학사를 제대로 쓰려면 많은 노력이 필요하고 자기 역량이 부족한 두 가지 이유 때문에, 준비한 원고가 학생 시절부터 지닌 소망과는 거리가 멀지만 없는 것보다는 낫다는 생각에서 출판에 동의한다고 했다. 대학생에게 적합한 교재가 필요해 여러 해 동안 강의하면서 산스크리트문학을 이해하기 어렵다는 생각을 버리고 쉽게 접근할 수 있는 방법을 찾았다고 했다. 크리슈나마차리아르, 《산스크리트고전문학사》(1937) 같은 전문서적이 아닌 쉽게 이해할 수 있는 입문서를 쓴다고 했다. 번역으로 거론한 산스크리트 원전은 부록에다 수록한다고 했다.

이런 말로 이어진 머리말 말미에서, 자기 은사인 편잡대학 산스크리트문학 교수 락스만 사루프(Laksman Sarup)에게 깊이 감사한다고 했다. 저자는 은사의 학문을 이어 받아 편잡대학에서 산스크리트문학을 강의하면서 이 책을 썼다. 두 대에 걸친 노력이 책의 내용을 알차게 했다. 식민지 통치를 받는 동안에도 인도에는 지방에까지 정규대학이 있어 오랜 유산의 연구와 강의를 대를 이어 한 것이 한국과 많이 다르다.

차례를 들면, 제1장 서론에 이어 제2장에서 《라마야나》(Ramayana)와 《마하바라타》(Mahabharata)를 인기 서사시(popular epics)라고 하고 고찰했다. 기존의 문학사에서 항상 앞에 내놓던 《베다》는 부록 1 〈베다 시대〉("The Vedic Period")로 돌려 필요한 설명을 했다. 문학을 문헌으로 이해하는 과거와 결별하고 협의의 문학만 대상으로 해서 문학사를 쓰면서, 머리말에서 말한 바와 같이 주요 작가의 작품을 자세하게 고찰해 문학에 대한 흥미와 이해를 키우려고 했다. 칼리다사(Kalidasa)를 본보기로 들어 다각적인 분석을 했다.

부록을 여러 개 두고 참고사항을 설명해 본문이 잡다해지지 않게 했다. 산스크리트가 서양에 알려지게 된 경위, 인도 문자의 기원 등에 관한 것이 있으며, 편잡대학에서 실시한 시험 문제도 제시했다. 권말 색인에 영어 색인과 함께 산스크리트 색인도 있다. 산스크리트를 공부해 원전을 이해할 수 있게 인도하고자 했다. 서양인들은 산스크리트문학에 관한 지식을 되도록 많이 자기네 말로 옮겨 이용하려고 하고, 이 책의 저자는 산스크리트문학 속으로 들어가도록 하는 안내서를 마련했다.

사스트리, 《산스크리트고전문학약사》(1943)(Gaurinath Sastri, *A Concise History of Classical Sanskrit Literature*, Delhi: Montilal Bararsidass) 또한 인도인이 쓴 간명한 안내서이다. 서론에서 서양에서 산스크리트를 연구한 내력, 인도 문자의 기원, 산스크리트의 유래와 변천 등을 개관했다. "산스크리트는 교육받은 사람들의 구두어였다"고 하고, 연극에서 산스크리트 화자와 일상어 화자가 대화하는 것을 보면, 일반인도 산스크리트를 어느 정도는 이해했다고 했다. 문학의 영역을 크게 구분해 고찰하고, 여러 분야의 실용서도 소개했다.

다스굽타, 《산스크리트문학사》(1947)(Surendranath Dasgupta, *A History of Sanskrit Literature*, Calcutta: The University of Calcutta)의 저자는 인도 벵골 사람이고, 산스크리트학과 서양철학을 전공하고 캘커타대학 철학 교수로 재직했다. 《인도철학사》(*History of Indian Philosophy*, 1945~1950) 전 5권을 내놓아 국제적으로 알려지고 활동한 학자인데 문학사도 썼다. 머리말에서 두 가지 목표로 책을 쓴다고 했다. 인도 학생들에게 산스크리트문학에 대해 연구해 결과를 정리해 전해 주고, 영어권의 교양 있는 독자에게 이해 가능하고 매력적인 정보를 제공한다고 했다.

제1장 서론 서두에서 "18세기 후반에 산스크리트문학의 발견은 문예부흥 이래의 문화사에서 일어난 세계적인 범위에서 의미를 가지는 가장 큰 사건이다"고 했다. 발견의 경과와 의의를 밝히는 긴 서

론을 쓰고, 제2장 〈베다 시대〉에서 제14장 〈동화와 우화〉에 이르기까지 문학사의 전개를 대체로 시대순으로 고찰했다. 이른 시기의 저작에 많은 비중을 두고 여러 장에서 고찰하다가, 제10장 〈서사시〉, 제11장 〈카비야(kavya) 또는 궁중서사시〉, 제12장 〈서정시〉, 제13장 〈연극〉, 제14장 〈민담과 우화〉에서 문학의 본령을 다루는 가장 중요한 작업을 했다. 제15장 〈철학〉을 추가했을 따름이고, 실용서는 다루지 않았다. 제16장은 〈산스크리트문학과 서양〉이다. 실용서는 부록에서 해설하고, 본문에서는 문학만 다루었다. 산스크리트문학사를 명실상부하게 서술하는 본보기를 보인 업적으로 소중한 의의가 있다.

제1장에서 서사시에 관한 논의를 시작하면서 말했다. "베다에서 산스크리트 시대로 넘어오면 앞 시기와는 내용, 정신, 형식 등에서 근본적으로 다른 문학을 만나게 된다. 베다문학은 근본적으로 종교적이고, 산스크리트문학은 다른 여러 방향으로 많이 나아가 세속적이다."(277면) 인도문학은 온통 신성하다고 하여, 서사시를 종교의 경전으로 받드는 풍조와 거리를 두고, 세속적인 것을 추구하는 작품을 긍정적으로 평가했다. 종교에 구애되지 않고 신비주의에서 벗어나 문학사의 실상을 이해하는 거시적인 관점을 마련했다.

제13장에서는 작품 각론에 들어가기 전에 연극의 특질에 대한 전반적인 검토를 했다. 그 요지를 세 가지로 간추릴 수 있다. 인도 연극은 공포와 연민의 감정을 넘어서서 원만한 결말에 이른다. 대사에 서정시가 많고, 사용하는 율격이 다양하다. 자연과의 교감을 지속한다. 비극이라야 최상의 연극이라고 하는 유럽인의 선입견을 시정하고, 비극을 포함하면서 넘어서서 높은 경지의 아름다움을 지닌

연극이 훌륭하다고 말하고자 했다. 유럽의 독자를 깨우치고, 인도인의 자아 발견을 위한 지침을 제공했다.

차이탄야, 《새로운 산스크리트문학사》(1962)(Krishna Chaitanya, *A New History of Sanskrit Literature*, London: Asia Publishing House)의 저자는 《세계문학사》(1968), 《말라얄람문학사》(1971), 《아랍문학사》(1983)를 쓴 사람이다. 문학사에 대한 광범위한 관심을 가지고, 자기 고장의 지방문학사, 전국적인 범위의 공동문어문학사, 다른 문명권의 문학사, 세계문학사를 모두 내놓았다. 이만한 폭을 지닌 문학사가를 세계 어디서도 더 찾을 수 없다.

이 책에서는 산스크리트문학사의 전개를 균형을 중요시하는 관점에서 새롭게 개관했다. 문학과 정치 · 윤리 · 철학사상과의 관련을 중요시했다. 서사시에 대한 문학사적 고찰을 처음으로 본격적으로 했다고 자부했다. 참고문헌을 많이 갖추어 심화된 연구를 위한 안내서 노릇을 한다. "제1장 문화적 배경, 제2장 베다문학에 반영된 생활, 제3장 시적 신화에서 시적 영감으로"에서 이른 시기 문학을 고찰하고, "제4장 내면의 탐색, 제5장 사회현실과의 얽힘, 제6장 초월적인 것으로의 여행"에서 문학과 사상의 관계를 총괄해서 논의했다. 그 다음 순서로 일찍 등장한 것부터 들어 문학갈래에 대한 개별적인 고찰을 했다.[18]

---

18) 산스크리트문학사는 이밖에 Saurindranath Majumdar, *Short Sketch of the History of Sanskrit Literature for B. A. Students*(1911)(Calcutta: Das Gupta); J. C. Sen, *Essentials of the History of Sanskrit Literature*(1918)(Calcutta: Girijamohan Maulik); Madhavadasa Chakravorty, *A Short History of Sanskrit Literature*(1919)(Calcutta: M Chakravorti); Chitaman Vinayak Vaidya, *History of Sanskrit Literature*(1929) (Poona: C. V. Vaidya); Sastri Kokileswar Bhttacharyya, *A Brief History of Sanskrit Literature*(1933)(Calcutta: U. N. Dhur); N. Roy, *History of Sanskrit Literature*(1937) (Calcutta: Book Land); Srimati Akshaya Kumari Devi, *A History of Sanskrit*

산스크리트문명권 문학을 새롭게 개관하고자 하는 작업을 폴록 편, 《역사에서의 문학적 문화, 남아시아로부터의 재구》(2003)(Sheldon Pollock ed., *Literary Cultures in History, Reconstruction from South Asia*, Berkeley: University of California Press)에서 했다. 문학사라고는 하기 어려운 문학논집이다. 논자 17인 가운데 미국인이 12인, 영국인이 1인, 인도인이 4인이다. 미국과 영국의 인력으로 필요한 작업을 다 하려고 하다가, 밖에서는 알기 어려운 언어의 문학 몇 가지는 인도인에게 의뢰해 고찰한 것 같다. 편자는 서론에서 협의의 문학사에서 벗어나 문학적 문화에서 이룩된 역사를 이해하는 시각으로 산스크리트문명권의 문학을 총괄해, 다른 문명권들과의 비교에 이용할 수 있는 자료를 제공한다고 했다. 기본 관점이 남아시아에 국한되지 않고 문학사의 범위를 넘어서서 역사 연구 일반론을 혁신한 의의가 있다고 평가된다.[19] 그러나 결과가 의도한 대로 나타났다고 할 것은 아니며, 여러 문명권 문학사 비교를 위해 기여했다고 인정하기 어렵다. Abc

책의 구성을 보자. 〈제1부 문학적 문화의 국제화〉에서는 산스크리트·페르시아어·영어문학, 〈제2부 남부 지방의 문학〉에서는 타밀·칸나다·텔레구·케랄라문학, 〈제3부 경계선상의 중심부〉에서

Literature(1939)(Calcutta: Vijaya Krishna Brothers); H. R. Agarval, *A Short History of Sanskrit Literature*(1940)(Lahore: Atma Ram & Sons); Sushilkumar De, *History of Sanskrit Literature, Prose, Poetry and Drama*(1947)(Calcutta: University of Calcutta); Jogendradas Chaudhuri, *A History of Sanskrit Literature*(1957)(Calcutta: Readers' Corner); Sukumari Bhattacharji, *History of Classical Sanskrit Literature*(1993)(Hyderabad: Oriental Longman); R. S. Venkatarama Sastri, *A History of Sanskrit Literature*(1996)(Madras: Kuppuswami Sastri Research Institute) 등이 더 있다.

19) Javed Majeed, "Literary History: The Case of Souh Asia", *History Compass 3*(2003)(Malden, MA: John Wiley & Sons)

는 벵골·구자라티·신디문학, 〈제4부 불교문화와 동남아시아 문학〉에서는 팔리·신할라·티베트문학, 〈제5부 우르두와 힌디의 쌍둥이 역사〉에서는 우르두·힌디문학을 고찰했다. 여러 문학을 각자 자기 나름대로 고찰했으나 체계나 배열 순서를 문제 삼지 않을 수 없다.

제1부에서 다룬 세 문학은 성격이 전혀 다른데 문화의 국제화라는 공통점이 있다고 나란히 다룬 것은 적절하지 못하다. 문명권의 공동문어에 대한 이해가 없어 차질을 빚어냈다. 산스크리트문학을 동남아시아까지 포함한 문명권 전체의 공동문어문학으로 고찰하는 작업을 하지 않고, 동남아시아문학은 후대에 팔리어를 공동문어로 받아들인 것만 논의의 대상으로 삼았다. 캄보디아의 팔리어 금석문만 살피고, 시대가 더 오래되고 훨씬 풍부란 산스크리트 금석문은 논외로 한 것은 잘못이다. 산스크리트문학의 유산을 계승하다가 후대에 변모를 보인 동남아시아 각국에 관한 논의는 없고, 티베트의 경우만 다룬 것도 부당하다. 제2·3·5는 주변부·중간부·중심부로 구분한 것 같은데, 산스크리트문학과의 관련을 문제 삼지 않아 문화의 특성이 아닌 지리적 위치를 구분의 기준으로 삼았다.

산스크리트문명권문학 각론에 관한 지식은 미국에서도 상당한 정도로 축적한 것을 보여 주어 본바닥과 경쟁하려고 하다가 총론을 이룩할 만한 통찰력 결핍을 더 크게 알렸다. 유럽문명권문학사 서술의 새로운 경향을 믿고 멀리까지 나아가 주목할 만한 결과를 얻으려고 안이하게 시도하고, 산스크리트문명권문학을 그것대로의 원리에 따라 가까이서 진지하게 연구하는 작업을 재검토하려고 하지는 않았다. 자기들도 많이 안다고 자랑하기나 하고 여러 문명권의 문학사를 대등한 위치에서 비교해 공통점을 찾는 데 유럽중심주의의 오랜 인습이 장애가 된다고 생각하지 않았다.

산스크리트문명권은 동남아시아까지 확대되었다. 인도아대륙과 동남아시아의 유산을 합쳐서 다루는 산스크리트문학사가 있어야 하는데 아직 없다. 문명권의 주변부 동남아시아 산스크리트문학사에 관한 저작은 사르카르, 《동남아시아의 문학 유산》(1980)(Himasu Bhusan Sarkar, *Literary Heritage of South-East Asia*, Calcutta: Firma KLM)이라는 것 하나 발견된다. 아랍어문명권 주변부의 자료를 정리한 헌위크 외 공편, 《아프리카의 아랍어문학》(1993~2003)보다 간략하지만 소중한 업적이다. 동남아시아 문학사에서 고찰하기로 한다.

4) 한문문명권

산스크리트문학사와 한문학사는 공동문어문학사이다. 인도의 산스크리트문학사와 중국의 한문학사는 위상이 동일하다. 그런데 중국에는 한문학사라는 것이 없다. 중국문학사를 한문학 위주로 쓸 따름이고, 한문학이라는 용어도 사용하지 않는다. 한문학은 일본·한국·월남에서 사용하는 용어이다. 일본에는 《일본한문학사》, 한국에는 《한국한문학사》가 있을 따름이다.[20] 중국에서도 한문학이라는 용어를 받아들여 함께 사용해야 한문문명권문학사 인식이 정상

---

20) 일본한문학사는 芳賀矢一, 《日本漢文學史》(1928)(東京: 富山房); 한국한문학사는 金台俊, 《朝鮮漢文學史》(1931)(서울: 한성도서)에서 비롯한다. 월남한문학사는 있는 것 같지 않다.

화된다.[21]

《라틴어문학사》·《아랍어문학사》·《산스크리트문학사》에 상응하는《한문학사》를 국경을 넘어서 동아시아 전 영역의 유산을 총괄해 쓰는 것이 동아시아에서 문명권문학사를 이룩하는 선결 과제인데, 시도가 없을 뿐만 아니라 인식마저 이루어지지 않았다. 이 작업을 유럽인도, 동아시아 어느 나라의 학자도 하지 않았다. 유럽인은 동아시아의 한문학을 아랍어문학이나 산스크리트문학만큼 알지 못해 문학사를 쓸 생각을 하지 못한다. 동아시아 학자들은 각기 자국문학사 연구에만 몰두하고 있고 동아시아문학사를 생각하지 않는다.

이런 형편을 타개하고 동아시아문학사를 이룩하기 위한 최초의 시도를 하기로 하고, 먼저《동아시아문학사 비교론》(1993)을 내놓았다.[22] 첫째 장 〈문학사 서술 경과 검토〉에서는 유럽 각국의 경우를 먼저 논의하고, 일본·중국·한국·월남에서 문학사가 각기 이루어진 경과를 검토했다. 둘째 장 〈문학사 서술 방법 비교〉에서는 문

---

21) 대만에 가서 발표한 〈東亞 漢文學史의 下限線 問題〉에서 "'漢文'과 '漢詩'는 韓·日·越에서 一齊히 愛用되고, 中國에서는 生疎하다. 中國에서 생겨 他國으로 傳播된 古典語와는 相異한, 新時代의 用語이다. 그러면 白話라고 할 것인가? 아니다. 新時代의 漢文 語彙이다. 漢文이 共同文語 機能을 繼續 遂行하고 있는 것을 立證한다. 韓·日·越이 東亞의 共同文語를 自國文과 區別해 '漢文'이라고 稱하고, '漢文'으로 지은 詩는 '漢詩'라는 新用語 制定 作業을 함께 하는 데 中國은 不參했다. 이제 中國이 달라져야 한다. '漢文'과 '漢詩'를 受容해 孤立에서 벗어나야 한다. 東亞文學을 함께 擧論하는 共同의 用語를 確保해야 한다. '中國漢文學'이라는 말은 語不成說인 것처럼 보인다. '韓·日·越漢文學'과 함께 考察하면서 共通點 認識을 擴大해야 할 中國의 遺産은 '古文' 또는 '文言文'·'古漢語'라고 稱하는 例外를 許容할 수 없다. '漢文'이 中·韓·日·越이 함께 使用한 東亞 共同文語임을 分明하게 하려면 用語 統一이 先決 課題이다. '中國漢文學'이라는 용어를 사용해야 中·韓·日·越이 함께 이룬 遺産을 總整理하는 '東亞漢文學史'를 敍述할 수 있다"고 했다. (《세계·지방화시대의 한국학 3 국내외 학문의 만남》(2006)(대구: 계명대학교출판부), 196면)

22) 일역본이 豊福健二 譯,《東アジア文學史比較論》2010)((東京: 白帝社)이다.

학사 서술의 방법에 관한 비교론을 유럽과 동아시아 각국의 경우를 통괄해서 전개했다.

셋째 장 〈문학사 전개 비교 가능성〉은 동아시아문학사를 집필하는 초안이다. 공통된 시대구분을 모색하고, 고대문학, 중세전기문학, 중세후기문학, 중세에서 근대로의 이행기문학, 근대문학이 동아시아 각국에서 어떻게 전개되었는지 공통점을 들어 고찰하고 차이점도 밝혔다. 중세전기문학에서 한시와 민족어시의 관계를 비교하고, 중세에서 근대로의 이행기문학에서 소설가의 출신 성분과 사회적 위치가 같고 다른 점을 고찰하고, 근대문학에서 유럽 근대시가 준 충격에 대한 각국의 대응이 상이한 점을 들어 논한 것이 특히 중요한 성과이다.

그 뒤의 《하나이면서 여럿인 동아시아문학》(1999)에서는 동아시아문학론을 구체적인 사례를 들어 심화하는 작업을 했다. 동아시아문학이 하나이면서 여럿인 원리에 대한 총괄적인 고찰을 하고, 다섯 논제를 들어 상론했다. 〈시조도래건국신화의 중세 인식〉에서는 건국시조가 천상에서 하강했다고 하지 않고 문명권의 중심부에서 도래했다고 하는 건국신화의 여러 사례에서 중세 인식의 공통점을 찾았다. 〈대장경 주고받기〉에서는 동아시아문명권의 공유재산 대장경을 매개로 한 교류를 고찰했다. 〈한시가 같고 다른 양상〉에서는 동아시아문학이 하나이면서 여럿인 핵심 영역을 밝혀 논했다. 〈민족어시의 대응 방식〉에서는 한시의 충격을 받고 동아시아 각국이 민족어시의 율격을 정비한 양상을 비교해 고찰했다. 〈번역으로 맺어진 관계〉에서는 중국문학을 각국에서 번역한 내력을 고찰하고, 번역에서 창작으로 나아간 변화를 소설을 들어 상론했다.

《공동문어문학과 민족어문학》(1999)에서 동아시아 한문학사의 전
개를 개관하고 한문학과 민족어문학의 관계를 다른 여러 문명권의
경우와 견주어 살폈다. 《문명권의 동질성과 이질성》(1999)에서는 문
명 비교를 통해 문학사를 논의하면서 동아시아문학에 대해 새로운
조명을 다각도로 했다. 《동아시아문명론》(2010)을 다시 내서 동아시
아에 관해 논의한 성과를 핵심을 간추려 제시했다.[23] 〈한문의 유산
재평가〉, 〈한문학과 민족어문학〉, 〈華夷와 詩歌의 상관관계〉, 〈
한·일 시가의 산과 바다〉로 이루어진 문학론이 네 항목이다. 한국
문학에서 동아시아문학으로, 동아시아문학에서 세계문학으로 나아
가는 것이 내가 학문을 해 온 과정이고 순서이다. 동아시아문학사
를 통괄해서 쓰는 작업은 하지 못했지만 한국문학사 서술에서 얻은
바를 동아시아문학에 널리 적용해 검증해 더욱 풍부하고 확실하게
한 결과를 다른 여러 문명권의 경우와 비교해 세계문학사를 새롭게
이해하는 데 이르렀다. 한국문학사·동아시아문학사·세계문학사
로 논의를 확대하면서 서로 관련된 사항을 단계적으로 찾아내 문학
사 전개의 일관된 원리를 밝혀내고 검증하는 것이 최상의 방법임을
확인하고, 구체적인 성과를 축적했다.[24] 이것은 한국이나 동아시아
에서만 할 수 있는 일이 아니다. 자국문학사·문명권문학사·세계
문학사의 동질성 인식이 문학사 서술의 방법과 이론 정립에서 결정
적인 의의를 가진다.

한문문명권의 동아시아문학사는 아직 자세한 내용을 갖추어 쓰

---

23) 일본어 번역 豊福健二 譯, 《東アジア文明論》(2011)(京都: 朋友書店); 중국어 번역,
李麗秋 驛, 《東亞文明論》(2013)(北京: 中國科學文獻出版社)이 나오고, 월남어 번역도
완료되어 출판이 진행중이다.

24) 최소한의 예시를 간추려 Cho Dong-il, *Interrelated Issues in Korean, East Asian,
World Literature*(2006)(Seoul Jimoondang)를 냈다.

지 못했다. 설계 다음 단계의 시공은 혼자 할 수 없어 공동작업이
요망된다. 유럽문학사를 위한 프랑스의 노력을 참고로 해서 두 가
지 과업을 제시한다. 디디에 편, 《유럽문학개론》(1998)에서처럼 국
내의 동아시아 각국문학 전공자들 역량을 모아 동아시아문학을 통
괄하는 것이 바람직하다. 브뇌-도소와 외 편, 《유럽문학》(1992)에서
보듯이, 여러 나라 많은 언어로 이루어진 문학 전공자들을 널리 참
여시켜 동아시아문학사를 다국적의 저작물로 만드는 것도 해야 할
일이다. 내가 마련한 설계를 활용해 후진이 선진이게 할 수 있다.
동아시아가 문명권문학사 서술에서 유럽보다 앞서고, 유럽을 대신
해 세계문학사 쇄신을 주도하는 것이 가능하고 필요하다.

　동아시아문학사를 이룩하기 위한 노력이 없는 것은 아니다. 국제
비교문학회(ICLA) 1991년 東京 대회에서 한·중·일 학자들이 《동
아시아문학사》를 집필하자고 협의하고, 1994년 에드먼턴 대회에서
는 세 나라 학자들이 공동으로 《동아시아문학사 비교문학사》를 영
문으로 내기로 다짐했다. 김상태 외, 《한·중·일 근대문학사의 반
성과 모색》(2003)(서울: 푸른사상) 〈머리말〉에서 이런 사실을 보고했
다. 김상태가 그 모임에 참가한 한국비교문학회 회장이어서 잘 아
는 내용이다. 그런데 20년이 지난 지금까지 책이 나오지 않았으며,
진행 상황이 알려지지 않았다. 나에게는 한국 고전문학과 현대문학
의 관련 양상에 대해 집필하라고 제안한 것으로 기억되는데, 정식
청탁이나 추가 연락이 없다.

　왜 말한 대로 되지 않았는가? 국제비교문학회에 드나들면서 그
일을 추진하는 주동자들의 능력 부족이 이유가 아닌가 한다. 이 세
나라에서 모두 유럽문명권문학과 자국의 현대문학의 관련이나 고

찰하는 정도의 식견을 가진 비교문학자들이 편집위원으로 나선 탓
에, 고전문학은 잘 모르고 동아시아문학사를 조망할 수 없어 난관
에 부딪히지 않았는가 한다. 항목을 나누어 각국에서 쓴 글을 모으
면 동아아시아문학사가 될 수 있다고 안이하게 생각하고 작업을 진
행하다가 해결하기 어려운 문제가 거듭 발견되었으리라고 생각된
다. 전체 설계가 선결 과제인데 생략해 차질이 생겼다고 볼 수 있
다. 김상태 외, 《한·중·일 근대문학사의 반성과 모색》(2003)은
《동아시아문학사 비교문학사》를 위한 선행 작업을 한국에서 한 것
이라고 했다. 동아시아 세 나라 근대문학사 기술, 전개, 특성 등을
한국의 한·중·일 문학 전공자들, 김상태와 홍혜원, 이종진과 노
정은, 윤상인과 정백수가 분담해 집필한 내용이다. 동아시아문학사
전체는 말하지 않고 근대문학만 분리시키고, 각국 문학에 관한 논
의를 각자 그 나름대로의 기준과 방법으로 진행해 유기적인 연결이
없고 공통된 성과를 보여 주지 못했다. 《동아시아문학사 비교문학
사》가 나오면 어떤 모습인지 미리 보여 주고, 나오지 못하는 이유
를 짐작하게 한다.

　각국 문학의 폐쇄성과 근대문학의 독립성을 재고하지 않고 계속
신봉하면서 동아시아문학사를 말하려고 하니 안배와 타협 이외의
방법이 없을 것이다. 공통된 항목을 설정해 삼국이 안배하면 일이
될 것 같지만, 각국 문학의 사정이 달라 공통된 항목에 관해 의견이
모아지지 않는 것은 타협으로 해결할 수 있는 문제가 아니다. 《동
아시아문학사비교론》(1993)이나 《하나이면서 여럿인 동아시아문학》
(1991)을 각주에서 들기나 하고 활용하지 않아 그 이전 상태에 머물
렀다.

유럽문학이 하나라고 하는 것처럼 동아시아문학도 하나라고 해야 공통된 문학사가 이루어진다. 여럿인 문학을 한꺼번에 다루어야 하나임을 밝힐 수 있다. 그런 능력을 가진 학자들이 모여 전체 설계를 먼저 해야 한다. 《동아시아문학사비교론》에서 제시한 것을 초안으로 삼아 수정하고 보완하면 어렵지 않게 할 수 있는 일이다. 집필을 할 때 현대문학부터 고찰하고 역순으로 올라가면 진행이 너무 어렵다. 한문학을 한데 모아 《동아시아한문학사》를 먼저 이룩하고, 한문학에서 고전문학으로, 고전문학에서 현대문학으로 내려오는 것이 단계적 추진을 위한 가능하고 효율적인 방법이다. 앞의 것을 보고 뒤의 것을 집필해, 책이 최소한 세 권은 되어야 한다.

사용하는 언어가 또한 문제이다. 영어를 사용해서는 표현이 어렵고 전달이 미흡하다. 한문을 다시 공동학술어로 사용하자고 거듭 제안한다.[25] 《동아시아한문학사》를 각국 학자들이 공동작업을 해서 한문으로 먼저 써서 정본으로 삼고 각국어로 옮기는 것이 마땅하다.[26] 각국의 고전문학사에 관한 서술도 한문으로 하는 것이 필요

---

25) 한·중·일 학자들이 모여 제3차 동아시아비교문화국제학술회의를 1998년 10월 10일 중국 北京大學에서 개최할 때의 기조발표 〈東亞文化史上'華·夷'與'詩·歌'之相關〉에서 한문을 동아시아 공동의 학술어로 사용하자고 다음과 같은 말로 제안했다. "東亞各國諸民族, 自古自成一家也. 是何故? 共有同一文明, 共用同一文語, 形成一大家, 與數個他大家竝立, 同參列創造世界史. 然今日東亞各國, 放棄同一文明, 而各己追從西洋風, 喪失同一文語, 而只用互相不通之口語, 此爲不幸之事也. 吾等東亞文化比較研究者, 須奮發治癒當代之弊風, 非但繼承同一文明之遺産, 亦回復共同文語之文章, 以此爲己任, 可也… 共同文語者, 乃前日之'文', 故不要他稱. 然今日中國人謂之'文言文', 韓國·日本·越南人 稱之'漢文'. 以'漢文'可爲共用之稱, 然中國人中或者謂之"漢代之文", 西洋人中或者認之"中國人專用之文", 故不可再規定之. '漢文'乃東亞之'共同文語'. '共同文語', 可略稱'共文'. 中國之白話及各國之國語, 方爲公用書寫語以後, '共文'退出, 而潛跡於古籍. 雖語文一致者, 時代之要求, 千古'共文'不可不學. 各國應有固有語文, 而國際語文不可不用. 爲東亞學術文化之國際交流, 應當再生東亞之'共文'卽'漢文'."(《동아시아문명론》, 2010, 156면)

26) 高文漢·韓梅, 《東亞漢文學關係研究》(2010)(北京: 中國社會科學出版社)가 있어 이런

하고 가능하다. 현대문학은 한문과 거리가 멀어지고 전공자들이 한
문을 몰라 한문으로 쓰기 어렵지만, 한문 사용이 영어보다 일관성
을 유지하는 데 유리하다.

작업을 향해 한 걸음 나아갔다. 일본문학 전공자와 한국문학 전공자가 일본과 한국의
한문학사, 한문학사와 자국어고전문학의 관계사를 서술한 책이다. 중국에서 '漢文學'
이라는 용어를 받아들인 것은 평가할 일이다. 한문학사를 먼저 살피고 자국어고전문학
사와의 관계론으로 나아간 것이 적절한 방법이다. 중국어 사용이 한문 사용의 대안일
수 있다. 그러나 두 나라의 경우를 각기 다루는 데 그치고 통괄 논의가 없다. 중국과
월남까지 논의를 확대하지 않아 동아시아한문학의 전모가 드러나지 않았다.

6. 광역문학사 2

1) 아프리카

　문명권문학사만 광역문학사인 것은 아니다. 중세의 공동문어가 아닌 그 이전이나 이후의 어느 언어를 함께 사용해 공통점이 있거나 가까이 있어 교류와 영향이 빈번한 지역의 문학도 광역문학사라고 규정해 함께 고찰하는 것이 마땅하다. 민족이나 국가의 구분이 분명하지 않고 그 상위의 동질성이 더욱 긴요한 이해 대상인 곳들이 있어. 그런 곳에서 이룩해 온 문학은 자국문학사로 나누지 말고 광역문학사로 포괄하는 것이 바람직하다.

　먼저 아프리카의 경우를 보자. 아프리카는 두 세계로 나누어져 있다. 사하라 이북은 아랍어문명권이다. 아랍어문학이 주류를 차지한다. 그 쪽은 아랍어문명권문학사에서 고찰했다. 사하라 이남은 문명권 성립 이전의 단계에 머물러 토착어로 문학을 하다가 유럽의

언어를 사용한다. 동부아프리카 일부는 아랍어문명을 받아들였으
나 사하라 이남 아프리카문학의 특징을 더 많이 유지하고 있다. 아
랍문자를 이용해 토착어를 기록하는 문학을 하다가, 유럽어를 사용
하거나 유럽어의 문자로 토착어를 표기하는 문학을 한다.

아프리카문학을 논의하는 관점은 외부와 내부로 나누어져 있다.
이 둘이 다른 것은 아랍문명권이나 산스크리트문명권에서도 볼 수
있지만 아프리카의 경우에 특히 심하다. 유럽인들이 이룩해 온 외
부 관점의 아프리카문학론은 사실 정리를 과제로 삼는다. 아프리카
가 어떤 곳인지 문학을 들어 알려 주어 참고로 삼도록 한다. 아프리
카인 자신은 내부의 관점에서 아프리카문학의 가치를 평가해 주체
성 인식의 근거로 삼는다. 문학이 특히 자랑스러운 유산이라고 여
기고 대단한 관심을 가지고 적극적으로 고찰한다.

얀, 《새로운 아프리카문학사 입문》(1966)(Janheinz Jahn, *Geschichte der
neoafrikanischen Literatur, Eine Einfürung*, München: Diederichs)은 독일인의
저작이다. 유럽인과 관련을 가진 이후의 새로운 아프리카인의 문학
사를 개관하면서 아프리카뿐만 아니라, 유럽과 미주대륙에서 이루
어진 것까지 포괄했다.[1] 저자는 아랍문명을 전공하다가 사하라 이
남의 아프리카로 관심을 돌렸다. 선행 저서 얀, 《문투: 새로운 아
프리카 문화 개요》(1958)(Jahnheinz Jahn, *Muntu: Umriss der neoafrikanishen
Kultur*, München: Diederichs)에서부터, 유럽인과는 다른 아프리카인 특
유의 사고방식에 대해 깊은 관심을 가지고 탐구했다. "문투"란 사
람을 뜻하는 반투어이다. 다시 쓴 책에서 아프리카인은 어디를 가

---

1) 영역본 얀, 《새로운 아프리카문학사, 두 대륙에서의 글쓰기》(1968)(Janheinz Jahn,
   History of Neo-African Literature: Writing in Two Continents, London: Faber)에서는
   "두 대륙"이라는 말을 덧붙였다. 아프리카와 아프리카를 떠난 곳을 그렇게 일컬었다.

도 자기네 문화를 계승한다고 하면서, 미국 흑인의 민요를 본보기를 들었다. 외부의 관점에서 특질론을 기본적인 관심사로 삼고 다루는 범위를 넓혔으나 아프리카문학사의 전개를 충실하게 고찰하지는 못했다.

다손,《검은 마음: 아프리카문학사》(1974)(O. R. Dathorne, *The Black Mind: A History of African Literature*, Minneapolis: University of Minnesota Press)의 저자는 남아메리카 동서북부 가이아나(Guyana) 출신이다. 아프리카 밖의 아프리카인이므로 내외의 관점을 함께 지녔다고 할 수 있다. 영국에서 공부하고 나이지리아, 시에라리온 등 아프리카 몇몇 나라 대학에서 교수를 하다가, 미국으로 자리를 옮겨 여러 대학에서 아프리카문학, 카리브해 연안 문학, 아프리카계 미국문학 연구에 크게 기여했다. 이 책은 시기·지역·언어를 한정하지 않고 아프리카문학사 전모를 보여 준 최초의 업적이라고 할 수 있다.

제1장〈전통〉에서는 먼저 아프리카 전통사회가 오늘날의 서양과 다른 점을 밝혔다. 문학을 전승하고 창조하는 전통적 예술가가 공동체의 대변인이라고 했다. 독자적으로 개발한 여러 형태의 문자가 있다가 아랍문자를 사용하게 되었다고 했다. '말하는 예술'(Spoken Art)과 '노래하는 예술'(Sung or Chanted Art)로 나누어, 구비문학의 두 가지 영역을 고찰했다. 제2장〈유산〉에서는 기록문학의 시작을 고찰했다. 18세기 초에 노예가 되어 네덜란드에서 교육을 받고 라틴어로 작품을 쓴 사람이 있었다고 했다. 18세기에 영어를 사용한 작가 셋을 소개했다. 로마자를 사용해 아프리카의 언어를 기록한 작품 창작을 개관했다. 제3장〈유럽의 출현〉에서는 영어문학의 시작, 서아프리카의 영어소설, 영어를 사용한 중앙아프리카 및 남아프리

카의 소설가들, 영어시, 불어문학, 포르투갈어문학에 관한 고찰을
했다. 제4장 〈교류〉에서는 카리브해 연안 흑인문학을 아프리카문
학과 관련시켜 살폈다. 구비문학과 아프리카어 기록문학은 간략하
게 설명하는 데 그치고 유럽의 언어를 사용한 문학은 희귀한 사례
까지 들어 자세하게 고찰하려고 한 것은 불균형이라고 하지 않을
수 없다. 독자적인 문자를 소개하면서 아랍문자를 그 가운데 하나
로 들기만 하고, 아랍어문학은 논의의 대상으로 삼지 않고, 아랍문
자를 사용한 문학은 언급하는 정도에 그쳤다. 헌위크 외 공편, 《아
프리카의 아랍어문학》(1993~2003)에서 다룬 내용이 빠져 있다. 카리
브해 연안 문학을 아프리카문학과 함께 다루어야 하는가는 재고가
필요한 문제이다.

아우너, 《대지의 가슴, 사하라 이남 아프리카 역사, 문화, 문학
개관》(1975)(Kofi Awoonor, *The Breast of the Earth, a Survey of the History,
Culture and Literature of Africa South of Sahara*, New York: Nok Publishers
International)은 내부의 관점을 잘 보여 준다. 저자는 가나 사람이다.
가나에서 대학을 졸업하고 영국과 미국에 유학해 박사학위를 받고
미국에서 영문학 및 비교문학 교수를 하다가 귀국해 활동한다고
했다. 사하라 이남 아프리카의 주체성을 인식하고 회복하고자 하
는 노력을 역사·문화·문학을 함께 고찰하는 총체적인 논의에서
시도했다. 자세한 내용을 갖춘 문학사는 아니지만, 문학사를 위해
필요한 시각을 갖추어 주목해야 할 저작이다.

아프리카에 여러 왕국이 들어서서 독자적인 역사가 전개되도록
한 이슬람교는 평가하고, 식민지 통치자가 아프리카의 주체성을 부
인하는 데 이용한 기독교는 비판해야 한다고 했다. 줄루(Zulu) 왕국

이 영국의 침략에 맞서 싸운 역사를 재평가해야 한다고 했다. 독립 후 아프리카 각국이 서양 정치이념의 싸움에 말려든 것을 개탄하고, 아프리카 정신을 되찾아야 한다고 하면서 역사 이해와 문화론을 직결시켰다. 인간은 우주의 중심이지만 자연과 조화를 이루고 살아야 한다는 철학을 예술공연이나 구비전승에서 되찾아 이어받아야 한다면서 많은 사례를 들어 고찰했다.

구비문학은 문화로 고찰하고, 문학에서는 기록문학을 논의의 대상으로 삼았다. 먼저 아프리카어 기록문학을 남쪽의 소토(Sotho), 호사(Xhosa), 서쪽의 에웨(Ewe), 하우사(Hausa), 동쪽의 스와힐리(Swahili) 등의 사례를 들어 구체적으로 살피고, 전반적인 상황을 정리해 논했다. 아프리카어문학은 출판이 원활하지 못하고 평가받기 어렵고, 한 나라 안에 여러 언어가 있어 보급이 잘 되지 않는 등의 어려움이 있지만 급격하게 성장한다고 했다. 받아들인 언어(received languages)라고 일컬은 유럽의 언어 영어·불어·스페인어·포르투갈어로 이루어진 문학을 자세하게 고찰하면서, 유파나 작가 따라 상이한 논의를 폈다. 셍고르(Senghor)가 주도한 흑인예찬(négritude) 시 운동은 정치성 결여에 한계가 있고, 아체베(Achebe)의 소설은 아프리카와 유럽 양쪽의 문학을 훌륭하게 결합했다고 했다. 아프리카 전통을 계승해 정치투쟁의 의식을 나타낸 작가를 여럿 더 들어 높이 평가했다. 아프리카어문학과 유럽어문학의 비교론으로 논의를 진전시키면서, 이 둘은 우열관계 없이 나란히 지속되어야 한다고 했다. 완전한 서양화는 자살이고, 아프리카의 순수성 고집은 백일몽이라고 하고, 양극단의 중간에서 활로를 찾아야 한다고 했다.

친웨이주 외, 《아프리카문학의 탈식민지화를 향하여》(1980)

(Chinweizu, Onwuchekwa Jemie, Ihechukwu Madubuike, *Toward the Decolonization of African Literature*, London: KPI)는 내부의 관점을 더욱 적극적으로 나타냈다. 저자 셋은 나이지리아 사람이고, 미국에 유학해 박사학위를 받고 아프리카의 역사와 문학에 관한 책을 써낸 공통점이 있다. 이 책을 분담하지 않고 함께 써서 나이지리아에서 처음 출판했다. 식민지 시대에서 벗어나 아프리카문학이 해방을 이룩하려면 유럽중심주의에서 하는 비방을 논파해야 하므로 이 책이 필요하다고 서론에서 말했다.

아프리카문학의 주체성을 인식하려면 유럽에서와는 상이하게 구비문학을 문학으로 인식하고 평가해야 한다고 하고, 기록문학을 뜻하는 'literature'와 짝을 이루도록 구비문학은 'orature'라고 일컬었다. 유럽인이 구비문학을 몰라 아프리카문학을 폄하하고 전통을 부인한다고 하고, 구비문학의 복권이 아프리카문학론의 정상화를 위한 선결 과제라고 했다. 그러나 구비문학에 대한 구체적인 고찰을 한 것은 아니고 아프리카어 기록문학에 관한 말도 없다. 영어를 사용한 소설과 시를 논의의 대상으로 하고 구비문학을 적극적으로 이어받아야 한다고 역설했다.

외부의 관점에서 아프리카문학사에 접근하는 작업을 계속하는 사람이 있어 여러 책을 썼다. 제라르, 《아프리카언어의 문학, 사하라 이남 아프리카 문학사 입문》(1981)(Albert Gérard, *African Language Literatures, an Introduction to the Literary History of Sub-Saharan Africa*, Washington D. C.: Three Continents); 제라르, 《아프리카문학사논고》(1984)(Albert Gérard, *Éssais d'histoire littéraire africaine*, Sherbrooke, Québec: Naaman); 제라르, 《아프리카문학의 맥락》(1990)(Albert Gérard, *Contexts of African Literature*, Amsterdam: Rodopi) 등이 그런 것이다. 저자는 캐나다 사람이어서 두 언어를 사용한다. 앞의 책은 일관된 내용을 갖추고, 뒤의 두 책은 글 모음이다. 아프리카 여러 언어를 사용한 기록문학의 내력을 고찰하는 것을 지속적인 과제로 삼았다. 구비문학에는 관심을 두지 않고, 아프리카문학의 고민이나 진로에 관한 논의는 없는 것이 내부의 관점에서 쓴 아프리카인의 저작과 다르다.

문학사 서술의 체계를 갖춘 앞의 책을 고찰하기로 한다. 사하라이남 아프리카에서 문자를 사용한 내력이 세 단계로 구분된다고 하고, 문자생활사의 관점에서 문학사를 논했다. 제1부에서 2천 년 동안 지속된 에티오피아의 문자생활을, 제2부에서 5백 년 전부터 이슬람교를 받아들여 아랍문자로 아프리카 여러 언어를 기록한 내력을, 제3부에서 1백 년 이래로 식민지 통치자들이 가져온 유럽어의 충격을 받고 그 문자를 이용해 토착어를 기록한 경과를 고찰했다. 제1부는 시대순으로, 제2부 이하는 지리적인 구분으로 장을 나누어 사실을 정리했다.

유럽어를 사용하는 문학은 취급 대상으로 삼지 않고 비교 논의를 위해 거론했다. 유럽어로 작품을 써서 외국에도 팔 것인지, 토착어를 사용해 동족과 공감을 나눌 것인지 고민하는 작가가 많다고 했다. 이것은 유럽의 작가가 라틴어를 사용할 것인지 자국어를 사용할 것인지 고민한 전례에 견줄 수 있다고 설명하고, 그 둘의 이질성은 문제로 삼지 않았다. 외부의 관점에서 큰일을 한 것이 있다. 안드르제예브스키 외 공편, 《아프리카언어 문학, 이론적 쟁점과 사례 개관》(1985)(B. W. Andrzejewski, S. Pilaszewicz, W. Tyloch ed., *Literature in African Languages, Theoretical Issues and Sample Surveys*, Warszawa: Wiedza

Powszechna; Cambridge: Cambridge University Press)을 보자. 폴란드 바르
샤바 대학 교수인 편자(W. Tyloch)가 쓴 머리말에서, 집필자 다수가
폴란드인이고 사용한 말은 영어이며 다룬 내용은 아프리카문학인
책을 보고 의아하게 생각할 수 있다 하고, 내막 설명을 먼저 한다고
했다. 폴란드에서 세계문학백과사전을 만들려고 하다가 아프리카
문학에 대한 이해가 아주 미비한 것을 발견하고 이 책을 만들게 되
었다고 했다. 영국 런던대학 교수(B. W. Andrzejewski)를 편자로 동참
시켜, 폴란드인 6명, 영국인 3명, 미국인 1명, 아프리카 각국인 5명
이 집필한 아프리카어문학 개관을 폴란드와 영국의 공동출판으로
내놓는다고 했다.

서두에 〈구비문학〉, 〈아프리카어 기록문학의 출현〉이라고 하
는 총괄론이 있고, 아프리카어 기록문학을 각 언어별로 고찰하는
각론이 16개이다. 구비문학과 기록문학을 다 고찰하기도 하고, 기
록문학만 고찰하기도 했다. 에티오피아의 경우에는 고전어(Gi'iz,
Ge'ez) 문학과 근대어(Amharic)의 문학을 항목으로 나누었다. 하우사
(Hausa), 소말리(Somali), 호사(Xhosa) 등 주요 언어의 문학은 길게 다
루었다. 항목마다 대표적인 작가 생애 해설과 자세한 참고문헌을
첨부했다.

사용한 언어에 따라 아프리카문학사를 정리한 저작은 많이 있다.
불어문학을 그룬바움, 《불어 아프리카문학: 몇 가지 문화적 의미》
(1964)(Gustave Edmund Grunebaum, *French African Literature: Some Cultural
Implications*, Hague: Mouton); 블래이어, 《아프리카문학; 서부 및 적도
아프리카 불어문학사》(1976)(Dorothy S. Blair, *African Literature; A History
of Creative Writing in French from West and Equatorial Africa*, Cambridge:

Cambridge University Press)에서 개관했다. 슈브리에, 《흑인문학》(1984)(Jacques Chevrier, *Littérature nègre*, Paris: Armand Colin)은 아프리카불어문학을 불문학이라는 관점에서 고찰했다. 영어문학은 그리피스, 《아프리카 영어문학, 동과 서》(2009)(Gareth Griffiths, *African Literatures in English, East and West*, Chicago: Addison-Wesley Longman)에서 정리했다. 해밀턴, 《제국의 소리; 아프리카 포르투갈어문학사》(1975)(Russell G. Hamilton, *Voices from an Empire: A History of Afro-Portuguese Literature*, Don Mills, Ontario: Burns & MacEachern)에서 또 하나의 언어로 이루어진 문학을 논의했다.

오우모옐라 편, 《20세기 아프리카문학사》(1993)(Oyekan Owomoyela ed., *A History of Twentieth-century African Literatures*, Lincoln, NE: University of Nebraska Press)에서는 여러 언어의 문학을 모두 다루고자 했다. 영어문학은 서부의 소설, 동부의 소설, 남부의 소설, 시, 희곡으로 나누어, 불어문학은 소설, 시, 희곡으로 나누어, 포르투갈어문학은 한꺼번에 고찰했다. 그 다음 네 장에서 〈아프리카어문학: 문화와 정체성에 대한 조망〉, 〈아프리카 여성작가: 문학사를 향하여〉, 〈아프리카문학의 언어 문제〉, 〈아프리카에서의 출판: 위기와 도전〉에 관한 논의를 전개했다.

관심이 넓고 탐구를 많이 해 책을 만들었다고 했다. 다양한 필자를 동원하고, 영어로 번역해 수록한 글도 있다. 그러나 미국에서 만든 책다운 편향성이 있어, 영어문학에 지나친 비중을 두었다. 아프리카어문학은 너무 소략하게 다루고, 19세기까지의 유산은 언급을 하는 정도에 그쳤다. 아프리카문학의 언어 문제 검토는 서두에 수록해야 할 총론인데 뒤로 돌렸다.

프랑스에는 아프리카에 관한 간행물이 많이 있다. 《아프리카의
현황》(*Présance africaine*, Paris: Présance africaine)이라는 잡지를 1949년 이
래로 계속 간행하면서 문학을 포함한 여러 관심사에 대한 다각도의
논의를 폈다. 1968년에 창간된 《우리 서점》(*Notre Librairie*, Paris: Clef)
은 문학잡지이다. 1986년의 제83~85호에서는 아프리카 자국문학
의 문제점에 대한 고찰을 했다. 1989년의 제96호에서 1991년의 제
107호에까지 아프리카 각국의 문학을 고찰하는 특집호를 마련했다.
1992년의 제108호의 《프랑스어 작가들》(*Écrivains en langues françaises*)에
서는 아프리카, 카리브해 연안, 인도양 여러 섬에서 이룩한 다양한
모습의 불어문학을 총괄했다.

프랑스 국립과학연구센터(CNRS)에 아프리카 연구 전문학자가
있어 활발한 연구를 한다. 리카르, 《검은 아프리카 문학: 언어에
서 책으로》(1998)(Alain Ricard, *Littératures d'Afrique noire: Des langues aux
livres*, Paris: Karthala); 리카르, 《사하라 이남 아프리카문학사》(2006)
(Alain Ricard, *Histoire des littératures de l'Afrique subsaharienne*, Paris: Ellipses
Marketing)가 그런 성과이며, 프랑스 학계의 관심과 역량을 보여 주
었다. 저자는 《아프리카 정치》(*Politique africaine*)라는 잡지의 주간 노
릇을 하고, 아프리카 여행기를 집성하고, 스와힐리어(Swahili)에 관
해 고찰하고 사전을 만드는 등 다방면의 작업을 하면서 아프리카
문학에 관한 책도 여럿 냈으며 문학사라고 할 수 있는 것이 이 둘
이다. 아프리카의 고민과는 거리를 두고 사실을 확인하는 외부의
관점을 지닌 것이 전반적인 특징이다.

앞의 책은 구비문학에서 기록문학으로 전환된 과정을 고찰한다는
부제를 달고, 언어와 문학의 상관관계를 중심으로 검은 아프리카문

학을 개관했다. 각지의 고유어를 사용하는 구비문학이 민족학적 의의를 지니는 데 그치지 않고 문학적 창조력을 지속적으로 발휘한다고 했다. 처음에는 아랍어, 나중에는 유럽의 여러 언어와 만나 아프리카어 기록문학이 이루어진 내력을 암하릭, 하우사, 스와힐리, 호사 등 여러 언어의 경우를 두루 들어 고찰했다. 유럽의 언어 영어·불어·포르투갈어를 사용하는 문학도 하나씩 개관했다. 지도와 사진을 자주 제시해 이해를 돕고, 참고문헌을 많이 소개했다.

뒤의 책에서는 아프리카문학사를 시대순으로 서술했다. 식민지시대에는 작가라고 할 사람이 거의 없다가, 1945년 이후에 아프리카문학이 성장한 자취를 정치적 상황 변화와 관련시켜 고찰했다. 1967~1970년의 비아프라(Biafra) 전쟁, 1970년대 불어문학 운동, 1986년 소인카(Wola Soyinka)의 노벨문학상 수상, 1994년의 남아프리카의 해방 등이 아프리카문학의 변천에서 중요한 계기가 되었다고 하고 그 내역을 고찰했다.

이렐 외 공편, 《캠브리지 아프리카 및 카리비안 문학사》(2004) (F. Abiole Irele and Simon Gikandi eds., *The Cambridge History of African and Caribean Literature*, Cambridge: Cambridge University Press) 전 2권에서는 아프리카문학사를 총괄하겠다고 했다. 영국에서 나온 책이지만, 편자 둘과 필자 대부분이 아프리카문학을 연구하는 미국대학의 교수들이다. 아프리카문학에 대한 이해에서 미국이 영국보다 우세하게 된 변화를 확인할 수 있다. 영국은 식민지 지배가 끝난 지 오래 되어 아프리카에 대한 관심이 줄어들고, 미국은 아프리카계 미국문학의 중요성이 부각되면서 그 연원인 아프리카문학에 대한 이해가 요구되는 것이 변화의 이유라고 할 수 있다.

머리말을 보면 문학사 서술의 원리에 고민은 없고, 사실을 다루는 범위를 문제 삼았다. 아프리카문학의 모든 것을 취급하기로 하고, 구비문학, 아프리카어 기록문학, 유럽어 기록문학에 관한 항목을 세분해 갖추고 각기 그 전문가가 집필하도록 했다. 구비문학론은 일반론이 몇 개 있고, 지역과 갈래에 따른 고찰을 다각도로 해서 내용이 충실한 편이다. 아프리카어 기록문학은 사용된 문자 설명에 이어 주요 언어의 문학을 각기 고찰했다. 유럽어 기록문학은 언어와 지역에 따라 구분해 다루었다. 할 일을 제대로 다 한 것 같으나, 개별 항목이 독립되어 유기적인 연관이 없다. 사실에 관해 각기 알려 주기나 하고, 아프리카문학사의 전개를 세계문학사와 관련시켜 크게 보는 데는 기여하지 않았다.

아프리카문학의 시작인 고대이집트 문학은 서두의 연표에는 등장시키고 고찰 대상으로 삼지 않았다. 어느 시기 이후의 아프리카문학을 다루어도, 고대의 언어를 오늘날까지 이어받고 있는 이집트 기독교문학을 제외한 것은 부당하다. 유사한 성격을 가진 에티오피아 기독교 고전어문학은 너무 간략하게 다루었다. 이 둘을 합쳐 아프리카 기독교 고전문학 총론을 쓰면서 라틴어를 사용한 것들까지 말해야 아프리카문학사의 한 단계가 제대로 이해된다. 아랍어문학이 등장한 것이 그 다음 단계의 커다란 변화인데, 〈아랍어 아프리카문학〉이라는 항목 하나에서 간략하게 소개하는 데 그치고, 아프리카어 기록문학 스와힐리, 하우사(Hausa) 등의 문학이 일어난 것과 관련시켜 고찰하지 않았다.

아프리카문학은 아프리카 밖의 아프리카인 문학이기도 하고, 아프리카에 관한 문학이기도 하다고 하면서 범위를 확대했다. 〈아프리카 유랑민의 구비전승〉에서 강제로 아프리카를 떠나 여러 나라에 이주한 노예 후손들이 무엇을 전하는지 살핀 것은 뜻 깊은 일이다. 카리브해 연안 여러 곳에 이주한 아프리카인의 문학만 특별하게 존중해 책 제목을 《아프리카 및 카리비안 문학사》라고 했다. 기본 성격이 다르지 않은 미국이나 중남미에 이주한 아프리카인 문학은 제외해 일관성이 없다. 《아프리카문학의 확장》이라는 별권을 마련해 모두 다루는 것이 바람직하다.

2) 동남아시아

동남아시아는 미얀마, 타이, 캄보디아, 말레이시아, 싱가포르, 인도네시아, 필리핀, 월남을 포괄하는 광범위한 지역이다. 아세안(ASEAN)이라는 연합체를 만들어 결속을 다짐하지만, 역사적으로 누적된 이질성이 커서 문명의 교차로라고도 하고 아시아의 축소판이라고도 하는 곳이다. 사용하는 언어가 아주 복잡하게 얽혀 있다.[2]

동남아시아는 대부분 산스크리트문명권이었다가 팔리어문명권으로 바뀌고, 해안이나 도서지방은 아랍어문명권에 속하게 되었다. 월남은 한문문명권이다. 필리핀은 문명권 밖에 있다. 산스크리트문명권문학사나 아랍어문명권문학사에 동남아시아를 포함시켜 고찰하는 작업이 필요하지만 거의 하지 않았다. 동남아시아문학사를 그 자체로 통괄해 서술하는 것은 더욱 긴요한 과제인데 시도 단계에

---

2) 언어가 복잡하게 얽혀 있는 양상을 Richard B. Noss ed., *An Overview of Languages Issues in South-East Asia 1950~1980*(1984)(Singapore: Oxford University Press)에서 정리해 논하자고 했다.

머무르고 있다.

동남아시아문학사에 관해 논의한 저작 목록을 연대순으로 정리해보자. (가) 코에데스, 《인도차이나와 인도네시아의 인도화된 나라들》(1948)(G. Coedès, *Les états hindouanisés d'Indochine et d'Indonésie*, Paris: De Boccard)이 먼저 나오고, 한참 뒤에 (나) 라퐁 외 공편, 《동남아시아 현대문학》(1974)(P. -B. Lafont et D. Lombard eds., *Littératures contemporaines de l'Asie du Sud-est*, Paris: à l'Asiatique)이 나타났다. (다) 사르카르, 《동남아시아의 문학 유산》(1980)(Himasu Bhusan Sarkar, *Literary Heritage of South-East Asia*, Calcutta: Firma KLM); (라) 탐성치 편, 《동남아시아의 문학과 사회에 관한 논의: 정치적사회적 조망》(1981)(Tham Seong Chee ed., *Essays on Literature and Society in Southeast Asia: Political and Sociological Perspectives*, Singapore: Singapore University Press)이 한 해 차이를 두고 출간되었다.

(마) 브라진스키, 《동아시아 고전문학의 통일성과 다양성》(1996)(V. I. Braginsky, *Unity and Diversity of Traditional Literature of South East Asia*, London: School of Oriental and African Studies); 《동아시아 고전문학 비교연구: 자각적인 전통주의에서 새로운 전통주의까지》(2000)(*The Comparative Study of Traditional Asian Literatures: From Reflective Traditionalism to Neo-traditionalism*, London: Taylor & Francis)는 동일 저자가 거듭 낸 책이다. (바) 스미스 편, 《동남아시아문학의 正典: 미얀마, 캄보디아, 인도네시아, 라오스, 말레시아, 타이, 월남의 문학》(2000)(David Smith ed., *The Canon in Southeast Asian Literatures: Literatures of Burma, Cambodia, Indonesia, Laos, Malaysia, Thailand and Vietnam*, Richmond:

Curzon Press)도 나왔다. 최근의 업적에 (사) 尹湘玲,《東南亞文學史概論》(2011)(廣東: 世界圖書)이 있다.

이들 책의 편·저자의 국적이 다양해 동남아시아가 복잡한 곳임을 재확인하게 한다. (라)는 중국계로 생각되는 싱가포르 사람이 편자가 되어 싱가포르에서 낸 유일한 동남아시아 내부의 저작이고, 다른 것들은 모두 외부에서 내놓았다. (가)와 (나)는 프랑스, (다)는 인도에서 이루어졌다. (마)의 저자는 러시아인인데 영국에서 교수 노릇을 하게 되어 책을 영어로 썼다. (바)는 영국에서 만들고 미국에서 낸 책이다. (사)에는 중국인도 참여했다.

학술회의 발표 논문 모음도 있고, 개인의 저작도 있는 것은 흔히 볼 수 있는 바와 같다. (나)·(라)·(바)는 논문 모음이고, (가)·(다)·(마)·(사)는 개인의 저작이다. 싱가포르에서 낸 논문 모음 (라)는 참여자 다수가 동남아시아인이고, 외부인은 소수이다. 외부에서 낸 논문 모음 (나)·(바) 참여자는 대부분 외부인이고, 동남아시아인은 얼마 되지 않는다. 수록한 논문에서 각자의 견해를 다양하게 제시한 가운데 이따금 중요한 것들이 있다. (나)·(라)는 현대문학만 다루고, (가)·(다)·(마)·(바)는 고전문학에 관한 논의에 치중했다. (사)만 고전문학에서 현대문학까지 통괄해서 고찰하고자 했다.

(가)·(다)에서는 동남아시아 산스크리트문학이 인도 문명의 전파라고 했다. (마)·(바)는 동남아시아 고전문학사를 서로 대조가 되는 관점에서 이해했다. (마)에서는 문학사 이해를 위한 방법을 정비해 일관된 체계를 갖추려고 했다. (바)에서는 중요한 사례를 찾아 집중적으로 검토했다. (나)·(라)는 현대문학의 다양성을 문학

과 사회의 관련을 중요시하면서 논의했다. (나)에는 두 편자가 각기 인도차이나 반도 지역과 도서 지역의 사정을 구분해서 고찰한 서론이 있고, (라)에서는 동남아시아문학의 전반적인 특징을 살폈다. 두 책 다 수록한 논문의 성격이나 내용은 필자에 따라 달라 개별적인 고찰이 필요하다. (사)는 특별한 관점을 제시하지 않고 사실 정리에 힘쓰고자 했다.

이들 저작을 하나씩 고찰하는 작업은 책 출간 연도가 아닌 다룬 내용의 시대순으로 하기로 한다. (가)에서는 이른 시기의 상황을 다루면서, 동남아시아라는 말을 사용하지 않고 인도차이나와 인도네시아를 병렬해 일컬었다. 산스크리트를 공동문어로 사용하는 문명이 인도에서 유래해 그 두 곳으로 퍼져나간 양상을 고찰하면서 문학을 중요한 자료로 삼았다. 인도와 동남아시아가 같은 문명권을 이루었다고 하지 않고 동남아시아가 인도화(hindouanization)했다고 한 것에 문제가 있지만, 기여한 바가 크고 많은 영향을 끼쳤다.

(다)에서는 동남아시아가 인도화한 내력을 산스크리트문학의 이식을 통해 고찰해, 동남아시아 산스크리트문학사라고 할 것을 이룩했다. 산스크리트문학의 자료 가운데 금석문이 가장 중요하다고 하고, 캄보디아에 남아 있는 수백 개가 높은 수준에 이르러 최상의 문학적 표현을 갖추었다고 했다. 자바 쪽은 산스크리트 금석문이 20여 개뿐인 반면에 자바어문학은 일찍 일어났다고 했다. 미얀마, 타이와 라오스, 말레이시아 등지는 산스크리트문학이 깊이 정착되지 않은 상태에서 소승불교 경전어인 팔리어를 학습하고, 이슬람교를 받아들였다고 했다. 동남아시아 산스크리트문학을 개관하고 나라마다의 차이를 밝힌 것은 평가할 만하지만, 동남아시아 각처에 인

도화된 나라들이 생겨난 것이 인도의 자랑이라고 하고 남아시아와 동남아시아가 산스크리트문명을 함께 이루었다는 생각은 하지 않았다.

(마)는 저자의 나라 러시아에서 개발한 역사적-유형적(historico-typological) 방법으로 문학사 전개의 단계를 구분해 논하는 이론을 제시한다고 했다. 5세기부터 18세기의 기간 동안에 자각적 전통주의 (reflective traditionalism)가 이루어져, 문학의 기본 성격이 전후 시기와 다르다고 하는 것이 핵심적인 내용이다. 주전공인 말레이문학사에서 정립한 견해를 인도네시아문학사와의 비교를 통해 검증하는 작업까지 실제로 하고, 동남아시아문학 또는 아시아문학사 전반으로 논의를 확대하는 전망을 제시한다고 했다. 장황하게 이어지는 논의를 거듭해서 하는 이론적 저작에 그쳐 문학사의 실상을 파악하는 데 기여한 바는 그리 크지 않다.

(사)는 이른 시기부터 오늘날까지 동남아시아문학사를 대체로 적절한 편차를 갖추어 고찰했다. 제1장 中古(3세기 전후~13세기 전후)에서 제1절 口頭文學 고대신화, 民歌民謠, 제2절 書面文學의 시작, 월남의 이른 시기 한문학, 자바문학, 碑銘文學을 고찰했다. 필요한 내용을 갖추었으나, 순서에 문제가 있다. 碑銘文學이라고 한 캄보디아 산스크리트 금석문을 먼저 들어 기록문학의 시작을 고찰하는 것이 적절한 순서이다. 제2장 近古(13세기 전후~19세기 중엽)에서는 제1절 종교문학과 궁정문학, 제2절 현란하고 다채로운 월남한문학, 제3절 민간문학과 시정문학으로 구성했는데, 월남한문학은 따로 다루어 불균형이 생겼다. 종교문학·궁정문학·민간문학·시정문학을 든 것은 적절한 선택이다. 월남의 경우도 이에 포함시켜 다루는

것이 마땅하다.

제3장 근대(19세기 중엽~20세기 중엽)는 제1절 근대의식의 계몽과 문학의 전환, 제2절 민족주의 및 애국주의문학, 제3절 서방 사조의 영향과 민족 신문학 운동, 제4절 현실주의문학, 제5절 혁명진보문학으로 구분하고, 그 하위에서 필리핀, 월남, 인도네시아, 미얀마, 타이, 캄보디아, 라오스 등 여러 나라의 경우를 고찰했다. 통일성과 다양성을 함께 갖추었다고 할 수 있다. 제4장 현대(20세기 중엽 이후)는 제1절 전쟁문학, 제2절 의식 형태 충돌과 문학관 논쟁, 제3절 현실주의문학의 발전과 번영, 제4절 문학 다원화 발전으로 편차를 짜서 근대의 경우보다 산만한 편이다. 현대에 제5절 동남아 華文문학을 첨부해 중국인다운 관심을 나타냈다. 외부의 언어를 사용한 문학을 별도로 고찰한다면, 스페인어, 영어, 불어, 네덜란드어 등을 사용한 것들도 함께 들어야 한다.

(바)는 1995년 영국 런던대학에서 열린 학술회에서 발표된 논문 16편 모음이다. 대표작을 의미하는 정전(canon)이 동남아시아문학에는 어떤 것들이 있는지 논의했다고 했다. 여러 나라 문학의 사례를 각자 다룬 논문을 일정한 순서 없이 수록했으며, 대부분 소개 정도에 머물고 주목할 만한 내용을 갖춘 것은 얼마 되지 않는다.

러시아 학자가 불교 고승전과 인도네시아 고전문학의 관계를 다룬 논문이 서두에 실려 있다.(Yuriy M. Osipov, "Buddhist Hagiography in Forming the Canon in the Classical Literatures of Indonesia") 동남아시아 불교문명권 전체의 상황을 살피고 인도네시아의 경우에 대해 구체적인 고찰을 해서 문학사 이해의 심층에 이르렀으므로 앞에 내놓을 만하다. 같은 주제를 불교문명권 전역에서 다루거나 다른 종교의 성자전까지 들어 논의를 더 넓히면 문학사 이해의 새로운 경지 개척에 크게 기여할 수 있을 것이다. 필리핀인 참가자가 국민이 자부심을 가지는 위대한 문학이 어떤 것인가에 관해 필리핀과 말레이시아의 경우 비교론을 전개한 것도 관심을 가질 만하다.(Luisa J. Mallari, "Literary Excellence as National Domain: Configuring the Masterpiece Novel in the Philippines and Malaysia") 영국에서 교수를 하는 논자가 인도네시아 문학사의 정전 인식에 관해 고찰한 것도 도움이 된다.(E. Ulrich Kratz, "The Canon of Indonesian Literature: an Analysis of Indonesian Literary Histories Available in Indonesia")

(나)는 프랑스에서 열린 국제학술회에서 동남아시아 현대문학에 관해 발표한 논문을 모은 책이다. 프랑스인 둘이 모임을 조직하고 총론을 집필했다. 제1부에서는 인도차이나반도의 문학을, 제2부에서는 도서 지역의 문학을 다루었다. 편자가 쓴 제1부의 총론에서, 인도차이나반도의 문학은 국가의 통제를 받는 사회주의권과 시장의 지배를 받는 자본주의권에서 서로 많이 다르다고 했다.(P. −B. Lafont, "Introduction aux littératures contemporaines de la Péninsule Indochinoise") 다른 편자는 제2부의 총론에서, 도서지역 여러 나라는 국어 확립에 어려움이 있고 소수민족어가 다수여서 국민문학의 성장이 지연되는 사정이 공통된다고 했다.(D. Lombard, "Pour une étude comparée des littératures contemporaines d'Insulinde")

여러 필자가 각기 쓴 각론 가운데 동남아시아문학의 특이한 사정을 다룬 것들을 특히 주목할 만하다. 라오스의 좌파 정치세력은 자국민은 1%만 이해하는 프랑스어를 사용해 대외 선전용 작품을 창작한다고 했다.(P. −B. Lafont, "La lttérature poltique lao") 인기에 영합하는 타이 통속소설의 판매 부수가 5천 정도이고 1만을 넘지 않는다고 했다.(Jacqueline de Fels, "Littérature populaire, les éditions bon marché en Thaïlande") 말레이 근대문학은 농촌의 전통과 깊은 관련을 가지고 서양의 영향에 적극적인 관심을 보이지 않는다고 했다.(Ismail Hussein, "Modern Malay Literature")

(라)의 편자는 간략하게 쓴 서론과 결론에서 동남아시아문학 현대문학은 사회참여문학과 종족문학(ethnic literature)이라는 두 가지 특징이 있다고 했다. 식민지지배에서 해방되는 과정에서 사회참여문학이 생겼으며, 국가 단위로 통합된 국민문학이 이루어지지 않고 언어 집단에 따라 각기 다른 종족문학의 특징을 계속 지닌다고 했다. 편자가 쓴 논문이 세 편이나 수록되어 있다.

인도네시아문학의 사회적·사상적 성향을 고찰했다.(Tham Seong Chee, "The Social and Intellectual Ideas of Indonesian Writers, 1920~1942") 다민족 국가 말레이시아의 언어와 문학, 작가들의 사회적인 배경과 사회의식을 논의했다.(Tham Seong Chee, "The Politics of Literary Development in Malaysia"; Tham Seong Chee, "Literary Responses and Social Process: an Anaysis of Cultural and Political Beliefs among Malay Writers") 필리핀문학에 관한 논의는 사용 언어가 타갈로그어인가 영어인가에 따라 나누어져 있다. 싱가포르의 영어문학과 중국어문학을 다른 필자가 각기 고찰했다.(Koh Tai Ann, "Singapore Writing in English: The Literary Tradition and Cultural Identity"; John R. Clammer, "Straits Chinese Literature: A Minority Literature as a Vehicle of Identity")

동남아문학사는 양상이 복잡해 적절한 방법을 마련해야 혼란에 빠지지 않고 갈피를 잡을 수 있다. 이에 관해 노력해 얻는 성과는 문학사 일반이론을 이룩하는 데 크게 기여한다. 동남아시아문학사는 명확하게 구분할 수 있는 단계를 갖추어 전개되었다는 사실을 발견하면 안개가 걷히고 길이 열린다.

동남아시아문학사는 일정한 순서를 갖추어 전개되었다. (1) 무수히 많은 소수민족까지 모두 갖추고 있는 독자적인 토착언어에 의한 구비문학, (2) 한문·산스크리트·팔리어·아랍어 순으로 등장한 공동문어문학, (3) 공동문어와 관련을 가지고 정립한 민족어기록문학, (4) 주민 이주와 통치 때문에 생긴 중국어, 스페인어, 영어, 불어, 네덜란드어 등 외부언어의 문학이 순차적으로 등장했다. 이런 사실을 파악하면 문학사의 근간이 마련된다.

(1)은 다른 책에서는 다 빼놓고 (사)에서만 너무 소략하게 고찰했다. (마)에서 자각적 전통주의라고 한 것은 (2)와 (3)으로 나누어 재론해야 한다. (바)에서 든 正典은 (1)에서 (4)까지로 구분해 재검토해야 한다. (사)에서 제시한 시대구분과 서술체계를 이론적 근거를 갖추어 정비해야 한다. 이런 사실을 개관하는 총설을 마련하고, (2) 이하의 것들을 갖춘 양상을 국가별로 정리해 보여 주는 작업을 해야 한다. 전반적인 양상을 충분히 설명한 다음 특기할 만한 사례를 중점적으로 고찰하는 것이 적적한 방법이다.[3]

(1)에서 (4)까지의 특징을 말해 주는 예증을 들어 보자. (1)에서는 필리핀 여러 언어로 전승되는 구비서사시를 특히 주목할 만하

---

[3] 필리핀 여러 언어의 구비서사시를 《동아시아 구비서사시의 양상과 변천》(1997), 360~379면; 캄보디아의 산스크리트 금석문을 《문명권의 동질성과 이질성》,(1999), 137~141면, 한자를 이용해 자국어를 표기한 월남의 國音詩를 《하나이면서 여럿인 동아시아문학》(1999), 382~389면에서 고찰했다.

다. 다양한 모습을 생생하게 보여 주는 것들이 있어 세계문학사의 소중한 유산이다. (2)에서는 캄보디아의 산스크리트 금석문이 좋은 본보기이다. 공동문어를 받아들여 나라의 위엄을 나타낸 여러 문명권, 많은 나라의 사례 가운데 질과 양 양면에서 으뜸이라고 할 수 있다.

(3)에서는 한자를 이용해 자국어를 표기한 월남의 國音詩가 공동문어 문자를 이용해 자국어를 표기하고 공동문어시의 수법을 수용한 좋은 본보기이다. 시인 阮廌(Nguyen Trai)가 두 언어의 시를 비중과 수준이 대등하게 창작해 더욱 주목된다. (4)에서는 필리핀 독립투사가 스페인어로 창작한 애국시 같은 것들이 특별한 관심을 가지고 상론할 만한 사례이다. 리잘(José Rizal)이 처형을 앞두고 식민지 통치자의 언어인 스페인어로 쓴 애국시는 민족해방운동문학사에서 특기할 만한 위치를 지닌다.

이런 것들에 관한 심도 있는 논의에다 유사한 자료에 관한 고찰을 보태 취급 범위를 확대하는 것이 바람직하다. 동남아시아문학사는 양상이 아주 다양하고 복잡하면서도 시대구분을 분명하게 해서 정리할 수 있는 뚜렷한 줄거리가 있다. 문학사가 단일체이면서 다원체인 양면을 생극론으로 파악할 수 있는 좋은 자료를 제공한다. 동남아시아문학사를 제대로 쓰면 문학사 일반론을 수준 높게 정립하고 세계문학사를 새롭게 이룩하는 모형을 마련할 수 있다.

3) 다른 여러 곳

구세계 유럽과 대비해 남북 아메리카 미주 대륙을 신세계라고 한다. 구세계의 유럽문학사가 있는 것처럼 신세계의 아메리카문학사도 있어야 한다고 할 수 있다. 피르마트 편, 《아메리카에 공통된 문학이 있는가?》(1990)(Gustavo Pérez Firmat ed., *Do the Americas Have a Common Literature?*, Durham, NC: Duke University Press)에서 이에 관해 고찰했다. 남북 아메리카 문학 전공자들이 자기 쪽 연구에 머무르지 말고 상대방에 대해서도 관심을 가지고 공통성을 찾아야 한다고 하면서, 접근 가능성을 여러 측면에서 찾는 논의를 펼쳐 보였다.

피츠, 《신세계 재발견: 비교의 맥락에서 본 아메리카 내부의 문학》(1991)(Earl E. Fitz, *Rediscovering the New World: Inter-American Literature in a Comparative Context*, St. Iowa City, IA: University of Iowa Press)에서는 신세계문학 또는 아메리카문학을 하나로 이해해야 한다고 했다. 원주민문학에서 논의를 시작하고, 여러 이주민이 영어, 불어, 스페인어, 포르투갈어 등을 사용해 이룩한 문학을 총괄해서 고찰하려고 시도했다. 그러나 남북아메리카 문학 전체는 범위가 너무 넓고 이질성이 크다. 북미문학은 유럽문명권문학의 계승자여서 소속과 정체가 문제되는 중남미문학과 다르다.

멕시코부터 아르헨티나까지의 라틴아메리카문학사 또는 중남미문학사는 별도의 탐구 대상이며, 광역문학사의 본보기가 된다. 김현창, 《중남미문학사》(1994)(서울: 민음사)가 있어 그런 사정을 쉽게 확인할 수 있다. 중남미문학은 중남미 통합국가의 이상을 계승해 유럽문학과는 구별되는 고유한 성격을 지닌 문학이라는 점을 주목하고

자 한다고 하고, 토착어를 사용한 원주민문학에 대한 고찰을 앞세웠
다. 토착어 원주민문학에는 오랜 내력을 지닌 구비문학이나 로마자
를 이용해 스스로 작성한 구비문학 기록이 있을 뿐만 아니라, 유럽
인의 침략을 받아 일어난 사태를 전하는 산문도 있다고 했다.

라틴아메리카문학사가 스페인어로 여럿 출간된 사실을 김현창,
《중남미문학사》(1994)의 참고문헌에서 확인할 수 있다. 1974년 바르
셀로나 출간본이 가장 오래 되고, 멕시코와 마드리드에서 거듭 나
왔다.[4] 그러나 읽을 능력이 없어 다루지 못한다. 영어로 나온 것들
을 고찰하는 데 그칠 수밖에 없다.

에체바리아 외 공편, 《캠브리지 라틴아메리카문학사》(1996)
(Roberto González Echevaria and Enrique Pupo-Walker eds., *The Cambridge
History of Latin American Literature*, Cambridge: Cambridge University Press)
전 3권은 영국에서 나온 책이지만, 편자나 필자는 미국대학 교수들
이고 중남미 출신이다. 제1권은 《발견에서 모더니즘까지》(*Discovery
to Modernism*)이고, 제2권은 《20세기》(*The Twentieth Century*)이고, 제3
권은 《브라질문학사, 참고문헌》(*Brazilian Literature, Bibliographies*)이다.
앞의 두 권에서는 스페인어문학을, 제3권에서는 포르투갈어를 사용
하는 브라질문학을 다루었다.

---

4) Jean Franco, *Historia de la litteratura hispanoamericana a partir de la independencia*(1974)
(Barcelona: Ariel); Raimundo Lazo: *Historia de la litteratura hispanoamericana,
El periodo colonial*(1979)(Mexico: Editorial Porrúna); Raimundo Lazo: *Historia
de la litteratura hispanoamericana, El siglo XIX*(1981)(Mexico: Editorial Porrúna);
Enrique Anderson Imbert, *Historia de la litteratura hispanoamericana*(1982)(Mexico:
Fondo de Cultura Económica); Luis Iňgo-Madrigal ed., *Historia de la litteratura
hispanoamericana*(1982)(Madrid: Cátedra); Giuseppe Bellini, *Historia de la litteratura
hispanoamericana*(1986)(Madrid: Editiorial Castalia); Luis Sáinz de Medrano, *Historia de
la litteratura hispanoamericana deside el modernisimo*(1989)(Madrid: Taurus) 등이다.

서론에서 국제적인 공동작업의 이점을 살리면서 일관성 있는 서술을 한다고 하고, 사실을 정확하게 소개하면서 문학과 역사의 관계를 고찰한다고 했다. 의욕적인 시도를 한 듯이 보이지만, 시대와 갈래에 따라 항목을 세분해 전문 지식을 가진 필자들이 집필을 담당한 것을 두고 한 말이다. 갈래를 시, 소설, 수필, 희곡 순서로 들어 일관성이 있게 했다. 교과서적인 서술 방식에 따라 사실을 정리하고 복잡한 논의를 피했다.

다른 사항은 얼마 되지 않는다. 제1권과 제3권 서두에 문학사 서술의 내력에 관한 고찰이 있는데 제목을 붙이는 방식이 문학의 역사("History of Spanish American literature")이기도 하고, 문학사학("Literary historiography of Brazil")이기도 해서 일관성이 없다. 제2권에서는 미국에서 창작된 스페인어문학도 논의의 대상으로 삼았다. 제3권 말미에 두 언어 문학 비교론이 있다.

발데스 외 공편, 《라틴아메리카 문학문화 비교사》(2004)(Mario J. Valdés and Djelal Kadir eds., *Literary Cultures of Latin America, a Comparative History*, Oxford: Oxford University Press) 전 3권은 의욕적인 구상에 따라 새로운 시도를 한 성과이다. 두 언어의 문학을 함께 다루어 "비교사"라고 하고, 문학을 "문학문화"라고 해서 복잡한 얽힘을 다각적인 시각으로 고찰하려고 했다. 편자 발데스는 라틴아메리카 출신의 저명한 비교문학자이며 캐나다 토론토대학교 교수이다. 편자 또 한 사람은 미국 펜실베이니아주립대학 교수라고 했다. 사실 정리를 넘어서서 문학사 이해의 새로운 방향을 제시하려고 하는 구상을 다국적의 필진을 동원해 큰 규모로 실현하고자 했다.

발데스는 〈문학사를 넘어서서〉(Beyond Literary History)라는 서론에서 토착·유럽·아프리카의 전통을 지닌 복합체인 라틴아메리카문학을 작품 중심의 논의에 그치는 종래의 문학사와는 다른, "문화지리, 문화인구학, 생산과 수용의 역사, 문화의 언어적 기록, 문학운동의 사회학, 지성사" 등 여러 분야의 복합적 상호작용을 파악하는 문학적 문화의 관점에서 여러 나라의 경우를 비교해 고찰한다는 요지의 논의를 논문을 쓰듯이 장황하게 폈다. 그 비슷한 말을 한 서론이 몇 개 더 있다.

제1권은 《문학적 문화의 윤곽》(*Configurations of Literary Cultures*)이다. 제2권은 《제도의 모형과 문화적 양식》(*Institutional Modes and Cultural Modalities*)이다. 제3권은 《라틴아메리카의 문학적 문화: 역사에 관해서》(*Latin American Literary Culture: Subject to History*)이다. 뜻이 불분명한 한 여러 말을 번다하게 사용해 어떻게 구분되는지 알기 어렵다. 여러 단계로 나눈 하위 제목에서도 말잔치를 벌였다고 할 수 있고, 체계적인 관련은 확인하기 어렵다. 소항목마다 각기 다른 필자가 자기 나름대로의 논의를 펴서 일관성이 없다.

다룬 내용에서는 이따금 주목할 만한 것들이 발견된다. 제1권 제2부에서 토착어를 사용하는 원주민문학을 고찰했다. 멕시코, 과테말라, 안데스 산맥 지역, 브라질 등지에서 그 전통이 오늘날의 창작으로 이어지고 있는 예증을 자세하게 들었다. 제3부에는 여러 곳의 구비문학에 대한 논의가 있고, 카리브해 도서 지방에 남아 있는 아프리카 구비문학을 살폈다. 제2권 제3부에서 문화 중심지를 지역별로 고찰하고, 뉴욕과 파리에 진출한 라틴아메리카문학을 들기까지 했다. 제3권 제2부에는 문화적 정체성에 관한 논의가 있고, 제3부에서 원주민문학을 다시 검토했다.

토착어 기록문학은 제2부에서, 구비문학은 제3부에서 다룬 것은 부적절하다. 둘을 합쳐 토착어 구비문학과 기록문학의 관계를 고찰해야 할 것이다. 제1권 제3부에 있는 〈멕시코 구비문학사〉(Leonardo Manrique Castañeda, "The History of Oral Literature in Mexico")를 앞에 놓고, 제2부의 〈최초의 국가들, 최초의 작가들: 자생적 멕시코문학사〉(Cynthia Steele, "First Nations, First Writers: Indigenous Mexican Literary History")를 뒤에 붙여 둘을 유기적으로 연결시키고, 거기다가 스페인어를 사용한 문학의 내력까지 보태면 라틴아메리카문학사를 다시 쓰는 좋은 본보기를 마련할 수 있다. 구비문학이 기록문학을 산출한 모체 노릇을 하고 계속 전승되면서 재창작되고, 또한 스페인어문학에 수용되어 온 내력을 밝히는 것이 마땅하다

선행 저작인 포스터, 《멕시코문학사》(1994)(David William Forster ed., *Mexican Literature, a History*, Austin: University of Texas Press)를 보면 콜럼부스 이전 시기의 문학만 논한 장을 앞에다 두기만 하고 그 뒤의 행방은 무시했다. 스페인어문학만 시대순으로 고찰하고 임무를 완수한 것으로 했다. 관행으로 정착되었다고 생각되는 이런 잘못을 시정하는 것이 "문학적 문화"론을 번다하게 펼치는 것보다 더욱 긴요한 과제이다.

카리브해 여러 도서는 라틴아메리카의 일부이다. 그곳의 문학을 카리브문학이라고 하고 통괄해서 고찰하는 광역문학사도 있다. 여러 곳에서 각기 다른 언어로 창작한 문학을 아놀드 편, 《카리브문학사》(1994)(A. James Arnold ed., *A History of Literature in the Caribbean*, Amsterdam: John Benjamins) 제1권 《스페인 및 불어 지역》, 제2권 《영

어 및 네덜란드어 지역》, 제3권《문화비교연구》삼부작에서 고찰했
다. 전체 편자 외에 각 권을 만드는 데 참여한 보조편자 4·5인씩의
명단도 밝혀 놓았다. 국제비교문학회에서 내고 있는 유럽언어문학
비교사의 하나이다.

편자는 제1권 서론에서 카리브해 도서와 인근 여러 곳을 한 문학
권으로 이해하는 최초의 시도를 한다는 말을 먼저 했다. 어느 한 언
어의 문학을 식민지 본국과 연결시키거나 라틴아메리카문학에 포
함시켜 고찰하기나 한 기존 업적을 넘어서서, 지역 전체의 문학을
총괄하는 작업이 필요하다고 했다. 네덜란드어, 영어, 불어, 스페
인어 등 여러 언어를 사용한 문학의 역사를 모두 다루는 공동의 노
력을 1985년부터 시작해 단계별로 진행한 경과를 설명했다.

제2·3권 서론에서는 그 권의 구성과 내용을 고찰했다. 제1·2권
에서는 대상으로 하는 언어가 바뀔 때마다 그 언어의 문학을 담당
한 보조편자가 서론을 써서 개략을 설명했다. 제1권의 스페인어·
불어문학, 제2권 영어·네덜란드어문학에서 모두 언어와 문학을
지역별로 개관하고 문학갈래의 변천을 시대별로 고찰하는 작업을
진행해 공간과 시간 양면의 이해를 갖추었다. 작업의 단위마다 서
론·각론·결론이 있다. 제3권의 상호비교 아홉 장에서 여러 문제
를 고루 다루었다고 할 수 있다.[5]

이렇게 요약될 수 있는 전반적인 구성을 보면 이 책은 체계를 잘
갖춘 것 같다. 그러나 실질적인 내용은 여러 사람이 각기 자기 전문

---

5) "Preliminary Approaches", "Literary Creoleness and Chaos Theory", "Problematics of
Literary Historiography", "Literature and Popular Culture", "Carnival and Carnivalization,
Gender and Identity", "The Caliban Complex", "Gender and Postcoloniality", "Cross—
Cultural Currents and Conundrums"

지식을 제공하는 각론 모음이어서 크고 중요한 문제는 다루지 못했다. 편자가 회의 진행에 견주어 말하면 발제자가 아니고 사회자일 따름이다. 발제자가 제시하는 기본설계 없이 집을 더덕더덕 붙여 지어, 전체 구조가 나타나지 않고 무엇이 어떻다는 말인지 알기 어렵다. 어느 글이든지 문헌 인용은 지나치게 많고 논지가 불분명하다. 박식이 학문이라고 여기고 분에 넘치는 일을 해서 혼란을 가중시켰다.

범위 설정에 의문이 있다. 카리브해의 여러 도서와 함께 남미의 콜롬비아, 베네수엘라, 수리남, 가이아나 등은 카리브문학에 포함하고, 멕시코를 비롯한 북미의 여러 나라는 카리브해 연안 국가인데도 제외했다. 그 이유가 무엇인가 하는 의문에 대한 해명을 찾을 수 없다. 카리브가 어떤 공통점이 있어 한 지역으로 인정되는지 총괄해서 논의하지 않았다. 유사한 크기로 구분되는 다른 여러 지역과 어떤 공통점과 차이점이 있는지 알아보려고 하는 생각은 하지 않았다.

유럽인 진출 이전의 역사, 원주민의 구성과 행방, 원주민문학의 유산 유무에 대해 고찰하는 절차를 거치지 않고, 유럽의 언어를 사용한 문학만 관심의 대상으로 삼았다. 유럽인 진출의 내력과 언어 분포에 관한 총괄론도 없다. 원주민과 유럽인 외에 아프리카인이 추가되어 문학의 전통이 복잡하게 된 양상을 고찰하지도 않았다. 거시적인 문제를 다루는 총론은 아무도 마련하지 않고, 미시적인 작업이나 하는 수많은 논자의 각론을 집성해 책을 내는 허점을 편차를 그럴듯하게 만들고 편자의 서문을 자주 넣어도 메우지 못했다. 카리브문학의 공통된 특질 고찰이 가장 긴요한 과제인데, 어디서 한 작업인지 찾기 어렵다. 제3권 《문화연구》 서두 〈예비적 접근〉 장에 있는 카리브문학의 문화비교적 통일성에 관한 논의에서 의문 해결을 기대할 만한데, 산만하게 이루어진 기존의 논란을 정리하는 데 그치고 자기 견해를 분명하게 하지 않았다.(Silvo Torres-Saillant, "The Cross-Cultural Unity of Caribbean Literature: Toward a Centripetal Vision") 흩어져 있는 사실을 모아 총체적인 인식을 하고, 외부가 아닌 내부의 관점을 갖추어야 한다고 주장하고서 얻은 결과가 무엇인지 의문이다. 구심적 견해라고 표제에 내세운 것을 제시하려고 하지 않고 소개한 가운데 카리브지역은 "설탕과 노예가 카리브 역사의 두 가지 기본 요인"이라는 것과, 음악의 특성이 같고, 식민지 통치 때문에 희생된 경험을 공유하고 저항하는 자세를 함께 지니고, "방황"하는 경향이 두드러진 특징이 있다고 한 것을 기억할 만하다.

〈문학사학의 문제점〉("Problematics of Literary Historiography")이라는 장에서 더 중요한 총괄론을 폈을 것 같은데, 작은 주제를 다룬 글 두 편만 실려 있다. 일정 시기 문학잡지에 관한 비교분석, 몇 나라 독립의 의의 재발견에 관한 미시적 고찰을 문학사학의 문제점이라고 한 것은 부당한 확대이다. 〈문화비교의 동향과 수수께끼〉("Cross-Cultural Currents and Conundrums")라고 한 마지막 장에 불어권 카리브와 아프리카의 합작으로 일어난 흑인 자각 문학운동 '네그리튀드'에 영어권은 참여하지 않은 간격과 차질을 분석한 글이 있다.(Femi Ojo-Ade, "Caribbean Negritude and Africa, Aspects of Black Dilemma")

대쉬, 《다른 아메리카: 신세계의 맥락에서 본 카리브문학》(1998)(J. Michael Dash, The Other America: Caribbean Literature in a New World Context, Philadelphia: The University Press of Virginia)은 개인 저작이다. 신

세계문학은 민족과 언어가 얽혀 있는 복합체여서 단일체의 집합인 구세계문학보다 세계문학의 새로운 이해를 위해 큰 의의를 지닌다고 했다. 이러한 사실을 카리브문학이 특히 잘 보여 준다고 하고, 여러 면모를 들어 고찰했다.

태평양 여러 섬에 흩어져 사는 주민, 특히 폴리네시아인의 문학에 대해서도 관심을 가지는 것이 마땅하다. 폴리네시아문학은 지역적 분포와 공통된 특질 양면에서 광역문학사를 서술할 만한 요건을 갖추었다. 그 유산은 인류가 이룩한 이른 시기 문학의 모습을 잘 간직하고 있어 세계문학사에서 중요한 위치를 차지한다.

질, 《남태평양의 신화와 노래》(1876)(William Wyatt Gill, *Myths and Songs from the South Pacific*, London: H. S. King's & Co.,) 같은 자료집이 일찍 나오고, 후속 조사가 이어져 이용할 수 있는 논저가 많아졌다. 괴츠프리트, 《오세아니아 토착문학: 비평과 해석 개관》(1995)(J. Goetzfridt, *Indigeous Literature of Oceania, A Survey of Criticism and Interpretation*, Westport: Greenwood Press)에서 7백여 종의 논저를 모아 오세아니아 전체, 태평양 도서지역, 뉴질랜드, 오스트레일리아 순으로 배열하고 해설했다. 오세아니아문학에는 영어로 창작한 것도 있는데, 본문에서는 취급하지 않고 권말에 목록을 제시했다. 해제하고 제시한 자료를 모아 오세아니아문학사를 쓰는 작업은 장래의 과제로 남아 있다.

북극권 여러 곳, 그린란드, 시베리아, 캐나다, 알라스카 등지에 흩어져 살고 있는 이누이트(Inuit) 또는 에스키모(Eskimo)의 문학도 널리 분포되어 있으면서 동질성이 두드러진 두 가지 특징이 있어 광역문학사를 써서 정리할 만하다. 이것 또한 이른 시기 문학의 모습을 간직하고 있는 소중한 유산이다.

관심을 가지고 노력한 사람들이 있어 필드 역, 《에스키모 노래와 이야기》(Edward Field tr, *Eskimo Songs and Stories*, New York: Delacorte Press); 콜로모 편, 《이누이트 시》(1981)(John Robert Colomo ed., *Poems of the Inuit*, Ottawa: Oberon Press) 같은 자료집이 이루어졌다. 그 전부를 모아 해설하는 작업은 아직 하지 않은 것 같다. 맥그래스, 《캐나다 이누이트문학: 전통의 발전》(1984)(Robin McGrath, *Canadian Inuit Literature: The Development of a Tradition*, Ottawa: National Museum of Canada)에서는 문학사적 이해를 시도했다. 폴리네시아문학도 그렇듯이, 이누이트문학은 기록문학은 없고 구비문학만이어서 갈래나 유형을 구분해 형성과 변화의 선후관계를 추정하고자 했다.

폴리네시아문학이나 이누이트문학 같은 광역문학이 세계 다른 여러 곳에 있었다. 그러나 거대한 규모와 세력을 지닌 외래인이 다가와 침해 작용을 한 탓에 온전한 모습을 지니지 못하고 있다. 시베리아, 남북아메리카, 오스트레일리아 등지의 원주민 일부가 거대한 유산의 일부를 힘겹게 지키고 있다.

7. 세계문학사

1) 제1세계 1

독일어로 'Weltliteratur'라고 하는 '세계문학'이라는 용어를 괴테 (Goethe)가 처음 사용했다고 한다. 분열되고 낙후한 독일에서 먼저 세계문학을 말하고 세계사를 내세운 것이 열세에서 벗어나기 위해 필요한 선택이었다. 영국이나 프랑스가 자국이 제일이라고 하는 데 맞서서 독일이 으뜸이라고 하지 않고, 유럽 전체를 생각하고 세계 인식을 갖추자고 했다. 사고의 폭을 확대하는 학문을 통해 후진이 선진이 되는 전환을 이룩했다. 그래서 세계문학사 서술이 한동안 독일의 독무대였다.

최초의 업적이 포르트라거, 《문학사강의》(1839)(H. Fortlage, *Vorlesungen über die Geschichte der Poesie*, Stuttgart: Cotta)가 아닌가 한다. 이 책은 중국·이집트·페르시아·인도·아랍문학까지 취급 범위 를 넓혀 세계문학사로 인정할 수 있는 내용을 처음으로 갖추었다.

그 여러 나라의 '미적 이상'(Schönheitsideal)이 각기 어떻게 다르며 어떤 상관관계를 가지는지 파악했다. "인도 · 그리스 · 헤브리아에서 보인 아름다움의 세 등급은 환상적 · 개성적 · 비극적 아름다움으로 나타나고, 문학의 세 가지 기본 갈래 즉 서사시 · 극시 · 서정시로 형상화된다"고 했다.(6면) 이집트문학과 중국문학은 "죽음과 삶, 밤과 낮"의 차이가 있다고 했다.(43면) 동양 여러 곳의 문학을 고찰하다가 "그리스로 들어오자 갑자기 더욱 선명하고 냉철한 요소를 향해 자리를 옮기게 되었다"고 했다.(81면)

쉐르, 《문학의 일반적 역사》(1850, 1869)(Johannes Scherr, *Allgemeine Geschichte der Literatur*, Stuttgart: C. Conradi);《삽도 세계문학사》(1886, 1895, 1926)(*Illustrierte Geschichte der Weltliteratur*, Stuttgart:¯C. Conradi) 전 2권은 1850년에 처음 나온 책이 거듭 개정되어 계속 출간되면서 제목이 달라졌다. 가장 길게 쓴 1895년판의 머리말에서, "문학사는 인류 자신의 이상에 관한 역사이다"라고 하고, "여러 민족의 문학이 자기네 존재의 최상 표현, 자기네 문화 창조의 가장 훌륭하고 아름다운 성과를 드러내기 때문이다"고 했다.(제1권, 4면)

다음 대목에서는 '국민'이라고 번역해 마땅한 'Nation'을 내세워 "문학은 국민문학으로 개념이 규정된다는 전제에 의거해서 일반문학사를 마련하려고 시도하고", "지구상의 모든 국민문학의 발전을 찾아 내놓아야 내세운 표제가 정당화된다고 했다"고 했다.(같은 곳) 스와힐리문학, 집시문학, 멕시코의 아즈텍문학, 페루의 잉카문학 등을 예로 들어서, 이런 것들은 종족문학에 머무르고 국민문학으로 발전하지 못해 세계문학사에서 거론될 자격이 없다고 했다. 제외할 것을 제외하는 데 관해서는 필요한 해명을 하면서, 포함시켜야 할 것을 포함시키는 작업은 제대로 하는지 반성하지는 않았다. 유럽 각국문학 이외의 문학에 관해서 1850년판에서 중국·인도·이집트·유대민족·아랍·페르시아·터키문학만 다루었고, 1886년판부터는 일본·바빌로니아·아시리아의 문학을 추가했다. 그밖의 다른 나라 문학은 없다.

고찰의 순서는 동양·고대·중세·근대로 했다. 역사는 동양에서 시작되고 서양에서 발전했다는 헤겔(Hegel) 역사철학을 따른 순서이다. 서양문학은 동양문학보다 월등한 가치를 가졌다고 하면서 "동양문학의 총체적이고 포괄적인 기본 유형인 분별없는 환상의 자리에, 그리스는 그 법칙과 척도로 자기네 문학이나 예술의 활동을 규정하는 아름다움을 가져다 놓았다"고 하고, 동양은 "경이나 경악을 아무리 많이 불러일으켜도, 근본적으로 진심 어린 공감을 얻어내지는 못한다"고 하고, "위대한 독일인 사상가가 적절하게 표현했듯이, 그 이름만 들어도 교양 있는 사람들 특히 독일인에게 고향인 듯한 느낌을 주는 나라로 들어선다"고 했다.(제1권 94면) "위대한 독일인 사상가"라고 한 사람은 헤겔이다.

중세문학까지는 통괄해서 다루다가 근대문학은 로망스어, 게르만어, 슬라브어 등의 언어권으로 크게 분류하고, 각국 문학을 하나씩 고찰했다. 로망스어를 사용하는 프랑스, 이탈리아, 스페인 등의 문학을 먼저, 게르만 여러 민족의 문학은 뒤에서 논의했다. 게르만 여러 나라의 문학은 영국, 독일, 네덜란드, 스칸디나비아 순서로 고찰했다. 독일은 게르만 시대의 선두에 서서 세계사 발전의 가장 선진적인 과업을 수행했다고 한 것을 문학사에서 입증하려고 했다. 독일에서 민족주의가 성장한 것이 커다란 발전이라고 하면서 그 경과를 감격스럽게 서술했다.

괴테와 쉴러 시대 이후에 민족주의가 고양되어, 프랑스의 영향에서 벗어나 "독일 사람들이 더욱 더 의식화되면서, 조국에 대한 이상이 모든 문화 활동의 정신이 되고 또한 문학의 기본 동기가 되었다"고 했다.(제1권 10면) 초판을 낸 다음 마침내 독일 통일이 이루어진 사실을 추가로 거론하고, "우리 민족이 통일되어 강대해지고 위대하게 되리라는 희망"(die Hoffnung auf den Ausbau der Einheit, Macht und Größe unseres Volkes)에 크게 고무된다고 했다.

자기 나라 독일에 관해서 그렇게 말한 데 그치지 않고, 19세기 유럽문학의 전반적인 특징을 민족주의로 규정했다. "민족 감정과 국민 의식이 유럽 어느 곳의 19세기 문학이든지 기본 전제가 되고 결정적인 구실을 하는 동기 노릇을 한다"고 했다.(제1권 10면) 유럽 특히 독일의 경우에는 민족이 소중하다고 거듭 말하고, 국가를 이루지 못해 국민이 없는 곳들의 문학은 세계문학사에서 제외해야 한다고 해서 앞뒤가 어긋난다.

쉬테른, 《세계문학개관》(1888)(Adolf Stern, *Geschichte der Weltliteratur in übersichtliche Darstellung*, Sttutgart: Riger'sche)은 (1) 고대문학, (2) 중세문학, (3) 문예부흥과 종교개혁기 문학, (4) 18·19세기문학으로 나누어, 세계문학사의 시대구분을 처음 뚜렷하게 했다. 그런데 고대문학에는 중국·인도·헤브라이문학이, 중세문학에는 아랍문학이 포함되어 있고, 문예부흥기 이후의 문학은 유럽문학만이다. 다른 곳들의 문학은 어느 단계에서 멈추고, 유럽문학만 발전을 계속했다고 했다.

시대마다 서론이 있다. 고대문학 서론에서 고대가 어떤 시대인가 규정하려고 하지 않고, 특별히 거론할 가치가 있는 문학을 선별하는 데 치중했다. 중세의 특징은 몇 가지로 정리할 수 있다고 했다. (가) "새로운 황제국가는 본질적으로 교회에 근거를 둔다." (나) "중세의 역사는 황제의 권력과 교회의 권력이라는 양면의 칼 사이 가장 격렬한 싸움을 통해서 전개되었다." (다) "정신적인 것과 세속적인 것, 기사계급과 시민계급, 자유민과 예속민 사이의 간격이 공동의 교회가 서로 연결시키고 있는 개별적인 민족들 사이의 간격보다 컸다."(140면) 이것은 평가해야 할 견해이고, 중세 연구의 수준이 대단했음을 알 수 있게 한다.

그러나 중세는 유럽만의 시대였던 것처럼 말하고 다른 문명권은 논외로 했다. 유럽의 중세와 같은 시기의 아랍세계는 유럽과 경쟁관계였다는 이유에서 거론하고 문학을 간략하게 고찰하는 데 그쳤다. 문예부흥과 종교개혁 시대의 문학부터는 시대 변화에 대한 총론은 없고 각론만 있으며 유럽문학사만 거론하는 데 대해 아무런 설명도 하지 않았다. 고대·중세·근대문학으로 시대구분을 한 의의를 스스로 축소하고 말았다. 세계문학사의 보편적인 이론을 마련하는 것처럼 논의를 시작하고서는, 유럽문학이라야 세계문학이라고 하면서 유럽문학의 평가를 높이는 것을 도달점으로 했다.

바움가르트너, 《세계문학사》(1897)(Alexander Baumgartner, *Geschichte der Weltliteratur*, Freiburg: Herder)는 두꺼운 책 전 7권의 방대한 분량이다. 보기만 해도 압도당한다. 19세기에 이미 이런 책이 나왔다니 놀라운 일이다. 비중을 고려해 어느 정도 길게 다루지 않을 수 없다.

저자는 스위스에서 태어나고 룩셈부르크에서 세상을 떠난 독일어권의 국제적인 학자이다. 예수회 신학교에서 공부하고 예수회 잡지 주간을 한 가톨릭계 인사여서 독일에서는 그리 환영받지 못했다. 가톨릭의 관점에서 본 기독교의 세계사를 문학사와 관련시켜 광범위하게 연구하고 자세하게 고찰했다. 가톨릭 학문의 폭과 깊이를 보여 주었다.

책 머리말에서 일반적인 세계사, 문화사, 예술사와 마찬가지로, 일반적인 문학사도 독일에서 중요시하는 분야가 되었다고 했다. 그런데 기존 업적은 모두 개별적인 문학사를 충분히 포괄하지 못하는 것이 가장 큰 단점이라 하고, 자기는 총체적인 문학사의 새로운 저작을 내놓는다고 했다. 지금까지는 동양문학을 인색하게 다룬 잘못을 시정하고, "아랍문학, 페르시아문학, 산스크리트문학 같은 큰 덩어리뿐만 아니라, 소규모 동양문학들의 개별 특성까지 자세하게 고찰하는 작업을 처음 한다"고 했다.(제1권 vi면)

문학사 서술을 위해 비교언어학, 비교설화학, 비교민속학, 비교종교학 등의 방법을 두루 원용한다고 했다. 서술의 순서는 인종적·지리적 분류에 의한 것보다 시대순이 더 좋다고 하고, 그래야만 동양문학과 서양문학의 내적 연관이 드러날 수 있다고 했다. 그런데 그 다음 대목에서는 "동양문학을 먼저 다룬 다음 서양문학을 주요 부류로 나누어 고찰"하는 방법을 받아들인다고 했다.(제1권 viii면) 처음에 거부한다고 하던 인종적·지리적 분류를 택했다. 동·서문학의 내적 연관을 드러낼 수 있는 공통된 시대구분을 하겠다고 한 것이 공연한 말이 되었다. 동양문학을 앞세운 것은, 앞뒤의 여러 세계문학사에서 모두 그렇듯이 동양을 높이기 위한 배려가 아니고, 유럽문명권중심주의 역사 서술의 전형적인 방식이다.

동양문학을 거론한 범위를 보자. 제1권 제1장을 1.1.로 축약해서 나타낸다. 1.1. 일찍 형성된 토착민족: 이스라엘 · 바빌로니아 · 아시리아 · 이집트문학, 1.2. 동방기독교와 유대교의 이른 시기 경전문학, 1.3. 아랍문학, 1.4. 페르시아문학, 1.5. 이슬람 민족의 작은 문학들, 2.1. 인도의 산스크리트 · 팔리문학, 2.2. 북인도 인도게르만어 민족의 문학, 2.3. 남인도 드라비다어 사용 민족의 문학, 2.4. 주요 불교국가의 문학, 2.5. 중국과 그 주변의 문학, 2.6. 말레이어족의 문학이 들어 있다. 1.2.에는 1.2.5. 콥트문학, 1.2.5. 에티오피아문학, 1.2.6. 아르메니아문학도 보인다.

2.1.부터 2.3.까지에서 인도 여러 언어의 문학을 자세하게 다룬 것이 특기할 만하다. 산스크리트가 인도게르만어의 고형을 유지하고 있다는 비교언어학 연구의 결과에 자극 받아 인도문학에 대해서 각별한 관심을 가지게 되었던 것으로 보인다. 2.1.에서 산스크리트문학과 팔리문학을 먼저 들고, 2.2.에서는 힌디, 힌두스탄, 벵골, 신디, 구자라트, 카슈미르, 펀잡, 마라티 등의 언어로 이루어진 북인도 인도게르만어 사용 민족의 문학에 관해 고찰한 다음, 2.3.에서는 타밀, 텔레구, 칸나다, 말라얄람 등 드라비다 계통의 언어를 사용하는 남인도의 문학도 하나씩 소개했다. 19세기에 유럽에서 이미 인도에 대해 소상하게 알고 있고, 이 책의 저자가 그 지식을 충분하게 활용했기 때문에 가능할 수 있었던 일이다.

그런데 북인도의 인도게르만어문학에 관해 고찰한 대목 마지막의 2.2.9.에서는 기독교가 인도에 수용되어 콘카니(Konkani)문학이 생겨난 변화에 관해 고찰했다. 콘카니어는 마라티어의 한 방언이며, 고아(Goa) 일대에서 사용된다. 일찍 포르투갈의 식민지가 된 고아에 기독교가 정착되어, 콘카니문학이 인도 다른 언어의 문학과는

상이하게 기독교문학으로 자라났다. 인도문학에서 차지하는 비중
이 무시해도 좋을 만큼 작은 콘카니문학을 이 책의 저자가 특별히
거론한 것은 기독교문학에 대한 애착 때문이다. 아랍문학에서 볼
수 있는 기독교 수용이 인도문학에서도 이루어져, 다른 종교에 대
한 기독교의 우위를 입증해 준다고 했다.

　　인도문학을 다룰 때에도 불교문학에 관해서 고찰했다. 2.4. 〈주
요 불교국가의 문학〉에서 세일론(스리랑카) · 버마 · 샴(타이) · 티베
트 · 몽골 · 칼뮈크(Kalmük) · 만주문학을 들었다. 이런 곳들의 문학
을 불교문학을 중심으로 고찰해서, 불교에 대해서 상당한 관심이
있었음을 알려 준다. 그러나 중국 · 월남 · 한국 · 일본문학을 다룰
때에는 불교문학을 특별히 거론하지 않았다.

　　2.5. 〈중국과 그 주변의 문학〉에서 중국 · 월남 · 한국 · 일본의
문학을 다루었는데, 전체 분량이 인도문학에 관한 서술보다 훨씬
적다. 중국문학에 관한 서술마저 아주 소략하다. 2.5.7. 〈월남문
학〉은 주요 작품 위주로 간략하게 고찰했다. 2.5.8. 〈한국과 일본,
이른 시기 서정시와 산문〉에서는 한국을 먼저 들었다. 그러나 한
국 · 한국어 · 한국문학이 존재한다는 사실만 언급했을 따름이고,
한국문학에 관해서 실제로 고찰한 내용은 없다. "이른 시기 서정
시와 산문"이라는 말은 일본문학에 해당하는 것이다.

　　2.6. 〈말레이어족의 문학〉에서는 카비(Kawi), 자바, 말레이, 부기
(Bugi), 마카사르(Makassar) 등의 언어로 이루어진 문학을 고찰했다.
이 가운데 괄호 안에 로마자를 적은 언어는 널리 알려지지 않고, 세
계문학사의 다른 저술이 대부분 빼놓은 것들이다. 그런 문학까지
다루어서 "소규모 동양문학들의 개별 특성까지 자세하게 고찰하는

작업을 처음 한다"고 머리말에서 한 말이 사실임을 인정할 수 있게 했다.

아시아 여러 민족의 문학을 다 든 다음 고대그리스와 로마로 들어가 헤겔의 역사철학에서 보인 바와 일치하는 순서를 갖추었다. 그러면서 이스라엘을 맨 앞에서 고찰하고 이스라엘에서 시작된 기독교문학이 인류 문학의 원천이라고 했다. 역사는 아시아에서 시작되어 유럽에서 발전했다고 한 헤겔의 역사철학과 기독교문학에서 인류 문학이 시작되었다고 보는 자기 견해를 절충하고자 했다.

기독교문학을 중요시하는 관점을 지녀 4.2. 〈중세라틴어문학〉에 특별한 비중과 의의를 두고 라틴어문학이 후대까지 이어져 큰 구실을 한 사실을 자세하게 소개했다. 4.4.에서 〈근대라틴어문학〉이라는 표제를 내걸고, 문예부흥기 이후 19세기까지의 라틴어문학에 대해 자세하게 살핀 것은 이 책의 특징이다. 교황 레오(Leo) 13세가 19세기의 대표적인 라틴어 시인으로 활동한 사실에 이르기까지, 라틴어문학이 살아 움직인 경과를 1백 면에 이르는 분량으로 소상하게 고찰했다.

5.에서부터 유럽 각국문학을 하나씩 들어 고찰했는데, 다룬 나라가 얼마 되지 않는다. 5.에서 프랑스문학을, 6.에서 이탈리아문학을 다룬 대목만 시대구분을 갖추고 있다. 프랑스문학은 "오랜" 문학, "새로운" 문학, 19세기문학으로 나누고, 이탈리아문학은 "중세 및 초기 문예부흥기" 문학, "전성기 및 후기 문예부흥기" 문학, "근대"의 문학, "통일된 이탈리아"의 문학으로 나누어, 시대구분에 아무런 일관성이 없다. "오랜", "새로운" 등의 용어를 편의상 사용했을 따름이다.

7.에서는 스페인 및 여타 로만스어 사용 국가, 독일, 영국 및 여
타 영어 사용국, 스칸디나비아 각국의 문학을 다루었는데, 내용이
제대로 갖추어지지 않았다. 독일, 영국, 그리고 스칸디나비아 각국
의 문학에 이르러서 이 책이 끝났다. 러시아 등의 슬라브민족 각국
문학은 등장시키지 않았다. 서방기독교를 옹호하고 동방기독교를
배격하는 데 남다른 관심을 가져, 동방기독교 쪽의 슬라브민족의
문학을 세계문학사에서 제외했다고 할 수도 있다.

하우저, 《문학의 세계사》(1910)(Otto Hauser, *Weltgeschichte der
Literatur*, Leipzig: Bibliographisches Institut)는 세계문학사를 몇몇 큰 나라
문학의 역사로 한정하지 않고, "작은 문학들"이라고 일컬은 군소민
족의 문학도 함께 다루어 세계가 "정신적 단일체"임을 입증하겠다
고 했다. 잘 알려지지 않은 민족의 문학은 문헌을 통해서 알 길이
없어, 민족학 조사에서 얻은 자료를 이용하는 것이 부득이한 일이
라고 했다. 그 무렵 유럽인들이 세계 도처에서 민족학 또는 인류학
현지조사를 해서 많은 자료를 보고했다. 그래서 세계인식이 확대되
었고, 전에는 모르고 있던 인류 문화의 다채로운 유산이 공개되었
다. 그런 자료를 이용해 문학에 관한 인식을 확대하고, 그 때문에
구비문학을 문학의 범위 안에 넣어 다루게 된 것은 다행스러운 일
이다.

세계문학사 서술의 범위를 확장해 어느 곳의 문학이든지 서로 대
등한 의의가 있다고 한 것은 아니다. 차등의 관점이 당연하다고 하
는 인종우열론을 내세워 문학의 등급을 가렸다. 흑인은 천여 년 동
안 문화라 할 것을 내놓지 못했으며, 독일 · 덴마크 · 스칸디나비아
의 북부 유럽 백인이 최고의 재능을 갖춘 인종이고, 다른 여러 인종

은 그 중간에 해당된다고 했다. 인종우열론과 역사 발전 단계론을 결부시킨 헤겔의 지론을 더욱 비속화하고 극단화했다. 아프리카문학은 등장시키지도 않았다. 헤겔이 아프리카에는 역사가 없다고 한 것과 같은 생각에서, 아프리카문학은 존재하지 않으므로 문학사에 등장시켜 다룰 필요가 없다고 판단했다.

차례를 보자. 가장 큰 단위의 구성을 (1) 고대·동양·로망스어 사용 민족들, (2) 게르만·슬라브·터키·마자르·핀 민족들의 문학이라고 했다. 동양, 그리스, 로마, 후대 유럽의 순서로 편차를 정한 점에서 헤겔의 역사철학 이래의 통설과 일치한다. 로망스어 사용 민족들의 문학을 앞세우고, 게르만민족의 문학을 그 다음 순서로 다룬 것은 로망스어 사용 민족들은 그리스·로마의 인습에 매여 있는 것과 다르게, 게르만민족이 새로운 역사 발전을 선도하고 있다고 자부하기 위해서 그렇게 했다.

그런데 슬라브민족의 문학을 넣어 체계가 흐려졌다. 헤겔의 역사철학에서는 미국은 등장시키면서 러시아에 관해서는 언급하지 않았다. 미국은 게르만민족이 주도하는 나라여서 역사 발전의 새로운 희망이 거기서 보인다고 할 수 있었다. 러시아에 관해서는 그렇게 말할 수 없었다. 러시아를 포함시켜 다루면, 동양·고대·게르만 세계 순서로 역사가 발전했다는 주장을 관철시키기 어렵다. 그런 단선적인 발전론이 아닌 다른 이론을 만들어야 한다. 흔히 말하듯이 러시아는 유럽과 아시아의 중간이라고 하면, 그런 중간 영역까지 처리하는 더욱 복잡한 역사철학을 다시 구축해야 하니, 그 수고가 만만치 않다.

그러나 역사철학을 전개하는 데 그치지 않고 문학사를 실제로 서술해야 하는 쪽에서는 러시아문학을 계속 외면할 수 없어, 새로운 결단을 내려야 했다. 슬라브민족의 문학은 게르만민족의 문학보다 나중에 발달했으니, 문학사를 시대순으로 서술해야 하는 최소한의 원칙을 어길 수 없어 게르만민족의 문학 다음 순서로 슬라브민족의 문학을 다룰 수밖에 없었다. 나중에 일어난 것일수록 역사 발전의 수준이 높다는 원칙에 대한 미련은 버려야 했다. 제2세계의 세계문학사는 러시아혁명이 역사 발전의 더욱 높은 단계에서 일어난 변화라고 하는 이유를 들어 그 원칙을 재생시키고, 헤겔의 역사철학을 보완해서 소생시킬 수 있었다.

이 책은 역사 발전의 단계에 대한 고려를 버리는 대가로 슬라브민족의 문학을 끌어들이는 데서 멈추지 않고 "유럽 우랄알타이 민족들의 문학"으로까지 나아갔다. 그래서 문학사 서술을 시대순으로 해야 한다는 원칙을 필요하면 버렸다. 세계문학사가 단일체로서 전개되어왔다는 것을 말할 수 없게 되었다. 순서야 어떻게 잡든 세계 도처의 문학을 될 수 있으면 빠뜨리지 않고 모두 다루려고 애쓴 흔적이 역력하다.

한국문학은 독립된 항목을 이루지 못하고, 1.1.2. 〈중국문학〉에 만주문학과 함께 첨부되어 있으며, 쓴 내용이 빈약하고 부정확하다. 반 면이 차지 않는 분량으로 두 문단에 걸쳐 문화사 일반에 관해 엉성하게 서술했을 따름이다. 한국은 문화적으로 중국에 부속되어 있다 하고, 한국에서 일본으로 한문을 전해 주었지만, 일본에서 한문을 한국식으로 읽지는 않는다고 했다. 15세기에 인도의 팔리(Pali) 문자를 본떠서 문자를 제정했으나, 한문을 상용해왔다고 했다. 문학에 관한 설명은 그렇게 말하는 중간 대목에 삽입되어 있는 데, 단지 두 가지 사항뿐이다. 하나는 "변변치 못한 소설, 소규모의 시집, 그리고 아이들을 위한 이야기 같은 수준을 넘어서지 못했다고 보고되어 있다"는 것이다.(제1권, 25면)

클라분트, 《문학사, 시초에서 현대까지의 독일 및 외국의 문학》(1929)(Klabund, *Literaturgeschichte, die deutsche und fremde Dichtung von den Anfängen bis zu Gegenwart*, Wien: Phaidon) 또한 독일어권에서 나왔다. 첫 판에서는 독일문학사와 외국문학사가 나누어져 있었는데, 둘을 시대순에 따라 합쳐 하나로 만들었다고 일러두기에서 밝혔다. 클라분트라는 필명을 사용하는 시인이 자기 나름대로의 느낌을 시를 쓰듯이 써서 착상과 표현이 신선하므로 인기를 얻어 많이 팔린 책이다.

"모든 민족의 문학은 민족적이면서 동시에 초민족적이다"고 했다.(7면) 각기 서로 다른 언어를 사용하면서 고유한 요소를 간직하니 민족적이고, 나타내는 사상이 다른 민족들에게 전달되고 수용되니 초민족적이라고 했다. 첫 장 〈기원〉에서 문학의 기원에 관해서 포괄적인 내용의 일반론을 마련하려고 했다. 문학의 정신, 언어, 율격 등을 거론하고, 유럽, 중국, 인도, 그리고 널리 알려지지 않은 여러 원시민족의 사례까지 들었다. 유럽 밖 다른 문명권의 문학을 다루면서, 시대마다의 특징을 찾고, 새롭게 이룩된 걸작을 들어 평가했다.

동양문학은 고대문학에 머물렀다고 하지 않고, 중세문학으로, 다시 "새로운 시대"의 문학으로 발전했다고 본 것은 커다란 진전이다. 세계문학사의 "신비로운 건물"을 세우는 데 크게 기여한 주역이 중국의 李白, 인도의 칼리다사, 아랍문학의 아부 누와스, 페르시아의 피르다우시 등이라고 했다. 여러 문명권을 대표하는 시인들은 각기 그 나름대로 훌륭하다고 하고서도, 문명권 차등론을 지속시켰다. 그리스에서 유럽문명의 성격이 처음으로 뚜렷해졌다 하고, "유럽에 살고 있는 사람들은 스스로 의식하지 않아도 지금까지도 그리스인이다"라고 했다.(39면) 후대 유럽문명과 멀고 가까운 관계를 평가의 척도로 삼는 유럽중심주의를 재확인했다.

유럽문학 내부의 논의에서는 민족국가끼리의 경쟁을 깊이 의식하면서, 독일인의 자기중심주의를 표면에 표출했다. 영국이 셰익스피어를 세계문학의 최고봉이라고 하는 데 맞서 독일의 자랑인 괴테를 크게 내세웠다. "셰익스피어가 희곡의 천재인 것은 李白이 서정시, 도스토옙스키가 소설, 호머가 서사시, 단테가 우의의 천재인 것과 같은데, 그 위에 독일 사람 하나가 치솟아 있으니 바로 괴테이다"고 했다.(136면)

세계문학사를 이룩하려고 독일 다음 순서로 나선 나라는 이탈리아이다. 구베르나티스(Angelo de Gubernatis)는 독일에서도 공부하고 피렌체대학 산스크리트 교수가 된 사람이다. 《문학의 일반적 이야기》(1883~1885)(*Storia universale della letterature*, Milano: U. Hoepli)를 써서 세계문학사 서술 작업에 이탈리아가 대단한 축적과 노력으로 참여한다고 알렸다. 모두 18권이나 되는 방대한 분량인데, 갈래별 문학사에다 작품 선집을 보태는 방식을 써서 둘이 각각 9권씩이다.

문학사 부분 각 권의 제목을 이해하기 쉽게 옮겨 보자. 제1권은 《연극》(*Teatro drammatico*)이다. 제3권은 《서정시》(*Poesia lirica*)이다. 제5권 《서사시》(*Poesia epica*)이다. 제7권은 《설화류》(*Leggenda e novellina popolare*)이다. 제9권은 《장편소설》(*Romanzo*)이다. 제11권은 《단편소설》(*Storia*)이다. 제13권은 《교술시 각종》(*Poesia gnomica, epigramica e satirica*)이다. 제15권은 《철학논설》(*Dottrine filosofiche*)이다. 제17권은 《변론》(*Eloquenza*)이다.

제1권을 보자. 동양연극, 고전고대연극, 기독교종교극, 근대극 순으로 고찰했다. 동양연극은 맨 앞에 두고, 과테말라와 잉카의 연극까지 포함시켜 서양이 아닌 곳은 다 동양이라고 했다. 서양은 아주 세분해, 독립국을 이루지 못한 중부 유럽 슬라브족의 한 갈래 루테니아(Ruteno, Ruthenia)까지 등장시켰다. 시간적 고찰에서는 앞뒤의 연관을 중요시해 그리스연극이 인도에, 인도연극이 중국에, 중국연극이 일본에 전파되었다고 했다.

제3권에서는 서정시의 특질 파악에 주력하면서 전파론을 곁들였다. 인도시는 색정적인 느낌을 자연의 아름다움과 함께, 중국시는 자연을 그 자체로 다룬다고 했다. 아랍시가 중세 유럽의 세속적인 시인들에게 많은 영향을 끼치고, 헤브라이의 시는 서양의 거의 모든 종교시를 크게 고양시키는 영감을 제공했다고 했다. 제5권에서는 서사시를 인도, 페르시아, 바빌로니아, 성서, 그리스, 로마, 프랑스, 스페인, 앵글로색슨, 스칸디나비아, 게르만, 핀란드, 러시아, 세르비아, 개인시 등의 범위 안에서 고찰했다. 인도유럽문명권이 아닌 곳에는 서사시가 없다고 여겼다.

프람폴리니, 《문학의 일반적 이야기》(1933~1936)(Giacomo Prampolini, *Storia universale della letteratura*, Torino: Unione tipografico editrice torinese)가 다시 나온 것을 확인할 수 있다. 큰 책 전 4권이며 도판이 많다. 이탈리아가 세계문학사를 쓰는 데 계속 적극적으로

참여해서 대단한 성과를 다시 보여 주었다.

　제1권에서는 중국, 일본, 인도, 아랍, 페르시아, 터키-타타르, 이집트, 바빌로니아-아시리아 등의 문학을 지역별로 고찰하고 성서·그리스·로마문학을 추가했다. 제2권에서 기독교문학, 비잔틴문학, 중세라틴어문학, 중세헤브라이문학, 켈트문학, 초기게르만어문학, 초기로만스어문학 등을 다루어 유럽문학의 원천을 밝힌 것을 주목할 만하다. 제3권은 두 책으로 나누어, 제1책에서는 14~18세기 이탈리아문학부터 17세기 스페인·프랑스·영국·네덜란드문학, 제2책에서는 프랑스와 영국의 18세기, 쉴러와 괴테 이후의 독일문학에서 세계대전 이후의 영국과 미국의 문학까지 유럽문학사를 시대순으로 고찰했다.

　다른 문명권의 문학은 국가별로, 유럽문명권의 문학은 시대순으로 고찰하는 이중의 기준을 사용했다. 유럽문학은 처음에 공통된 양상을 한꺼번에 고찰하다가 여러 언어의 문학으로 분화되고 발전된 양상을 각기 따로 서술했다. 유럽 각국의 자국어문학의 성장에 관해서 서술할 때 이탈리아를 앞세운 것은 편파적이라고 할 수 있을 따름이고, 그 전후의 다른 대목에서는 서부유럽 여러 나라 문학을 대등하게 다루려는 태도를 일관되게 보였다. 프랑스·독일·영국뿐만 아니라 스페인과 네덜란드의 문학도 세계문학사의 주역임을 확인하고, 미국문학까지 논의했다. 그러나 스칸디나비아·헝가리·슬라브문학은 논외로 했다. 이탈리아와 가까운 근대그리스문학도 다루지 않았다. 격이 낮은 쪽은 차별대우했다고 하지 않을 수 없다.

　아시아문학을 다룰 때에는 중국·일본·인도·아랍·페르시

아·터키뿐만 아니라, 다른 여러 곳의 문학도 자료가 미비한 사정을 무릅쓰고 가능한 대로 언급하려고 했다. 〈인도문학〉 말미에 덧붙여 아시아 여러 나라 문학을 다룬 곳 서두에서, 한국문학을 두 면에 걸쳐 고찰했다. 〈인도네시아문학〉은 19면이나 되고, 서술한 내용이 자못 자세하다. 네덜란드의 식민지 통치에서 해방되기 위해서 싸우는 민족주의자들이 사용하기 시작한 "인도네시아"라는 말을 표제에 내놓은 것은 특기할 만한 일이다.

인도네시아문학의 하위 영역으로 말레이어문학과 자바어문학을 서로 대등한 비중으로 다루었다. 그 양쪽을 한 나라의 문학으로 합치려고 하는 인도네시아 민족운동의 노선을 받아들였다고 할 수 있다. 인도네시아문학 항목 말미에서, 아프리카 마다가스카르의 말라가시어 문학에 관해 고찰한 것도 평가할 일이다. 인도네시아 사람들이 그 곳으로 이주해서 자기네 언어를 보존하고 있다는 데 근거를 두고, 마다가스카르문학을 인도네시아문학의 하나로 본 것이다. 말라가시어문학만 다루고, 아프리카 다른 언어, 다른 민족의 문학은 전혀 언급하지 않았다.

세 번째 순서로 프랑스가 등장해 내놓은 첫 번째 업적이 르투르노, 《여러 인종 문학의 진화》(1894)(Ch. Letourneau, *L'évolution littéraire dans diverses races humaines*, Paris: L. Battaille)라는 것이다. 책 서두에 있는 저술 목록을 보면, 저자는 도덕, 결혼과 가족, 사유재산, 정치, 법률, 종교 등의 진화에 관한 많은 책을 쓴 사람이다. 문학에 특별히 관심이 있었던 것은 아니고, 진화론을 인류 문화의 여러 영역에 적용하는 작업의 하나로 진화론의 관점에서 세계문학을 논했다. 민족지학 또는 인류학에서 얻은 자료를 이용해 사회를 연구하는 유물론의 관점을 택해야 한다는 것을 혁신의 기치로 내세웠다.

인종을 흑인종·황인종·백인종으로 나누고, 그 셋은 진화의 단계가 서로 다르다고 했다. 흑인종은 하등인종이고, 황인종은 중간 등급의 인종이고, 백인종이 고등인종이라고 했다. 구분의 기준은 피부색이다. 피부색과 진화의 정도 사이에 어떤 관련이 있는지 입증하는 절차가 필요하지 않다고 여기고, 증명되지 않은 속설을 모든 "과학적" 논의의 출발점으로 삼았다. 차례를 옮겨 보자. 대항목은 괄호 밖에, 소항목은 괄호 안에 적는다.

흑인종문학(멜라네시아문학, 아프리카 흑인종문학), 황인종문학(폴리네시아문학, 미주대륙 원시인문학, 페루와 멕시코의 고대문학, 몽골인종 및 하등몽골인종의 문학, 중국과 일본의 문학), 백인종문학(이집트·베르베르·에티오피아문학, 아랍문학, 유대인문학, 인도의 서정문학, 인도문학, 페르시아문학, 그리스-로마문학, 유럽 야만종의 원시문학, 중세문학, 문학의 과거와 미래)

흑인종 가운데 멜라네시아인이 아프리카인보다 더 열등하다고 보았다. 황인종은 폴리네시아인, 미주대륙 원주민, 아시아인의 순서로 진화를 했다고 보았다. 〈몽골인종 및 하등몽골인종의 문학〉에서는 에스키모인, 타타르인, 몽골인, 인도차이나 여러 민족, 말레이인 등을 다루었다. 중국인과 일본인은 황인종 가운데 가장 진화했다고 보아 마지막 순서로 고찰했다. 한국인은 어디에도 없다. 백인종은 유럽 중심부에서 거리가 먼 쪽에서 시작해서 가까운 쪽으로 다루는 순서를 정하고, 진화의 등급을 판정했다. 〈그리스-로마문학〉 다음 순서로 알프스 이북 서부유럽의 문학을 등장시키면서, 원시 · 중세 · 근대로 변천해 온 과정을 항목을 나누어 살폈다.

롤리에, 《시초에서 20세기까지의 비교문학사》(1904)(Frédéric Loliée, *Histoire des littératures comparées des origines au XXe siècle*, Paris: C. Delagrave)는 사실을 정리하는 것보다 저자의 주장을 펴는 데 더욱 힘쓴 특징이 있다. 책 이름을 "비교문학사"라고 한 것은 "문학을 비교해서 고찰한 역사"라는 말이다. 각국 문학사를 서로 비교해 상이한 개성을 확인하고, 각국 문학의 개성이 세계문학의 보편성 형성에서 어떤 의의가 있는지 고찰하겠다는 의도를 명시하는 표제를 내걸었다. 세계문학사라기보다 세계문학사론이라고 하는 편이 더욱 적합하다.

프랑스 한림원 회원이라고 소개되어 있는 제라르(O. Gérard)가 쓴 머리말에서, "인류 지성과 도덕의 역사"(histoire intellectuelle et morale de l'humanité)인 이 책을 읽으면 두 가지 상반된 생각이 떠오른다고 했다. 하나는 인류 문명의 공통성이고, 다른 하나는 각국 문화의 개성이라고 했다. 그 둘의 관계가 문제라고 했다. 세계 모든 민족은 서로 작용을 미치고, 영향을 주고받아, 정복된 민족이라 하더라도 정복한 민족에게 반작용을 해서, "마침내 시간과 공간을 넘어서 생각과 감정을 끊임없이 주고받는 관계가 가장 포괄적이고, 가장 생생한 국제주의를 형성한다"고 했다. 국제주의와 민족주의를 바람직하게 결합하는 방법은 문명세계의 이상을 더욱 높은 수준으로 발전시키는 과정에서, 각 민족이 "각기 고유한 재능의 영광스러운 임무"를 수행하는 것이라고 했다.(vii~viii면)

서로 다른 문학의 상관관계에 관한 이론 정립을 또한 긴요한 과제로 삼은 것을 주목할 필요가 있다. 그렇게 하기 위해서, 우선 문화상대주의의 관점을 분명하게 표명하고서 보편성을 찾으려고 했

다. "모든 고장, 지구상 토지의 어느 조각이라도, 그 나름대로의 독
자적인 자부심이 있으며, 어느 곳에 사는 사람이라도 자기 인격에
서 일반적인 자부심의 일단을, 마치 반사된 듯이 받아들인다"고 했
다.[1] 유럽 열강이 세계 도처에 식민지를 만들어 지배하면서 자기도
취에 빠져 있을 때 생각을 바꾸자고 이렇게 역설했다.

동서양의 문학사를 대등하게 취급하고, 서로 밀접하게 관련시켜
다루려고 노력했다. 여러 곳의 고대문학 가운데 인도문학이 가장
빛났다고 했다. 그리스의 시인 호머, 유대교의 선지자 모세, 인도
서사시 《라마야나》(Ramayana)의 작자라고 하는 발미키, 이 셋은 동열
에 서서 여러 시대에 지속되는 문화 융합을 이룩했다고 했다. 유럽
문학은 활기를 잃어 장례행렬을 보는 것 같은 지경에 이른 10세기
에 동양문학이 크게 번성했다. 李白 시대의 중국문학은 詩가 가장
발전한 극성기에 이르렀으며, 일본 또한 세련되고 우아한 궁중문학
을 이룩하고, 캄보디아문학도 발전의 최고 경지를 보여 주었으며,
페르시아문학 또한 극성했다고 했다. 아랍문학의 발전에 관해서는
별도의 항목에서 더욱 자세하게 고찰했다.

그러나 그 뒤의 시기부터는 유럽문학만 다루어, 스스로 표방한
바와 어긋나는 길에 들어섰다. 아시아문학은 한 때의 번영을 자랑
한 다음, 13세기 이후 유럽문학의 발전에 상응하는 새로운 움직임

---

[1] 원문을 들면 "Chaque cité, chaque fragment du globe terrestre, a son orgueil particulier;
chaque citoyen reçoit en sa personne, comme par reflet, une partie de l'orgueil général."이
라고 했다.(401면) 이 말은 18세기 한국에서 洪大容이 어느 나라도 "각기 자기네 사람
과 친하고, 각기 자기네 임금을 받들고, 각기 자기네 나라를 지키고, 각기 자기네 풍
속에 안주하는 것"(各親其人 各尊其君 各守其國 各安其俗)은 다 마찬가지라 하고, 같
은 시기 월남에서 黎貴惇이 "남북동서의 바다 어디에서도 성인이 나타난다"(南北東西
之海 有聖人出焉)고 한 것과 상통한다. 《동아시아문학사비교론》(1993), 385~395면에
서 이에 관해 고찰했다.

도 보여 주지 못하고 역사의 무대에서 사라졌다고 했다. 유럽이 아 닌 다른 문명권의 문학은 다시 거론하지 않았으며, 유럽 근대문학 의 영향이 다른 문명권의 문학에 끼친 양상에 관해서도 언급하지 않았다.

문학사를 서적 출판과 이용의 역사로 보면서, 오늘날까지 전해지 지 않고 잃어버린 서적이 너무 많아 안타깝고, 자기 시대에 이르러 서는 직업적인 작가들이 상업적인 출판물을 대량 만들어 내는 것이 문제라고 했다. 문학사 이해의 핵심 과업은 각 시대의 시대정신을 파악하는 것이라 하고, 현실과 이상의 영원한 대립이 어떻게 구현 되어 있는지 살피는 데 또한 유의해야 한다고 했다. 그러나 이런 작 업을 유럽문학사에서 구체화하려고 하기만 하고, 다른 문명권의 문 학을 함께 다루지 못했다.

불평등이나 차별을 넘어서서 인류는 더욱 단일화된다고 한 것이 또한 문제이다. "우리는 통일성을 향해 나아가고 있다"고 하며, "단 일한 생활권에 이끌려드는 것을 누구도 막을 수 없는" 시대에 이르 렀다고 했다.(460면) 이렇게 말하는 것은 이상 추구로 위장한 현상 옹호론이라고 하지 않을 수 없다. "통일성"이나 "단일한 생활권"을 유럽 열강의 세계 제패로 강요되고 있는 것을 합리화했다는 비난을 면할 수 없다.

영국이나 미국은 출발이 늦었다. 보타, 《일반문학 핸드북》 (1902, 1920)(Anne C. Lynch Botta, *Handbook of Universal Literature*, Boston: Kessinger)이 먼저 나왔는데, 개별문학사를 모았을 따름이다. 세계문 학사를 통괄해서 서술하고자 하는 노력은 맥켄지, 《문학의 진화》

(1911)(A. S. Mackenzie, *The Evolution of Literature*, New York: T. Y. Crowell & Company)에서 시작되었다. 이것은 진화론의 관점에서 세계문학사를 서술한 작업을 다시 시도하면서, 기본 관점을 더욱 분명하게 정립하려고 한 의욕적인 저작이다.

인류문명이 '원시적'(primitive), '야만적'(barbaric), '전제적'(autocratic), '민주적'(democratic) 단계를 거쳐 진화해 왔다는 견해에 입각해 문학사의 시대구분을 했다. 네 단계는 사회사에 근거를 두고 구분된다고 했다. 가축을 사육하면 "야만적" 단계에 들어섰다고 했다. 전제군주가 없어지고 의회민주주의가 등장해야 "민주적"이라고 인정된다고 했다. 그런 구분은 가능하고 필요하지만, 문학의 변화와 얼마나 밀접한 관련을 가졌는지 의문이다. 각 단계의 서정시가 어떻게 다른지 해명하려고 했으나, 납득할 만한 성과를 거두지 못했다.

마지막 장을 〈잠정적인 법칙들〉(Provisional Laws)이라고 이름 짓고 문학의 진화에서 발견되는 일반적인 법칙을 세 가지로 정리했다. 첫째 법칙은 같은 조건에서 문학의 진보는 주어진 사회 구성원이 자기 자신과 세계에 대해서 가지는 의식의 폭과 깊이와 직접 비례한다는 것이다. 둘째 법칙은 문학의 진보가 형식과 내용을 새롭게 창안하는 개인에 의해 주도된다는 것이다. 셋째 법칙은 문학의 형식과 내용이 그 집단의 정신적인 책임의식에 따라 달라진다는 것이다. 새삼스럽게 들먹일 필요가 없는 당연한 말이다. 생물계의 진화를 사회현상에다 적용하는 무리한 시도를 문학에까지 확대해서, 세계문학사를 통괄해서 이해하는 대단한 작업을 하는 것처럼 부산을 떨었으나 이렇다 할 성과를 얻지 못했다.

미국에서 나온 리차드슨 외 공저, 《세계문학, 입문 연구》(1922)

(William L. Richardson and Jesse M. Owen, *Literature of the World, an Introductory Study*, Boston: Kessinger)는 각국 문학사를 따로 써서 모은 책이다. 영국에서 나온 드링크워터 편, 《문학의 개요》(1923)(John Drinkwater ed., *The Outline of Literature*, New York: G. P. Putnam's Sons)는 통상적인 의미의 세계문학사를 마련하려고 한 것인데, 편차가 엉성하고 내용이 미비하다. 그런데도 1950년과 1957년에 다시 출간된 것으로 보아 오랜 생명을 누렸다.

메이시, 《세계문학 이야기》(1925)(John Macy, *The Story of the World's Literature*, New York: Liveright)는 어느 정도 문학사다운 모습을 보여주었다. "고대, 중세, 19세기 이전의 근대문학, 19세기와 현대"라는 시대구분을 갖추었다. 그러나 어떤 기준에서 왜 그런 시대구분을 했는지 말하지는 않았다. 흥미로운 서술을 해서 독자를 끌려고 했다.

중세문학에 관한 첫 장에 〈중세는 어떤 시대였는가?〉라고 하는 세부 차례를 내건 논의가 있어 주목되지만, 말을 재미있게 했을 따름이다. "저 영원한 도읍, 그 언어, 문학, 그리고 종교가 대부분의 유럽을 근래까지 지배했다"고 서두에서 말했다.(167면) "저 영원한 도읍"은 이 세상에 이루어진 하느님의 나라이다. 그 언어는 라틴어이고, 문학은 라틴어문학이며, 종교는 로마가톨릭교이라는 사실도 구태여 밝혀 설명하지 않았다. 유럽과 다른 문명권의 중세를 비교해서 중세 일반론을 이룩하는 데 소용되는 단서는 찾기 어렵다. 아랍문학은 중세문학이 아닌 고대문학이라고 보아 앞으로 올렸다.

고대문학 처음 한 절에서 유럽문학의 기원과 관련해서 이집트문학에 관해 언급한 데 이어서, 〈신비스러운 동쪽〉("The Mysterious East")이라고 제목을 단 대목에서 중국 · 일본 · 인도 · 아랍 · 페르시아문학을 들어 간략하게 고찰했다. 유럽문학은 시대에 따른 변천을 다양하게 보였으나, 그 몇 나라의 동양문학은 후대에 이루어진 것들까지도 고대문학에 지나지 않는다고 했다. 자기네 문명권이 아닌 다른 곳의 문학은 되도록이면 축소해서 보여 주는 편파적인 세계문학사를 써냈다.

세계문학사는 유럽문명권문학사라고 하는 데 그치지 않고, 세계문학사의 주역은 영문학이라고 주장하기까지 했다. 유럽문학 가운데도 독일 서쪽의 서부 유럽 몇 나라의 문학만 들러리로 세우고, 루마니아, 폴란드, 헝가리, 핀란드 등지의 문학은 알려지지 않아 다루지 않는다고 하고, 영국에서 미국으로 이어진 영문학의 흐름을 확대해서 고찰하는 데 치중했다. 그렇게 한 것이 정당하다고 머리말에서 힘주어 말했다. 자기는 영어 책을 읽는 독자를 상대로 하기 때문에 영국문학이나 미국문학에 비중을 많이 둔다고 했다.

세계문학사를 돌아보는 것은 비행기를 타고 땅을 내려다보는 것과 같아 "우뚝한 봉우리들"(outstanding peaks) 외에는 눈에 들어오지 않는다 하고, 15년 또는 50년은 걸려 자세하게 살펴야 하는데도 15분만에 통과하지 않을 수 없는 가장 우뚝한 봉우리가 셰익스피어라고 했다. 단테, 셰익스피어, 밀턴을 위한 자리를 별도로 마련했다. 그 셋이 세계문학의 정상이고, 그 가운데 셰익스피어가 가장 우뚝하다고 했다. "다른 시인들도 어떤 것들에 관해서는 완전하게 말할 수 있다. 셰익스피어는 무엇이든지 말할 수 있다", "한 가지 위대한 결점은 풍부함이다", "한 시대에 속하지 않으며, 모든 시대를 위한 인물이었다"고 했다. (286면)

미국에서 블래어, 《세계문학사》(1937)(Walter Blair, *The History of World Literature*, Chicago: University of Knowledge, Incorporated)가 또 나왔으나, 기존의 관점을 그대로 지녔다. 서장에서는 산스크리트문학, 중국 고대문학, 이집트·페르시아·아랍문학을 거론하고, 그리스문학 이후의 장에서는 유럽문학사만 개관하고 세계문학사라고 했다. 포드, 《문학의 발자취: 공자에서 우리 시대까지》(1938)(Ford Madox Ford, *The March of Literature from Confucius' Day to Our Own*, New York: Dial)라는 것도 있으나 고정된 틀을 되풀이했다. 문학의 연원은 아시아 여러 곳에서 찾고 중국의 경우를 특히 중요시해서 공자를 표제에 내세웠다. 문학이 본격적으로 성장한 양상은 고대의 그리스와 로마에서 찾아 길게 논하고, 서부유럽 각국의 문학사로 그 뒤를 이었다. 이런 책을 낸 다음에 영미에서는 세계문학사를 쓰는 작업을 더 하지 않았다.

다른 책이 몇 가지 더 있으나 세계문학사라고 하기 어렵다. 영국에서 나온 채드윅, 《문학의 성장》(1932~1940)(H. Munro Chadwick and N. Kershaw Chadwick, *The Growth of Literature*, Cambridge: Cambridge University Press)은 문학의 초기 형태에 대한 비교연구를 시도하는 데 그쳤다. 미국에서 나온 레어드 편, 《문학을 통해 본 세계》(1951)(Charlton Laird ed., *The World through Literature*, Freeport, New York: Books for Libraries Press)도 문학사의 전개를 일관되게 서술한 내용은 아니며, 영문학을 제외한 외국 여러 나라 문학사를 열거했을 뿐이다. 영국과 미국은 세계문학사 서술에 독일이나 프랑스보다 늦게 참여했다가 일찍 물러났다.

영국에 이어 미국은 군사, 정치, 경제 등에서 우월하다고 자부하지만, 우월의 이면이 열등이다. 영어가 세계어로 군림하니 영문학이 다른 어느 나라의 문학보다 우월한 문학이라는 착각에 사로잡혀, 영문학이 세계문학이라고 여길 따름이고, 세계문학의 실상을 이해하는 데 관심이 없다. 세계문학사 서술을 다시 시도하지 않아, 문학연구가 어떻게 망쳐지고 세계 인식이 얼마나 비뚤어지는지도 알아차리지 못하고 있다.

2) 제1세계 2

독일에서는 세계문학사를 위해 계속 힘써 에펠스하이머, 《세계문학 핸드북》(1937, 1960) (Hanns W. Eppelsheimer, *Handbuch der Weltliteratur*, Frankfurt am Main: V. Klostermann)이 나왔다. 세계문학사를 쓴다고 하고 자기 나라 문학을 특별히 숭앙하도록 하지 않고, 학구적인 자세로 공정성을 유지하려고 더욱 노력한 성과이다. 유럽문학사를 균형 있게 서술하려고 한 것은 평가할 만하다.

서두에서 "동양문학"(orientalischen Literaturen)이라는 표제를 내걸고, 유럽이 아닌 다른 문명권의 문학을 동아시아문화권, 인도문화권, "동방 나라들", 이슬람의 네 권역으로 나누어 개관했다. 동아시아문화권에는 중국과 일본만 있다. "서양문학"이라는 말은 없고 유럽문학은 고대문학, 중세문학, 16세기에서 20세기까지 세기별 문학으로 나누어 고찰했다. 유럽 전역의 중세문학을 영웅적인 문학, 정신적인 문학, 기사의 문학, 시민의 문학으로 나누어 통괄해서 논의한 것은 평가할 만하다.

16세기 이후의 문학을 다루면서 유럽 전역을 고루 살피려고 했다. 러시아, 폴란드, 핀란드, 헝가리, 체코슬로바키아 등을 빼놓지 않았다. 1960년의 재판에서는 취급 범위를 더욱 확대했다. 유럽문학사로서 필요한 요건은 충실하게 갖추면 훌륭한 세계문학사를 써낼 수 있다고 생각했던 것 같다. 그러나 유럽문학사를 세기별로 나누고, 다시 그 하위항목에서는 나라별로 구분해서 고찰하는 데 그쳐 문학사 전개의 양상을 분명하게 파악하지 못했다. "우리네 가장 최신 문학연구에서 한 정신적이고 양식적인 역사 탐구"를 적용해, 여러 민족의 문학을 단순히 병렬시키는 결함을 시정하는 세계문학사를 제대로 쓰겠다고 했는데 말한 대로 되지 않았다.

에게브레흐트, 《세계문학개관》(1948)(Axel Eggebrecht, *Weltliteratur, ein Überlick*, Hamburg: A Springer)은 2차 세계대전 직후에 독일에서 나온 책이다. 문학을 파멸시키는 대참사의 피해를 회복하려고 서둘러 썼다고 서론에서 밝혔다. 인류의 평화와 화해를 이룩하기 위해서는 세계문학사가 가장 긴요한 구실을 한다고 했다. "세계문학은 모든 인간 정신의 긴밀한 유대를 증언하는 유일한 사슬이다"고 했다. "세계문학의 최고 작품은 민족이나 인종에 매여 있지 않고, 한 가지 언어에 국한된 것도 아니다"라고 하고, "위대한 문학은 모든 민족에게 공통으로 귀속된다"고 했다.(8면)

그러나 실제로 서술한 내용을 보면, 위대한 문학은 오직 유럽문학이라고 하는 유럽중심주의를 견지했다. 유럽문명권 명작의 역사가 곧 세계문학사라고 하는 관습을 고수하고, 다른 문명권의 문학을 새롭게 인식하기 위해서 아무런 노력도 하지 않았다. 그래서 표방한 것과 실제로 이루어진 결과가 상반된다. 실제로 이루어진 결

과를 들어 평가한다면, 국제주의의 구호로 새로운 기만책을 삼고
말았다는 비판을 면할 수 없다.

본문 구성을 보면, 근동이라고 한 곳의 이집트, 바빌로니아와 아
시리아, 유대와 아랍의 문학, 원동이라고 한 곳의 인도, 중국과 일
본의 문학을 간략하게 소개한 두 장을 두었다. 그 다음에는 그리
스문학에서 현대문학에 이르기까지 유럽문명권문학은 열세 장으
로 나누어 고찰했다. 유럽문명권중심주의를 조금도 반성하지 않았
을 뿐만 아니라 더욱 악화시켰다. 중국문학에 관한 논의 서두에서
"옛날부터 중국은 그 나름대로 정신적·정치적 삶을, 마치 다른 천
체에서 살기라도 하는 듯이 완전히 독자적으로 영위해왔다"고 했
다.(37면) 그리스문학을 다룰 때에는 "우리는 우리 세계에 들어선
다"라는 말을 앞세웠다.(42면)

문학과 사회의 관계를 중요시하겠다고 표방한 서두에서 말한 것
이 또 한 가지 특징이다. "문학은 생활 자체의 일부분이다"고 하고,
"칼 마르크스 이후로 문학이 생활에 어떻게 소속되는가 하는 문제
에 관한 해명이 가능하게 되었다"고 해서, 마르크스주의와 가까운
관계를 가지고 있다는 것을 알렸다. "문학을 역사나 다른 여러 학
문과 연관시키지 않고, 빈 공간에서 고찰하는 것은 생각할 수 없
다"고도 했다.(8~9면) 당연하다고 할 수 있으나 실천이 모자라 공허
한 말이다. 본문을 보면 역사의 흐름에 관한 상식적인 해설을 많이
곁들이려고 했을 따름이다. 역사의 변화를 알면 문학사는 저절로
밝혀진다는 안이한 생각을 했다.

독일에서 다시 나온 라트스, 《세계문학사》(1953)(Erwin Laaths,
Geschichte der Weltliteratur, München: Knaur)는 책이 크고 내용이 자세

하며, 도판이 들어 있는 호화판이다. 한 권짜리 세계문학사로서는 거의 완성판이라고 할 수 있을 것 같은 규모나 체제를 갖추고 있으나, 어떤 점에서 새로운 가치를 지니고 있는지 의심스럽다. 길게 이어지는 머리말에서 세계문학사 서술의 문제점에 관한 저자의 견해를 제시하려 하지 않고, 이미 알려져 있는 사실을 일반 독자를 위해 해설하기만 하였다. 독일에서도 세계문학사 서술을 학구적인 작업의 과제로 삼던 시대가 지나고, 널리 읽힐 수 있는 대중서적이 필요하게 된 시기에 이르렀음을 알려 주는 변화이다.

세계문학이 무엇인가 설명하면서, 괴테가 했다는 말을 새삼스럽게 들었다. 문학이 민족문학으로 머무르지 않고 "인류의 공유자산"일 수 있는 시기가 빨리 와야 한다고 한 말을 들고, "'세계문학'이란 이미 괴테가 말한 바와 같이, 작용과 등급이라는 이중의 개념을 지니고 있다"고 했다. 인류의 공유자산일 수 있게 작용하고 그만한 가치를 가진 등급의 문학이라야 세계문학이라고 한 것이다. 유럽문학이라야 이중 개념에 합당해 세계문학일 수 있다고 하고, 공동의 원천을 찾아 "우리는 언제나 고대 그리스로 되돌아가야 한다"고 했다.(8면) 최고의 문학을 산출하지 않은 곳은 돌아볼 필요가 없다는 이유를 들어 유럽 밖의 문학의 범위와 비중을 기존의 세계문학사에서보다 대폭 축소했다.

이러한 결함은 이 책이 도판을 넣은 호화판 출판물이라는 사실과 무관하지 않다. 대중의 구미를 맞추면서 책을 많이 팔려고 하는 상업주의 성향의 세계문학사를 써서, 세계인식을 바로잡는 데 커다란 장애를 만들고, 선행 업적들이 이미 이룬 성과마저 훼손시켰다. 호화로운 외형과 빈약한 내용이 서로 비례하는 관계에 있다는 것을

명확하게 보여 주어, 1950년대 독일문화의 이상 증후를 증언하는
자료로 기억할 만하다.

크노 총편, 《여러 문학의 역사》(1956~1958, 1968~1977)(Raimond
Queneau dir., *Histoire des littératures*)는 프랑스에서 낸 백과사전 총서의
하나이다. 문학사의 전체 영역을 삼등분해, 제1권 〈고대 · 동양 ·
구비문학〉(Littératures anciennes, orientales et orales); 제2권 〈서양문학〉
(Littératures occidentales); 제3권 〈프랑스 · 부속 · 주변문학〉(Littératures
françaises, connexes et marginales)이라고 했다. 제3권은 소수민족문학사
에서, 제2권은 문명권문학사에서 고찰했으므로, 여기서는 제1권을
집중적으로 검토하기로 한다. 제1권 개정판을 1977년에 낸 것을 대
상으로 한다.

제1권 서두의 머리말에서 제1권은 "문학의 발생"(genèse de la
littérature)을 다루었다고 이름 지을 수 있다고 했다. 유럽의 고대문
학과 유럽문명권이 아닌 다른 문명권의 문학을 제1권에다 함께 넣
은 것은 그 양쪽 다 발생 단계의 문학이라는 공통점이 있기 때문이
라고 한 말이다. 유럽이 아닌 다른 문명권의 문학은 일찍이 고대문
명의 시기에 기록문학으로 출현했든 오늘날까지 구비문학으로 남
아 있든, 이른 시기의 모습을 간직하고 있을 따름이고 발전이라고
는 없었다는 점에서, 시대마다 상이한 발전을 이룩한 유럽문명권의
문학과는 다르다고 하는 편견을 불식하지 않고 재확인했다.

그렇지만 많은 문학을 포괄하려고 한 장점이 있는 것은 인정할
수 있다. 지구상에 있는 3천 개 언어의 문학을, 구비문학만인 것까
지 모두 가치를 인정해서 다 다루고 싶지만, 자료가 없어서 안타깝

다 하고서, 알려져 있는 문학은 빠짐없이 등장시킨다고 자부했다. 특히 아시아문학을 총괄해서 다룬 최초의 저술이라고 했는데, 과연 그렇다고 인정할 수 있다. 집필 가능한 필자를 최대한 동원해 공백 이 없게 하려고 했다.[2]

각국 문학사를 따로 써서 열거하는 방식을 택해서 공통된 시대구 분에 의거해 시간의 경과에 따른 서술을 하는 난관은 모면했지만, 서로 유사한 문학을 모아 분류하는 작업까지 회피할 수는 없었다. 역사에 대신할 수 있는 것은 지리이다. 그래서 지리적 위치를 분류 의 기준으로 삼았다. 민족적인 연관성이나 문명권의 동질성 같은 더욱 중요한 사항을 무시했다. 그 때문에 세계지리에다 세계사를 종속시킨 결과에 이르렀다.

티베트·몽골·만주문학은 내륙아시아문학이라고 해서 극동문 학인 중국문학과 거리가 멀게 했다. 일본문학은 중국·한국·월남 문학과 떨어져 도서지방 문학에 소속되도록 해서 한문문명권 문학 의 상호관련을 이해하기 어렵게 했다. 터키민족의 문학은 이슬람문

---

2) 제1권의 차례를 장은 괄호 밖에, 절은 괄호 안에 적는 방식으로 옮긴다. 고대동양(이 집트문학, 아시리아−바빌로니아문학, 페니키아문학, 헤브라이문학, 엘라미트élamite 문학, 히타이트문학, 후르리hourrite와 우라르투ourartienne의 문학); 고전고대(고대그 리스문학, 알렉산드리아문학, 이교도라틴문학, 기독교그리스문학); 이슬람 이전의 동 양(고대이란문학, 아르메니아문학, 유대문학, 사마리틴문학, 만덴mandéenne문학, 마 니세manichéenne문학); 동방기독교(비잔틴문학, 시리아문학, 곱트문학, 에티오피아문 학, 아르메니아문학, 그루지아문학); 이슬람(아랍문학, 아랍근대문학, 유대−아랍문 학, 말타문학, 베르베르문학, 페르시아문학, 파슈토pastho문학, 쿠르드문학, 터키문 학); 인도(산스크리트문학, 중기인도언어문학: 팔리, 프라크리트Prâkrits, 아파브람샤 Apabhramsha, 북부 새로운 인도언어문학, 드라비다어문학); 내륙아시아(내륙아시아의 인도−유럽언어문학, 내륙아시아 터키문학, 티베트문학, 몽골문학, 만주문학); 극동(중 국문학, 만man족문학, 한국문학, 월남문학, 라오스문학, 캄보디아문학, 타이문학, 미 얀마문학); 도서지역(일본문학, 인도네시아문학, 필리핀군도의 문학, 마다가스가르문 학, 오세아니아문학); 되찾은 대륙(중남미고대문학, 북미원주민문학, 에스키모문학, 아프리카와 미주의 흑인문학)

학과 내륙아시아문학으로 나누어져 있다. 제2권에서 러시아문학을
다룬 데다 덧붙여서 러시아민족이 아닌 다른 민족이 이룬 소련방의
문학의 하나로 터키 계통 여러 민족의 문학을 다시 다루었다. 그래
서 터키민족문학의 총체성과 상호관련을 이해하기 어렵게 했다.

한국문학은 전에 없던 것을 1977년판에 넣었다. 한국사 전공의
역사학자 이옥(Li Ogg)이 집필했으며, 분량은 19면이다. 월남문학편
이 34면, 일본문학편이 31면, 타이문학편이 24면보다 적다고 할 수
있지만, 분량은 그리 중요하지 않다. 서술 내용이 적절하지 못한 것
이 더 큰 문제이다. 문학사의 변천을 크게 보아 설명하는 작업은 하
지 않고, 서로 어떻게 관련되는지 이해하기 어려운 개별적인 사실
을 하나씩 들어 설명하는 방식을 택했다. 월남문학사도 모처럼 등
장시킨 의의는 있으나, 기존의 저서 모리스 뒤랑 외, 《월남문학입
문》(1969)을 축약해 옮겨 이미 알려진 결함도 그대로 지녔다.

한 나라 문학사의 총체적인 모습을 잘 다룬 예로는 라스(J. -J.
Ras)가 쓴 인도네시아문학사를 들 수 있다. 인도네시아는 많은 언어
여러 민족이 함께 사는 나라여서, 문학의 양상도 참으로 복잡하다.
그 전체를 포괄한 인도네시아문학사는 단행본으로 나온 것이 없고,
이것 외에 더 찾을 수 없다. 분량이 52면에 지나지 않는 글 한 편에
다 인도네시아문학을 총괄해 서술해서, 좋은 참고문헌을 제공했다.

브리옹 편 《외국문학》(1957)(Marcel Brion ed., Littératures étrangères,
Paris: Clartés)도 백과사전의 일부이다. 각국 문학사를 개관하고 작품
선을 수록했다. 프랑스문학편은 따로 있으므로 이 책에서는 외국문
학만 다루었다. 한꺼번에 완간되지 않고, 계속 배포되는 자료를 받
아서 추가해 철하도록 하는 특이한 백과사전을 만들었다. 유럽문학

은 국가 단위의 것은 다 등장시키고, 독립국가를 이루지 못한 민족의 문학은 무시했다.

지아옹 총편 《문학의 일반적 역사》(1961)(Pierre Giaon dir., *Histoire générale des littératures*, Paris: Arstide Quillet)는 큰 책 전 6권의 방대한 분량이다. 머리말에서 이 책이 백과사전 편찬 작업의 하나로 기획되었음을 밝혔다. 프랑스에서 백과사전 편찬에 앞장선 자랑스러운 전통을 이어, 세계문학백과사전을 겸한 세계문학사를 내놓는다고 했다. 세계 각국 문학의 수많은 사실을 자세하게 다루면서 또한 전체적인 연관을 밝혀내고, 문학이 무엇인가 깊이 있게 고찰하는 작업을 하겠다고 했다.

책 서두에서 "몇 천 가지 가변적인 면모를 포괄하면서 세계문학의 일반적인 현상의 역사"를 서술하겠다고 했다. "모든 구체적이고 다양한 사실에서 문학의 본질을 추출하는", 전에 볼 수 없던 업적을 내놓겠다고 했다. 문학을 그 자체로 고찰하는 데 그치지 않고, 문학과 사회의 관계를 밝히는 데 또한 힘쓰겠다고 한 다음에, 작업의 목표를 "문학과 사회의 관계, 여러 문학 상호간의 관계를 체계적으로 연구해, 문학이라는 현상의 의미를 추출하는 데 이르는 것이 이 저술의 목표이다"고 했다. 각국 문학을 열거하는 데 머무르지 말고, 공통된 시대구분에 따라서 세계문학사의 전개를 보여 주어야 한다고 했다.

그러나 여러 나라의 다양한 문학을 포괄하는 시대구분을 제시해 문학사 전개의 공통된 점과 상이한 양상이 드러나게 해야 하겠다는 목표는 실현되지 않았다. 알려져 있는 최초의 문학, 고대문학, 근대문학 순서로 여러 대륙의 많은 나라 문학을 함께 포괄해서 독자가 쉽게 이해할 수 있게 했을 따름이다. 프랑스 중심의 서술을 하겠다고 "시대구분에서 프랑스의 독자를 당황하지 않게 하고, 외국의 독자를 화나지 않게 하는 방식을 택한다"고 미리 밝혔다.(제1권, 2면) 프랑스만 대단하게 여기는 독자의 환심을 사서 책을 더 팔려고 하는 상업주의의 계산이 앞서서 일을 그르쳤다.

시대구분을 보자. "제1장 알려져 있는 최초의 문학; 제2장 고대: 문학의 모체; 제3장 고대에서 중세로; 제4장 유럽 및 세계 다른 곳의 중세; 제5장 16세기 유럽: 새로운 시대의 새벽; 제6장 유럽의 "제왕"(royauté)(17~18세기); 제7장 1848년까지의 낭만주의; 제8장 1848~1945 격동, 항쟁, 출생, 발견; 제9장 1945년 이후−세계의 전망"으로 이루어져 있다. 제목을 이렇게 붙이기만 하고 시대구분 총론도 각론도 없으나, 다룬 내용을 보면 뜻한 바가 바로 드러난다.

제1·2·3·4장과 제8·9장에서는 유럽문학에다 다른 여러 곳의 문학을 보태 서술했다. 제5·6·7장의 시기에는 유럽문학이 독주했다고 하면서, 제5장에는 터키문학, 제6장에는 중국·일본문학을 곁들였다. 제7장은 유럽문학의 독무대이다. 유럽문학은 계속 다루고 다른 곳들의 문학은 다루다 말다 해서, 발전 과정에서 정상과 비정상의 차이가 있다고 생각하게 했다. 유럽문학이라도 제4장에서 제9장까지 계속 등장하는 것은 프랑스·이탈리아·스페인·포르투갈·영국·독일·러시아·폴란드·남슬라브문학만이다. 이 가운데 프랑스문학은 언제나 중요시해 자세하게 고찰했다. 유럽문학의 원조라고 칭송되는 그리스문학도 중간에 어떻게 되었는지 알 수 없게 했다. 중세그리스문학은 비잔틴문학이라고 이름을 바꾸고 따로 다루어, 그리스문학의 연속성을 훼손했다.

인도, 중국, 그리스, 이란 등지의 문학은 프랑스문학보다 오랜 역사를 지니고 면면한 발전을 해왔다는 사실을 무시하거나 왜곡했다. 인도문학은 제5 · 6 · 7장에서 등장하지 않아 동향을 알 수 없게 했다. 중국문학사는 제5 · 7장의 시기를 공백으로 만들었다. 이란문학사는 제3 · 5 · 6 · 7 · 8장에서는 제외해 더욱 심하게 손상시켰다. 고대에서 현대까지의 연속성을 알아볼 수 없는 누더기로 만들었다. 캄보디아나 월남의 문학도 프랑스문학보다 일찍 시작되었는데, 제9장의 시기에 출현했다고 사실을 왜곡했다.

제8장에 아프리카문학이 등장한다. 다룬 분량이, 존재 의의가 인정되기 어려운 스위스문학보다 훨씬 적다. 아프리카문학을 "아랍문학, 흑인문학, 에티오피아문학, 아프리칸스문학"으로 나누어 고찰했다. 아프리카대륙에 이런 문학이 있다는 말이다. 아랍문학은 아시아의 아랍문학과 함께 다루어야 하겠는데, 아프리카의 것을 분리시켰다. 아프리칸스문학은 남아프리카에 이주한 네덜란드어 사용자들의 문학이다. 그것도 아프리카문학의 하나이기는 하지만, 흑인문학과 대등한 위치에 있다고 인정될 수 있는 것은 아니다. 에티오피아문학을 별도로 다룬 것은 적절한 처사이지만, 오랜 역사를 무시했다. 흑인문학이라고 한 데서는 너무 많은 내용을 엉성하게 펼쳐놓았다. 한국문학은 전혀 무시했다. 베르베르, 에스키모, 시베리아나 오세아니아 여러 곳의 문학까지 다루고, 한국문학은 명칭조차 등록하지 않았다.

아인지델 주편, 《구비 및 기록의 전승에서 본 세계문학》(1964)

(Wolfgang von Einsiedel her., *Die Literatur der Welt in ihren mündliche und schriftlichen Überlieferung*, München: Kindler)은 많은 문학을 다룬 것을 가장 큰 자랑으로 삼고, 기록문학뿐만 아니라 구비문학까지도 있는 대로 다 찾아서 수록한다고 했다. 크노 총편, 《여러 문학의 역사》 (1956~1958)가 세계문학을 빠짐없이 다루려고 한 것을 보고 깊은 감명을 받았다 하고서, 그 책의 미비점까지 보완해서 130개가 넘는 개별문학사를 포괄한다고 했다.[3] 책이 한 권이어서, 서술하는 내용

---

3) 번다하지만 차례를 옮긴다. 130개로 늘어난 개별문학의 명단을 파악할 필요가 있으며, 구체적인 증거를 들어 배열 순서를 문제 삼아야 하기 때문이다. 고대동양문학 (수메르, 아카디아, 후르리hurritisch, 히타이트hethitisch, 우가리트ugarititisch), 고대이집트문학, 고대아랍문학, 아랍문학, 헤브라이문학, 이디쉬jiddisch문학, 아람aramäisch문학 (고대아라메이, 유대-팔레스타인, 사마리탄samaritanisch, 만대mandäisch), 동방기독교문학(시리아, 기독교-팔레스타인, 콥트, 기독교-아랍, 에티오피아, 아르메니아, 그루지아), 티그레Tigré문학, 베르베르문학, 말타문학, 바스크문학, 그리스문학, 비잔틴문학, 그리스 교부학Patrologie, 로마문학과 로마제국, 중세라틴어문학, 근대라틴어문학, 프로방스문학, 프랑스문학, 이탈리아문학, 카탈로니아문학, 스페인문학, 스페인어미주문학, 포르투갈어 여러 문학, 루마니아문학, 래토로만스rätoromanisch문학, 고대 노르웨이-아이슬랜드문학, 새로운 아이슬랜드문학, 스칸디나비아문학(덴마크, 노르웨이, 스웨덴), 페로färöisch문학, 독일문학, 네덜란드와 플라망의 문학, 아프리칸스문학, 영국문학, 미국문학, 영연방문학 (인도와 파키스탄, 오스트렐리아, 뉴질랜드, 서인도제도, 서부아프리카), 켈트문학(아일랜드-게일, 스코틀랜드-게일, 웨일스kymrisch, 콘월kornisch, 맹크스Manx문학, 브르톤Bretonisch), 알바니아문학, 교회슬라브어문학, 러시아문학, 우크라이나문학, 벨로루시문학, 폴란드문학, 세르비아문학, 체코문학, 슬로바키아문학, 슬로베니아문학, 크로티아문학, 마케토니아문학, 불가리아문학, 리투아니아문학, 라트비아문학, 고대 및 중세 이란 조로아스터문학, 박트리아-파르티아baktrisch-parthisch문학, 사키쉬sakisch문학, 소그디아문학, 새로운 페르시아문학, 쿠르드문학, 아프가니스탄문학, 오세티아ossetisch문학, 토카리아tocharisch문학, 인도문학, 집시문학, 헝가리문학, 핀란드문학, 에스토니아문학, 라프문학, 피노-우그리아 민속문학, 사모예드민족의 문학, 서부 및 동부 코카서스 문학, 터키 밖의 터키민족의 문학(차카타이, 카자자흐kasachisch, 키르기스, 투르크멘, 카잔Kasan-타타르, 아제르바이잔, 시베리아 터키), 오스만터키문학, 근대터키문학, 몽골문학, 만주문학, 퉁구스문학, 에스키모문학, 북미 인디언문학, 고대미주문학, 일본문학, 한국문학, 중국문학, 티베트문학, 탕구트문학, 미얀마문학, 샴문학, 몬Mon문학, 캄보디아문학, 라오스문학, 월남문학, 인도네시아문학, 마다가스카르문학, 오스트레일리아와 오세아니아 원주민의 문학, 검은 아프리카의 전통적인 문학, 새로운 아프리카문학

은 더 늘이지 못하고 간략하게 간추릴 수밖에 없었다.

개별문학을 유사한 것들끼리 묶지 않고 독립된 단위로 열거했다. 장이나 절이 없고, 개별문학의 이름이 바로 나오는 방식으로 차례를 구성했다. 크게 구분한 문학권역에 속하는 작은 단위를 하위제목으로 설정한 경우가 더러 있을 따름이다. 그렇지만 알파벳 순으로 배열을 하는 사전을 만들지는 않고, 일정한 순서가 있게 했다. "언어·지리·역사"의 기준에 따라서 배열한다고 했다. 그 세 가지 기준 가운데 어느 것을 우선적으로 고려할 것인가는 경우에 따라 달랐다.

배열의 순서를 정리해 보면, (가) 유럽문명권과 가까운 관계에 있는 고대문학, (나) 유럽문명권의 고대문학과 중세문학, (다) 유럽문명권 개별문학, (라) 유럽문명권에서 가까운 곳에서 먼 곳까지의 개별문학으로 되어 있다고 할 수 있다. (다)에다 중심을 두고, (다)의 형성에 이르기까지의 과정을 (가)와 (나)에서 이해하고, (다)의 단계로 발전하지 못한 다른 여러 곳의 문학을 (라)에서 살피는 방식으로 유럽문명권중심주의를 재확인했다.

아랍문학, 베르베르문학, 말타문학 등 아랍문명권의 문학을 (가)에 넣은 점이 특이하다. 그런 것들이 유럽문명권문학 형성에 기여한 선행문학이라고 인정했기 때문이다. 그 점에서 같은 위치를 지닌다고 할 수 있는 페르시아문학은 (라)의 서두에 두었다. 인도문학은 그보다 뒤에다 배치했다. 인도유럽문명의 공통된 연원을 중요시하는 관점을 버린 증거이다.

개별문학을 있는 대로 다 찾아내서 다루고자 한 노력이 (가)에서 잘 나타난다. 이미 사라지고 없는 언어의 자료에서 문학의 자취를 찾는 작업을 빠짐없이 했다. (다)에서도 유럽 각 언어의 문학을 있는 대로 다 들었다. 켈트문학의 판도를 소상하게 파악한 것은 특기할 만한 일이다. 그런데 헝가리문학과 핀란드문학은 민족의 계통이 다르다고 보아 (다)가 아닌 (라)에다 넣었다. 널리 알려지지 않은 문학이라도 찾아내서 다루려고 한 노력이 (라)에서 확인된다. 터키 밖의 터키민족 여러 분파의 문학을 소상하게 살피고, 내륙 아시아 소그디아 등의 문학, 중국 서남쪽에 있었던 탕구트라고도 하는 西夏의 문학, 인도차이나반도의 몬족문학까지 등장시켰다. 민족학 연구의 최근 성과를 충분히 활용했다고 할 수 있다.

그렇지만 다른 한편으로는, 이미 잘 알려져 있는 큰 덩어리의 문학을 적절하게 다루지 못한 결함이 있다. 인도문학을 하나로 보고, 개별 언어의 문학으로 다시 나누지 않았다. 산스크리트문학, 팔리문학, 힌디문학, 벵골문학, 타밀문학 등이 유럽문명권 개별 문학 못지 않은 비중을 가진다는 사실을 무시했다. 아프리카문학을 전통적인 문학과 새로운 문학 두 항목으로 나누어 개관하고 만 것도 형평을 어긴 처사이다. 인도와 아프리카의 영어문학은 영연방문학에다 포함시켜 별도로 다룬 것도 잘못되었다. 아프리카의 새로운 문학에 아프리카 영어문학이 당연히 포함된다. 아프리카의 일부가 영연방이라고 하는 낡은 사고방식을 불식하지 않아 그렇게 했다.

모든 개별문학이 서로 대등한 의의를 가진다고 보는 것은 당연한 일이다. 그러나 서로 대등하다고 해서 각기 독립되어 있기만 한 것은 아니다. 모든 국가는 서로 배타적인 주권을 가진다는 원리를 세계문학 이해에 그대로 적용해서 차질을 빚어냈다. 역사적인 계승관계를 가진 문학을 독립된 실체라고 여겨 갈라놓기도 하고, 광의의

민족문학이 분파되어 있는 양상을 별개의 문학이라고 하기도 해서
부당하다. 페르시아문학이나 터키문학의 역사적인 또는 지역적인
분파를 한데 모아서 다루고 서로 어떻게 관련되는지 밝혀야 한다.

　민족의 역사나 유래가 서로 관련되는 문학뿐만 아니라 같은 문
명권에 속해서 서로 비슷한 발전과정을 보인 문학도 가까운 관계에
놓고 비교해서 고찰할 필요가 있다. 그래야만 자국문학사·문명권
문학사·세계문학사의 유기적인 관련이 이해되고, 문학사 전개의
특수성과 보편성이 드러날 수 있다. 이 책과 같이 개별문학사를 열
거하는 데 그치는 저술은 그렇게 할 수 있는 가능성을 아예 부정하
는 구실을 한다. 세계문학사 전개에 관해서 특별한 견해는 없어 광
범위한 자료를 제공하는 데 그치는 것처럼 보이게 하고서, 유럽중
심주의의 오랜 선입견을 새롭게 포장해 내놓으니, 경계하고 비판하
지 않을 수 없다.

　폰 제 총편, 《문예학 새로운 핸드북》(1978~2002)(Klaus von See her.,
Neues Handbuch der Literaturwissenschaft, Wiesbaden: Athenaion)은 큰 책 25
권이나 되는 분량이다. 제목과는 달리 내용은 세계문학사이다. 총
편자 외에 각 권 편집자 수십 명, 집필자 몇 백 명의 명단을 제시하
고, 인적 사항은 밝히지 않았다. 세계문학사 서술을 처음 시작한 독
일에서 그 일을 가장 큰 규모로 확대해서 마무리했다. 이보다 더 큰
세계문학사는 아직 없다.

　독일에서 애용하고 자랑하는 '문예학'이라는 말을 앞세워 이론을
중요시한 것 같지만, 기본 설계를 밝히는 머리말이나 서론이 없다.
표지 안쪽에 출판사에서 쓴 것 같은 말이 있어 책을 소개했을 뿐이
다. 거기서 "각국문학을 통시적인 관점에서 단순히 집합시키지 않

고, 공시적인 관점에서 각국 문학의 범위를 넘어선 사회적이고 문
학적인 추론, 구조적인 병행성, 문학이 직접적으로 얽힌 사례를 확
실하게 보여 주었다"고 했다. 문학연구의 이론을 대단한 수준으로
개발해서 세계문학사 서술에 적용한 듯한 인상을 주지만, 독일문
학과 가까운 유럽 문학은 이따금 비슷한 것들을 나란히 놓고 고찰
하면서 이미 관습화된 견해를 재확인하기나 하고, 그 밖의 여러 문
명, 많은 나라 문학은 공통된 논의에 포함시키지 않고 열거하기나
했다.

내용을 보자. "제1권 고대 동양, 제2권 그리스문학, 제3권 로마
문학, 제4권 후기고대, 제5권 동양 중세, 제6권 유럽 초기중세, 제7
권 유럽 전성기중세, 제8권 유럽 후기중세, 제9권 문예부흥과 바로
크 1, 제10권 문예부흥과 바로크 2, 제11권 유럽의 계몽주의 1, 제
12권 유럽의 계몽주의 2, 제13권 유럽의 계몽주의 3, 제14권 독일
고전주의와 유럽 낭만주의 1, 제15권 독일 고전주의와 유럽 낭만주
의 2, 제16권 왕정복고와 혁명, 제17권 유럽 사실주의, 제18권 세기
말과 세기 전환기 1, 제19권 세기말과 세기 전환기 2, 제20권 두 세
계대전 사이, 제21권 현대문학 1, 제22권 현대문학 2, 제23권 아시
아문학 1, 제24권 아시아문학 2, 제25권 문예학 방법론." 각 권의
표제가 이와 같다.

유럽을 넘어선 다른 문명권의 문학은 제1·5·23·24권에서만
고찰했다. 그 네 권만 제외하면 유럽문명권문학사로 번듯한 체계를
갖추었다 하겠는데, 공연히 다른 문명권의 문학도 함께 다루어 세
계문학사를 이룩하려고 하는 무리한 시도를 하다가 심한 불균형을
초래했다. 유럽 각국 문학도 대등하게 고찰하지는 않았다. 독일문

학을 포함한 유럽 중심부 서부유럽의 문학은 자세하게 다루고, 변두리의 문학은 소홀하게 여기거나 빼놓았다. 방대한 규모로 늘어난 이 책에서 유럽중심주의가 과거의 어느 세계문학사에서보다 더욱 심해져서 유럽의 문학연구가 세계문학사를 제대로 다루지 못하고 자기 내부에 매몰되어 있는 폐단이 더욱 심각해진 위기 상황을 보여준다. 각국 문학 전문가는 늘어나 세부는 자세하게 다룰 수 있으나 세계 전체에 대한 인식은 더욱 이지러졌다.

제1·5·23·24권에서 유럽 밖의 문학을 등장시켜 논의한 방식에 일관성은 없고 차질이 있다. "제1권 고대 동양"에서 메소포타미아, 이집트 등지의 문학을 고찰해 기존 세계문학사의 관례를 이었다. 그런데 중국문학이나 인도문학은 거기 포함시키지 않고 제23·24권의 "아시아문학"으로 돌리고 주변 몇몇 곳을 보태, 문학사 전개를 각기 고찰했다. 지리적인 위치에 따라 편차를 짜고 각국 문학사를 열거하는 방식을 택했다. "제5권 동양 중세"에서는 아랍문학만 '동양문학'이라고 하고, 아랍문학은 고대문학이나 근대문학에 관해서는 말이 없이 '중세문학'만 다루었다. 제5권 서론에서 무어라고 했지만 납득하기 어려운 기이한 견해이다.

유럽 중세문학은 제6·7·8권에서, 초기·전성기·후기를 각기 한 권씩으로 다루어 필요한 단계를 거쳐 발전을 알 수 있게 한 것 같으나, 서방기독교 라틴어문명권만 거론하고, 동방기독교 그리스어문명권은 아무런 해명도 없이 제외해 기존 업적보다 후퇴했다. 서부유럽이 우월하다고 자랑하기 위해서 우선 가까이 있는 경쟁자 동부유럽을 세계문학사에서 추방하는 낡은 술책을 먼지 쌓인 창고에서 찾아내 다시 사용했다.

책 전체의 총편자가 "제6권 유럽 초기중세"의 머리말을 썼다. 그 시대가 자기 주전공이고, 그 시대 문학을 특별히 부각시키려는 포부를 가지고 전권을 설계했다고 할 수 있다. 거기서 전체의 서론이 될 만한 발언을 해서 주목된다. 먼저 나온 책을 두고 일관성이 없는 결함을 지녔다는 지적이 있었다고 하고, 각국 문학의 '민족적 지속성'(nationale Kontinuität)을 횡적으로 연결시켜, '초민족적 동시대성'(übernational Gleichzeitiges)을 파악하는 일관된 방법을 갖추겠다고 했다. "언어권의 경계를 넘어서서 작용하는 문체 · 소재 · 주제가 민족문학 내부에서 통시적으로 이어지는 개념보다 더욱 큰 의의를 가져야 한다"고 했다.(1면)

본론 첫 장 〈유럽문학사의 한 시기로 본 초기중세〉("Das Frühmittelalter als Epoche der europäischen Literaturgeschichte")에서 중세문학 전문가의 통찰력을 보여 주었다. 중세는 과연 교양을 잃어버린 시대인가 반문하고, 문학의 국제적인 성격을 밝히고, 비속한 구어가 문자의 세계에 들어선 내력을 살핀 성과가 알차다. 그러나 유럽 중세문학에 관해서 필요한 고찰을 했을 따름이고, 공동문어문학과 민족구어문학의 관계에 관한 일반론을 이룩하려는 시도는 하지 않았다.

다른 집필자가 쓴 제8권 서두의 〈후기중세의 정치 · 사회 · 종교적 발전 상황 속의 유럽문학〉("Europäische Literatur im Kontext der politischen, sozialen und religiösen Entwicklungen des Spätmittelalters")에서는 70여 면이나 되는 분량으로, 문학과 관련된 그 시대의 현실을 자세하게 고찰했다. 그러나 1250년부터 1500년까지의 후기중세가 문학사의 어느 시기이며, 그 다음 시기 문예부흥기와 어떤 관련을 가지는가 하는 문제에 대한 거시적인 논의를 하지 않았다. 유럽 중세문

학은 세계문학사에서 어떤 위치를 차지하는가 하는 커다란 문제에
관한 역사철학적인 고찰을 하는 것은 누구의 소관으로도 삼지 않았
다. 보편적인 문제에 관한 일반이론부터 전개하는 독일 특유의 학
풍이 사라지고, 당면한 난관을 무리하지 않게 해결하려는 경험적인
합리주의가 그 자리를 차지한 변화를 확인할 수 있다.

　제23권에서는 중국·일본·한국의 문학을 각기 고대에서 근대까
지의 시기에 걸쳐 다루었다. 중국문학편 서두에 실려 있는 서론에서
한국에 관해 소개도 했다. 일본문학도 언급했으나, 일본문학편의 서
론은 따로 있다. 항목 수가 중국문학은 12개, 일본문학은 10개, 한
국문학은 5개이다. 항목 설정의 일관성은 없고, 집필에 참가한 사람
이 자기 나름대로 특별한 관심을 가진 영역을 전체적인 비중이나 균
형을 고려하지 않고 확대해 서술했다. 〈중국 호색문학〉("Chinesische
erotische Literatur")이 있어, 호사가의 취향을 보여준다. 〈일본의 구비
문학과 민속문학〉("Mündliche Literatur und Volksliteratur in Japan")은 일본
에서는 돌보지 않는 영역에 대한 각별한 관심을 나타냈다. 한국문학
에 관한 항목에는[4] 연극이 포함되어 있는 것을 특기할 만하지만 내
용이 부실하다.

　유럽문명권 제1세계는 오늘날 세계문학사를 쓰는 열의를 잃었

---

4) 5개 항목을 모두 옮기면, "자브롭스키(Zabrowski), 〈한국의 전통적인 문학〉; 자브롭
　스키, 〈한국 고전 서사문학(Erzälliteratur)〉; 이상경(Sang-kyong Lee), 〈한국연극〉; 조
　화선(Wha Seon Roske-Cho); 〈한국근대서정시〉; 조화선, 〈한국근대산문〉"이다. 세
　집필자 모두 써놓은 글을 보면, 전문 분야의 지식과 문학사 서술 방법에 대한 각성 양
　면이 다 모자란다고 하지 않을 수 없다. 한국문학 이해가 깊지 못하고 새로운 연구의
　성과를 받아들이지 않고 자기 자신이 연구를 개척한 성과가 별반 없어, 맡은 임무를
　힘겹게 수행했다고 생각된다. 중국문학이나 일본문학을 다룬 집필자는 대부분 자기
　나름대로의 견해를 전개한 것과 대조를 이룬다.

다. 거질의 세계문학사는 나오지 않고, 간략한 책 몇 권만이 명맥을 유지할 따름이다. 세계문학사에 관해 논의하는 저작이 이따금 있어 아주 잊지는 않은 것을 알려 준다.

카사노바, 《문학의 세계공화국》(1999)(Pascale Casanova, *La république mondiale des lettres*, Paris: Seuil)은 제목이 산뜻해 관심을 끈다. 문학에서 이루어지는 경쟁, 투쟁, 불평등의 관계가 세계문학공화국을 이룬다고 하고, 그 양상을 프랑스에서 출발하는 유럽중심주의의 시각에서 파악하는 논의를 다각도로 전개했다. 프랑스어의 주도권을 영어가 차지하고, 독일어가 경쟁자로 나타난 변화를 길게 고찰했다. 민족주의를 버리고 국민문학의 영역에서 벗어나 국제적으로 활동한 작가들에 대해 깊은 관심을 가지고 행적을 자세하게 살폈다. 문학의 세계공화국은 패권을 다투는 장소여서 모든 문학을 대등하게 포괄하고자 하는 세계문학사의 이상과는 거리가 멀다. 경쟁에서 패배한 쪽에 야유를 보냈다.[5]

프레더개스트 편, 《세계문학 논란》(2004)(Christopher Predergast ed., *Debating World Literature*, London: Verso)은 영국에서 나온 책이다. 서론에서 괴테의 세계문학을 언급하고, 카사노바, 《문학의 세계공화국》(1999)에서 자극을 받아 출발점으로 삼는다고 했다. 그 책에 대해 편자가 논의한 글이 서두에 실려 있다. 문학의 "internationalsm"(국제주의)은 "inter-national competion"(국가간의 경쟁)이라고 하는 지론을 받아들여 자기 논거로 삼았다. 브란데스(Brandes)와 아우에르바하(Auerbach)가 세계문학으로 나아가는 길을 열었다는 글이 있는데, 유

---

5) 한국에서 노벨문학상을 갈망하는 것을 야유의 대상으로 삼았다. 가장 큰 서점에 장래 수상자의 초상화를 위한 자리를 마련해 놓은 것이 촌스럽다고 빈정댔다.

럽문학을 세계문학이라고 했다. 그밖에 10여 편의 글에서 유럽중심
주의의 관점에서 문학의 경쟁과 우열을 가리는 작업을 다각도로 하
면서, 필리핀, 페루, 인도 등지를 들러리로 세웠다.

프라도 외 공편, 《세계문학은 어디 있는가?》(2005)(Christophe
Pradeau et Tiphaine Samoyault eds., *Où est la littérature mondiale?*, Saint-
Denis: Presses Universitaires de Vincennes) 또한 괴테의 말을 앞세우고 카
사노바, 《문학의 세계공화국》(1999)에 공감해 후속 작업을 한 글을
모은 책이다. 그 책을 자주 거론하고, 그 책 저자와의 대담이 권말
에 있다.

미국에서 나온 책도 있다. 담로슈, 《세계문학이란 무엇인가?》
(2003)(David Damrosch, *What is World Literature?*, Princeton: Princeton
University Press)를 보자. 서론에서 괴테가 세계문학에 대해서 한 말을
길게 거론하기만 하고 브란데스나 아우에르바하에 관한 말은 없다.
카사노바, 《문학의 세계공화국》(1999)을 한 번 언급하기만 했다. 세
계문학사를 위한 노력이나 논란을 외면하고, 가까이 있어 이용하기
쉬운 논저를 장황하게 들먹이면서 자기 나름대로의 시론을 폈다.
제1부 유통, 제2부 번역, 제3부 생산이라고 하고, 각기 몇 가지 사
례를 다룬 다음, 결론에서 세계문학을 규정하는 세 가지 명제를 제
시했는데 무슨 말인지 이해하기 어렵다. 문제의 핵심에서 방황하는
미국학자 특유의 학풍을 보여 준다고 하지 않을 수 없다.

미국에서 나온 책이 더 발견된다. 피저, 《세계문학의 이념, 역사
와 교육적 실천》(2006)(John Pizer, *The Idea of World Literature, History and
Pedagogical Practice*, Baton Rouge: Louisiana University Press)이라고 하는 것
이다. 괴테의 말을 앞세우기만 하고, 세계문학에 대한 다른 논란은

거론하지 않고, 미국 대학에서 개설해 가르치는 세계문학이라는 교
과목에 대해 이 말 저 말 끌어들이면서 논의했다. 세계문학 읽기 교
육에 관한 책이 더 있는데, 비슷한 내용이다. 세계의 중심인 유럽문
명권이 우월하다고 재확인하면서 다른 곳들에 대한 이해도 어느 정
도 갖추도록 하려면 독서 목록을 어떻게 선정하고 해설해야 할 것
인지 거듭 논의했다.

  톰슨, 《세계문학 지도 그리기. 국제적인 正典 가리기와 국가를
넘어선 문학》(2008)(Mads Roscendahl Thomsen, *Mapping World Literature,
International Canonization and Transnational Literatures*, New York: Continuum
International)에서 세계문학 이해를 위해 고민은 하지만 전환을 할 의
사는 없다고 길게 논했다. 책 제목 부제에서 내놓은 두 가지 개념을
풀이해 "세계문학은 국제적인 正典(canon)으로 인정된 문학을 연구
하는 것과 모든 문학을 관심을 가지고 탐구하고자 하는 희망, 둘을
포괄하는 패러다임이다"고 했다.(2면) 세계의 모든 문학을 있는 그대
로 세계문학으로 받아들여야 한다는 탈식민지시대의 요구를 받아
들이지 않을 수 없는 추세라고 했다. 그러면서 세계적인 가치를 지
닌다고 인정된 유럽문명권의 명작이라야 세계문학이라고 해 온 종
래의 보수적인 견해를 버리지 않으려고 했다. 드하엔, 《루트리즈
세계문학 약사》(2012)(Theo D'haen, *The Routledge Concise History of World
Literature*, London: Routledge)가 최근에 나온 책이다. 제목을 보면 간
략하게 쓴 세계문학사인데, 실제 내용은 세계문학사에 관한 간략한
논의이다. 세계문학이라는 것이 1970년대부터 죽었다가 21세기에
들어서서 살아나기 시작했다고 했다. 위에서 고찰한 책 몇 가지가
세계문학이 살아나고 있는 증거라고 하고, 그 이상은 없음을 확인

할 수 있게 한다. 저자가 벨기에의 비교문학자여서 여러 나라의 사
정을 알고 있으므로 증거 불충분의 혐의는 없다고 인정할 수 있다.

저자는 무엇을 했는가? 세계문학이라는 말을 처음 사용했다는
괴테에 대해 새삼스러운 고찰을 앞세우고, 세계문학사에 대한 관
심의 변천을 대강 살핀 다음에 지금까지의 세계문학사는 서유럽 몇
나라를 중심으로 서술하고 주변부는 무시했다고 마지막 장 결론에
서 말했다. 진부한 내용을 확인한 것 이상으로 한 일이 없다. 유럽
중심주의를 넘어서서 진정으로 세계적인 세계문학사를 어떻게 이
룩해야 할 것인지 문제를 제기하고 대책을 찾고자 하는 의지가 없
다. 세계문학사가 되살아나지 못하고 있다는, 제1세계에서는 되살
아날 수 없다는 것을 입증하는 책이다.

유럽문명권에서 자기네 문명권의 문학을 중심에다 두고 세계
문학사를 서술하는 편향된 시각을 시정하고, 여러 문명권의 문학
이 세계문학사에서 대등한 위치를 차지한다는 사실을 분명하게 하
는 새로운 작업을 다른 곳에서 선도하는 것이 당연하다. 차이탄
야, 《세계문학사》(1968)(Krishna Chaitanya, *A History of World Literature*,
Bombay: Orient Longmans) 전 4권은 저자와 출판지를 보면 제3세계의
업적이다. 앞에서 고찰한 《새로운 산스크리트문학사》(1977);《아랍
문학사》(1983)를 포함해서 많은 책을 쓴 저자가 세계문학사도 내놓
았다. 자기가 힘들여 연구한 결과는 아니다. 영어로 나온 기존의 문
학사를 이것저것 참고해서 쓴 것으로 생각된다. 이른 시기 서양문
학을 길게 다루어 분량이 늘어났다. 제1권에서 메소포타미아문학
을, 제2권에서 그리스문학을 고찰하고, 제3권에서 로마문학으로 들

어섰다. 관점에서는 유럽중심주의를 더욱 확대한 제1세계의 세계문학사이다.

일본에서는 세계문학사를 거듭 내놓았다. 吳茂一 外,《世界文學史概說》(1950)(東京: 各川書店); 高橋健一 外,《世界文學入門》(1961)(東京: 小峯書店); 阿部知二,《세계문학의 흐름》(《世界文學の流れ》)(1963)(東京: 河出書房);《세계문학의 역사》(《世界文學の歷史》)(1971)(東京: 河出書房) 등이 있다. 이런 책에서 유럽중심주의를 넘어선 새로운 문학사를 이룩했는가 하는 의문을 가치고 책을 구해 열심히 읽은 결과 실망하지 않을 수 없었다.[6]

吳茂一 外,《世界文學史概說》(1950)은 유럽문학사에 아시아문학을 조금 보탠 내용이다. 유럽문명권에서 나온 어떤 세계문학사보다도 더욱 심하게 편향된 유럽중심주의의 시각을 보여 주었다. 그러면서 사회경제사 해설을 다소 보태 자기 관점이 진보적이라고 자부하면서, 반론을 막는 방책으로 삼았다. 중세문학에 관한 총설에서 "기원 5·6세기부터 14·5세기까지"의 시기가 유럽의 중세였다는 데 대해서 길게 서술하면서 그 사회경제사적 상황을 해설하려고 애쓴 다음에, 동부유럽·아랍세계·중국·일본의 중세는 한 단락에 다 모아서 간략하게 언급한 것이 좋은 예이다.

高橋健一 外,《世界文學入門》(1961)은 서두에 문예론이 있고, "문예사조; 유럽", "문예사조; 아시아"의 두 부분을 갖추어, 동서 양쪽을 균형 있게 다룬 인상을 준다. 그런데 유럽편은 220면쯤, 아시아편은 60면쯤 된다. 유럽중심주의를 그대로 두고, 아시아문학에 관

---

6) 1994년 1~2월 일본 동경대학 비교문학과의 초청을 받고 가서 제출한 "Japanese Contribution in Writing History of World Literature"라는 제목의 연구를 통해, 세계문학사 서술을 위한 일본의 기여는 평가할 것이 없다는 결론을 얻었다.

한 고찰을 곁들였을 따름이다. 각국 문학은 각기 그 나름대로의 시대구분에 따라 고찰했다. 그 내역이 유럽 각국 문학에서는 서로 비슷하지만, 아시아문학은 그렇지 못하다. 일본문학은 "민족문학·고전문학·중세문학·근세문학·근대문학"의 순서에 따라 고찰한 것이 특이하다.

阿部知二, 《세계문학의 흐름》(1963); 《세계문학의 역사》(1971)는 일본에서 이루어진 세계문학사 가운데 대표적인 업적이라고 할 수 있다. 편집과 장정이 훌륭하며 천연색 도판이 많이 있다. 서문에서 "하나의 세계"를 이룩해야 한다고 했다. 동양문화와 서양문화의 간격을 넘어선 "세계문화의 융합"을 이룩하기 위해 노력하겠다고 하고서, 자기는 서양문학 중심의 세계문학사를 서술했다. 책 뒤에서 동경대학 영문과 출신이라고 특별히 소개되어 있는[7] 저자가, 언어 이해의 사정 때문에 자기에게 비교적 친숙한 영문학을 교두보로 삼으면서, "영문학에서 재료를 얻어" 서양문학을 고찰하는 데 치중하고, 연극은 셰익스피어의 연극을 특히 중요시하겠다고 스스로 밝혔다. 셰익스피어에 관한 서술을 찾아보면 본문이 6면이고 화보가 5면이나 되어, 대단한 비중을 두었다.

유럽문명권문학은 영국·독일·프랑스·이탈리아·스페인·러

---

7) 동경제국대학 영문과 출신은 세계를 제패한 영국과 일본을 동격의 나라로 만드는 데 앞장선다는 대단한 자부심을 가졌다. 영어를 하는 것이 최상의 교양이라고 믿고, 다른 언어는 익히려 하지 않았으며, 영문학의 고전 외에는 읽을 만한 책이 없다고 하면서, 일본 것도 한껏 낮추어보았다. 문화의 국적에서 영국인이 되는 것을 최대의 목표로 삼고, 학문을 하겠다고 애쓸 필요는 없다고 여겼다. 일본 최고의 수재라야 동경대학에 입학해서 영문학을 전공할 수 있다는 것은 널리 알려진 일이므로, 공부를 더 하지 않아도 수재의 명예가 보장된다고 했다. 그런 풍조 때문에 가중된 유럽중심주의와 영어만능주의가 세계문학사 서술을 망치고, 일본에서 유럽문학을 받아들이는 방식이 계속 빗나가게 했다. 이런 풍조가 한국에 수입되어 광범위한 영향을 끼쳤으므로, 철저하게 비판하지 않을 수 없다.

시아의 문학에 관해 광범위하게 고찰했으며, 다른 문명권의 문학
은 중국문학만 유럽 각국 문학에 버금가는 정도의 비중을 두어 다
루고, 인도문학에 관한 논의를 조금 곁들였을 따름이다. 아랍문학
에 관해서는 자기가 "교양이 부족"하다는 이유를 내세워 간략하게
언급하는 데 그쳤다. 한국문학은 모두 세 줄에 걸쳐 소개하고, 작품
의 예로 《춘향전》 하나만 들었다. 아시아의 다른 나라 문학이나 아
프리카문학은 왜 다루지 않는지 해명하지도 않았다. 서술의 분량이
나 비중에서 철저하게 유럽문명권중심의 세계문학사이고, 그 편향
성이 유럽의 전례보다 더 심하다.

　　더욱 납득하기 어려운 것은 일본문학을 제대로 살피지 않은 점이
다. 이에 관해서 초판 서문에서 미리 설명하기를, 일본문학은 세계
문학을 이해하는 주체이므로 별도의 장을 설정해서 따로 고찰하지
않는다고 했다. 그러나 실제 작업에서는 유럽문명권문학을 주체로
하고 일본문학은 오히려 객체로 하는 문학사를 서술했다. 유럽문명
권문학에 있었던 일을 먼저 들어 세계문학 일반론의 근거로 삼고,
일본문학에도 그 비슷한 것이 보인다고 몇 줄씩 보태어 말하는 방
식을 택했다.

　　한국에도 洪雄善, 《槪觀世界文學史》(1953)(서울: 연구사)가 있어 세
계문학 서술에 동참한 것처럼 보인다. 그러나 이 책은 소략하게 다
룬 유럽문학사이다. 유럽문학을 세계문학이라고 하는 일본의 전례
를 서술 내용과 함께 받아들였다. 세계문학사라는 책은 더 나오지
않았으며, 《세계문예사조사》, 《문예사조사》, 《문예사조》 등을 표제
로 한 책이 놀랄 만큼 많이 보인다.[8] 문예사조가 문학개론과 문학

---

8) 서라벌예술대학 편, 《세계문예사조사》(1958)(서울: 서라벌예술대학출판국); 金永洙,

입문을 위한 필수적인 교과목으로 대학에 개설되어 판매가 보장되어 있는 교재이므로 연구를 위한 노력은 생략하고 쉽게 써낸 것이 많아진 이유이다.

일본을 거치지 않고 유럽 본바닥에서 필요한 지식을 가져오는 세대가 등장했어도 제목이나 내용의 고정된 틀을 갖춘 규격품을 만들어내 시장 경쟁에서 불리해지지 않으려고 했다. 처음에는 유럽의 문예사조 고전주의, 낭만주의, 사실주의 등이 성립되고 교체된 과정을 설명하는 것이 예사였다가, 그런 것들이 한국에 소개되고 정착된 양상을 덧붙여 소개하는 방향으로 나아가는 변화가 나타났을 따름이다. 유럽중심주의가 문학사 이해의 척도이고, 근대 이후 한국문학은 유럽문학의 이식이라는 주장을 되풀이했다. 제1세계 추종에서 벗어나 한국은 제3세계임을 자각하고 세계문학사를 새롭게 이해하고 서술하기까지 많은 시간과 진통이 필요했다.

《文藝思潮史》(1959)(서울: 수학사); 어문각 편, 《세계문예강좌 2 문예사조사》(1962)(서울: 어문각); 金碩浩, 《世界文藝思潮史》(1965)(서울: 대학사); 全圭泰 편, 《文藝思潮》(1973)(서울: 문학연구회); 金顯承, 《世界文藝思潮史》(1974)(서울: 고려출판사); 金容稷 · 金治洙 · 金鍾哲 편, 《文藝思潮》(1977)(서울: 문학과지성사); 文德守, 《文藝思潮》(1979)(서울: 개문사); 차봉희, 《문예사조 12장》(1981)(서울: 문학사상사); 梁熙錫, 《현대문예사조》(1982)(서울: 자유문고); 吳世榮 편, 《文藝思潮》(1983)(서울: 고려원); 嚴昌燮, 《文藝思潮史》(1983)(대구: 학문사); 朴喆熙 편, 《文藝思潮》(1985)(서울: 이우출판사); 한형곤 외, 《文藝思潮》(1986)(서울: 새문사); 李善榮 편, 《문예사조사》(1986)(서울: 민음사); 金禧寶 편저, 《世界文藝思潮史》(1989)(서울: 종로서적); 張師善 외, 《文藝思潮》(1991)(서울: 새문사); 신곽균 편저, 《서양문예사조》(1993)(서울: 건국대학교출판부); 윤재한 편, 《新 문예사조론》(1994)(서울: 우리문학사); 성기조, 《문예사조》(1995)(서울: 한국문학사); 최유찬, 《문예사조의 이해: 그리스 고전문학에서 포스트모더니즘까지》(1995)(서울: 실천문학사); 김병걸, 《문예사조 그리고 세계적 작가들: 단테에서 밀란 쿤데라까지》(1999)(서울: 두레); 심상욱, 《문예사조의 이해》(1999)(전주: 전주대학교출판부); 오세영 · 이성원 · 홍정선, 《문예사조의 새로운 이해》(2000)(서울: 문학과지성사); 민용태, 《세계 문예사조의 이해》(2001)(서울: 문학아카데미); 김영일 외, 《문예사조론》(2003)(서울: 새문사); 김은철 외, 《문예사조의 이해》(2003)(서울: 새문사); 고봉준 외, 《문예사조》(2007)(서울: 시학)

吳世榮 편, 《文藝思潮》(1983)(서울: 고려원)에는 고민이 나타나 있다. 편자가 머리말에서 "문예사조사라 이름할 때 그것은 관습적으로 그리스·로마문학을 모태로 하는 서구문학을 지칭"하지만, "서구문학사가 세계문학사를 대표할 수 없는 것은 명백"하다. "한국, 중국, 일본 등 동아시아문학, 아랍문학, 인도문학, 또는 아프리카문학도" 세계문학으로 공헌하므로, "문예사조사란 세계문학을 포괄적으로 수용하지 않고서는 기술되지 못"한다. "이러한 방대한 작업이 몇 사람의 노력으로 이루어질 수는 없"다고 했다. 세계 전역의 문학을 대등하게 포괄하는 세계문예사조사로 나아가야 한다고 하고서, 잘못이 되었다고 인정한 유럽중심주의 문예사조사를 내놓았다.

전환을 하려면 몇 사람의 노력으로 이루어질 수 없는 방대한 작업이 필요하기 때문이라는 것을 이유로 삼았다. 김준오, 〈고전주의〉에서는 한국 고전문학에 고전주의 전통이 있다가 유럽의 고전주의가 소개되었다고 했다. 신동욱, 〈사실주의〉에서도 한국의 사실주의에 대한 고찰을 앞세웠다. 그런데 편자의 글 오세영, 〈낭만주의〉에서는 유럽의 낭만주의만 고찰했다.

金禧寶 편저, 《世界文藝思潮史》(1989)(서울: 종로서적)나 성기조, 《문예사조》(1995)(서울: 한국문학사)는 《세계문학사》라고 일컬어도 좋을 편차를 갖추었다. 고대·중세·현대 또는 고대·중세·근세·현대라고 한 시대마다 유럽문학을 자세하게 다룬 데 덧붙여 중국, 인도, 아랍, 한국, 일본 등의 문학에 대한 고찰도 했다. 유럽중심주의 세계문학사의 표준판을 다시 볼 수 있게 한다. 모든 내용이 기존의 여러 저서 짜깁기로 이루어져 "편저"라고 밝힌 것이 그 나름대

로 정직한 처사이다. 교재는 연구서가 아니므로 별나게 다시 쓸 필
요가 없다는 통념을 재확인하게 한다.

3) 제2세계

지금까지 고찰한 제1세계의 세계문학사에 대해 제2세계의 선두주
자 러시아는 신랄한 비판을 하고, 대안을 제시하기 위해 오랫동안
노력했다. 그래서 이룩한 업적 가운데 가장 중요한 것이 고리키세계
문학연구소, 《세계문학사》(1987~1994)(История Всемирной Литературы)
제1권부터 8권까지이다. 작가 고리키의 제안으로 창설한 고리키세
계문학연구소(영문명 "Gorky Institute of World Literature")는 소련과학원
산하의 한 기관이며 세계문학을 연구한다. 3백여 명이나 되는 구성
원이 30년 동안 작업한 성과가 이 책이다.

연구소의 소장 아니시모프(Иван Иванович Анисимов)가 전체적인
방침 결정을 주도하고, 비페르(Ю. Б. Виппер)를 비롯한 몇 사람이
집필 방향 기획에 특히 기여했다. 러시아문학연구소, 동양학연구
소, 슬라브족 및 발칸반도연구소 등 다른 여러 연구소도 동참하고,
많은 학자가 집필을 맡았다고 밝혀 소련 학계의 역량을 기울여 이
룬 거대한 업적임을 알렸다. 집필자 성명이 항목마다 밝혀져 있다.

권별 구성을 보자. 《제1권 이른 시기 원시문학 및 고대문학》;
《제2권 2·3세기에서 13·14세기초까지의 초기와 중기의 중세》;
《제3권 13세기말, 14세기초에서 16세기까지》; 《제4권 17세기》; 《제
5권 18세기》; 《제6권 프랑스혁명에서 19세기 중엽까지》; 《제7권 19

세기 후반》;《제8권 1880년 제국주의 형성기에서 1917년 러시아 사회주의 혁명 이전까지》이다. 《제9권 1917부터 1945년까지》는 써놓았으나, 소련이 해체되고 러시아 국가가 탄생한 체제 변동에 맞게 수정해야 하는가 하는 논란이 결말을 보지 못해 출간하지 못하고 있다고 한다. 1945년 이후의 문학에 관한 제10권도 내려고 했으나 관점 정립이 어려워 중단했다고 한다.

머리말에서 "마르크스주의 문학연구에서 이 저서는 광범위한 자료를 다룬 최초의 방대한 저술이다"라고 하고, "소비에트 학문의 탁월한 업적"이라고 했다. 그 전에 러시아에는 대학 교재용 세계문학사가 몇 가지 있었으나 유럽문명권중심주의의 폐단이 크고, 내용이 자세하지 못한 결함이 두드러져 새로운 작업을 하려고 오랫동안 노력을 한 결과가 이 책이라고 했다. 그러면서 새로운 작업을 한 관점을 다음과 같이 요약할 수 있게 제시했다.

(가) 마르크스주의의 역사적 일원론에 입각해, 사회적 토대와 이데올로기적 상부구조의 하나인 문학의 유기적인 관계를 밝힌다. (나) 각국문학의 상관관계 및 상호작용을 역사적·유형론적 방법으로 고찰한다. (다) 세계문학사를 강대국의 문학사로 보지 말고 "작은" 문학도 빼놓지 않는다. (라) 세계문학사의 발전에 불균형이 있어, 15세기 이후에는 서양문학이 동양문학보다, 서양문학 가운데서 서부유럽의 문학이 동부유럽의 문학보다 앞서서 발전하는 불균형이 나타났다.

(가)는 마르크스주의에 입각해 문학사를 서술하는 제2세계 문학사의 기본 관점이다. 마르크스주의 역사관은 "역사적 일원론"이라고 하고, 부르주아 학문에는 결여된 가치를 지닌다고 했다. 역사적

일원론이라는 것은 사회적 토대의 변천에 존재하는 객관적인 법칙에 따라 모든 역사를 이해하는 사관이라는 의미이다. 이 사관을 적용하려면 사회적 토대 연구에서 결정적인 성과가 있어야 하는데 그렇지 못해 고민인 사태가 지속되었다. 사회적 토대와 상부구조의 하나인 문학이 어떤 관련을 가지는가 하는 문제도 해결되지 못하고 남아 있다.

이런 난관을 역사가 짧고 수준이 낮은 마르크스주의 연구기관은 감당하기 어렵지만, 최상의 조건을 갖춘 소련과학원은 결정적인 성과를 제시해 말끔히 해결하지 않을 수 없다고 하겠는데, 기대를 저버리고 물러나 책임을 회피했다. 사회사는 필연적인 과정을 거쳐 직선으로 발전하지만, 문학과 같은 상부구조의 역사는 전진과 후퇴가 우연히 뒤바뀌는 굴곡이 있다고 한 엥겔스(Friedrich Engels)의 말을 인용해 난문제를 회피하는 수습책으로 삼았다. 많은 인원이 오랜 기간 연구하고서 문학사 서술의 기본이론을 갖추지 못했다. 이것도 나태해서 생긴 무능인가, 하겠다고 한 일이 불가능하다는 증거인가?

엥겔스 이후 오랫 동안 더 나아간 연구를 하지 못했단 말인가? 객관적 법칙이라는 것이 과연 말한 바와 같이 존재하는가? 이런 의문이 제기되어 마르크스주의 역사관의 타당성을 불신하지 않을 수 없다. 전진과 후퇴가 뒤바뀌는 굴곡은 문학사에만 있는가? 이런 것이 우연이기만 하고 필연성이 없는가? 이런 의문을 해결하기 위해 방향을 바꾸어 새로운 탐구를 해야 한다. 사회사와 문학의 관계, 우연과 필연의 관계를 다시 해명해야 한다.

(나)의 관점은 새로 얻은 성과라고 자랑하면서 내놓았으나 그리

대단한 것은 아니다. "어떤 구조를 형성하는 범주"에 따라 자료를 모으고 분류하는 것이 바람직하다고 하고, 그 범주가 이른 시기에는 문학 갈래이고, 최근에는 문학 유파라고 하는 정도에 머물렀다. 마르크스주의를 표방하지 않는 문학연구에서 흔히 하는 작업의 의의를 평가하고 그리 높지 않은 수준에서 활용했다고 할 수 있다. 새로운 작업의 구체적인 예로 "중세문학에 라틴어로 된 문학, 오랜 전형을 지닌 민중서사시적인 문학, 영웅서사시, 장중한 서정시, 기사소설, 도시의 풍자문학, 교훈문학" 등의 공통점이 있는 것을 국가적인 변이보다 중요시해야 한다고 했다.(제1권, 8면) 새삼스러울 것 없으며, 유럽문학만 생각하고 한 말이다.

(다)에서 "작은" 문학도 빼놓지 않겠다고 한 것은 평가할 일이다. "보편적인", "중앙의", 또는 "초국가적인" 것을 내세워 어느 특정의 문학을 세계문학이라고 하는 지난 시기 저술은 "알맹이를 빼고, 민중을 없애는" 잘못을 저질렀다고 비판하고, 그 대안을 제시하겠다고 한 것은 전적으로 타당한 말이다. 실제 작업을 보면, 소련방에 속하는 여러 민족의 문학을 널리 조사해서 고찰한 것을 업적으로 인정할 수 있다. 자기 나라의 사정을 자세하게 말하고 세계 인식을 바꾸었다고 했다. 넓은 세계 수많은 민족의 문학을 널리 포용한 것은 아니다.

(라)는 (나)·(다)와 어긋난다. (나)에서 말한 역사적·유형론적 방법에 의한 비교고찰을 유럽문학의 범위를 넘어서 널리 사용하면 공통된 시대구분이 가능하다. 그런데 유럽역사의 시대를 고대노예제사회·중세봉건사회·근대자본주의사회로 구분한 견해를 그대로 사용해 러시아는 근대자본주의사회로의 진입에서 뒤떨어지고, 아

시아는 중세봉건사회 이하의 시대가 결여되었다고 보아 발전의 불균형을 논의의 전제로 했다. (다)에서 말해 새로 받아들인 다수의 작은 문학뿐만 아니라, 이미 잘 알고 있는 아시아 각국의 큰 문학까지도 유럽문학 주변에 배치해 들러리로 삼았다. 유럽문학사는 총체적인 관련을 가지고 유기적으로 발전하고, 다른 곳들의 문학사는 국가별로 고립되어 각기 특수하게 전개되었다고 했다. 변명을 아무리 많이 해도 기본관점에서 유럽중심주의를 벗어나지 못하고 재확인했다.

　문예부흥을 지나치게 평가한 것도 문제이다. 집필 과정에서 동양에서도 문예부흥이 있었다는 소수 의견이 채택되지 않아 유럽중심주의 시대구분을 시정하지 못했다고 전한다.[9] 문예부흥을 겪지 못해 뒤떨어졌던 러시아는 1917년의 혁명을 일으켜 세계문학사의 다음 시대가 시작되는 변화를 선도하게 되었다고 했다. 문예부흥이 역사의 전면적인 변화를 가져왔다고 말해 서부 유럽 우월감의 근거로 삼는 속임수에 말려들었다가, 러시아혁명의 세계사적 의의를 주장하는 정치 논리를 문학사에 직접 적용해 이중의 파탄을 보였다.실제로 서술한 내용을 보면, 유럽-러시아문학사의 시대구분에 따라 설정한 시기마다 동시대 다른 문명권 많은 민족의 문학을 가져다가 붙여 놓아, 각국문학사를 따로 써서 모은 책과 그리 다를 바 없게 되었다.《제5권 18세기》를 본보기로 들어 구체적인 고찰을 해보자.[10] 18세기가 어떤 시대인지 묻지 않고, 그 시기 문학의 공통된

---

9) 중국 唐나라나 일본 平安시대의 문학도 복고주의, 개성의 해방, 정신의 자유를 특징으로 해서 서양의 문예부흥과 같은 변화를 보였다고 주장하는 사람들이 있었으나 서양문학 전공자들의 동의를 얻어내지 못했다고 김려호 교수가 전했다.

10) 전체 구성을 보자. 세부 항목은 괄호 안에 적는다. "1.서부유럽의 문학(영국문학; 아일랜드문학; 프랑스문학; 이탈리아문학; 독일문학; 스위스문학; 스칸디나비아 지

전개에 관한 논의가 없다. 각국 문학을 고찰하는 하위 제목에서는
아무런 공통점이 없다. 세계문학을 두루 다룬 것 같지만, 러시아문
학과 서부유럽문학에 대해서 특별히 큰 비중을 두었다. 장 이하 절
구성을 보면 러시아문학은 17절까지, 프랑스문학은 14절까지, 독일
문학은 13절까지, 영국문학은 12절까지 나누어 고찰했다. 이와 대
조가 되게, 중국문학은 5절로, 인도문학은 4절로 처리했다. 아랍문
학과 페르시아문학은 더욱 간략하게 처리했다. 18세기는 유럽의 우
세가 확립되지 않은 시대이고, 중국이나 인도문학이 아주 풍성한
시기였다는 사실을 무시했다.

일본·중국·한국·월남문학을 나란히 대등한 비중을 가지고 다
룬 것은 특기할 만한 일이다. 세부 차례를 보면, "일본문학(봉건제도
의 위기와 그 이념; 예술의 전범에 관한 개념 교체; 시; 산문; 극예술), 중국
문학(정통시학과 미적 문학작품에 관한 학설; 시와 극예술; 《儒林外史》; 《紅
樓夢》; 단편소설과 수기), 한국문학(18세기 한국과 실학의 영향; 한시; 한국
어시; 한문산문, 박지원; 한국어소설, 소설, 중편소설, 전기문학), 월남문학
(사회정세와 문학의 변천의 특성; 한시; 월남어시 호 쑤언 흐엉; 서정시 도안

방과 핀란드문학; 네덜란드문학; 스페인문학; 포르투갈문학), 2.중부 및 동남부 유럽
의 문학(폴란드문학; 체코와 슬로바키아문학; 헝가리문학;몰다비아·발다히야문학;
불가리아문학; 세르비아문학; 크로아티아문학; 슬로베니아문학; 그리스문학; 알바
니아문학) 3.동슬라브문학(러시아문학; 우크라이나문학; 벨로러시아문학), 4.발트 삼
국의 문학(리투아니아문학; 라트비아문학; 에스토니아문학), 5.아메리카대륙의 문학
(북아메리카 식민지 및 미국의 문학; 캐나다문학; 라틴아메리카문학), 6.근동 및 중동
의 문학(터키문학; 아랍문학; 페르시아문학; 아프가니스탄문학; 쿠르드문학), 7.중앙
아시아 및 카자흐문학(타지크문학; 우즈베크문학; 투르크멘문학; 카자크문학), 8.코
카사스지역의 문학(아르메니아문학; 아제르바이잔문학; 그루지아문학), 9.남아시아
및 동남아시아의 문학(인도문학; 네팔문학; 실론문학; 미얀마문학; 태국문학; 캄보
디아문학; 인도네시아군도 및 말라카반도의 문학; 필리핀문학), 10.동·동남 및 중
앙아시아의 문학(일본문학; 중국문학; 한국문학; 월남문학; 티베트문학; 몽골문학),
11.아프리카대륙의 문학 (네덜란드어를 사용한 남아프리카문학; 흑인문학; 스와힐리
문학)

티 디엠, 응우연 지아 티에우; 산문시 응우엔 주; 산문 갈래)"라고 했다.

각국 문학에 관한 서술 첫 절에서 시대변화와 문학의 경향을 개관한 것 외에 다른 공통점은 없다. 표기 언어, 문학갈래, 대표적인 작가와 작품 등 다양한 기준을 들어 표제로 삼았다. 서로 관련되어 있고, 공통된 전개를 보이고, 영향관계가 확인되기도 하는 동아시아문학사의 전개를 유기적으로 다루지 않고 하나씩 독립시켰다. 소설과 관련된 항목이 네 나라 문학에 다 있는데, 설정 방식이 각기 서로 다르다. 일본문학에서는 "산문"이라는 영역을 표제에 내세웠다. 중국문학에서는 소설의 대표적인 작품을 둘 내세웠다. 한국문학에서는 소설의 여러 양상을 구분해서 고찰했다. 월남 율문소설의 대표적인 작품, 응우옌 주(阮攸)의 《金雲翹》(*Kim Van Kieu*)를 "산문시"라고 했다. 월남은 이념이 같은 동맹국이므로 자세하게 알았을 것 같은데 그렇지 않다.[11] 한국문학에 관한 서술에는 부정확한 정도를 넘어서 심한 착오도 있다.[12]

18세기는 중세에서 근대로의 이행기이다. 그 점에서 세계 여러 나라의 문학이 공통점을 가진다. 공동문어문학이 변모하고 자국어문학이 일어났으며, 중세문학의 규범이 무너지고 새로운 갈래가 출현했다. 소설은 중세에서 근대로의 이행기문학의 새로운 갈래로서

---

11) 월남문학에서 특별히 거론한 작가를 보면, 호 쑤언 흐엉(Ho Xuan Huong)은 한자 성명이 "胡春香"인 여류시인이다. 월남문학사에서 대단한 위치를 차지하니, 적절하게 선택했다고 할 수 있다. 그런데 서정시인이라고 소개한 도안 티 디엠(Don Thi Diem)은 〈征婦吟〉이라는 한시를 월남어로 옮겨 널리 알려진 사람이다. 응우옌 지아 티에우 (Nguyen Gia Thieu)도 비중 있는 시인이 아니다. 그러면서 18세기 월남의 탁월한 문인이고 사상가인 레 뀌 돈(Le Quy Don, 黎貴惇)은 무시했다.

12) 건국신화에 관해서 필요한 설명은 하지 않고 있다가 "국가—夫餘—창립에 관한 한국의 신화는 인과응보와 운명이라는 신앙에 대한 불교적인 명제의 실례로, 중국의 저술 《빠 우안 추 린》(668)에서 수입하고 있다"고 했다.(149면) 부여 건국신화가 7세기 중국 불교문헌에서 수입되었다고 했다

특히 중요한 의의가 있다. 흥미본위의 연극이 일어난 것도 함께 주목할 일이다. 그런데 이런 사실의 공통된 출현을 찾아 논하려고 하는 문제의식이 없다. "유형론적 방법"을 사용하겠다고 표방한 방침을 저버렸다.

그런 결함은 이 책을 구상하고 기획한 편집자들이 문제의식을 제대로 갖추지 못했기 때문에 생겼다고 할 수 있다. 각국 문학의 특성을 비교해서 공통점을 찾는 유형적 연구를 하겠다고 하고서 실제로는 그렇게 하지 못해 볼 만한 성과가 없다. 그렇지만 세계문학연구소 등의 여러 연구소에서 각국문학 전공자들을 필요한 만큼 두고 연구에 전념할 수 있게 하는 사회주의 체제의 장점 때문에 개별적인 사실은 어느 정도 충실하고 정확하게 다루었다고 인정할 수 있다.

이 책은 세계문학연구소라는 거대한 연구기관에서 온갖 정성을 기울여 수십 년 동안 애써 만든 노작이지만, 문학의 시작에서부터 오늘날까지의 세계문학사 전 영역을 제2세계의 시각에서 정리하겠다는 포부를 실현하지 못했다. 마르크스주의를 문학사의 이론으로 삼는다 하고서, 표방한 것과 다르게 러시아중심주의를 전개하다가 말았다. 소련이 붕괴되고 러시아가 그 뒤를 이으면서, 국력을 기울여 연구를 지원하는 시대가 가고, 이념 다툼을 해야 할 이유가 흐려져, 다시는 큰일을 할 수 없을 것으로 보인다. 모스크바의 세계문학연구소 같은 규모와 인원을 갖춘 연구소가 다른 어디에도 없는데, 이룬 성과가 기대에 미치지 못했다.

중국은 유럽문명권의 열강들과 힘겹게 싸워 주권을 지켰으며, 일본의 침공 때문에 더 큰 시련을 겪어야만 했다. 그러는 동안에는 세계문학사를 쓸 겨를이 없었다. 1949년에 중화인민공화국이 들어선 다음에, 필요하다고 판단되는 모든 학문 분야를 국가에서 관장하고 지원해서 개척했다.

문학사는 중국문학사와 외국문학사로 나누어 서술했다. 鄭判龍 外, 《外國文學史》(1980)(吉林: 吉林人民出版社)가, 러시아문학 전공자이고 연변대학 교수인 정판룡 주도 아래 중국 여러 곳의 수많은 전문가가 모여 외국문학사를 쓰는 작업을 거대한 규모로 수행한 최초의 성과이다. 전 4권의 방대한 분량이며, 자세한 내용을 갖추었다. 그 뒤에 비슷한 책이 여기저기서 나와 대학 교재로 쓰이지만, 이 책을 축약한 정도의 내용이고, 더 크고 자세한 업적이 이루어지지 않았다.

서두의 前言에서 집필 방향을 밝혔다. "과거 서방 자산계급 문학사가의 저작에서, 서방문학이 전체 인류 문화발전에서 한 작용이 의심의 여지없이 과장"된 잘못을 바로잡고, "유물변증법이나 역사유물론의 관점을 사용해서, 각국 문학의 작용을 실상대로 반영하고, 아시아나 아프리카문학의 고유한 지위를 회복하는 것을" 임무로 하는 새로운 작업을 하겠다고 했다. 제1세계의 세계문학사를 정면에서 비판하고, 제2세계의 과업을 소련에서 제대로 수행하지 못했다고 명시하지 않은 가운데 지적하고 중국에서 맡아 나선다고 했다. 시대를 "1) 고대문학, 2) 中古문학, 3) 근대문학, 4) 현대문학"으로 선명하게 나누었다. 中古 시기 봉건사회가 중국에서는 기원전 5세기부터 2천 년, 인도에서는 기원후 2·3세기부터 1천 4·5백 년, 유럽에서는 5세기부터 1천 년까지 지속되었다고 명시했다. 봉건사회에서는 농민과 지주의 관계를 주요모순으로 하는 봉건생산방식

을 갖추었다고 하고, 그래서 문학이 어떤 기본적인 특징을 지녔는
지 밝힌 총론은 없고 두 가지 각론을 전개했다. "진보적 문학"은
"인민대중의 이상과 원망을 반영"했다고 했다. 아시아·아프리카
문학이 서부유럽문학보다 높은 경지에 이르렀다고 했다.(제1권, 183
면) 유럽중심주의를 제한된 범위의 중국우월주의 또는 아시아우월
주의로 극복하려고 했다. 각 시대문학의 하위 제목을 첫째 단위까
지 들어보자. "1) 고대문학(이집트문학, 바빌로니아문학, 팔레스타인문
학, 인도문학, 그리스·로마문학), 2) 中古문학(이란문학, 아랍문학, 일본
문학, 조선문학, 유럽문학), 3) 근대문학(유럽문예부흥기문학, 셰익스피어,
17세기 유럽문학, 18세기 유럽문학, 괴테, 19세기문학 1 바이런, 19세기문학
2 프랑스문학, 발자크, 파리코뮌과 포타에, 영국문학, 독어사용국문학, 러시
아문학, 톨스토이, 동·북유럽문학, 미주문학, 아시아·아프리카문학, 타고
르), 4) 현대문학(고리키, 소련문학, 프랑스문학, 영국문학, 독일 및 기타
독일어 사용국 문학, 북·동유럽 및 남유럽문학, 미국 및 라틴아메리카문학,
조선문학, 일본문학, 인도문학, 아프리카문학)"이라고 했다.

'中古'를 '중세'라고 일컬으면서 논의를 계속하기로 한다. 유럽문
학은 중세 이래로 중단 없이 발전을 해왔다고 하고, 근대문학과 현
대문학의 양상을 여러 나라의 경우를 들고 많은 작가를 내세워 자
세하게 고찰했다. 인도문학은 중세문학이 없어 발전이 중단된 것으
로 알도록 했다. 이란문학은 중세문학만 다루었다. 월남문학은 취
급하지 않고 제외했다.[13] 아프리카문학은 현대문학에서 처음 등장
시키고 시인 한 사람만 고찰했다. 아시아·아프리카문학을 제대로

---

13) 월남문학을 제외한 이유가 무엇인가 저자 대표 정판룡교수에게 직접 물었더니, 중
국과 전쟁해 사이가 나빴기 때문이라고 했다.

다루겠다고 한 포부는 실현되지 않았다.

일본문학과 조선문학은 상당한 비중을 두어 유럽 세계문학사의
잘못을 시정한 것 같다. 그런데 일본 중세문학은 《源氏物語》까지
고찰하다가 夏目漱石 시대의 근대문학으로 넘어가고, 양자의 중간
단계에 관해서는 말이 없다. 조선문학에서는 《춘향전》, 朴趾源과
丁若鏞까지 중세문학으로 취급하고, 근대문학은 건너뛰고 현대문
학의 작가 李箕永을 거론했다. 유럽에서는 중세에서 근대로의 발전
이 순조롭게 이루어졌으나 다른 곳들은 중세에 머물러 정체되어 있
다가 유럽의 근대를 수입해야 했다는 통념을 따랐다. 동아시아 여
러 나라에서 일제히 나타난 중세에서 근대로의 이행기 문학의 양상
을 서로 연관 지어 파악해 문학사의 시대 구분을 다시 하지 않아 유
럽중심주의를 극복하지 못했다.

정판룡 외, 《세계문학간사》(1985)(연길: 연변대학출판사)는 위의 책
을 우리말로 간추려 다시 쓴 것이다.[14] 중국 여러 대학에서 함께 쓰
는 교재를 우리 민족대학인 연변대학의 교재로 다시 만들었다. 중
국문학을 다루지 않은 점에는 변함이 없으면서 책 이름을 "세계문
학사"로 바꾸었다.

원작의 서문보다 더 긴 서문에서 마르크스주의 유물사관에 입각
한 세계문학사 원론을 전개했으므로 자세하게 살필 만하다. "큰 민
족이나 작은 민족이나 인류문화 발전에 기여하고", "문학이 서로
침투하면서 흡수되는 긴밀한 연관"을 가졌으므로, 세계문학사는 그
전체를 다루어야 하고, 유럽문학만을 중심으로 서술하지 말아야 한

---

14) 이 책이 서울에서 《세계문학사》(1989)(서울: 도서출판 세계) 전 2권으로 재간행되었
   다. 재간행본을 이용하고 인용한다.

다고 했다.(상권, 13면) 당연한 말을 하고 실행을 하지는 못했다. 문학사를 마르크스주의 사회경제사에 입각해 서술해야 한다고 해서 유럽중심주의를 연장시켰다. 사회경제사의 발전을 유럽에서 선도해 문학을 이끌어나간 데 맞추어 다른 곳들의 문학을 다루는 전례를 시정할 수 없었다.

"세계문학에는 세계 각국의 원시씨족공동체사회로부터 오늘에 이르는 여러 시대의 인간생활이 폭넓게 반영되어 있으며 역사상의 여러 계급과 계층의 사상 감정, 이상 및 투쟁, 특히 상승기로부터 점차 몰락기에 들어선 자본주의의 역사적 과정이 뚜렷하게 반영되어 있다. 그러므로 세계문학의 역사적 발전은 세계의 정치 및 경제 발전의 역사적 과정과 대체적으로 일치한다"고 했다.(상권, 13면) 이런 주장에 따라 문학사를 쓰는 데 계속 어려움이 있어 문제가 된다.

마르크스주의 역사관에 의한 사회경제사 연구는 표방해 온 과학성과 보편성을 갖추지 못했다. 유럽이 아닌 곳, 특히 아시아의 역사는 정체되었는가 하는 문제에 관한 논란이 계속되고, 노예제사회의 문제, 봉건사회의 시작과 그 구조 문제, 자본주의 성립의 문제 등에 관해 미해결의 과제가 아주 많다. 믿고 의지하고자 하는 언덕이 흔들려 문학사를 쓰기 어렵다. 사회경제사와 문학사가 "대체로 일치"한다는 것이 또한 문제이다. 사회경제사는 확실하게 알았다고 해도 "대체로" 일치하는 것은 어느 정도인지, 사회경제사와 문학사는 실제로 어떤 관계에 있으며, 그 관계를 어떻게 하면 알아낼 수 있는지 분명하지 않다. 그래서 벌어지는 논란이 제1세계 좌파 이론가들 사이에서 더욱 심각한 시비의 대상이 된다. 제2세계에서는 논란은 덮어 둔 채 문학사를 써서 차질을 빚어내면서 잘못이 집필자들의 능력 부족에 있다고 하는 것이 예사이다.

문학과 사회의 관계는 세 각도에서 밝혀야 한다고 했다. (가) 사회적 토대와 문학의 관계 특히 문학의 계급적 성격, (나) 문학에 나타난 사회반영과 사회의식, (다) 사회적 가치에서 진보적인 문학 평가와 반동적인 문학 비판이 바로 그것이다. 위의 인용구에서는 (가)를 말하면서 (나)에 관해서도 언급했다. 다음 말에서는 (다)를 강조했다. "19세기 중엽부터 파리코뮌문학을 선두로 무산계급문학이 시작되었다. 특히 19세기 말, 20세기 초 국제무산계급혁명운동의 급속한 발전과 함께 노동계급의 위대한 투쟁과 공산주의 이상을 표현하는 새로운 사회주의적 사실주의 문학이 동서방 각국에서 형성되기 시작하였다. 1917년 10월혁명의 승리는 인류역사의 새로운 기원을 열어 놓았으며 새로운 사회주의문학의 발전에 광활한 길을 개척하여 주었다. 제국주의를 반대하고 식민주의를 반대하며 패권주의를 반대하는 제3세계의 민족주의혁명의 문학은 무산계급 사회주의문학과 함께 현시대 세계문학의 주류가 되고 있다."(상권, 14면)

무산계급 혁명운동의 사회주의문학을 최고의 가치를 가진 문학으로 평가해야 한다고 했다. 제3세계문학과 사회주의 혁명의 문학은 세계문학의 주류로서 동질성을 가진다고 했다. 훌륭하다는 가치평가와 주류를 차지한다는 사실판단을 바로 연결시켜, 앞의 것을 이유로 해서 뒤의 것을 판정했다. 제3세계문학은 사회주의 혁명의 문학과 함께 현시대 세계문학의 주류가 되고 있다고 하고, 실제 상황은 아주 소홀하게 다루었다. 제3세계문학의 독자적인 의의를 무시하고 실상을 살피지 않고서, 사회주의 혁명의 문학과 제3세계문학은 동질적이라는 부당한 주장을 그 이유로 들어 이중의 차질을 빚어냈다.

시대구분은 고대문학, 중세문학,[15] 문예부흥기문학, 17세기문학, 18세기문학, 19세기문학(1), 19세기문학(2), 19세기문학(3), 현대문학으로 이루어져 있다. '중고문학'이라고 하던 것을 '중세문학'이라고 바꾸고, 근대문학은 총칭이 없고 다섯 단계로 구분했다. 고대문학, 중세문학, 19세기문학(3), 현대문학에서는 '동방문학'과 '서방문학'을 다 다루고, 그 중간의 문예부흥기문학에서 19세기문학(2)까지에서는 '서방문학'만 다루었다. 유럽문명권문학은 서방문학이라고 하고, 그밖의 다른 곳들의 문학은 동방문학이라고 하는 중국 특유의 구분과 용어를 그대로 사용했다. 유럽문명권문학은 순차적인 발전을 정상적으로 이룩하고, 그밖의 다른 곳들의 문학은 모두 중세문학에 머무르고 있다가 유럽의 충격을 받고 근대문학의 마지막 단계에 동참했다고 해서 유럽중심주의의 관점을 추종했다.

한국문학은 중세문학만 있다가 현대문학에 들어서서 단절과 비약이 심하다고 했다. 《춘향전》, 박지원과 정약용은 유럽 문예부흥기문학 이전 단계의 중세문학이라고 했다. 19세기문학(3)에 일본문학과 인도문학은 있으나 한국문학은 없다. 소련문학의 영향을 받고 이기영이나 조기천이 등장해 현대문학이 이루어졌다고 했다. 아랍문학은 중세문학만이라고 하고, 인도문학은 현대문학이 없다. 아프리카, 동남아시아, 라틴아메리카 등 다른 여러 곳의 문학은 전연 다루지 않고서, "큰 민족이나 작은 민족이나 인류문화 발전에 기여"한 것을 보여 주는 세계문학사를 내놓는다고 했다. 제3세계문학을

---

15) 鄭判龍 外, 《外國文學史》(1980)에서 '中古文學'이라 한 것을 '중세문학'이라고 바꾸어 놓았다.

중요시하겠다고 한 말을 헛되게 했다.

중국에서는 중국문학사 외의 다른 문학사를 대학의 교과목으로 한다. 다른 문학사는 외국문학사, 세계문학사, 서방문학사, 동방문학사 등으로 일컫는 것들이다. 대학이 공동으로 또는 개별적으로 교재를 개발해 많은 책이 나와 있다. 《세계문학사》라고 한 것만 들어도 10종이나 나와 있다.[16] 중국은 세계문학사를 가장 많이 쓰고, 내용의 차이는 가장 적은 나라이다. 어느 것이든 연구서는 아닌 교재이고, 저작권이 문제되지 않아 앞의 것들을 본뜰 수 있고, 대부분 공동저작이므로 자기 견해를 특별히 내세울 수 없어 거의 같은 내용이다. 蔣承勇, 《世界文學史綱》(2008)(上海: 復旦大學出版社)을 본보기로 들어보자. 〈上編 西方文學〉을 세기별로 세분해 11장에 걸쳐 고찰하고 〈下編 東方文學〉 上古 · 中古 · 近現代를 3장 추가했다. 통합 서술을 하지 못하고 양쪽의 문학을 각기 다루었으며 불균형이 심하다. 서방은 위대하고 동방은 초라하다고 생각하도록 하는 교재이다. 그런 폐단을 시정하려면 동방문학을 따로 다룰 필요가 있어 朱維之, 《外國文學史 亞非卷》(2008)(天津: 南開大學出版社) 같은 것이 나왔다. 上古 · 中古 · 近代 · 現當代로 시대를 나누고, 東亞 · 東南亞 · 南亞 · 西亞 · 非洲의 문학을 고찰했다. 非洲는 아프리카이다. 고루 다 다른 것 같지만 차등의 관점을 보여 주고 있다. 東亞의

---

16) 陶德臻 外, 《世界文學史》(1991)(北京: 高等敎育出版社) 전 3권; 史仲文 外, 《世界文學史》(1996)(北京: 中國廣播出版社) 전10권; 將承勇 外, 《世界文學史綱》(2000)(上海: 復旦大學出版社); 노성화, 《세계문학사》(2002)(심양: 요녕민족출판사) 전 5권; 徐峙 外, 《世界文學史》(2004)(北京: 中國文史出版社); 張明德, 《世界文學史》(2006)(杭州: 浙江大學出版社); 李穆文 外, 《世界文學史》(2006)(西安: 西北大學出版社); 項繞敏 外, 《世界文學史》(2008)(上海: 復旦大學電子音像出版社); 蔣承勇, 《世界文學史綱》(2008)(上海: 復旦大學出版社); 嘯南, 《世界文學史大綱》(2009)(北京: 全國圖書館文獻縮微中心); 徐崝, 《圖說世界文學史》(2012)(北京: 光明日報出版社)

일본문학은 中古 이래로 시대마다 다 등장하고, 한국문학은 中古의 《春香傳》에서 現當代의 李箕永과 韓雪野로 건너뛰었으며, 월남문학은 中古의 阮攸뿐이다.

중국에는 《東方文學史》라고 하는 것들도 여럿 있다. 중국이 유럽 문명권 이외 지역의 사회주의 혁명 "東方紅"을 이끈다고 자부해 동방을 총괄해서 이해하는 데 문학사도 참여해 왔다. 서방문학사라고 하는 것, 또는 외국문학사나 세계문학사에서 압도적인 비중을 차지하는 서방문학사는 서방에서 써오고 소련에서 개작한 전례를 따르면 되므로 어렵지 않게 내놓을 수 있다. 그런데 서방 이외의 문학을 다루는 동방문학사는 서술의 모형을 스스로 마련해야 했다. 유럽중심주의 세계문학사에서는 무시해 온 변방의 문학을 제대로 돌보기 위해 다각적인 노력을 해야 했다. 아시아·아프리카의 거의 모든 언어를 대학에서 가르치는 것을 국가 시책으로 삼아 기른 역량을 동원해 전례가 없는 작업을 하고자 했다. 그러나 나타난 결과는 그리 대단하지 않다.

季羨林 主編, 《簡明東方文學史》(1987)(北京: 北京大學出版社)라는 것을 보자. 시대는 고대, 중고기, 근현대로, 지역은 이집트, 인도, 서아프리카와 북아프리카, 동남아, 동북아로 나누었다. 이집트에는 고대문학만 있고, 인도에는 고대부터 근현대까지 문학이 다 있고, 다른 여러 곳에는 중고기와 근현대의 문학이 있다고 해서 그리 무리하지 않은 서술을 한 것으로 보인다. 그런데 편의상의 시대구분에 따라 여러 곳의 상황을 각기 고찰하는 데 그치고, 문학사의 공통된 전개를 밝혀낸 것은 없다.

취급 범위에도 문제가 있다. 사하라 이남의 아프리카문학을 버려

두고, 태평양의 폴리네시아문학, 시베리아 여러 민족의 문학도 빼
놓았다. 라틴아메리카도 동방이라고 하면서, 그쪽 문학은 다루지
않았다. 이런 것들을 다 넣으면 동방문학사의 총괄론을 마련하기
더 어려워지고, 세계문학사와 동방문학사를 분리한 것이 잘못임이
밝혀진다. 동방이라는 개념 설정이 여러 모로 무리이다.

陶德臻 主編, 《東方文學簡史》(1990)(北京: 北京出版社)는 시대를 고
대, 중고, 근대, 현대, 당대로, 지역은 이집트, 바빌론, 인도, 헤브
라이, 일본, 조선, 아랍, 아프리카, 인도네시아로 세분했다. 시대
구분은 편의상 한 것이고 문학사의 전개와 분리되어 있다. 지역은
크게도 들고 작게도 들어 일정하지 않으며, 많이 늘어놓아도 빠진
것이 많다. 동남아시아문학은 전체도 각국 문학으로도 등장하지 않
았다. 태평양의 폴리네시아문학, 시베리아 여러 민족의 문학, 라틴
아메리카문학이 없는 것은 물론이다. 세계문학사와 각국문학사 사
이에 문명권학사가 있다는 인식이 없어 수습하기 어려운 혼란에 빠
졌다.

시대와 지역으로 그린 좌표의 항목을 다 메우지 않아 납득할 수
없는 공백이 여기저기 있다. 이집트 · 바빌론 · 헤브라이문학은 고
대에만 있었고, 아랍문학은 중고와 근대에만 있었다고 했다. 일본
문학에는 있는 근대문학이 조선문학에는 없다고 했다. 아프리카문
학에는 중고문학도 근대문학도 없다고 한 것도 잘못이다. 스와힐리
어문학, 하우사어문학의 오랜 내력을 정당하게 인식해야 한다. 에
티오피아문학도 무시하지 말아야 한다. 그러나 그것보다 더 큰 과
오는 인도네시아문학에 당대문학만 있다고 한 것이다. 말레이어문
학은 중고문학부터 있었고, 자바어문학까지 고려하면 그 연원이 훨

씬 오래 된다. 동방문학사를 따로 서술하면서 그런 사실을 무시한 것은 잘못이다.

旭龍餘 · 孟昭毅, 《東方文學史》(2004)(北京: 北京大學出版社)﹔孟昭毅 · 黎躍進, 《簡明東方文學史》(2005)(北京: 北京大學出版社)도 살펴보자. 교재용으로 다시 내는 흔히 볼 수 있는 책이다. 앞의 책이 6백여 면이나 되어 교재로 쓰기에는 분량이 과다해 2백여 면으로 줄인 책을 다시 만든 것 같다. 앞의 책은 시대와 지역으로 편차를 짜서 고루 다 다룬 것 같다. 그러나 근대문학은 일본 · 인도 · 아랍문학뿐이다. 근대는 특별한 시기여서 이룩한 곳이 적고, 다른 지역은 中古에서 現當代로 건너뛰었다고 알도록 했다. 뒤의 책은 작가나 작품을 들어 서술하는 방식을 택해 불균형이 더 심해졌다. 한국문학이나 월남문학은 다루지 않았다.

위에서 든 몇 가지 예에서 보듯이, 중국에서 내는 동방문학사는 문학사 서술의 이론이나 방법에 대한 심각한 검토는 하지 않은 채, 체계화되지 않은 지식을 제공할 따름이다. 교재용 도서를 마련할 필요가 있어 서둘러 썼으므로 그럴 수밖에 없었다고 하고 말 것은 아니다. 대중교육은 크게 중요시하면서 학문연구는 소홀하게 하는 풍조가 문제이다. 마르크스주의 문학사관이 지닌 문제점을 다시 검토해서 새로운 이론을 마련하지 않으면서 중국이 동방의 중심이라고 하는 새 시대의 대국주의를 고취하려고 하니 근본적인 파탄이 생기고 있다.

동방문학사를 따로 쓰는 것이 과연 의미 있는 일인가 반성하지 않을 수 없다. 세계문학사를 유럽문명권 위주로 써온 탓에 소외된 영역의 문학을 돌본다는 명분은 그럴듯하지만, 유럽문명권의 문학은 빼놓고 그밖의 다른 여러 문명권의 문학은 한 자리에 모아 함께 다루는 것은 적절하지 못하다. 세계를 서방과 동방으로 양분하면 서방이 지나친 비중을 차지해 오랜 위세를 그대로 지닌다. 유럽중심주의의 잘못을 바로잡으려면 세계문학사 전체를 새로운 관점에서 다시 써야 한다.

북한에서도 중국처럼 외국문학사라는 교과목이 있어 교재가 필요한 것 같다. 저자를 밝히지 않은 《외국문학사》(1985)(평양: 예술교육출판사)를 구할 수 있어 검토의 대상으로 삼는다. 〈머리말〉에서 저술의 취지를 길게 말했다. 요지를 간추려 보자. 문학사는 "사회생활의 반영인 문학의 발전 역사를 밝히는 것을 과업으로 삼는다"고 하고, "인민대중 자신이 창조한 인민문학을 가장 중요하게 취급하며", "착취사회의 부패성과 착취계급의 반동성을 폭로·비판한 진보적이고 혁명적인 문학 작품들과 문학 현상들을 연구한다"고 했다. 둘을 합쳐 "낡고 반동적인 문학을 반대하는 진보적인 문학의 투쟁과 그 승리의 과정, 낮은 단계로부터 점차 높은 단계로 발전한 문학 발전 과정을 역사적으로 고찰한다"고 했다.(8면) 제2세계 문학사관을 잘 보여 주는 발언이다.

문학의 발전 과정을 밝히고, 진보적인 문학을 평가하겠다고 했다. 하나는 사실판단, 다른 하나는 가치판단이다. 과정을 밝히려면 사실을 널리 거론해야 하고, 평가에서는 선별을 앞세워 취급 범위가 다르다. 사실 판단은 유물론, 가치 판단은 당파성에 근거를 둔다. 그런데 문학사의 발전 과정은 진보적인 문학의 성장 과정이라고 해서, 그 둘이 하나로 합쳐진다고 했다. 서로 다른 둘이 하나로 합쳐지는 것이 변증법의 원리상 타당하다고 할 수 있지만, 왜 그렇고, 어째서 그런지 밝히는 과정을 거쳐 문학사 서술의 총체적인 이론을 납득할 수 있게 수립해야 한다.

실제로 한 작업을 보면, 문학 발전 과정에 대한 역사적인 고찰에는 힘쓰지 않고, 내용의 정치적 성향이 진보적이라고 판단한 작품을 선별해 평가하는 데 치중했다. "인민대중 자신이 창조한 인민문학"을 가장 중요하게 취급해야 한다고 하고서 구비문학은 무시했다. 유럽중심주의 문학사를 그대로 두고 제2세계에서 평가하는 작품을 보태기만 했다. 제2세계문학이 가장 진보적이라고 하고 제3세계문학의 의의를 인정하지 않았다.

그러면서 "주체사상"을 지도적인 지침으로 삼아야만 "문학의 발전 역사도 가장 과학적으로 밝히고", "자주적이고 창조적인 입장에서 외국문학을 연구"할 수 있다고 했다.(8면) 주체사상이 문학사 서술에 필요한 어떤 원리를 제공했는지 의문이다. 그 점을 직접 해명하지 않아 나타난 결과를 보고 판단하지 않을 수 없는데, 문학의 발전과정을 "가장 과학적으로" 밝힌 특별한 성과가 발견되지 않는다. 소련에서 정리하고 중국에서 받아들인 지식을 재편집해서 수록한 것 이상의 성과가 있는지 의문이고, "자주적이고 창조적인" 연구를 한 특별한 성과가 있다고 인정하기 어렵다. 개별적인 작품 평가에서 주체문예이론을 적용한 판단이 이따금 보일 따름이다.[17]

제1·2세계 세계문학사의 전례에 따라 동남아시아, 아랍, 아프리

---

17) 한 예를 들면, 루이 아라공의 소설 《공산주의자들》에 관한 논의에서 "정치적 수령에 대한 충실성의 문제를 제기하지 못한 것"이 결함이라고 했다.(450면) 그 작품은 제2차 세계대전 동안 파시즘과 맞선 프랑스인의 투쟁을 공산주의자들의 활약을 중심으로 그린 것이다. 지하투쟁을 하던 프랑스 공산당은 집권 공산당에서처럼 "수령"을 내세우지 않아 다른 정파의 저항세력과 광범위하게 연합할 수 있었다.

카 등지의 문학은 거의 무시하다가 현대 〈신흥 세력 나라들의 문학〉이라는 대목에서 수많은 작가를 소개했는데, 다른 어느 참고서적에서도 찾아볼 수 없는 사람들이 대부분이다. 연구를 철저히 해서 새로운 결과를 내놓은 것 같지는 않고, 평양 방문자 명단이 아닌가 한다. 결말이 흔히 볼 수 있는 것들과 다르다.[18]

4) 제3세계

세계문학사 서술의 업적에 관한 총괄적인 논의를《세계문학사의 허실》(1996)에서 했다. 독어 · 불어 · 이탈리아어 · 영어 · 러시아어 · 일본어 · 중국어 · 한국어로 출간된 38종의 세계문학사를 검토의 대상으로 했다. 대다수를 차지하는 36종이 제1세계의 세계문학사이고, 제2세계의 세계문학사는 2종이며, 제3세계의 세계문학사는 없다. 제1 · 2세계의 세계문학사를 넘어서서 제3세계의 문학사를 이룩하는 장래의 과제를 실현하려면 어떻게 하고, 그 의의는 무엇인지 고찰하는 것으로 마무리를 삼았다.

제1세계 세계문학사는 유럽문명권 강대국이 다른 문명권의 많은 나라를 침략하고 지배해 온 제국주의의 사고방식에서 벗어나지 못하는 결함을 지니고 있다. 자료 부족이나 사실 인식 미흡 때문이 아닌, 유럽문명권이 우월하다고 강변하려는 의도에서 유럽문명권중심주의를 나타냈다. 강대국끼리도 자기네 문학이 가장 우월하다고

---

18) 마지막 대목 〈위대한 수령 김일성 동지와 친애하는 지도자 김정일 동지에 대한 세계 송가 문학〉이라는 것을 세계문학사의 결론처럼 내놓았다.

다투는 무대로 세계문학사를 이용한다. 제3세계문학에 대한 이해와 평가는 기대할 수 없다.

제1세계 학문의 잘못을 크게 나무라고, 마르크스주의의 과학적 세계관에 입각한 세계문학사를 내놓겠다고 제2세계에서 선언했다. 그러나 실제 작업이 선언한 대로 이루어지지 않았으며, 그 나름대로 심각한 결함을 나타내고 있다. 마르크스주의 사회발전 단계설에 매이고, 유럽문명권중심주의를 그대로 지녔다. 제2세계문학과 제3세계문학이 대등하다는 구실을 내세워, 제3세계문학을 무시한다.

이제 다시 출발해야 한다. 제3세계의 관점에서 제1세계뿐만 아니라 제2세계의 잘못도 시정해 인류 역사의 위기를 극복하는 새로운 시대를 창조할 수 있어야 한다. 제3세계의 세계문학사를 써서 진정한 진보를 이룩해야 한다. 제3세계는 제1세계와 제2세계의 다툼을 중간에서 조절하는 절충 또는 화해의 구실을 담당한다는 소극적인 생각을 넘어서야 한다. 제2세계가 몰락하고 있어, 제1세계에 대해서 비판하고 대안을 제시하는 일을 제3세계가 맡아, 제2세계의 실패를 넘어서는 과업도 수행해야 한다.

제3세계 세계문학사는 그렇게 하는 과업의 선구자이고 개척자이다. 다음 시대 창조의 강령을 분명하게 내세워야 한다. 제1세계에서 내세운 정신의 역사, 제2세계에서 역사 이해의 근본으로 삼는 물질생활의 역사와 대치되는 총체적인 역사를 문학을 통해서 인식하는 성과를 분명하게 해야 한다. 그래서 헤겔의 정신사와 마르크스의 사회경제사를 한꺼번에 넘어서는 새로운 세계사의 역사철학을 문학사를 근거로 해서 이룩해야 한다.

제1세계가 지배하고 제2세계가 비판자 노릇을 한 근대라는 시대는 민족국가의 배타적인 경쟁에서 이기는 것이 가장 자랑스럽다고 하면서 그런 관점에서 지난 시기의 역사를 왜곡했다. 그러면서 또한 폭력혁명을 하든 사회개혁을 하든 계급모순을 해결하면 민족모순은 저절로 해결되어 바람직한 미래 사회가 도래할 것이라는 선전을 일삼았다. 그 두 가지 노선은 서로 상반되어 충돌을 일으켰지만, 민족모순이 과거 역사상 어느 시기보다 더욱 격심하게 된 오늘날의 위기를 조성하는 구실을 함께 했다. 이제 다시 출발해 민족화합의 새로운 시대를 만들어야 한다. 자국문학사에서 광역문학사로, 광역문학사에서 세계문학사로 나아가 다음 시대를 이룩하는 작업을 선도해야 한다.

근대 다음의 시대가 어떤 시대여야 하는지 아직 분명하지 않으나, 근대를 이룩하기 위해서 중세를 부정하고 고대를 계승했듯이, 다음 시대를 만들기 위해서는 근대를 부정하고 중세를 재인식하는 것이 반드시 필요하다. 고대의 부정의 부정이 근대이듯이, 중세의 부정의 부정이 다음 시대여야 할 것이다. 고대 · 중세 · 근대문학의 상관관계를 세계사적 규모에서 고찰해, 그 점을 분명하게 하는 것이 세계문학사를 다시 쓰는 과업에서 감당해야 할 긴요한 과제이다.

제3세계의 세계문학사는 제1 · 2 · 3세계의 인류는 평등하고 이룬 문화와 이념이 서로 대등한 의의를 가진다는 원리를 제시한다. 제1세계와 제2세계에서 이룩한 세계문학사 서술의 성과와 그 근거가 되는 학문연구의 업적을 배격하지 않고 수용하고 비판하면서 활용한다. 그래서 인류문명의 대화합을 이룩한다. 대화합은 다양성과 대립을 포함한 화합이다. 갈등이 조화이고, 조화가 갈등이라고 하는 관점에서 이룩되는 화합이다.

이런 논의를 구체화해 나는 제3세계 세계문학사를 이룩하는 작업을 시도했다. 세계문학사에 관한 새로운 탐구를 다각도로 하는 작업을 여러 책에서 하는 준비 과정을 오래 거쳤다.[19] 그 성과를 집약하고 보충해 《세계문학사의 전개》(2002)를 내놓았다. 서론에서 한 말의 일부를 간추려 옮긴다.

문학사의 시기를 원시문학, 고대문학, 중세문학, 중세에서 근대로의 이행기문학, 근대문학으로 구분한다. 고대·중세·근대의 삼분법은 유럽문명권역사 이해에서 마련한 선입견을 세계 전체로 확대하는 구실을 하고, 또한 시대 구분을 더 자세하게 하기 어렵게 하는 두 가지 결함이 있다. 그러나 버리면 혼란이 커지고, 대안을 만들어내는 발판이 없어진다. 첫째 결함은 여러 문명권에서 공통되게 나타난 시대의 특징을 찾아내서 해결하면 된다. 둘째 결함은 고대와 중세 사이에, 중세와 근대 사이에 또 하나의 시대가 있다고 하는 방식으로 해결할 수 있다.

시대구분에서 중세의 성격을 명확하게 하는 것이 선결과제이다. 중간에 든 시대인 중세가 어떤 시대인지 알아내야 앞뒤 시대의 특성을 규정할 수 있는 준거를 마련할 수 있다. 문명권은 중세에 형성되었으므로, 민족문학사에서 문명권문학사로 나아가려고 하면 중세문학을 먼저 다루어야 한다. 중세에는 어느 문명권도 세계를 제패하지 않았으며 여러 문명권이 각기 그 나름대로의 주체성을 확보했으므로, 중세문학론에서 세계문학사에 대한 균형 잡힌 이해를 먼

---

19) 《카타르시스·라사·신명풀이》(1997); 《동아시아 구비서사시의 양상과 변천》(1997); 《하나이면서 여럿인 동아시아문학》(1999); 《공동문어문학과 민족어문학》(1999); 《문명권의 동질성과 이질성》(1999); 《철학사와 문학사 둘인가 하나인가》(2000); 《소설의 사회사 비교론》(2001)에서 한 작업이다.

저 마련할 수 있다.

중세문학은 문명권 전체의 공동문어문학이 민족어문학과 공존한 이중구조의 문학이다. 그보다 앞 시기의 고대문학은 공동문어문학이 생기기 전 단계의 문학이다. 중세 다음 시기의 근대문학은 공동문어문학을 청산하고 민족어문학이라야 민족문학이라고 한 시대의 문학이다. 그 점을 확인하는 것이 문학사의 시대구분을 복잡하지 않고 명확하게 해서 널리 타당한 결과를 얻는 일차적인 작업이다.

중세의 공동문어문학의 영역에서는, 최고의 문학으로 삼은 서정시를 통해 세계종교에서 제공하는 보편주의의 이상을 구현하는 작업을 신분적 특권을 지닌 문인이 주도했다. 중세 앞뒤 시기의 문학은 서정시가 아닌 다른 문학갈래에서, 보편주의와는 구별되는 이념을 나타내는 작업을, 신분적 특권을 가진 문인과는 상이한 집단이 수행한 사실을 밝혀 논하면, 그 다음 작업이 구체화된다. 언어사용·문학갈래·문학담당층을 가려서 중세를 다시 중세전기와 중세후기로 나누고, 중세와 근대 사이에 중세에서 근대로의 이행기가 있었음을 밝히는 것도 가능하고 필요하다.

중세에서 근대로의 이행기문학에서는 민중의식의 성장으로 구비문학의 재창조가 활성화되고, 공동문어문학이 민중문학 또는 민족문학에 접근했으며, 민족어기록문학이 민족문학의 주역으로 성장했다. 근대문학에서는 공동문어문학이 청산되고 민족어문학을 민족문학으로 숭상하면서 민족주의를 새로운 이념으로 제시했다. 근대문학이 지나친 발전으로 해체의 위기에 이르면서 새로운 전환이 요망되는 것이 지금의 상황이다.

세계문학사를 온당하게 이해하기 위해서는 널리 알려진 문학, 광

범위한 영향력을 행사하는 문학, 세계를 제패하는 나라의 문학이라
야 세계문학이라고 하는 차등의 관점을 버려야 한다. 인류가 산출
한 문학이 모두 세계문학이라고 하는 대등한 관점을 마련해야 이름
과 실상이 합치되는 세계문학사를 쓸 수 있다. 민족국가를 이루지
못한 소수민족의 문학은 관심의 대상에서 제외하는 잘못을 시정하
고, 어떤 소수민족의 문학이라도 세계문학으로 인식하고 평가해야
한다. 제3세계문학에서 한 걸음 더 나아가 제4세계문학을 정당하게
이해해야 한다.

역사가 시작된 이래로 줄곧 있어온 우세집단과 열세집단, 중심부
와 변방, 다수민족과 소수민족 사이의 불평등, 근대 이후 세계를 제
패한 유럽열강과 그 피해지역의 불행한 관계에 대해서 반론을 제기
하는 것이 문학의 사명이다. 정치나 경제에서의 우위가 사상과 의
식에서는 역전된다는 것을 보여 준다. 표리의 역전이 선후의 역전
으로 바뀐다. 이렇게 말할 수 있는 결과를 구체적인 증거를 갖추어
제시해야 한다.

경제성장에 따른 빈곤 해결, 정치적 자유의 확대와 신장뿐만 아
니라, 내심의 표현을 함께 즐기는 행위에서 얻는 자기만족의 고조,
세계인식의 역동적인 경험 축적 또한 역사발전이다. 그 가운데 어
느 한쪽의 일방적인 발전은 다른 쪽의 후퇴를 가져온다. 외면의 발
전을 지나치게 추구하면서 남들과의 경쟁에서 승리하는 것을 능사
로 삼는 쪽은 내면이 황폐화되어 세계사의 장래를 암담하게 만드는
데 가담한다.

피해자가 된 쪽은 인간의 존엄성과 문화의 주체성을 지키기 위한
힘든 노력을 하면서 평화의 이상을 더욱 고양시켜 인류의 지혜를

향상하는 데 기여한다. 그 가치를 스스로 인식하면 세계를 변혁하고 재창조할 수 있는 활력을 얻는다. 가해에 반드시 수반되는 자해 행위는 스스로 알아차리지 못해 계속 키우다가 회복되기 어려운 지경에 이르러 자멸의 원인이 된다. 그렇게 해서 승리가 패배이고, 패배가 승리이게 하는 커다란 전환이 이루어진다. 그것이 바로 陽이 극에 이르면 陰이 시작되는 이치이다. 정치나 경제의 위력을 자랑하는 강자가 세계를 유린하는 이면에서, 패배가 승리이고, 갈등이 조화임을 입증하는 문화의 반격이 진행되어 후진이 선진이게 하는 것이 지금의 상황이다. 양기의 강성함을 다투어 예찬하는 다른 여러 학문과 거리를 두고, 음기의 성장을 주목하고 평가하는 더욱 중요한 일을 문학사학에서 감당한다. 구비문학보다 기록문학이, 필사본보다는 인쇄본이, 기증용의 인쇄본보다는 영리적인 출판물이 전달의 범위가 넓다는 점에서는 발전된 문학이다.

그러나 그런 발전의 이면에 창조자와 향유자 사이의 거리가 멀어져서 공감의 밀도가 흐려지는 퇴보가 있다. 중세국가의 지배민족이 기록문학을 확립하고, 근대화를 먼저 달성한 사회에서 영리적 인쇄본 기록문학 발전을 선도한 것은 평가할 만한 일이지만, 그 때문에 상실된 가치도 지적해서 말해야 한다. 지배민족의 기록문학에 구비문학으로 대응하는 소수민족, 근대화의 중심권에서 밀어닥치는 출판물의 일방적 우세에 구비문학의 가치를 다시 입증하는 창조 활동으로 맞서는 제3세계 작가는 후진이 선진임을 입증한다. 그 모든 작업을 하는 기본 원리는 동아시아 철학의 가장 소중한 유산을 재창조한 生克論이다. 조화로운 생성 과정인 상생과 모순을 투쟁으로 해결하는 극복의 과정인 상극이 둘이 아니고 하나라고 하는 것

이 그 기본명제이다. 그렇게 해서 제1세계 세계문학사의 기본전제
를 마련한 헤겔의 관념변증법, 제2세계 세계문학사 서술의 지침이
된 마르크스의 유물변증법에 대한 대안을 제시한다. 그 둘이 상극
에 의한 발전을 일방적으로 강조한 데 맞서서 상극이 상생이고 상
생이 상극이며, 발전이 순환이고 순환이 발전임을 밝혀 막힌 길을
활짝 연다.

본문의 차례는 원시문학; 고대문학(신화와 서사시; 금석문과 역사서;
신앙시·사상시·서정시; 사상 표현의 산문); 중세문학(공동문어의 시대;
서정시에서 제시한 규범; 중심부·중간부·주변부의 상관관계; 서사시의 중
세화; 중세의 금석문·역사서·여행기; 성자전의 양상; 민족어 교술시의 위
상); 중세에서 근대로의 이행기문학(사회사와 문학사; 사고방식의 전환;
공동문어시와 민족어시; 서사시의 변모; 연극의 다양한 모습; 우언의 기여;
소설의 형성); 근대문학(전반적 문제점; 유럽 중심부의 근대문학; 유럽 변방
의 분발; 유럽문학의 확대와 변모; 후발주자들의 선택; 동아시아문학의 향방;
북아프리카에서 동남아시아까지; 사하라 이남 아프리카)으로 구성했다. 여
러 문명권, 많은 민족의 문학을 대등하게 포괄해 문학사 전개의 공
통적인 과정을 찾아 고찰했다.

〈다음 시대 문학을 위한 전망〉이라는 마무리에서, 유럽문명권에
서 역사가 종말에 이르렀다고 하고, 거대이론의 시대는 끝났다는
것은 잘못이라고 했다. 그쪽에서 주도하던 근대가 끝나고 다음 시
대가 시작되어야 할 시점에 이르렀으므로 물러나야 할 쪽에서는 미
래에 대한 통찰을 잃고 그렇게 말하는 것이 당연한 일이다. 유럽문
명권에서는 죽은 문학을 제3세계에서 살려내고 있다는 사실을 확인
하는 데서 다음 시대로 나아가는 길이 열린다. 이런 관점에서 다음

시대를 예견했다. 다음 시대 문학을 총체적 양상, 문학담당층, 국제관계, 언어사용, 유통방식, 문학갈래의 측면에서 전망했다. 끝으로 한 말을 옮긴다.

지금 인류는 근대를 극복한 다음 시대로 나아가고 있는가, 아니면 근대를 극대화하다가 파멸을 자초하는가 하는 물음에 정확하게 대답하기는 어렵다. 두 가지 조짐이 다 보이기 때문이다. 그러나 파멸을 피하고 다음 시대로 나아가야 한다는 것이 강력한 희망이다. 그렇게 되도록 노력하면 파국을 피할 수 있다. 방향을 그 쪽으로 돌리는 데 조그마한 힘이라도 보태려고 그 책을 썼다.

그 책은 제3세계의 관점에서 세계문학사를 다시 쓰기 위한 기본설계이다. 본설계를 하고 시공에 들어가려면 여러 단계의 작업을 거쳐야 한다. 기본설계의 타당성에 대한 다각적인 검토를 해야 본설계를 잘 할 수 있다. 여러 문명권 많은 민족의 문학을 원문으로 이해하는 국내외의 전문학자들이 대거 참가해야 세부를 충실하게 갖출 수 있다.

8. 문학사의 시련과 진로

1) 문학사 부정

문학사는 바람직한 모습으로 완성되지 않고 미해결의 과제가 아직 많은데, 이상 증후를 보여 주고 있다. 탐구의 의욕이 줄어들고, 답보 상태에 빠지고, 해체의 조짐을 보이고, 문학사는 무용하다고 하는 부정론이 일어나고 있다. 문학사 부정론은 시비학의 본보기이다. 새로운 사실을 밝히거나 전에 없던 이론을 정립하는 수고는 하지 않고, 남들이 하는 일을 두고 깐죽대며 따지고 나무라는 글을 까다롭고 난삽하게 써서 대단한 학문을 하는 듯이 보이도록 하면 위세를 높이고 업적 평가를 잘 받을 수 있다.

문학사 부정론은 프랑스에서 먼저 있었다. 과학의 의의를 극대화해 문학을 과학적으로 연구하겠다고 하는 실증주의에 대해 문학 창작의 자유를 내세우는 반발이 있었다. 랑송, 《불문학사》(1894)에서 문학이 주관적 체험인 것을 인정하고, 객관적 이해가 가능한 측면

을 문학사 연구와 서술의 소관사로 삼겠다고 하는 실증주의 문학사
관을 정립해 학계에서는 널리 지지를 받았으나, 심미비평의 비판을
받았다. 비평문을 문학창작으로 삼던 심미비평이 방법과 논리를 갖
춘 신비평(nouvelle critique)으로 성장해 문학사는 더 큰 타격을 받다가
소생하고 있다. 신비평에서 하는 작업을 받아들여 실증주의를 넘어
선 새로운 문학사를 이룩하면서 문학사 부정론을 넘어서고 있다.
프랑스의 신비평보다 앞서서, 번역하면 같은 말 신비평인 뉴크리티
시즘(new criticism)이라는 것이 미국 대학에 등장해 문학 이해를 오직
작품 분석에서 해야 내재적 가치가 손상되지 않는다면서, 문학사를
부정하고 교과과정에서 추방했다. 냉전이 한창이고 반공주의가 드
센 1950년대에 이런 학풍이 대학을 지배하다시피 한 것이 우연이
아니다. 이념 논란에서 벗어나 역사에 대한 관심을 철회하고 사회
적 가치와 무관한 예술적 가치를 문학에서 찾아 위안을 얻고자 하
는 도피주의가 때맞추어 유행했다.

　역사에 대한 관심을 철회하고 사회적 가치를 무시하는 사고형태
가 1990년대에는 포스트모더니즘(postmodernism)이라는 이름으로 재
정리되어 문학사에 더 큰 타격을 끼치고 있다. 포스트모더니즘은
성격 규정을 위한 논리적 진술을 거부하면서 제어하기 어려운 힘을
행사한다. 그러나 근대가 종말에 이르렀다는 것을 인정하면서, 물
러나야 할 쪽이 혼란된 의식으로 길을 막아 앞이 보이지 않게 하는
것이 그 정체이고 폐해라고 할 수 있다. 역사를 부정하니 문학사가
존립 근거를 잃지 않을 수 없다.

　뉴크리티시즘이나 포스트모더니즘은 미국 특유의 사조라고 하지
않고, 미국이 세계를 움직이니 따라야 한다고 여겨 세계 도처에서

열심히 받아들여 뒤떨어지지 않으려고 해서 문제가 커진다. 미국의 정치력이 작용했다고 한다면 지나친 말이다. 적절한 상품을 만들어 마케팅을 잘 하는 경영 능력이 정치력보다 앞선다. 뉴크리티시즘이 도피주의임을 내색하지 않고 세련된 수사로 시선을 끌더니, 포스트모더니즘은 이해하기 어려운 현란한 언사를 일삼아 물러나는 쪽의 자학인 줄 알지 못하게 한다.

프랑스에서 한 때 유행하던 문학사 무용론이 미국에서는 드세게 일어나고 있다. 그 이유가 시대가 변하고 사조가 달라진 데 있는 것만은 아니다. 미국은 언제나 문학사에 과한 열등의식을 가졌다. 미국이 당당한 독립국으로서 위세를 떨쳐도 자화상이라고 할 수 있는 미국문학사는 영문학사의 변방인 처지에서 벗어나지 못하고 있다. 영문학사는 유럽문학사의 변방이고, 미국은 변방의 변방이어서 느끼는 이중의 소외감을 지닌다. 미국문학사를 크게 마련하려고 하다가 진통이나 차질을 겪는 것을 이미 고찰했다. 유럽문학사를 주인의식을 가지고 쓰지 못해 이룬 것이 거의 없다. 세계를 제패하는 위력으로 세계문학사를 다시 써서 합리화하려는 생각은 하지 못한다.

미국은 문명권 주변부의 주변부여서, 자국문학사를 쓰면서 특수성에 집착하는 정도가 주변부인 영국보다도 심해 대국의 위신을 살릴 만한 업적을 산출하지 못했다. 그 때문에 열등의식을 지니고 문학사 부정론에 앞장선다. 소수민족문학사나 지방문학사를 보면 그런 미국과는 상이한 미국이 있다. 단일화 지향의 국가주의를 버리고 문학의 실상을 다원체로 인식하는 다른 방향에서는 널리 도움이 될 만한 본보기를 다양하게 보여 준다. 그런데 미국에서 제기하는 문학사 부정론은 단일화를 지향하는 국가주의 문학사를 대상으로 하고, 다원체로 나아가는 다민족문학사에는 관심을 가지지 않는다.

그라프, 《문학 교수 노릇, 제도의 역사》(1987)(Gerald Graff, *Professing Literature, an Institutional History*, Chicago: University of Chicago Press)에서 미국대학의 영문학과에서 문학 교육을 어떻게 해왔는지 고찰했다. 문학 교수라는 생업을 제공하는 제도를 문제로 삼은 관점이 특이하고 흥미롭다. 미국 대학에는 문학 교육은 학문이 아닌 비평의 소관으로, 학자와는 다른 비평가가 해야 할 일로 여기는 관습이 있었는데, 1950년대에 뉴크리티시즘 동조자들이 영문학과를 지배하면서 비평 쪽으로 더욱 경도되었다고 했다. 비평이 주관적인 논란이 아닌 엄밀하고 객관적인 작업으로 재정립되어 대학의 문학 교육을 올바르게 이끌 수 있다고 했다.

한 때 대단한 영향력을 가진 저작을 따르면서,[1] 문학을 역사나 사상으로 다루는 외재적 연구를 버리고 문학의 본질에 관한 내재적 연구를 비평에서 이룩하는 데 힘써야 한다고 했다. 문학사가 무용하다는 것이 아니다. 사회적이거나 사상적인 배경이나 알려 주는 외재적 연구에 지나지 않는 문학사는 배격하고, 문학의 본질을 밝히는 내재적 문학사를 이룩하는 것이 바람직하다고 했다. 그것은 이루어질 수 없는 소망이다. 본보기를 보여 주고자 하는 시도마저 명실상부하지 않게 되었다.[2]

뉴크리티시즘이 퇴조를 보이자 내재적 연구와 외재적 연구를 선

---

1) Rene Wellek and Austin Warren, *Theory of Literature*(1949)(New York: Harcourt, Brace and Company)

2) Rene Wellek, *History of Modern Criticism 1750~1950*(1955~1992)(New Haven: Yale University Press)에서 문학비평사는 그 자체로 전개된 내재적 역사임을 입증하고자 했으나 뜻대로 되지 않고 외재적 조건을 고찰하지 않을 수 없었다.

악으로 구분하는 것은 잘못이라고 인정하고 둘을 합쳐야 한다는 주장이 나타났으나 비평가 쪽이 학과의 주도권을 장악하고 학자의 진입을 막는 풍조가 그대로 남아 있어 변화를 일으키기 어려웠다. 영문학을 시대별로 나누어 강의하자는 제안이 채택되지 않고, 시, 소설, 희곡 등의 "영역 담당 원리가 의문시되지 않고 남아 있어 교과과정을 지배했다"고 했다.(193면) 이론이 아닌 생업이 문제여서 시비가 해결되지 않는다고 했다. 학문이 먹고 사는 수단에 지나지 않으면 혁신이 일어날 수 없다는 것을 새삼스럽게 절감하게 한다.

그런 논란이 벌어지고 있을 때 퍼킨스 편, 《문학사의 이론적 문제》(1991)(David Perkins ed., *Theoretical Issues in Literary History*, Cambridge, Massachusetts: Harvard University Press)라는 것이 나왔다. 이것은 미국 하버드대학 영문학 교수가 편자로 나서서 서론을 쓰고 미국 학계에서 행세하는 사람들을 모으고, 오스트레일리아 사람 하나를 불러들여, 문학사의 문제점을 이론적으로 검토한다고 한 책이다. 문학사에 관해서는 변방이기만 하고, 문학사 서술을 주도할 수 있는 처지가 아닌 미국에서 문학사가 시빗거리가 되자 기회가 왔다고 언성을 높였다.

편자의 서론에서 문학사는 19세기가 시작되고 75년 동안 의심할수 없는 위세를 누렸다고 했다. 문학사는 역사이면서 비평이어서 둘이 각기 지닌 능력을 합치고, 텍스트를 역사적 상황과 관련시켜 고찰해 정당하고 온전한 이해를 가능하게 하고, 정신 또는 세계관을 정확하고 설득력 있게 제시한다는 주장이 널리 인정되었다고 했다. 문학사의 의의를 잘 정리해서 말하고서, 문학사에 대한 비판적인 논의를 전개했다. 19세기말부터 문학사를 불신하고 비판하는 견해가 여기저기서 나타났다고 하면서 많은 것을 열거하면서 긴 논의를 폈다. 요지를 간추려 보자.

(가) 문학사는 문학작품의 예술적 가치를 해명하지 못한다. (나) 문학사에서 논의하는 역사적 상황은 무한히 복잡해 감당하기 어렵다. (다) 문학작품은 그 자체로 절대적이다. (라) 문학사에서 하는 외적 연구가 문학의 본질을 무시하는 잘못을 시정하고 문학의 본질을 탐구하는 내적 연구에 힘써야 한다.

(가)·(다)는 문학, (나)·(라)는 연구에 관한 견해이다. (가)·(나)는 쉽게 말할 수 있는 소견이고, (다)·(라)는 철학적 논란을 내포하고 있다. (가)·(나)의 불만은 노력해서 해소할 수 있다. 작품의 예술적 가치를 해명하려고 노력하고, 무한히 복잡한 상황 가운데 특히 긴요한 것들을 선택해 상호관련을 밝히는 데 힘쓰면 문학사 서술에서 향상이 이루어진다고 할 수 있다. (다)·(라)에 응답하려면 철학적 논란을 해결해야 한다.

문학작품뿐만 아니라 어느 사물이든 그 자체로 절대적이면서 다른 것들과의 관계에서는 상대적이다. 절대적이면서 상대적임을 알아야 온전한 인식을 할 수 있다. 현상과 본질, 외면과 내면의 관계에 관해서도 같은 논란을 할 수 있다. 현상이 본질이고 본질이 현상이며, 외면과 내면 또한 둘이면서 하나이고 하나이면서 둘이다. 이러한 원리를 제대로 파악하고 연구에서 살려나가기 위한 노력을 문학사에서만 해야 하는 것은 아니다. 문제가 심각한 줄 먼저 안 문학사가 해결에 앞서서 널리 기여하는 것이 마땅하다.

편자의 서론은 이와 다른 방향으로 진행되었다. 철학적 논란에 참가하지 않고, 자기에게 유리한 추세를 열거하는 것으로 논증을 대신했다. (가)에서 (라)까지로 간추린 결함을 해결하려고 새로운 역사주의라는 범칭으로 포괄할 수 있는 여러 경향이 나타나 문학사를 재확립하려고 하지만 잘 되지 않는다고 했다. 포스트모더니즘이 등장해 문학사에 치명적인 타격을 가했다고 했다. 지금까지 잘 되지 않았으니 앞으로도 가망이 없다는 말이다.

포스트모더니즘에 대해 고찰한 각론이 있다.(John Frow, "Postmodernism and Literary History") 포스트모더니즘의 주장은 모더니즘에 대한 비판으로 전개된다고 했다. 모더니즘에서는 문학작품은 작가의 독창성을 나타내는 창조물이라고 하는데, 백여 년 전부터 문학작품도 판매용 상품처럼 창조가 아닌 모방의 연속일 따름이라고 하는 것이 포스트모더니즘의 반론이다. 작품의 경계, 가치, 특성 등에 관한 종래의 견해는 다 무너져 문학사가 무용하게 되었다고 했다.

이런 견해는 위에서 든 (가)에서 (라)까지를 스스로 부정한다. (가) 문학사는 문학작품의 예술적 가치를 해명하지 못한다고 하고서, 문학의 예술적 가치를 부인해 해명해야 할 대상을 없앴다. (나) 문학사에서 논의하는 역사적 상황은 무한히 복잡해 감당하기 어렵다고 하고서, 백여 년 전부터의 사회 변동을 자신 있게 논단했다. (다) 문학작품은 그 자체로 절대적이라고 하고서, 문학작품이 모방을 일삼는 상품이 되었으므로 문학이 죽어 문학사도 죽었다고 했다. (라) 문학사에서 하는 외적 연구가 문학의 본질을 무시하는 잘못을 시정하고 문학의 본질을 탐구하는 내적 연구에 힘써야 한다고 하고서, 시대 변천에 관한 외적 고찰을 근거로 문학 내적 연구의 의의를 부인했다.

포스트모더니즘이라는 것은 논리를 무시한 낭설이고, 학문 권역

밖의 소동이라고 하지 않을 수 없다. 문학사 부정론의 증거가 된다고 생각하는 것들을 무엇이든지 닥치는 대로 열거한다. 그 때문에 문학사가 타격을 받지 않으려면 한 발 물러나 다시 생각해야 한다. 포스트모더니즘 때문에 문학사가 죽게 되었다는 것은 착각이다. 포스트모더니즘의 증세, 원인, 치유 등을 맡아 문학사는 더욱 힘써 일해야 한다. 포스트모더니즘이 문학사의 의의를 재인식하지 않을 수 없게 한다.

문학에서 일어나는 변화는 어느 것이든지 문학사의 소관사이다. 문학작품이 모방을 일삼는 상품이 되는 추세는 반드시 살펴야 한다. 문학이 죽는다면, 이 사실을 문학사가 맡아 고찰해야 한다. 문학사 부정론의 등장도 문학사에서 다루어야 할 사건이다. 문학사는 죽지 않고 살아남아 문학사를 죽이려고 한 책동을 문제 삼아야 한다. 이 책에서 하는 것 같은, 문학사의 내력을 통괄해서 검토하는 작업을 다른 데서도 해서 안목을 넓히고 역량을 길러야 새롭게 부과되는 과업을 감당할 수 있다.

문학사 부정론에 동조하지 않은 글도 수록되어 있다. 갈래 이론이 문학사에서 고찰해야 할 핵심 과제이고, 문학의 역사적 변천을 가장 잘 보여 준다고 한 것이다.(Ralph Cohen, "Genre Theory, Literary History, and History Change") "갈래 이론은 문학사를 위해, 주제, 사상, 시대, 사조 등에 근거를 둔 역사관보다 한층 적절하게 기여한다." "새로운 문학사가 요망되고, 갈래 이론이 제공할 수 있을 것이다."(113면) 이런 말로 결론을 맺었다. 갈래 이론은 문학에 관한 내재적 이해의 핵심 사항이고 문학의 변천을 집약하고 있다. 문학 갈래 이론의 역사인 문학사는 성립 근거나 의의가 부정될 수 없다. 이런 논의를 조심스럽게 시작하기만 하고, 문학사 부정론의 위세를 감당하기 어려워 비판을 자제했다. 문학 갈래 이론의 역사인 문학사를 쓰는 방안을 제시하려고 하지도 않았다. 갈래 체계 변천의 역사로 문학사를 서술해 자국문학사에서 문명권문학사로, 다시 세계문학사로 나아가는 나의 작업과 같은 것을 구상한 것 같지 않다. 지금까지 고찰한 퍼킨스 편, 《문학사의 이론적 문제》(1991)는 문학사 부정론을 뜻한 바와 같이 밀고나가지 못했다. 논란이 진행되는 상황을 다각도로 보여 주느라고 문학사 긍정론을 배제할 수 없었다. 퍼킨스는 다음 해에 단독저서 퍼킨스, 《문학사는 가능한가?》(1992)(David Perkins, *Is Literary History Possible?*, Baltimore: Johns Hopkins University Press)를 내서 문학사 부정론을 분명하게 했다. 공저의 편자 노릇을 하기만 해서는 하고 싶은 말을 시원하게 하지 못해 자리를 따로 마련했다고 생각된다.

책 내용은 문학사 서술이 불가능하고 무의미하다는 것으로 일관되어 있다. 문제점의 파악이나 해결에 관해 자기 나름대로 적극적인 노력을 한 것은 아니다. 회의와 비판을 장황하게 늘어놓기만 했으며, 대안을 제시할 생각은 하지 않았다. 검토의 대상으로 삼은 문학사 저술을 일정한 원칙 없이 임의로 선택했다. 대부분 영어로 된 것들이며, 독일어 서적이 약간 추가되어 있을 따름이다. 영문학사의 최근 업적과 미국에서 영어로 써낸 불문학사를 중점적으로 다루었을 따름이고, 유럽문학사나 세계문학사는 논의의 대상으로 삼지 않았다.

미국에서 영어로 써낸 불문학사는 홀이어 편, 《새로운 불문학사》(1989)이다. 저자 주위에서 말하는 문학사 부정론을 적용해 불문학사를 훼손한 것이다. 문학사의 요건을 하나도 갖추지 않은 책을 자기네가 생각한 대로 써놓고 문학사가 해체된 증거를 보여 준다고 하는 것이다. 이에 관해 고찰한 대목에서 "프랑스가 문학사의 나라인 것을 질투하고, 문학사를 위해 진지하게 노력하는 것을 헐뜯고자 하면 말이 지나치지만 진실에 가깝다"고 했다. 프랑스에서 계속 나오고 있는 제대로 된 문학사는 참고로 하지 않았다. 이 책에서 장차 고찰할 프랑스 문학사론의 많은 저작을 검토하지 않았다. 문학사 긍정론을 검토의 대상으로 삼지 않고 자기가 아는 범위 안에서 자문자답을 하면서 문학사 긍정론은 잘못되고 부정론이 옳다고 했다.

문학사 서술은 의욕이 감퇴된 것이 사실이다. 영문학사는 한창 때에도 자랑할 만한 업적이 없었다. 미국문학사는 정착을 위한 진통을 계속 겪었다. 저자는 이런 사실을 감지하고 문학사 서술의 의의를 의심해 마땅하다는 주장을 쉽사리 펼 수 있었다. 문학사 서술의 학문적 근거를 의심해 마땅한 것이 새로운 발견인 듯이 말했다. 모든 문학사는 원래부터 가능성과 유용성이 의심스럽다고 했다. 문학사는 출생부터 잘못 되었으므로 철저하게 부정해야 한다고 했다.

증거가 모자라고 논증이 부실한 것을 무시하고 지나친 주장을 결론으로 제시했다. 학문의 요건이 다 결여된 억지이므로 무시하면 그만이라고 하겠으나, 타당성과는 무관하게 영향력이 커서 무시할 수 없다. 하버드대학 교수가 미국에서 내놓은 첨단학설이라는 이유에서 퍼킨스의 문학사 부정론이 과대평가되고 많은 영향과 추종이 따르는 것을 그대로 두면, 이 책을 쓰는 이유가 없어진다.

미국은 주변부의 주변부여서 문학사 때문에 항상 지닌 열등의식을 문학사 부정론을 주장해 일거에 청산하고자 했다. 자립학에서도 창조학에서 뒤떨어져 받던 수모에서 벗어나 포스트모더니즘을 내세우는 새로운 시대의 첨단 학문 시비학을 최고 수준으로 끌어올려 자랑하려고 했다. 최강대국 미국의 위신을 학문에서도 보여 주는 우뚝한 자세로 세계가 우러러보는 놀라운 주장을 펴려고 했다.

시야를 좁혀 책의 문면을 면밀하게 검토해 보자. 성실하지 못한 서술 태도와 논리의 비약이 결정적인 결함이다. "비판적·기념비적·골동품적인 각종 문학사는 과거를 그릇되게 재현하는 것을 사명으로 한다"고 하고, "과거의 객관적인 재현은 불가능"하므로 "과거에 대한 허구를 산출하는 것을 문학사의 임무로 삼는다"고 했다.(182면) 과거의 객관적 재현이 가능한가는 인식론이나 학문 방법론의 근본 문제이다. 과거와 현재, 객관과 주관의 관계를 들어 이 문제를 해결하려고 하는 많은 노력이 있는 것을 무시하고 "불가능" 하다는 쪽으로 치달았다. 그런 사고방식을 가지면 모든 것이 불가능한데 문학사만 문제 삼은 것을 납득할 수 없다.

모든 학문 연구의 업적이 다 그렇듯이, 문학사에는 많은 결함이 있다. 결함을 불가능의 논거로 삼아 문학사를 부정하는 논법은 어느 분야에도 적용될 수 있다. 문제는 문학사를 쓰는 것이 가능한가에 있지 않고, 어떻게 하면 문학사를 잘 쓸 수 있는가에 있다. 나는 《문학연구방법》(1980)(서울: 지식산업사)에서 "문학은 연구할 수 없으므로 연구할 수 있다"고 했다. 할 수 없다는 연구를 하고 미해결의 문제를 해결하는 새로운 시도를 하면서 학문은 상대적인 발전을 이룩해 왔다.

어느 학문에서든지 결함이 없는 완성품은 기대하지 말고 향상 가능성을 신뢰해야 한다. 자료를 확대하고 시야를 넓히고 방법을 개발하고 이론을 정립하려고 성실하게 노력하는 것 외의 다른 대책은 없다. 그래서 나는 퍼킨스, 《문학사는 가능한가?》(1992)와는 아주 다른 작업을 한다. 이 책은 자료를 확대하고 시야를 넓히고 방법을 개발하고 이론을 정립하려는 노력을 점검하고 문학사 서술이 더 나아지기를 기대한다고 했다.

브라운 편, 《문학사의 효용》(1995)(Marshall Brown ed., *The Uses of Literary History*, Durham: Duke University Press)을 보면, 편자가 머리말 서두에서 그럴듯한 말을 했다. "모더니즘은 공개적으로 젊어지고 나선 역사와 예술과 맞서 싸웠고, 포스트모더니즘은 공개적으로 버리고 빈정 거리로 삼는 역사 때문에 도덕이나 의식에서는 괴로워한다"고 했다.(vii면) 문학사를 자랑스럽게 이룩하던 한창 시기에도 방법론상의 난점이 해결되지 않아 문학의 예술성은 역사에 종속될 수 없다고 논란을 벌여야 했다. 모더니즘을 버리고 포스트모더니즘을 표방하는 논자들은 방법론상의 난점을 들어 문학사를 단죄하고 축출하는 것을 유행으로 만들었지만, 과연 잘 하는 일인지 내심으로는 번민한다고 한 말이다.

"메타피식스(metaphysics, 형이상학)에서 벗어나지 못하고 피식스 (physics, 물리학)에 사로잡힌다"는 흥미로운 말도 했다.(같은 쪽) 괄호 안에 적은 번역어를 앞세우면 묘미가 없어지므로 원래의 용어를 그대로 내놓았다. 포스트모더니즘은 무엇이든지 자유로워지는 시대 사조가 아니다. 모더니즘에 대한 야유를 일삼지 말고 대안을 내놓아야 하는데, 해야 할 일을 하지 않는다. 문학사 대신에 무엇을 가지고 문학을 어떻게 이해해야 하는지 말하지 못하지만, 글을 쓰고 책을 내야 학문을 한다고 행세할 수 있다. 문학사 부정이 정당하다고 하면서 겪는 내심의 번민을 토로하고, 말하지 못하던 말을 이리저리 토로한 글 20여 편을 모아 책을 냈다.

문학사란 무엇인가 고찰한 글도 있다.(Jonathan Arac, "What is the History of Literature?") 본격적인 논의를 당당하게 편다고 하는 제목을 내걸고, 이상한 방향으로 나갔다. 문학사는 역사학의 일부라고 했다. 역사학은 자체의 논리가 아닌 외부의 증거를 타당성의 근거로 삼고, 행위와 상황, 주견과 구조, 인간과 제도의 양면을 대립시키는 이중성이 있다고 했다. 역사학에 이런 결정적인 결함이 있어, 역사학의 일부인 문학사의 의의를 부정해야 한다고 했다. 문학사는 역사학의 일부라는 것이나, 역사학의 결함이라고 하는 것이나 타당하지 않은 주장이다. 양면성이나 관련성은 단일하고 순수한 것을 해치므로 받아들일 수 없다고 하는 수준에서 문학사에 대해 적중하지 않는 공격을 하면서 열을 올렸다.

《문학사는 가능한가?》(1992)의 저자는 자기가 부정하는 문학사의 전망을 살핀다고 했다.(David Perkins, "Some Prospects for Literary History") 미국 대학에 재직하는 영문학 교수 1만 6천 명쯤이 지위를 유지해 먹고살기 위해 논문을 써서 발표할 꺼리를 제공하는 데 크게 쓰이므로 "문학사는 장래가 있고, 금광과 같다"고 했다.(63면) 문학사의 어느 측면을 연구하거나 문학사 긍정론을 전개하는 것보다 문학사 부정론은 힘을 적게 들이고 그럴듯한 업적을 낼 수 있는 먹거리여서 선호한다고 고백했다. 시비학은 창조학을 하는 능력과 수고가 없어도 할 수 있고, 창조학을 나무라니 위세가 높은 이중의 이점을 알고 이용한다고 한 것이다.

문학사 부정론은 자료를 조사하거나 증거를 대는 수고를 하지 않고 이치를 따지기만 해도 성립된다. 이치를 잘 따져 결정적인 발언을 했다고 자부할 만한 대목을 들어 본다. "문학사는 자가당착을 내포한 작업이다"라고 하고, 문학사가는 문학작품과 관련된 전체의 상황을 구성하려고 하는데 "어떤 구성을 해놓아도 다른 정보를 인용해 재구성할 수 있다"는 것을 그 이유로 들었다.(66면) 완전하고 불변인 결론이 없는 연구는 타당성이 의심스럽고 다른 연구에 의해 부정될 수 있으므로 하지 말아야 한다는 주장을 문학사 부정론의 논거로 삼았다.

다른 사람들은 부드러운 어조로 이와 그리 다르지 않은 논의를 했다. 문학사를 문제 삼는다고 하면서 기존의 저작을 널리 찾아 다루지 않았음은 물론이고 주위에 있는 것들마저 성실하게 살피지 않았다. 그리 긴요하지 않은 사소한 사안을 닥치는 대로 들어 길게 시비하면서 말을 이리저리 둘러댔다. 모더니즘의 규격화된 논리에서 벗어난 포스트모더니즘의 글을 자유를 누리면서 쓰고 있으니 공연히 불만스럽게 여기지 말라고 방어선을 친다.

콕스 외 공편,《새로운 역사적 문학 연구: 텍스트의 재현과 역사의 재구에 관한 논고》(1993)(Jeffrey N. Cox and Larry J. Reynolds eds., *New Historical Literary Study, Essays on Reproducing Texts, Representing History*, Princeton: Princeton University Press)는 앞의 책보다 먼저 나왔으나 앞의 책에 이르기까지 일련의 저작과 경향이 다른 학풍도 미국에 있다고 알려 주므로 뒤에 두고 고찰한다. 텍사스 엠엔드유 대학(Texas M&U University) 역사적 문학 연구를 위한 학제적 모임(The Interdisciplinary

Group for Historical Literary Study, IGHLS)에서 진행한 연구를 기초로 해서 책을 냈다고 일러두기에서 밝혔다. 집필자 15인 가운데 5인이 그 대학 교수이고, 10인은 미국의 다른 대학 소속이다. 미국 학계에서 문학사에 대해 진지한 관심을 가지기도 한다는 것을 보여 준다.

두 편자가 쓴 장문의 서론에서 무엇을 하려고 하는지 자세하게 설명했다. 문학 대신에 문화 텍스트(cultural texts)라는 말을 사용하고, 역사를 움직이는 여러 힘, 사회적 · 경제적 · 정치적 · 전기적 · 심리적 · 성적 · 미학적 힘이 문화 텍스트의 산출과 해명에서 어떻게 상호작용을 하는지 여러 논자가 탐구한다고 했다. 1980년대부터 이론에서 역사로 관심을 돌려 이룩한 '새로운 역사주의(new historicism)'에 대한 찬성론은 물론 반대론까지 포함한다고 했다.

수록한 글은 대부분 새로운 역사주의의 의의나 문제점을 특정 사례에서 검토해, 미시적인 논의에 치중하는 영미 학계의 관습을 따랐다. 역사로 관심을 돌린다는 것을 개별적인 사실의 중요성을 재확인 수준에서 이해했다. 개념론으로 기울어진 것이 또 하나의 경향이다. 그 좋은 예가 《오리엔탈리즘》(Orientalism)이라는 책으로 이름 난 필자가 쓴 글이다.(Edward W. Said, "Figures, Configurations, Transfigurations") 제목에서 내세운 세 용어에 대한 논의를 산만하게 전개하기만 하고 문학사 서술의 실상을 문제 삼지 않았다.

문학사 재평가를 위한 노력도 있다.(Ralph Cohen, "Generating Literary Histories") 문학사를 서술의 주체에 따라 나누어, 흑인문학사는 "자기네 전통에 대한 자부심", 여성문학사는 "여성 유대의 중요성", 소수민족문학사는 "착취에 대한 의식의 각성", 다수민족문학사는 "다른 사람들을 착취한 부끄러움이나 죄스러움을" 일깨워 준다고 했

다.(49면) 적절한 지적이어서 문학사 무용론을 부정할 수 있게 하지
만 서론 정도에 머물렀다. 실제로 이루어진 문학사의 실례를 들어
주장의 타당성을 검증하고, 문학사의 변천을 통괄하는 데까지 이르
면 좋은 성과를 얻을 수 있을 것이다.

　문학사의 처지 변화를 문제 삼은 작업도 볼 만하다.(Lawence Buell,
"Literary History as Hybrid Genre") 문학사가 문학의 내질(intrinsic)과 외형
(extrinsic), 작품(text)과 상황(context)을 함께 파악해 안팎이 결합된 역
사를 보여 주는 작업이 전에는 평가되다가 이제 불신된다고 하고,
달라진 이유를 셋 들었다. 첫째 작품 내질 연구에 치중하는 경향이
확대되어 외형이나 상황은 무시하고 안팎의 결합을 파기한다. 둘째
문학사를 이룩하겠다고 모여든 다양한 학문과 상이한 시각이 서로
불신하면서 내분을 일으킨다. 셋째 연구 분야가 계속 세분되어 연
구자를 감금한다.

　문학사의 사례를 들어 검토하기 위해 영국과 미국의 경우를 비
교했다. 영국문학사는 오랜 관습을 이어 개인이 저작하는 것이 예
사인데, 미국에서는 여러 논자가 공저로 미국문학사를 새롭게 마
련하면서 "문학사의 진로 논란에 특별히 많이 얽히는 것을 기여로
삼도록 운명이 정해졌다"고 했다.(217면) 능력이 축적되지 않은 일
을 남들보다 더 잘 하려고 하다가 창조학은 버려두고 시비학을 일
삼아 위상을 높이고자 하는 편법을 마련했다고 이해할 수 있는 사
태이다.

　그렇다고 해서 미국에는 문학사가 없어도 되는 것은 아니며, 미
국이 행세하는 나라이기 위해 미국문학사 갖추기를 필수적인 과제
로 삼아야 했다. 이 사실을 중요시해 역대 미국문학사 공저 셋, 트

렌트 외 공편, 《캠브리지 미국문학사》(1917~1921), 스필러 외 공편, 《미국문학사》(1948), 엘리어트 총편, 《컬럼비아 미국문학사》(1988)를 들어 고찰하는 작업을 착실하게 진행했다. 하버드대학 영문학과 동료 교수 퍼킨스와는 다른 길로 나아가, 대상 없는 시비를 유행으로 삼는 풍조를 따르지 않고 실체를 문제 삼았다. 그러나 저작의 전모를 문제 삼지는 않고, 특정 작품 하나를[3] 각기 어떻게 다루었는지 집중적으로 검토해 문학사 전반에 관한 논의를 다시 하는 근거로 삼았다. 작품을 시대의 산물로 읽고 이해한 방식에 시대 상황이 반영되어 있어, 문학사는 버릴 수 없고 불만이 있으면 다시 써야 한다는 당연한 사실을 재확인했다.

네 가지 결론을 얻었다고 번호를 붙여 정리해, 유행을 따르지 않고 논리적 글쓰기를 하는 방식을 보여 주었다. 첫째 규범화된 문학사가 파산했다는 것은 사실이 아니다. 둘째 과거의 문학사와 현재의 문학사는 흔히 생각하는 것 이상으로 연속되어 있다. 셋째 내재적인 문학사를 지향한다고 해서 역사와의 관련에서 벗어날 수 있는 것은 아니다. 넷째 문학사는 잡종 갈래라고 나무라지 말고 하던 일을 해야 한다. 너무나도 범속한 말이어서, 문학사 부정론을 척결하기에는 역부족이라고 하지 않을 수 없다.

콜브룩, 《새로운 문학사들: 새로운 역사주의와 현대 비평》(1997) (Claire Colebrook, *New Literary Histories: New Historicism and Contemporary Criticism*, Manchester: Manchester University Press)에서도 관심의 전환을 보여 주었다. 역사의 의의를 부정하는 여러 사조가 퇴조를 보이자 새로운 역사주의라고 통칭할 수 있는 주장이 다양하게 나타났다

---

3) Mark Twain's "A Connecticut Yankee in King Arthur's Court"

고 하고, 대표적인 논자 푸코(Foucault), 부르디외(Bourdieu), 윌리암스 (Williams), 알튀세(Althusser) 등을 들었다. 유행의 변화로 문학비평이 문학사에 대해 관심을 가지게 된 사정을 소개하는 데 머무르고 자기 견해를 편 것은 아니다. 문학사 재건의 구상과 방법을 기대하는 것은 무리이다. 어떻게 해서든지 업적을 내놓아야 하므로, 쉽게 써서 박식을 자랑할 수 있는 이런 책을 많이 만든다. 유럽 특히 프랑스에서 내놓는 별난 주장 풀이를 행세거리로 삼는 미국 학계의 유행에 영국도 동참했다. 숄스, 《영어의 흥망, 영어 교과목의 재건》 (1998)(Robert Scholes, *The Rise and Fall of English, Reconstructing English as a Discipline*, New Haven: Yale University Press)은 다룬 주제와 저자의 주장이 분명해 특별히 주목할 만하다. 미국 대학에서 영문학 교육이 잘못 되고 있는 것을 바로잡아야 한다고 하면서 문학사의 문제도 중요하게 다루었다. 현황 분석에서 "우리가 살고 배우고 가르치는 현대의 문화는 역사주의(historicism)에 대한 신념, 모든 것의 보편적 가치에 대한 신념을 상실한 것을 특징으로 한다"고 했다.(150면) "미국의 모든 영문학과는 '소수자'의 영문학, 미국 소수민족문학, 탈식민지문학, 동성애문학 같은 것들을 교과목에 넣을 것인가, 누가 가르칠 것인가 하는 논란에 휩싸여 있다"고 했다.(152면) "영국 및 미국의 문학사를 산만하고 비효율적으로 조직"한 탓에 이런 혼란을 시정하지 못한다고 하고, "영문학 교육을 재조직해 문학사가 한층 진지하고 효과적인 과목이게 돌보아야 한다"고 하고, "영문학의 관점에서 보면, 역사는 작품을 형식과 의미가 유래한 문화적 상황에다 가져다 놓기 위해 필요하다"고 했다.(155면)

뜻한 바는 평가할 수 있지만, 상식 수준의 소박한 견해에 머무르고 있다. 논의의 진전을 위해 내 견해를 제시하기로 한다. 긴요한 것은 역사주의 신념이 아니고 역사의식 자각이다. 오늘날뿐만 아니라 과거의 어느 시대에도 하강하는 쪽의 상실한 역사의식을, 상승하는 쪽이 쇄신한다. 미국의 다수자는 하강하는 쪽이지만, 소수자는 상승하는 쪽과 연관되어 있다. 미국문학사에 대한 새로운 요구를 출발점으로 세계문학사를 새롭게 이해하려고 노력해야 보편적 가치를 다시 이룩할 수 있다.

미국 대학에서 강의하는 문학사는 과거의 작품의 형식과 의미를 역사적 상황에 놓고 이해하는 데 그치지 말아야 한다. 미국이 아집이나 고립에서 벗어나 세계사의 새로운 방향에 동참하는 비판적이고 창조적인 의식을 갖추는 데 기여해야 한다. 미국이 앞섰다는 착각을 버리고, 유럽, 아시아, 제3세계 등지에서 문학사가 어떻게 나아가는지 진지하게 공부해야 한다. 이 책을 힘써 읽어야 한다.

2) 부정의 부정

뉴크리티시즘이나 포스트모더니즘이 미국 학계를 완전히 장악한 것은 아니다. 뉴크리티시즘이 다소 퇴조를 보이던 1969년에 버지니아대학교 영문과 교수로 초빙된 코엔(Ralph Cohen)이 그 대학 개교 150주년 기념사업의 하나로 《새로운 문학사》(*New Literary History*)라는 잡지를 창간했다. 코엔은 위에서 고찰한 책 둘에 필자로 참가해 문학사 긍정론으로 나아가야 한다는 주장을 편 사람이다. 《새로운 문학사》는 "이론과 해석 잡지"(A Journal of Theory and Interpretation)

라는 부제를 붙이고, 문학사, 문학이론, 해석의 여러 문제를 다루
는 것을 목표로 했다.

창간 당시의 상황을 회고한 말을 보자.[4] 버지니아대학 총장이 지
원하겠다고 해서 잡지를 창간하기로 했는데, 총장은 뉴크리티시즘
의 중심지인 예일대학교에서 영문학을 공부한 사람이어서 설명을
듣고는 마지못해 승인했다고 했다. 버지니아대학교 영문과 동료 교
수들은 대부분 문학사는 지난 시대의 유물이라고 여기고 개별 작품
자세하게 읽기를 참신한 작업으로 삼고 있어서 이해와 협조를 구하
기 어려웠다고 했다.

그런 여건에서도 《새로운 문학사》를 계간으로 계속 내면서 문학
사에 대한 관심을 불러일으키고, 유럽대륙과 학문적 교류를 촉진해
미국이 고립에서 벗어나도록 하려고 노력했다. 잡지에 실은 중요한
글을 모은 코엔 편, 《문학사의 새로운 방향》(1974)(Ralph Cohen ed.,
New Directions in Literary History, Baltimore: The Johns Hopkins University
Press)이 있어 무엇을 하고자 했는지 잘 말해 준다. 13인의 글을 실
었는데, 그 가운데 5인이 유럽인이다. 독일인이 3인이며, 1인은 동
독인이다. 프랑스인이 1인, 폴란드인이 1인이다. 유럽에서 하는 새
로운 작업을 가져오고, 영미에서 하는 연구 가운데 문학사에 관한
관심이 비교적 뚜렷한 것들을 보태 문학사의 진로를 보여 주려고
했다.

문학을 논하는 사람은 모두 비평가(critic)라는 용어를 사용하면서,
비평가가 하는 일에 문학이론·문학비평·문학사가 있다고 했다.

---

4) Ralph Cohen, "Notes for a History of New Literary History", *New Literary History* vol.
40, no. 4, Autumn 2009

문학이론은 개별 작품을 넘어서서 다른 두 작업까지 총괄하는 원리를 찾고, 개별 작품을 문학비평은 "동시적 질서"(simultaneous order), 문학사는 "역사적 과정"(historical process)의 관점에서 탐구한다고 했다. "동시적 질서"를 일방적으로 존중하는 경향을, 과거의 작품이 후대의 독자와 만난는 것이 상례인데 무엇을 동시라고 하는가 하는 반문을 들어 비판했다. 독자의 수용을 중요시하고 독서 행위를 문제 삼는 야우스(Hans Robert Jauss)와 이저(Wolfgang Iser)의 작업에서 큰 힘을 얻었다. 자기가 그런 작업을 더 하겠다고 한 것은 아니다. 미국에서도 문학사의 새로운 방향을 개척하는 이론이 나왔으면 하는 기대는 실현되지 않았다. 문학이론은 개별적인 작품을 넘어서고, 문학사는 개별적 작품을 역사적 과정에서 고찰한다는 구분이 문학사 이론의 성장을 가로막는 줄 모르고 헛된 기대를 했다.

포스트모더니즘에 대한 관심이 줄어든 것을 기회로 삼아 2008년에 《세계화시대의 문학사》(Literary History in the Global Age, vol. 39, no 3. Summer 2008)라는 특집호를 내놓았다. 방향 제시를 맡은 글을 보자. 세계화가 경제뿐만 아니라 문화에서도 전면적으로 진행되는 것이 돌이킬 수 없는 추세임을 인정하고, 문학사도 지금 새롭다고 하는 것을 넘어서 더욱 새로워져야 한다고 주장했다.(Frederic Jameson, "New Literary History after the End of the New") 세계문학사를 거론한 글도 있다. 국가 관념에 지배된 문학사에서 벗어나 세계문학사로 나아가는 작업을 하기에 가장 쉬우면서도 가장 어려운 시기가 되었다고 했다.(David Damrosch, "Toward a History of World Literature")

다원주의 구현을 목표로 하자.(Brian Stock, "Toward Interpretive Pluralism") 비교문학을 세계적인 범위로 확대하자.(Walter F. Veit,

"Globalization and Literary History, or Rethinking Comparative Literary History – Globally") 시간과 장소의 한계를 넘어서서 다문화문학사를 이룩하자. (Anders Pettersson, "Transcultural Literary History: Beyond Constricting Notions of World Literature") 이런 주장도 제기되었다. 문학사는 결점투성이인 채로 종말을 고해야 하고 장래가 없다고 하는 데 대해서 아무도 동의하지 않았다. 세계화 시대에는 새로운 문학사가 있어야 한다고 누구나 말했다. 그러나 방향 전환을 위해 막연한 서론을 펴는 데 그치고 구체적인 방안은 갖추지 못했다.

미국에는 《새로운 문학사》가 있고, 프랑스에는 《불문학사 잡지》(Revue d'histoire littéraire de la France)가 있다. 이 둘은 문학사를 다루는 학술지라는 공통점이 있으면서, 《새로운 문학사》는 1969년에, 《불문학사 잡지》는 1894년 창간되어 연륜에 차이가 크다. 《불문학사 잡지》는 불문학사학회(Societé d'histoire littéraire de la France)에서 내고 불문학사 연구만 관장한다. 1995년에 《불문학사의 역사》(L'histoire de histoire littéraire de la France, vol. 95, 1995/7), 2002년에 《문학사의 시대 구분》(La périodisation en histoire littéraire, vol. 102, 2002/5), 2003년에 《다양한 문학사》(Multiple histoire littéraire, vol. 103, 2003/3)라는 특집호를 냈다.

《불문학사의 역사》 특집호를 보자. 40년 이상 종사한 편집 실무자가 쓴 서두의 글에서, 그 동안의 경과를 돌아보고 취급 영역을 넓히는 것이 바람직하다는 소망을 말하겠다고 했다. (Claude Pichois, "De l'histoire littéraire") 마지막에 한 말을 옮긴다. "문학사는 존재한다. 행적이 위대하다. 작품을 소중하게 하는 모든 방법을 문학사에서 환영하기를 나는 개인적으로 소망한다."(28면) 이탈리아, 영국, 미국 등지의 불문학사 연구, 문학사와 역사, 문학사와 언어학, 문학사와 예술사 등에 관한 고찰로 본론이 구성되어 있다.

문학사와 역사의 관계에 관한 논의를 보자.(Yves-Marie Bercé, "Histoire littéraire et histoire") 역사학은 시간의 순서에 따라 이루어지고, 어느 시대의 문명에 속하는 인간의 활동은 무엇이든지 연구의 대상으로 삼으므로, 문학은 사실이 아닌 허구로 이루어져 있다는 이유에서 예외일 수 없다고 했다. 문학사가 문학을 연구하면서 어려움을 많이 겪은 경과를 살피고, 이제 사정이 달라졌다고 했다. 서적, 출판, 글공부, 교육, 독서, 문화적 소통 등의 역사를 연구한 다양한 성과가 이루어져 사회경제적 환원주의를 나무랄 수 있게 되었다고 했다. "무한한 수수께끼를 푸는 감수성과 창조의 역사가 열려 있어, 번뜩이는 직관을 자기 나름대로 보여 줄 수 있는 미래의 역사학자들을 기다린다"는 말을 끝으로 했다.(138면) 이에 대해 몇 가지 의문을 제기할 수 있다. 문학사는 역사학에 얹혀 자라는 주체성 없는 학문인가? 연구 분야의 확대가 역사학이 단독으로 이룬 성과인가? 다양한 분야의 연구를 병치하는 열거주의가 새로운 학문을 하는 방법일 수 있는가? 끝으로 한 말은 지나친 낙관이 아닌가?

《문학사의 시대구분》특집호를 보자. 시대구분의 문제를 고찰한 장문의 논문이 서두에 실려 있다.(Jean Rohou, "La périodisation: une reconstruction révélatrice et explicatrice, réponses à quelques objections") 편의상의 시대구분을 해 온 관습을 비판하고, 시대구분을 엄격하게 해서 어떤 변화가 왜 있었는지 드러내고 설명할 수 있어야 했다. 장단기의 변화를 파악하고 상호관련을 밝혀야 한다는 것을 대책으로 내놓았다.

구비에서 기록으로 다시 시청각으로, 후원에서 시장으로, 그리스-로마문학의 모형에서 플로베르(Flaubert)나 랭보(Rimbaud)가 제시한 방식으로 바뀐 장기의 변화, 이런 것들을 어느 작가나 작품이 특이하게 구체화하는 단기의 변화, 이 양극을 세대가 교체하는 중기의 변화를 매개로 복잡한 양상을 훼손하지 않으면서 유기적으로 파악하자고 제안했다. 문학사에서 다루어야 할 내용을 지적한 타당성은 인정되지만, 단순하고 분명한 것에서 복잡하고 불분명한 것으로 나아가는 순서를 밝히지 못해 유용성에 의문이 있다.

자국문학의 범위를 넘어선 공통된 시대구분을 해야 하는 과제를 다룬 글도 있다.(Jean-Claude Polet, "Périodisation et grands ensembles littéraires, Limites nationales et cohérences transversales") 유럽문학의 유산을 정리하는 책을 큰 규모로 엮으면서 겪는 고민을 토로하고, 국가의 구분을 넘어서서 문학의 큰 덩어리를 회통하고 연결하는 시대구분이 있어야 한다고 했다. 절실한 필요성이 있어 희망을 제시하고 당위를 역설하는 데 그치고 대책을 마련하지는 못했다.

《다양한 문학사》특집호를 보자. 권두의 논문이 어떤 문학사인가 묻는 것이다.(José-Luis Dias, "Quelle histoire littéraire?")《불문학사 잡지》에서 문학사의 문제를 다룬 경과를 되돌아보고, 새로운 논의가 필요하게 된 사정을 말했다. 문학사는 소중하다고만 하지 말고 어떤 문학사가 요망되는지 밝혀 논의해야 한다고 했다. 시련을 극복하고 반론에 응답하기 위해 문학사는 다시 태어나야 한다고 했다. "적극적이고 창의적인 자세를 가지고 새로운 진실을 추구할 수 있게 문

학사를 해방시키는 것이 시급한 과제이다.” “단순화를 버리고 역사
의 광범위한 영역을 포괄하고 종합하면서 이야기를 이어나가야 한
다.”(526면) 이렇게 역설했다.

문학사의 문제점을 다각도로 살핀 글을 보자.(Pierre Laforgue,
“Histoire littéraire, histoire de la littérature et sociocritique: quelle historicité pour
quelle histoire?”) “역사와 문학의 구분을 없애면 문학사가 독자적인 역
사성을 지닌다는 부당한 견해가 사라진다. 사회비평의 전망을 이렇
게 이룩하면 문학사의 독자적인 역사성이 문학 자체의 역사성으로
재인식된다.”(548면) 이것이 문학사가 나아갈 길이라고 했다. 포스
트모더니즘이 역사를 이념이나 이론과 함께 유린한 데 대한 반발로
랑송의 유산으로 되돌아가 19세기 문학사의 과학주의 망령을 되살
리는 것은 몽매주의 노선이라고 했다. 문학사를 되살리려고 무엇이
든지 하면 역효과를 내기나 하므로 방향을 잘 잡아야 한다고 했다.

문학 소통의 역사가 소중하다는 견해도 있다.(Alain Vaillant, “Pour
une histoire de la communication littéraire”) 인접학문이 다양하게 발전하
고, 구조주의가 출현한 탓에 얼마 동안 위축되고 쇠퇴한 문학사가,
학술회의가 자주 열리고 잡지의 특집이 마련되는 것을 보니 되살아
난다고 했다. 문학 연구에 진출한 여러 학문을 흡수·통합해 문학
사가 새로운 활력을 찾는 것이 획기적인 전환이라고 했다. 그 가운
데 하나로 소통 연구를 들고, 문학사를 소통의 역사로 보자는 것이
논자의 주장이다. “문학은 언어 소통의 특별한 유형이 예술적으로
형성된 것이라고 정의될 수 있다. 문학사는 이 소통의 특별한 방식
으로 작품 산출의 조건을 결정하는 소통 안팎의 제약과 함께 고찰
하는 것이 마땅하다.”(573면) 이런 주장을 폈다.

미국은 고등학교에서는 물론 대학에서도 문학사를 강의하지 않는 것이 관례이다. 인터넷에서 찾아보니 문학사에 관한 과목 같은 것들이 어쩌다가 발견되는데,[5] 취향이 별난 교수가 개설한 것으로 생각된다. 프랑스에서는 국가에서 정한 제도에 따라 고등학교에서 문학사 공부를 필수로 하고, 대학에서는 방법을 바꾸어 다시 한다.[6]

그러나 미국 대학에서는 문학을 역사와 무관하게 강의하는 것만이 아니다. 문학이 역사와 결별한 것을 역사에서 받아들이지 않고, 역사학과에서 주도해 "역사와 문학"(History and Literature)이라는 협동과정을 만들어 학위를 주는 것이 새로운 유행이 되었다. 학문을 혁신하려는 것이 아니다. 여러 분야에 진출해 활동하는 데 필요한 유용한 지식을 제공하는 과정을 만드는 것이니, 문학사 부정론자들이 반론을 제기한다고 나설 수 없다.

"역사와 문학이란 무엇을 하는 곳인가? 역사와 문학의 혁신적이고 엄밀한 접근을 학제간 연구에다 모아 학생들이 각자의 개별적인 연구를 기획하고 진행할 수 있게 제공한다. 지도교수의 도움을 받아, 학생들은 독자적인 연구를 기획하는 능력을 기르고, 경계가 분명한 인문학 연구를 실제로 수행한다. 이런 훈련을 집중적으로 받고 졸업생들은 언론, 법률, 경영, 금융, 상담, 의학, 공무원, 정책, 예술, 그리고 학계에서 종사한다. 역사와 문학은 어느 직업에든 소

---

5) "What is literary history?"(University of Chicago), "American literary history"(Princeton University)

6) 첫 학기에는 "Literature française 1, Analyse de textes, Histoire littérature 1"에서 8학점, 다음 학기에는 "Literature française 2, Lecture de roman, Histoire littérature 2"에서 8학점 취득하도록 하는 Université de Paris 7의 교과과정이 흔히 볼 수 있는 것 가운데 하나이다.

용되는 글쓰기, 정확하고 비판적인 읽기의 능력을 기른다."[7]

하버드대학에서 내놓은 안내문에서 이렇게 말했다.[8] 학문적 의의보다 실용성을 중요시했으며, 졸업생 진로 설명이 특히 중요한 내용이다.[9] 교수진을 소개하지 않는 것을 보니 따로 없는 것 같다. 원론이나 총론에 해당하는 교과목은 만들지 않았으며, 이론적인 관심이 보이지 않는다. 역사와 문학에 관한 기존의 교과목을 선택해서 이수하도록 하는 데다 추가해, 역사와 문학을 연결시켜 고찰한다고 하는 특정 주제의 강의를 몇 개 개설한다.[10] 미국 역사를 중심으로 역사를 논의하고, 역사학이 미세한 관점에서 특이한 주제를 찾는 경향을 나타낸다. 문학은 자료 이용을 위해 동원되었다고 할 수 있다.

프랑스에서도 역사와 문학의 관계가 긴요한 관심사로 등장하고 있다. 둘의 관계를 공동연구를 통해 새롭게 해명하고자 한다. 실용을 앞세우지 않고 학문 발전을 위해 노력하면서, 역사학에서 주도권을 가지지 않고 문학사라는 말이 문학과 역사의 복합어임을 확인

---

7) 원문을 든다. "What is History and Literature? History and Literature's innovative and rigorous approach to interdisciplinary scholarship allows students the flexibility to design an individualized course of study. With their tutors, students explore cutting-edge research in the humanities, while learning how to shape research projects of their own. Each year the concentration sends graduates to careers in media, law, business, banking, consulting, medicine, government, public policy, the arts, and academia. History and Literature teaches skills invaluable to any profession: the craft of writing and the art of close and critical reading."

8) http://histlit.fas.harvard.edu

9) 졸업생들이 활동하는 분야를 들고 명단을 제시했다. 언론 14명, 학계 12명, 예술 8명, 경영 7명, 법률 6명, 공무원 5명, 의학 4명, 정책 3명, 중등교육 3명이다.

10) 2012년 가을 학기 개설 과목 12개 가운데 처음 넷을 들어 본다. "Storied Structures: The Material and Cultural Life of New England Home. 1600~1900", "The American Civil War", "America through European Eyes", "The Vietnam War in American Culture"

하는 것이 미국과 다르다. 연구 중심 대학원대학 사회과학고등연구
학교(École des Hautes Études en Sciences Sociales)라는 곳에 "문학적인 것
의 역사 학제간 연구단"(Groupe de Recherches Interdisciplinaires sur l'Histoire
du Littéraire)이 있다.[11] '문학사'라고 하지 않고 '문학적인 것의 역사'
라는 말을 썼다. 소속이 정해져 있지 않은 중립적인 용어를 사용했
다고 생각된다.

소개하는 글에서[12] 참여자 명단부터 제시한 것이 미국 방식의 협
동과정과 아주 다르다. 강의 협동이 아닌 공동연구임을 명시했다.
총원이 54명이다. 12명은 자체 인력이고, 23명은 프랑스 다른 기관
이나 대학에 재직하는 연구 인력이고, 미국 2명, 영국 2명, 이탈리
아 2명, 독일 1명, 총원 9명의 외국 대학 교수도 포함되어 있다. 거
대한 규모의 국제적인 연구 조직을 국고를 사용하는 국립대학에서
운영하면서 문학사에 관한 새로운 연구를 한다.

새로운 연구를 시작하는 취지를 아주 까다로운 문장으로 썼다.[13]

---

11) "문학사"라고 번역한 말 "l'Histoire du Littéraire"가 흔히 사용되는 것이 아니다. 직역
하면 "문학적인 것의 역사"이다. 문학이나 문학사에 대한 선입견을 버리고 새로운 접
근을 하려고 용어를 바꾸었다고 생각한다.

12) http://www.chess.fr/centres/grihl

13) 원문을 든다. "La création du G.R.I.H.L.(Groupe de Recherches Interdisciplinaires sur
l'Histoire du Littéraire) est partie du constat de la multiplication des travaux proposant
des questionnements historiens de la littérature, désormais conçue comme un objet d'analyse
historique à part entière, un objet comme un autre qui a cependant la particularité d'être
massivement présent et fortement valorisé dans les cultures européennes. En un sens, la
question n'est pas neuve. Pourtant les questionnements récents des historiens sur leur
propres pratiques de recherche et d'écriture lui ont donné une ampleur nouvelle. Dans le
même temps, des sources qui ne paraissaient jusqu'alors concerner que l'histoire littéraire
ont été abordées à nouveaux frais, alors que des littéraires, ont recommencé à poser à
la littérature des questions qui paraissaient, il y a peu, relever de l'histoire sociale de
la culture, de l'histoire politique, de l'histoire dite des idées, voire de l'anthropologie
historique. Il y avait donc là une conjoncture qui invitait à l'initiative pour rapprocher ces

번역을 하겠다는 무리한 시도를 않고, 이해 가능한 범위 안에서 개
요를 간추리기로 한다. 문학사 학제간 연구단의 출현은 학문 발전
의 당연한 결과라고 하면서 역사와 문학의 변화를 들었다. 역사학
에서 문제제기를 한 업적이 축적되어, 문학 이해의 범위가 넓어지
고, 문학사의 소관이라고만 여기던 자료를 새로운 관점에서 고찰하
게 되었다. 문학 연구자들은 사회사, 문화사, 정치사, 사상사, 역사
인류학 등의 소관이라고 하던 문제를 제기하기 시작했다. 양쪽의
작업을 근접시키고 진정으로 학제적인 연구를 하는 장소를 마련하
는 데 앞서야 할 때가 되었다.

세 가지 목표를 설정한다고 한 것은 번역하기로 한다.[14] "1) 사
회적인 또는 사회-정치적인 실체인 '문학적인 것': 문학인, 문학제
도, 글쓰기 실제, 출판, 보급, 수용 등의 역사; 2) 가치이고 학문인
문학의 역사, 더 나아가 지적이고 예술적인 산물이 '문학화'되는 과
정; 3) 현실에 대한 문학적 관점의 역사, 현실은 외부에 나타나 있
기도 하고 효과적으로 흔들어 드러나게 할 수도 있다. (그 때문에
문학사가 권력이나 철학인 것을 생각할 수 있다.)"

연구진이 매주 모여 발표와 토론을 하고 얻은 공동의 성과를 논
저로 발표했다고 총 20종, 단행본 14종, 논문 6종의 목록을 제시하

---

travaux et fournir un espace réellement interdisciplinaire de réflexion et de recherche."

14) 이것도 원문을 든다. "1) le "littéraire" comme réalité sociale ou socio-politique
: l'histoire des littérateurs, des institutions littéraires, des pratiques d'écriture, de
publication, de destination, de réception ; 2) l'histoire de la littérature comme valeur,
comme discipline, et, à partir de là, l'histoire des processus de "littérarisation" des
productions intellectuelles, esthétiques etc. ; 3) l'histoire des points de vue des littératures
sur des réalités qui leur sont extérieures et qu'elles peuvent permettre de découvrir
autrement par une efficace déstabilisation (on peut ainsi évoquer une histoire littéraire du
pouvoir, voire de la philosophie, etc.)."

고 해설했다. 단행본에 《근대 초기의 남성스러움과 "강한 정신"》
(*Masculinité et "ésprit fort" au début de l'époque moderne*) ; 《17세기 서간문
정치》(*Politique de l'épistolaire au XVIIe siècle*) ; 《일탈과 위선》(*Dissidence
et dissimulation*) ; 《지방적인 것 : 글쓰기의 지방화와 지방 행동의 산
물》(*Localité : localisation des écrits et production locale d'actions*) ; 《문예부흥
에서 계몽주의 시대까지의 출판》(*De la publication. Entre Renaissance et
Lumière*) 같은 것들이 있다. 생소한 고유명사가 들어 있어 무엇을 말
하는지 알기 어려운 것들은 들지 않는다. 책 이름을 몇 개국의 언어
로 쓴 것도 있다.

단행본 가운데 하나인 리옹-캉 외, 《역사가와 문학》(2010)(Judith
Lyon-Caen et Dinah Ribard, *L'historie et la littérature*, Paris : La Découverte)은
논문 모음이 아니고 두 사람의 공저이며, 총론이라고 할 수 있는 것
을 전개했다. 두 저자는 여성이며, 사회과학고등연구학교 부교수
(maître de conférence)라고 소개되어 있다. 연구를 주도하는 자체 연구
진의 입장에서 공통된 생각을 정리했다고 할 수 있다. 서론, 제1장
〈문학이 역사에 제안하는 것〉(Ce que la littérature propose à l'histoire), 제
2장 〈방법 문제〉(Questions de méthode), 제3장 〈영역〉(Terrains)으로 이
어지는 논의를 자못 체계적으로 전개하고 결론을 맺었다.

서론에서 말했다. 역사학은 문학을 사실로 환원한다는 불신이 이
제 타당하지 않다. "문학연구가 작품 자체의 가치에 대한 이해를
더욱 풍부하게 하려고 역사학의 업적에서 자양분을 취할 뿐만 아니
라, 역사연구 또한 대폭 새로워져 일방적인 문제제기를 버리고 문
학 현상에 문학다움을 손상하지 않으면서 접근하는 작업을 많이 한
다"고 했다.(3면) 제1장에서는 문학연구와 역사학이 관련되어 온 내

력을 고찰하고, 제2장에서 문학의 역사성을 발견하고 기술하는 방법을 찾고, 제3장에서 문학과 역사의 공통된 영역이 독서 행위, 문학의 사회적 생명, 문학의 정치적 기능, 문학의 사회 인식에 있다고 했다. 결론 말미에서 다음과 같이 말해 논의를 마무리했다.

"문학을 제도, 사회적 행위, 실천 등의 관점에서 고찰하고, 문학의 텍스트를 역사학의 대상으로 삼아도 텍스트다움(textualité)이 무시되지 않는다. 그렇게 하는 것이 오히려 문학적 글쓰기(écrit littéraire)는 물질적으로 구현되어 있는 매체에서뿐만 아니라 텍스트 자체에서도, 사회적인 것이나 정치적인 것을 멀리 하는 경우까지 포함해, 사회적이고 정치적이라는 사실을 확인해 주기 때문이다. 이런 의미에서 문학은 우리 내면의 삶에 머무르고 있어도 역사적이기를 멈추지 않는다."(105면)

문학은 외부 관심사를 멀리 하고 내면의 삶에 충실하기만 해도 사회적이고 정치적인 역사성을 지닌다고 했다. 왜 그런가? 그렇다는 사실을 어떻게 검증하는가? 이런 작업이 어떤 의의를 가지는가? 이런 의문에 대해 고찰한다고 했으나 미흡하다. 서론 같은 결론에서 모든 경우에 해당하는 당위를 역설하지 말고, 입증된 결과의 축적을 알리고 미해결의 과제를 제시하는 것이 마땅하다.

용어를 가다듬고 개념을 재규정하는 난삽한 논의를 까다롭게 전개하는 것을 능사로 삼고, 문학사를 서술하는 실제 작업에서 떠나 문학사를 문제 삼는 학풍을 반성하지 않았다. 참고문헌에 문학사는 하나도 없고 문학사론뿐이다. 자기네 연구단에서 수행한 개별적인 연구마저 문학사의 어느 국면을 구체적으로 해명한 성과는 받아들이지 않고 개념 논의를 더욱 오묘하게 한 것을 평가하고 이용했다.

비유를 들어 말하면 紙上面目에 사로잡혀 本來面目을 잊었다고 할
수 있다.[15]

　문학사 학제간 연구단을 다국적 인원으로 만든 것은 평가할 일
이다. 불문학사의 범위를 넘어서 유럽문학에 대한 광범위한 관심을
가지고 연구를 진행해 인습에서 벗어나고 있다. 그러나 각국 문학
사를 새롭게 쓰려고 하는 작업을 모아 놓고 함께 검토하는 가장 손
쉽고 성과 있는 작업은 외면한다. 유럽문학사를 바람직하게 이룩하
려고 프랑스에서 거듭 시도하는 것이 문학사 서술을 위한 노력 가
운데 가장 주목할 만한데, 관심의 대상으로 삼아 거론하지도 않으
면서 문학사에 대한 새로운 고찰을 한다고 한다. 디디에 편,《유럽
문학개론》(1998) 집필자 25명과 이 연구단 구성원 54명은 전연 별개
이고, 양쪽에 속한 사람은 하나도 없다.

　문학사에 대한 학제간의 연구를 한다면서 문학과 역사의 관계를
문제 삼는 것은 적절하지 못하다. 문학사도 역사이므로 ‘문학사와
역사’라는 말은 성립되지 않는다. 문학사와 만나는 역사의 정체를
명시해 ‘문학사와 사회사’라고 하는 것이 마땅하다. 이 둘의 관계만
논의하고 말 것은 아니다. 철학사를 보태야 한다. 문학사에 대한 학
제간의 연구를 한다면서 역사만 나서고 철학을 빼놓은 것은 역사학
의 오만이 빚어낸 실수일 수 있다. 용어를 가다듬고 개념을 재규정
하는 논의를 까다롭게 하면 철학은 그 속에 들어 있어 따로 필요하
지 않다고 여기는 것은 더 큰 잘못이다. 역사학의 과오는 그대로 두
고 문학사에 문제가 있어 바로잡으려고 한 것이 연구단 구성의 근

---

15) 이에 관한 김만중의 논의를《한국문학사상사시론》(1998)(서울: 지식산업사, 제2판),
　　253~255면에서 고찰했다.

본적인 실책이다.

문학사·사회사·철학사의 삼자 관계를 고찰해야, 널리 알려져 있는 문학사의 문제점을 해결하는 데 그치지 않고 사회사나 철학사를 은폐되어 있는 자폐증의 질곡에서 벗어날 수 있게 하는 길을 열 수 있다. 문학사에만 문제가 있어도 도움을 구해야 한다는 것은 전혀 잘못된 생각이다. 문학사·사회사·철학사가 서로 구출해 주는 관계를 가지고 근대학문의 분화를 넘어서서 통합학문으로 나아가야 한다.

미국과 프랑스는 학풍의 전반적인 차이가 있어 문학사에 관한 견해가 다르다. 프랑스에서는 문학사를 해체하거나 부정하려고 하지 않고 계속 진지하게 생각하면서 더 잘 쓰기 위해 계속 노력한다. 프랑스의 문학사 연구를 미국에 알린 책이 오래 전에 나왔다. 모리즈, 《문학사의 문제와 방법, 특히 불문학의 경우, 대학원생을 위한 안내서》(1922)(André Morize, *Problems and Methods of Literary History: with Special References to Modern French Literature; a Guide for Graduate Students,* Boston: Ginn)이라는 것을 프랑스 학자가 영어로 써서 미국에서 출판했다.[16]

서론에서 문학비평이 제기하는 문학사 부정을 부정해, 문학사는 문학비평을 대신하거나 적대시하지 않고, 문학비평이 문학작품을 이해하고, 판단하고, 분류하는 작업을 도와준다고 했다. 자료의 서

---

16) 저자가 어떤 사람인지 확인되지 않으나, *Organisation et programme d'un cours général d'introduction à la littérature française*(1926); *Devoirs d'aujourd'ui et devoirs de demain*(1942); Voltaire, *Candide ou l'Optimisme. Édition critique avec une introduction et un commentaire*(1957) 등의 저서가 있다.

지, 판본, 원천, 연대, 진위, 작가의 생애, 성공과 영향, 문학사와 사상사 및 풍속사의 관계 등이 연구의 내용이고 과제라고 하면서 하나씩 자세하게 고찰했다. 랑송(Lanson) 방식의 실증주의적 연구가 문학사에서 할 일이라고 했다. 이것은 어디에서든지 받아들여야 할 당연한 견해이지만 문학사에 관한 논란을 해결할 능력은 없다.

문학사는 그런 기초적인 작업을 하는 데 머무르지 않고 문학비평의 영역이라고 하는 데까지 취급 대상을 넓혀 문학에 대한 총체적인 이해를 하는 것을 부정의 부정으로 나아가는 적극적인 방책으로 삼아 많은 논란을 헤쳐 나가고 있다. 프랑스에서 하는 이런 노력을 롸상, 《문학사는 무엇인가?》(1987)(Clément Moisan, *Quest—ce que l'histoire littéraire*, Paris: PNU)에서 집약해 문학사 총괄론을 폈다. 저자는 캐나다 퀘벡 라발대학(Université Laval) 교수이다. 프랑스가 문학사의 종주국이어서 옹호와 재건을 책임지고 있다고 불어권 캐나다에서 확인했다.

문학사 불신론은 문학사에 대한 이해가 부족하거나 문학사가 잘못 나가고 있어서 생긴다고 하고, 이중의 대응책을 제시했다. 문학사를 진지한 관심을 가지고 제대로 이해하고, 진로를 바람직하게 개척해야 한다고 했다. 〈문학사론 서장〉, 〈누가 문학사에 관심을 가지는가?〉, 〈왜 문학사를 쓰는가?〉, 〈문학사를 어떻게 이해할 수 있는가?〉, 〈문학사의 詩學을 위하여〉의 다섯 부분을 갖추었다. 다시 하위 항목을 여러 단계로 세분해 체계적인 논의를 했으며 도표를 그려 설명하는 방법을 자주 사용했다. 세분화되고 치밀한 논의를 특징으로 한다.

〈문학사론 서장〉에서는 앞으로 다룰 문제를 제기하고 논의의 방향을 말했다. 〈누가 문학사에 관심을 가지는가?〉에서는 불문학사 서술의 내력을, 찬반론과 시대적 의의와 함께 고찰했다. 〈왜 문학사를 쓰는가?〉에서는 문학사는 교육을 위해 필요하다는 데서 시작해, 역사를 구성하고, 사실을 정리하고, 역사를 해석하려고 쓴다는 요지의 논의를 전개했다. 문학사에 대한 이해를 바로잡는 작업을 여기까지 하고, 다음 장에서부터는 진로 개척에 관한 견해를 제시했다.

〈문학사를 어떻게 이해할 수 있는가?〉에서는 문학사는 체계를 갖추어야 한다고 하고, 어느 하나로 구성되는 단일체계가 아닌 여러 사항을 함께 나타내는 다원체계(polysystème)를 파악하는 방향으로 나아가야 한다고 했다. 다원체계는 작품에서뿐만 아니라 수용에서도 존재한다고 했다. 〈문학사의 詩學을 위하여〉에서는 이론뿐만 아니라 실천이 중요하다고 하고, 문학사를 다시 만들기 위해 다원체계를 파악하는 여러 분야 전공자들의 협동하는 지혜를 발현해야 한다고 했다. 낡은 문학사를 표적으로 삼는 문학사 부정론을 극복하는 새로운 문학사가 이루어지고 있다고 하고 더 잘 쓰는 방법을 제시했다. 미국 주도의 포스트모더니즘에 대해 언급하지 않은 채 심도 있는 비판을 전개하고 실질적인 대안을 제시했다.

이 저자가 공동 작업도 해서 두 해 뒤에 뫄상 주편, 《문학사, 이론·방법·실제》(1989)(Clément Moisan dir., L'histoire littéraire, théories, méthodes, pratiques, Québec: Les Presses de l'Université Laval)를 다시 냈다. 논의 참가자는 캐나다 불어권 학자들을 중심으로 하고 프랑스 학자들을 추가했으며, 이탈리아인도 있다. 캐나다의 영어권, 미국이나 영국의 학계와는 관련을 가지지 않고 논저도 거론하지 않았다. 문학사를 실제로 쓰는 작업에서는 캐나다 불어문학을 일차적인 대상으로 하면서 문학사 일반론을 이룩하려고 노력했다. 문학사의 문제를 이론·방법·실제의 측면에서 논의한다고 하고, 그 셋을 개념 규정과 구분을 엄밀하게 했다. 실제는 문학사를 쓰는 작업인데, 예증을 몇 가지만 들어 미흡하다고 하지 않을 수 없다. 방법에서는 문학사 서술의 애로사항과 해결책을 찾아, 시대구분, 객관성 확보, 비교연구 등에 관해 고찰했다. 서두의 글 몇 편에서 문학사의 학문적 성격을 과학과 견주어 해명하는 일련의 이론을 제시했다. 문학사가 과학의 방법을 사용해 과학적 타당성을 가진다고 하지 않고, 과학사와 문학사의 역사 사이에 공통점이 있다고 했다. 문학사의 위기라고 하는 것을 직접 거론하지 않고, 문학사에 대한 인식 부족이 혼란의 원인이므로 시정책을 찾아야 한다고 했다.

　문학사의 패러다임에 관한 논의라는 것이 있다.(Pierre Ouellet, "La notion de paradigme: de l'histoire des sciences à l'histoire littéraire) 문학과 문학사의 구분을 긴요한 과제로 삼아, '역사-대상'(histoire-objet)과 '역사-담론'(histoire-discours)이라는 용어를 사용했다. 문학사는 '역사-대상'인 문학 자체라고 여겨 혼란을 일으키지 말고, '역사-담론'인 문학사학임을 분명하게 해야 한다고 했다. 자연 탐구의 과학이 인식 패러다임의 교체로 변천한 것과 같은 현상을 문학에서도 찾아내는 것이 문학사학의 임무라고 했다. 문학 작품이 어떤 패러다임을 은밀하게 간직하고 고유한 독자에게 대응하는 방식으로 삼은 역사를 해명하는 데 힘써야 한다고 했다.

　편자가 쓴 글에서는 문학사를 과학적 진술로 이해해야 한다고 했다.(Clément Moisan, "L'histoire littéraire comme discours scientifique") 과학이 단일체계 파악에 머무르지 않고 다원체계 해명을 더욱 중요시하는 것과 같은 전환을 문학사에서도 이룩해야 한다면서 다원체계의 특징에 관한 논의를 진전시켰다. 문학을 단일체계로 보고 탄생·발전·쇠퇴의 과정을 작가, 사조, 시기, 더 나아가 문학 전체에서 발견하려고 한 것 같은 전통적인 문학사의 폐쇄성에서 벗어나, 새로운 문학사는 개방으로 방향을 돌려, 인과를 알기 어렵고 예측 불가능한 것들이 포함된 다원체계를 파악하고자 한다고 했다. 개방된 체계를 갖추는 문학사는 취급 대상인 문학을 잡다하면서 유기적인 양면을 지닌 것으로 파악한다고 했다.

문학사의 이론 탐구는 계속되었다. 의미란 차이에서 생긴다는 언어학의 원리에서 출발해 문학사는 문학 형식들 사이의 차이를 밝히는 것을 임무로 한다고 주장하기도 했다.(Manon Brunet, "L'histoire littéraire et les différences entre les formes littéraires") 문학의 이념적 성격을 사회담론과 같은 측면, 문학의 독자적인 측면, 허구를 사용하는 소설의 측면을 넘나들면서 이해하기 힘들게 논의하기도 했다.(Marc Anenot, "L'histoire en coupe sychronique: littérature et discours social") 교육적인 효과를 들어 문학사의 의의를 밝히기도 했다.(Joseph Melançon, "L'histoire littéraire comme effet didactique")

문제점에 대한 논의를 더 전개할 필요가 있다. 문학사가 역사-대상과 직결된다고 하면 문학의 다양성과 작품의 변덕스러움을 도저히 따를 수 없어 무력하다고 고백하고 물러나지 않을 수 없다. 자연 탐구의 과학이 자연 자체와 직결된다고 해도 같은 결과에 이른다. 자연의 다양성과 변덕스러움을 담아낼 수 없으니 파산을 고해야 한다. 자연을 탐구하는 과학이 자연을 인식하는 이론의 패러다

임을 만드는 것을 최상의 과제로 삼아 학문으로 건재하고 존경받듯
이, 문학사도 문학에 내재한 패러다임을 발견하는 이론 정립이 역
사-담론의 과제임을 분명하게 해서 공연한 비난이나 자책에서 벗
어나야 한다고 했다.

책 서두에서 한 말을 다시 들어 보자. 문학사는 두 가지 뜻을 가
진 말이다. 인식하지 않아도 그 자체로 존재하는 실체를 문학사라
고 하고, 이에 대한 인식을 일관되게 써낸 것도 문학사라고 한다.
일차적인 문학사인 앞의 것은 문학사 자체, 이차적인 문학사인 뒤
의 것은 문학사서술이라고 하면 명확하게 구분된다. 문학사 자체에
대한 논의와 문학사서술에 대한 논의를 구별해, 앞의 것은 문학사
연구, 뒤의 것은 문학사론이라고 할 수 있다. 역사-대상이라고 한
것은 문학사 자체이고, 역사-담론이라고 한 것은 문학사서술이다.
역사-대상에 관한 논의는 문학사연구이고, 역사-담론에 관한 논
의는 문학사론이다.[17] 문학사가 "산문과 율문으로 쓴 글의 역사적
변천이다"고 하면 지식이고 학문은 아니므로 이론이나 방법은 갖

17) 인터넷에 올라 있는 〈위키백과, 우리 모두의 백과사전〉(Wkipedia, the free
encyclopedia)에서 '문학사'를 찾아보면, 불어에서는 "L'histoire littéraire est la discipline
qui étudie l'évolution de la littérature à la lumière des courants littéraires et des relations
entre littérature et histoire"(문학사는 문학의 사조 및 문학과 역사의 관계를 해명하
면서 문학의 변천을 연구하는 학문 분야이다)라고 하고, 문학사서술의 내력을 간략
하게 고찰했다. 이 항목을 영어로 변환하면 "The history of literature is the historical
development of writings in prose or poetry"(문학사는 산문과 율문으로 쓴 글의 역사적
변천이다)고 하고, 문학사 자체의 전개를 장황하게 설명했다. 다른 여러 말로도 변환
이 가능해 이해 가능한 범위 안에서 조사해보았다. 불어 항목과 유사한 내용이 독어
(Literaturgeschichte), 네덜란드어(Literatuurgshiedenis), 덴마크어(Litteraturhistorie), 폴
란드어(historia literatury), 체코어(literární historie), 중국어(文學史), 일본어(文学史),
한국어(문학사) 등의 항목에 있다. 이쪽이 다수이다. 영어 항목과 유사한 내용이 스페
인어(historia de la literatura), 포르투갈어(história da literatura), 이탈리아어(storia della
letteratura) 등의 항목에도 보여 의아하게 생각한다. 용어의 구성이 유사한 것을 보고
안이하게 처리하지 않았는지 의심된다.

추지 않아도 된다. 문학사가 "문학의 변천을 연구하는 학문이다"고
하면 이론과 방법을 갖추는 것이 필수적인 과제이다.

미국과 프랑스에서 각기 벌이는 문학사 논의의 차이는 용어에서
비롯하고, 그 근저에 철학의 차이가 있다. 영미의 경험주의는 개별
적 사물의 다양성을 존중해 따르고자 하고, 유럽 대륙의 합리주의
는 개별적 사물의 다양성을 총괄해서 이해할 수 있는 이론이나 방
법을 갖추려고 한다. 이론이나 방법을 불신하는 영미 경험주의의
편향성이 파괴한 문학사를 합리주의에 입각해 재건하려고 한다. 소
수의 파괴는 영어의 위세를 타고 널리 알려지는데, 다수의 재건은
언어의 장벽에 가려 관심의 대상이 되지 않고 있다.

프랑스에서는 '리세'(lycée)라고 하는 고등학교에서도 자국문학사
를 가르치면서 문학사 일반에 관한 고찰까지 한다. 문학사의 교본
으로 숭앙되는 랑송, 《불문학사》(1894)는 저자가 대학에 가기 전에
고등학교에서 가르치면서 이룩한 업적이다. 문학사를 어떻게 쓰고
가르칠 것인가 고등학생들을 위해 진지하게 고민해 얻은 성과가 대
학으로 이어지고, 문학사학의 학문적 발전을 가져오는 나라가 프랑
스이다.

프랑스뿐만 아니라 이탈리아에서도 고등학생들에게 문학사 수업
을 한다.[18] 《문학사 편람》, 《작품 선집》, 대표작 전문을 차례대로
공부하도록 한다. 《문학사 편람》은 여러 권인 것이 예사이고, 문학
사의 전개를 세기, 문예사조, 역사문화적 변동 등으로 구분해 고찰

---

18) Giuliana Bertoni Del Guercio, "Fonction de l'histoire littéraire dans la renouvellement
   de la didactique de la littérature", 뫄상 편, 《문학사, 이론·방법·실제》(1989)

한다. 전문을 읽는 대표작은 단테의 《신곡》이다. 이렇게 하는 데 대해 많은 논란이 있다고 하는데, 이탈리아어 논저는 검토할 능력이 없어 프랑스의 경우를 들어 논의를 구체화하기로 한다.

프랑스나 이탈리아의 고등학교에서 하는 문학사 수업은 대학의 전공학과에서도 문학사를 소홀하게 다루는 미국의 경우와는 극과 극의 대조가 된다. 영미에는 작품 읽기로 문학 공부를 하고 문학사는 요긴하지 않다고 여겨온 관습이 있는 데다 덧보태 부정론이 대두하면서 문학사를 더욱 천대한다. 프랑스에서는 문학사를 논란의 대상으로 삼으면서도 격하하지 않고 계속 중요한 교과목으로 삼는다. 작품 읽기에 힘쓰지만, 문학사를 통해 읽은 것을 더 잘 이해하도록 하고, 읽지 않은 것들에 대해서까지 이해를 넓히고, 학문이 무엇인지 경험하게 하는 것까지 목표로 한다.

내가 고등학생 시절에는 한국에서도 국문학사를 가르쳤다. 조윤제, 《국문학사》(1949)를 축소한 《교육국문학사》(1954)가 교재였다. 교재에 있는 대로 지식 전달을 하는 수업이 불만이어서 나는 《국문학사》를 사서 읽었다. 문학사와의 오랜 인연이 그 때 시작되었다. 어느 시기부터인지 문학사라는 교과목은 없어지고, 조윤제가 집필한 문학사 요약이 고등학교 1·2·3학년 《국어》 책에 나누어져 실리더니 그것마저 없어졌다. 국어를 의사소통을 위한 도구과목으로 삼고 문학은 교육 내용에서 제외한 것이 지금의 형편이다. 문학이라는 교과목이 따로 있는데 일부가 선택하고, 문학사는 포함되어 있지 않다.

프랑스에서는 고등학교 문학사 교육을 위해 일정한 교재를 만들지는 않는다. 기존의 문학사를 여럿 활용해 교사가 재량껏 가르친다. 재량껏이 고민을 낳아 문학사에 관해 연구하고 논의하지 않을 수 없다. 고등학교에서 문학사를 어떻게 가르쳐야 하는가를 심각하게 문제 삼은 책이 여럿 있다. 문학사 무용론은 거론할 가치가 없고, 문학사의 의의를 분명하게 하고 어떤 내용으로 어떻게 가르쳐야 하는지 잘 알아야 교육의 효과를 높일 수 있다고 한다. 고등학생이니 적당히 수준을 낮추어 가르치면 된다는 편의주의는 찾아볼 수 없다. 연구 업적으로 평가되기 위해 현학적인 언설을 펴는 폐풍에서 벗어나, 실제적인 필요성 때문에 문학사 일반론의 핵심적인 문제를 논란의 대상으로 하고 해결책을 제시한다.

먼저 보아야 할 것이 아르망, 《문학사, 이론과 실제》(1993)(Anne Armand, *L'histoire littéraire, théories et pratiques*, Toulouse: CRDP Midi-Pyrénées)이다. 저자는 "문학 분야 장학관"(Inspectrice générale des groupes lettres)이며 여성이다. 프랑스 교육부에 문학을 포함한 14개 분야를 각기 관장하는 장학관이 있다. 문학 분야 장학관이 문학교육을 입안하고 감독한다. 고등학교에서 문학사 교육을 어떻게 할 것인가 하는 문제를 문학교육을 입안하고 감독하는 견지에서 고찰했는데 식견이 대단하다. 전문학자의 자격으로 직책을 맡고 필요한 연구를 계속하고 있음을 알 수 있다.

"고등학교에서 문학사를 가르친다는 것이 오늘날 어떤 의의가 있는가? 이런 의문을 제기하는 수고를 할 가치가 있는가? 교사들이 감당해야 할 임무가 허다하고 학생들이 읽고 써야 할 시급한 과제가 과중한데, 한 주일에 4·5시간을 문학사 수업에 배정해, 작가, 세기, 사조, 문학사관 등에 관한 이해를 넓힐 여유가 있는가?"(3면) 서두에서 이렇게 말했다. 문학사를 시비하는 논자들뿐만 아니라,

관장하는 교과목의 비중 확대를 위해 경쟁 관계인 다른 분야 장학
관들에게 하는 말로 이해된다. 의문에 대한 해답을 납득할 수 있게
제시해야 문학사가 흔들리지 않는다. 납득할 수 있는 해답은 문학
사 교육의 의의를 실제 내용에서 입증하는 것이다. 저자가 그 작업
을 맡아 나서서 교사들의 동참을 요구했다.

문학사 교육의 의의가 무엇이고, 배정된 시간수가 지나치지 않다
고 바로 대답하지 않고, 네 가지 역설이 문학사 교육에 있다는 것으
로 말을 이었다. 낡은 내용을 새롭게 말하고, 대답할 준비가 필요한
문제를 갑자기 제기하고, 부분만 보여 주고 전체의 흐름을 알게 하
고, 여럿인 역사를 하나라고 하는 것이 역설이다. 이런 역설은 문
학사 교육을 재고해야 할 이유가 아니고, 힘써 해야 하는 적극적인
이유이다. 문학사는 교육의 수준을 높이는 교과목이다. 문학사 이
론의 전개를 고찰하고 교육적 의의를 평가하는 작업을 여러 항목에
걸쳐 하면서 총론을 다지고, 구체적인 과제에 대한 세부적인 논의
도 해서 각론까지 갖추었다. 압축된 서술에 많은 내용을 담아 효율
성을 높이고 유용성을 확대했다.

투르네 외, 《문학사를 가르친다》(1993)(Michel Tournet et al.,
Enseigner l'histoire littéraire, Rennes: Presses Universitaires de Rennes et
Laboratoire de Didactique des Disciplines)라는 소책자도 소중한 자료이다.
투르네는 렌느2(Rennes 2)대학 교수이다. 책 집필을 위한 학문적 자
문을 했다는 사람이다. 서두의 글에서 "문학사를 가르치라고 공교
육에서 권장한다"는 말부터 했다. 어떻게 가르쳐야 하는지 많은
의문이 제기되어 본격적인 논의가 필요하다고 했다. 지식을 많이
제공하거나 연구에서 제기되는 문제점에 대한 문답을 길게 하려고

하지 말고, 학생들이 문학이란 무엇이며 왜 공부해야 하는지 알고 싶어 하도록 문학에 대한 역사적인 이해를 제공하는 것이 바람직하다고 했다.

학생들이란 고등학생이다. 바람직한 교육 방법을 연구하기 위해 고등학교 교사 8인이 모임을 만들어 두 해 동안 노력한 성과를 책으로 냈다. 교과서 한 권을 가르치는 것은 아니다. 검토의 대상으로 한 《프랑스문학사》가 9종이나 된다. 여러 저작을 활용하고 비교하면서 수업을 진행해야 한다고 했다. 렌느의 에밀-졸라 고등학교(Lycée Émil-Zola, Rennes) 교사 제스텡(Daniel Gestin)이 집필한 총론에서, 문학사의 개념, 문학 작품의 실상, 인식의 방법으로 크게 나누고 다시 세분한 항목마다 어느 저작의 어느 대목을 특히 긴요하게 활용할 만한지 정리했다. 17세기부터 20세기까지 세기별로 나누어지는 문학사의 시대를 특히 잘 다룬 저작 두세 종을 들어 요점을 비교하는 작업을 길게 해서 책 절반 정도를 차지한다. 권말에는 전국 교사들에게 문학사 교육을 어떻게 하고 있는지 설문을 해서 얻은 결과를 제시했다.

로우, 《문학사, 목적과 방법》(1996)(Jean Rohou, *L'histoire littéraire, objets et méthodes*, Paris: Nathan)이라는 책도 있다. 저자는 렌느2대학 퇴임교수라고 소개되어 있다. 불문학사 서술의 경과, 문제점, 방향 등에 관한 논의를 하면서 문학사 일반론을 전개한 것이 위의 책과 같다. 〈문학사 개관〉, 〈문학사의 본질과 목표〉, 〈문학 기능의 역사를 위하여〉, 〈문학 실현의 사회사를 위하여〉, 〈문학 형식의 역사와 사회학〉, 〈실질적인 충고〉, 이 여섯 부분을 갖춘 체계적인 논의를 했다. 말을 아끼면서 내용을 충실하고 분명하게 했다.

〈문학사 개관〉에서는 실증주의 문학사에 대한 반발을 극복하고 문학사가 재건된 경과를 밝히는 데 힘썼다. 〈문학사의 본질과 목표〉에서는 문학에 대한 역사적 이해가 필요하고 가능한 이유를 다각도로 논의했다. 〈문학 기능의 역사를 위하여〉 이하의 세 장에서는 문학의 기능을 중요시하면서 사회사의 관점에서 파악하는 것이 새로운 문학사의 과업임을 여러 항목에서 고찰했다.

〈실질적인 충고〉를 보면 책을 쓴 구체적인 목표가 나타난다. 연구하고자 하는 것이 어느 시대, 어떤 이론상의 문제, 어떤 주제인지 가려서 적절한 참고문헌을 선택해야 한다고 했다. 문학사의 독자를 위한 해설서나 문학사의 저자를 위한 지침서를 쓰지 않고, 문학에 대한 개별적인 연구자가 문학사와 관련을 가지고 문학사에서 제공하는 방법을 활용하는 방안을 제시하는 것을 실질적인 충고로 삼았다. 문학사가 모든 문학연구의 근간이고 중심인 학풍을 재확인했다.

프라스, 《문학사, 글 읽기의 방법》(2005)(Luc Fraisse, *L'histoire littéraire, un art de lire*, Paris: Les Presses Universitaires de France)은 스트라스부르대학 교수가 쓴 책이다. 아르망, 《문학사, 이론과 실제》(1993)에서 도움을 받아 감사하다는 말부터 하고, 그 후속작업을 소책자 백여 면 분량으로 간략하게 수행한 문학사 일반론이다. 번다한 논의를 피하고 핵심만 간추려 이해하기 쉽게 고찰했다. 연습문제라고 할 것을 따로 구분해 내놓고, 삽화를 자주 넣어 흥미를 끌었다. 문학사 교육에 대해 깊은 관심을 가지고, 문학사란 글 읽기의 방법이어서 실제적인 효용이 있다는 것을 예증을 들어 입증했다.

"문학사란 작가들의 텍스트에 접근하는 방식이다"라는 말로 시작된 서두의 한 단락에서 문학사가 무엇이며 어떤 소용이 있다고 생각하는지 요약해서 진술했다. "작가가 자기 작품에 주제와 형식을 부여하는 선택에 다양한 환경적 요인들이 작용하는 것을 문학사가는 중요시한다." "문학작품은 받아들이기도 하고 거부하기도 하면서 문화의 바탕에서 유래한다"고 했다.(7면) 이러한 사실을 알면 독자는 텍스트 이해에 필요한 여러 가지 설명을 발견할 수 있다고 했다. 문학을 문화와 연결시켜 고찰하는 것이 책 전체의 주제이다.

2000년의 개편에서 고등학교의 문학사 교육을 더욱 강화했다고 그 다음 단락에서 말했다. 대외적인 설문 조사를 하고, 교육 자문위원들의 건의를 분석한 결과 텍스트 이해를 위해 역사적인 접근이 특히 중요하다고 확인하고, "문학·문화사"(histoire littéraire et culturelle) 교육에 힘써야 한다는 방침을 공식화했다. 이에 필요한 논의를 갖추어 대학 입시를 앞둔 고등학생과 고등학교 교사에게 직접 필요하고, 대학생에게도 도움이 되고, 문학을 애호하는 일반 독자도 관심을 가질 책을 쓴다고 했다. 이론 정립을 목표로 하지 않고 실질적인 도움을 주려고 했다.본론 제1장에서는 문학사 교육의 내력을 개관하면서 문학사 서술의 변천을 함께 고찰했다. 그 가운데 교육의 내력을 간추려 옮긴다. 수사학이라는 오랜 교과목에 포함시켜 1830년대부터 가르친 문학사를 1875년에 이르러 근대 시민을 양성하고 국가에 대한 자부심을 고취하는 의의가 있다고 공인했다. 1902년에는 중세에서 19세기까지의 문학을 세기와 사조에 따라 정리한 불문학사를 교과목으로 독립시켰다. 1960년대, 1970년대에 문학사 교육과정 보완 작업을 하고, 2000년에 전면적인 재정리를 하게 되었다고 했다.

제2장에서는 교육의 내용과 방법을 고찰했다. 먼저 공식 규정을

들었다. 문학문화사는 학생들이 불문학을 통해 "문화유산을 찾아 이어받고", "정신·이념·취미의 역사에 비추어 현재를 이해하는" 것을 목표로 한다고 했다.(34면) 이런 목표를 달성하려면 역사에 대한 감각을 불러일으켜, 문학과 생활의 관련을 파악하고, 작품 생산의 조건을 이해하는 것이 긴요하다고 했다. 그러면서 정보 과잉, 단순화, 자료와 작품의 혼동 등으로 치달아 역사적 고찰을 무리하게 하지 말아야 한다고 했다. 문학문화사는 독자적인 의의를 강조하지 말고 다른 여러 학문과의 관련을 환영하는 유연한 자세를 갖추어야 한다고 했다.

제3장에서는 작품 이해의 실례를 고찰하고, 제4장에서 얻은 결과를 소박하고 단순하게 간추렸다. 마지막에 한 말을 옮긴다. "작가가 쓴 글을 한 면만 보아도 문화의 움직임을 생동하게 파악할 수 있다. 그것이 진행하고 있는 문학의 사건이다. 사건을 이해하려면 독서 훈련을 거쳐야 한다. 그러나 사건을 목격하려면 텍스트 속에 들어가야 한다."(130면) 이렇게 말했다.

프랑스 주편, 《21세기 새벽의 문학사》(2006)(Luc Fraisse dir., *L'histoire littéraire à l'aube du XXIe siècle*, Paris: Gallimard)는 앞의 책의 저자가 대규모의 학술회의를 조직해 발표한 글을 모은 방대한 저작이다. 11개국 60여명의 참가자가 2003년 5월 12일부터 17일까지 스트라스부르에 모여 문학사에 관한 논의를 한 결과를 7백 면 이상이나 되는 책에다 모았다. 앞의 책은 고등학교 문학교육을 위해서 쓴 소책자여서 제대로 하지 못한 학문적 논의를 본격적으로 펼쳤으리라고 생각하면서 읽을 책이다. 책 이름이 문학사 부정론을 잠재우고, 21세기가 시작되는 시점에 문학사의 새로운 전망을 제시했으리라고 기대하게 하지만, 그대로 되지 않았다. 편자는 모임을 조직하고 진행하는 것을 임무로 삼았으므로 자기 견해를 적극적으로 펼 수 없었으며, 그럴 만한 준비를 갖춘 것도 아니었다. 문학사 이론의 가능성을 묻는 서론에서는 과제를 제기하는 데 그쳤다. ("Une théorie de l'histoire littéraire est-elle possible?") 여러 사람이 논의한 내용을 정리해 책 말미에 수록한 글은 결론이어야 하는데 서론으로 되돌아갔다. ("L'histoire littéraire comme prolégomènes à une pensée critique") "과학이라고 자부할 수 있는 장래의 모든 문학 이론을 위한 서론이라고 할 것이 여기 있다"고 한 것이 마지막으로 한 말이다. (702면)

다른 참가자들이 편자보다 앞서서 문학사의 장래를 위한 적극적인 대책을 제시했다고 하기도 어렵다. 파리4-소르본 대학(Universié Paris IV-Sorbonne) 교수이고, 《프랑스문학사잡지》 주간인 논자의 글이 두 번째 순서로 실려 있어 비중을 짐작하게 한다. ("Vers une nouvelle histoire littéraire: la reconstruction du continuum") 대작가, 큰 사건, 대표적인 사조를 들어 문학사를 서술하는 관례를 청산하고, "문학 현상의 총체를, 그 특징을 규정하고 설명할 수 있게 하는 다면성에 입각해 파악하는 것이" 21세기 문학사의 과제라고 했다. (24면) 당연한 말이지만 실행 가능한 방법이 문제이다.

본론 제1장 문학사의 선구자들("Les précurseurs de l'histoire littéraire") 뿐만 아니라, 제2장 문학사의 학문적 기초("Les disciplines fondamentales de l'histoire littéraire"), 제3장 작가와 문학사("Les écrivains face à l'histoire littéraire"), 제4장 사상가와 문학사("Les penseurs face à l'histoire littéraire")에서도 문학사의 과거는 여러 논자가 나서서 길게 다루었다. 제5장 문제가 된 문학사("L'histoire littéraire en question")에서 현황을 다룬 셈인데

문학사 부정론을 정면에서 거론하지 않았다. 제6장 역사와 시학의 화해라는 데서("Histoire et poétique en conciliation") 제시한 과제는 너무 단순하고 부정론을 넘어서는 대안을 제시하려고 하지 않았다. 미국에서 주도하는 문학사 부정론을 본격적으로 비판하고 대안을 제시한 것도 아니다. 미국에서 불러온 발표자들도 있으나 문학사 부정론자가 아니고 제6장의 일부를 이루는 각론을 맡은 전문가들이다.

문학사가 나아갈 길을 문학사를 실제로 서술하는 작업과 관련시켜 고찰하지 않아 논의가 공허해졌다. 문학사라는 것이 불문학사인데 불문학사를 새롭게 쓰는 시도를 예증으로 삼아 검토하지 않았다. 자기 나라 학계가 앞장서서 유럽문학사를 바람직하게 이룩하려고 분투하는 중대사를 외면했으며, 세계문학사의 행방을 의식하지 않았다. 21세기의 문학사라는 표제를 내걸고 시대 변화에 대한 전면적인 인식은 하지 않았다. 근대를 극복하고 다음 시대로 나아가야 하는 것을 생각하지 못했다. 역사의식이 결여된 상태에서 역사를 논하고 미래를 말해, 책 읽는 수고를 잔뜩 하고 실망을 소득으로 삼는다.

바이양, 《문학사》(2012)(Alain Vaillant, *L'histoire littéraire*, Paris: Armand Collin, 2012)는 저자가 파리서부대학(Université Paris-Ouest) 교수이다. 문학사의 나라 프랑스에 종합적인 내용의 문학사론이 없는 것이 잘못 되었다고 하고, 자기가 맡아 나선다고 했다. 필요한 사항을 두루 갖추어 잘 정리한 개론서이며, 힘들여 다룬 문제도 문학사를 개선하고자 하는 의지도 없다. "문학이란 도대체 무엇인가?"(Qu'est-ce que donc la littérature?)라는 결론에서 문학사론을 버리고 문학론으로 나아가, 수천 년 되풀이해온 논의를 다시 했다. 문학사의 나라라고 자부하는 곳이 문학사를 진단하고 치유할 능력을 상실하게 되었음을 알려 준다.

서두의 논의에서 "국민주체의식"(identités nationales)과 관련되어 출현해 국민주의를 세계적인 이념이게 만든 그것이 "지방특성"(specificités locales)을 계속 지니고, 경제와 함께 지구 전역 "세계화의 과정"(le processus global de mondialzation)에 들어섰다고 했다.(12면) "그것"이라고 옮긴 것이 당연히 문학사이지만 실제로는 문학이다. 문학사를 논의한다고 하고 문학을 생각해 처음부터 혼선을 빚어냈다. 국민주체의식을 구현하는 자국문학사뿐만 아니라 지방특성을 찾는 지방문학사가 어떻게 형성되고 무슨 문제가 있는지 고찰하고, 세계화를 위해 앞의 둘을 개조하고 세계문학사로 나아가는 방향을 제시하지 않아 직무유기를 했다.

지방문학사나 세계문학사는 논의하지 않았다. 외국의 자국문학사에 관한 고찰도 없다. 문학사라는 말을 불문학사와 동의어로 사용하고, 불문학사의 언저리를 맴돌았다. 불문학사의 등장에 대해서는 상당한 분량의 논의를 했으나 저작의 실상을 문제 삼지는 않았으며, 최근의 고민과 변천을 문제 삼지 않은 채 문학사의 인식, 소통, 체계 등에 관한 원론적인 고찰을 했다. 문학사의 시련을 극복하고 문학사의 미래를 제시하는 말을 기대하고 읽으면 분노에 가까운 실망을 하게 된다. 세상이 살 만하게 되어 역사는 끝났는데 무엇을 더 기대하는가? 이렇게 말하는 것 같다.

두 책은 참고문헌을 충실하게 정리한 것을 장점으로 삼는다. 그런데 프랑스 책을 망라하는 데 힘쓰기만 하고 외국 책은 찾아보려고 하지 않았다.[19] 미국과 프랑스 양쪽에서 문학사를 각기 논의하면서 자기네 책만 보고, 다른 쪽에는 관심을 가지지 않아 토론이 이루어지지 않는다. 다른 여러 나라 학계에서는 미국 학문과 프랑스 학문 가운데 어느 하나만 공부하고 추종하는 것이 예사이고, 문제점을 찾아 해결하려는 적극적인 의지가 없으면서 문학사의 어느 측면을 거론해 업적을 위한 업적으로 삼기만 하므로 논란이 벌어지지 않는다.

미국의 문학사 부정론과 프랑스의 문학사 긍정론의 대립은 심각하다. 이 대립이 문학사에 관한 오늘날의 견해 가운데 가장 심각하고, 토론해 시비를 가리지 않을 수 없는 문제점을 내포하고 있다. 그런데 이에 관한 논의를 내가 이 책에서 처음 전개한다. 사실을 밝히고 주장을 비교하고 시비를 가리기만 하면, 할 일을 하는 것이 아니다. 양자의 토론에 제3의 당사자로 참여해, 나의 연구를 근거로 문학사의 쟁점에 관한 세계적인 범위의 해결책을 제시하고 문학사의 미래를 새롭게 설계하고자 한다.

3) 논란의 확대

문학사론은 다른 여러 곳에서도 나타났다. 참여하는 나라가 적지 않고, 개인 저작도 있고 공동 작업도 있으며 형태가 다양하다.

---

19) "David Perkins, Is Literary History Possible?"은 있으나, "Ralph Cohen ed., New Directions in Literary History; David Perkins ed., Theoretical Issues in Literary History; Marshall Brown ed., The Uses of Literary History, Jeffrey N. Cox and Larry J. Reynols, New Historical Literary Study, Essays on Reproducing Texts, Representing History"는 없다.

전모를 파악하는 것은 가능하지 않고, 입수하고 해득할 수 있는 것
들만 고찰할 수밖에 없다. 대체로 살펴보면, 각기 자기네 관점에서
문학사를 어떻게 써야 하는지 진지하게 논의했다. 문학사의 위기
를 말하는 경우에도 해결 방안을 찾으려고 노력했다. 미국에서 하
듯이 문학사를 해체하고 부정하려는 시도는 발견되지 않는다. 그
러나 의도는 좋아도 논의가 미흡하고, 대안 제시가 불충분한 것이
예사이다.

아놀드 편,《카리브해 문학사》(1994); 발데스 외 공편,《라틴아메
리카의 문학적 문화, 비교사》(2004); 코르니-포프 외 공편,《동·중
부 유럽문학문화사: 19세기 및 20세기의 연결과 단절》(2004~2010)
등은 국제비교학회가 주도해서 내놓은 광역비교문학사이다. 광역
문학사의 업적으로 이미 고찰했으나, 문학사에 관한 논의를 다시
살필 필요가 있다. 어느 것이든지 서론을 길게 써서 문학사 서술에
서 나타난 결함을 지적하고 해결 방안을 제시했다. 구체적인 내용
은 개별적인 고찰에서 이미 말했으므로 여기서는 총괄적인 검토를
하기로 한다.

공통적으로 주장한 바를 몇 가지로 간추릴 수 있다. 종래의 문학
사 서술은 결함이 적지 않아 문학사 부정론의 논거가 된다고 하고,
결함 시정을 위한 혁신을 해서 새로운 방향을 찾아야 부정론을 부
정할 수 있다고 했다. 이러한 총론을 두 가지 각론에서 실행해야 한
다고 했다. 문학사가 국적에 따라 나누어져 배타적 성향을 지니는
것이 잘못이므로 비교문학의 관점에서 광역문학사를 이룩하는 방
향으로 나아가야 한다고 했다. 문학을 고립시켜 다루는 데서 생기
는 많은 문제점을 문학을 문화로 이해해 문학적 문화(literary culture)

의 역사를 서술하면서 다른 여러 현상과의 다양한 관련을 고찰해야
한다고 했다.

이것은 타당한 주장이고, 문학사 부정론을 부정하고 문학사를 바
람직하게 이룩할 수 있는 혁신적인 방안이라고 할 수 있다. 그러나
방법이 다듬어지지 못하고 이론이 엉성한 결함이 있다. 같고 다른 점
을 이것저것 들어 고찰하는 수준의 비교문학을 하는 데 그친 탓에,
자국문학사를 넘어선 광역문학사를 집합체로 이해하기만 하고 총체
로 인식하지 못한다. 문학이 다른 여러 문화 현상과 관련된 사실을
다양하게 거론하기만 하고, 집약되고 체계화된 논의를 하지 못한다.

비교문학을 한다는 것이 떠돌이 짓이어서 문학사 혁신의 주역
이 되지 못한다. 자국문학사 서술을 바로잡는 것을 출발점으로 삼
지 않고, 자국문학사를 넘어서면 문학사가 잘 된다고 한 데 잘못이
있어 부실공사가 되었다. 유사한 문제의식에서 출발한 나의 연구
가 자국문학사에서 기초를 다져 영역이 확대되면서 타당성이 더 커
지는 공통된 시대구분을 문학사·사회사·철학사와 관련하여 이룩
한 것과 같은 작업을 누구도 하지 않는다. 막연한 서론을 앞세우기
나 하고 설계도를 분명하게 마련하지 않은 채 성향이 다양한 필자
를 많이 모아 각기 자기 나름대로 글을 쓰게 했다. 그래서 문학사와
는 다른 문학론집을 만들어, 분량이 늘어날수록 혼란이 더 크다.

국제비교문학회는 연구소가 아니고 학회여서 현상을 보여 주는
데 그칠 수밖에 없다. 지금까지 해 온 유럽중심주의의 미시적인 비
교문학을 넘어서는 작업을 하지 못한다. 기획하고 참여하는 학자들
은 국적이 다양하지만 다른 여러 문명권의 문학사를 비교해 고찰하
는 식견도 능력도 없고, 근대의 종말을 말하면서 다음 시대로 나아

가는 방향을 잡지 못하고 있다. 큰 그림을 그릴 수 있는 역사의식이 없으면서 유럽문명권의 위세를 다시 보여 주는 큰일을 하려고 하니 부실하고 잡다한 것을 만들어내지 않을 수 없다. 유럽문명권의 실패를 교훈으로 삼고 다른 여러 문명권에서 분발해야 하고, 제1세계의 잘못을 시정하는 제3세계의 대안을 제시해야 한다.

전문 지식을 최대한 동원해 글을 길고 자세하게 쓰는 방식이 또한 문제이다. 근대 학문의 기본인 논문 쓰기 방법만 학문적으로 신뢰할 수 있고 가치가 있다고 여기고, 인용도 주석도 갖추지 않고 요점만 간추려 짧게 쓰는 글은 멀리 추방해버렸다. 추방된 쪽에서 선지자나 異人이 나타나 사실 인식 이상의 통찰력을 보여야, 잎이 모인 가지, 가지가 모인 나무, 나무가 모인 숲, 숲이 모인 산, 산이 모인 산맥, 산맥이 모인 대륙, 대륙이 모인 세계, 세계가 모인 우주를 문학사에서도 보아야 시대 전환의 거대한 움직임을 말할 수 있다.

허천 외 공편, 《문학사 다시 생각하기》(2002)(Linda Hutcheon and Mario Valdés ed., *Rethinking Literary History, a Dialogue on Theory*, Oxford: Oxford University Press)는 캐나다 인문사회연구회의(Social Sciences and Humanities Research Council of Canada)와 토론토대학 후원으로 새로운 문학사를 이룩하는 작업의 이론적 지침을 마련하려고 한 책이다. 편자 2인과 다른 참가자 4인이 서로 관련된 주제에 관해 쓴 글을 모아놓고 문학사 이론에 관한 대화라고 했다.

편자 두 사람의 머리말에서 새로운 문학사는 창작에서 수용으로 관심을 돌리고, 광범위한 지역의 문학문화에 대해 다각적인 고찰을 하는 공동작업을 하는 것이 바람직하다고 했다. 국제비교문학회에서 한 일련의 작업과 일치되는 견해이다. 편자 발데스(Mario Valdés)

는 국제비교문학회에서 하는 작업의 주도자이다. 자국문학의 범위를 넘어서서 광범위한 지역의 문학사를 이룩하는 것을 목표로 하자고 하면서 자기 업적 발데스 외 공편, 《라틴아메리카의 문학적 문화, 비교사》(2004)를 좋은 본보기로 들었다.

국민적 모형을 다시 생각하자.(Linda Hutcheon, "Rethinking the National Model") 인종적 기억과 문학사는 밀접한 관련을 가졌다.(Stephen Greenblatt, "Racial Memory and Literary History") 문학사의 역사를 다시 생각하자.(Mario Valdés, "Rethinking the History of Literary History") 문학사의 규모를 다시 생각하자.(Marshall Brown, "Rethinking the Scale of Literary History") 식민지 모형을 다시 생각하자.(Walter D. Miginolo, "Rethinking the Colonial Model") 이 다섯 가지 논의를 펴면서 "다시 생각하자"에 대해 자세한 설명을 지루할 만큼 했다. 다시 생각한 결과가 본론이라고 할 수 없는 서론에 머물러, 논의의 분량에 비례하는 설득력을 가지지 못한다.

종래의 문학사가 지닌 편협성을 벗어나야 한다고 했다. 창작에서 수용으로 관심을 돌리고 문학문화에 대한 다각적인 고찰을 하는 것이 바람직하다고 했다. 이런 말을 이구동성으로 되풀이하면서, 문학사 서술도 여럿이 힘을 합쳐 공동작업으로 해야 한다고 했다. 퍼킨스, 《문학사는 가능한가?》(1992)에서 부정론의 근거로 거론한 문학사의 결함은 개인인 저자가 한정된 관점에서 썼기 때문에 생겼다고 하고, 공동작업을 하면 범위가 넓고 복합적인 시야를 확보할 수 있다고 했다.

문학사 부정론에 대한 대안을 공동작업이 제공하는 다양한 시각에서 찾으려고 한 것은 설득력이나 타당성이 부족한 소극적인 대응이라고 하지 않을 수 없다. 공동작업은 참여자들이 각기 자기 관심사를 말하는 데 그치는 것이 예사이다. 다양한 시각을 모아 총체적인 관점을 이룩하려고 하지 않고, 다양성 자체가 소중하다고 하는 것은 해체주의적 성향을 나타내는 무책임한 발언이다.

이탈리아 학자가 미국 학계에 도전장을 던지는 별난 책을 써서 파문을 일으켰다. 모레티, 《그래프 · 지도 · 나무: 문학사를 위한 추상적 모형》(2005)(Franco Moretti, *Graphs, Maps, Trees: Abstract Models for Literary History*, London: Verso)이라고 하는 것이다. 예사롭지 않은 제목을 내걸어 충격을 주고, 무엇을 말하는지 알기 위해 책을 읽도록 했다. 논의 전개에서 상식 뒤집기를 일삼았다.

미국에서 존중되는 근접독서(close reading)는 수많은 작품 가운데 극소수를 골라 읽고 말 수밖에 없어 산만하고 부정확한 인식으로 문학사를 거론하게 된다. 그 때문에 문학사에 대한 불신이 일어난다. 불신을 신뢰로 바꾸어 문학사를 재건하려면 근접독서와는 반대가 되는 원격독서(distant reading)를 해야 한다. 원격독서를 새로운 방법으로 삼아 작품에서 모형으로 관심을 돌려야 문학사에 대한 거시적인 이해가 가능하다. 철학적인 논란을 일삼은 풍조를 버리고, 여러 분야 경험과학에서 사용하는 방법을 받아들여야 유용한 모형을 발견할 수 있다.

이런 서론에 이어, 그 자체로는 추상적이지만 분명한 모습을 지녀 구체적인 인식을 제공하는 모형을 그래프 · 지도 · 나무라고 제시했다. 그래프는 수학에서 가져와 문학 작품의 출간 부수 변화를 그려 보여 주는 방법이다. 지도는 지리학에서 가져와 문학이 산출되는 곳들을 도상에다 표시하고 논의하는 방법이다. 나무는 진화생물학에서 가져와 문학이 하나에서 여럿으로 갈라지는 양상을 밝히는 방법이다.

이 셋으로 문학사의 실상을 거시적으로, 조직적으로 밝히는 작업을 소설 및 그 하위 갈래를 중심에다 두고 전개했다. 소설 출간 부수가 어떻게 변했는지 명확하게 나타내 보여 준 것이 가장 주목할 만한 성과이다. 이것은 유럽소설의 지도를 그린 선행 업적과[20] 함께 문학 연구를 새롭게 한 성과로 남을 만하다.

원격독서를 해야 거시적인 이해를 가능하게 하는 모형을 발견할 수 있다고 한 것은 용기를 가지고 제시한 탁견이다. 그러나 얻은 결과가 기대에 미치지 못해 원격독서의 의의를 의심하게 한다. 그래프·지도·나무로 나타낸 것들은 표면에 나타난 현상에 지나지 않는다. 현상의 원인이나 의의는 밝힐 수는 없어 초보적인 연구에 머물렀다. 소설이 무엇인가 하는 어렵고 복잡한 문제를 외면한 채 소설의 개념이나 범위는 자명하다고 전제하고 그래프를 만들고 지도를 그려 현상 파악의 타당성마저 인정하기 어렵다. 진화생물학에서 가져온 系統樹는 문학의 현상을 파악하는 방법일 수 없다. 하나인 문학이 여럿으로 갈라지는 진화를 겪었다는 것은 외형을 보아 판별할 수 없고, 잘못된 전제에 근거를 둔 타당하지 않은 견해여서 치명적인 결함이 있다.

착상은 기발하지만 얻은 성과는 그리 크지 않다. 그래프·지도·나무로 나타낸 것들이 타당하다고 해도 각기 따로 놀게 하지 말고 유기적인 관련을 가지도록 합쳐야 하는데, 가능한 길을 찾으려고

---

20) Franco Moretti, *Atlas of the European Novel, 1800~1900*(1999)(London: Verso)

하지 않았다. 이 책은 미국의 문학사 부정론에 대한 반론을 기발한 착상으로 제기해 관심을 끌었지만, 문학사 긍정론으로 나아가는 데 기여하지는 못했다.

돌리너 외 공편, 《문학사 쓰기, 중부 유럽의 시각》(2006)(Darko Dolinar, Marko Juvan eds., *Writing Literary History; Selected Perspectives from Central Europe*, Frankfurt am Main; Peter Lang)이라는 책은 2002년에 슬로베니아의 수도 류블랴나(Ljubljana)에서 열린 국제학술회의 발표논문 영문판이다. 슬로베니아가 독립해 슬로베니아문학사가 더욱 중요시되어야 할 상황이라, 문학사에 대한 회의와 비판에 동조하지 않고 넘어서서 새로운 방향을 제시하고자 했다. 여러 언어로 이루어진 기존의 논의를 널리 받아들여 검토의 대상으로 삼으면서 자기 길을 찾은 것을 또한 평가할 만하다.

편자가 나서서 거대 갈래의 운명을 논한 글을 보자.(Marko Juvan, "On the Fate of the 'Great' Genre") 문학사가 서사시 · 역사소설 · 비극처럼 집단의식을 강화하는 기능을 수행하는 거대 갈래였다가 포스트모더니즘을 만나 해체되는 위기를 겪고 있다고 했다. 문학사가 작품(text)과 상황(context)의 관계를 진지하게 고찰하고 다른 여러 역사학과 수수께끼 풀기를 함께 하자는 것이 새로운 진로이다.

문학사의 신구 모형에 관한 논의도 흥미롭다.(Janko Kos, "Old and New Models of Literary History") "문학사를 쓸 수 있는가?" 하는 질문이 제기되는 것은 "허무주의 · 퇴폐주의 · 무정부주의"의 유행으로 "진리 · 가치 · 질서"가 부정되는 탓이라고 했다.(47~48면) 실증주의에 의거하는 낡은 문학사에 대한 불신을 문학사 일반으로 확대하지 말고 새로운 문학사를 이룩하기 위해 다각도로 노력해야 한다. 마르크스주의에서 제공하는 사적 유물론은 일면적 타당성을 가지는 데 그치므로, 사회학, 정신분석학, 여성학 등의 시각을 받아들여야 한다. 정신사 또는 지성사(Geistesgeschichte or intellectual history)가 최상의 대안이라고 했다.(54면)

이 책은 슬로베니아의 산물이어서 문학사에 관한 논의를 참신하게 할 수 있었다. 슬로베니아는 새로 독립한 나라여서, 문학사 부정론에 휘말리지 않고 슬로베니아문학사를 이룩하는 희망찬 미래를 구상하면서 문학사 이해의 범위를 넓히는 적극적인 방안을 찾는다. 슬로베니아는 작은 나라여서 강대국 위주의 유럽문학사를 바로잡아야 할 책임이 있고, 유럽중심주의를 넘어서는 데 앞장설 수 있다. 슬로베니아는 마르크스주의를 이념으로 한 사회주의 체제에서 벗어나기 시작한 나라여서 그 유산의 일면적 타당성을 이어받으면서 더욱 포괄적이고 한층 타당한 문학사의 이론을 이룩하려고 한다.

스웨덴은 유럽의 변방이면서 여러 면에서 역량이 큰 나라이다. 각기 자기 나름대로의 특수성을 내세우는 자국문학사를 넘어서서 보편적인 문학사로 나아가는 길을 찾고자 하는 학술회의 "세계적 맥락에서의 문학과 문학사"(Literature and Literary History in Global Contexts)를 스웨덴 학술회의(Swedish Research Council)의 지원을 받아 2004년에 개최했다. 그 결과를 정리한 보고서가 린드버그-와다 편, 《다문화 문학사 연구》(2006)(Gunilla Lindberg-Wada ed., *Studying Transcultural Literary History*, Berlin: Walter de Gruyter)이다. 사용한 언어는 영어이고, 출판지는 독일이다.

책 구성을 보면, 전체의 서론, 제1장에서 제6장까지의 서론을 스웨덴 학자들이 써서 수록된 글을 해설하면서 자기 견해를 나타내고, 각 장에 외부인의 글 4·5 편을 모아 놓았다. 서론을 쓴 스웨덴 학자들이 연구의 주역이라고 생각된다. 소개하는 순서대로 전공을 들면, 일본문학·비교문학·종교학·비교문학·아프리카문학·이란문학이어서 다양성을 어느 정도 갖추었다. 편자가 쓴 책 전체의 서론에서 문학사 서술의 새로운 방향에 대한 논의를 시작했다.(Gunilla Lindberg-Wada, "Studying Transcultural Literary History: Introduction") 문화가 상이한 여러 곳의 문학을 널리 포괄해 함께 서술하는 '다문화문학사'를 이룩하는 방향으로 나아가야 비교문학을 살리고, 세계 인식의 새로운 방향을 제시할 수 있다고 했다. 제1장의 서론에서는 그 주장의 실현 가능성을 고찰한다고 했다.(Anders Pettersson, "Possibilities for Transcultural Literary History) "구미"(Euro-Us)가 지배하려고 하는 것 같은 지금까지의 비교문학을 청산하고 진정한 세계문학사로 나아가는 길을 다문화문학사가 연다고 했다.

제2장의 서론에서는 문학사에서 다루는 대상에 관해 고찰했다.(Tord Olsson, "Delimiting the Objects of Literary History") 문학의 개념이나 범위를 미리 설정하지 말고, 다문화 문학에서 각기 문학이라고 하는 것들을 고찰하는 문학사를 써야 한다고 했다. 제3장의 서론은 세계문학사에 대한 검토이다.(Stefan Helgesson, "Rethinking World Literature") 영향과 간섭의 관점에서 세계문학사를 이해하면서 문화적 패권을 평가하는 관점을 이을 것인지, 주변에서의 반격을 또한 중요시해야 할 것인지 문제로 삼아야 한다고 했다.

제4장의 서론은 국적과 언어를 넘어선 문학사를 실제로 쓰

는 작업에 관한 논의이다.(Margareta Petersson, "The Practice of Writing Transnational and Translingual Literary History") 단일하고 배타적인 자국문학사를 국적과 언어 양면에서 넘어서는 문학사를 언제 어떻게 써야 하는가 하는 문제에 관해 여러 견해가 있다고 했다. 제5장의 서론에서는 세계문학사는 명작 목록이 아닌, 교류하고 독서한 과정으로 이해해야 한다고 했다.(Gunilla Lindberg-Wada, "Literature in Circulation") 제6장의 서론에서는 번역의 역사를 통해 세계문학사를 이해하자고 했다.(Bo Utas, "Translating Cultures and Literatures")

자국문학사의 폐쇄성을 넘어서 '다문화문학사'로 나아가야 한다는 것은 타당한 주장이다. 그러나 초보적인 질문을 되풀이하면서 막연한 구상을 하는 데 그치고, 무엇이 문제인지 철저하게 따져 해결책을 찾으려고 하지 않았다. 이론이나 방법에서 깨우쳐 주는 것이 없다. 스웨덴문학사 서술을 혁신하려고 고심한 경험이 없는 그 외각의 비교문학 또는 외국문학 전공자들이 안이한 자세로 일을 맡아 하기 쉬운 말이나 한 탓이 아닌가 한다.

개별 논자들은 세계문학과 관련된 논의를 각기 자기 나름대로 펴서 구심점이 없다. 각기 독립된 지역문학을 뜻하는 첫째 개념의 세계문학은 진화론에 의해, 세계시장에 함께 나와 있는 둘째 개념의 세계문학은 세계체계(world-systems)에 의해 가장 잘 설명된다는 견해를 이탈리아인이 폈다.(Franco Moretti, "Evolution, World Systems, Weltliteratur") 홍콩인 참가자는 세계문학사는 공통된 시대구분이 가능하지 않아 시대를 통괄해 서술할 수 없고, 세계화가 실제로 이루어진 오늘날의 문학에서만 가능하다고 했다.(Zhang Longxi, "Two Questions for Global Literary History") 세계문학사를 통괄해서 방안을 제시한 사람은 찾을 수 없다.

홍콩인은 비교문학자라고 소개되었는데, 주전공이 영문학인 것 같다. 인도인 · 일본인 · 한국인 참가자도 있으나 모두 영문학자여서 세계문학사를 스스로 이룩하기 위해 고심하지는 않았다. 자기 나라 사정을 근대 이후의 문학 위주로 소개하거나 세계문학에 관한 기존의 업적을 한둘 들어 검토하는 데 그치고, 독자적인 견해를 가지고 논의에 참가하지는 않았다. 논자의 국적을 다양하게 하면 세계문학사가 이루어지는 것은 아니다. 유럽 밖 다른 여러 문명권의 고전문학사는 어떻게 전개되었고 서술되고 있는지 알지 못하고 세계문학사를 논하니 성과가 빈약할 수밖에 없다.

앞의 책에서 말한 계획을 실현한 책이 페테르손 외 공편, 《문학사: 세계적인 조망을 향하여》(2010)(Anders Pettersson, Gunilla Lindberg-Wada, Magreta Pettersson, Stefan Helgesson eds., *Literary History: towards a Global Perspective*, Berlin: Walter de Gruyter) 전 4권으로 나왔다. 영어로 써서 독일에서 출판한 것이 앞의 책과 같다. 페테르손은 비교문학 교수이다. 앞의 책 편자인 일본문학 전공 교수가 공편자로 참여했다. 다른 두 사람도 스웨덴 학자이다. 그 네 사람이 앞의 책에서 서론을 썼다.

작업에 관한 설명을 들어보자. 1996년부터 계획하고 1999년에 착수해, 비교문학과 문화교류론의 관점에서 문학사를 세계적인 범위에서 이해한 결과를 내놓는다고 했다. 문학의 전통과 문화를 별개의 것으로 연구하는 관습을 시정하고 둘을 합치는 것도 중요한 과제로 삼고, 구체적인 사안에 대한 실증적 고찰과 깊이 있는 이론적 성찰을 결합시켰다고 했다.

제1권 서두 페테르손의 서론에서 전체적인 구상을 설명했
다.(Anders Petterson, "Introduction: Concepts of Literature and Transcultural
Literary History") 경제, 정치, 교통, 통신 등의 세계화가 이루어져 문
화에서도 자기 것을 넘어서는 인식의 확대가 시급한 과제로 제기되
었다고 했다. 유럽문학사를, 더 나아가 세계문학사를 이룩하고자
하는 노력이 오랫동안 계속되었다고 하면서, 볼 만한 기존 업적이
있지만,[21] 새로운 작업이 필요하다고 했다.

기존의 각종 세계문학사는 전문가들이 소중한 정보를 제공하는
의의가 있지만, 유럽문학 중심이고, 여러 문명권의 문학을 각기 고
찰하기만 하고 상호관련을 분석하지 않았다고 했다. 수많은 문학을
통괄해서 이해하는 관점이 없으며, 문학의 개념이 각기 다른 것을
있는 그대로 고찰하는 데 그쳐, 세계지도를 여러 장으로 나누어 그
리고 한 장에 모으지 못한 것과 같다고 했다. 이런 잘못을 시정하기
위해 자기네는 첫 권에서 문학의 개념을 정립하는 작업부터 한다고
했다. 유럽 밖의 여러 곳에서 문학의 개념을 어떻게 이해했는지 고
찰하고 문화의 차이를 넘어선 공통된 개념을 찾겠다고 했다.

그런데 실상은 어떤가? 제1권 《시대와 문화를 통괄하는 문학의
개념》(Notions of Literature across Times and Cultures)을 보자. 중국에서
문학이라는 것이 행복한 사생아로 태어났다.(Martin Svensson Ekström,
"One Lucky Bastard: On the Hybrid Origins of Chinese 'Literature'") 일본문
학사 서술의 시작을 살핀다.(Gunilla Lindberg-Wada, "Japanese Literary

---

21) 독일의 폰 제 총편, 《문예학 새로운 핸드북》(1978~2002) 전 25권; 러시아의 고
   리키세계문학연구소, 《세계문학사》(1987~1994) 전 8권을 대표적인 성과로 들고,
   덴마크에서 나온 헤르텔 편, 《세계문학사》(1985~1993)(Hans Hertel ed., Verdens
   litteraturhistorie, Copenhagen: Fydendal) 전 7권도 있다고 했다. 이 책에서 앞의 둘은
   고찰하고, 마지막 것은 고찰하지 못했다.

History Writing: The Beginnings") 산스크리트 시학과 '카비야'에서는 시의 즐거움을 찾는다.(Gunilla Green-Eklund, "The Pleasure of Poetry-Sanskrit Poetics and kāvya") 아랍에서는 문학을 '아다브'라고 한다.(Bo Homberg, "Adab and Arabic Literature") 동아프리카 구비문학에서는 문학성 논의를 본다.(Leif Lorentzon, "Let the House Be Dead Silent: A Discussion of Literariness in East African Oral Literature") 이런 글을 여럿 일정한 순서 없이 실어 놓아 문학사가 아닌 문학논집을 만들었다.

중국에서 마련한 문학의 개념이 동아시아 문명권 공동의 유산임은 말하지 않고, 일본의 경우를 따로 들어 근대에 이르러 문학사 서술이 이루어진 경과를 논의했다. 일본문학 전공자가 크게 활약하면서 자기 관심사를 확대해 책을 이상하게 만들었다. '카비야'나 '아다브'에 해당하는 것들이 다른 문명권에도 있으며, 어떤 의의를 가졌는지 밝혀 논해야 세계문학사가 이루어진다는 생각을 하지 않았다.

제2권은 문학갈래, 다문화적 접근; 제3권은 전근대문학의 상호작용, 제4권은 근대문학의 상호작용에 관한 것이다. 상호작용이라는 이름으로 문학 교류사를 밝히는 데 힘쓰고, 교류나 영향을 넘어선 문학사의 공통된 전개는 파악하려고 하지 않았다. 다른 여러 곳의 문학이 각기 위세를 떨치다가 근대에는 유럽 주도로 문학의 세계화가 이루어졌다는 사실을 새삼스럽게 확인해 의도하고 표방한 바와는 상반되게 유럽중심주의를 재정립하는 데 이르렀다. 대단한 의욕을 가지고 방대한 작업을 했으나, 미흡하다고 하지 않을 수 없다.

비교문학이나 문화교류론은 쇄신이 필요한 낡은 방법이어서 문학사를 세계적인 범위에서 새롭게 이해하는 데 적합하지 않다는 것을 다시 보여 주었다. 문학과 문화를 합치는 것은 어느 범위의 문학사 서술에서도 으레 해야 할 일이고, 문학사 이해를 세계화하는 데 특별한 의의가 있는 것은 아니다. 문화보다 문명이 더 소중하다는 생각을 하지 못했다. 유럽중심주의에서 벗어나려면 다른 여러 문명권의 문학사도 독자적으로 전개되면서 공통된 과정을 거친 사실을 파악해야 하는데, 이렇게 할 수 있는 이론적 성찰이 없다. 세계문학사의 전개를 거시적으로 파악하는 통찰력을 갖추지 못한 것이 치명적인 결함이다. 총론을 전개할 능력이 없는 각론 전공자들이 모여 대단한 작업을 하려고 하니 할 수 있는 말을 길게 늘어놓는 문학논집을 만들 수밖에 없었다. 유럽 밖 문학 전공자들은, 가까이 있어 쉽게 협력을 얻을 수 있는 사람들을 동원했는데, 연구의 폭이 좁아 할 수 있는 말이 얼마 되지 않는다. 멀리서 불러온 외국인들은 자기네 근대문학 이후 문학에 대해 비평적인 논의나 조금 할 수 있는 영문학자들이다. 여러 문명권, 많은 민족의 고전문학에 대해 각기 본격적인 연구를 하고 문학사를 쓰는 본 바닥 학자들과 소통하고 협력을 얻는 길을 열지 못했다.[22]

---

22) 스칸디나비아 일본 및 한국학회(NAJAKS, Nordic Association of Japanese and Korean Studies)가 스웨덴 예테보리(Göteborg)대학에서 2004년 8월 20일부터 22일까지 열릴 때 초청되어 가서, "The Medieval Age in Korean, East Asian, and World Literary Histories" 라는 기조발표를 했다. 그 대학 일본학 교수이고 이번 모임의 조직자인 노리코 툰만 (Noriko Thunman) 교수가 행사 개최를 알리고 초청했다. 그 분은 일본여성인데 스웨덴에 정착했다. 논문의 요지는 한국문학사 이해에서 얻은 성과를 동아시아문학사에, 다시 세계문학사에 적용해 학문의 역사를 바꾸어 놓겠다는 것이다. 한국에서 시작해 동아시아를 거쳐 세계로 나아가는 긴 여행을 하겠다고 하면서 발표를 시작했다. 세계에 스칸디나비아도 포함된다고 했다. 중세는 지방분권의 봉건제도를 채택한 시대라는 견해가 유럽중심주의 소산이고, 문학사에는 적용되지 않는 사회사의 편향된 주장임을 지적하고, 이제 넘어서야 한다고 했다. 세계사를 서유럽 위주로 논의할 때 스칸디나비아가 동아시아와 함께 제외되어 온 잘못을 시정하는 이론적인 방안을 함께 제시했다. 발표가 끝나자 노리코 툰만 교수가 말했다. 스웨덴에서 세계문학사를 쓰려고 하는데 내 견해가 많은 도움이 된다고 했다. 내가 대답했다. 내 발표는 한국어로 쓴 여러 책에서 말한 것의 간략한 요약에 지나지 않는다. 그 전부를 알리지 못하는 것이 유감이라고 했

그밖의 다른 여러 나라에서도 문학사 부정을 문제 삼고, 부정을 부정하는 길을 찾기 위해 노력하고 있을 것으로 생각한다. 그러나 사정을 알지 못하고, 사용하는 언어가 생소하면 무엇을 말하는지 알 수 없다. 언어의 장벽을 넘어서지 못하고 학술 정보의 소통이 제한되어 있어 세계 학문의 동향을 제대로 알지 못해 안타깝다. 지금 쓰고 있는 이 책을 널리 알려 토론의 자료로 삼고 싶지만 나로서는 역부족이다. 외국의 한국학 전공자들이나 한국의 외국학 전공자들이 소통의 통로를 만들어 주기를 간절하게 바란다.

여러 곳에서 각기 쓴 이런 책을 많이 모아 놓고 저자와 논평자들이 장시간에 걸쳐 심도 있는 토론을 하는 것을 상상하고 기대해 본다. 기대 실현은 아직 요원하므로 중간단계의 작업이, 진척이 어느 정도이든 이루어지를 바란다. 일을 맡아 나서는 연구소나 학회가 국내외 어디든지 있으면 좋겠다.

4) 문학사의 진로

문학은 논리를 넘어서는 예술이라고 한다. 역사 기록은 사실 열거에 머문다는 비난을 받는다. '문학+역사'인 문학사가 무엇을 할 수 있는가? 논리를 넘어서는 예술을 사실 열거로 이해할 수 있는가? 이것이 문학사의 존립 근거를 부정하는 근본적인 의문이다. 難

다. 귀국한 다음, 노리코 툰만 교수는 세계문학사 이해의 새로운 관점을 동아시아에서 제시한 것을 보고 충격과 감명을 받았다는 편지를 보내 왔다. 그러나 스웨덴에서 세계 문학사를 쓰는 데 내 견해가 어느 정도 참고되었는지 의문이다. 《세계지방화시대의 한국학 3: 국내외 학문의 만남》(2006)(대구: 계명대학교출판부)에서 경과를 자세하게 보고하고, 발표 논문을 수록했다.

꽃이 띠꽃이게 하려고 오랫동안 노력해도 결정적인 해답은 없으나 실망하지는 말아야 한다. 미해결의 해결이 학문에서 맡아야 하는 과제이고, 연구하는 보람이라고 긍정적으로 생각하자.

문학의 역사는 아주 오래 되었지만, 문학의 역사를 서술하는 문학사는 근대의 산물이다. 제왕 통치의 내력을 자랑하는 정치사로 나라의 위신을 높이던 시대가 지나가고 국민이 주권을 가진다는 근대국가가 이루어지자, 국어를 예찬하고 국민정신을 계몽하는 의의를 인정해 자국문학사를 다투어 쓰게 되었다. 그런데 애국주의는 문학사 서술의 동기일 수는 있어도 방법일 수는 없어 고민이었다. 근대는 검증 가능한 논리를 갖추어 학문을 하는 시대이다. 학문으로 인정되고 평가되는 문학사를 쓰기 위해서도 경쟁을 해야 했다.

문학사의 시작은 당당하지 못했다. 문학을 문학답게 하는 예술성은 체험이나 훈련의 소관이라고 인정하고 존중하면서, 문학 외형의 실증 가능한 사실이나 관장하겠다는 온건한 제안을 하고 문학사가 학문으로 자리를 잡을 수 있었다. 이런 특징을 가진 실증주의 문학사가 널리 정착되어 한 시대를 지배하는 학풍 노릇을 하는 동안에 불만이 누적되었다. 문학사 서술의 이론과 방법을 혁신해야 한다는 주장이 갖가지로 제기되어 내란이 벌어졌다.

강경노선의 유물사관이 등장해 파문을 일으켰다. 예술을 포함한 모든 정신적 창조물은 사회적 토대에 의해 결정된 역사의 소산이다. 이런 사실을 명백하게 해명하는 과학적 역사관을 문학사 서술에서 받아들이면 모든 어려움이 해결된다. 이렇게 주장하고 나섰다가 인정할 만한 성과를 보여 주지 못하고 파탄에 이르러 반작용을 불러일으키고 있다. 그 때문에 문학사 서술은 불가능하고 무익하다고 할 것은 아니다. 길이 없어지면 다시 찾아야 한다.

사실 열거, 정치사 편중, 사회적 토대 결정론 등의 갖가지 인습에서 벗어나 이제 역사 이해가 달라져야 한다. 외형에서 내질로 들어가, 논리를 넘어선다는 영역을 파악하는 논리를 개발하려고 노력하면서 이해의 수준이나 차원을 높이는 것이 나아갈 길이다. 문학은 이렇게 하는 데 특히 유익한 자료여서 문학사학이 역사학 발전을 선도하고, 학문의 진로를 개척할 수 있다. 이제 이런 자각을 분명하게 하고 실행해야 하는 커다란 전환의 시기에 이르렀다.

문학사는 근대의 산물이므로 근대가 끝나가니 퇴장을 준비하는 것이 어쩔 수 없다고 할 것은 아니다. 한 시대의 산물을 다음 시대에서 받아들여 새롭게 창조하는 것이 마땅하다. 과학기술을 비롯해 수많은 창안물을 근대의 종말과 함께 묻어버리지 않고 다음 시대로 가져가 더 잘 활용해야 한다는 것을 아무도 의심하지 않는다. 문학사는 시효가 끝났다고 하지 말고 근대의 문학사와는 다른, 다음 시대의 문학사를 이룩하기 위해 노력해야 한다.

지금 문학사에 나타나고 있는 징후는 전환의 필연성을 입증한다. 근대의 문학사를 지속시키면서 완성도를 높이면 질병이 치유될 수 있는 것은 아니다. 문학사뿐만 아니라 역사가 모두, 근대학문 전반이 질적 비약을 거쳐 다시 태어나야 한다는 것을 알아차리고 방향을 찾아내는 통찰력이 절실하게 요망되는 시점에 이르렀다.

어떻게 해야 하는가? 3단계 작업으로 해답을 제시할 수 있다. 근대에 하려고 했으나 이룬 성과가 부진한 작업을 제대로 하는 것이 선결 과제이다. 근대에는 하지 못한 새로운 노력을 해서 문학사를 근본적으로 쇄신하는 데 힘써야 한다. 문학사를 넘어서서 총체사를 이룩하는 것이 더 큰 목표이다.

자국문학사의 범위를 넘어서 세계문학사를 이룩하기까지 하겠다는 것도 근대에 내세운 포부이다. 유럽 몇 나라가 자국문학사의 위상을 높이고, 자기네 문명권이 세계사의 발전을 주도했다고 하려고 세계문학사를 쓰는 데 열을 올리다가 더 넓은 세계가 있다는 것을 알고 기가 죽었다. 유럽문명권 중심주의 세계문학사는 시효가 다한 줄 알아 제1세계는 기권하고, 대안을 제시하겠다고 제2세계가 나섰다가 물러났는데, 새로운 역군은 아직 나타나지 않고 있는 형편이다. 근대는 끝나는데 다음 시대가 시작되지 않고 있는 과도기의 양상을 극명하게 나타낸다.

이제 제3세계가 선두에 나서야 한다. 제3세계문학을 포함시켜 세계문학사를 다시 쓰면 되는 것은 아니다. 제1·2세계의 유산까지 적극 활용해 인류 전체의 문학을 대등의 관점에서 총괄하는 세계문학사를 이룩해야 한다. 자료를 모두 포괄하는 거대한 시공 작업을 하기 전에 설계도를 만들어 함께 검토해야 한다. 공통된 시대구분을 하는 것이 핵심 과제이다. 이를 위해《세계문학사의 전개》(2002)를 내놓고 토론을 기다린다.

문명권문학사도 관심사로 삼아 왔으나 공동문어문학사를 일부 정리하는 데 그치고, 공동문어문학을 이은 자국문학사를 포괄해서 서술하는 작업은 하지 못하고 있다. 문명권마다 사정이 다르고 편차가 심하다. 다른 쪽에 관심을 가지지 않고 비교고찰이 없으므로 일제히 달라지는 것은 기대하지 못한다. 이것이 근대 학문의 한계인 줄 알고 시정 방안을 내놓는 것이 다음 시대의 과업이다.

아랍문학사는 오늘날까지 이어지는 공동문어문학을 다루는 데 그치고, 구어를 사용하는 각국 문학을 받아들이지 않고 있다. 유럽문학사는 공동문어문학사로 시작해 자국문학사로 이행해, 각국 문학이 시작된 이후의 공동문어문학은 논외로 한다. 산스크리트문학사는 인도 안의 유산만 다루고 동남아시아 것은 버려두고 있다. 인도문학사와 동남아시아문학사를 합치는 작업은 생각조차 하지 못하고 있다. 동아시아에서는 한문학사를 각국의 것으로 나누어 서술하기만 한다. 자국문학사는 완전히 별개의 영역이기만 하다.

나는 여러 자국문학사를 총괄하는 동아시아문학사를 이룩하려는 시도를 《동아시아문학사비교론》(1993)에서 하고, 《하나이면서 여럿인 동아시아문학》에서는 동아시아문학사 통괄을 위한 몇 가지 개별 주제를 고찰했다. 《공동문어문학과 민족어문학》(1999)에서는 여러 문명권문학사가 각기 어떻게 전개되었는지 알아내려고 했다. 이런 작업을 문명권마다 충실하게 하면서 서로 비교해 발전을 꾀하는 것이 이제부터 해야 할 일이다.

자국문학사는 근대학문의 자랑이며 세계 도처에서 열심히 썼다. 아직도 이루지 못한 곳은 분발해 임무를 완수해야 한다. 하던 대로 하면 되는 것이 아니고, 방향 전환이 긴요한 과제이다. 구비문학만 있는 곳에서도 문학사를 잘 쓰기 위해서는 기본 발상부터 바꾸어 놓아야 한다. 자국문학사를 단일체를 만들려고 열광한 잘못을 반성하고 시정하는 것이 긴요한 과제이다. 국민의식을 통일하고 고양하는 근대의 과업은 이제 거의 완수했으므로 다음 단계로 나아가야 한다. 국가만 받드는 단일주권 시대인 근대가 끝나고 세계·문명권·국가·지방이 각기 소중한 사중주권 시대가 오고 있으므로 자국문학사는 독선을 버리고 겸허한 자세로 자기비판을 거쳐 혁신을 이룩해야 한다.

각국문학사는 자국어기록문학만 다루어 문학사의 전개를 이해하기 어렵게 한다. 공동문어문학이나 구비문학도 포함시켜야 한다는 쪽으로 나아가는 경우도 있으나 성과가 미흡하다. 자리를 크게 마련하려고 저작을 방대하게 해도 종래의 관습이 시정되지 않는다. 서술 분량을 조절하는 것보다 기본 원리를 바로잡는 것이 더욱 긴요한 과제이다. 문학사는 단일체가 아니고 공동문어문학·구비문학·자국어기록문학의 총체이며 이것들 상관관계의 역사라고 《한국문학통사》(1982~1988)에서 처음 밝혀 논했다. 개고를 하면서 다원체로 나아가려고 더욱 노력했다.

지방문학사나 소수민족문학사는 각기 그것대로 소중하므로 힘써 탐구하고 집필해야 한다. 근대 동안에는 시작하기만 한 일을 다음 시대에는 더욱 열심히 해야 한다. 존재 의의를 강조하면서 자료를 열거하는 초창기 작업의 수준을 넘어서서 문학사 전개의 원리를 독자적으로 탐구해 문학사 혁신에 적극 기여해야 한다. 지방문학 또는 소수민족문학을 포괄해 각국문학사를 다원체로 다시 쓰는 지침을 제시하는 것이 바람직하다.

세계·문명권·국가·지방이 각기 소중한 사중주권 시대가 오고 있는 지금은 자국문학사는 독점적인 의의를 잃고 다른 세 단위의 문학사와 대등하게 된다. 문명권·국가·지방 가운데 어느 쪽도 아닌 적절한 지역을 임의로 선택해 문학사를 쓰는 것도 가능하고 필요하다. 남미문학사가 좋은 본보기인데 더 작은 범위를 자유롭게 설정할 수 있다. 공동문어 사용을 기본요건으로 하지 않은 문명권문학사,

오세아니아문학사, 폴리네시아문학사 같은 것들이 더 있어야 한다.

총체사를 이룩하고자 하는 오랜 소망을 실현하기 위해 문학사가 분발해야 한다. 한 동안 문학과 그 주변에 관한 잡다한 시비를 하는 해체주의 문학사론이 유행했는데, 기존 관념 타파에는 기여하지만 대안을 제시하지 못하고 문학사에 대한 불신을 자아내기나 했다. 이제는 해체가 아닌 총체 탐구를 목표로 내세우고 문학 안팎의 상황을 심도 있게 파악하고자 하는 작업도 나타나 기대를 가지게 한다. 한 걸음 더 나아가 역사의 총체에 기본적인 탐구를 적극적으로 해야 한다.역사의 총체에 대한 기본적인 탐구는 공통된 시대구분을 찾아내는 것이다. 시대구분은 아무렇게나 편리한 대로 하면 된다는 유럽문학사의 관습은 장애가 되므로 청산해야 한다. 헤겔이나 마르크스 역사철학의 거대이론은 폐해만 남겼다고 하지 말고, 폐해를 시정할 대안을 적극적으로 찾아야 한다. 총체사를 이룩하겠다면서 유럽에 머무르고, 시대구분에는 관심을 가지지 않는 것은 크게 나무라야 할 잘못이다. 거시사는 버려두고 미시사만 하면서 총체 운운하는 유행을 따르지도 말아야 한다.

역사의 총체는 거시에서 미시까지 일관되게 적용되는 원리를 갖추어야 인식된다. 여러 문명권의 역사를, 기본이 되는 세 영역 문학사·사회사·사상사에 공통되게 적용하는 시대구분으로 파악해야 총체사에 이른다. 《철학사와 문학사 둘인가 하나인가》(2000)와 《소설의 사회사 비교론》(2001)에서 한 나의 작업이 이 방향으로 나아가는 시도로 평가되기를 바란다.

헤겔이나 마르크스의 전례를 넘어서서 잘못을 시정하는 역사철학의 대안을 마련하는 것이 더욱 긴요한 작업이다. 거대이론의 시대는 끝났다는 말에 현혹되지 말자. 기권하고 나가는 선수의 비관주의를 받아들이지 않아야 한다. 헤겔은 근대가 역사의 도달점이라고 했다. 마르크스가 사회주의를 거쳐 공산주의 사회로 나아간다고 한 주장은 불신되었다. 근대를 넘어서서 다음 시대로 나아가는 과정과 방향을 통찰하는 역사철학이 있어야 한다.

나는 생극론을 대안으로 제시한다. 동아시아학문의 오랜 지혜를 이어받아 유럽중심주의를 넘어서는 역사철학을 마련한다. 헤겔이나 마르크스의 변증법에서 말한 상극에 동의하면서 상극이 상생이고 상생이 상극임을 밝힌다. 생극론의 타당성을 문학사에서 검증하고 총체사로 나아간다. 생극론이라는 명칭을 사용하지 않은 생극론이 많이 있어 널리 동맹을 구한다. 생극론이 대안을 독점하려고 하지 않고 문호를 널리 개방한다.

문학사는 다른 모든 일이 으레 그렇듯이 각성의 수준을 높여야 좋은 성과를 얻을 수 있다. 작업을 기획하고 진행하는 실무적인 방법을 적절하게 마련해야 이상 실현이 가능하다. 누가 일을 맡고, 어떤 조직을 갖추고, 진행을 어떻게 해야 하는지 지금까지 고찰한 많은 사례를 이용해 종합적으로 검토하기로 한다. 실제로 사용된 방법을 유형화해서 정리하고, 여러 방법에 어떤 장단점이나 문제점이 있는지 밝힌 것을 근거로 바람직한 방법을 찾고자 한다. 문학사를 더 잘 쓰기 위해서 널리 참고할 만한 지침을 마련하고자 한다.

문학사는 다양성과 일관성을 함께 갖추어야 하는 이중성격 때문에 잘 쓰기 어렵다. 한 사람이 맡아서 쓴 개인작 문학사는 일면적 타당성을 일관성으로 삼는 것이 예사이다. 다양성까지 갖추려고 하면 문학사 집필이 일생을 다 바쳐도 가능한 일인가 하고 한탄하게 된다. 많은 사람이 함께 쓴 공동작은 다양성 확대에 치우쳐 일관성을 갖추지 못한 것이 대부분이다. 시대구분조차 없어 문학사가 아닌 문학논집이 되고 말기까지 한다.

개인작도 공동작도 각기 단점이 있으니 둘을 합치는 것이 마땅하다고 말은 쉽게 할 수 있으나 실행이 어렵다. 몇 사람이 공저를 하면 다양성 확보에는 어느 정도 도움이 되어도 일관성은 갖추기 어렵다. 공저자가 많으면 혼란이 심해진다. 문학사를 시대에 따라 여러 권으로 나누고, 각 권을 한 사람씩 맡아 쓰도록 하면 혼란을 줄일 수 있지만, 앞뒤가 연결되지 않고 통괄적 이해를 하지 못한다.

한 사람이 전체를 관장하고 여러 사람의 협력을 얻어 세부를 완성하는 공동작은 더 나은 방법이다. 그러나 이 작업을 실제로 어떻게 하는가가 문제이다. 최상 지위의 총편자 한 사람이 전체를, 다음 지위의 편자 여럿이 몇 개로 나눈 시대나 영역을 관장해 전체 계획을 세우고, 그 하위에 많은 필자가 동원해 작업을 진행하는 조직 방법이 미국, 일본, 중국 등 여러 나라에서 일제히 사용되어 표준화되었다.

그런 방식으로 조직이 일관성을 갖추었다고 내용의 일관성이 보장되는 것은 아니다. 지위의 고하가 이론적 식견과는 무관하게 정해져 권위주의의 폐해를 자아낸다. 관할 범위 대·중·소를 행정구역처럼 나누는 것이 외형에 그치고 내용과는 맞아 들어가지 않아 크기만 정하고 설계도는 없는 집을 짓는 부실공사를 하고 마는 것이 예사이다. 무엇을 어떻게 다루어야 하는지 개별적인 집필자가 자기 스스로 알아서 해야 하므로 당착이나 차질이 생기지 않을 수 없다.

이런 잘못을 막으려면 한 사람이 자기 나름대로의 일관된 설계를 갖추어 전체를 맡아 집필하면서 스스로 감당할 수 없는 부분은 다른 여러 사람이 맡아 쓰도록 하는 것이 바람직하다. 일관성과 다양성 양면을 잘 갖추는 이 방법을 국립문학연구소의 뒷받침이 있어 인도에서 실제로 사용했다. 그런데 집필 요청을 받은 분들이 시간을 너무 많이 끌어 작업 진척이 더디고, 저자가 예상보다 일찍 세상을 떠나 집필 작업이 미완에 그쳤다. 나는 필요한 이론과 방법을 스스로 마련해 개인작의 문학사를 구상한 대로 쓰고, 많은 동학의 검토를 받아 개고했다. 사실을 보충하고, 착오를 바로잡는 데 그치지 않고 견해를 수정하기도 했다. 제2판과 제3판에서 부분 개고를 거듭 하고, 전면 개고를 해서 제4판을 냈다. 인도에서 개발한 방식에서만큼 폭넓은 도움을 조직적으로 받지는 못했으나 작업 진행이 지체되지 않았다.

문학사를 쓰는 일은 아직 많이 남아 있다. 한국문학사를 아주 자세하게 쓰고, 동아시아문학사를 충실하게 이룩하고, 세계문학사를 명실상부하게 마련하는 것을 우리 학계의 당면 과제로 삼고 앞으로 나아가야 한다. 우리가 노력해서 얻은 성과를 국제적 협력을 통해 확대하고 발전시켜야 한다. 문학사는 근대와 운명을 같이 하지 않고 다음 시대로 나아가는 지침이 되어 인류를 위해 크게 기여할 수 있게 해야 한다.

이처럼 크고 중대한 일을 잘 하기 위해 가장 중요한 것은 한 사람이 맡아서 하는 기본설계이다. 기본설계에서 중요한 문제점을 해결한 성과를 놓고, 힘을 보탤 수 있는 사람들이 다양하게 참여해 철저하게 점검하고 토론해 본설계를 완성한 다음 시공에 들어가야 한다. 시공한 결과를 설계자들이 감리해야 한다.

9. 무엇을 얻었는가?

세계는 넓고 할 일은 많다. 이 말이 적실하다고 새삼스럽게 절감한다. "문학사는 무엇이며, 어디서 와서, 무엇을 하고, 어디로 가는가?"하는 의문을 풀기 위해 온 세계를 돌아보려고 했는데 많이 모자란다. 산 전체를 아는 사람은 없어 일부만 바라본 것을 지혜로 삼지 않을 수 없는 형편이다.

근대의 산물인 문학사는 꾸준히 성장하고 확장되다가 위기에 봉착하고 있다. 문학사는 폐기할 때가 되었다는 부정론이 대두하고, 다른 한편에는 위기가 있더라도 슬기롭게 해결하고 새로운 활로를 찾아야 한다는 긍정론이 있다. 둘이 평행선을 달리고 있다. 논쟁을 해서 결판을 내려고 하지는 않고, 그 어느 쪽도 사태의 전모를 알지 못하고 있다. 이러한 사실을 밝혀 논하고 해결책을 찾는 작업에서 근대를 넘어서는 다음 시대의 학문이 시작된다.

문학사의 여러 영역을 두루 갖추는 근대의 과업을 완수하면서, 구분을 없애고 영역을 허물어 會通無㝵한 다음 시대의 학문을 이룩하는 방향으로 나아가려면 통찰력이 뛰어난 善知識이 있어야 한다. 지난 시기 여러 선지식을 멀리까지 찾아다니면서 가르침을 청하고 얻은 바를 쌓아나가는 작업도 해야 하지만, 너무 많아 질리게 하는 책, 질식할 정도로 넘치는 지식에서 벗어나 스스로 깨달아 無上正等覺을 얻으려고 발심을 하고 정진하는 것이 더욱 바람직하다. 밑면을 넓힌 만큼 꼭짓점이 더 높이 올라간다는 범상한 인과론에 머무르지 말고, 밑면의 넓이는 부정하고 넘어서서 꼭짓점을 높이기 위해 소중하다는 것을 체득하고 실행하자.

문학사 서술은 학문의 본보기이다. 학문이 무엇이며 어떻게 하는지 알아야 잘 할 수 있다. 학문에 자립학·수입학·시비학·창조학이 있다고 한 것을 들어 논의를 보완해 보자. 자국문학사를 고수하고 옹호하는 데 그치는 자립학은 계속 존경받기를 원하지만 고립을 자초하고 시대에 뒤떨어진다. 비판과 혁신을 배제하는 탓에 학문의 의의를 축소하는 것이 더 큰 결함이다. 남들은 어떻게 하는지 알고 따라야 한다는 수입학으로 그 결함을 시정할 수는 없다. 수입품을 우상으로 받들다가 자기 비하에 이르는 것을 경계해야 한다. 나무라기를 일삼는 시비학은 수고는 적게 하고 위신이 높아 매력이 있지만, 문학사 부정론을 정당화하려고 허무주의를 역설하는 데까지 이르러 파탄을 보인다. 문학사 부정론을 우상으로 섬기는 수입학은 가장 어리석은 자살행위이다.

자립학·수입학·시비학을 넘어서서 창조학을 하려면 어떻게 해야 하는가? 그 세 학문을 하나씩 단죄해 배격하는 것을 능사로 삼지 말고, 각기 지닌 장점을 합쳐서 이용해야 한다. 자립학을 확대하고 발전시키기 위해 다변적이고 비판적인 수입학을 해야 한다. 시비학을 긴요한 과정과 방법으로 삼아, 자립학과 수입학에서 얻은 성과를 합치고 차원을 높이면 창조학에 이를 수 있다. 창조는 지금까지 없던 無에서 이루어지지 않고 기존 有의 부정의 부정에서 이루어진다. 부정의 相克과 부정의 부정의 相生이 서로 맞물리게 하는 작업을 다각도로 진행해야 한다.

문학사의 문제점을 깊이 이해하고 해결하면서 문학사를 바람직하게 쓰는 것은, 문학연구에 뜻을 둔 사람의 할 일 가운데 기쁨과 보람이 특히 큰 일이다. 문학사 잘 쓰기와 학문 수준 높이기는 같은 과업이다. 내가 해온 작업을 되돌아보면서 이 사실을 확인하고 증명하면서, 못 다 이룬 소망을 한탄 거리로 삼지 않고 잘 정리해 다음 연구자들이 공유재산으로 삼도록 넘겨준다. 가까이 있어 이 책을 먼저 읽는 인연을 맺은 분들이 분발에 앞서기를 기대한다.

근대의 산물인 문학사를 폐기하지 않고 혁신해 근대를 넘어선 다음 시대에 더욱 발전시켜야 한다. 이것을 우리 학계의 사명으로 삼고 분발하자. 중세에는 앞서다가 근대 동안에는 뒤떨어져 수입학을 해 온 과거를 청산하고 후진이 선진으로 전환하는 미래로 나아가자. 다음 시대의 창조학을 위한 방향을 제시하고 모형을 보이는 작업을 문학사에서 하자.